TOKYO REDUX《トーキョー・リダックス》

DAVID PEACE

デイヴィッド・ピース

黒原敏行［訳］

文藝春秋

いつものように
ウィリアム・ミラーに捧げる
そして永嶋俊一郎と澤潤蔵に
特別の謝意を表する

其後《そののち》一九四九年夏の夜
仏陀また我に顕《あら》われ
獄中枕上に立ちて
宣《のたま》いき
下山事件は他殺也
帝銀事件の息子也
凡《あらゆ》る事件の息子也
下山事件を解く者は
帝銀事件を解く者也
凡る事件を解く者也

——黒田浪漫の詩「平沢貞通」
（小説『夏雨物語』より）

Later, one summer night in 1949,
again the Buddha appeared to me,
in my cell, beside my pillow.
He told me:
The Shimoyama Case is a Murder Case.
It is the son of the Teigin Case,
it is the son of all cases.
Whoever solves the Shimoyama Case,
they will solve the Teigin Case;
they will solve all cases.

——同右
（ドナルド・ライケンバックによる英訳）

目次

装幀・石崎健太郎
カバー写真、一一ページ写真・朝日新聞社／時事通信フォト
一八五ページ、三一三ページ写真・文藝春秋写真資料室
ＤＴＰ制作・言語社

TOKYO REDUX《トーキョー・リダックス》

下山迷宮

西洋の庭園

払暁《ふつぎょう》、国境の近くで、男たちは腰をかがめて扉の下をくぐり、ガレージの中に入った。死体はコンクリート床に横たわり、被せられた白いシーツを血で汚していた。男たちは手袋をはめた。シーツをはぐって死体の腰までを露わにした。頭と髪は血でぐっしょり濡れていた。左胸に黒い穴が一つあいていた。拳銃が一挺、コンクリート床の、死体の指を広げた右手のそばに転がっていた。

あなた方は前から被害者を知ってたんですか、とテキサス州ヒダルゴ郡エディンバーグ市警察の刑事が訊いた。

左手はズボンをはいた左脚の上に載っていた。その手をひっくり返して検《あらた》め、手首についている輪形の跡に触れてみた。男たちは首を振った。

まあすぐに来てくれてよかったですよ、と刑事は言った。三月は二十五度を超える日もわりとありましてね。臭いがすごいことになるんですよ。

男たちは死体から目を上げた。ガレージ内を眺め回した。拳銃やライフルがガンロッカーに収められたり、壁に飾られたりしていた。棚や床には弾薬の箱が何箱も置かれていた。

普通はこんなに長く死体を現場に置いとかないんです、と刑事は言った。よっぽどの事情がない限りはね。

一同はまた死体を見下ろした。シーツをもとに戻して顔まで覆った。それから立ち上がって、壁際に置かれた横長の作業テーブルのところへ行った。

全部そのままにしてあります、と刑事は言った。お宅の支局の人に言われましたからね。テーブルの上の壁に写真を入れた額が一つかけてあった。日本の面《めん》の写真だった。般若《はんにゃ》の面だ。

遺書はありませんでした、と刑事は言った。あの葉書が一枚あっただけです。

一同は作業テーブルを見下ろした。天板は一枚の古い新聞紙で覆われていた。一九四九年七月六日水曜日付けニューヨーク・タイムズ紙の十六面。米軍が東京の広い通りで七月四日にアメリカ独立記念日のパレードを行なっている写真があり、その下に、**日本国鉄総裁の首なし死体発見**の見出しが掲げられていた。新聞紙の一番上の部分には目覚まし時計が置かれ、そこに一枚の絵葉書が立てかけてある。男たちは絵葉書を取り上げた。東京の隅田川《すみだがわ》の写真があしらわれていた。

このステットソンという男はよっぽど日本が好きだったようですが、と刑事は言った。その気持ちはさっぱり分かりませんな。

四十年前、俺たちはあの国と死闘を繰り広げたが、今じゃあの国は世界第二の経済大国だ。何で戦争なんかしたんですかねえ。あれで死んだ連中は無駄死にだ。きっと墓の中で悔しがって身悶えしてますよ。みんな日本車を乗り回して、日本製のテレビを見てるでしょ。意味が分かりませんよ。まったく分からない。

男たちの一人が絵葉書をひっくり返した。そこには手書きの文字でこうあった。〝終了の時《イッツ・クロージング・タイム》〟。

I

第一部
骨の山

THE MOUNTAIN OF BONES

主な登場人物

ハリー・スウィーニー……GHQ民間諜報局公安課捜査官
ススム・トダ……同右
ビル・ベッツ……同右
エヴァンズ……同課係長
ソノコ……同課　現地採用職員
ドナルド・E・シャノン中佐……同民間運輸局《CTS》局長
チャールズ・ウィロビー少将……同参謀第二部（G2）部長　対敵諜報部隊《CIC》を指揮
ディック・ガターマン……同秘密機関〈本郷ハウス〉所属
グロリア・ウィルソン……同参謀第二部歴史課職員
下山定則……日本国有鉄道総裁　怪死を遂げる
片山之雄……同副総裁
金原……警視庁捜査一課長　警部
服部……同　刑事
川田和子……喫茶香港のウェイトレス
千住晃……闇市あがりの実業家
李中煥……事件のカギを握る朝鮮人
山崎たけ……死体発見現場で下山総裁らしき人物を目撃

1　一日目

一九四九年七月五日

〈占領〉は二日酔いだったが、それでも〈占領〉は仕事に行った。顔を無精髭《ぶしょうひげ》で灰色に翳《かげ》らせ、シャツに汗染みをつけ、靴音を立てて階段を昇り、廊下を歩き、便器の水を流し、蛇口から水を出し、ドアを開き、ドアを閉め、書類キャビネットの引き出しを開け、机の引き出しを開け、窓を大きく開き、扇風機を回し、万年筆をかりかり走らせ、タイプライターのキーをばちばち打ちつけ、鳴りだす電話をとり、そのうち、声が一つ飛ぶ、おいハリー、おまえにだ。

日本郵船ビル四階の、広い四三二号室、GHQ民間諜報局公安課《PSD》のハリー・スウィーニーはドア口で振り返り、自分の机に引き返して、ビル・ベッツにうなずきかけて礼を言い、受話器を受け取って耳にあて、もしもし、と言った。

スウィーニー捜査官か。

そうだが。

もう遅い、と日本人の男の声がささやき、それぎり声は消えて、電話が切れ、つながりが絶たれた。

ハリー・スウィーニーは受話器を架台に戻し、机上の万年筆を取り上げ、腕時計を見て、日付と時刻を黄色い用箋に書き留めた。9：45――07／05。受話器をとり、交換台の若い女に尋ねた。今の電話が切れたんだが、番号は分かるかな。

少々お待ちください。

すまないね。

もしもし。分かりました。その番号へかけますか。

頼む。

今呼び出します。

ありがとう、とハリー・スウィーニーは言い、呼び出し音を聞く、すると――

はい喫茶香港です、と日本人の女の声が応答した。もしもし？　もしもし？

　ハリー・スウィーニーはまた受話器を架台に戻した。また万年筆をとった。さっきの日時の下に喫茶店の名前を書いた。それからベッツの机へ行った。おい、ビル、さっきの電話、先方は何と言った。

　おまえを呼んでくれと、それだけだ。

　俺の名前を言ったのか。

　ああ。なぜ。

　いや。ただ、切られちまった。

　俺の応対のせいで向こうが怖がったのかな。悪いことしたな。

　いいんだ。取ってくれてよかった。

　どこからか分かったか。

　香港という喫茶店だ。知ってるか。

　いや。トダなら知ってるかもな。訊いてみな。

　まだ出勤してないんだ。どこにいるか分からない。

　冗談だろう、とビル・ベッツは笑った。まさかどこかで酒を食らって二日酔いでへばってるんじゃないだろうな。

　ハリー・スウィーニーはにやりとした。それなら愛国者がみんなやることさ。まあいい。莫迦《ばか》なことを言っちまった。そろそろ行かないと。

　外回りとは羨《うらや》ましい。どこへ行くんだ。

　アカ満載の引き揚げ列車を見に行く。大佐の命令だ。おまえも一緒に行って、アカどもの歌を聞くか。

　俺はこの涼しい部屋にいるとしよう、とベッツは言って笑った。アカどもはおまえに任せるよ、ハリー。全部おまえにやる。

　ハリー・スウィーニーは電話で配車係に車を一台頼むと、煙草を一本吸い、コップ一杯の水を飲み、それから上着と帽子を取り上げて、階段で一階のロビーに降りた。新聞を買って頁をめくり、見出しだけを読む。**マ元帥、共産主義に非合法の烙印　日本を反共防壁とみなす／東北で共産党、群衆扇動／労組幹部の共産党員検挙／国鉄労組、人員整理開始に闘争強化の構え／列車妨害続く／引揚者、きょう東京入り**
　目を上げると、車がもう外の歩道脇で待っていた。新聞をたたみ、建物を出て、熱と光に身をさらした。後部座席に乗り込む。見慣れない運転手だ。今日はイチローは？

いや分かりません。わたしは今日が初めてで。

名前は。

シンタローです。

よし、シン。上野《うえの》駅だ。

はい、と運転手は答え、耳にはさんだ鉛筆をとり、業務日誌に書き込んだ。

それとな、シン。

はい。

窓を開けて、ラジオをつけてくれ。音楽を聞きながら行こう。

はい。分かりました。

よし、とハリー・スウィーニーは言い、自分も脇の窓を巻き下ろして、ポケットからハンカチを出し、首と顔を拭い、シートにもたれて、目をつぶり、聞き覚えはあるが曲名の思い出せない交響曲の旋律にそのつぶった目を向けた。

もう遅い、とハリー・スウィーニーは吠え、はっきり意識を覚まし、また目を開けて、まっすぐ背を起こす、心臓が烈しく動悸《どうき》を打ち、顎に涎《よだれ》が垂れ、汗が胸をつたい落ちる。くそ。

すみません、着きました、と運転手が言った。

ハリー・スウィーニーは口と顎を拭き、シャツを肌から引き離し、車の窓の外を見た。運転手がマーケットと駅舎の間にかかった鉄道高架橋の下で車を停めると、車はあらゆる方向に歩いている通行人に四方を取り囲まれた。運転手はバックミラーで不安げにスウィーニーを見る。

ハリー・スウィーニーは頰笑《ほほえ》み、ウィンクをし、ドアを開けて車を降りた。背をかがめて運転手に言った。どれだけ遅くなっても待っていてくれ。

分かりました。

ハリー・スウィーニーはまた顔と首筋を拭うと、帽子をかぶり、煙草を出した。一本くわえて火をつけ、二本を開いた窓から運転手に差し出した。

あ、ありがとうございます。

なあに、とハリー・スウィーニーは言うと、群衆の間を歩きだして、駅に入った。背の高い白人のアメリカ人を見て、人の群れは道を空ける——

これが〈占領〉だ。

頭上にがらんとした空間が広がる上野駅の構内を歩く。ひしめく人間の体と荷物、人いきれと煙草の煙、塩っぽい汗の臭い、そういったものの間を突っ切り、まっすぐ改札口へ足を運ぶ。公安課のバッジをさっと駅員に見せて、改札をくぐり、ホームに向かう。共産党御製の真っ赤な旗と手書き文字の横断幕が目につき、目当てのホームがどれかはすぐ分かった。

ハリー・スウィーニーはホームの少し引っ込んだ影の中に立ち、顔と首筋を拭い、帽子を団扇《うちわ》がわりに使いながら、煙草をたてつづけに吸い、蚊を叩き、待っている日本人の女たち、母親、姉妹、妻、娘たちの上に高く聳《そび》えていた。見ていると長く連なった黒い列車が入ってきた。群衆がまずは爪先立って伸び上がり、次いで客車の方へぐっと押し寄せるのが感じ取れた。客車の窓と出入り口に男たちの顔が見えた。ソヴィエト連邦治下のシベリアで四年間を捕虜として過ごした男たちの顔。四年間の自白と悔悟。四年間の再教育と教化。四年間の過酷で無慈悲な重労働。だがそれは幸運な男たちの顔だ。一九四五年八月に満州で虐殺されなかった男たち。中国の共産党軍と国民党軍のどちらかのために戦って死ぬことを強制されなかった男たち。戦後最初の冬に餓死しなかった男たち。一九四六年四月に流行した天然痘《てんねんとう》、五月に流行したチフス、六月に流行したコレラで死ななかった男たち。それはソ連の手に落ちた百七十万人の幸運な男たちの一部、ソ連が釈放し帰国させると決定した幸運極まりない男たちの一部だ。

ハリー・スウィーニーはこれら幸運な男たちが長く連なった黒い列車から降りてきて母親や姉妹や妻や娘たちの手と涙に迎えられるのを見た。男たちの目が虚《うつ》ろになり、当惑し、仲間の復員兵たちの目を求めるのを見た。その目が家族の目を離れて同志たちの目と視線を結ぶのを見た。男たちの口が動きだし、歌いだすのを見た。母親や姉妹や妻や娘が後ずさりし、息子や兄弟や夫や父親から離れて黙って立つのを見た。女たちの両手は今や脇に垂れ、涙はまだその頬にあり、男たちの歌声はだんだん高まっていく。

ハリー・スウィーニーはその歌を知っていた。歌詞と旋律を知っていた。それは革命歌『インターナショナル』だ。

一体どこへ行ってたんだ、ハリー、こんなに長いこと何をしてた。ハリー・スウィーニーが四三二号室に入るなり、ビル・ベッツがそうささやき、ハリーの腕をつかんで、一緒にドアをくぐり、また廊下に出た。下山《しもやま》が行方不明になって大騒ぎになってるんだぞ。

下山。国鉄総裁の？

ああ、そうだよ、日本国有鉄道公社の下山総裁だ、とベッツはささやく。二人は四〇二号室の前で足を止めた。係長もここにいる、大佐と一緒におまえを待ってるんだ、もう一時間前から。

ベッツは大佐の部屋を二度ノックした。〝入れ！〟のどなり声でドアを開け、ハリー・スウィーニーを後ろに従えて部屋に入る。

プルマン大佐が机につき、エヴァンズ係長とバティー中佐が机の前に置かれた椅子に座って大佐と向き合っていた。トダもいて、エヴァンズ係長の背後に立ち、明るい黄色の用箋を一枚手にしている。トダが首を回し、ハリー・スウィーニーにうなずきかけてきた。

遅くなってすみません、とハリー・スウィーニーは言った。上野駅へ行ってました。また復員兵の一団が到着したので。

ああ、来たか、とプルマン大佐が言った。これで行方不明の人間が一人減ったわけだ。話はベッツ君から聞いたかね。

下山総裁が行方不明だとだけ。

帰ってきたところをつかまえて、すぐここへ連れてきたんです、とベッツが言った。

まあほかに話せることがそれほどあるわけじゃない、と大佐は言った。トダ君、スウィーニー君のために、僅かながらわれわれに分かっている事実関係をかいつまんで話してやってくれたまえ。

はい、とトダは言い、黄色い用箋を読むべくそこに視線を落とした。今日の午後一時過ぎ、警視庁本部の信頼できる筋からわたしに電話があり、下山定則《さだのり》国鉄総裁が今朝早く行方不明になったと知らせてきた。わたしが確認したところ、下山氏は今朝八時三十分頃に田園調布《でんえんちょうふ》の自宅を出て、丸の内《まるのうち》の国鉄本庁に向かったが、その後消息を絶った。車は四一年型ビュイック、４１１７３番。国鉄所有の車で、いつもの運転手が運転。わたしの情報源によれば、警視庁は午後一時頃に総裁が消えたことを察知。ただちに調査し、当該車両に関して事故が報告されていないことを確認。われわれが行方不明の報を正式に受け取ったのは今から一時間前、午後一時三十分。日本全国の警察にも情報が回され、全力を挙げての捜索が行なわれているとのこと。今のところ新聞ラジオに情報は提供されていない。

ありがとう、ミスター・トダ、と大佐は言った。どうもこの件に関しては悪い予感がする。諸君も知ってのとおり、下山は昨日、三万人強の人員整理を通告し、来週にはさらに七万人強の整理を発表することになっている。その彼が今朝、登庁しなかった。今、東京の街を歩けば、あちこちの街灯柱や壁に〝下山を殺せ〟と呼号するビラが貼られているのを見ることができる。そうだな、ミスター・トダ。

そのとおりです。わたしの情報源は、下山総裁は大量解雇による合理化に反対する国鉄労働者たちから繰り返し脅迫を受け、殺すと脅されたことが何度もあるとも言っていました。

逮捕者は出ているかね。

いえ。わたしの知る限りそれはありません。脅迫はすべて匿名で行なわれているようです。

分かった、と大佐は言った。ではエヴァンズ係長――エヴァンズ係長が椅子から腰を上げ、ビル・ベッツ、ススム・トダ、ハリー・スウィーニーのほうを向きながらも、プルマン大佐の真ん前に立たないよう気をつけていた。よし、それじゃほかの事件や仕事をただちに中断しろ。次の指示があるまでこの件だけに集中するんだ。下山は国鉄の労働者、組合員、共産党員、あるいはこの三者を組み合わせた者たちに誘拐され、意志に反してどこかに監禁されているものと考えること。別命があるまでこの線で捜査するんだ。分かったな。

はい、係長、とトダ、ベッツ、ハリー・スウィーニーは答えた。

トダ、君は警視庁の動きから目を離すな。連中が何かつかんだらわたしはすぐそれを知りたい。連中が何かする前にそれを知りたいんだ。いいな。

はい、分かりました、係長。

ベッツ、君はノートン・ホールへ行って、対敵《C》諜報《I》部隊《C》が下山への殺害予告についてどういう情報を得ているか探ってきてくれ。どうせよくある威勢がいいだけの空《から》脅《おど》しだろうが、調べ落としがあったと言われないようにしておきたい。

はい、係長。

スウィーニー、君は民間運輸局《CTS》へ行け。責任者に会って、何か分かってることがないか訊いてくるんだ。

分かりました、係長。

大佐とバティー中佐とわたしは第一生命ビルへ行って、ウィロビー少将ほかの人たちに会う。下山総裁の居所について何か情報をつかんだら、すぐ第一生命ビルに電話をして、大至急の用だと言って俺を呼び出してくれ。分かったか。

はい、係長、とトダ、ベッツ、スウィーニーは答えた。

ありがとう、と大佐は言い、机の後ろから出てきて、エヴァンズ係長の横に立つと、ウィリアム・ベッツ、ススム・トダ、そしてハリー・スウィーニーと向き合い、一人一人と目を合わせた。ウィロビー少将は総裁を見つけたがっている。われわれみんながそうだ。われわれは今日、下山が生きて見つかることを望んでいる。

はい、とトダ、ベッツ、ハリー・スウィーニーは声を高めた。

よし、では行きたまえ、と大佐は言った。

ハリー・スウィーニーは人を掻き分けながら朝鮮銀行ビルの三階へ上がった。廊下は日本人の職員で満ちていた。ばたばた走り回ったり、あちこちの部屋を出入りしたり、電話に出たり、書類の束を抱えて歩き回ったり。その人込みを掻いくぐって三〇八号室に向かう。控室の秘書に財布に入れたPSDのバッジを見せ、公安課のスウィーニーだ、シャノン中佐と約束しているんだが、と告げる。

男の秘書はうなずき、どうぞお入りくださいと言う。

ハリー・スウィーニーはドアを二度ノックし、それを開いて執務室に入ると、質素な机についている、締まりのない体をした男を見て、スウィーニー捜査官です、と名乗った。

ドナルド・E・シャノン中佐は頬笑んだ。それからうなずいた。机の後ろで立ち上がった。机の前の椅子を手で示した。それからまた頬笑んで言った。さあ、その椅子にかけて、楽にしてくれ、ミスター・スウィーニー。

ありがとうございます。

シャノン中佐は机の向こうで腰を下ろし、もう一度にっこり笑った。君のことは知っているよ、ミスター・スウィーニー。新聞によく出る有名人だからな。〝日本のエリオット・ネス〟。君はそう呼ばれている。あれは君のことだろう。

ええ、わたしのことでした。以前はですね。

街で見かけたこともあるぞ。いつも奇麗な女を腕にぶら下げていたな。最近は見かけないようだが。

最近は街にあまり出ないもので。

まあ、初めて会うにはうってつけの日と言えるだろうな。上野駅はえらい騒ぎで、グランド・セントラル駅みたいだった。

わたしも見ました。

今朝下山が職場に姿を見せないと決めた時からこんな状態だ。

わたしがここへ来たのはそのためです。

まったく下山はとんだ日を選んでくれたものだよ。七月四日《独立記念日》の翌日とはね。君はどうか知らんが、わたしは平穏な一日を期待していたんだ。しごく平穏無事な一日をね。

われわれみんながそうだと思いますね。

シャノン中佐は笑った。左右のこめかみを指で揉んで、ああくそ、ゆうべあんなに飲むんじゃなかった。二日酔いじゃないのがせめてもの救いだ。

わたしも同じですよ。

シャノン中佐はまた笑った。なるほど君も気分爽快な朝とは見えないな。君はどこの出だ、ミスター・スウィーニー。

モンタナです。

ここは慌ただしいだろう。

お陰で忙しくしていられます。

そうだろうな。わたしはイリノイだ、ミスター・スウィーニー。イリノイ・セントラル鉄道に勤めていた。今は日本全体がわたしの管轄だ。四五年の八月からここにいる。最初のオフィスは貨物列車の車両だったよ。わたしは日本全国を見たんだ、ミスター・スウィーニー。隅から隅まで。駅という駅を残らず見たと思うよ。

大変なお仕事ですね。

シャノン中佐は机越しにハリー・スウィーニーを見つめた。それからうなずいた。そのとおりだ。しかし、君は日本占領史の話を聞きにきたんじゃないんだろう、ミスター・スウィーニー。

ええ。今日は違います。

シャノン中佐は頰笑むのをやめた。うなずくのもやめた。それでもじっとスウィーニーを見つめながら言った。プルマン大佐に言われてきたんだろう。

エヴァンズ係長にです。

結局は同じことだ。どのみち君たちはウィロビー少将に仕《つか》えている。しかし、君をよこすとは、よほど慌てているね。君の上役たちは不安でたまらんのだろう。

懸念はしています。ええ。

何にせよ、やっと君に会えて嬉しいよ、ミスター・スウィーニー。実際のところ、君はここへ来る義理はなかったんだからね。

ハリー・スウィーニーは上着の内ポケットに手を入れた。そして手帳と鉛筆を出した。それはどういうことでしょう。

シャノン中佐はその手帳と鉛筆をちらりと見てから、ハリー・スウィーニーの顔を見上げた。君はギャンブルのほうはどうかね、ミスター・スウィーニー。賭け事は好きかね。

いえ、なるべく賭け事はやらないでおきたいですね。

そうか、そりゃ残念だな。ぜひ百ドル賭けたいところなんだ、ミスター・スウィーニー。米ドルで百ドルを。われらが下山総裁が今夜、シンデレラのように真夜中を過ぎる前に楽しき我が家へ帰ってくるというほうにね。

随分自信がおありのようですが。

ああ、あるよ、ミスター・スウィーニー。わたしはあの男を知っている。毎日一緒に仕事をしているからね。一日も欠かさずだ。

よく行方を晦《くら》ます人なんですか。

いいかね。こういうことがあったんだ。ゆうべわたしの秘書がここへ入ってきて、国鉄本庁のある人間から下山が辞任するつもりらしいと聞いたと言った。わたしは驚かなかったよ、ミスター・スウィーニー。君だって驚かんだろう。新聞を読んでいれば分かる。あの男は重圧に苦しんでいる。何しろ日本国有鉄道公社の総裁だ。十万人以上の首切りをやろうとしているんだ。下山はそもそも総裁になどなりたくなかった。正直言って、わたしも彼になってもらいたくなかった。ともかくわたしはジープに乗って、彼の家まで行った。辞任を思い留まらせるためにだ。

田園調布の自宅にですか。

ああ、どこかそっちの方面だ。

それは何時のことですか。

真夜中をちょっと過ぎた頃かな。

で、総裁に会ったんですか。

会ったよ。奥さんも息子さんもまだ起きていた。それで小ぢんまりした古い応接室へ行ったんだ。家は大きいんだよ。とてもいい邸宅だ。とにかくわたしは下山と二人でその応接室へ行って、話をした。

総裁は英語を話すんですか。

君やわたしよりちゃんとした英語を話すよ、ミスター・スウィーニー。しかし彼は疲れていた。参っていた。重圧のせいでね。ただしその重圧というのは、組合や労働者からかかっていたんじゃない。それももちろんあるが、そっちは処理できる。彼に処理できないのは内部のほうなんだ。

内部?

国鉄の内部だ。国鉄ってやつは蝮《まむし》の巣だ。君のような人間が必要なんだよ、ミスター・スウィーニー。奇麗に掃除するにはね。下山は廉潔《れんけつ》な人物だが、君やわたしと違ってタフガイじゃない。分かるかね。だから彼は総裁になりたくなかった。彼を総裁にと望む者はいなかった。清潔すぎるからだ。

しかし誰かが望んだわけでしょう。

ああ、そのとおりだ。しかしみんなが推していたのは副総裁になった片山《かたやま》なんだ。ただ奥方の父親がくだらん不祥事に巻き込まれていてね。彼を総裁にすると新聞が容赦なく叩くだろう。だから善良なる下山が選ばれたというわけだ。軟弱で扱いやすいと思われたんだろうな。大量の首切りはやらなきゃいかん。そこで下山に汚れ仕事をやらせて、それが終わったところで切るという寸法だ。

下山氏はそれを全部承知で就任したんですか。

答えはイエスでもあり、ノーでもあるんだ、ミスター・スウィーニー。人員整理は難しい課題の一つにすぎないからね。国鉄はどんどん赤字を膨らませている。因果なことに、国鉄という脱線した列車を線路に戻す《バック・オン・トラック》のはわたしの仕事なんだ、ミスター・スウィーニー。わたしはバック・オン・トラック中佐というわけだよ。線路に戻して、そこからはずれんようにする。国鉄の再建だ。徹底的な合理化。ヤミ手当、ヤミ休暇などの廃止。ああいうものは全部やめさせねばならん。

でも内部の人間たちはそれを望まないと。

そういうことだ、ミスター・スウィーニー。そんなことは絶対に望まない。総裁を援護せず、孤立させて、宙ぶらりんの立場に置いておく。組合からの攻撃を全部総裁一人に受けさせ、脅迫状を総裁一人に受け取らせる。そういう糞みたいな扱いを受けているんだ。

ではあなたは総裁がずっと脅迫を受けていることをご存じなんですね。

君は街に貼られているビラを見たかね。

ええ。

なら君は知っているわけだ。わたしも知っている。日本中の人間が知っている。だが、さっきも言ったとおり、下山が辞めたがっているのはそのせいじゃない。下山は見かけよりタフな男だ。

さっきはタフガイじゃないとおっしゃいましたが。

それは君やわたしとは違うという意味だ。君は戦争で実戦を体験したんだろう。わたしの場合、今回のは二度目の戦争だったんだ、ミスター・スウィーニー。下山は戦争中、ずっと机で仕事をしていたんだよ。

でも見かけよりはタフなんですか。

あの男は、脅迫くらいはいなせるんだ。何の問題もない。彼に我慢できないのは国鉄内部のごたごたなんだ。誰もがうなずきながら総裁の計画に賛成する。ところが何の協力もしないで裏で総裁の目論見《もくろみ》をつぶす工作をやる。あそこは山賊の巣なんだよ。

で、ゆうべ総裁と話しに行ったと。

ああ、さっきも言ったとおり、出かけていった。われわれは話をした。彼は荷が重すぎると言った。申し訳なさそうな口ぶりではあったが、とにかくもう沢山だとぼやいた。それでわたしは商品を売り込むやり手の販売員よろしく一席ぶったんだ。あんたのやっていることは日本にとって大事なことだ。日本を再建する仕事だ。あんたが辞めたらすべてが水の泡だとね。

商品は売れましたか。

ああ、売れたよ、ミスター・スウィーニー。わたしはローマ教皇に聖書を売ることだってできるんだ。最後には二人で冗談を言い合って、笑いながら別れたよ。

それが何時ですか。

たぶん二時頃だ。だから彼はゆうべはあまり寝ていないと思う。どこかで休憩していて、昼間の暑さが一段落するのを待っているんじゃないかな。そのうち現われるよ、ミスター・スウィーニー。

大層確信がおありなんですね、中佐。

そのとおりだ。今でも百ドル賭ける気があるぞ。君さえよければな。わたしはあの男をよく知っているんだ、ミスター・スウィーニー。毎日一緒に仕事をしている。毎日会っている。平日は毎日だ。

今日以外はですね。

ドナルド・E・シャノン中佐は机越しにハリー・スウィーニーを見つめた。それから腕時計に目をやり、立ち上がって、ちょっと手洗いへ行ってくるよ、ミスター・スウィーニー、と言った。そのあとはまたわたしの鉄道の運営に戻るがね。

ハリー・スウィーニーは鉛筆を手帳にはさんだ。そして手帳を閉じた。電話をお借りしてもいいですか。

ああ、遠慮なくかけたまえ。

ありがとうございます。

シャノン中佐はハリー・スウィーニーの椅子のそばで足を止めた。肉の厚い湿った手をハリー・スウィーニーの肩に置いた。わたしを信じたまえ、ミスター・スウィーニー。総裁はきっと現われるから。

ええ、信じます。


ハリー・スウィーニーは前方にトダの姿を認めた。トダは警視庁の外で一台の車のそばに立ち、煙草を吸っていた。ハリー・スウィーニーはまた顔と首筋を拭い、自分も煙草に火をつけて、トダのそばへ行った。何かあったか。

新しい動きはなし、とトダは答えた。一課二課、総がかりの態勢だ。帝銀事件このかたの大事件って扱いだよ。五時にはラジオで報道されるし、夕刊にも載る。今のところ捜査員は電話のそばで待機中だ。

ハリー・スウィーニーは煙草を地面に落とし、踏みつけ、車を指さした。これはうちのか。ちょっと付き合ってくれ。

ああ。何かあるのか。

あるような、ないような。まだ分からない。

係長には言ってあるのか。

今、会議中。

電話しろよ。言っといたほうがいい。

ハリー・スウィーニーは後部のドアを開けた。何を言うんだ。

これからどこへ行くか。

ハリー・スウィーニーは後部に乗り込んだ。そして座席の反対側へ移った。窓を巻き下ろし、前に身を乗り出す。運転手には見覚えがあった。やあ、イチロー。

こんにちは。

ハリー・スウィーニーは手帳を取り出した。手帳を開き、頁をめくって、大田区上池上《おおたくかみいけがみ》一〇八一番地だ、と告げる。

はい、とイチローは言った。

これはいい考えだとは思わないけどな、と言いながらトダが隣に乗り込んできて、ドアを閉めた。

ハリー・スウィーニーはにやりと笑った。もっといい考えがあるのか。

アヴェニューBをたどって洗足池《せんぞくいけ》まで車で三十分。そこからさらに数分走ると、下山邸が見つかった。屋敷は洗足池から坂道をくだった先の、樹木の濃い閑静な住宅地にあり、門前に制服警官が一人立っていた。野次馬も、車も、報道陣も、まだ集まってはいない。

高級な住宅地だな、とトダは言った。この辺の家は目玉が飛び出るほど高いぞ、ハリー。

ハリー・スウィーニーは車を降りた。顔と首筋を拭った。高い生垣と喬木《きょうぼく》に護られた広壮な英国風邸宅を眺めた。

ハリー・スウィーニーとススム・トダは門前の警官に公安課のバッジを見せた。短い車回しを進み、玄関前の警官にもバッジを見せて、建物に入った。帽子は脱いで手に持った。

女中がハリー・スウィーニーとススム・トダを日本間の応接室へ通した。そこには警視庁の服部《はっとり》刑事がいた。服部刑事は二人を東調布署の刑事と下山総裁の秘書である大塚《おおつか》に紹介した。大塚は二人に一礼をして来訪を感謝し、何か新しい知らせはありますかと訊いた。

　いや、残念ながら、とハリー・スウィーニーは答えた。大塚は溜め息をついた。体が縮んだように見えた。まだ二十代の若い男だが、急速に老けつつあった。

　ハリー・スウィーニーは、どうぞみなさん座ってくださいと言った。一同は座卓を囲んで腰を下ろした。女中が茶を運んできて、湯呑に注いだ。ハリー・スウィーニーは訊いた。ご家族はどこにいるのかな。

　二階だよ、と服部が答えた。

　ハリー・スウィーニーは座卓の向こうの若い秘書を見た。大塚秘書は不安そうにそわそわしていた。ハリー・スウィーニーは手帳と鉛筆を取り出した。今朝のことを話してもらえますか、下山総裁の通常の予定のことも含めて。

　わたしどもはいつも通り本庁でお待ちしていました。総裁はたいてい八時四十五分から九時までの間に到着されます。わたしはいつものように裏門におりました。九時十五分くらいまでお待ちしましたが、お見えにならないので、自分の事務室に戻って奥様にお電話をしたのです。奥様の話では、総裁はいつもと同じように八時二十分頃にお宅を出られたとのことでした。総裁は登庁される前にどこかへお寄りになることがあります。それで朝鮮銀行ビルの民間運輸局《CTS》へ行かれたのかと思って、電話をしてみましたが、総裁はいらっしゃらないし、今朝はお見えにもならなかったと言われました。それでわたしは総裁が行かれそうなところへ片っ端から電話をかけました。ご自宅にも三、四回かけたように思います。総裁から何か連絡がなかったか確かめるためです。その頃になると、わたしどももかなり心配になってきたのです。

　それからわたしは片山副総裁と、あと二人の幹部の方とお会いしました。保安部長がシャノン中佐と電話で話しまして、そのあと確か副総裁がＧＨＱへ出向いたのでした。もちろん警視庁にも連絡しました。わたしは三時頃にここへ来て、ここにいらっしゃる刑事さんたちとお会いしたのです。

　ハリー・スウィーニーは書く手を止めた。で、下山総裁の今朝の予定はどういうものでしたか。

　まず本庁で毎日行なう朝の会議がありまして、そのあとはＧＨＱのミスター・ヘプラーを訪ねる予定でした。その方は労働課長です。

それが何時の予定でした。

十一時です。

場所はＧＨＱですね。

そうです。

総裁が予定を守れなかったことは今までにもありましたか。

この若い男、不安そうにそわそわしている秘書は、正座の姿勢で身じろぎし、膝に載せた両手を見下ろしながら、いや、そういうことは普通はないですと言った。

でもたまにはある？

大塚は膝の上の手から目を上げて、座卓の反対側のハリー・スウィーニーを見た。総裁のお仕事はとても難しいものです。非常に苦労の多い、ひどく疲れる仕事です。この何週間かは休みなしに働き続けていらっしゃるのです。この何週間かの間には、急に予定を調整し直さなければならない時が何度かありました。突然ＣＴＳやＧＨＱへ呼び出されることもよくありましてね。われわれは今非常に難しい時期を迎えていますが、とりわけ総裁にとってはそうなのです。国鉄は十万人以上を解雇することになっています。十万人以上です。総裁はこの困難を一人で担って、責任を感じ、重荷と感じておられます。毎日そんな状態が続いて、今は総裁にとってとても大変な時期なのです。

ハリー・スウィーニーはうなずいた。下山総裁がとても難しい立場に置かれているのは知っています。だからこそここへ伺《うかが》ったわけです。質問に答えていただいてありがとうございます。

ハリー・スウィーニーは服部刑事に顔を向けて、下山夫人と話したいんだがと言った。

服部刑事はハリー・スウィーニーとススム・トダを連れて廊下に出、階段を上がって、別のもっと広い日本間に入った。木の座卓があり、大きな簞笥《たんす》が置かれていた。部屋には年輩の女性が一人、十代の少年が二人、そして地味な着物を着た中年の女性が一人、座っていた。服部刑事がハリー・スウィーニーとススム・トダを紹介した。それから年輩の女性と二人の少年に、階下《した》へ行って一緒に待ちましょうと言った。少年たちが母親を見、母親がうなずいた。少年たちは祖母と服部刑事のあとから部屋を出た。ハリー・スウィーニーとススム・トダはまた正座をして座卓につく。ハリー・スウィーニーが、どうもこんな風に押しかけてきて申し訳ありません、奥さん、と詫びた。

下山夫人は首を振った。いいえ、よくいらしてくださいました、スウィーニーさん。何か新しい知らせがございますのでしょうか。

いいや、残念ながらまだ。

では主人はGHQにいるのではありませんの。おられないようです。

あそこだと思ったんですけれど。最近呼び出されることが何度もあったんです。それも突然に。だからあそこじゃないかと……

ほかに心当たりの場所はないですか。

ございませんわ。でも、きっとどこかで休んで、一眠りしているのに違いありません。それなのにご迷惑をおかけして本当に申し訳ないですわ。ゆうべ何錠か睡眠薬を飲みましたけど、効かなかったろうと思うんです。だからどこかで仮眠をとらなくちゃいけなくなったんですわ。

そう言えば、ゆうべは遅くお寝《やす》みになったと聞きました、とハリー・スウィーニーは言った。シャノン中佐が訪ねてきたそうですね。

下山夫人はかぶりを振った。それはゆうべじゃございませんわ。

確かですか。

あれは一昨日《おととい》の夜でした。

本当にゆうべじゃなかったんですね。

その前の夜です。間違いありませんわ、スウィーニーさん。

でも、ゆうべ総裁はよく眠れなかったと。

ええ、そうだったようです、スウィーニーさん。最近仕事がとても大変なものですから、そのせいで眠れないのです。

なるほど、とハリー・スウィーニー。で、今朝のことですが、今朝、総裁はどんなご様子でしたか。

下山夫人は頰笑んだ。疲れておりました。ですが、いつも通り七時に起きました。次男の俊次《しゅんじ》と何か楽しそうに話しているのを聞きました。主人が洗面所で顔を当たっている時です。そのあと主人は食堂へ来て、いつも通り朝ご飯を食べました。

ご主人と話はされましたか。

ええ。わたしどもの長男が名古屋大学の法科の学生で、今夜帰ってくることになっていますの。それで主人は会うのがとても楽しみだと話しておりました。この前帰省してから随分たっておりますので。主人もあの子に会うのは久しぶりなんです。それでわたしたちはその話をしました。今夜のことを。

なるほど、とハリー・スウィーニーは言った。すると今夜、総裁はお家で夕食をとる予定だったんですね。

下山夫人はうなずいた。はい。もっとも最近は夜何時に帰れるかはっきりとは分からないのですけれど……

階下で電話が短い間鳴った——

下山夫人は部屋の出入り口に目をやった。本当にご面倒をおかけして申し訳ありませんわ。一体どうしたというのでしょうね。今頃はもう本庁に着いているはずですのに。九時三十分までに登庁することになっているんです。まさか誘拐されることなどないでしょう。真昼間ですからね。そんなことをする人がいるとは……

早い足音が階段を上がってくる——

車に乗っていますし。真昼間ですから……

ススム・トダが立って応接室を出た。下山夫人はその姿を目で追う、下山夫人は出入り口に目を据える、下山夫人は両手を揉み合わせる、下山夫人は立ち上がりかける——

何でしょう。何かあったのでしょうか……

ハリー・スウィーニーも腰を上げ、両手を下山夫人のほうへ伸ばし、奥さん、どうかお座りください、と言う。待ちましょう、ここで待ちましょう——

高木《たかぎ》子爵も行方不明になりましたわ、と下山夫人は言った。あの方も行方が知れなくなって、そのあと、山の中で亡くなっているのが見つかったんです。でもうちの人は……

ススム・トダが部屋に戻ってきた。ハリー・スウィーニーと下山夫人を見、二人に向かって言った。運転手が見つかりました。

何をやってるんだ、スウィーニー。トダを持ち場に張りつけとかなきゃ駄目じゃないか。わたしが命令した場所に。

すみません、係長。今はもう戻ってます。

遅すぎるんだよ、くそ、エヴァンズ係長は溜め息をつく。

トダが電話をよこしました、係長。ここにメモしてあります。

まったくもう。読んでみろ。

ハリー・スウィーニーは手にした黄色い用箋に目を落として読み始めた。運転手は現在警視庁本部にいてまだ事情聴取中。ですが、トダの聞き込みによれば、運転手はいつも通り午前八時二十分に総裁を車に乗せた。東京駅そばの国鉄本庁へ直行はせず、総裁の指示で、日本橋《にほんばし》の三越《みつこし》百貨店に向かった。店の外に車を駐めて待ち、九時三十分に開店すると、総裁は百貨店に入っていった。運転手には、五分ほどで戻るから待っているようにと指示。以後、運転手は総裁を見ていない。

最後に総裁を見たのは何時だ。

九時三十分です、係長。

運転手は今まで何やってたんだ。

百貨店の外に駐めた車の中でずっと待っていたそうです。五時にラジオをつけると、総裁が行方不明というニュースが流れたので、急いで百貨店に入って国鉄本庁に電話をしたというんです。

七時間以上も車の中でじっと座っていたのか。もっと前に車を降りて、総裁を捜すとか、本庁に電話を入れるとかしそうなものじゃないか。そしたら大変なことになってるのが分かるんだ。それを、今みたいなことを言っているのか運転手は。まったく。

待っていろと言われたので待っていたようです。

七時間以上も。

そう話しているようです。今のところ。

運転手について分かっていることは。

名前は大西《おおにし》。年は四十八歳。国鉄には二十年勤務。勤務状況に問題は一切なし。駐車違反すらしたことがない。酒は飲まず、賭け事もやらない。左翼への共感、実際の関係、ともになし。職務に忠実で信頼が置ける。それゆえ総裁専属の運転手に任命されています。とはいえ今も事情聴取中で、さらに何か分かりしだいトダが知らせてきます。

エヴァンズ係長は目をこすり、両目の間を強くつまんでから、またハリー・スウィーニーを見た。君はどう思う、ハリー。直感的に、これをどう見る。

分かりませんね。ＣＴＳでシャノン中佐と話しました。

中佐は、下山は総裁を辞めたがっていると言いました。国鉄内部でいろいろ政治的な動きがあるというんです。それが一番の理由ですが、ほかにもあれこれあるとのことでした。下山夫人とも話しました。下山は最近ずっと寝不足で、睡眠薬を飲んでいるけれども効かないのだそうです。夫人は下山がどこかで休んでいて、夕食の時間に家に帰ってきてくれればいいと願っています。

エヴァンズ係長はまた溜め息をついた。彼はふらっと姿を晦ましてどこかでサボっているんだと思うかね。

そうかもしれません。そうだといいんですが。

あんまりそうは思わないようだな。

またふらっと戻ってくるのか、そこら辺がどうも。

戻ってもらわなきゃ困るんだ、ハリー。今すぐにでも。

なおも蒸し暑いまま、あたりは暗くなり始め、都市は終業と帰宅の態勢に入っていた。イチローの運転する車は、トダとハリー・スウィーニーを乗せて、アヴェニューAを走り、アヴェニューWに折れ、鉄道の高架をくぐり、呉服橋《ごふくばし》の交差点を過ぎ、八洲《やしま》ホテルを左手に見ながら白木屋《しろきや》のある角を左折し、日本橋を渡って川を越え、また左折をし、横丁に入り、今度は右折、また右折、それからまた横丁に折れるとトダが、ここだ、と言った。

暗い通りの、三越百貨店南口のそばに、イチローは車を駐めた。

この狭い横丁の、大通りのほうへ首を向けた車の後部座席にいるハリー・スウィーニーは、イチローの後ろ姿越しにフロントガラスの向こうを見る、影の溜まりの先に輝く大通りの灯火を見る。みなそれぞれの家をめざしている、人々は帰宅の途にある、人々は家に向かっている、それぞれの家庭に帰っていく。

何遍も曲がりながら来たな、とトダが言う。

ハリー・スウィーニーは左に首を回して、百貨店の南口を見た、ガラスと真鍮《しんちゅう》の店は、暗く、閉ざされている。ドアは閉ざされ、店は閉ざされている。何もかもが閉ざされ、何もかもが暗い。スウィーニーはうなずいてから、言った。もう一度説明してくれ。

よし、大西の話では、とトダは手帳を出し、それを広げて言った。下山は買い物をしたがった、役所へは十時までに行けばいいというようなことを言った。最初は白木屋へ行けと言ったが、そこへ着いた時にはまだ開店前だった。そこで下山はここへ来るように言ったんだ。大西が言うには、三越もまだ開いていなかった。全部九時前の話だ。大西は国鉄本庁に向かって走りだしたが、途中で下山は神田《かんだ》駅へ行くように指示した。神田駅に着くと、下山は車の中でじっとしている。大西がお降りになりますかと訊いたが、降りないと言う。車はまた国鉄本庁に向かった。呉服橋の交差点を渡ろうとする時、下山は千代田《ちよだ》銀行へ寄るように言った。銀行の玄関前に車を駐めた。下山は降りて、銀行に入った。銀行には二十分ほどいた。出てきた時には九時二十五分くらいだった。下山は、これから行けばちょうどいいというようなことを言った。大西は、また三越へ行けということだと受け取った。で、ここへ来て、車を駐めた。下山はまた車の中から動かない。店がまだ開いていないと言う。大西は、店内に客がいるのが見えたから、もう開いていますよと言った。下山は車を降りた。大西に待つように言った。贈答品を買いにいく、結婚祝いだ、と言ったが、五分ほどで戻るとも言った。そして店の中に入っていった。

ハリー・スウィーニーは暗い南口を見た、閉ざされたドアを見た。今は何もかもが閉ざされ、何もかもが暗かった。

警視庁は服部刑事率いる一団に店内を捜索させた、とトダは言った。一階から最上階まで、全部の階、全部の部屋を調べさせた、洗面所や屋上もだ。だが下山は影も形もなかった。従業員は全員足止めした。今でも店内にいて、事情聴取を受けているはずだ。誰かが何かを見ているに違いない。下山が宙にすうっと消えるなんてありえないからな。

ハリー・スウィーニーはまたうなずいた。車のドアを開けた。オフィスに戻って待っててくれ。電話するから。下山が出てきたらどうする。おまえはどこにいるんだ。出てきたら俺は必要ないだろう、とハリー・スウィーニーは言った。車を降りてドアを閉めた。横丁に立ったまま三越百貨店を見上げた――

七階建てで、屋上に塔。空は暗くなっていき、地上では影が伸びていく。

ハリー・スウィーニーは車を離れて歩きだし、車は灯火燦然《さんぜん》たる大通りに向かっていった。ハリー・スウィーニーは横丁を反対側へ歩いた、建物の横手に沿って歩いた、建物の端まで歩き、影のさらなる深みへ入っていった。右に折れて、別の横丁を歩いた、建物の裏手に沿って歩いた、建物の端から端まで歩いた、ホームのシャッターが閉ざされている荷物積み下ろし場を通り過ぎた。何もかもが閉ざされ、何もかもが暗かった。建物の端でまた右に折れ、また別の横丁を歩き、建物の北側に沿って歩き、店の北側に沿って歩いて、いくつもの窓やドアの横を通り過ぎた。何もかもが閉ざされ、何もかもが暗かった。影の中を通り抜け、明かりのほうへ戻った、大通りの明るい灯火のほうへ戻った。建物の角にたどり着く、大通りへの出口だ。大通りに出て右に曲がり、百貨店の正面に沿って歩き、いくつもの暗い窓の前を通り過ぎて、青銅のライオン像がある正面入り口へ行く、二頭のライオンはそこに悠然と座り、店を護っている、大理石の台座の上で、口を開け、目を開き、大通りを見ている、行き交う車や電車、通行人を見ている、家に向かう車や通勤者、帰宅する人々を見ている。

　街灯の光の下、百貨店の玄関前で、ハリー・スウィーニーは手を伸ばし、それぞれの青銅のライオンの二つの前足に触れた。それぞれの前足を撫でながら、祈りを一つ唱え、それから地下から響いてくる音を耳にし、地下の振動を感じ取った。二頭のライオンに背を向け、祈りに背を向けて、地下鉄の入り口に向けて足を運んだ。

　ハリー・スウィーニーは地下鉄の駅に通じる石の階段をくだり、地中に降りていき、地下道を進んだ。大理石の柱、床はタイル貼り、左手は百貨店の地階で、右手にはほかの店が並んでいる。何もかもが閉ざされ、何もかもが暗い。地下道は地下鉄駅に向かっていく、それは三越前駅への地下道となる。前方の地下道の先に駅が見えた。地下道を歩いて駅に向かっていく、三越百貨店地階の窓の列を通り過ぎ、出入り口に近づく。それは百貨店から駅へ、そして駅から百貨店へ行くためのドア、入り口にして出口。地下鉄の改札に行き、公安課のバッジを見せて、改札を通り抜けようとした時、地下道の先、駅と百貨店を過ぎたあとの、灰色の影の中にさらに数軒店があるのが見えた。理容店があり、室町茶寮《むろまちさりょう》という喫茶店があり、**喫茶香港**があった。

　ハリー・スウィーニーは改札に背を向けて地下道をさらに進み、駅と百貨店の向こうの灰色の影の中にある喫茶店のほうへ足を向けた。暗い窓と閉ざされたドアの前に立つ。ドアをノックして待つ。何もかもが閉ざされ、何もかもが暗い。もう一度ノックして、ドアを開けようとした。明かりはつかず、応答もなかった――

もう遅い、と日本人の男の声がささやき、それぎり声は消えて、電話が切れ、つながりが絶たれた。

ハリー・スウィーニーはまた地下から響いてくる音を耳にし、地下の振動を感じ取った。ドアの前から離れ、応答してもらいたいという願いから身を離して、改札のほうへ戻った。バッジを見せて改札を通り、階段でホームに降りた。浅草《あさくさ》行は左側、渋谷《しぶや》行は右側。地下で、都市の下で、東へ、西へ、北へ、南へ、人々は帰宅の途にある、人々は家に向かっている、それぞれの家庭に帰っていく。

だが、今夜はそうではない、ここはそうではない。ホームは無人、ハリー・スウィーニーは一人、独りで列車を待ちながら、トンネルの口を見つめ、闇を覗き込み、光が来ないかと気を張り、光を待っていた。日本人が一人、ゆっくりと、ふらつきながら階段を降りて、ホームに出てきた。背は低いが体格はがっちりしており、垢と染みと汗と酒で汚れた白っぽい夏物の背広を着ていた。男はハリー・スウィーニーに近づき、顔をさっと上げて正面からスウィーニーを見、薄汚れた身なりに見合った悪臭を放ちながら、いかにも酩酊《めいてい》した口調で言った。アメリカ！　アメリカ！　おい、アメリカ！

ハリー・スウィーニーは一歩後ずさったが、日本人はまた一歩詰めてきた。この毛唐《けとう》！　おまえらは戦争に勝ったつもりだろうが、日本人はそう簡単には負けんのだ！

男は眼鏡のレンズの奥からハリー・スウィーニーを睨み上げ、同じ言葉を繰り返した。最初よりもゆっくりと、ずっと大きな声で。それから突然ハリー・スウィーニーの両腕をつかむと、高圧電流の流れる線路に投げ落とそうとした。男は力が弱く、酔ってもいたが、ハリー・スウィーニーはつかまれた腕をもぎ離すことができなかった。

その時もう一人の、やはり酔った男がやってきた。俺は朝鮮人だ、アメリカの味方だ！　と男は叫び、ハリー・スウィーニーから日本人を引き剝がした。ちょうどその時、トンネルの中から突風のように列車が飛び出してきて、ホームに沿って走り、紙切れや煙草の吸殻など塵芥《ちりあくた》の小さな竜巻を三人の足元に巻き上げた。ハリー・

スウィーニーが帽子をしっかり押さえる中、列車はホームに滑り込んできて車輪とブレーキの音で耳を突き刺した。その時、日本人はまた突然の激しい攻撃を加えてきたが、若い朝鮮人がパンチ一つでノックアウトした。ほら、早く行って、と朝鮮人は言った。

ハリー・スウィーニーは車両に乗り込んだ。列車が動きだす。振り返ると、若い朝鮮人がまだホームに俯《うつぶ》せに寝ている日本人のポケットを探っているのが見えたが、すぐに二人の姿は消え去った。ハリー・スウィーニーは照明の明るい車内を見た。座席は半分ほど埋まっているだけだった。腰を下ろし、帽子を脱いだ。ハンカチを出して顔と首筋を拭った。それからハンカチをしまって帽子をまたかぶった。車両の左右に目を走らせ、次いで通路をはさんだ向かいの席の乗客に目をやった。ぽつりぽつりと離れて座っている男たちは、背広にネクタイの姿、眠っているか、何かを読んでいるか、読んでいるのは本または新聞。新聞の後ろのほうの頁を読んでいる者、前のほうの頁を読んでいる者、手にしていた新聞をすでに足元の床に捨てている者。床に一枚きりの新聞が落ちている。毎日新聞の号外だ。ハリー・スウィーニーは前に身をかがめてそれを手にとった。号外を手にとった。そして見出しを読んだ。**下山国鉄総裁行方不明　自宅から本庁へ向かう途中　午後五時現在、警察なお捜索中**

ハリー・スウィーニーは乗客たちに目を戻した。ぽつりぽつりと離れて座っている男たちは、背広にネクタイの姿、何かを読んでいるか、眠っているか、眠っているように見えて、あるいは眠っていないのか。仕事を終えて家に帰る男たち、あるいは、そうではないのかどうか。ハリー・スウィーニーは号外を折り畳み、ポケットに入れる。列車は神田で停まった。ハリー・スウィーニーはまた帽子を脱いだ。またポケットに手を入れてハンカチを出した。また顔を拭い、それから首筋を拭った。列車は上野で停車した。ハリー・スウィーニーはハンカチをしまい、また帽子をかぶった。腰を上げ、車両から車両へ歩いて、先頭車両まで行き、路線の終点まで行った。終点の浅草でドアが開いた。ハリー・スウィーニーはホームに降りた。階段を上がって改札へ行き、バッジを見せ、改札を通った。ここにも百貨店地階への出入り口があった。松屋《まつや》百貨店は閉ざされていた。松屋百貨店は暗かった。ハリー・スウィーニーは東武《とうぶ》線の乗り場に通じる階段を昇ったが、ホームに上がる階段は昇らなかった。ハリー・スウィーニーは左に折れ、駅を出て、街路に出て、足を止めた。駅のある百貨店に背を向けて立つと、右手に神谷《かみや》バー、左手に隅田川、店はどこもすでに閉まっていて、屋台も店じまいし始めている中、通り過ぎる通行人を、家に帰る人々を眺めた。夜の中へ、闇の中へ、消えていく人たちを見た。見えなくなっていく男たち、姿を消していく男たちを見た。

ハリー・スウィーニーは体の向きを変えて歩きだし、駅のある百貨店から遠ざかり始めた。アヴェニューRを渡り、川のほうへ、隅田川のほうへ、向かっていった。それから公園の中を歩いた。公園を、隅田公園を、通り抜けた。そして川縁《かわべり》に、隅田川の岸辺に出た。岸辺に立って川を眺めた。水は静止して、黒々としていた。風はなく、空気はそよとも動かない。下水の臭い、糞便の臭い。人々の糞、人間たちの糞。悪臭は常にここにある。ハリー・スウィーニーは煙草の箱を出し、一本くわえて火をつけた。川のそば、その岸辺で。街路は背後に遠のいた。駅も背後に遠のいた。あらゆる街路とあらゆる駅が背後に遠のいた。川の下流の闇を眺めやった。河口があるほうを。海があるほうを。海の向こうに故郷がある。夜のどこか、背後のどこかで、犬が一匹吠え、車輪が悲鳴を上げた。黄色い列車が駅から出てきて、黄色い鉄橋を渡っていく。川を渡る橋、あちら側への橋。東へ行き、北へ行く。都市を出て、都市を遠ざかる。消え去る男たち、いなくなる男たち。都市で消え、都市から消える。都市の街路で、駅で。名前も、経歴も。消える、なくなる。出直し、再出発する。新しい名前、新しい経歴。違う名前、違う経歴。二度と家に帰らない、二度と戻ってこない。消え去る列車、いなくなる列車。

ハリー・スウィーニーは鉄橋から川へ、隅田川へ、目を戻した。じっと静止して、黒々として、大層軟らかく、大層温かい。誘うような、歓迎するような、誘惑するような、大層誘惑的な。もはや名前も経歴もない。記憶も幻影もない。昆虫も幽霊もない。とても誘惑的で、大層誘惑的で。すべての終わり、すべての終わり。犯罪の類型は犯罪に先行する。煙草の先端が指を焼き、皮膚に火膨れをつくる。ハリー・スウィーニーは煙草の吸殻を川に投げ棄てた。この汚れた川、この臭い川に。人々の糞、人間たちの糞。川に背を向ける、隅田川から離れて歩きだす。駅に戻る、階段を降りる。川から離れる、隅田川から離れる、誘惑から離れる、誘惑から離れる。類型と犯罪。失踪、消失。夜の中へ、影の中へ。都市の下で、地面の下で。

また来たか、と千住晃《せんじゅあきら》は笑った。絶対に死なない男、この都市の真の支配者、その秘密の天皇。逃げも隠れもしない、繁栄する彼の帝国の中枢、光り輝く新築ビル、新橋《しんばし》パレスビル最上階の、モダンな事務所で、紫檀のアンティークの机につき、高価な誂《あつら》えの背広に身を包み、舶来の太い葉巻をふかしながら、千住は引き出しを開け、一枚の紙を出して、机越しにハリー・スウィーニーによこす。これで当分忙しく働けるぜ、ハリーさん。

ハリー・スウィーニーはその紙に目を落とした。名前のリストだ。台湾人、朝鮮人、それぞれ何人かずつ。ハリー・スウィーニーは紙を二つに折り、ポケットに入れ、腰を上げ、出入り口のドアのほうを向いた。

今夜は一杯やっていかないのか、ハリー、と千住晃は言った。いや、そんな暇はないよな、あんたは忙しい人だ。実を言うと電話をくれて、ここへお越しになったから、びっくりしたんだよ。行方不明の総裁を捜すのに手一杯だと思ってたからね。まったく抜かったもんだな、ハリー。総裁に行方不明になられちまうってのは。ラジオも新聞も大騒ぎだ。実によくないね。手抜かりだね。国民はみんな不安になる、心配になる。俺たちのご主人様、外国から来た救世主が国鉄総裁を失っちまう。自分らが手なずけて便利に使おうと思ってる男をな。国鉄の総裁を護れないで真昼間に誘拐されちまうのなら、一体あんたらには誰が護れるっていうんだ、ハリー。国鉄総裁を見つけて救い出せないのなら、あんたらには誰を救えるっていうんだ。

ハリー・スウィーニーはドア口から引き返した。誘拐なんてことを、やけに自信たっぷりに言うんだな。

ほかに何が考えられるってんだ、ハリー。人一人を馘《くび》にすりゃ一人分の反応がある。三万人が馘となりゃ三万の反応があるだろうよ。違うか。とんでもなく危なくて荒っぽい反応がな。人間てのはそう簡単に消えるもんじゃないぜ。中にはそういう人間もいるだろうが、国鉄総裁は違う。総裁と呼ばれるような人種は……暗殺のほうが似合いそうだよ、ハリー。

ハリー・スウィーニーは頬笑んだ。今に分かるよ。

ああ、今に分かるさ、ハリー。しかし、あんたが今、組合のアカどもの頭の骨をぶち割ってる最中じゃないってのが意外だな。俺ならそうするぜ。頭蓋骨やら手足の骨やらをバキバキ折る。必要とあらばこの都市をひっくり返し、焼き払う。そうしなくちゃならないのなら、総裁を取り戻すにはそうする必要があるのなら、俺ならやるよ、ハリー。

ハリー・スウィーニーはまた頬笑んだ。ま、俺はあんたじゃないからな。

そりゃそうだ、と千住晃は笑う。まあ思いたいように思っていればいいよ、ハリー。そっちの実情は知ってるし、理解してる。でも覚えときな。共産主義者どものリストが欲しかったら、てことは、頭蓋骨や手足の骨を叩き折らなきゃいけない連中のリストが欲しかったら、俺のところへ来な。居場所は知ってるんだから。俺はあんたらの手助けをするよ。ウィロビー少将に忘れずに言ってくれ、ハリーさん。俺はあんたらの味方だとな。

くそ、とハリー・スウィーニーは第一ホテルのロビーの電話室で悪態をついた。受話器を戻し、電話室を出る。ロビーを横切り、クロークで帽子を預けた。日本人の若い女が引き換え札をよこしてお辞儀をした。ハリー・スウィーニーは頬笑んで礼を言い、階段を降りて地階のバーへ行った。照明は薄暗く、話し声は大きかった。外国語の声、アメリカ人の声。一隅でポーカーに興じるアメリカ人、別の隅でピンポンをするアメリカ人、『クローバー畑で転がして』を合唱するアメリカ人、手拍子をとるアメリカ人、笑うアメリカ人、酒を飲むアメリカ人、酒に飲まれるアメリカ人。ハリー・スウィーニーはカウンターのスツールに腰かけ、日本人のバーテンダーにうなずきかけた。白いシャツに黒い蝶ネクタイのバーテンダーが近づいてきた。何にします、ハリー。

いつものやつだ、ジョー、とハリー・スウィーニーは言った。

バーテンダーのジョーはグラスを一つ、ハリー・スウィーニーの目の前に置いた。それからジョニー・ウォーカーの瓶を取り上げ、グラスに酒を注ぎ始めた。今夜も〝そこまで〟と止めないんですか、ハリー。

それが俺だ、ジョー。氷なし、ソーダなし、〝そこまで〟なし。

バーテンダーのジョーはグラスを縁まで満たした。それから瓶を置いて言った。彼女、さっきまでいましたが、もう帰りましたよ、ハリー。

ハリー・スウィーニーはうなずいた。グラスに手を伸ばした。グラスをしっかりつかみ、前に身を乗り出して、酒の上に顔を持ってきた。また頬笑んで、うなずいた。

バーテンダーのジョーは首を振った。そんなところを覗いても彼女はいやしませんよ。分かってるでしょう。

捜してみたって別にいいだろう、ジョー。

ジョーはまた首を振った。

赤いドレスを着た若い女がカウンターの端からやってきた。目が大きく、鼻も大きく、煙草を吸い、手にグラスを持っていた。そのグラスをカウンターの、ハリー・スウィーニーのすぐ横に置き、片手をハリー・スウィーニーの隣のスツールに置いて言った。どなたかを待っているの。

なるべく人を待たないようにしているんだ、とハリー・スウィーニーは言った。

でも、構わないかしら。

何が。

ご一緒しても。

相手によるね。

女はスツールに腰かけ、体の向きを変えて、ハリー・スウィーニーに手を差し出した。口が大きく、唇が厚かった。女は頬笑んで言った。グロリア・ウィルソンよ。

ハリー・スウィーニーだ。

知ってるわ、とグロリア・ウィルソンは言った。ご近所さんだもの。

まさか。

本当よ、グロリア・ウィルソンは笑った。あなたは四階、わたしは三階。日本郵船ビルの。

奇遇だね。

そうでもないわ、とグロリア・ウィルソン。狭い世界だと思わない、ミスター・スウィーニー。この世界って。それは要するにサー・チャールズ・ウィロビー少将の世界ってことよね。わたしたちはみんな彼の子供なの。あなたも、わたしも、ここにいる人間は誰でも。みんな彼の子供なのよ、ミスター・スウィーニー。

気をつけたほうがいいよ、ミス・ウィルソン。壁に耳ありだ。そんなことを言っているのを知られたら大変だぞ。少将が怒るかもしれない。

怒るでしょうね、ミスター・スウィーニー。でも、あの人はわたしのドレスの色も嫌いかもしれない。そうでしょ。そしたらそのことでも怒るわ。彼、怒りっぽいのよ。可哀想な人。

ハリー・スウィーニーはバーテンダーのジョーにうなずきかけた。レディーに今飲んでるもののお代わりを差し上げてくれ、ジョー。

まさかわたしのことを飲んべえだと思っているんじゃないでしょうね、ミスター・スウィーニー。それは違うわよ。

ハリー・スウィーニーはかぶりを振った。そんなことは全然思っていないよ、ミス・ウィルソン。わたしの郷《くに》では、酒を奢《おご》るのはただの気さくな振る舞いだ。

お郷《くに》はどちらなの、ミスター・スウィーニー。

モンタナだ。

ビリングズ？　ミズーラ？　ヘレナ？

いや。

グレート・フォールズ？　ビュート？

いや。

降参だわ、ミスター・スウィーニー。あなたの勝ちよ。

勝ちということもないが。アナコンダだ。

美しい郷《くに》でしょうね。〝大きな空の郷《ビッグ・スカイ・カントリー》〟。

モンタナへ行ったことはないんだね。

ないけど、行ってみたいわ。

どうして。

特に理由はないけど。グロリア・ウィルソンは溜め息をつく。強《し》いて言えば、インディアナ州マンシーじゃないから、かしら。

インディアナ州マンシーはそんなにひどいところかい。

ええ、グロリア・ウィルソンは笑った。とってもひどいところ。

インディアナ州マンシーから自由になってどれくらいになるんだ。

自由な時間が長すぎたかもしれない。

自由な時間が長すぎた？　もう帰りたいのか。

いいえ、ミスター・スウィーニー、帰りたくはないわ。ときどき故郷のマンシーに帰った夢を見るけど、夢から覚めて、目を開けて、自分の部屋の中を見回すと、マンシーに帰っていなくてよかったと思うもの。まだここにいる、東京にいると思うと、ほっとするのよ。

サー・チャールズの王国にいることに？

何もかも薔薇《ばら》色とはいかないわ。そうでしょう、ミスター・スウィーニー。それは虫がよすぎるもの。

でも故郷に帰りたいと思わないことに罪悪感を感じるだろう。

ええ、ミスター・スウィーニー、それは感じる！　とても後ろめたい。

ハリー・スウィーニーはウィスキーをこぼさないよう、ゆっくりとグラスを持ち上げた。お会いできて嬉しいよ、ミス・ウィルソン。

グロリア・ウィルソンもグラスを掲げ、ハリー・スウィーニーの手にしたグラスと軽く触れ合わせ、頰笑んだ。わたしもお会いできて嬉しいわ、ミスター・スウィーニー。

そしてアナコンダにもマンシーにもいないことを祝して、とハリー・スウィーニーは言い、もう一度グラスを触れ合わせ、それから自分のグラスをそっとカウンターに戻した。

まさにそれを祝したい！　でも、飲まないのね。

近頃は見るだけなんだ。

いろんなものが見えるんでしょうね。グロリア・ウィルソンは笑う。

予想以上にね。

わたしは飲んでもいい？

飲んでくれないと俺の心が張り裂けるよ、ミス・ウィルソン。

じゃあ飲む、とグロリア・ウィルソンは言った。一口飲み、さらにもう一口飲む。あなたの心が張り裂けないようにね、ミスター・スウィーニー。

優しい人だね、ミス・ウィルソン。ありがとう。

ほんとはそんなに優しくないけど、でも、そう言ってくれてありがとう。それと、わたしのことはグロリアと呼んで、ミスター・スウィーニー。

それじゃこっちはハリーと呼んでもらおうかな。もし構わなければ。

全然構わないわ、ハリー。あなたは有名な人だもの。

何で有名なのかな、ミス・ウィルソン。ああ、すまない、グロリア。

わたしをからかっているのね、ハリー・スウィーニー。何で有名かはよく知っているはずよ。新聞に何度も載ったじゃない。あなたはギャングを捕まえる人。誰でも知っているわ。

　読んだことを何でも信じるのはよしたほうがいい、とハリー・スウィーニーは言った。でも、君はどうなんだ。何をしているんだ、グロリア。三階で。

　あなたみたいに刺激的で華々しいことじゃないわ、ハリー。グロリア・ウィルソンは笑った。わたしはただの平凡な器量の図書館司書ジェイン《ミス・ブレイン・ジェイン・ザ・ライブラリアン》。所属は歴史課。そんなちっぽけで退屈な人間がわたしよ。

　それは大いに疑わしいな、とハリー・スウィーニーは言った。そんなドレスは今まで見たことのある図書館司書の誰とも似ていない。モンタナではね。

　グロリア・ウィルソンは笑った。インディアナ州マンシーでもそうだわ。それからグロリアは隅でポーカーに興じている人たちを顎で示した。でもわたしたちは今この街の歴史的な夜を迎えているのよ。

　ハリー・スウィーニーは隅のテーブルを囲んでいる顔に目をやった。三人のアメリカ人と一人の日本人。手拍子をとっている者も、笑っている者もいない。合唱には加わらず、ひたすらゲームをしている。ハリー・スウィーニーは頬笑んだ。楽しいお仲間のようだね。

　冗談でしょう。図書館よりひどいわ。でも、わたしの友達のドンとメアリーがもうすぐ来るって言っているの。この二人は面白いわよ、きっとあなたも好きになるわ……

　ハリー・スウィーニーはまた笑みを浮かべた。ハリー・スウィーニーは腕時計を見た。それからハリー・スウィーニーは立ち上がりながら、またバーテンダーのジョーにうなずきかけた。レディーにお代わりを頼むよ、ジョー。俺につけておいてくれ。

　もう行っちゃうんじゃないでしょうね、とグロリア・ウィルソンが言う。

　ハリー・スウィーニーは頭を下げた。仕事に戻らなくちゃいけない。でも、会えてとても嬉しかったよ、グロリア。

　ついてないわ。グロリア・ウィルソンは笑った。この都市《まち》でやっと白んぼの女にお酒を奢ってくれて、優しいことを言ってくれる人と出会えたのに、仕事漬けの人なのね。でも、ありがとう、ハリー・スウィーニー。ありがとう。会えて嬉しかったわ……

ハリー・スウィーニーは頬笑んだ。またそのうち会おう、グロリア。

ええ、会うことになるでしょうね。わたしがあなたを捜すから……

ああ、捜してくれ。ハリー・スウィーニーは笑った。

それからグロリア・ウィルソンから離れ、カウンターから離れ、酒から離れて、階段を昇った。クロークの若い女に引き換え札を渡した。若い女はにっこり笑って帽子をよこし、お辞儀をした。ハリー・スウィーニーは頬笑みを返して礼を言った。ロビーを横切って玄関から外に出ると、すぐに一組の男女と出会った。着物姿の日本人の女と軍服を着たアメリカ人の男だ――

おやおや、何という偶然だ。ドナルド・E・シャノン中佐は笑った。四年間一度も会わなかったのに、同じ日に二度会うとはな。俺の総裁はもう見つけてくれたか、ミスター・スウィーニー。

いいや。あなたの総裁？

国鉄は俺の鉄道、国鉄総裁は俺の総裁だ。見つかったという話はまだ聞きませんね。

シャノン中佐はポケットに手を入れ、札束を取り出して、ハリー・スウィーニーの前で振った。さあ、百ドルだ、スウィーニー。

ドニー、およしなさいよ、と脇にいる日本人の女が言った。ね、家に帰りましょ。お願い、ドニー……

うるさい、とシャノン中佐は吐き棄てるように言い、女を押しのけると、階段の上でよろめき、紙幣をぱっと撒いて、女に殴りかかりながら、どなった。俺が喋ってる時に口出しするなと言ったろう！　それに俺をドニーと……

ハリー・スウィーニーは中佐の腕をつかんで女から引き離した。さあ、もう遅いですから――

貴様も口出しするな、スウィーニー。貴様のことは知っているぞ。聖人君子じゃないってことはな。貴様は嘘の塊だ。糞ったれの嘘の塊だ。それが貴様だ、スウィーニー。貴様ら一党はみんなそうだ。貴様らの考えなんぞどうでもいい。貴様らがどう考えようとな。俺はこの女が好きなんだ！　愛してるんだ、スウィーニー。聞こえたか。聞こえやがったか！　俺はこの国も愛しているんだぞ！　だから貴様など糞食らえだ、スウィーニー。糞でも食らえ、スウィーニー、おやすみ！

ハリー・スウィーニーは八重洲《やえす》ホテルの自室の鍵穴に鍵を挿《さ》した。鍵を回し、ドアを開けた。部屋に入ってドアを閉め、鍵をかけた。部屋の真ん中に立って、室内を見回した。街路からの光の中で、夜からの光の中で。くしゃくしゃにした封筒、破られた便箋。開かれた聖書、落ちた十字架。ひっくり返った旅行鞄、空の衣装簞笥。湿った衣類の山、剝ぎ取られた汚れたシーツ。むきだしのマットレス、空のベッド。窓を打つ雨の音が聞こえた。夜に降る雨の音が聞こえた。洗面台へ足を運んだ。洗面台を見下ろした。割れたガラスの破片が見えた。目を上げて鏡を見た。鏡の中の顔を見た。その顎、頰、目、鼻、口を見た。手を持ち上げて鏡の中の顔に触れた。その顎、頰、目、鼻、口の輪郭をなぞった。鏡の縁に指を滑らせた。鏡の縁をつかんだ。鏡を壁から引き剝がした。それからしゃがんだ。鏡面を向こう側にして窓の下の壁に立てかけた。また立ち上がり始めた。カーペットの上に血が点々とついているのが見えた。上着を脱いだ。それをマットレスの上に放り投げた。シャツの袖ボタンをはずした。シャツの袖口をまくり上げた。手首に巻いた包帯に血の染みがついているのが見えた。シャツのボタンをはずした。シャツを脱いだ。シャツをマットレスの上に放り投げた。腕時計をはずした。それを床に置いた。左手首の包帯から安全ピンをはずした。安全ピンを洗面台の二つの蛇口の間に置いた。左手首の包帯をはずした。包帯をマットレスの上のシャツの上に投げた。右手首の包帯を留めている安全ピンをはずした。それを二つの蛇口の間のもう一つの安全ピンの隣に置いた。右手首の包帯をはずした。その包帯をシャツの上のさっきの包帯の上に投げた。ゴミ箱を取り上げた。それを洗面台のそばへ持ってきた。ガラスの破片をつまみ上げた。それをゴミ箱に入れた。蛇口の栓を二つともひねった。水と湯が出てくるのを待った。窓を打つ雨の音を消してくれるのを待った。夜に降る雨の音を消してくれるのを待った。洗面台に栓をし、湯を溜めた。二つの蛇口を閉めた。窓を打つ雨の音がまた聞こえた。夜に降る雨の音がまた聞こえた。両手の手首までを温《ぬる》い湯に入れた。両手の手首までを湯に漬けた。湯が血を洗い流すのを眺めた。湯が傷を清めてくれるのを感じた。栓をはずした。湯が洗面台から抜けていくのを見た。両手首の周りから、指の間から、退いていくのを眺めた。両手を洗面台から引き上げた。床のタオルを拾った。タオルで手と手首を拭った。タオルを畳んだ。タオルを洗面台の脇のタオル掛けにかけた。また部屋の真ん中に戻った。街路からの光の中で、夜からの光の中で。両手を持ち上げ、それをひっくり返した。手首の奇麗になった乾いた傷を見た。ひとしきり見つめていた。それから部屋の真ん中で両膝をついた。くしゃくしゃにした封筒の脇、破られた便箋の前で。紙の断片、言葉の断片。裏切り。欺罔《きもう》。ユダ。情欲。結婚。神聖。あたしの宗教。裏切者のあなた。絶対に諦めない。離婚する。あなたという人間は分かっている。どんな人間かは分かっている。でも赦《ゆる》してあげる、ハリー。子供たちもあなたを赦すわ、ハリー。帰ってきて、ハリー。お願いだからとにかく帰ってきて。ハリー・スウィーニーは両の掌を合わせた。ハリー・スウィーニーは両手を顔のほうへ持ち上げた。頭《こうべ》を垂れた。目を閉じた。アメリカの世紀の真ん中で、アメリカの夜の真ん中で。自分の部屋で頭を垂れた。ホテルの自室で頭を垂れた。窓を打つ雨、夜に降る雨。ひざまずいて。汚れた両膝をついて。降り続ける雨、大降りの雨。ハリー・スウィーニーは電話の鳴る音を聞いた。いくつもの声が上がり、命令が飛ぶ。ブーツが階段を降り、ブーツが通りを歩く。車のドアが開き、車のドアが閉まる。エンジン音が街を渡る、四階下でブレーキ音が響く。ブーツが階段を昇ってくる、ブーツが廊下をやってくる。ドアが手の指の関節で叩かれ、木越しに声が届く。いるのか、ハリー。いるのか。

ハリー・スウィーニーは目を開いた。立ち上がって姿勢を安定させた。ベッドまで歩いた。シャツを取り上げ、シャツを着た。ドアに目をやった。それからドアまで歩き、挿したままの鍵に手をかけた。息を吸い、息を吐いた。鍵を回し、ドアを開いて、言った。どうした、ススム。

廊下にトダが立っていた。頭の天辺《てっぺん》から爪先までずぶ濡れだった。彼が見つかったんだ、ハリー。

それはよかった。

死体でだ。

2　翌日

一九四九年七月六日

二人は夜と雨を突っ切って、能《あた》う限り速く車を走らせた。ハリー・スウィーニーは後部座席にビル・ベッツと一緒に乗り、トダは助手席、運転はイチロー、北に向かって上野まで行き、そこからアヴェニューQをたどり、三《み》ノ輪《わ》で東へ折れて、川を、隅田川を、渡った。

ハリー・スウィーニーはまた腕時計を見た。文字盤のガラスに罅《ひび》が入り、針は止まっていた。今、何時だ。

四時過ぎだ、とトダが言った。

ハリー・スウィーニーはまた窓の外の、雨と夜を、都市とその街路を見た。都市とその街路は人気《ひとけ》がなく森閑《しんかん》としており、建物が少なくなるのと入れ替わりに畑が増えた。今はまた北に進路をとり、都市の外れに向かって、能う限り速く走っていた。

よしここだ、とトダが言い、イチローが車を路肩へ寄せ、綾瀬《あやせ》駅の裏手で駐めた。道路の両側に車が並び、無人の黒い影を土砂降りの雨に打たせていた。

くそ、すげえ雨だな、とベッツが言った。

トダ、ベッツ、ハリー・スウィーニーは車を降りて、夜と雨の中へ、夜の終わりの、滝のような雨の中へ出ていった。イエスは涙を流された《なんてこった》、とベッツは言った。一本の傘もないときやがった。

三人は上着の襟を立て、帽子のつばを引き降ろした。またベッツが、くそ、と言った。

あっちだ、とトダが西を指さす。

距離はどれくらいだ、とベッツが訊く。

分からない、とトダ。

じきに分かる、とハリー・スウィーニーは言った。さあ行くぞ。こうしているのは時間の無駄だ。

三人は駅から離れて歩きだした。線路の脇を、線路に沿って。狭い川にかかった歩行者用の橋を渡った。線路の脇を、線路に沿って。左手には小菅《こすげ》刑務所の高い黒々とした塀が聳え、右手には幅広の暗い虚ろな空き地が広がっている。線路の脇を、線路に沿って。激しい雨、滝のような雨の中。三人とも服がぐしょ濡れで、肌まで水が達していた。血の中まで、骨の髄まで染み通っていた。降りしきる雨、傷つける雨。ベッツが言った。あとどれくらいだ。

あれだ、とトダが言う。きっとあそこだ。

前方にカンテラの灯《ひ》が何個も見えた。人影がいくつも見えた。橋の手前、土手の手前。雨合羽《あまがっぱ》姿の者、レインコート姿の者。ゴム長靴で線路の上り線と下り線を歩く者。ゴム長靴で線路を横切る者。滝のような雨の中、カンテラの灯を頼りに。男たちは衣服の切れ端を拾い、肉の切れ端を容器に入れていた。線路の上り線と下り線を歩き、左右に横切り、あちらへ歩き、こちらへ歩き、現場中を動き回り、引き裂かれ散乱した衣服と肉を、拾っている――

こりゃひでえ、とベッツは言った。

下り線に腕が一本落ちていた。

こりゃひでえ、とベッツはまた言った。気の毒に。

夜の中そして雨の中、ハリー・スウィーニーは何も言わなかった。ハリー・スウィーニーはそこに立ち、夜が終わり雨が熄《や》むことを願いながら、線路の上り方向と下り方向を見やり、見える限りのものを見ようと努め、記憶できる限りのことを記憶しようと努めた。夜の中、そして雨の中、ハリー・スウィーニーは手帳と鉛筆を出し、夜の中、そして雨の中、ハリー・スウィーニーは線路沿いに歩いて、歩数でいろいろな距離を計り、現場をスケッチし、細々した事実を書きつけた。線路は別の路線のガード下をくぐった。そのガードから三メートル離れたところでは枕木やバラストに大量の油の流れ跡があった。ガードから五・九メートル離れたところではバラスの上に破れた靴下をはいた右足首が落ちていた。ガードから十メートル離れたところでは左右のレールの間に靴下《ガー》留《タ》めが落ちていた。ガードから十四メートル離れた下り線のレール脇の草むらには潰れた右靴。ガードから十七メートル離れた下り線の左右のレールの間には左靴。ガードから二十四メートル離れた下り線の左右のレールの間には褌《ふんどし》と見られる布切れ。ガードから二十七メートル離れたところには背中の破れたワイシャツ。ガードから四十三メートル離れたところの左右のレールの間のバラスの上にはこれまた靴下をはいたままの左足首。ガードから四十六メートル離れたところの左右のレールの間には、ワイシャツと同じ具合に背中の破れた背広の上着。ガードから五十四メートル離れた、上り線と下り線の間のバラスの上には、男の顔が落ちていた。頭の天辺から顎までが引き剝がされた顔で、眼球が一つだけ残り、上を向いて、夜と雨を見上げていた――

ひでえな、とベッツが言った。

トダがうなずいた。列車に轢《ひ》かれると人間はこうなるんだな。

ハリー・スウィーニーは無言のまま、依然として歩き続け、書き続ける。顔のそばには脳の破片もあった。そこから約十メートルにわたって、レールとレールの間に腸が散乱していた。ガードから六十九メートルのところには右腕と肩の一部が、下り車線のレールの間のバラスの上に落ちていた。そして最後に、ガードから八十二メートル離れた、下り車線の左右のレールの間のバラスの上には胴体と脚があった。胴体はねじれ、衣服はなかった。背中と腿もバラスにこすれてねじれ、腰の部分はほとんど千切れかけていて、肉がぱっくり口を開け、折れた骨が見えていた――

ひでえな、とベッツはまた言った。何て死に方だ。まったく。

ハリー・スウィーニーは無言のまま、微かな光が東から広がってくるのを、その微かな光が線路の上に撒き散らされている濡れた白い皮膚の切れ端や灰色の肉塊を照らし始めるのを眺めた。仄白《ほのじろ》んでくる光と弱くなった雨の中、ハリー・スウィーニーは皮膚と肉から、線路とバラスから、目を離した。新たにやってくる男たちがいて、立ち去る男たちがいて、現われては消え、線路を上り方向や下り方向へ歩き、行ったり来たりし、時に線路を横切ったりして、現場を調べていた。今や警視庁の捜査員が現場を仕切り、検察官や監察医も到着していた。警視庁の捜査員たちはトダをつかまえて、彼ら三人の氏名、階級、地位、職務を確認し、何を聞いたか、何を見たかを尋ねた。それからハリー・スウィーニーは、暁《あかつき》の光と小雨の中に立ち、皮膚と骨まで濡れながら、東を見、次いで南を見、西を見、北を見、線路の先の踏切と駅に目を向け、線路の横の建物と刑務所を見、線路の先の鉄橋と土手を見、北に広がる低い平らな畑を見、ハリー・スウィーニーは、何度も何度も首を巡らしながら、この沈黙した、空虚な、神に見棄てられたように荒涼とした、一つの死を抱えた風景を見た――

何考えてんだ、ハリー、とベッツが訊いた。

なぜここなんだ、ビル。なぜここなんだ。

線路に沿って綾瀬駅に引き返し、自分たちの車に戻っていく間、トダが手帳のメモを読み上げ、現場で得た情報をほかの二人に伝えた。トダは言った。とりあえず名前は省略するが、上野発松戸《まつど》行き最終電車の運転手が、綾瀬駅で列車が停まった時、線路上に赤いものが散らばっているのを見たように思うと報告したんだ。ちょうど列車が刑務所の横を通るあたりだとのことだった。そこの踏切は〝魔の踏切〟とか〝呪われた踏切〟とか呼ばれているようだ。

おいおい。ベッツは笑った。

ほんとなんだ、とトダが言う。事故や飛び込み自殺で有名な場所で、地元の人間は近づかない。とくに雨の日はな。雨の日には恨みをのんで死んだ者の幽霊が鉄橋やガード下に現われる。幽霊たちが泣いている声が聞こえるというんだ。

最後にあったのはいつだ、とハリー・スウィーニーが訊く。

何が。

飛び込み自殺。

それは言わなかったな。こっちが訊かなかったから。

すまん、ハリー。

まああとで調べればいい。続けてくれ。

運転手は綾瀬駅で、〝マグロ〟を見たように思うと言った。〝マグロ〟とは轢《れき》死《し》体《たい》のことだ。これが午前零時三十分頃。助役が改札係ともう一人の駅員に〝呪われた踏切〟を見に行かせた。二人で一つのカンテラを持っただけだが、線路上に死体が見えた。それで刑務所の裏手にある警手詰所へ行って、そこから駅の助役に電話で報告した。助役はそのことを上野保線区の北千住《きたせんじゅ》分区長に伝えた。これは要確認だが、分区長は東武線の五反《ごたん》野《の》駅にいたようだ。東武線は常磐《じょうばん》線をガードでまたぐ線で、五反野駅は現場の近くにある。とにかく分区長は部下を一人連れて東武線から常磐線に降りて、一時三十分頃現場に着いた。その時はもう雨が降っていたが、体格のいい男のいろんな部分が切断された損壊の激しい死体が見えたそうだ。分区長たちは現場を調べた。彼らが言うには、油染みのついたずたずたの服が散らばっていた。身元が分かるものを探すと、国有鉄道総裁下山定則という名刺と下山名義の鉄道パスが見つかって、名前が確認できた。そこで急いで最寄りの駐在所――五反野南町駐在所――へ行って、中山《なかやま》という巡査に事情を話した。この時、時刻は二時十五分。中山巡査はただちに西新井《にしあらい》署に報告したあと、みずから現場におもむいた。俺は現場で彼と会った。俺が今話したことを教えてくれたのは中山巡査なんだ。中山巡査が現場に着いた時――二時四十分頃だと思うと言っていたが――もうほかに綾瀬駅の駅員や保線区の職員が何人もいた。中山巡査がいる間に綾瀬駅長も来た。彼らは死体の身元が分かるほかの証拠を探し始めた。胴体のそばで腕時計と一本の金歯が見つかった。駅長は胴体をひっくり返して調べ、ズボンのポケットに財布を見つけた。その頃はもう雨が土砂降りだったが、中山巡査の話では、胴体をひっくり返した時、下のバラスは乾いていたそうだ。

三人は車にたどり着いた。イチローが運転席で待っていた。ほかに四、五台の車が駐めてあるが、どれも人は乗っていない。

君らはどうか知らんが、とベッツが言った。俺は一風呂浴びて、朝飯を食って、一眠りしたいね。下手すると一週間ほど病気で欠勤することになるぞ。この雨のせいでな。

ハリー・スウィーニーは数台の無人の車を見、駅舎を見てから言った。あんたは待っててくれ、ビル。なるべく早く戻るから。おまえは一緒に来てくれ、ススム。用事はさっさと済ませような、ハリー。俺はぶるぶる震えてるんだ。

なるべく早く戻るから、とハリー・スウィーニーはまた言い、煙草に火をつけ、駅舎に向かって歩きだしながら、トダに訊いた。これは全部、国鉄関係者の車なんだろう。

トダはちらりと振り返ってうなずいた。ああ、ほとんどがな。

ハリー・スウィーニーはにやりと笑った。聞き込み捜査の手間をちょいと省こうぜ。

綾瀬駅の駅長室では、国鉄本庁から来た男が三人、小さな火鉢を囲んでいた。青ざめ、濡れそぼち、黙り込み、死を悼《いた》みながら、背広を乾かし、肌を乾かしていた。ハリー・スウィーニーは公安課のバッジを出し、この中に、下山総裁の遺体の身元確認をした人がいると思いますが、と言った。

あ、わたしです、と一人が答えた。

お名前は。

折居《おりい》正雄《まさお》。

ハリー・スウィーニーは言った。ミスター・オリイ、ここへ来るまでの経緯を話してくれませんか。誰から、いつ連絡があったか。

わたしは総裁の家で、午前三時に電話で連絡を――ちょっと待って、ミスター・オリイ。もっと詳しい話が聞きたいんだ。今日一日何があったかを、全部話してください。

そうですか、それじゃ、と折居は改めて話しだした。

総裁が行方不明だと初めて聞いたのは、今朝の、いや失礼、昨日の朝の十一時頃でした。相原《あいはら》さんが電話をかけてきて、総裁がまだ登庁しないというんです。朝の定例会議があるんですがね。しかし、その時は特に何とも思いませんでした。そう深刻には受け止めなかったんです。まあいいかと思ってすぐに忘れました。


それはなぜです、ミスター・オリイ。

忙しかったからですよ。わたしは復員兵のための特別列車を仕立てる役目を仰《おお》せつかっているんですが、あちこちの駅で大変な混乱や騒ぎが起きているんです。品川《しながわ》や東京や上野で。それから運輸省や警察なんかからも電話がかかってきた。大勢の人の相手をしなくちゃいけませんでしたよ。電話が矢鱈《やたら》とかかるし、何人も人が訪ねてくるし。午後の一時頃、総裁秘書の大塚さんから電話があった。総裁はまだ見つかりませんが、誰か、あるいはどこか、総裁が訪ねていきそうなところに心当たりはないですかと言うんです。いくつか心当たりを言いましたが、どれももう大塚さんがほかの人から聞いたりしていることばかりでした。その頃からわたしも心配になってきましてね。総裁の身にもう何か起きているかもしれないと思い始めました。

何か、というと。

誘拐とか、そういうようなことが。

誰に誘拐されるんです。

人員整理に反対している人たちにです。脅迫も随分あったと聞いています。手紙や電話での脅迫がね。その種のビラも大分貼られています。

　特定の個人や集団に心当たりは。

　ないですね。具体的なことは何も分かりません。わたしが考えたのはそういうことじゃない。総裁の身にそんなことが起こらなければいいがと思っただけです。

　で、その一時の電話のあとは何を。

　まだ職場にいなければなりませんでした。さっきも言ったとおり、復員列車の運行という仕事がありますからね。外へ出られませんでした。でも心配でしたよ。ラジオが行方不明を伝えていたし、新聞の号外も出ましたからね。

　職場を出たのは何時ですか、ミスター・オリイ。

　午前零時過ぎです。正確に何分かは分からないです。すみません。とにかく午前零時過ぎ、仕事が一段落した時です。わたしは上池上の総裁のお宅へ行きました。着いたのは一時頃。外には車が十二、三台駐まっていました。全部新聞社のです。わたしはお宅に入りました。応接室には新聞各社の記者がいました。十五、六人はいましたかな。わたしは二階へ上がって居間に入りました。奥様と四人のご子息、それに総裁の弟さんがおられました。みなさん、大変心配しながら、黙ってただじっと待っていらっしゃった。何分かして奥様が、階下《した》にいる記者のみなさんにはもう帰っていただきましょうとおっしゃいました。もうだいぶ前から集まっていらっしゃるのに、お茶もお出ししないで、申し訳ないというんです。それでわたしが降りていって、みなさんもうお引き取りくださいと言いました。何か分かったらお知らせしますからと。みなさんお帰りになったので、わたしはまた二階へ戻りました。奥様もほかの方もただ待っていらっしゃいます。どなたも、一言も喋らず、じっと待っていらっしゃるのです。それから三時十分に、わたしの横にあった電話が鳴りだしました。鉄道電話です。国鉄内部だけの特別の電話網があるんです。わたしはすぐに受話器をとりました。奥田《おくだ》さんからでした。常磐線で死体が発見されたというんです。場所は北千住駅と綾瀬駅の間の線路上で、総裁のパスが見つかって……

　駅長室の、熱と湿《しと》りのこもった、むっと息が詰まる空気の中、折居正雄は言葉を切り、目と顔をこすりながら、懸命に感情を抑えようと――

　遺族には知らせましたか、とハリー・スウィーニーは訊く。

　折居正雄はかぶりを振った。できませんでした。わたし自身、それが本当だと信じたくなかった。遺体が総裁のものだなんて。わたしは本庁に帰らなければならなくなったというようなことを言って、大塚さんに声をかけて一緒に居間を出ました。そして大塚さんに今聞いたことを話して、このことはまだ知らせないで、奥様や息子さんたちと一緒に待っていて欲しいと頼みました。でも大塚さんは一緒に行きたいと言うんです。それでやむを得ず総裁の弟さんと話しました。遺体が発見されたというけれど、まだ確かなことは何も分からないから、大塚さんと二人で現場へ行ってみると言いました。総裁の弟さんは、その段階ではまだ奥様には何も知らせないということに賛成しました。それでわたしと、大塚さんと、もう一人土井《どい》さんが、総裁のお宅を出たんです。

　で、まっすぐここへ来た。

　そうです、と折居は言った。運転手はうちの佐保田《さほた》です。

　ここへ着いたのは何時。

　四時過ぎです、と折居は答えた。着くとすぐ現場へ案内されました。総裁のパスや腕時計や財布を見せられて。そのあと遺体との対面です。遺体のうちの残った部分とね。わたしは総裁に間違いないと言いました。

　むっと息の詰まる空気に満ちた駅長室で、ハリー・スウィーニーは尋ねた。自信をもって言えますか。

　ええ。

　遺族には知らせましたか。

　ええ、と折居はまた言った。わたしと土井さんがここへ戻ってきて、本庁に電話をして、そのあと総裁の弟さんにも知らせました。大塚さんはまだ現場の遺体のそばにいます。

　あなたの考えを聞かせてもらえますか。

　わたしの考え？

　あなたは現場へ行って、遺体の身元を確認した、とハリー・スウィーニーは言った。あなたは総裁を知っていた。本人を直接知っていた。ここで何が起きたと思うか、話してください。

　折居正雄はハリー・スウィーニーを見上げて首を振った。何が起きたかは分かりません。ただ起きなければよかったのにと思うだけです。とてもいい方でした。良き夫、良き父親。そんな方が亡くなった。わたしに分かっているのはそのことです。そして、これですべてが変わってしまうということです。

三人の車は朝を貫き、その灰色の光と重い空気を貫いて、もと来たほうへ走った。また川を渡り、都心に戻った。ビル・ベッツは後部座席で眠り、ハリー・スウィーニーは脇の窓から外を見ていた。都市は濡れて黒ずみ、建物は湿って水滴を垂らし、アヴェニューQは銀座通りと合流し、車は銀座通りを進んでまた三越百貨店の前を通った。

ハリー・スウィーニーはまた腕時計を見た。文字盤のガラスは相変わらず罅割れ、針は停まっていた。手帳を取り出し、頁をめくった。その手を止め、メモを読み始める。それから前に身を乗り出し、すまん、千代田銀行に寄ってくれと言った。

おいよそうぜ、ハリー、とトダが言う。係長が待ってるんだ……

五分で済む、とハリー・スウィーニーは言った。すぐそこだろう、イチロー。

イチローはうなずき、アヴェニューYに折れた。鉄道のガード下をくぐり、四番ストリートの角へ。イチローは車を歩道際に寄せ、千代田銀行の外に駐めた。

ハリー・スウィーニーはビル・ベッツを起こさなかった。ススム・トダと一緒に車を降りた。車のドアを静かに閉め、銀行に入った。銀行は開店して一日の業務を始めたばかりだった。ハリー・スウィーニーとススム・トダは一人の行員に公安課のバッジを見せた。ハリー・スウィーニーとススム・トダは支店長に会いたいと言った。その女性の行員は二人を案内した。支店長の秘書に事情を話してから、支店長室のドアをノックした。行員は二人を支店長に紹介した——

支店長は机の後ろですでに立ち上がりかけていた。すでに案じ顔になっており、不安げに訊いた。どういうご用件でしょう。

国鉄の下山総裁のことで来ました、とハリー・スウィーニーは言った。

支店長はハリー・スウィーニーを見た。服は雨に濡れ湿り、靴は泥まみれだった。支店長は言った。常磐線で遺体が見つかったとラジオで聞きましたが。

残念ながらそのとおりです、とハリー・スウィーニーは言った。専属運転手の話では、下山総裁は昨日の朝この銀行へ来たとのことですが、本当ですか。

支店長はうなずいた。はい。昨日、下山総裁が行方不明になったという報道があった時、柏《かしわ》という、うちの私金庫を担当する者がわたしのところへ来ました。昨日、開店してすぐくらいに総裁が見えたというのです。

するとと昨日の朝、そのカシワという人が総裁の応対をしたんですね。

支店長はまたうなずいた。そのようです、はい。

ミスター・カシワは今日出勤していますか。

ええ、しております。

それじゃお手数ですが、その人のところへ連れていってもらえますか、とハリー・スウィーニーは言った。

はい、もちろん。支店長は二人の先に立ってオフィスを出、廊下を歩きだした。一室のドアを開け、二人を招き入れた。別の男が机の後ろですでに立ち上がりかけていた。その別の男もすでに案じ顔になっている。支店長が男に言った。柏君、このお二人はＧＨＱ公安課の捜査官で、下山総裁の件でお見えになったんだ。総裁のことで君から話が聞きたいとおっしゃっている。

総裁が亡くなったというのは本当ですか、と柏が訊いた。ラジオで聞いたんですが、常磐線で遺体が発見されたとか。

残念ながらそのとおりです、とハリー・スウィーニーはここでも言った。それで総裁の昨日の行動をたどっているんです。総裁は昨日の朝早くこの銀行へ来て、あなたが応対したとのことですが。

そうです、と柏は答えた。

警視庁にはもうそのことを話しましたか。

ああ、いえ、と柏は言い、上司である支店長を見た。総裁が行方不明だという話を聞いたあと、支店長と話したんです。昨日の朝、総裁がここへお見えになったことを話して、どうしたらいいかを――

ええ、そのとおりです、と支店長がさえぎった。どうしたらいいかを相談しました。

で、どうしたんです、とハリー・スウィーニーは訊いた。

ええと、ですね、と支店長は口ごもる。国鉄のほうに知らせることにしました。わたしが電話をして、昨日の朝、総裁が当支店に見えたことを話しました。開店直後のことだったと。

　誰と話しましたか。

　確か総裁の秘書の方でした。

　その人は何と言いました。

　わたしに礼を言って、自分から警察に知らせると。

　ハリー・スウィーニーはうなずいた。なるほど。で、警察から連絡は来ましたか、ここへ来るとかしましたか。

　いいえ、警察からの連絡はまだです。でもあなた方が来られたのは、わたしどもが国鉄に連絡したからだと思いますが。

　ハリー・スウィーニーはまたうなずいた。また柏に目を向けた。そして訊いた。下山総裁は昨日、正確には何時にここへ来たんですか。

　ええと、九時五分とか、十分とかだったと思います。

　ええ。

　来店の目的は。

　私金庫の鍵をお求めになりました。お渡しすると、地下室へ降りて、貸金庫室に入られました。そのあと鍵を返されて、お帰りになりました。

　それが何時。

　柏は書類キャビネットの前へ行き、引き出しを開けた。一冊のファイルを出した。それを調べて、言った。九時二十五分ですね。ご利用の時刻を記録しているんです。

　すると総裁は地下室に十五分から二十分くらいいたということですね、とハリー・スウィーニーは訊いた。貸金庫を利用するために。

　そういうことです、と柏。

　誰か係員が立ち会いましたか。

　いいえ。

　同じ時に別の客はいなかったですか。

　いませんでした。一度にお一人しか地下室に降りられません。

　すると総裁は地下室で一人きりだったと。

　そうです。

　それがこの銀行の内規なんですね。

　そうです、と柏と支店長が声をそろえた。

　ハリー・スウィーニーはうなずき、それから尋ねた。下山総裁はどれくらいの間この銀行の貸金庫を利用していましたか。

それほど長くはありません、と柏は言い、またファイルに目を落とした。ええ。今年の六月一日からです。ですから、一ヶ月ちょっとですね。

何度くらいここへ来ましたか。

かなり頻繁でした、と柏は言う。週に一度はお見えになりました。この記録によりますと、たとえば、一昨日にも来ておられます。

来たのは何時です。

ええと、四日の午後二時四十分ですね。

その前は。

先月の三十日です。

どうもありがとう、とハリー・スウィーニーは言った。それじゃ貸金庫を見せていただきましょうか。総裁の私金庫の中身を。

柏が支店長を見、支店長が柏を見た。柏が言った。しかし……

利用されているお客様の許可がなければ私金庫を開けるわけにはまいりません、と支店長が言った。あるいは、ご遺族の許可がありませんと……

下山総裁は死んだんだ、とハリー・スウィーニーは言った。そしてGHQがそれについて捜査している。われわれにも、あなたにも、それで充分な許可になっているはずだ。

二人の男はうなずいた。顔が血の気を失い、青くなった。支店長が小声で、すみません、もちろんです、すぐご案内します、と言った。

ハリー・スウィーニーとススム・トダは支店長と柏のあとからオフィスを出た。廊下を歩き、階段を降りた。地下室へ、貸金庫室へ、足を運んだ。この箱の小部屋、高い四壁が箱で埋まった部屋、それぞれの箱は番号を付され、それぞれの箱は施錠されている。柏が鍵を回し、一つの箱を取り出した。一二六一番の箱。柏が一二六一番の箱を部屋の端に並んだ小卓の一つに運び、一二六一番の箱を小卓の一つに置き、もう一つの鍵を一二六一番の箱に挿し、それから一二六一番の箱から離れた。

ハリー・スウィーニーとススム・トダは箱の前に立った。鍵が鍵穴に挿されて待っている。ハリー・スウィーニーはススム・トダを見た。ススム・トダは箱の蓋をじっと見下ろしている。ハリー・スウィーニーは鍵穴に挿された鍵を回し、それからハリー・スウィーニーは箱の蓋を開けた。一二六一番の箱の中に手を入れ、新聞紙でくるまれた細長い包みを取り出した。その新聞紙を開いた。掌の上の新聞紙には百円札の束が三つ載っていた。その紙幣を数えた。百円札が三百枚あった。新聞紙に載せた札束を小卓の箱の脇に置いた。それからまた一二六一番の箱に手を入れた。何枚かの株券を取り出した。それも小卓の箱の脇に置いた。また一二六一番の箱に手を入れた。そして家屋登記書を取り出した。登記書の住所を見た。大田区の自宅の住所だった。それも小卓の箱の脇に置いた。また一二六一番の箱に手を入れた。五枚の一ドル札を取り出した。それも小卓の箱の脇に置いた。また一二六一番の箱に手を入れた。一枚の紙を巻いたものを取り出した。縛ってある紐をほどき、紙を広げた。性交中の男女を描いた木版画だった。その版画をまた巻いて紐で縛った。それも小卓の箱の脇に置いた。小卓の上の箱を見下ろした。今や一二六一番の箱は空だった。ハリー・スウィーニーはススム・トダに目を向けた。ススム・トダは手帳に書きつけていた。そのトダに訊いた。もういいか。

ああ、とトダは答えた。全部書いたよ、ハリー。

ハリー・スウィーニーは小卓に目を戻した。巻いた版画を取り上げて箱に戻した。ドル紙幣の束を取り上げて箱に戻した。家屋登記書を取り上げて箱に戻した。株券を取り上げて箱に戻した。それから新聞紙と百円札の束を取り上げた。新聞の日付を見た。一九四九年六月一日。新聞紙で札束をくるみ、箱に戻した。箱の蓋を閉め、鍵穴に挿された鍵を回した。そして箱から離れ、小卓から離れた――

ご協力ありがとう、とハリー・スウィーニーは支店長と柏のほうを向いて言った。警視庁からもこの中身を見たいと言ってくるでしょうが、警察に協力して箱を開ける時は誰か下山家の人に立ち会ってもらうようにするんですね。それとわれわれが来たことは遺族にも警察にも話さないように。

やれやれ、とエヴァンズ係長は溜め息交じりに言った。とんでもないことになってきたな、ハリー。

ええ、まったくです、係長、とハリー・スウィーニーは応じた。

エヴァンズ係長は目をこすり、両目の間を強くつまみ、また首を振り、それからまた溜め息をついて、言った。

よし、続きを話してくれ、ハリー。

　ハリー・スウィーニーは自分の手帳を開いて読んだ。

午前一時過ぎ、下山定則の損壊し部分的に切断された死体が発見される。場所は常磐線、上野の北、綾瀬駅に近いガードの近く。午前三時頃、国鉄職員が遺留品であるパス、名刺、その他の書類から死体の身元を確認。午前四時頃には国鉄上層部の人間がその身元確認を承認。その後まもなく遺族に連絡が行った。現段階では、下山総裁は列車に轢かれたと考えられるも、それが死因かどうかはまだ不明。死体は司法解剖のため東京大学に搬送。

　解剖の結果はいつ出るんだ。

　ハリー・スウィーニーは手帳を閉じ、肩をすくめて、言った。今日の午後ですね。うまくいけばですが。

　エヴァンズ係長はまた目をこすり、両目の間を強くつまみ、言った。で、どう思う、ハリー。

　ハリー・スウィーニーはまた肩をすくめた。分かりませんね、係長。

　おい、じらすな、ハリー、エヴァンズ係長は机を拳で叩いた。君は向こうへ出かけていった、現場を見た、死体を見た。頼むから考えを言ってくれ。何が起きたと思っているんだ。

　ハリー・スウィーニーは首を振った。いや、係長、はっきり言って、あんなに滅茶苦茶で信用ならない現場はありませんよ。蟇蛙《ひきがえる》が溺れ死にそうなほどの土砂降りの雨。長靴をはいてどかどか歩き回る百人ほどの人間。線路の上には人間の体がばらばらに散っている。顔が剝がれて落ちている。あっちには腕、こっちには足首。服の切れ端は拾い上げられて動かされる。現場保存がまるでできてない。基本的な手順が無視されている。監察医はあとから遅れてのこのこやってくる……

　しかし君は現場にいたんだろう。

　ええ、いましたよ。

　で、どうなんだ。君の考えは。列車に轢かれた時、総裁は死んでいたのか、生きていたのか。

　ハリー・スウィーニーはまた首を振り、また肩をすくめ、また言った。分かりませんね、係長。しかし仮に自殺でないとしたら、自殺に見せかけたんです。そしてこれが仕組んだことなら、とてもうまくやったということになります。

いやはや、とエヴァンズ係長は言い、机の後ろで立ち上がり、窓辺へ行った。都市の上の灰色の空を見上げ、溜め息をついた。どっちにしても厄介なことだな。

ハリー・スウィーニーはうなずいた。ええ、まったくそのとおりです。

今朝の新聞を読んだか、ハリー。

いえ、まだ。

福島で約六百人の労働組合員が国鉄の事務所を占拠した。管理職の職員を全員外へ引きずり出したそうだ。占拠を解かせるのに警官二百人を要した。富山、大阪、それに四国でも同じような騒ぎが起きている。ソ連からの引揚者も加わって、『赤旗の歌』を合唱しているそうだ。だからウィロビー少将が下山の件について何を言いそうかは、君も予想がつくだろう。

ええ。

まったく厄介なことだ、とエヴァンズ係長はまた言い、窓に背を向けて机に戻った。また椅子に座り、机越しに目を部下に向けて言った。少将が、今夜ＧＨＱで会議を開くと言ってきた。プルマン大佐が出るし、わたしも出る。君も出てくれ、ハリー。午後七時きっかりに、少将のオフィスへ行くんだ。君にはわれわれに分かっていることを全部説明してもらう。

じゃ、この件に留まれということですね。

そんなことを訊くのか。

すみません。

当面この件だけに専念しろ、ハリー。飛び込み自殺と分かったらそれでわれわれの仕事は終わりだ。君はギャング討伐《とうばつ》に戻っていい。他殺となったら、そのほうが好都合だが、この件に専念することになるぞ。

分かりました。

それを肝に銘じてくれ、ハリー。君には全力で取り組んでもらいたいんだ。手に入る情報はどんな断片的なものでも一つ残らず集めろ。今夜の会議で苦しい言い訳をしたり中身のないファイルを見せたりするのは御免だ。何らかの成果を持って乗り込んでいく。いいな。

はい、分かりました、係長。

よし、仕事にかかれ……

四三二号室に戻り、机に戻り、ハリー・スウィーニーは仕事に戻った。ススム・トダに警視庁へ電話をかけさせ、どんな断片的な情報でもいいから集めさせた。彼自身も自分の手帳を開いて、あちこち頁をめくり、情報のかけらをタイプし、別のかけらをタイプするが、どれもが断片、無の断片、実質は何もない、そんなことをしながら電話をちらちら見る、それが鳴りだすのを待つ、電話が鳴って、何かのニュースを、突然の状況変化を、何でもいいから何かを、知らせてくるのを待つ――

靴の底と踵《かかと》が階段を昇り、廊下を歩き、便器の水が流され、蛇口から水が出、ドアが開き、ドアが閉じ、キャビネットの引き出しが開閉し、窓が広く開かれ、扇風機が回り、万年筆が紙をひっかき、タイプライターのキーが叩かれるのに耳を澄ましながら、電話をちらちら見、それが鳴りだすのを待つ――

えいくそ、とハリー・スウィーニーは言い、上着を着、帽子を取り上げた。ススム、何か情報は。

何にもないよ、ハリー。死体は東大に到着したが、解剖は午後にならないと始まらない。捜査員は全員、三越か綾瀬で聞き込み捜査をやってるそうだ。

よし分かった、とハリー・スウィーニーは言った。車を手配してくれ、新聞は全部持っていくぞ。ここでじっとして、よそから情報が入ってくるのを待ってても仕方がない。さあ行こう――

車は日本郵船ビルの前から走りだした。アヴェニューBをたどった。ビル・ベッツとイチローは一緒ではない。運転手は新入りのシンで、ススム・トダとハリー・スウィーニーは後部座席に座った。運転席側と助手席側の窓が開けてあり、熱い湿った空気が車内に吹き込む中、ハリー・スウィーニーは外の道路を、乗用車にトラック、オートバイに自転車を見ている、建物が脇を飛び過ぎ、後ろに遠ざかっていく、電柱、電線、ところどころに樹木、行き来する通行人、茶色い服、灰色の服、緑色の服、黄色い服、ハリー・スウィーニーはススム・トダが印刷されたニュースを翻訳するのを聞く――

新聞の早版はどれもまだ下山総裁を失踪中としている。主な内容は大西運転手の証言や国鉄本庁と下山夫人の声明だ。俺たちの知らないことは何もない。ただ讀賣《よみうり》新聞には、運転手の話として、車が尾行されていなかったこと、総裁が書類鞄と弁当箱を車に置いていったことが出ている。朝日と毎日はもう号外で死体発見のニュースを伝えている。現場の状況もそこそこ説明されているよ――死体の発見場所、身元、死体損壊のかなり具体的な描写――朝日新聞は、死体には銃弾による穴があった〝と言われている〟とまで書いている。

へえ、誰に言われてるって？

それは書いてない。

スターズ・アンド・ストライプス紙はあるか。

まだ届いてなかったみたいだな。俺たちが出る時は。

すみません、と運転手が言った。一応、着きましたけど……

くそ、とススム・トダは言った。おい、見ろよ、ハリー――

静かだった暗い道はもう静かではなかった。車がずらりと並び、人があふれていた。車はどれも二重駐車で、道はふさがり、人は現場をもっとよく見ようと押し合いへし合いし、塀の向こうを見ようと首を伸ばしていた。生垣越しに、木の枝越しに覗こうとしていた。新聞記者にカメラマン、近隣の住民に野次馬。大勢の制服警官が群衆を押し止め、遠ざけようと格闘していた――

この坂の下で駐めてくれ、とススム・トダが言うと、運転手のシンはうなずき、坂を降り始め、降りきったところで道の端に寄り、駐車した。ハリー・スウィーニーとススム・トダは車を降りた。二人ともハンカチを出して首筋を拭った。ハンカチをしまい、帽子をかぶった。二人は坂をもと来たほうへ昇り始めた。坂の一番上まで昇っていった。そこには悲しみの家があった。喪に服した家があった。生垣は暗く、木は枝を低く垂れていた。二人は人込みを掻き分けて進み、悪戦苦闘しながら石の門のところまで来た。制服警官に公安課のバッジを見せると、制服警官が二人を門の中へ招き入れる仕草をし、ハリー・スウィーニーとススム・トダは石の門をくぐって、短い通路を歩いた。帽子を脱ぎ、手に持って、玄関に、悲嘆への入り口に、近づいた――

二人の中年の日本人が家から出てきて、ハリー・スウィーニーとススム・トダのほうへ歩いてきた。一人は長身痩軀、一人は短身肥満。どちらも黒い制服を着ている。二人はハリー・スウィーニーとススム・トダをじっと見ていたが、ハリー・スウィーニーにもススム・トダにも話しかけてこなかった。ただじっと見つめ、擦れ違っていった。ハリー・スウィーニーが振り返ってそちらを見ると、背の高い男も振り返った。振り返って、ハリー・スウィーニーを見た。ハリー・スウィーニーは前に向き直り、玄関口にいる警官に目を向けた。悲しみの家、この喪に服した家。帽子を片手に持ち、反対側の手にバッジを持って、ハリー・スウィーニーは訊いた。今の二人は誰だ。

警官は口を閉じたまま息を吸い、首を振って、すみません、ちょっと分かりませんが、と答えた。

それはまずいね。今からこの家を訪ねてきた人間の名前は全部記録するんだ。分かったかい。

はっ、分かりました。

ハリー・スウィーニーはうなずき、それからハリー・スウィーニーとススム・トダは家に入った。悲しみの家、この喪に服した家。空気は重く、空気は薄い。廊下に人が群れ、階段に人が群れ、どの戸口にも人が群れ、どの部屋にも人が群れ、みな黒い警官の制服を着ている。みな首を巡らしてハリー・スウィーニーとススム・トダを見る、ハリー・スウィーニーとススム・トダをじっと見つめる。涙が溜まった目、非難が溜まった目。その目は全アメリカ人を非難している、〈占領〉を非難している。

ススム・トダは首を振りながらささやく。俺たち、何だってここにいるんだ、ハリー。

お悔みに来たんだ、とハリー・スウィーニーは言った。それと目と耳を働かせに来た。だから目と耳を働かせろ、ススム。目と耳を働かせるんだ。

来てくださってどうもありがとうございます、と階段を降りてきた男が言った。故人の弟の常夫《つねお》です。

ハリー・スウィーニーとススム・トダの双方がお辞儀をした。双方がお悔みを述べ、邪魔になるかもしれないことを詫び、そのあとハリー・スウィーニーが、ちょっと人のいないところでお話しできますか、と訊く。

ええ、いいですとも、と下山常夫は言い、玄関に近い部屋の一つを手で示した。ハリー・スウィーニーとススム・トダは下山常夫のあとからその部屋に入った。室内には下山総裁の四人の息子だけが座っていた。頭を垂れて黙り込み、両手を膝に載せていた。下山常夫が、おまえたち、すまないがちょっと外に出ていてくれるかと言うと、四人はうなずいて立ち上がった。彼らが部屋を出ていくと、下山常夫はハリー・スウィーニーとススム・トダにどうぞお座りください、お茶をお持ちしますかと尋ねる。二人は謝絶し、ハリー・スウィーニーが、大変な時にお邪魔して申し訳ありませんが、いくつかお訊きしたいことがありまして、と切り出した。

ええ、分かっております、と下山常夫は言った。

ご理解ありがとうございます、とハリー・スウィーニーは言った。できるだけ早く済ませますから。それで、総裁が行方不明になったことはいつ知りましたか。

ラジオでニュースが流れた時です。五時のニュースですね。あれを聞いてすぐこちらに来ました。三十分後ぐらいだったと思います。あなた方がちょうどお帰りになったところだと聞かされました。それからずっとここにいます。

総裁とはよく会っていましたか。

だいたい週に一度くらい会っていました。もちろんお互いの仕事の都合によりましたが、けっこう顔を合わせていたほうです。

最後に会ったのはいつですか。

一週間ほど前です。

その時の総裁はどんな様子でした。

下山常夫は顔をやや右に向けた。そして溜め息を一つついて、言った。兄はかなり精神的な重圧を受けていたようです。わたしには分かりました。周囲の者はみな知っていたはずです。でも兄はいつも快活に振る舞おうと努めていました。相当無理をしていたと思いますよ、ミスター・スウィーニー。よく眠れないし、胃の具合も悪そうでした。ただ一年のこの時期にはいつもそうなるのですがね。それでも、いつも明るく振る舞っていました。いつも快活だったのです。

総裁には職責の重圧のほかに、経済的なこととか、個人的なこととか、何か心配事はなかったですか。

いいや、わたしの知る限りなかったように思います。もしあったらあなたには分かりましたかね。お二人は仲のよい兄弟だったんでしょう。

ええ、と下山常夫は言った。仲はとてもよかった。だから分かります。兄に個人的な心配事があったとは思っていません。仕事のことだけです。とくに人員整理のこと。

あからさまな訊き方で申し訳ないですが、とハリー・スウィーニーは言った。総裁が自殺のことを口にするのを聞いたことはありませんか。

ええ。一度もないです。

一応確認のために伺うんですが、総裁が自殺をしたということは信じられませんか。

ええ、と下山常夫はまた答えた。そう考えている人や、そう言っている人がいるのは知っています。でも兄は自分で自分の命を絶つような男ではありませんでした。それに兄の妻も息子たちも、昨日の朝は特に上機嫌で家を出たと言っています。長男の定彦《さだひこ》に会うのを楽しみにしていましたしね。昨夜、名古屋から帰ってきたんです。自殺するなら長男に会ってからにしたでしょう。そうじゃありませんか。

ハリー・スウィーニーはうなずいた。ええ、そうですね。

それにきっと前もって身辺の整理をしておいたでしょうしね。妻子や一族の者がそういう面倒なことをしなくて済むように。ところが家を出る前に二階の自分の部屋の机すら片づけていかなかった。ですからわたしは、人様がどう考えようと、何を言おうと、絶対に自殺ではないと思っているんです、ミスター・スウィーニー。

お考えを率直にはっきりと話してくださってありがとうございます、とハリー・スウィーニーは言った。非常に助かります。

下山常夫は溜め息をついた。首を振ってから、言った。すみません、ミスター・スウィーニー。どうも自分の考えを強く言い過ぎたようです。しかしわたしどもはみんな打ちのめされています。ひどく打ちのめされています。世間の人が兄に関してああいうことを……

分かります。すみませんでした、さっきのような質問を――

いやいや、ミスター・スウィーニー。あなた方や警察に不満があるわけじゃないんです。あなた方は職務上そういうことを質問されるわけで。それは理解しています。家族もみんな。ただ、いろんな人が、兄の友人だと称する人たちまでもが、うちへ来て、自殺だったと言うべきじゃないかなどと言うんです。そういう声明を出したらどうかと言う人たちもいます。

本当に？　誰が、いつ、そう言ったんです。

ついさっきです。男の人が二人、お悔みを申し上げたいとやってきたんですが、その人たちが、自殺をする前の書き置きを書いて、新聞に発表したらどうかと言うんです。

どういう書き置きを。

国鉄職員九万五千人の解雇などやりたくなかった。関係者のみなさんのために死をもってお詫びする。自分は日本のために死ぬ、という。

その二人というのは誰ですか。

牧《まき》という方と、橋本《はしもと》という方です。牧という人は参議院議員で、橋本というのは以前鉄道省の局長をしていた人だそうです。今は退職していますが、北海道で勤務していた時は、兄は橋本夫妻と同じ宿舎にいたとか。しかし、そんな提案をするなんて信じられない。言語道断です。耐えがたいことです。

なぜそんなことを言ったのかな。理由は何です。

下山常夫はまた溜め息をつき、それから言った。新聞に書き置きの文章を出して、その写真を添えれば、組合や個々の職員が同情して、人員整理をめぐる騒動が収まるだろうというんです。そして日本と世界が兄を偉大な殉教者《じゅんきょうしゃ》として記憶するだろうと。そう彼らは言いました。

あなたはどう返事したんですか。

わたしは何も言いませんでした。ただ兄の顔を思い浮かべ、兄の妻子のことを思い浮かべていました。言葉が出なかったんです。

お話を聞かせてくださってありがとうございます、とハリー・スウィーニーは言った。しかしもう一つ、厚かましいお願いをしなければなりません。ほんの少しでいいですから、総裁の奥様と話をさせていただけないでしょうか。昨日お話ししましたが、今日はお悔みを申し上げたいんです。

いいですとも、下山常夫はそう言って腰を上げた。今、二階にいます。ご案内しましょう、ミスター・スウィーニー。

ハリー・スウィーニーとススム・トダは下山常夫のあとから部屋を出て、人の立て込んだ廊下に戻った。涙の間《あいだ》、咎める視線の間《あいだ》を、通り抜ける。階段を昇り、部屋に入った。前日の午後に通されたのと同じ部屋だった。同じ木の座卓、同じ大型の箪笥。だが今は希望が失われ、祈りが絶え、悲しみに浸り、喪に服していた。陰鬱な黒い着物、青ざめた顔、目の前の座卓に平たく置かれた額入りの夫の遺影。下山夫人はハリー・スウィーニーを見上げた。ハリー・スウィーニーを見つめた。その目は咎《とが》めておらず、ただ訴えかけているだけだった――

　これは現実じゃないのだ、と……

　本当のことじゃないのだ、と。

　だがハリー・スウィーニーとススム・トダは座卓の手前に膝をついた。ハリー・スウィーニーとススム・トダは座卓のほうに向かって頭《こうべ》を垂れた。下山夫人の前で、下山総裁の遺影の前で、夫人と自分たちの間に置かれた遺影の前で――

　お邪魔して申し訳ありません、奥さん、とハリー・スウィーニーは言った。こんな時に押しかけてきたことをお赦しください。心からお悔みを申し上げます。

　ありがとうございます、と下山夫人は言い、ハリー・スウィーニーとススム・トダから目をそらして、座卓の上の遺影を見下ろした。片手の指で額縁に触れ、反対側の手の指でガラスに触れて、夫人は言った、ささやいた、わたし、車は三越の外で見つかったけれど、あの人はまだ行方が知れないという知らせを聞いた時、それから、あなた方がここへいらして、帰っていかれた時、主人がもう亡くなっていることを悟っておりました。あの時には分かっていたのです。心の中で。

　ハリー・スウィーニーはうなずき、黙ってその続きを待った――

　主人が出勤する前にその銀行へ寄ることがあったのは知っていました。ときどき三越で買い物をしたことも。でも昨日の朝、買い物をするつもりだったというのは知りませんでした。昨日の朝は、何も言っていなかったのです。そういうことを言わずに出かけたことはありませんでした。とくに忙しい時は。あの人はとても忙しかったのです、ミスター・スウィーニー。

　そうでしょうね、とハリー・スウィーニーは言った。

ですから分かっていたのです。何かおかしいと。車が百貨店の外にあって、主人はそれに乗っていなかった。あなた方がここへいらして、帰っていかれた時、わたしはもう知っていました。理屈抜きに知っていたんです。ところがあの電話があった。あの電話があって、それで希望を持ちました。わたしはまた希望を持ってしまったんです。

　座卓のそばにひざまずいているハリー・スウィーニーは前に身を傾けた。遺影のほうへ、夫人との間に置かれた遺影のほうへ。ハリー・スウィーニーは訊いた。それはどういう電話です。

　ご存じないですか。お聞きになっていませんか。

　ええ。聞いていません。

　ゆうべ、この家に電話があったんです。ラジオでニュースを聞いたが、ご主人はうちに来ている、ちゃんと無事だから心配はいらない、心配することはない、と。

　それは何時頃です。

　正確な時刻は分かりません。電話はわたしではなく、中島《なかじま》という女中がとりましたから。中島は住み込みの女中です。電話は階下《した》でとりました。たぶん九時過ぎだと思います。

　電話をかけてきた者は名前を言いましたか。

　ええ。男の人で、アリマと名乗ったそうです。

　アリマという名前の人をご存じですか。

　わたしは知らないんですけど、あとになって、そう言えば主人が何かのことでアリマという名前を出したことがあると思い出しました。どういう話の中でだったかは覚えていませんけど、確かにその名前を言いました。それともう一つ、別のことも思い出したんです……

　話してください……

　昨日の朝、十時頃だったと思うんですが、ある人が電話をかけてきたんです。この時はわたしが出ましたが、かけてきた人は、アリマかオノデラのどちらかです。というのは、これは確かなことですが、その両方を名乗ったんです。

　その人は何を言いました。

　ご主人はいつも通り仕事にお出かけになりましたかと訊くんです。

　それが午前十時頃なんですね。

　それくらいだと思います。ただ昨日の午前中にはたくさん電話がかかってきました。全部同じことを訊くんです。ご主人はいつも通り仕事に出かけましたか、と。本庁の方や、いろいろな仕事関係の方から。同じ人から何度も電話がかかったりして……

　その十時頃の人はほかに何か言いましたか。

　いいえ、ただ、ご主人はいつも通り仕事に出かけたか、と。それだけです。わたしは、はい、いつも通り八時二十分に車で出かけましたと言いました。それから相手の人に名前を訊きました。というのは、最初に電話を受けた時にちゃんと聞き取ったかどうか自信がなかったものでも、最初の時はアリマと聞いたように思うんですけど、二度目に訊いた時は確かにオノデラだと言ったように思います。

声に聞き覚えはありましたか。

いいえ、ありませんでした。

夜の九時過ぎにかかってきた時、女中さんはその声に聞き覚えがあると言っていましたか。

いいえ、と下山夫人は言った。でも、その電話がかかってきたあとで、わたしは主人が帰ってくるかもしれないと思うようになりました。また希望を持ち始めたんです。それで余計に辛い思いをすることになりました。

お気の毒です。本当に。

このことを誰もあなたにお話ししなかったなんて。ごめんなさいね。

いいえ。ただ、話していただけてたらよかったと思いますが。

下山常夫が咳払いをした。そして言った。その、夜九時過ぎの電話がかかってきたあと、大塚秘書とわたしで兄の机や戸棚を探しました。アリマかオノデラの名刺はないか、住所録に載っていないか、調べてみたんですが、見つかりませんでした。

ハリー・スウィーニーはうなずいた。ハリー・スウィーニーは座卓を見た。座卓に置いた遺影を、下山定則の顔を、見た。薄い笑み、吊り上げた眉。憂《うれ》いを帯びた目に丸眼鏡。ハリー・スウィーニーはまた目を上げた。ハリー・スウィーニーは下山夫人に尋ねた。ご主人はいつも眼鏡をかけていましたか。

ええ、いつもかけていました、と夫人は言った。眼鏡なしだと何も見えません。何にも見えないんです。

ありがとうございました、とハリー・スウィーニーは言い、立ち上がりながらもう一度、ありがとうございましたと言った。随分長くお時間をとらせてしまいました。これで失礼します。

下山夫人は座卓の上の遺影から、夫の顔から、目を上げた。下山夫人は訊いた。ミスター・スウィーニー、主人にはいつ会えるのでしょうか。いつ家に帰してもらえるのでしょうか。

すみません、とハリー・スウィーニーは言った。わたしには分かりません。正確なところは。しかし、必要な手続きが済めば、すぐにあなたのもとに帰されるはずですよ。

ありがとうございます、と下山夫人はささやくような声で言い、座卓の上の遺影に目を戻し、夫の顔を見つめた。片手の指で額縁に触れ、反対側の手の指でガラスに触れていた。その目は何かを捜し、いまもまだ何かを訴えかけ、希望を抱いていた――

これは現実じゃないのだ、と。

本当のことじゃないのだ、と。

ハリー・スウィーニーとススム・トダは下山常夫について部屋を出た。階段を降り、人の間を通り抜けた。どの部屋も、廊下も、依然として人でいっぱいだった。人々の目にはなおも涙が溜まり、なおも咎める色があった。すべてのアメリカ人を非難し、〈占領〉を非難していた。

玄関のドアのそばで、ハリー・スウィーニーとススム・トダは下山常夫にお辞儀をし、下山常夫に礼を言った。それから二人は身を翻して、歩きだした。悲しみの家から、この喪に服した家から、外に出た。玄関前の通路を歩き、門を出た。新聞記者やカメラマンの間を抜け、近隣の住民や、野次馬の間を抜けた。坂道を下り、車のところへ戻った。ハリー・スウィーニーは路上の車の脇で立ち止まり、帽子を脱いで、ハンカチを出した。顔を拭い、首筋を拭った。ハンカチをしまい、煙草を出した。一本火をつけ、煙を吸い込んだ。路上の車の脇に立ち、ハリー・スウィーニーは坂の上を見返り、総裁宅を見やった。悲しみの家、あの喪に服した家、煙が目に入り、目に染みた。瞬《まばた》きをし、体の向きを変え、煙草を落として靴で踏みにじった。手帳と鉛筆を取り出した。手帳を開き、三つの名前と二つの時刻を書き留めた。それから手帳と鉛筆をしまい、助手席側のドアを開けた。

どう思う、ハリー、とトダが訊く。

おまえには東京大学へ行ってもらおうかな。解剖の結果を聞いてきてくれ。俺は途中で降ろしてもらおう。

どこで降りるんだ、ハリー。

ドナルド・E・シャノン中佐は机から顔を上げた。制服は汚れ、顔は髭を剃っていなかった。目は赤く、黒い隈《くま》ができている。机の上のファイルを閉じて、机の前に置かれた椅子を手で示した。かけたまえ、ミスター・スウィーニー。

ありがとうございます、とハリー・スウィーニーは言った。

シャノン中佐は両手を顔に持っていった。目をこすり、首を振ってから、言った。わたしにはまだ信じられないよ、ミスター・スウィーニー。まったく。本当に信じられない。

ハリー・スウィーニーはうなずいた。

君はもう行ったのかね、ミスター・スウィーニー。現場へは。

ええ。まず最初に。あなたは。

シャノン中佐はまた目をこすり、また首を振り、言った。いや。まだだ。行くかどうか分からん。無意味かもしれんからな、今は。すると君は死体を見たわけだ。

ええ、見ました。

ひどかったかね。新聞に書いてあるとおり。

ええ。ひどかったです。

まったく。気の毒な男だ。

そうですね。

彼は今どこに。

遺体は東京大学に運ばれました。司法解剖のために。もうすぐ結果が出ます。

彼は自殺などしていないよ、ミスター・スウィーニー。わたしには分かる。解剖の結果なんぞ待つ必要はない。

かなり自信がおありのようですね。

あるとも。昨日も言ったとおり、あの男のことはよく知っている。毎日一緒に仕事をしてきた。最後に会ったのは、わたしが彼の家へ行った夜で、そのことは君にも話したが、わたしが帰る時、彼は意気軒昂《けんこう》としていた。もちろん危険のあることは分かっていたようだ。わたしが帰る時、国鉄再建は自分の命を危険に晒《さら》してでもやり遂げますよ、と言ったものだ。今言ったとおりに言ったんだ、ミスター・スウィーニー。自分の命を危険に晒してでも、と。そういう男だったよ、彼は。だから自殺じゃない。自殺なんかじゃ絶対にないんだ。

それじゃ殺されたとお考えですか。

そうだ。そうとしか思えない。

誰に殺されたんです。

シャノン中佐は前に身を乗り出した。両肘を机につき、両手をしっかり組み合わせた。溜め息をついた。目を閉じた。唾を飲み込んだ。また目を開いた。机越しにハリー・スウィーニーを見据えた。また溜め息をつき、首を振り、それから言った。彼は殺すという脅しを何度か受けていた。彼だけじゃない。われわれみんなが脅迫されていた。片山やわたしもだ。なぜわたしがこの拳銃をいつも携帯していると思う。なぜＭＰのジープでしか移動しないと思う。

誰がそういう脅迫をしているんですか。

一体誰だと思うんだ、スウィーニー。国労の内部の者だ。アカどもだよ。

具体的な情報はありますか。個人の名前とか。組織の名前とか。何でもいいですが。何かありますか。

もちろんない。いつも匿名だ。だが、スウィーニー、ほかに誰がそんな脅迫をするというんだね。まったく。そういうことを把握しておくのが君の仕事だろうが！

お言葉ですが、それはわたしの仕事じゃありませんでした。しかし、今はそうです。ですから教えていただけることがありましたら――

ああ、そうだったな、シャノン中佐は笑った。忘れてたよ。君はギャングを退治するのと書類に埋もれてるのに忙しいんだった。その間に下山や俺みたいな頓馬《とんま》は殺すと脅される。ただ仕事をしているだけなのにな！

それはお気の毒だと思います。しかし日本の警察はそういう脅迫のことを把握しているんでしょう。ちゃんと知っているんでしょう。

ああ、知っているよ、スウィーニー。下山の家の外には制服警官が一人いるし、本庁のオフィスと総裁専用車にも一人ずつ警護がついている。しかし糞の役にも立たなかったんだ。

警護はついていなかったと思いますが。

莫迦《ばか》な。ついてたよ。

お言葉ですが、わたしの知る限り、下山総裁に制服警官の警護はついていませんでした。少なくとも昨日の朝、総裁が自宅を出る時はそうでした。

それについては警察に訊きに行くんだな、スウィーニー。わたしに分かるのは、ついていたはずだということだけだ。そう聞かされていたからな。誰かついているべきだったんだ。

ええ、同感です。誰かついているべきでした。

シャノン中佐はまた首を振った。両手を前に出し、掌を上に向けた。机上の書類を見た。また溜め息をついた。腰を上げた。それから言った。くそ。ここは忌々《いまいま》しい国だよ、スウィーニー。一体俺は何をやってるんだ。俺たちみんな、ここで何をやってるんだ。

ハリー・スウィーニーはうなずいた。鉛筆を手帳にはさんだ。立ち上がって尋ねた。もう一つだけお訊きします。下山総裁の自宅へ行かれたのは本当に月曜の夜ですか。間違いありませんか。

ああ、間違いない。七月四日だ。なぜ訊く。

一応の確認です。すみません。

一応の確認が全部済んだのなら、ミスター・スウィーニー、これで失礼するぞ。俺には相変わらずこの国の鉄道を切り回す仕事があるし、今は新しい総裁を選ぶ仕事もできた。君には殺人犯を捕まえる仕事があるわけだしな。

またしても東京駅の影の中、列車の騒音の谺《こだま》の中。別の建物、別の部屋。日本国有鉄道公社の本庁、下山定則総裁のオフィス。副総裁と共同の執務室。その副総裁の前、副総裁の机の前で、ハリー・スウィーニーは椅子に座り、ハリー・スウィーニーは手帳を出し、ハリー・スウィーニーは言った。こんな時に会ってくださってありがとうございます、ミスター片山。

片山之雄《ゆきお》はハリー・スウィーニーの体の向こうを見た。スウィーニーの肩越しに部屋の反対側へ目をやった。もう一つの机、空《から》の椅子を見た。片山之雄は、自分の机の上の、組んだ両手を見下ろして、うなずいた。それからハリー・スウィーニーに目を戻して、訊いた。あなたは朝鮮銀行ビルのＣＴＳに行ってこられたんですね、ミスター・スウィーニー。つまりシャノン中佐と話したということですね。

話しました、ええ、とハリー・スウィーニー。

大学からはもう知らせがありましたか、と片山之雄は訊いた。解剖の結果はお聞きになりましたか。

いいや、まだです。

そうですか、と片山之雄は言った。またハリー・スウィーニーの肩越しに視線を伸ばし、もう一つの机、空の椅子を見た。それから言った。ゆっくりと言った。全部わたしが悪いんだ、ミスター・スウィーニー。全部わたしの責任なんだ。

なぜそんなことを言うんですか。

下山君を運輸次官に推薦したのはわたしだからですよ、ミスター・スウィーニー。あれは下山君が東京鉄道局長だった時のことだ。そして下山君が運輸次官就任に同意したからこそ、国鉄が公社になった時、総裁になったんだ。ほかの人がみな辞退したからね。今思うと、あれが下山君の死出の旅路の第一歩だった気がする。われわれが運輸大臣に彼を推薦しなかったなら、こういうことは起きなかった、ミスター・スウィーニー。下山君はまだ生きていたんだ。

　何が起きたとあなたはお考えですか。

片山之雄はまた空の椅子を見ていた、片山之雄は今や空の椅子に向かって話しかけていた、片山之雄は言った、ゆっくりと言った、君は子供の頃からずっと鉄道が好きだったね。鉄道に取り憑《つ》かれていたね。どんな機械も大好きだったが、機関車への愛は並外れていた。ほかの何よりも機関車を熱愛していた。君は世界中を旅した、世界中の列車に乗った。そのすべてを研究し、すべてを愛した……

片山之雄は空の椅子から目を離した。片山之雄はハリー・スウィーニーに目を戻した。片山之雄は言った。最前より早口になって言った。どれだけ精神的重圧を感じていようと、どれだけ心労が重なっていようと、あれほど鉄道を愛した男、鉄道のために働いてきた男が、自分の命を絶つための道具に列車を使うなどということはありえません。絶対にです、ミスター・スウィーニー。絶対にありえません。

　すると総裁は殺されたとお考えなんですか。

ええ、と片山副総裁は言った。下山氏の遺体が発見されたと聞いた時、どこでどんな風に死んでいたかを知って、ああ彼は殺されたんだと、すぐに分かりました。わたしには分かったんです。

ハリー・スウィーニーはうなずき、それから言った。あなたも総裁も殺害の脅しを受けていたんですか。

ええ、と片山之雄はまた答えた。しかし総裁とわたしだけじゃない。局長はみな脅迫されていました。中佐もだと思います。シャノン中佐も。

　脅迫は手紙で来たと。そうですね。

　手紙もですが、電話もありましたよ。それともちろん、街のあちこちに貼られたビラにも脅し文句が書いてありました。あなたも見たと思いますが、ミスター・スウィーニー。

ハリー・スウィーニーはまたうなずいた。ええ、見ました。今、脅迫状は手元にありますか。

いや、と片山之雄は言った。今、ここにはありません。そのつど警備の部署に回しますからね。そこから警察に届け出るんです。

警視庁があなた方に特別な警護をつけたというのは本当ですか。ここと自宅と車につけたというのは。

またもや片山之雄はハリー・スウィーニーの肩の向こうを見、空の椅子を見た。そういう申し出があったので、検討しました。ええ。しかし下山君は申し出を受け入れなかったと思います。

あなたは受け入れたんですか。

ええ。わたしは受け入れました。

下山総裁はなぜ断わったんでしょう。

さあそれは。

じゃ当時、そのことで総裁と話し合いはしなかったんですか。

ええ。しかしわたしは警視庁の喜多《きた》刑事部長と相談したと思います。

でも脅迫状は沢山来たんですよね。

ええ。沢山来ました。

やっぱりその脅迫状を何通かでも見せていただく必要がありそうだ。どういうことが書かれていたか、例を挙げてみてもらえますか。

片山之雄はうなずき、溜め息をつき、それから言った。殺してやる、とか。天誅《てんちゅう》を加える、とか。大量首切りを実行したら、ということです。

全部匿名だったんですか。

たいてい匿名ですが、引揚者血盟団などというのもありました。あるいはそれに類する名前のものが。

なるほど、とハリー・スウィーニーは言った。ありがとうございます。どの脅迫状も、ここの警備担当部署に回したとおっしゃいましたね。お宅の警備担当部署は脅迫者の正体について何か手がかりをつかめましたか。

片山之雄は笑みを浮かべた。片山之雄は首を振った。それから片山之雄は言った。名前も住所も分かりませんでした。しかしどこから送られてくるかは明らかだと思っています。あなたはそう思いませんか、ミスター・スウィーニー。

国鉄労組の内部からだということですか。

そうです、ミスター・スウィーニー。国鉄労組の内部から。われわれが結成に協力をし資金も提供した労組からです。

するとあなたの考えでは国鉄労組のメンバーが下山総裁を誘拐して殺したと。あなたはそう言っているんですね。

片山之雄はもう一つの机の空の椅子を見つめた。それから自分の手を見下ろした。机の上で組んでいる自分の手を見下ろした。首を振った。それからまた視線を上げた。ハリー・スウィーニーを見つめた。ハリー・スウィーニーをひとしきり見つめ、それから言った。ほかに誰がやったというんです、ミスター・スウィーニー。あなたにはほかに容疑者がいますか。ほかの考えがありますか。

ガード下、屋台店の一つ。テントの下、ベンチの上。もう部屋の中ではない、壁はない。聞き込みもしない、人の声もない。人に押されたり、引っ張られたりもしない。瓶が一つ、コップが一つ、それだけ。湿気の中、熱の中。すべてが貼りついてきた、すべてが湿っていた。彼に貼りついてきた、彼につかみかかってきた。ハリー・スウィーニーはビールの瓶を取り上げた。ハリー・スウィーニーはビールの瓶を手に持った。瓶は湿り、濡れていた。貼りついてくる、つかみかかってくる。列車の轟音、車輪の音。屋台は震え、ベンチは戦慄《おのの》く。ハリー・スウィーニーは震えた、ハリー・スウィーニーは戦慄いた。瓶をしっかり握った、手を安定させた。瓶を額にあてた、皮膚に押しつけた。湿りと濡れ、湿りと濡れ。瓶と額、皮膚と目。湿りと濡れ、湿りと濡れ。目を閉じる、目を開ける。瓶を額にあてておく、皮膚に押しつける。列車の轟音、車輪の音。ハリー・スウィーニーは震える、ハリー・スウィーニーは戦慄く。瓶を置く、まだ中身が一杯の瓶を置く。コップを押しのける、まだ空のコップを押しのける。腕時計を見下ろす、文字盤のガラスはまだ罅割れたまま、針は止まったまま。列車の轟音、車輪の音。震え戦慄く、震え戦慄く。ハリー・スウィーニーはまた立ち上がる。顔を拭い、首筋を拭う。帽子をとり、上着をとる。ポケットに手を入れ、硬貨で代金を支払う。男は頻笑み、お辞儀をする。ハリー・スウィーニーも頻笑み、お辞儀をする。湿って濡れ、震え戦慄く。ハリー・スウィーニーは煙草を取り出す、ハリー・スウィーニーは煙草に火をつける。また裏通りを歩き、角を曲がった。左へ進み、アヴェニューZに出た。重い空の下、灰色の光の中。ハリー・スウィーニーは大通りを歩く、ハリー・スウィーニーは何本もの電柱の脇を通り過ぎる。電柱にはまだビラが貼ってある、ビラにはまだ例の言葉が書かれている。日本語と、英語で。**下山を殺せ**。**下山を殺せ**。**殺せ**。**殺せ**。**下山を殺せ**。どの電柱にも、どのビラにも。あの言葉が、脅しが——

下山を殺せ、殺せ、殺せ——

言葉と脅しが、実行された。

ハリー・スウィーニーは汗をかく、ハリー・スウィーニーは震える。湿気の中、熱の中で。日比谷《ひびや》交差点へやってくる、日比谷交差点で待つ。湿気の中、熱の中で。目を閉じる、目を開く。黒い公園とその木々、その影と昆虫。水の淀んだ堀とその悪臭、そこに映る像と幽霊。車がブレーキをかけ、路面電車が停止する。甲高い笛の音と白手袋。長靴《ちょうか》が行進し、足が動く。ハリー・スウィーニーはアヴェニューAを横断する、ハリー・スウィーニーは一番ストリートを歩く。湿気の中、熱の中で。目が閉じる、目が開く。右手に皇居、左手に公園。なおも汗をかく、なおも震える。湿気の中、熱の中で。震え戦慄く、震え戦慄く。湿気の中、熱の中で。ハリー・スウィーニーは桜田門《さくらだもん》に達する、ハリー・スウィーニーは一番ストリートを横切る。目を閉じる、目を開く。警視庁本部に向かって歩いていく、車の脇で待っているススム・トダが見える。ススム・トダが煙草を踏み消し、こちらへ歩いてくる。俺からの伝言を聞いたか、ハリー。連中が何を言ってるか聞いたか。

なおも汗をかき、なおも小刻みに震えながら、しかし揺れもせず、大きく震えもしないで、ハリー・スウィーニーは煙草に火をつけた、ハリー・スウィーニーはトダを見た、ハリー・スウィーニーは言った、今日はいろんなことを聞いたよ、ススム。さあ行こう……

第一生命ビル、その五階、半ば歩き、走るハリー・スウィーニーとススム・トダは、廊下の前方にエヴァンズ係長の姿を認め、係長の発する声を聞く——

また遅刻か！

すみません、とハリー・スウィーニーは、息を切らし、あえがせながら、言った。警視庁の定例発表がさっき終わったばかりで。

遅れたなりの収穫がないと身のためにならないぞ、とエヴァンズ係長は言う。お二人とも三十分前からお待ちだ。ウィロビー少将は待たされるのがお嫌いなんだ。

分かってます、すみません、係長。

謝る相手は少将だ、とエヴァンズ係長。用意はいいか、入るぞ——

はい、いいです。

よし、行くぞ、とエヴァンズ係長は言い、五二五号室をノックする。連合国軍最高司令官総司令部所属、G2、すなわち参謀第二部の、部長室のドアを。君はいいんだ、トダ、ここで待っててくれ。

はい、とススム・トダが答える。分かりました。

用がある時は呼ぶからな、とエヴァンズ係長は言い、五二五号室のドアを開け、ハリー・スウィーニーを後ろに従えて部長室に入り、中にいる人たちに、ハリー・スウィーニー捜査官です、と告げた。今、警視庁からまっすぐこちらに来ました。

われらが精鋭の一人です、少将、とプルマン大佐は言い、ハリー・スウィーニーに頰笑みを向ける——

ハリー・スウィーニーは室内に目を走らせ、部屋の様子、そこにいる面々の顔、制服と略綬をざっと把握した上で、テーブルの上座にいる男、チャールズ・A・ウィロビー少将、〝サー・チャールズ〟に目を向けた——本名、アドルフ・カール・フォン・チェッペ・ウント・ヴァイデンバッハ、またの呼び名を〝フォン・ウィロビー男爵〟という——この仰々しさを揶揄《やゆ》する者は多いが、面と向かってそれをする者はいない。マッカーサー元帥の右腕、その〝愛すべきファシスト〟であるこの情報参謀は、最高司令官から全幅の信頼を得ており、相手が誰だろうと何でも思ったとおりのことができる自由裁量権を与えられている——

少将はハリー・スウィーニーの頭の天辺から爪先まで見て、頰をゆるめ、アメリカ陸軍で四十年の経歴を築いたにも拘わらず今も残る強いドイツ語訛りを響かせて、君に関しては高い評判を耳にしているよ、スウィーニー、非常に高い評判をな、と言った。

ありがとうございます。

しかしその恰好《なり》は、君の評判からは予想外だったな。溝《どぶ》の中で寝ていたか、泥を掘り返していたか、そんな風ではないか。

はい、すみません、何しろ忙しくて――

言い訳はよせ、スウィーニー。分かったことだけを報告しろ。君の溝泥《どぶどろ》の中から見つけてきたことをな。

はい。解剖は五時頃終わりました。現時点での結論は、下山定則は殺害されたということのようです。

これは朗報だ、と少将は言った。大変な朗報だ。実にすばらしい。

あの――

少将は片手を上げ、人差し指を立て、ハリー・スウィーニーを見、テーブルを囲む面々を見回した。あの男の殺害は無論悲劇だ。悪逆無道だ。しかしわれわれはこの悪逆無道を一つの好機に転じなければならない。われらが最高司令官も、つい二日前の、独立記念日の演説で、共産主義運動は国内的にも国際的にも違法行為だと言ったではないか。共産主義者は今後も暗殺と暴力を使って混沌と不安を作り出すだろうと言ったではないか。すると早速翌日に、またしてもその言葉の正しいことが証明されたのだ。あの罪もない男を残虐なやり口で暗殺したという事実は、日本国民と、この事件に注目している世界中の人々に、共産主義の虚無主義的なテロリズムが無慈悲であること、暴力革命を実現するためには何でもやるということを、示したのだ！　だからわれわれはその運動を潰すために無慈悲になり、何でもやらなければならない！　力には力を。共産党を非合法化し、その新聞を廃刊にさせ、指導者たちを逮捕し、国鉄総裁を殺害した者たちに容赦ない正義の裁きを速やかに下さなければならない！　スウィーニー――

はい！

共産主義の暗殺者どもを検挙するため、今どういう方策がとられつつあるか、どういう成果が上がっているか、報告したまえ。

解剖の結果は、下山総裁は列車に轢かれる前に死んでいたらしいと示唆しています。しかし検死は明日も行なわれますので、正確な死因が明らかになるのは明日だろうと思われます。警視庁はこの事件をこの数年間で最大の重大事件とみて、全力で捜査に当たっています。殺害には複数の人間が関与していると考えられるので、捜査一課と二課の両方が投入されました。目下、捜査陣は総裁が最後に目撃された三越百貨店とその周辺、および死体発見現場の双方で徹底的な捜査を行なっています。まもなく重要な手がかりが発見されるでしょう。

　まもなくだと、と少将は言った。まもなくとはいつ頃だ、スウィーニー。今はどうなっとるんだ。容疑者はおらんのか。逮捕者は。

　警視庁内にいる公安課《うち》の情報提供者によると、警察は殺害を予告する手紙について捜査しているそうです。手紙が送られたのは下山総裁、吉田《よしだ》首相、警視総監、片山国鉄副総裁です。どれもみな七月四日着で、〝引揚者血盟団〟または〝血盟団〟の署名がありました。

　少将はテーブルについている二人の男、バティー中佐とダフィー中佐に問いを投げかけた。その引揚者血盟団というのは聞いたことがあるか。

　バティー中佐は首を振ったが、ダフィー中佐はうなずいて、少将、対敵諜報部隊《CIC》もその予告状や似たようなほかの手紙のことを把握していますが、今のところ、その団体についての情報はつかんでいません。うちの調査では、問題の殺害予告より以前に活動歴は知られていないようです。もちろん続けて調査はしていますが。

　少将、と、テーブルの上座近く、少将に近いところに座っている、黒っぽい色の仕立てのいい背広を着た長身痩軀の男が言った。ちょっと申し上げてもよろしいでしょうか……

　いいとも、と少将は頬笑みながらその男のほうを向き、頬笑みながら、ぜひ考えを聞かせてくれ、リチャード、と言った。

　本郷《CIC》はそれに関連するかもしれない事柄について情報を持っています。

　大変けっこうだ、少将は言う。続けてくれ……

　ただ、と男は言って、テーブルの下座近くに立つハリー・スウィーニーのほうへ視線を流してくる。これはいくらか機密に属する情報なのです。

　少将はうなずき、ハリー・スウィーニーを、テーブルの下座近くに立つハリー・スウィーニーを見て、またうなずき、それから、ほかに何かあるかね、スウィーニー、と言った。

　いいえ、今のところ、ありません。

ではもう行っていいぞ、スウィーニー。

分かりました、では失礼します、ハリー・スウィーニーはそう言ってドアのほうを向き、部屋の出入り口のほうへ歩きだした――

最後に一つ言っておくぞ、スウィーニー、とウィロビー少将は言った。

ハリー・スウィーニーは戸口で振り返った。何でしょう。

今度わたしの前に出る時には、シャワーを浴びて、髭を剃って、洗濯してプレスした服を着て、靴をぴかぴかに磨いた上で来るんだ。自分は文民だから身なりはどうでもいいと思っているのだろうが、連合国軍最高司令官《SCAP》のために働いている以上、アメリカ合衆国を代表しているのだからな。分かったか、スウィーニー。

はい。大変申し訳ありませんでした。

ああ、それと、スウィーニー。

何でしょう。

今度わたしの前に、シャワーを浴びて髭を剃って洗濯してプレスした服を着てぴかぴかに磨いた靴をはいて出てくる時には、下山定則を殺した者たちの名前を持ってくること。それも分かったな。

はい、分かりました。

よし、スウィーニー。獲物をくわえてこい！

部屋の外でススム・トダと立ち話はせず、エヴァンズ係長が出てくるのも待たなかった。五二五号室のドアの前を離れ、廊下をずんずん歩きだした。エレベーターを待ちもせず、階段室に出て、五階分の階段を下り、第一生命ビルを下まで降りて外に出た《ダウン・アンド・アウト》。疲労しきって《ダウン・アンド・アウト》、帝国ホテルの前を通り過ぎ、山手線に沿って進み、第一ホテルの前を通り、駅を、新橋駅を、通り過ぎる。商店の間を通り、マーケットの中を抜け、飲食店や屋台の間を通る。ずんずん歩き、両開きのドアをくぐり、また階段を昇り、歩きに歩き、やがて一つの机の前に立つ、そこで千住晃がこう言うのを聞く。おい、ハリー、何という風《ふう》体《てい》だ、まるで列車にはねられたみたいだぞ――いや失敬！　これは不謹慎だな。すまん、ハリー。まあ一つ赦してくれ。さあ座ったり座ったり……

ハリー・スウィーニーは、この光り輝く新築のビル、新橋パレスビルの最上階にある、この豪華でモダンな事務所の、アンティークの紫檀の机の前に置かれた椅子に、どさりと腰を下ろした。

二十四時間以内に二度もお運びいただくとは、と千住晃は頬笑んだ。まるで昔みたいだな、ハリー。古き良き時代。これはつまり吉報を持ってきてくれたということだろうな、ハリー。その昔、あの古き良き時代に、あんたがよくしてくれたように。

ハリー・スウィーニーは訊いた。吉報？

例の名前のリストのことさ。

ハリー・スウィーニーは上着の内ポケットに手を入れ、例の紙片に、台湾人の名前、朝鮮人の名前を書いて折りたたんだ紙片に触れ、首を振り、首を振って、悪いが何もない、と言った。

時間がなかったからな、と千住晃は言った。そりゃそうだ、分かるよ。分かってるよ、ハリー。謝ることはない、友達同士の間ではな。俺たちは古い付き合いだ、ハリー。時間をかけてくれていいよ、必要なだけな、ハリー。しかし、それならなぜまた会いに来てくれたのかな、ハリー。一杯やるためか。

ハリー・スウィーニーはまた首を横に振り、椅子に座ったまま前に身を乗り出して、下山総裁の件だ、と言った……

ああ、もちろんそうだな、と千住晃はうなずきながら言い、ハリー・スウィーニーに頬笑みかけた。ニュースを聞いたよ。まったく恐ろしい話だ。俺の言ったとおりだろ、なんて言いたくはないが、ハリー、俺の言ったとおりだろ。総裁と呼ばれるような人種には暗殺が似合うんだよ。

ハリー・スウィーニーはうなずいた。あんたは確かにそう言った。ゆうべのあんたは自信がありそうだった。いや、自信たっぷりだった。

千住晃は笑って、いやあ、俺はお釈迦《しゃか》様でもなければシャーロック・ホームズでもないぜ、と言った。しかしあれは起こるべくして起きたことだ、分かりきったことだ。東京の街を歩いて、壁や電柱に貼ってあるビラを読めば分かる。白い紙に赤い文字や黒い文字で、日本語と英語で、はっきり書いてある、**下山を殺せ！**とな。

自殺の可能性もある。

ああ、可能性はある、と千住晃は言い、それからうなずきながら笑みを浮かべ、でも実際は違う、違うだろう、ハリー。

じゃあもう耳に入ってるのか。

俺にはいろいろつてがあるからな、ハリー。知ってのとおり。

ハリー・スウィーニーは紫檀の机の向こうに目を向けた、ハリー・スウィーニーは己《おの》が帝国の根城《ねじろ》の最上階で机についている千住晃に目を据えた、そして、ほかに耳に入っていることは、と訊いた。

ああ、なるほど、千住晃はまたうなずきながら笑みを浮かべ、ハリー・スウィーニーを見た。あの件がまだ手から離れないんだ。

ああ、因果なことに。

まったく因果なことだな、と千住晃は言った。本来の仕事の邪魔になるからな、ハリー。あんたの一番得意な仕事のさ。たとえば、例のリストを追う仕事とかね。

ハリー・スウィーニーはうなずいた、ハリー・スウィーニーは苦笑して、そういうことだ、と言った。だからあんたが何か小耳にはさんでいて、俺に協力してくれたら、この件は一件落着して――

俺たちのお互いの利益になると、と千住晃は言って、うなずいた。

ハリー・スウィーニーはまたうなずいた、ハリー・スウィーニーはゆうべ、共産主義者のリストのことを言っただろう。あんたはゆうべ、そういうことだ、と言った。あんたそれが手に入ればウィロビー少将は喜ぶぞ。

少将と話したのか、ハリー。

ついさっきオフィスへ行ってきた。

千住晃は前に身を傾け、アンティークの紫檀の机越しにハリー・スウィーニーをひたと見据えて、俺の名前を出してくれたのか、ハリー。協力する気があると話してくれたのか、と訊いた。

まだだ、とハリー・スウィーニーは言った。でも、話してやれる、その気はある。

千住晃は机の向こうで立ち上がった。この豪華でモダンな事務所の大きな窓の一つに近づいた。そして外を眺めた、外に広がる己が帝国を眺めた、夜の都市を眺めた、それから、依然として窓の外を眺め、帝国を眺めながら、うなずいて、ふうむそうか、と言った。総裁の死は結果的にとても好都合な死ってことになりそうだな、違うか、ハリー。

ハリー・スウィーニーは自分の両手を見下ろした、自分の両手首を見下ろした、シャツの袖口の下、文字盤のガラスが罅割れ針の止まった腕時計のバンドの下に見えている二つの奇麗な乾いた傷跡の端を見下ろした。

千住晃は身を翻して窓から離れた。豪華でモダンな事務所の分厚い絨毯の上を歩いてリカー・キャビネットのほうへ行った。キャビネットを開けた。ジョニー・ウォーカー・リザーヴを一瓶出した。クリスタルのグラス二つにたっぷり注ぐ。瓶を置き、二つのグラスを取り上げた。それをハリー・スウィーニーのところへ持ってきて、好都合にして幸運《コンヴィニエント・アンド・フォーチュアタス》――まさにこの言葉がぴったりじゃないか、ハリー、と言った。

ハリー・スウィーニーは首を巡らして千住晃を見上げた、そばにぬっと立った千住晃は、片方のグラスを差し出している――

幸運、と千住晃はまたこの言葉を口にし、笑みを浮かべ、さあ好都合と幸運に乾杯しよう、ハリー、と言った。昔みたいに、古き良き時代みたいにな、ハリー。

公園で、闇の中で、虫に囲まれ、影に包まれ、一本の木に背中をつけて、幹をずるずる滑り降り、地面に尻を落とし、土の上でごろりと横になったハリー・スウィーニーは、片手で拳銃を作り、その拳銃を頭にあて、引き金を引く、だが、死なない、死にはしない。公園で、闇の中で、虫に囲まれ、影に包まれ、地面の上で、土にまみれて、ハリー・スウィーニーは拳銃の銃身、すなわち二本の指を頭から離し、口に入れて、喉の奥まで突っ込む、ぐいと突っ込むと、吐き気がし、吐き気がし、吐き気がしてむかつき、むかついて吐く、地面の上に吐き散らす、虫に囲まれ、影に包まれて、闇の中、公園で、数回の嘔吐をし、ウィスキーと胃液が、指をつたい、手をつたい、手首に流れ、傷跡を濡らす。ウィスキーと胃液が、もう出なくなり、それ以上吐けなくなると、ハリー・スウィーニーは横向きになり、次いで仰向けになり、ハリー・スウィーニーは木の枝を見上げ、葉むらを見上げ、空を見上げ、星を見上げ、ハリー・スウィーニーはすすり泣き、ハリー・スウィーニーは叫ぶ――

すまない、すまない、すまない。

3　以後の数日

一九四九年七月七日〜七月十日

夜は昼になった、曇った灰色の昼になった。ハリー・スウィーニーは二日酔いだった、が、それでもハリー・スウィーニーは仕事に行った、奇麗に髭を剃り、清潔なシャツと、プレスをしたズボンを身につけ、磨いた靴をはき、階段を昇り、廊下を歩き、便器の水を流し、蛇口から水を出し、また手と顔を洗い、顔と手を拭き、ドアを開け、ドアを閉め、公安課の四三二号室へ行く、窓は開けられ、扇風機が回っている、自分の机につき、周囲で万年筆が紙をかりかり掻くのを、タイプライターのキーが叩かれるのを、電話が鳴るのを聞く、やがて一つの声が言う――

ゆうべはどうしたんだ、ハリー。

ハリー・スウィーニーは机から目を上げた、ハリー・スウィーニーはススム・トダに笑いかけた、そして言った、ああ、お早う、ススム。どうだ、元気でこの新しい一日を迎えているか。

俺か。俺は元気だ、あんたのことを心配してたんだよ。係長もな。あんな風に、何も言わずに飛び出して、行方をくらますから。

行方をくらましちゃいない。俺はここにいる。そうだろ。

言ってる意味は分かるだろう、ハリー。俺は八重洲ホテルへ様子を見に行ったんだぞ。けっこう長いこと待ったんだ。

おまえは心配するのが好きだな、俺のお袋だったらよかったのに。俺は新鮮な空気を吸って、頭をはっきりさせたかったんだ。それだけだよ。

一晩中か。

おい！　一体何なんだよ。

思ったんだ、もしかしたら……

もしかしたら、何だ。

何でもない。もういい。

そうさ。問題は何もないんだ。

それならそれでいいが。係長も心配してるんだ。ウィロビーもああまで言わなくてもいいだろうにって。

ハリー・スウィーニーは頬をゆるめ、それから声に出して笑った。少将について俺たちが聞いていた噂は全部本当だったな。でもあんなのは何でもないんだ、ススム、本当に。予想してたことだ。

部屋を出ていった時はだいぶ堪《こた》えてるように見えたぜ。あんな風に飛び出してさ……

少将のせいじゃない。言っただろう、頭をはっきりさせたかったんだ。大変な一日だったから。綾瀬の現場を見て、遺族と話して。えらく大変な一日だった。今日はもう少しましだといいな、ええ？

今日は何をするんだ。

ビルはどこだ。また休みじゃないだろうな。

いや、出勤はしてきたが、すぐ出ていった。係長から、もう一遍《いっぺん》ノートン・ホールへ行って、引揚者血盟団の情報がもっと出てないか見てこいと言われたんだ。

ハリー・スウィーニーはうなずき、煙草を出しながら言った。それで思い出したが、本郷《ほんごう》ハウスのことを何か知らないか。それか、あそこの人間を誰か知らないか。

あの連中はＣＩＣなんだろう。

冗談だろ、とススム・トダは言う。あの連中のことは知らないし知りたくもない。独立独歩、御意見無用の連中だ。でも、なぜそんなことを訊く。

ハリー・スウィーニーは煙草に火をつけ、煙を吸い込み、それから吐いて、首を振り、ウィロビーの言ったことが気になってな、と言った。

ふうん、何て言ったんだ。

ハリー・スウィーニーは立ち上がり、帽子を取り上げ、いやいいんだ、と言った。忘れてくれ。おまえ警視庁では誰と話すんだ。

服部だよ。ありがたい話だぜ。

ハリー・スウィーニーはまた笑った。まあ贅沢は言えないさ。今、どこにいるか知ってるか。

いや、知らないけど、調べはつく。

二人はまた北へ車を走らせ、上野からアヴェニューＱをたどり、三ノ輪で東へ折れ、また川を、隅田川を、渡った。今回は新人のシンが運転し、ハリー・スウィーニーと一緒に後部座席に座ったのはススム・トダで、トダはまた新聞各紙を読んだ。どの新聞も他殺他殺で大騒ぎだよ。予想通りだけどな。赤旗だけが軽々に結論を出すべきじゃない、自殺の可能性も捨てきれないと書いている……

赤旗はそういう穏当な論調を変えたくなるかもな、ハリー・スウィーニーはそう言って窓の外に目をやり、工場地区がまた田畑の広がる土地になり、近づいてくるのを眺めた。ウィロビーは赤旗を潰すと言いだしてる。

ススム・トダが肩をすくめ、にやりと笑って言う、俺の翻訳する新聞が一つ減るってことか。

よかったな、とハリー・スウィーニーは言った。続けてくれ……

記事はまだまだ何頁分もあるが全部俺たちの知ってることばかりだ。死体発見現場の詳しい様子、検死の結果、列車についての細かい事実、エトセトラ。ただ、その中に、〝魔の踏切〟付近で真夜中に〝怪自動車〟が目撃されたって記事がいくつかある――

ほう。それは警視庁の発表になかっただろう。

ススム・トダはうなずく。ああ。

続けてくれ、その記事を読んでくれ、ハリー・スウィーニーはそう言って、窓の外から車内に目を戻し、新聞を持ったススム・トダを見た。

ええと、朝日、毎日、讀賣に、五反野南町の死体発見場所から二百メートルほど離れたところに住んでる魚屋の酒井《さかい》氏が話してるんだ。それぞれの新聞で話はちょっとずつ違うんだが、何でも午前零時から一時の間に、家の外で自動車が停まる音を聞いたそうだ。家の外で停まって、Uターンして戻っていったとも言ってる。毎日の記事にはUターンしたタイヤの跡が男の家の外にまだ残っているとある。雨が降ってたのにな。

そいつを服部にじっくり聞いてみるか、とハリー・スウィーニーは言った。ほかには。

ススム・トダは溜め息をつき、うなずいて、あるよと答えた。〝総裁を見た〟って証言がいくつかある。百貨店でも、死体発見現場の付近でも――

死体発見現場の付近で？　生きてる総裁を目撃した？

ハリー・スウィーニーはトダの膝に載っている新聞をまじまじと見た。俺をからかってんのか。

ススム・トダはかぶりを振る。いいや、からかっちゃいないよ、ハリー。

まったく、警察は何をやってるんだ、とハリー・スウィーニーは言った。新聞記者どもにお株を奪われてるじゃないか。連中は目撃者から話を聞いて、それをどんどん記事にしていく。

ススム・トダはにやりとした。朝日なんか黒田浪漫《くろだろうまん》を引っ張り出してきてるぜ。黒田浪漫が事件を推理してるんだ。

クロダ・ローマンって何者だ。

ススム・トダは笑った。探偵小説家だよ。

笑い事じゃないぞ、ススム、とハリー・スウィーニーは言う。今度ウィロビーに呼び出された時は、おまえがこのことを説明しろよ。新聞記者や探偵小説家が事件の捜査をやっていて、警察はのほほんと構えて俺たちに何も教えない、それは一体なぜなのかをな。なぜ俺たちが最後に情報を知るのか——

あの、とシンが言う。すみません……

何だ、とハリー・スウィーニーは言った。なぜ停まった。

あれです、とシンは両手でフロントガラスの向こうの、前方で渋滞している自動車の列を示す——

何だあれは、とハリー・スウィーニーは前の席越しにそれを見て言い、首を振った。車を路肩に駐めて、待っててくれ。あとは降りて歩く。行こう、ススム……

ハリー・スウィーニーとススム・トダは後部座席から降り、帽子をかぶり、煙草を出す、ハリー・スウィーニーは首を振りながら路上のありさまを眺め、声に出して罵《ののし》った。四、五十台の車が、立往生し、二重駐車をし、綾瀬駅に向かう道を塞《ふさ》いでいる、大勢の人間が車の間を行き来し、駅といわゆる〝魔の踏切〟の間を行き来する、よそいきの服を着た者、日傘をさした者、串に刺した焼き鳥を齧《かじ》る者、その子供たちは綿菓子を手に持って、叫び、笑い、あちこち駆け回り、屋台から屋台へと見歩く、香具師《やし》が売り声を上げる、さあらっしゃいらっしゃい、旨いよ、旨いよ、しもやま綿菓子、甘いよ——

信じられん、ハリー・スウィーニーはそう吐き捨て、車の間をずんずん進み、人を押しのけ、人込みの中を突き進み、群衆を掻き分け、男を自転車から突き落とし、子供を突き飛ばして車にぶち当て、何度も何度も、どけどけ！　貴様らどけ！　と罵り散らす。

ススム・トダがあとを追う、ススム・トダは宥《なだ》めようとする、ハリー、ハリー、おい、よしなよ、そういうのは……

だがハリー・スウィーニーはずんずん突き進む、手荒く人を突きのけていく、やがて綾瀬駅に着き、制服警官を一人発見すると、公安課のバッジを出し、警官の鼻先に突きつけて、どなる、おまえら何やってるんだ、責任者はどこだ、今すぐ呼んでこい！　それからこの野次馬どもを追い払え。事件の現場なんだぞ！　おいススム、こいつに言え――

ああ、ハリー、今やってる、今やってる、とススム・トダは言う、ススム・トダは通訳をする、制服警官に話す、制服警官の説明を聞く、制服警官はぺこぺこしながら謝る、身振り手振り、あちこちを指さす――

何だ。何と言ってるんだ、ススム。

ススム・トダは警官にうなずきかけ、礼を言い、ハリー・スウィーニーを脇へ連れていき、ささやいた、どうやら進展があったようだ、ハリー。

群衆を避けるため、人込みを避けるため、二人は綾瀬駅で線路を渡った、列車は上下線とも運行を再開していた、事件現場を行き来していた。線路の反対側にある水門のそばで綾瀬川を渡り、灰色の重い緞帳《どんちょう》が降りた空の下、湿気の多いがらんとした畑のつぎはぎ模様の間を西に進み、まもなく五反野南町の駐在所にたどり着いた。そこにも車が集まり、人が集まっていたが、数はそれほど多くなく、前ほどは多くなかった。バッジを見せて、道を聞き、東武線の土手脇を歩き、左に折れ、東武線の鉄橋の下をくぐり、西に進むと、前方に最前より多くの車が駐めてあるのが見え、最前より多くの人が立っているのが見え、服部刑事の姿も見えた、そこは末広《すえひろ》旅館の外だった――

旅館の敷地は細い溝《どぶ》に囲まれ、高い木塀で護られていて、門のある塀の上には何本かの木の梢《こずえ》が覗いており、その向こうの貧相で陰鬱な木造二階建ての旅館を、薄汚れた陰鬱な逢引《あいびき》の巣を、隠している――

俺の言伝《ことづて》を聞いたんだな、と服部刑事は言いながら、ハリー・スウィーニーとススム・トダのほうへ歩いてきた。

いや、とトダは言った。何の言伝だ。

そうか、と服部は言い、肩をすくめ、うなずいた。このことを聞いた時、すぐにお宅らのとこに電話したんだ。そうするって約束したからな。で、ここにいると言伝したんだが――

このことって何だ、とハリー・スウィーニーが訊く。

どうもバツが悪くていけねえが、と服部刑事は帽子を脱ぎ、頭を掻きながら言った。ブン屋どもがこの辺一帯で聞き込みをやって、俺たちより早く証言を集めやがったんだ。で、確か毎日の記者だと思うが、この旅館の女将《おかみ》に下山総裁の写真を見せたら、ああ、その人なら五日の昼過ぎに見えましたよと言ったってんだ。一時半頃に来て、四時間ほどいたってんだな。辻褄は合うんだよ。その夜、この辺で下山総裁を見たって証言が次々に出てきてるから。

ああ、とハリー・スウィーニーは言った。そういう証言のことは新聞で読んだよ。あんたらの報告や発表じゃなくて、新聞の報道でな。

分かってる分かってる、と服部刑事はうなずき、頭を掻きながら言った。一言もねえ。バツの悪い話さ。

これはバツの悪い話じゃない、とハリー・スウィーニーは言った。面目丸潰れの話だ、恥だ。日本警察の名折れ――

おいおい、と服部刑事は言いながらハリー・スウィーニーのほうへ一歩寄り、ハリー・スウィーニーを見上げた。こりゃお宅らが報道の自由ってやつをくれた結果なんだぜ。

ハリー・スウィーニーも一歩詰め寄り、服部刑事を見下ろした。莫迦《ばか》言え。報道の自由は関係ない。分かってるだろう。捜査の基本ができてないんだ。問題はそれだ。現場周辺の規制ができてない。人員の適切な配置ができてない。そういうことを言ってるんだ。

そうかい、そんなら、と服部は言い、一歩下がり、自分の足元を指さす。この靴を見ろよ。こいつは新品なんだ。特別誂えで、はき始めた次の日にこの事件が起きた。値段は月給の半分だ。あんたには端金《はしたがね》だろうがな。それがどうだ、もうこのざまだ。こんなボロになったのは、下山総裁の家へ行って、片山副総裁の家へ行って、死体が見つかってからは、ここへ来て、土砂降りの雨ん中でなきゃお天道《てんと》さんがぎらつく中、この現場を歩き回って、捜査をしてるせいだ、それでこうなっちまったんだ。だから俺が仕事をしてねえなんてことは言ってもらうまいよ。

ハリー・スウィーニーは首を振りながら服部ににやりと笑いかけ、そうか、新品の靴をはき潰したのか、一生懸命仕事をしたせいで、しかしだな、今の話はどうして同じ日本人の新聞記者のほうがいい仕事をしてるのかの説明にはなってないだろう。

なあ、と服部刑事はススム・トダのほうを向いた。トダさんよ、あんたなら分かるだろ、俺は上から言われたことをやってんだ、どこそこへ行けと言われたら行く。捜査方針を決める権限なんかねえ。言われたことをやるだけだ。この男が喧嘩を吹っかけたいなら勝手にやりゃいいがな。俺の上司に吹っかけてくれと、そう言ってくれ――

そうするよ、とハリー・スウィーニーは言った。どこにいる。

あそこだ、と服部刑事は末広旅館のほうへ顎をしゃくった。自分の仕事をしとられるよ。

そうか、とハリー・スウィーニーは言う。じゃ行こう、案内してくれ。偉大なる日本の警察のお仕事ぶりを拝見しよう。


服部刑事は何も言わず、うなずいただけで、身を翻し、ハリー・スウィーニーとススム・トダの先に立って、狭い溝を渡り、木の小門をくぐり、狭い前庭を通って、貧相で陰鬱な末広旅館の玄関に入った。三人は靴を脱ぎ、上にあがり、細く暗い廊下を進んで、奥の薄暗く湿っぽい部屋まで行くと、そこに捜査一課長の金原《かねはら》警部がいて、あと二人の幹部捜査員と地味な着物姿の痩せこけた中年女と一緒に座って茶を飲んでいる――

失礼します、課長、と服部刑事は深々と最敬礼し、ハリー・スウィーニーとススム・トダを手で示した。公安課の方々がお見えです。

薄暗く湿っぽい部屋で、金原警部は椅子に座ったまま首を巡らし、乏しい光の中で目を細くしたあと、うなずき、頬笑み、立ち上がって、おうおう、スウィーニー捜査官なら知っているよ。やあ、どうも、ハリー。お元気ですか。お久しぶりですな。

いや、まったく、お久しぶり。

どうも、ごぶさたしすぎまして、と金原警部は言い、それから地味な着物姿の痩せこけた中年女に顔を向けて、申し訳ないが外してくれませんか、と言った。

女は短くうなずき、立ち上がり、すり足で部屋を出ていったが、ハリー・スウィーニーとススム・トダのそばを通り過ぎる時はずっと床を見たままだった。

金原警部はまた椅子に腰を下ろしながら、さあさあ、お二人とも、どうぞおかけください、と言った。

ハリー・スウィーニーとススム・トダは金原警部に礼を言い、薄暗く湿っぽい部屋の中央に置かれた、傷だらけ染みだらけのテーブルの椅子に座った。

事件の新しい展開については服部刑事が詳しくお話ししたと思いますが、と金原警部は言って、服部を見上げた。

はあ、大まかな話は、と服部は戸口でうなずきながら言った。でもどうしても課長とお話ししたいとおっしゃるもんで。

そうなんです、とハリー・スウィーニーは言った。われわれは――というのは公安課ということですが――最新の情報を教えていただきたいんです。

それはもちろんお教えしますよ、と金原警部は言う。ウィロビー少将だけでなく、たぶんマッカーサー元帥も、この事件には関心をお持ちでしょう。

ええ、とハリー・スウィーニーはうなずく、特にウィロビー少将が関心を持っていましてね。

金原警部はうなずき、それから溜め息をついて、事態は急展開を見せていますよ、大変な急展開を、と言った。さっきここにいた女性は、長島《ながしま》さんといって、この旅館の女将ですが、昨日の夜遅く警察に連絡してきたんです。五日の午後に旅館に来た人物が下山総裁じゃないかと思うとね。その人物はとても疲れている様子で、しばらく休みたいから部屋を貸して欲しいと言ったそうです。最初女将は迷って、夫に相談しました。しかし結局、今のわれわれが下山総裁だったと考えているその人物は、女将の言葉を使うと〝上品な〟人だったから、承知したんです。二階の一室に案内して、女中が布団を敷き、お茶を出しました。今のわれわれが下山総裁だったと考えるだけの理由のあるその人物は、五時半頃までいて、それから宿代に二百円、チップに百円置いて、出ていった。もちろんわれわれは女将と、女中と、女将の息子さん――この息子さんが最初にその人物と応対したんだが――この三人から事情聴取しました。三人とも、証言した服装は下山総裁の五日の服装と、靴下の色までぴたりと一致した。また三人とも複数の写真の中から下山総裁の写真を正確に選んだ。もちろん、あなたとの話が終わったら、すぐに三人を警視庁本部へ連れていって、正式な供述書をとる予定です。

　しかし今の時点の直感で、女将が本当のことを言っていると思ってますか。とハリー・スウィーニーは訊く。彼女の証言を信じてますか。

　金原警部は肩をすくめ、頰笑んで、言った。まあ、あれですな。今のところ、彼女がそんな話をでっち上げる理由は思いつかないですね。それにご亭主は元警官ですし。

　なるほど、とハリー・スウィーニーは言い、うなずいた。うなずいて、こう言った。しかし――間違っていたら謝りますが――彼女はまず新聞記者に話したんですよね。警察に話す前に。

　間違っていませんよ。そのとおりです。綾瀬で死体が発見されてから、この旅館には新聞記者が大勢宿泊しています。だから、想像できるでしょうが、大忙しなんです。で、ゆうべ、女将が女中の配膳作業を手伝っていた時、たまたま記者の一人が新聞を読んでいて、その一面に下山総裁の写真が載っていた。それを見た時初めて、女将は五日の午後に休憩した男と同じ人だと気づいたわけです。

　なるほど、とハリー・スウィーニーはまた言い、またうなずき、うなずいてから言った。そしてほかにも五日の夜に下山総裁を見たという人が何人も出てきたんでしたね。

　薄暗く湿っぽい部屋の、傷だらけ染みだらけのテーブルについている金原警部はまたうなずき、頰笑んでから、こう訊き返した。それじゃその目撃者たちの証言を読んだんですね。

　新聞で読んだだけですよ、とハリー・スウィーニーは言った。残念なことにね。

　金原警部は溜め息をつき、首を振り、言った。それは確かにとても残念なことです。ええ。申し訳ない。ほんとに申し訳ない。しかし、率直に言っていいですか。

　もちろんです、とハリー・スウィーニーは言う。どうぞ――

　金原警部は傷だらけ染みだらけのテーブル越しにハリー・スウィーニーを見、薄暗い湿っぽい光を通してハリー・スウィーニーを見、うなずき、歯の隙間から息を吸い込んでから、こう言った、これはここだけの話で、よそへ漏らしてもらっては困りますが――どう言えばいいのかな――この事件の初動捜査はしかるべき方法でなされなかったんですよ。

わたしもそう思いますね。

金原警部はなおもハリー・スウィーニーに目を据え、ハリー・スウィーニーをじっと見つめながら、またうなずき、こう言った、もちろんそうでしょう、あなたにはそれが分かっているはずです。あなたも捜査官ですからね。だからあなたには率直にお話しするんです、日本の警察でそれなりの立場にいる人間が、こんなことを認めるのは、具合の悪い、恥ずかしいことです。特にアメリカ人の捜査官の方が相手だと。ですがね、言い訳や責任逃れをする気はないが、この捜査はわたしが指揮しているわけじゃないんですよ。

それは分かります。

何しろ現場は三つありますからね――下山邸と、三越百貨店と、綾瀬の線路――われわれ捜査一課も、この三つの現場に振り分けなければならなかった、一号室と二号室の両方を投入していてもね、分かりますか。喜多刑事部長としては捜査二課も動員するしかなかった、この現場周辺、特に綾瀬と五反野の聞き込み捜査を手助けさせるためにです。

なるほど、とハリー・スウィーニーはまた言った。

そりゃあ二課も優秀ですよ、ですが、ここでの捜査というのは――付近の住民から証言を集めたりするわけですが――ま、正直な話、捜査二課の得意な分野じゃなくて、彼らの手に余るんですよ。

一応確認しますが、とハリー・スウィーニーは言う、住民への聞き込みに関して責任があるのは捜査二課で、あなた方一課じゃないということですね。

今までは一課じゃなかった。しかし捜査二課にはその仕事を正確かつ効率的にやる能力がないと分かったから、わたしが喜多刑事部長に頼んで、彼らには引っ込んでもらいました。現在ではこの事件は捜査一課が全面的に担当しています。ですから安心してください、捜査二課が初期の段階で犯した間違いはこれから正されていきますから。もちろん、そうなると付近の聞き込みを全部やり直して、住民一人一人の証言も改めてとることになりますが、今度は正確な文書を作って、証言同士の突き合せもしていきます。

それは心強いですな、とハリー・スウィーニーは言った。しかし、気の早い質問かもしれませんが、あなたの最初の直感を伺ってもいいですかね。住民の目撃証言についてですが。

金原警部はまた歯の隙間から息を吸い、ほかの上級の警官二人をちらりと見てから、椅子に座ったまま前に身を乗り出し、こう言った、今言ったとおり、証言の録取をやり直す必要がありますが——犯罪捜査をする者同士ということで、ここだけの話をすると——証言はどれもかなり確実なものみたいですよ。中でも特に地元住民二人の証言——確か成島《なるしま》という男性と山崎《やまざき》という女性ですが——どちらも事件現場となった線路付近で目撃した男の特徴が下山総裁のそれと合致しているんですよ、目撃した時刻はどちらも五日の午後六時から七時の間、これは旅館を五時半ごろに出たという女将の証言とも符合しますしね。考えに入れなければいけないのは、この辺は見知らぬ人間がそう何人もうろうろするところじゃないということです、特に下山総裁のように上等な背広を着た人間はね。しかし、ともかく目撃者の供述書は全部写しをとってお送りしますからね、ご自分で判断なさってください。

そうしてもらえると助かります、とハリー・スウィーニーは言った。どうもありがとう。

金原警部はうなずき、頰笑み、言った、こちらこそありがとうございます、あなた方のご支援、本当に助かります。今後有益な情報が入りしだい——あなた個人に——逐一お知らせしますよ。お互い、新事実は新聞で知るなんてことがないようにしたいものですな。

そうしてもらえると助かります、とハリー・スウィーニーはまた言い、左右の膝にそれぞれ手を突いて、短くお辞儀をした。どうもありがとう。

金原警部は首を振りながら、顔の前で手を左右に揺らした。いやいや、お礼なんて滅相《めっそう》もない。最初からこうあるべきだったんですよ。とにかく供述書の写しは今日中にお届けします。

じゃ、待ってますよ、とハリー・スウィーニーは言った。

金原警部はまた座ったまま前に身を乗り出し、短くお辞儀をして、言った、それじゃ、そろそろ女将と息子さんと女中さんを本部へ連れていきますので。供述をとらないといけないのでね。

ああ、もちろん。時間をとっていただいてありがとうございました、とハリー・スウィーニーは言い、金原警部、その二人の同僚、それにススム・トダと同時に腰を上げた。

また近いうちにお目にかかりましょう、金原警部はそう言って、ハリー・スウィーニーとススム・トダの先に立ち、細く暗い廊下に出ると、服部刑事を手で示した。それからもちろん、わたしがいない時は、いつでも服部がご用を伺いますからね。

夜でも昼でも、と服部刑事は言い、うなずきながらハリー・スウィーニーに笑いかけた。いつでもどうぞ。

ハリー・スウィーニーは細くて暗い廊下で足を止め、服部刑事を見て、プロらしい態度だなと言った。

なに、仕事をしてるだけで、と服部刑事は言った。

われわれみんながそうだな、とハリー・スウィーニーは言い、ふたたび玄関のほうに向かい、靴をはき、ススム・トダのあとから狭い前庭を通り抜け、木の門をくぐり、狭い溝《どぶ》を渡って、表の道に出た。

どう思う、ハリー、とススム・トダが言い、煙草を出して一本くわえ、ハリー・スウィーニーに箱を差し出した。

ハリー・スウィーニーはかぶりを振り、首を巡らして、また新たにやってきた車から二人の男が降り、トランクから二つの旅行鞄を出し、それをさげて、狭い溝を渡り、木の門をくぐり、貧相で陰鬱な二階建ての旅館に、あの貧相で陰鬱な逢引の巣の中に、消えていくのを見送った——

ハリー、とススム・トダがまた言う。

ハリー・スウィーニーはまた首を振り、自分の煙草を出して、こう言った、何だか話がえらく簡単になってきたみたいだな、ススム。あるいは前よりもっとややこしくなったのかもしれないが。

ああ、でもどっちかな、ハリー。

ハリー・スウィーニーは煙草に火をつけ、煙を吸い、吐き、それからまた首を振って、笑みを浮かべ、さあ、分からんな、と言った。分かるのは、これからまた長い距離を歩いて車に戻り、まだまだ長い一日を過ごすってことだけだ。今日もえらく長い一日になるんだよ。

長い一日は長い夜の部に入り、オフィスの電灯の下、カフェインによって長く引き伸ばされた。ハリー・スウィーニーはエヴァンズ係長からさらに三人の部下を当てがわれた。ジョージ、ダン、ソノコ――ジョージとダンは日系二世の翻訳者で、ソノコは英語の会話とタイプができる現地採用のスタッフだ。それからハリー・スウィーニーはビル・ベッツがノートン・ホールから戻るのを待った、あるのは対敵諜報部隊が情報を共有してくれるであろうという見込みだけだった。ススム・トダが警視庁の夕方の状況説明から戻ってくるのも待った、こちらは綾瀬付近の目撃者の新しい供述書の写しを持ち帰るはずだった。新聞の夕刊が届くのも待った。四三二号室からほかの者がみな出ていき、オフィスが自分のチームだけになるのを待った。それからハリー・スウィーニー、ビル・ベッツ、ススム・トダ、および二世翻訳者の一人は、四三二号室の机と椅子を移動させて、広く空いたスペースを作った。それからハリー・スウィーニー、ビル・ベッツ、ススム・トダ、二世翻訳者の一人は、四階の廊下を歩き、部屋を一つずつ検《あらた》めて、黒板三つとチョーク一箱を調達し、四三二号室へ持ってきた。それからハリー・スウィーニー、ビル・ベッツ、ススム・トダ、二世翻訳者の一人は、四三二号室に三つの黒板を横一列に並べた。それからハリー・スウィーニーは箱からチョークを一本とり、それぞれの黒板の一番上に、ブロック体の大文字で、こう書いた――**下山邸、三越百貨店、死体発見現場**。次いで、それぞれの黒板に縦線を三本引き、その縦線の上の端と交わる形で横線を一本引いて、四つの欄を作った。それから各欄の上に日付、時刻、名前、場所と書いた。それからハリー・スウィーニーは供述書の写しと新聞記事を日付ごとに分けた。そしてススム・トダには下山邸と三越百貨店までの移動経路を割り当てた。ビル・ベッツと二世翻訳者の一人には三越百貨店。ハリー・スウィーニー自身ともう一人の二世翻訳者は、証言の数が最も多い死体発見現場を受け持った。ハリー・スウィーニーは全員に、供述書の写しと新聞記事を全部読んで、日付と時刻と名前と場所を書き出し、下山定則が目撃されたと思《おぼ》しき事例をすべて列挙して、それを黒板のしかるべき欄にチョークで書き込むように言った。それからハリー・スウィーニーは言った。よし、作業開始だ……

五人は作業を開始した。作業をし、作業をした、夜が更けて深夜になっても、供述書と記事を読んで翻訳し、深夜が明け方近くになっても、日付と時刻、名前と場所を書き出し、下山定則が目撃されたと思しき事例をすべて列挙し、黒板のしかるべき欄にチョークで書き込み、やがて夜が明けて、作業が終わると、五人の目の前の、三つの黒板に、数字と文字が、黒地に白くくっきりと、浮き出ていた――

目が血走ってひりひりし、体が疲れ切って消耗し今にも倒れそうなハリー・スウィーニーと、ビル・ベッツと、ススム・トダは、三つの黒板の十二の欄の前に立ち、頭を左右に動かして、それぞれの黒板を見、目を左右に走らせ、欄から欄へ移し、上下に、左右に、何度も往復させて、それぞれの黒板、それぞれの欄を見た――

疲れてるせいかもしれんが、とビル・ベッツが言った。どうも解《げ》せんな。この大津《おおつ》という男――元運輸次官で今は国会議員の佐藤栄作《さとうえいさく》の秘書で、下山とは旧知の間柄だから信用できる証人だとしているが――この男が五日の午前十一時ごろ、国会議事堂の近くから平河町《ひらかわちょう》へ高速で走っていく車の後部座席に、下山が男二人にはさまれて乗っているのを見たと言っている。ところが一方で、それと同じ頃、三越で店員や買い物に来た主婦や女中が、下山らしき人物が店内を歩いているのを見たと言っているし、店の地階とか、地階の出入り口付近とか、地下鉄の改札の近くで、一人でいるところや、三人の男と一緒にいるところを見たという者もいる。そしてその二時間ほどあとには、五反野で電車を降り、末広旅館に入って昼寝をしたという。

ハリー・スウィーニーは肩をすくめた。誰にでも間違いはあるだろう、ビル、見間違いは。

ああ、とビル・ベッツは言って、〝死体発見現場〟の黒板に書かれた名前を数えた。五、六、七、八――八人か。今のところは。それだけの人間があの夜、現場付近で下山を見たと言ってるんだ。今のところ、八人が。

ハリー・スウィーニーはまた肩をすくめた。まだ序の口だろう。

ああ、とビル・ベッツはまた言った。俺が言ってるのはそこだ、ハリー。これからもっとひどくなるぞ。もっと目撃者が出てきて、新聞記事が書かれて、供述書が増えてくる。分かるだろう、ハリー。こういうことがどうなっていくか。

ハリー・スウィーニーはうなずき、黒板を、各欄を、代わる代わる見た。で、何が言いたいんだ、ビル。

捜査はこの国の警察にやらせとけってことだよ、とベッツは言った。やつらの仕事を代わりにやってやろうなんて考えないで。

ハリー・スウィーニーはビル・ベッツのほうを向き、笑って言った、そうか、それを少将に言う気か。

ビル・ベッツは首を振り、ハリー・スウィーニーに苦笑をしてみせ、言った、なあハリー、俺はこのことで喧嘩するつもりはないんだ。ただ、こいつはもう滅茶苦茶だと言ってるだけだ。これからもっと滅茶苦茶になるだろうよ。なんで俺たちが必死になってこの滅茶苦茶を解決してやらなきゃいけないのか分からねえんだよな。

ハリー・スウィーニーは黒板のほうへ向き直り、また十二の欄と向き合って、うなずき、言った、分かってるよ、ビル、分かってる。

でもビル、とススム・トダは言い、〝三越百貨店〟の黒板と〝死体発見現場〟の黒板を交互に指さした。この五日の午前中に三越の外で盗まれたと届けのあった車は、佐藤の秘書が見た車と、それからその夜に綾瀬で目撃された車と、色や大きさが同じだろ。

大きな黒い車でした、ってんだろ、とビル・ベッツが笑う。

いや分からないぞ、ススム・トダは言った。この盗難車が見つかって、指紋でも出れば、事件は解決するかもしれない。

おいおい、とビル・ベッツはまた笑った。国鉄総裁を白昼堂々誘拐して、盗難車で一日中連れ回したってのか。そんな犯罪のプランってあるか、シャーロック。まったくよ。

衝動的な犯行だったかもしれない、とススム・トダは言う。よく計画を練った犯行じゃなかったのかも。

たいていの犯罪はあまり計画的じゃないな、とハリー・スウィーニーは言い、なおも頭を左右に動かして、それぞれの黒板を見、目を左右に走らせ、欄から欄へ移し、上下に、左右に、何度も往復させて、それぞれの黒板、それぞれの欄を見た。

あの、と二世翻訳者の一人、ジョージという名前のほうが、新たな新聞の束を抱えて、階下から戻ってきた。朝刊が届きました。

　ハリー・スウィーニーは翻訳者が両腕で抱えた新聞の分厚い束を見、翻訳者の赤い目の周りの隈《くま》を見、全員の赤い目とその周りの隈を見、それからハリー・スウィーニーは黒板とそこに区切られた欄に向き直り、三つの黒板と十二の欄を見、そこに書かれた数字と文字を、黒地に白く浮き出た数字と文字を、見た——

　おい、ハリー、とビル・ベッツが言う。おまえは一晩中起きてたんだ、そろそろ休まなきゃ。俺たちみんなそうだ。

　ハリー・スウィーニーはうなずいた。分かってるよ、ビル。そのとおりだ。

　俺が聞きたかったのはその一言だ、ハリー、ビル・ベッツはそう言って、上着と帽子をつかみ、ドアのほう、出入り口のほうへ向かった。俺の居場所を言っとくよ、まずは食堂、それから塒《ねぐら》だ……

　ハリー・スウィーニーは声をかけた、おい、ビル——

　おう、分かってる、とビル・ベッツは、立ち止まらず、振り返りもせず言った。分かってるよ、ありがとうだろ、ハリー。なにどういたしまして。

　ハリー・スウィーニーはにやりと笑い、ススム・トダ、ジョージ、ダン、そしてソノコのほうを向いて、君たちも同じだ、と言った。休んでくれ。ありがとう。

　次は何時に来ればいいですか、とダンが、すでに上着を着て、帽子を手にとろうとしながら、訊いた。

　ハリー・スウィーニーは腕時計を、文字盤のガラスがまだ罅割れたまま、針が止まったままの腕時計を見て、肩をすくめ、ススム、と訊く。

　ここの宿泊室で寝るのか、とススム・トダは尋ねた。

　いえ、とジョージが答えた。八洲《やしま》ホテルです。

　じゃ、一時だ、とススム・トダは腕時計を見ながら言い、ハリー・スウィーニーに目を向ける——

　だがハリー・スウィーニーは十二の欄に数字と文字を並べた三つの黒板のほうを向いていて、ススム・トダの問いには答えず、退室する二人の二世も見なかった。

　あの、すみません、と、ソノコが言う、ソノコは真ん中の黒板、〝**三越百貨店**〟の黒板の前でハリー・スウィーニーと並んで立ち、その黒板の文字を見、それからまた手にした紙片に目を落とした。

何だい、とハリー・スウィーニーは訊いた。

あのう、とソノコはささやく、もう一人の人、ミスター・ビルに迷惑がかかるといけないんですけど、あの人、これを忘れたと思うんです。黒板に書き込むのを。

心配いらない、ハリー・スウィーニーはそう言って笑った。やつのうっかりはこれが初めてじゃないし、最後でもないだろう。見せてごらん――

ハリー・スウィーニーはソノコの伸ばした手から紙片をとり、そこへ目を落とし、書いてある言葉を読み、もう一度読んで、それから自分の机へ行き、机の上の書類を漁り、新聞を漁り、報告書を漁り、手にとってはあちこちへ放り出した。くそ、どこへ行った……

何が？　とススム・トダが訊く。何捜してるんだ、ハリー。何を失くした？

黄色い用箋だよ、いつも机に置いてあるやつ。

ええ？　とススム・トダは言い、机へやってくると、床に落ちた新聞や書類を拾い上げた。一体何なんだ。

ハリー・スウィーニーは机をじっと見つめてから、首を振り、それから上着を手にとった。くそ。車を手配してくれ、ススム。出かけるぞ……

あの、すみません、とソノコが言い、部屋の真ん中で固まったように立ち尽くし、頭を垂れ、両手を小さな拳に握っている。わたし、何かいけないことしたでしょうか。

ハリー・スウィーニーは帽子を拾い上げ、ソノコのそばへ近づき、手でそっとソノコの顎を持ち上げて、顔を見下ろし、目を覗き込み、頬笑んで、いや、そんなことはないよ、と言った。君はいいことをしたんだ。ただ、今のことは誰にも言わないでくれ。


三越百貨店の影の中、南口の前で、イチローは車を停止させた。

またやり直しか、とトダは車を降りながら言った。

ハリー・スウィーニーはドアを半分開けたところで手を止めた。なあ、イチロー、もし俺が五分で戻ると言ったのに戻らなかったら、おまえはどれくらい待つ。

どういうことですか。イチローは運転席からハリー・スウィーニーのほうを向いて訊き返す。

どれくらい長く俺を待つかってことさ。俺が帰ってこないと誰かに電話するまで。

誰に電話するんですか。

俺のオフィスの人間とか。配車係とか。

でも何を言うんですか。

じゃあずっと車の中で座って待ってるのか。

いやあ、とイチローは言う、そのう、運転手の仕事をするだけですよ。わたしらみんな。

ハリー・スウィーニーはうなずいた。そうか。ありがとう。

いえ、どういたしまして、とイチローは言い、また前を向いて、フロントガラスの向こうを見た。

ハリー・スウィーニーは車を降り、狭い通りを横切り、すでに百貨店の南口の前にいるススム・トダに追いついた。

何だって、とトダが訊く。

ハリー・スウィーニーは首を振った。イチローのやつ、俺たちが戻らなくても一日中待ってるとさ。

連中はみんなそうだよ、とトダは百貨店の南側に一列に駐車している運転手付きの自動車を指さした。慣れてるからな。待つことに。

ハリー・スウィーニーはうなずき、上着の内ポケットから手帳を出し、何頁かめくって、こう言った、あの日、下山の車の後ろに駐めていた車の運転手からも、警察は供述をとっただろう。おまえ読んだか。

ああ、とトダは言い、ハンカチを出して顔を拭い、首筋を拭った。日本製薬の運転手だ。百貨店に売り場がある、四階に。だからここの常連で、だいたい毎日車を駐めてるはずだよ。

その運転手は大西運転手の証言を裏書きしたんだったな、下山が車を降りて、百貨店に入っていったと。

ああ、とトダはまた言った。総裁が百貨店に入ったとする時刻は何分か違うが、ほかは全部一致してる。

ハリー・スウィーニーはまた手帳を見た。その運転手が見たもう一台の車のことはどうだ。下山が百貨店に入ったすぐあとに自分の車の真後ろに停まったという三六年型プリムスのことだ。四、五人の男が降りて、下山のあとから百貨店に入ったそうだが。

それを見たのは日本製薬の運転手だけなんだ。二十分後、その運転手は男たちがまた出てくるのを見た。

警察はもうそのプリムスを見つけたのか。

見つけたという話は聞かないな。

ハリー・スウィーニーはうなずいた。よし、行こう――

ハリー・スウィーニーとススム・トダは三越百貨店に入った、ガラスと金の玄関は、今回は開いていた。この同じ玄関を、下山定則がくぐったのだ。二人は化粧品売り場を通り抜けた。この同じ化粧品売り場の、十九歳の店員が、下山定則と同じ特徴を持つ人物がしばらくこの辺を行き来してから店の北口のほうへ向かっていったように思うと証言していた。二人は雑貨売り場を通り抜けた。この同じ雑貨売り場の、二十歳の店員が、やはり下山定則と同じ特徴を持つ人物が店の北口にあるエレベーター乗り場のほうへ向かっていくのを見たように思うと証言した。二人は履物売り場を通り抜けた。この同じ履物売り場の、二十一歳の店員が、下山定則と同じ特徴を持つ人物がほんのしばらくの間、陳列ケースの伝統工芸品の草履《ぞうり》を見ていたように思うと証言した。それから二人は店の北側にあるH階段で地階に降り、地下鉄駅に通じる出入り口のそばの案内所の前を通った。その同じ案内所で、三十五歳の店員が――その職務の中には地下鉄のほうから来店する客の数を数えることも含まれていたが――十時から十時十五分の間に下山定則と同じ特徴を持つ人物が店を出ていき、その直後に三人の男が出ていくのを見たように思うと証言していた。この三人が下山定則と同じ特徴を持つ男と同行していたのかどうかはよく分からないが、三人とも三十代後半の年恰好で、そのうち一人のことはかなりはっきり覚えている、顔は日焼けしていて、古い黒の背広を着て、汚れたフェルト帽をかぶっていたとのことだった。ハリー・スウィーニーとススム・トダは短い階段を降り、百貨店から地下道に出て、出入り口のすぐ外の通路に敷かれている鉄板の上で足を止めた。その同じ鉄板の上で、下山定則と同じ特徴を持つ男が三人の男と低い声で話しているところを見たと思うと、さまざまな年齢の何人もの女性が、目撃した時刻には食い違いがあるものの、証言していた。それらの女性の一人は、三人の男の一人を、年は五十歳くらいで、背が一メートル四、五十センチととても低く、浅黒い逆三角形の顔をして、金縁眼鏡をかけ、縦縞入りの黒い背広を着て、ワイシャツは襟を開けていたと説明した。そして先の尖った靴をはき、鞄を持っていて――

学校の校長先生みたいだと思ったそうだ、とトダは言い、また顔を拭い、首筋を拭った。

ハリー・スウィーニーは笑った。ぽん引き学校の校長かな。

しかしここは蒸し風呂だな、とトダは言い、地下道の左右に目をやり、制服や私服の警官、新聞記者、カメラマン、百貨店の客や地下鉄の利用者、それに野次馬や暇人がひしめいているのを見た。

ハリー・スウィーニーはトダを見た。大丈夫か、ススム。顔色がよくないが。

気分が悪い、とトダは言い、また顔を拭いた。夏風邪でも引いたかな……

ハリー・スウィーニーはうなずいた。ずっと寝てないからな、すまん。車で帰って、一眠りしてこいよ。

いいのか、ハリー。

いいんだ、とハリー・スウィーニーは言った。行ってくれ――

ハリー・スウィーニーは身を翻して歩きだし、制服警官に私服警官、新聞記者にカメラマン、買い物客に地下鉄利用者、野次馬に暇人の間を掻いくぐり、地下道を北へ進んで、地下鉄の改札の前を通り過ぎると、前方に理髪店と室町茶寮の看板が見え、さらには喫茶香港の看板が見えた。

ハリー・スウィーニーはソノコから渡された紙片を取り出して、それを見、もう一度読んだあと、公安課のバッジを出して、人込みの間を突き進む――喫茶店の窓には二重の人垣が貼りつき、入り口には行列ができている――それから喫茶店に入った。どの席も埋まり、空中には煙草の煙が濃厚に立ちこめ、一人ずつついるウェイターとウェイトレスは盆を持って厨房《ちゅうぼう》と客のテーブルを往復している――

相《あい》すみません、と入り口近くでレジスターの後ろに立っている五十代後半と見える男が言った。只今満席でして。

ハリー・スウィーニーはバッジを掲げて言った、下山事件で商売繁盛か、けっこうなことだね、あんたが店長かな。

はい、とレジスターの後ろにいる男が、左右に足を踏みかえながら言う。わたしが店長の新出《にいで》です。

ハリー・スウィーニーは頬笑んだ。忙しそうだから手早く済ますが、あんたと、この店の従業員に話を聞きたいんだ。

はあ、と店長は言う。ここでですか。

ハリー・スウィーニーは天井の低い部屋を見回し、奥のドアを指さした。あそこは厨房？

ええ、と店長。でもすごく狭いですよ。

ハリー・スウィーニーはうなずいた。一人ずつでいいんだ。

じゃ最初は誰に。

ハリー・スウィーニーはにっと笑って言う、上から順に、つまりあんたからだ。

店長はうなずき、ウェイターを呼んで、レジを頼むと言った。それから先に立ってテーブルの間のスペースを進み、店の奥に向かった、右は便所、左は厨房、二つのドアの間に小卓があり、電話と電話帳と灰皿が置かれている――

店の電話はあれだけかい、とハリー・スウィーニーは訊く。

ええ、と店長。かけますか。

ハリー・スウィーニーはかぶりを振った。

そうですか、と店長は肩をすくめる。じゃ、どうぞ中へ――

ハリー・スウィーニーは店長のあとから狭い、窓のない、油で汚れた、細長い厨房に入った、そこには痩せた、中年の、蛸《たこ》のような男が、染みだらけのエプロンを着け、玉葱と肉を鉄板の上でせっせと炒め、ねっとりしたカレーを掻き回し、椀に味噌汁をよそい、茶碗に飯を盛っていた。

これはコックの五島《ごとう》です、と店長は言い、溜め息をついた。話をする間、外で待たせますか。

ハリー・スウィーニーはかぶりを振り、コックに訊いた、君はこの店で国鉄の下山総裁を見ただろう。五日の朝、仕事仲間が、総裁が来ていると話したはずだ。

いや、とコックは鉄板や鍋から顔を上げずに首を振る。ここからは何も見えないんで。

でもあんたは見た、そうだな、とハリー・スウィーニーは店長のほうを向いて訊く、四人の男と一緒だっただろう。

店長はうなずいた。新聞記者に話して、そのあと警察にも話しましたが、見たと思います、それだけです。

話してくれ。新聞や警察に話したことを。

店長は目をつぶって、頬をこすり、それから目を開いて、言った。確か十時頃でした。うちは三越さんと同じで九時半の開店ですが、わたしが入ったのは十時です。その時お客様は五人いて、そこに座っていました、身なりが立派でしたね。みなさん背広です。珈琲ではなく日本茶を飲んでらっしゃいました。それとケーキも注文なさってましたかね。五人でお話ししていました。

男たちの特徴は。

店長はふうと口から息を吐き、首を振ってから、あまりちゃんと見ていませんでしたけど、と言った。二人は三十代の後半ですかね、一人はもう少し上で、一人はたぶん下山総裁でしょう。残りの二人のことは分かりません。

どれくらいの時間いたのかな。

店長はまた首を振った。カズちゃんが、あ、ウェイトレスですが、給仕をしたので、わたしよりもよく知ってると思いますね。

しかし代金はレジで払ったわけだろう。

店長はかぶりを振る。いいえ、確かテーブルでお払いになったはずです。カズちゃんに。

伝票はまだあるね。

店長はまたかぶりを振った。いや、警察が持っていきました。日本の警察が。

よし、それじゃ、ほかの客はどうだ？　あの朝、ほかに客はいなかったかな。

いいえ。あの日の朝はいませんでした。

常連客も？　常連の客はいるんだろう。

店長はうなずく。ええ、います。でも、あの時はどなたもいませんでした。常連のお客様が来るのはお昼時ですね。

なるほど。分かった。

店長は頬笑んだ。カズちゃんと話されます？

ああ、とハリー・スウィーニーは言った。でもまずはウェイターからだ。

店長は肩をすくめた。じゃ呼んできます。わたしはもう済んだんでしたら、レジにいていいですか。

ハリー・スウィーニーはうなずき、ハンカチを出して、顔を拭い、首筋を拭いながら、コックが切ったり刻んだり揚げたり煮たりするのを眺めた。暑いね、ここは。

おかげで痩せていられます、そう言ってコックは笑った。

店長はどうだ。店長も君が痩せる原因かい。それとも優しいかね。

客の入りがいい時はね、コックはそう言ってまた笑った。

あのう、と言って入ってきたのは、ワイシャツに黒い蝶ネクタイを締めた、二十代後半と思しき背の高い痩せこけた男だった。ウェイターの小島《こじま》です。話があるそうですが。

ハリー・スウィーニーはうなずいた。ああ。なぜか分かるかな。

下山総裁のことですか。

ハリー・スウィーニーはまたうなずいた。そうだ。五日の朝、君は勤務してたんだね。

はい。

君も下山総裁と特徴の似た人を見たそうだが。

いいえ、わたしは直接は見てないです。

そうなのか。でも出勤してたんだろう。

そうなんですが、あの時間は、だいたいいつもこの厨房で仕事をするんです。五島さんはお昼時の少し前に出勤するんで、それまではわたしが厨房の担当です。

ハリー・スウィーニーはうなずいた。一度も店に出ないのか。

ときどき出ますけど、あの日の朝は出ませんでした。というか、出た覚えがないんで。ここにいたと思います。

ハリー・スウィーニーは小島をじっと見た――この神経質そうな、背の高い痩せこけた男は、湿った襟元に結んだ蝶ネクタイに手を触れた――ハリー・スウィーニーは言った、ようく思い出してくれ、ミスター・コジマ。誰かが――新聞記者か、刑事か、店長のミスター・ニイデか、それは分からんが――五日の朝のことでこういうことを話せとか、話すなとか、君に言わなかったかな。

それはないです、と小島は首を振りながら言う。

絶対に確かか。

ええ。

ハリー・スウィーニーはうなずき、それからドアのほうを指さして言った、よし、それじゃ最後の質問だ。あそこにある電話だが、あの朝、誰かがあれを使うのを見なかったかい。

いえ。見た覚えはないです。

ハリー・スウィーニーはまたうなずいた。よし、ありがとう。ウェイトレスを呼んでもらおうか。

ウェイターはうなずき、厨房から出ていきかけて、足を止め、振り返って尋ねた。川田《かわだ》さん、まずいことになってるんですか。

ハリー・スウィーニーはかぶりを振った。そんなことになる理由があるのか。

分からないけど、とウェイターは言う。あの子いい子だし、仕事も一生懸命やるんで。

ハリー・スウィーニーは頰笑んだ。心配いらないよ。とにかく来てもらってくれ。

ウェイターはうなずき、体の向きを変えて、厨房を出た。

小島君は川田さんに優しいんだ、と、コックはカレーライスを皿によそいながら言った。

ハリー・スウィーニーはまた顔を拭い、首筋を拭って、言った。店長はどうだ。やっぱりウェイトレスに優しいかね。

まあそうですね、コックはそう言って笑う。あの子お客に人気があるから、お陰で店は商売繁盛ですよ。顔は可愛いし——

あの、わたしにご用ですか。

ハリー・スウィーニーはドアのほうを向いた、そこにいる二十歳の女は、黒いワンピースに白いエプロンを着け、そのエプロンの前で両手をしっかり握り合わせている。ハリー・スウィーニーは頰笑み、うなずいて、やあご苦労さまと言った。

下山総裁のことですよね。

ハリー・スウィーニーはなおも頰笑み、なおもうなずきながら、何も怖がることはない、心配いらないよ、と言った。君が警察に話したことを、君の口から聞きたいだけなんだ、それと、いくつか質問に答えてくれるとありがたい。いいかい。

はい、とウェイトレスは言い、うなずいた。分かりました。えっと、店を開けてから、ほとんどすぐぐらい、九時半からそんなにたってない時に、男のお客さんが二人入ってきたんです。一人は下山総裁に似た人で、鼠色の背広にワイシャツという恰好でした。帽子はかぶってなかったと思いますけど、眼鏡をかけてました、ロイド眼鏡ってやつです。眉がすごくはっきりしていたというのも覚えています。濃くて、八の字に下がってました。だから新聞で写真を見た時、あ、あの人だと思ったんです。

もう一人の男は。

あんまりよく覚えてないです、ごめんなさい、とウェイトレスは言った。入り口近くのテーブルに座ったんですけど、下山総裁に似た人は入り口に背中を向けていて、わたしがテーブルへ行ったり来たりする時は、いつもこっちを向いていました。でももう一人の人は、入り口のほうを向いて、わたしには背中を向けてましたから、よくは見えなかったんです。でも連れの人よりちょっと若くて、四十代の終わりって感じでした。

その二人しかいなかったのかい。

わたしはそう思ったんです。でも店長は、出勤してきた時、もっと人数が多かったと思うと言うんです。確か、あと三人いたと言ってました。

ハリー・スウィーニーは尋ねた。でも君はそうは思わないと？

それがはっきりしなくて。というのは、通路をはさんだ隣のテーブルに三人の男の人が座っていましたから。それはほんとなんです。

五人が連れだったかどうかははっきりしないというんだね。

はい、とウェイトレスは言い、うなずいた。わたしは一緒じゃないと思ったんです、隣のテーブルの二人と話も何もしなかったですから。

その三人は、二人の男とは別々に入ってきて、別々に出ていったんだろう。

そうだと思います。いえ、はっきりしないんですけど、二人が入ってきたあとで入ってきて、出ていったあとで出ていったと思うんです。

ハリー・スウィーニーはまたうなずき、頬笑み、それから尋ねた、それじゃ君が下山総裁だったかもしれないと思っている人と、その連れの男は、どんな風だった。どんな風に話していた。友達みたいな感じかな。

うーん、いや、とウェイトレスは言う。というのは、下山総裁みたいな人はほとんど喋らなかったんです。相手の話を聞いてるだけで。テーブルの上で手を組んで。なぜそれを覚えてるかっていうと、飲み物を運んでいった時、手をどけたんです。あの人は猫背になってました。元気がなくて。

〝元気がない〟ってどんな風に。

不安そうっていうか。悪い知らせを聞いてるみたいな感じ。

ハリー・スウィーニーはうなずいた。なるほど。話は聞き取れなかったかな。切れ切れでもいいんだが。

うーん、いや、とウェイトレスはまた言った。というのは、もう一人の人が話してることは全然聞こえなかったんですよね。ほとんどささやいてるみたいで。でも下山総裁は——というか、下山総裁みたいに見えた人は——何かこう、唸《うな》っていました。

〝唸っていた〟ってどんな風に。

ほらよくあるじゃありませんか、うん、うんって感じ。うん、うんって。

ハリー・スウィーニーはまたうなずき、また、なるほど、と言った。で、その二人はどれくらいの間いたのかな。

せいぜい三十分。

代金はテーブルで払ったって？

はい、とウェイトレス。

別々に払ったんだね、例の三人、隣のテーブルにいた三人とは。

はい、とウェイトレスはうなずきながらまた言った。だから一緒じゃないって思ったんです。

ハリー・スウィーニーは言った、ところで——何を注文したの。

下山総裁に似た人と連れの人ですか。連れの人は日本茶で、下山総裁に似た人はソーダ水でした。

ハリー・スウィーニーはうなずいた。煙草は吸った？

いいえ、吸ってないと思います。

代金はどちらが払った。

すみません、それは知らないんです。厨房からテーブルへ行ったら、お金が置いてあって、二人はもう出ていったあとでした。ただ、お勘定書きを持ってくるように言ったのは連れの人だったから、その人が払ったんだろうと思います。

ハリー・スウィーニーはまたうなずき、頬笑み、それから、たぶんそうだろうねと言った。さあ、そこで、よく考えて、あの朝、店にはほかに誰がいたか思い出してくれないか。二人が店に来るより少し前かもしれない。あそこにある電話を、使った人間はいなかったかな。

　ええ、と喫茶香港の、二十歳のウェイトレス、川田和《かず》子《こ》はうなずき、ハリー・スウィーニーの目を見て、ええ、いました、と言った。あの電話を使った人。なぜ知ってるんですか。

　ハリー・スウィーニーは階段を一段飛ばしに昇り、通りに出た。銀座通りを南に向かい、昼食時の人込みを掻いくぐって、日本橋を渡り、アヴェニューWとの交差点に来た。白木屋の向かいの角で立ち止まり、上着を脱いだ。肩越しに後ろを振り返り、それから角を右へ曲がって、アヴェニューWを西に進み、八洲ホテルの前を通り過ぎ、呉服橋に至る。また肩越しに後ろを振り返り、アヴェニューWを横断し、五番ストリートを南下、東京駅八重洲口の前を過ぎて、鍛冶橋《かじばし》へ。通りを渡れる時を待つ間、また上着を着、煙草を一本くわえて火をつけ、それからアヴェニューYを西に進み、ガード下をくぐり、四番ストリートまで来る。右に曲がり、通りを横切り、歩いていくと、八重洲ホテルの日除けを張り出した玄関の前に来た。玄関口の灰皿に煙草の吸殻を捨て、四番ストリートを振り返った。通りの角、千代田銀行の落とす影の中に、男が一人立っているのが見えた。その男をじっと見つめた。男は身を翻して角の向こうのアヴェニューYに姿を消した。ハリー・スウィーニーはまた一本煙草をくわえて、火をつけた。日除けの下に立ち、煙草を吸い、千代田銀行の角を注視した。ハリー・スウィーニーは煙草を吸い終え、吸殻を灰皿に落とし、玄関をくぐって、八重洲ホテルに入った。ロビーを横切ってエレベーター乗り場へ行き、五番のエレベーターの中に立っている若い男にうなずきかけ、乗り込んで、四階を頼むと言った。

　イエス、とエレベーター・ボーイは言った。

　〝イエス、サー〟だろう、とハリー・スウィーニーは言った。

　イエス、とエレベーター・ボーイは言い、振り向きもせず扉を閉め、間《ま》を置いて、サーと言った。

　上昇し始める箱の中、ハリー・スウィーニーは若い男の後頭部に向かって、君は新入りだな、と言った。

　イエス、と若い男はうなずきながら言い、また間を置いて、サーと言った。

相手が軍服を着ていようといまいと、男には〝サー〟、女には〝マーム〟だ、いいな。

イエス、サー、と若い男は言ってまたうなずき、エレベーターが停止すると、ドアを開けながら、四階です、サーと言った。

ご苦労さん。ハリー・スウィーニーは箱を出た。

縁起が悪いよ、サー、とエレベーター・ボーイが言った。

ハリー・スウィーニーは振り向いた。何のことだ。

四という数字、と若い男はにやりと笑いながら言った。日本じゃ縁起が悪いんだよな、サー。

ハリー・スウィーニーは手で扉を押さえ、若い男を睨みつけながら言った、おい小僧、おまえは英語がうまい、たぶん立派な学校に通ってるんだろう。だが口が悪いし態度が悪い。おまえの国が占領されてるのは俺のせいじゃないし、おまえがエレベーター・ボーイをやってるのも俺のせいじゃないし、もちろんおまえのせいでもない。だから生意気な口きいて糞みたいな態度をとるのをやめて、普通にやれ。分かったたか。

分かりました、とエレベーター・ボーイは言った。サー。

ハリー・スウィーニーは若者を見た——もとは特権階級とおぼしい気位《きぐらい》の高い顔つき、恨みのこもった目——スウィーニーは首を振り、エレベーターに背を向けて、廊下を歩き、自分の部屋に向かっていった。

ハリー・スウィーニーは鍵を取り出し、鍵穴に挿し、鍵を回し、ドアを開けた。部屋に入り、ドアを叩きつけるように閉めた。部屋を横切り、カーテンを閉め、ベッドに腰かけた。靴を脱ぎ、もう一度立ち上がった。上着を脱ぎ、シャツを脱ぎ、ズボンを脱いだ。洗面台へ行って水と湯の栓をひねった。顔を洗い、髭を剃った。手首の包帯を取り換え、下着と靴下を取り替えた。洗濯をしたシャツと黒いネクタイを出し、身に着けた。ベッドの上に放り出したズボンをはき、上着を着た。洗面台に戻って腕時計を取り上げる。文字盤のガラスはまだ罅割れたまま、針は止まったままだ。その腕時計を、包帯を巻いた左の手首に着けた。シャツと上着の袖口を整え、ネクタイをまっすぐにした。帽子と鍵をとり、ドアを開け、部屋を出た。ドアを閉め、ドアに鍵をかけ、廊下を歩いてエレベーターのほうへ戻った。エレベーター乗り場の前を通り過ぎ、階段を四階分下って、ロビーに降りた。ロビーを横切り、玄関のほうへ――

ミスター・スウィーニー、サー、と、フロントから佐藤の声が呼びかけてきた。すみません、お手紙が来ております。

ハリー・スウィーニーは振り返り、頬笑んで、言った、ありがとう、佐藤さん、あとでもらうよ。今ちょっと急いでるんだ……

ハリー・スウィーニーは八重洲ホテルの玄関を出て、長い日除けの下の、歩道脇で待機しているタクシーのところへ行った。足を止めて、通りの先、千代田銀行がある角を見やった。角の、銀行の影の中に、一人の男が立っているのが見えた。通りの先のその男を見つめる、男はただ立ったまま、じっと動かず、ハリー・スウィーニーのほうを見ている。ハリー・スウィーニーはタクシーのドアを開け、後部座席に乗り込んで、ドアを閉め、芝の青松寺《せいしょうじ》へ、と言った。

黒と白の衣《ころも》、その何百人、何千人が、連なり、行列を作り、その連なり、その行列が、公園の木々の間まで延びていた。黒と白の衣、その何百人、何千人が、連なり、行列を作り、じりじりと前へ、ゆっくりと、ゆっくりと、一歩ずつ、一時間また一時間と、太陽のもと、午後の太陽のもと、門のほうへ、寺のほうへ、進んでいた。黒と白の衣、その何百人、何千人が、連なり、行列を作り、ゆっくりと、ゆっくりと、一歩ずつ、一時間また一時間と、太陽のもと、午後の太陽のもと、かの人物を弔おうと、下山定則の死を悼《いた》もうとしていた。その中には公人としての下山の死を悼む人たちがいた、面識はなく活字でだけ知っていた人たちや、亡くなって初めて知った人たちもいた。それから私人としての下山の死を悼む人たちがいた、自分の同級生や同窓生として、技術畑と事務畑を問わず同僚や上司として、友人や親類として、いとこやおじとして、兄や息子として、夫や父親として、下山を知っていた人たちがいた。この人たちは、公人また私人としての下山の死を悼むために来ていた――

黒と白の衣、その何百人、何千人の連なりが、その行列が、じりじりと前へ、ゆっくりと、ゆっくりと、一歩ずつ、摺《す》り足で進んでいく、互いに押すまい、小突くまいとしながら、穏やかに、静かに前進していく、その弔問者たちの間をハリー・スウィーニーは縫い、階段を昇り、石と木でできた最初の門をくぐり、ゆっくりと、ゆっくりと、穏やかに、静かに、ハリー・スウィーニーは砂利の上を歩き、また階段を昇り、それから第二の門をくぐり、寺の中心の区域に入ると、中央の通路の両側には供花や花輪が並べられ、香の匂いと、読経の声が、空中をつたい、空中に溶け、寺の敷地全体の上、何千人という弔問者の上を漂う、その香り、その声、その香りと声は葬儀会場である本堂から流れ出ていた——

広い本堂の中、長い影の中、香の雲と低い単調な読経の声が濃く立ちこめる空気の中、ハリー・スウィーニーは後方に立ち、何列もの垂れた頭《こうべ》を眺め渡し、主たる葬送者である家族や親類縁者に目を注ぐ、その黒い洋服や着物、洗濯されてプレスされた制服、彼らは祭壇の左右に並んで座っている、祭壇には白い布がかけられ、花が飾られ、大きな花輪が台で高く支えられ、主たる葬送者である家族や親類縁者を見下ろしている、ハリー・スウィーニーは花輪を数え、籠に活けた供花を数える——花輪と供花は百六十二基、贈り主は天皇、首相、閣僚、国会議員、運輸省高官、GHQ、国鉄幹部、国鉄職員有志、国鉄労組と労組員有志、しかし、会場の後方から、長い影の中から、ハリー・スウィーニーの目はつねに主たる葬送者たちのほう、家族であり親族である者の死を悼む人たちのほうへ戻ってくる、下山夫人は黒い着物姿、四人の息子のうち三人は洗濯をしてプレスした学校の制服、これら遺族は、丈高い花輪の下でひどく小さく見え、祭壇の脇で、祭壇の前で、花と、香と、読経の声の中に埋もれ、その祭壇は白い布をかけられ、さらに多くの花が供えられ、蠟燭《ろうそく》が灯され、遺影が飾られている。その一枚の写真は、額に収められ、黒い枠で囲まれた、一人の男の公式の肖像写真、下山定則の目は悲しげな眼差《まなざ》しを向けている、葬送者たちに、会葬者たちの頭の上に、後方にいるハリー・スウィーニーの目に——

ハリー・スウィーニーは瞬《まばた》きをし、目をこすり、目を拭いて、祭壇のほう、下山総裁の写真のほうに向かって頭を下げると、穏やかに、静かに、影の中から出て、本堂から出て、寺院中央の区画を横切り、通路をたどり、門をくぐって、階段を降り、何百人、何千人の連なり、その行列の脇を進み、やがて外の通りに立って、煙草の箱を取り出し――

こいつは大したもんだな、とドナルド・E・シャノン中佐が死角からハリー・スウィーニーに近づいてきた。ジャップの警察の半分が交通規制に駆り出されてるだけじゃない、われわれのほうの捜査官までここに来てるとは。

ハリー・スウィーニーは煙草の箱をポケットにしまい、一歩下がって、それで何か問題でも？　と訊いた。

ああ、問題大ありだよ、くそったれめ、と赤い顔で、酒臭い息を吐きながら、シャノン中佐は言った。葬式に来て人殺しどもが捕まるとでも思ってるのか、スウィーニー。

ハリー・スウィーニーは笑みを浮かべた。お車はどこですか。それとも、わたしが車を拾ってお送りしましょうか……

おまえさんのやるべきことは人殺しどもを捕まえることだ、スウィーニー、と中佐は言い、二本の指でハリー・スウィーニーの胸をぐっと突き、ネクタイをはね上げた。香典泥棒みたいに葬儀会場をうろつくことじゃない。

ハリー・スウィーニーはさらに一歩後ろに下がり、ドナルド・E・シャノン中佐をじっと見つめながら、こう言った、あなたのおっしゃってた蝮の巣ってやつをこの目で見てみようかと思いましてね。

おいおい、スウィーニー、とシャノン中佐は首を振り、人差し指を振り立てながら言った。そりゃ役得とか、利権とか、その手の話だ。殺人のことじゃないぞ。

盗人《ぬすつと》にも仁義あり。そういう意味ですか。

ドナルド・E・シャノン中佐はハリー・スウィーニーを睨み据えようとし、その胸に指を突き立てようとしながら、こう言った、アイルランド系同士の誼《よし》みで言うが、くそでも食らえ、という意味だよ、スウィーニー。

アイルランド系同士の誼みで言いますが、家にお帰りになったほうがいいですよ、とハリー・スウィーニーは言い、身を翻して歩きだす――

俺に背中を向けるな、スウィーニー、とシャノン中佐は言い、ハリー・スウィーニーの腕をつかみ、自分のほうへ向き直らせた。俺がまだ話してるのに勝手にどっかへ行くんじゃない。俺がまだ話そうとしてる間はな。

ハリー・スウィーニーはシャノン中佐の手に手をかけ、

そっと、しっかりと、腕をつかんだ中佐の手を引き離し、しっかりと、ゆっくりと、なおも上着の袖をつかんでくる手を引き剝がし、それから、ゆっくりと、ゆっくりと、一歩後ろに下がって、じゃあどうぞ、ぜひ話してください、と言った。まだ何かおっしゃりたいことがあるのなら。

ああ、まだ言いたいことがあるぞ、シャノン中佐は一人合点《がてん》にうなずきながら、手を寺のほうへ、その門のほうへ、葬儀のほうへ振り立てた。おまえさんはあそこへ戻って、あのアカのくそ野郎をとっ捕まえてくるべきなんだ。

どのアカのくそ野郎ですか。

本多《ほんだ》というくそ野郎だ。

ホンダ？　すみません、それは一体……

やれやれ、スウィーニー、シャノン中佐は笑った。おまえは神様に脳みそをもらった日、列の後ろのほうに並んでたのか。本多市蔵《いちぞう》だよ、国鉄労組副委員長の。

今日ここへ来てるんですか。

ああ、鉄面皮《てつめんぴ》な野郎だよ、とシャノン中佐は首を振り、ゆらゆら体を揺らしながら言った。信じられるか。あの骸骨みたいな顔をして、油をつけて髪の毛をオールバックにした野郎が、惜しい人を亡くしました、われわれはみんな総裁を慕って尊敬申し上げていたんです、てな風にお悔みを言いにきやがった。その総裁どのはくたばった、線路でばらばらになった、その犯人が誰だか知らないような顔をして、あの嘘つきのくそ野郎はお悔みを言いにきた、手がまだ血で濡れてるというのに、あの人殺しのアカのくそ野郎め。おまえさんはやつの黄色い痩せたケツを蹴とばして逮捕すべきなんだ、スウィーニー、おまえさんのやるべきことはそれだ、やつを拷問することだ。思い切り締め上げたら、やつは吐く、誰が殺したかを吐く、絶対に吐くぞ、スウィーニー。

ハリー・スウィーニーはすでに手帳を出し、鉛筆を手にとり、ホンダ・イチゾウの名を書き留めていた。ハリー・スウィーニーは手帳に鉛筆をはさんでそれを閉じ、上着の内ポケットに戻した。それから上着の左胸を叩いて、ありがとうございます、と言った。有益な情報をいただいて。

ああ、今のは役に立つ情報だよ、スウィーニー、とシャノン中佐は言う。おまえさんのために事件を解決してくれるだろう。

ハリー・スウィーニーはうなずき、それからドナルド・E・シャノン中佐に頬笑みかけて、言った、ありがとうございます、あなたのおっしゃるとおりだと思いますよ。じゃ、細かい点を詰めにいきますので……

もう随分眠っていないので、眠れないので、何者かが皮膚を刺してくる、耳を薄切りにしてくる、体にドリルで穴を開けてくる、そこへ針金を突っ込んで、掻き回してくる、頭蓋骨をひっかきにくる、骨をこすりにくる、空の鳥、空中の虫、街角の子供たち、道行く人々、歩道を踏む長靴、車道を走るタイヤ、進み、曲がり、踏みつけ、軋《きし》り、ブレーキをかけ、停止し、車から声が飛び、その窓から声が呼びかけてくる、おい、おうい、待ってくれ、捜査官の旦那！

ハリー・スウィーニーは路上で足を止めた、オフィスへ帰るために長い距離を歩いている途中で立ち止まり、歩道際に寄せてきて停止した車のほうを見た、助手席の窓から顔を出しているのは服部刑事だった、ハリー・スウィーニーは、何だい、と訊いた。

あんたは捕まえにくい人だな、と服部刑事は言う。

ハリー・スウィーニーは服部刑事を見てにやりと笑い、こうやって捕まえたんだからそう捕まえにくくもないだろう、と言った。

こうやって捕まえたんだからそう捕まえにくくもないだろう、か。いいな。今のはいいな。

で、何だい。何の用だ。

ちょっと車に乗らねえか、と服部刑事は言った。もしよかったらさ、捜査官の旦那。

どこへ何しに行くんだ。

遠かないよ。本部までだ。あんたをある証人に会わせたいって、金原警部が言うんだ。ま、もしよかったらの話だが。時間はあるかな。

ハリー・スウィーニーはうなずいた。あるよ。

じゃ、乗りなよ、と服部刑事はにんまりして言う。さあ行こう。

ハリー・スウィーニーは覆面パトカーのドアを開けて後部座席に乗り込んだ。ドアを閉めると、車は走りだす、速度を上げる、車内は沈黙、三田《みた》通りを北上し、十番ストリートを西に折れ、また北に折れ、アヴェニューBを走り、文部省、大蔵省、建設省、法務府と通り過ぎて、桜田門でまた左折し、警視庁本部の前で停車——

ついてきてくれ、と服部刑事は言い、車を降りると、煙草に火をつけ、ハリー・スウィーニーの先に立って庁舎に入り、受付のスペースを通り抜け、階段を上がり、多くのドアが並ぶ廊下を進む、どのドアも閉まっている、そして廊下の外れのドアの前へ——

ここだよ、捜査官の旦那、と服部刑事は言って、煙草の吸殻を灰皿の砂の上に落とし、ドアをノックし、ドアを開け、ハリー・スウィーニーを部屋に招き入れた。小ぢんまりした、簡素な部屋、一つの壁の上方に横長のガラス窓が一つ、椅子が四つ、テーブルが一つ。分厚いファイルが一冊置かれたテーブルを間に、二人の人間が対座している——一人は男で一人は女、男は警官の制服、女はもんぺ姿、制服を着た男が立ち上がり、女は座ったままハリー・スウィーニーと服部刑事を見上げた。

こちらは山崎たけさん、と服部刑事は言いながら、テーブルの下から椅子を一つ引き出した。さ、座って、山崎さんの話を聞いてくれ。

ハリー・スウィーニーは椅子に腰を下ろし、テーブルの向こうの女に会釈をした、女の着衣はよれよれ、肌は陽に荒れて乾燥していた。

何も心配することはないよ、山崎さん、と服部刑事はハリー・スウィーニーの隣に座りながら言い、山崎たけに頬笑みかけた。この外国の人は進駐軍の捜査官でね。あなたの話を聞きにきただけだから。

はい、と女は言ってうなずいた。分かりました。

よしよし、と服部刑事は言い、前に身を乗り出し、両手をファイルの上に置いて、なおも山崎たけに頬笑みを向け続ける。それじゃね、さっき聞かせてくれた話、この方にもしてくれる？

はあ、あの、下山総裁を見たんです……

ちょっと待って、と服部刑事は遮り、女に向かってまたにっこり笑う。最初からね、頼むよ、たけさん。

はい、と山崎たけは言って、仕切り直す。あの五日の夕方、六時過ぎ、いや六時半頃でしたか、常磐線の線路沿いを歩いてたんです。妹夫婦のところからの帰りに。妹夫婦は綾瀬のほうに住んでいて、あたしは五反野南町ですから、線路沿いを歩くのが近道なんです。ちょっと危ないんで、いけないことなのは分かってるんですけど、近道なもんで。みんなやってるんですよ。それで線路の脇を歩いていました。東側の、綾瀬駅に向かう線路のほうです。そっちのほうが多少安全なんで。西の北千住のほうへ行く線路だと電車が後ろから来ますでしょう。それで、東武線のガードのほうへ歩きながら、前のほうをよく見ていたんです、ええ、というのは、やっぱり電車が来るといけないから、よく目を開けてなきゃいけないんですよ。それでそっちを見ていたら、東武線の土手の近くに男の人がいたんです、ちょうどガードのあるあたりに。土手の一番下の、線路のすぐそばにいました、ガードの鉄柱の近くです。あたしは、危ないな、変だな、なんて思ったんです。あんなところで何やってるんだろう。畑仕事にはちょっと時間が遅いし、あんないい服を着てるし。鼠色の背広だったんですよ、会社の偉い人が着るみたいな。あたしが、何やってるんだろうってあんまりじろじろ見たせいですかね、向こうがこっちに気づいて、あたしがじっと見てるのを見て、目が合ったんですよね。その人はすぐに目を逸らして、土手の下の線路から離れて、畑の中へ入っていきました。こっちがあんまりじろじろ見るもんだから気まずくなったんでしょうね。そのあとあたしも線路から離れたんですけど、その時またあの人を見ました。畑でしゃがんで、草を毟《むし》ってました。

この草だ、と服部刑事は言いながら、上着の内ポケットから一枚の封筒を出し、ファイルの上で封筒を開き、中身をそっと振り出して、ファイルの上にゆっくりと、一つずつ、落とした。五つの、硬い、薄緑色の、卵形をした草の種だった。これは数珠玉《じゅずだま》という草の実だ。

ハリー・スウィーニーは座ったまま前に身を傾けて、ファイルの上の、五つの、硬い、薄緑色の、卵形をした草の種を見て、〝ヨブの涙《ジョブズ・ティアズ》〟だな、と言った。

何語で言っても、〝証拠〟だよ、これは、と服部刑事は言う。わたしはそう呼ぶね、捜査官どの、〝証拠〟と……

ハリー・スウィーニーは五つの、硬い、薄緑色の、卵形をした種から目を上げ、服部刑事のほうを向いて、こう訊いた、これはどこにあったんだ。

列車に轢かれた夜、下山総裁がはいてたズボンの右のポケット、と服部刑事。そこに入ってた。

ドアがノックされ、ドアが開かれ、ハリー・スウィーニーが振り返ると、金原警部が戸口に立っていた。ハリー・スウィーニーが立ちかけるのを、金原は止め、いや、どうかそのままで、と言う。

ちょうどいい時に来られましたな、警部、と服部刑事が言い、五つの種を手で示した。今、ご命令通り、スウィーニー捜査官に証拠をお見せしてるとこです。

金原警部はうなずき、ファイルの上の種をちらりと見てから、ハリー・スウィーニーに目を向けて、こう言った、で、どう思います？　捜査員同士の誼みで、意見を聞かせてください。

すみません、警部、と服部刑事。まだ説明が終わってないんです。わたしと須藤《すどう》君が何を見つけたか、まだお話ししてませんでね。

金原警部はまたうなずいた。そうか。じゃ続けてくれ、服部君。これは重要な事柄なんですよ、ハリーさん。

そうなんです、と服部刑事は言い、五つの種を封筒に戻し、封筒を上着の内ポケットに戻し、テーブルの上のファイルを開いて、一枚の写真を抜き取り、こう言った、ええと、須藤君とわたしがここにおられる山崎さんに事情聴取した時——これは山崎さん宅でのことですがね——下山総裁らしき人が草を毟っていた場所に案内してくださいとお願いしたんですよ。それで案内してもらいましてね、そこで見たのがこれですわ——

ハリー・スウィーニーは写真の上に身をかがめ、服部刑事が人差し指で叩くその写真を見た、それは数珠玉の繁みで、茎の先端にあるはずの穂が千切り取られ、首なしになっていた。

証拠だ、と服部刑事がまた言った。あなたも同意なさるでしょう、捜査官。これこそが証拠ってもんです。

ハリー・スウィーニーは身を起こして椅子の背にもたれ、テーブルの向こうで俯《うつむ》いて自分の手を見下ろしている女を見、それから金原警部に目を向けた。この人にいくつか質問してもいいですか。

金原警部はうなずき、頰笑んで、いいですよ、どうぞどうぞ、と言った。そのためにお呼びしたんです。

ありがとう、とハリー・スウィーニーは言い、手帳と鉛筆を出して、女のほうを向き、こう言った、服部刑事の言うとおり、何も心配することはありませんよ、山崎さん。いくつかお尋ねするだけです、いいですね。

はい、と女は言い、うなずいた。どうぞ。

ハリー・スウィーニーはうなずき、頰笑み、こう訊いた、あなたが見たその男ですが、背広を着ていたと言いましたね。

はい、と女はまた言った。鼠色の背広でした。

帽子はどうです。何色でした。

ええと、と女は言って服部刑事を見上げ、金原警部を見、首を振った。ええと、帽子は見ませんでした。かぶってなかったと思います。

ハリー・スウィーニーはまたうなずき、頰笑み、ああ、いいです、と言った。さっきも言ったとおり、心配することはありません。

はい、と女は言ってうなずく。

ではシャツはどうですか。

覚えてないです、と女は言い、また首を振った。

分かりました。ほかに何かないですか。男が身につけていたもので何か覚えていることは。

あります、と女は言い、また服部刑事を見上げ、金原警部を見、うなずいた。靴です。チョコレート色の靴をはいてました。高そうに見えたから、覚えてるんです。畑へ行く時に履くような靴じゃありません。

ハリー・スウィーニーは笑みを浮かべ、体格とか、年齢とか、顔はどうです、と訊いた。その男をしっかりと見たんでしょう。

はい、と女はまた言った。見ました。

じゃ説明してみてください。

年はあたしより上に見えました、四十六とか、七とか、それくらいです。背はかなり高くて、平均より高かったと思うけど、どのくらいかと言われると分かりません。

いいですよ。続けて……

顔はとても色白でした。外で働く人じゃないなと思いましたよ。ふっくらした丸顔で、鼻が高かったです。

わたしみたいな西洋人だと思いませんでしたか。

いいえ、女は笑った。そういうんじゃないんです。はっきりと日本人でした。それは確かです。

目はどうです。目が合ったと言いましたが。

黒い目です。悲しそうな目。

眼鏡はかけていた？

そこだけが引っかかるんです、と女は言いながら、また服部刑事を見、金原警部を見た。いっそ何も言わないでおこうかなと思ったくらいです。眼鏡をかけてたっていう風には覚えてないので。新聞で下山総裁の写真を見たんですけど、どの新聞の写真でも眼鏡をかけてるでしょう。でも主人が、届けたほうがいい、交番へ行って見たことを話したほうがいいって言うもので。だから行って話しました。

話してくれてよかったよ、たけさん、と服部刑事は言った。あんたはとてもいいことをした、そうですよね、スウィーニー捜査官。

ハリー・スウィーニーはうなずき、なおも山崎たけを見つめ、山崎たけに頬笑みかけながら、ほんとですよ、山崎さん、と言った。で、最後にもう一ついいですか。

はい、何でしょう。

男が草を毟っているのを見て、そのそばを通り過ぎたあと、振り返って男が何をしているか見ましたか。

ええ、ちらっと、はい。

何をしていました。

ただ向こうへ歩いていっただけです。東のほうへ、何となくぼんやりした感じで、っていうのかしら。

どこへ行ったかは見なかったんですね。

ええ、じきに見えなくなりました。そのあとは一度も見てません。新聞で写真を見るまでは。新聞を見た時は、もう怖くて怖くて。

ハリー・スウィーニーは肩に手がかかるのを感じ、金原警部が耳元でささやくのを聞いた、ハリーさん、これから喜多刑事部長に会いに行きますが、その前に、ちょっとお話ししたいんです。外に出てもらえますか。

ハリー・スウィーニーはうなずいた。テーブル越し、ファイルの上の写真越しに、頬笑みながら言った、どうもありがとう、山崎さん、参考になりました。

どういたしまして、と女は言った。

ハリー・スウィーニーは服部刑事を見て、また頬笑み、また言った、あんたもありがとう、服部さん。

いえいえ、と服部刑事は応じた。われわれみんな仕事をしてるだけだから。

それは見て分かるよ、とハリー・スウィーニーは言い、椅子を後ろに押し下げながら立ち、身を翻して部屋を出ると、ドアを閉めた。

で、どう思います、ハリーさん、と金原警部はまた訊いた。捜査員同士、率直な意見を聞きたいんですが。

ハリー・スウィーニーはうなずいて、草の実はあの女性の証言を裏づけているようですね、と言った。

　時間的にも末広旅館の女将の証言とうまく合致しますしね、と金原警部。現場周辺のほかの目撃証言とも辻褄が合う。全部合うんです、ハリーさん。ぴったりと。

　解剖の結果とは合わないようだが。

　いやいや、それはハリーさん、と金原警部は言う。ご承知のように、科学者というのは刑事じゃないですからね。科学的知見はあっても、犯罪の現場についての知識はない、われわれと同じような見方で見るわけじゃありません。その辺のことはご存じのはずです。特に東大の先生方は本で仕入れた知識と特権的な立場の上にあぐらをかいていますからね。

　ハリー・スウィーニーはうなずいた。そうかもしれません。しかし検察はどうします。彼らはまだ東大の見解に従っていて、自殺ではなく他殺だとしているようですが。

　それはわたしに任せてください、と金原警部は言った。これから刑事部長に会って、長岡《ながおか》博士に入ってもらうようにしますから――長岡先生のことは覚えているでしょう。

　ええ、覚えてます。

　堅実で、優秀な監察医です。われわれは何度も仕事をしていただきました。図書館や実験室だけじゃなく現場を大事にされる方でね、われわれの話をよく聞いてくれて、一緒に仕事をしてくれるんです。先生が全部きれいに解決してくれますよ、まあ見ていてご覧なさい。きちんと片づけてくれますから。

　ハリー・スウィーニーは首を振り、溜め息をついて、こう言った、自殺として片づけてくれるという意味ですか。

　申し訳ないですね、ハリーさん、と金原警部はうなずきながら言う。あなた方の気に入らない結論なのは知っていますがね。

　ハリー・スウィーニーはまた首を振った。わたしは何が起きたか知りたいだけだ。それだけですよ。

　分かってますよ、ハリーさん、分かってます。今のはＧＨＱの気に入らない結論という意味です。ＧＨＱは組合と共産党から逮捕者が出ることを望んでいる、それは分かっていますよ、ハリーさん。

　ハリー・スウィーニーはまた溜め息をついた。ＧＨＱ

全体のことは知らないが、ウィロビー少将は確かにそうだな。

ねえ、ハリーさん、あなたはわたしのことも、日本の警察のことも知っている。わたしらの中にアカが好きな者は一人もいない、それはご存じでしょう。

ハリー・スウィーニーはうなずいた。知ってますよ。

しかし証拠がないのなら、どうしようもない。わたしは証拠があればいいのにと思ってますよ、これはほんとです。信じてください、ハリーさん。組合の血の気の多い連中や共産党のならず者どもをごっそり逮捕して、有罪にしてやれたらと……

ハリー・スウィーニーはまたうなずいた。それは知ってます。

特に今の情勢を考えるとねえ……

ハリー・スウィーニーは金原警部を見た、金原警部が身を傾けてくるのを見た、声を低くしてこう言うのを聞いた、前にも言ったとおり、この事件には別の要素もあるんですよ、特に葬儀の日には言うべきことじゃないんですがね、ハリーさん……

ハリー・スウィーニーがじっとしていると、金原警部がさらに身を傾けてきた、耳元にささやいてきた、それを聞いたハリー・スウィーニーは後ずさりをし、金原警部の顔を見た、金原警部の顔をまじまじと見た、それから、ハリー・スウィーニーは首を振り、言った――

くそ、とエヴァンズ係長は言い、オフィスの窓の外を見、空を見上げ、黒い厚い雲を見上げ、また何度も首を振った。くそ、くそ、くそ、ハリー。何てことだ。くそ、くそ。

まったくです、係長、ハリー・スウィーニーはそう言って手帳を閉じ、上着の内ポケットにしまった。わたしもそう言いました。

ただのくだらん噂だという可能性はないのか。

金原警部の口ぶりからは、それはないでしょうね、とハリー・スウィーニーは言った。さっきも言ったとおり、断言に近かったですよ。金銭的な問題、睡眠薬、職務の重圧、しかもその上に……

女の問題か、エヴァンズ係長はそう言って溜め息をついた。

フランス人の言う、事件の陰に女あり《シエルシエ・ラ・ファム》というやつですね。

君は面白がってるな、ハリー、とエヴァンズ係長は言い、窓から離れて、ハリー・スウィーニーのほうへやってきた。この件には笑えるところがあると思ってるな。何かわたしの知らないことを知っているのか。

面白がってなんかいませんよ、ハリー・スウィーニーは両手を上げ、掌を前に向けた。新聞がどう書くかを予想しただけです。

新聞がどう書くかなど君が心配しなくてもいい、とエヴァンズ係長は絞り出すような声で言い、座っているハリー・スウィーニーの前に立ち、相手を見下ろした。君が心配しなくちゃいけないのはウィロビー少将が何を言うかだ。そんな醜聞《しゅうぶん》のネタを面白おかしく並べて、少将が喜ぶと思っているのか。

ハリー・スウィーニーは肩をすくめ、エヴァンズ係長を見上げて言った、正直に言いますが、係長、少将がどう思おうとわたしは気にしませんよ。

どうもそうらしいな、とエヴァンズ係長は首を振りながら言い、ハリー・スウィーニーを睨みつけた。だが気にしたほうがいいぞ。あの男を敵に回したら一生後悔することになる。しかし味方につければ、屁をするのも絹の布越しにできるんだ。

絹越しでも屁は臭いですよ。

一体どうしたっていうんだ、と係長は言い、くるりと背を向けて自分の机に戻った。気の利いた台詞を吐いて得意がってる場合じゃないぞ、ハリー。それどころじゃないんだ、今は。

すみません、係長、ハリー・スウィーニーはそう言って両手で目をこすり、頬をこすった。得意がるなんてとんでもないです、あなたにはね。しかしわたしに何ができるっていうんです。実際にそういう事実があるのなら、それは変えられませんよ。

分かってる、エヴァンズ係長は机の後ろの椅子にまた腰を下ろし、これまた両目をこすり、目と目の間を強くつまんだ。分かってる。しかし君にも分かってるはずだ、ハリー、ここは――この国、この被占領国は――〈蛇と梯子《はしご》〉（すごろくの一種。蛇の頭の絵に来ると大きく後退、梯子の足の絵に来ると大きく前進できる）の盤なんだ。くそいまいましい〈蛇と梯子〉なんだよ。

ハリー・スウィーニーはうなずき、頬笑んで、こう言った、そう言えばもう随分長く梯子を昇ったことがないですよ、係長。

そのとおりだ、と係長は言い、机越しにハリー・スウィーニーに目を向け、机越しにハリー・スウィーニーを見据えた。俺が言いたいのはそれだ。賢く、正しくプレーするんだ、ハリー、解法を見つけて、正解を出せ――そうすれば――目の前に梯子が現われるんだ、ハリー、俺には分かってる。見たこともないようなでかい梯子がな。

その梯子でどこへ行けるんです。

どこへでもだよ、ハリー。好きなところへだ。


通りの暗い側、公園が落とす影の中で、ハリー・スウィーニーは車のドアを開け、後部座席に乗り込んだ。

オフィスに電話したりしてすまないね、ハリーさん、という千住晃の声とともに、車は即刻走りだす。

ハリー・スウィーニーはかぶりを振った。ちょうどよかったよ。

だと思ったんだ、と千住晃は言い、ハリー・スウィーニーの腿を軽く叩き、次いでその肉をぎゅっとつかんだ。

俺はこう思ったのさ、ハリーはこれを知っておくべきだ、ハリーはこれを知っておく必要がある、とね。

ハリー・スウィーニーはうなずき、窓の外を見る、車は右折してアヴェニューWに出て、東に向かった。

千住晃はなおもハリー・スウィーニーの腿の肉をつかんだまま、手にますます力をこめて言った、これはもっけの幸いかもしれない、と俺は思ったんだ、ハリー、警察の捜査の進み具合を知って。というか進まなさ具合を知って。

ハリー・スウィーニーはまたうなずき、街が飛び過ぎるのを眺める、車は猛烈な速度で夜気を突き抜け、夜気を突き抜け、橋に、永代橋《えいたいばし》に至り、永代橋を渡り、川を、隅田川を越え、川の向こうの闇の中へ入っていく。

これはもっけの幸いだとな、と千住晃はまた言って、ハリー・スウィーニーの腿から手を離し、またハリー・スウィーニーの腿を軽く叩いた。例の車が見つかったこと、見つかった場所、それを聞いた瞬間、俺は思ったね。こいつはいい、夢じゃないか、こんな運はめったにないってな。俺は頰っぺたを抓《つね》ったよ、ハリー、ぎゅうっと抓ってから、あんたに電話したんだ。

ハリー・スウィーニーは肩越しに親指で車のリアウィ

ンドウを指した、道路の後方から音が響いてくる、後方から大型トラックが二台ついてくる、ハリー・スウィーニーは、うち以外にも電話したようだな、と言った。

念のための用心だ、それだけさ、と千住晃は言い、なおもハリー・スウィーニーの腿を軽く叩きながら、目を前方に向けている、運転手の後頭部を見据えている、そのうち、車が速度を落とし、トラック二台を含めた車隊はゆっくりと停止した。都心から十分車で走っただけだが、ハリー、ここはもう別の国なんだぜ。

川の向こう、闇の中、三台は停車し、駐車した。千住晃はハリー・スウィーニーの腿をぎゅっと一つかみし、ドアを開け、ハリー・スウィーニーも続いて降りた。川の向こう、闇の中、ハリー・スウィーニーと千住晃は今降りた乗用車と二台のトラックのヘッドライトの光の中に立ち、溝川《どぶがわ》にかかった橋の向こうを見た。この橋が唯一の橋で、溝川は堀だった。橋には看板がかかっていた。

〝住民以外、立入禁止。スパイに死を〟。その警告の向こう、堀の向こうを見た、それは一つの島だった。要塞である島、別の国の要塞島――

江東区《こうとうく》深川《ふかがわ》、枝川《えだがわ》町、リトル・ピョンヤン。街の中になく、川の中にもない。漂流する島、一つの独立した世界。風雨に傷んだ二階建ての木造の安アパートが八列。すぐ裏には悪臭を放つ汚水が流れる川が迫り、要塞の粗末な前面は、都市のほかの部分に対して、そこからの憎悪と暴力に対して、門を閉ざしている――

橋の向こうの、最初の建物の端は居酒屋だが、あれがやつらの見張り所なんだ、と千住晃はささやいた。あそこには鐘や銅鑼《どら》がある。今俺たちを見ていて、どう出るか待ってるんだ。

それから、乗用車とトラックのヘッドライトの光の中、千住晃が右手を頭上高く上げると、ハリー・スウィーニは数人の男がトラックから降りる音と、トラックの荷台から飛び降りる音を聞き、千住晃が手を下げ、脇へ一歩寄ると、そこに空いた場所に二人の男と一人の若い男がやってきた――

乗用車とトラックのヘッドライトの光の中、ハリー・スウィーニーは若い男を見た、それは在日朝鮮人の若者、日本で生まれた朝鮮人の若者で、顔は血にまみれて腫れ上がり、着古した服はぼろぼろに破れ、両手首をロープで縛られ、そのロープが首に巻きつけられていた。

公安課のバッジを出してくれ、ハリー、と千住晃はささやいた。それを前に突き出して、俺のあとからついてくるんだ……

ハリー・スウィーニーは公安課のバッジを出し、千住晃のあとについて、〝**住民以外、立入禁止。スパイに死を**〟と警告する看板の脇を通り、橋に歩を進めた——

橋を渡りきる前、島に足を踏み入れる前に、千住晃は立ち止まり、ハリー・スウィーニーも立ち止まった。千住晃とハリー・スウィーニーは隅の居酒屋を、鐘と銅鑼を備えた見張り所を見た、見張り所は暗く静まり返り、こちらを注視して待っている、千住晃がどうなった、俺のことは知ってるだろう、誰だかは分かるだろう、それからこの男、ここにいる小僧、これが誰だかも知ってるだろう。この小僧を返してやる、今夜返してやる、そっちが俺たちの頼みを聞いたらだ、この小僧の兄貴と話をさせろというのがその頼みだ。

それから橋の上で、島の手前で、なおも居酒屋を、見張り所を見つめながら、千住晃とハリー・スウィーニーは待った、待った、待った……

やがて居酒屋の横手のドアが開き、見張り所から二人の男が出てきた、どちらもがっちりした体格の持ち主で、武装している、一人は鉈《なた》、もう一人は拳銃。鉈が千住晃とハリー・スウィーニーを手招くと、千住晃とハリー・スウィーニーは橋を離れて、島に踏み込み、鉈と拳銃に近づいた——

生憎《あいにく》だがそいつの兄貴はいねえ、と拳銃が言った。

千住晃は肩をすくめた。俺たちにはそう生憎でもないが、やつの弟には悪い知らせだ。

ああ残念なことだな、と拳銃が言う間に、ほかの男たちも居酒屋から出てきた、影の中から出てきた、ほかの男たちもがっちりした体格の持ち主で武装していた。チンピラ一人殺して何になるんだ、おまえらも殺されるんだぜ、なあ新橋の天皇さんよ。

千住晃は拳銃と鉈をじろじろ見てから、ハリー・スウィーニーのほうへ顎をしゃくり、にやりと笑った。ああ、しかしこのお方をどうする、威勢のいい兄《あん》ちゃんよ。アメリカ人の捜査官どのを殺す気か。

そいつのことはどうでもいい、と拳銃が言う。とっととGHQへ帰りゃいいだろ。これは俺たちとおまえらの問題だ、千住。

ハリー・スウィーニーは一歩前に出た、ハリー・スウィーニーは拳銃を見て、こう言った、この男や俺の身に何かあったら、ウィロビー少将はこの糞溜めを焼き払いにくるぞ。女子供も含めて皆殺しにするぐらい、少将は何とも思ってないからな。

千住晃は笑った。どうやら噂は本当らしいな。俺は不死身の男、誰にも殺せない男だってのは。

へえそうなのか、と拳銃は言い、ハリー・スウィーニーのほうへ数歩近づき、ハリー・スウィーニーに視線を返した。ほんとかねえ。

ハリー・スウィーニーは後ろに下がらなかった、ハリー・スウィーニーは瞬きしなかった。そうやって考えてるもよし、ほんとかどうか試してみるもよし、それとも小僧の兄貴を出すもよしだ。好きなのを選ぶといい。

おまえは頭も耳も悪いらしいな、ヤンキー、と鉈が言った。さっき言ったろ、そいつの兄貴はいねえって。

ハリー・スウィーニーは鉈のほうを見なかった、ハリー・スウィーニーは拳銃のほうをじっと見ながら、それで？　と言った。

それでとは、と鉈。

兄貴はどこだ。

知らねえな。

ハリー・スウィーニーは一歩下がり、拳銃から鉈へ、鉈からほかの男たちへ視線を移した、どの男もがっちりした体格の持ち主で、武装していた、ハリー・スウィーニーは言った、誰か知ってる者がいるだろう。

この島、この別の国、夜の闇がまだ重く垂れ込め、空気がまだ湿っている場所で、拳銃と鉈とそのほかの、がっちりした体格の持ち主で武装している男たちは、目と胸の内に憎悪をこめて、ハリー・スウィーニーと千住晃を見つめていたが、やがて拳銃が首を振り、こう言った、兄弟の父親はもう死んでる、母親しかいねえんだ。

じゃ母親でいい、と千住晃が言った。

母親は巫堂《ムーダン》だ、と拳銃は言った。巫女《みこ》だ。

巫女だろうが閔妃《びんひ》の生まれ変わりだろうがかまわん、と千住晃は言う。とにかく会わせろ！

鉈とそのほかの男たちは笑い、拳銃が言った、おまえら糞みたいな目に遭うぜ、今に分かるがな——

拳銃は身を翻し、千住晃とハリー・スウィーニーの先に立って、安アパートの間の狭い路地を歩きだす、鉈とそのほかの男たちもあとに続き、安アパートの間の狭い路地を歩いていく、空気には悪臭がこもり、幾棟かの建物から流れ出す祈禱と幾棟かの建物から流れ出す歌が充満している――それは主の祈りなどのキリスト教の信仰告白の歌と赤旗の歌などの共産主義革命歌の混合だ――そうやってまた別の路地に入り別の安アパートの前にやってくると、拳銃がドアをノックし、そのドアを開け、千住晃とハリー・スウィーニーを中に招き入れ、とある部屋に案内して、言った、おばさん、この人たち、あんたの息子さんたちのことで来てるんだけどな……

　狭い部屋の真ん中の敷物の上に、束髪に黒い鉢巻の老女が一人座っており、周囲にはいくつもの彫像と器、一つのランプと一つの皿、何本もの蠟燭と油と水と食べ物、それに小刀が一振り、柄も鉄製で、その柄に赤と白のリボンが結びつけてある……

　上の息子さんはどこにいるんだい、おばさん、と千住晃が訊いた。李中煥《イチュンファン》は。

　老女は顔を上げて千住晃を見ることをせず、千住晃に返事をすることもしなかった。前に背をかがめ、一つの器に水を注ぎ、もう一つの器にキムチを入れ、干し魚と海藻、胡椒と唐辛子を入れ、灰を入れ、掻き混ぜながら塩を加え、油を注ぎ、それから蠟燭に火をつけると、炎が揺らめき、煙が出る……

　五日の朝、三越百貨店の外で車が一台盗まれた、とハリー・スウィーニーは言った。その車が今日、この近くで見つかったんだ。

　老女は顔を上げてハリー・スウィーニーを見ることをせず、ハリー・スウィーニーがいることを意識している素振りすら見せなかった。背をかがめたまま、口の中で何かつぶやいていた……

　ここにいる千住さんは、知り合いが大勢いて、そこからいろんな話が耳に入ってくるんだ、とハリー・スウィーニーは続けた。千住さんはあんたの末の息子さんが、三越の外で車を盗んだという話を聞いた。そして息子さんを見つけて、話を聞いたんだよ。

　老女はなおも顔を上げてハリー・スウィーニーを見ることをせず、ハリー・スウィーニーがいることを意識している素振りすら見せなかった。ぶつぶつつぶやき、次いで歌のようなものを歌いながら、立ち上がり、体を揺らし始めた、体を揺らし、それから踊り始め、踊りながら歌のようなものを歌った――

十二の門はすべて鎖《とざ》されてあり――
開け！　開け――
十二の門を――
開け！

あんたの末の息子さんは、とハリー・スウィーニーは言った、兄さんの李中煥とその仲間に頼まれて車を盗んだと千住さんに話したんだ。

この要塞島、この別の国の、自分の部屋で、揺らめく炎の間で、立ち昇る煙に囲まれて、老女はなおも踊り続ける、長い衣を着て軽々と体を回転させながら、踊り、歌い続ける――

偉大なる精霊たちよ、われらが声を聞け――
われらは獣にすぎぬ――
われらの危うき命は――
糸で吊るされてあり！

末の息子さんはどうでもいいんだ、とハリー・スウィーニーは続けた。今夜にも帰してやれる、今夜にもあんたのところへ帰してやれる。しかし李中煥とは話をしなくちゃいけない。

揺らめく炎の間で、立ち昇る煙に囲まれて、老女の体は震え、目は輝く――老女の体と目は、肉から自由になり、骨から自由になり、大地などすべての束縛から自由になり、部屋は消え、天井も消え、島もほかの土地も消え、消え去り、老女は重みもなく、自由にくるくると旋回し続ける、月の下、太陽の下、降る星の下、飛翔する雲の下、満ちる月の下、欠ける月の下、昇る太陽の下、沈む太陽の下、神々の前、精霊たちの前で、門はすべて開錠され、門が開かれ――老女の目は輝き、体は震え、老女は輪を描き、両手を擦り合わせ、神々や精霊たちと交感し、神々や精霊たちに祈る――

われらを護り給《たま》え――
悪鬼より護り給え――
護り助け給え

李中煥がどこにいるか言うんだ、とハリー・スウィーニーは言った。そうすれば末息子は助かるんだぞ。

炎と煙の輪の中、彫像と器の輪の中で、老女は床にすとんと座り、器を一つ持ち上げた。その器を口につけ、水を口に含み、ハリー・スウィーニーを見上げ、ハリー・スウィーニーをきっと睨みつけ、それからハリー・スウィーニーに水を吐きかけ、ハリー・スウィーニーに甲高《かんだか》い声を浴びせた。

悪鬼退散——

退散！

どこにいるか言うんだ、ハリー・スウィーニーはどなり、シャツにかかった唾と水を手で払うと、背をかがめ、老女の目を見、老女の目を覗き込み、またどなった。どこにいるか言え！

床の上、炎と煙の輪の中で、老女は赤いリボンと白いリボンをつけた小刀に手を伸ばし、小刀を手にとり、小刀を持ち上げ、切っ先を前に向け、切っ先をハリー・スウィーニーに突きつけ、鋭く絞った声で言った、おまえたちのところに住んでおるわ、おまえたちのために働いておるわ……

どこにいるんだ、とハリー・スウィーニーは言い、顔の前から小刀を払いのけ、老女の両肩をつかむと、老女は頭をがくりとのけぞらせ、白目を剝く、その老女を揺さぶり、顔をつかんでどなった。どこにいるか言え！どこなんだ？

老女はにたにた笑い、笑い声を上げ、ハリー・スウィーニーににたにた笑いかけ、ハリー・スウィーニーに笑い声を浴びせ、ぶつぶつつぶやき、ささやく、おまえたちのところに住んでおるわ、おまえたちのために働いておるわ。大きな敷地の、大きな屋敷じゃ……

もういい！　千住晃がハリー・スウィーニーを老女から引き離し、ハリー・スウィーニーを戸口のほうへ押し、部屋から放り出し、路地に出す。もういい！

安アパートと安アパートの間の路地で拳銃が、糞みたいな目に遭うと言ったろ、と言い、鉈とそのほかの男たちが笑った、ここは新橋じゃねえんだよ、千住！

ああ、そうだな、と千住晃は言い、拳銃を見、拳銃をじっと見据えた。しかしおまえらが二十四時間後にも笑っていられるかどうか見てみようじゃないか、朝鮮野郎。おまえらには二十四時間の猶予しかないんだからな。

どうしろってんだ、と鉈が訊く。

李中煥を連れてこい、と千住晃は言った、鉈を見ず、なおも拳銃を見ていた。兄貴を連れてくれれば小僧は生きたまま返してやる。だがおまえらが兄貴を見つけなかったら、あるいは俺たちが先に見つけたら、小僧の命はない。おまえらの命もな。

服はなおも肌に貼りつき、両手は震えている、ハリー・スウィーニーはグラスのジョニー・ウォーカー、三杯目のダブルを飲み干す、ハリー・スウィーニーは第一ホテルのバーのカウンターで、バーテンダーを見て、空のグラスを手で示し、早くしてくれ、ジョー、喉が渇いて死にそうなんだ、と言う――

なあ、ハリー、何だか知らないし、どこの女に振られたのか知らないけど、こんな飲み方しても仕方ないよ、分かってるだろう、ハリー。

ジョー、おまえは牧師か、バーテンか。

あんたのただの友達ってことでどうかな、ハリー。

そうか、とハリーは言い、カウンターに片手の掌を叩きつけ、もう片方の手でカウンターの後ろの酒瓶の列を示した。でも俺はもう友達なんか要らないかもしれん。俺に必要なのはあと一杯の酒だ、ジョー、頼む、ジョー……

いいから注《つ》いであげて、ジョー、とグロリア・ウィルソンが言い、ハリー・スウィーニーの隣のスツールに腰かけ、ハリー・スウィーニーの腕を軽く叩きながら、バーテンダーのジョーに頬笑みかけた。この人に一杯分借りがあるから、それで御積《おつも》りってことで、あとはあたしが送っていくから、ジョー。

そうか、とハリー・スウィーニーは言い、首を巡らして若い女を見た、大きな目、大きな鼻をした女は、片手をスウィーニーの腕にかけている。君が俺をモンタナまで送っていってくれるのか……

グロリア・ウィルソンはハリー・スウィーニーに笑みを向けて、言った、いいわよ、ミスター・スウィーニー、そうして欲しいのなら……

インディアナのマンシーはどうする。

グロリア・ウィルソンは笑った。インディアナのマンシーなんて、あなたの気に入らないと思うわ、ミスター・スウィーニー……

何が俺の気に入るか入らないか、どうして分かる。ハリー・スウィーニーがそう言ってグロリア・ウィルソンの大きな目のほうへ身を傾けた時、ジョーがカウンターにグラスを二つ置いた。

グロリア・ウィルソンがハリー・スウィーニーの体を飲み物が置かれたカウンターのほうへそっと向けた。そうね、ミスター・スウィーニー、わたしには分からないわね。でも、とにかくこれを飲んで、ホテルに帰るというのはどう？

君は俺のホテルへ一緒に行きたいのか、ハリー・スウィーニーはそう言いながらカウンターのグラスを手にとった。君は俺が今まで会った図書館の司書とは違うようだな、ミス・ウィルソン。君はほんとに……

ねえ、ミスター・スウィーニー、グロリア・ウィルソンは笑った。何を考えているの。あなたのホテルはわたしのホテルでもあるのよ、八重洲ホテルは。

二人はタクシーを降り、八重洲ホテルの日除けの下を歩き、玄関をくぐり、ロビーに入る、ハリー・スウィーニーはグロリア・ウィルソンに寄りかかり、グロリア・ウィルソンはハリー・スウィーニーを支えている。二人はロビーを横切り、エレベーター乗り場へ行く、グロリア・ウィルソンが五番のエレベーターのボーイに頰笑みかける——

四階ですね、とボーイが言った。サー？

六階もお願い、とグロリア・ウィルソンが言う。

あ、そうですか、とボーイは二人のほうを見もせずに扉を閉じながら言う。別にいいですがね、マーム。

おい、今のはどういう意味だ、とハリー・スウィーニは言い、グロリア・ウィルソンから腕をもぎ離そうとし、ボーイに詰め寄ろうとした。謝れ、この無礼なくそ野郎！

すいませんでした、サー、とボーイはなおも振り向くことなく、上昇するエレベーターの中で言う。同じ階で降りると思ったもので、サー。思い違いしてました、サー。

今すぐレディーに謝れ、この野郎、とハリー・スウィーニーは言い、なおもグロリア・ウィルソンから腕をもぎ離そうとし、ボーイに詰め寄ろうとする――

グロリア・ウィルソンはハリー・スウィーニーを引き留めながら、ほっときなさい、ハリー、ね、お願い……

どうも申し訳ありませんでした、マーム、ボーイがそう言った時、エレベーターが止まり、ボーイは扉を開いた。四階です、サー。

グロリア・ウィルソンがハリー・スウィーニーをそっと押しながら箱から降り、それから自分はまた戻って、ハリー・スウィーニーに頬笑みかけ、おやすみなさい、ハリーと言った。

廊下の、エレベーターの前で、ハリー・スウィーニーはグロリア・ウィルソンを見て、頬笑んだ。おやすみ……

だから言ったでしょう、とエレベーター・ボーイが扉を閉めながら小声で言った。この階は縁起が悪いって、サー。

ハリー・スウィーニーは手を伸ばして扉を開けようとしたが、扉はすでに閉まっており、箱はすでに六階に向かって上昇を始めていた。ハリー・スウィーニーは悪態をつき、首を振り、それから身を翻してエレベーターから離れ、廊下を歩いた、右肩を右の壁にぶち当て、左肩を左の壁にぶち当てながら、自分の部屋までやってきた。ハリー・スウィーニーは鍵を探り、鍵を出し、鍵を落とし、鍵を拾い、鍵をドアに突き立て、錠の金具に突き立て、次いで鍵穴に突き刺して、鍵を回し、ドアを開けた。よたつきながら、中に入る時、床に落ちている封筒を踏んだ。靴底に感触があったので、それを拾い上げた。その二通の手紙を見た、一通はアメリカから来たもので、ハリー・スウィーニーの名前とホテルの住所が書いてあり、もう一通は直接届けられたもので、彼の名前と部屋番号だけが書かれていた。ハリー・スウィーニーはまた悪態をつき、二通の手紙をまたドア近くの床に放り出した。後ろに下がってまた廊下に出ると、ドアを叩きつけるように閉めた。また右肩を右の壁にぶち当て、左肩を左の壁にぶち当てながら、廊下を引き返した。エレベーター乗り場まで来るとボタンを押した。待っていると五番のエレベーターが来た、待っていると五番のエレベーターの扉が開いた、扉が開いてエレベーター・ボーイが、にやりと笑い、六階ですか、サー、と言った。

ハリー・スウィーニーは箱の中に腕を伸ばし、ボーイの胸ぐらをつかんで廊下に引っ張り出し、廊下の壁に投げつけ、拳を上げて――

4　そして最後の日

一九四九年七月十一日〜七月十五日

何であんなことをやったんだ、ハリー。

ハリー・スウィーニーは目を開けなかった、ハリー・スウィーニーは壁のほうを向いたまま首を動かさなかった。監房の中の簡易ベッドに寝て、何人かの人の声が熄むのを待った。留置場の扉が閉まるのを、鍵穴の中の鍵が回るのを待った。長靴が歩み去るのを、通路を歩み去るのを待った。だが次にもまた来るのだ、次の時も、ハリーは廊下に長靴の音を聞き、鍵が回る音を聞き、留置場の扉が開く音を聞き、また何人かの人の声が――

さあ、ハリー、話せ、何があったか話すんだ。

この男、ここが好きなのかもな。

その次の時、三度目の時も、目は閉じたまま、顔は壁のほうを向いたままで、その次の時、四度目の時、長靴の音が聞こえ、鍵の音が聞こえ、扉の音が聞こえ、声が聞こえ、同じ何人かの人の声が聞こえ、同じ問いが聞こえ、何度も、何度も聞こえ、目を開いた、壁から顔を巡らした、二人の男が見えた、間近に立って、こちらを見下ろしていた。憲兵だった。一人は顰笑みを浮かべ、もう一人は顰《しか》め面、いつも同じ、同じやり口、ハリー・スウィーニーは言った、くそ野郎ども。

おいおい、わざわざ事を面倒にしなくてもいいだろう、ハリー、と頰笑みを浮かべたほうが言った。始末書を書けば済むことだ。

ハリー・スウィーニーはかぶりを振った。始末書だと？　おまえらは無礼なジャップの若造の戯言《たわごと》を信じるのか。

おい、あんたは普通の愛国者のつもりでいるのか、スウィーニー、と顰め面が言った。一日中酒を食らって、喧嘩をして、え？　あのジャップの小僧をあんな風にぶちのめして、勲章をもらえるとでも思ってるのか。

あいつには指一本触れちゃいない。

何だ記憶もないのか、ハリー。

頬っぺたを一発叩《はた》いただけだ。大したことじゃない。

そうは見えなかったぞ、スウィーニー、やつの話もそんな生易しいことじゃなかった。かろうじて残ってる口で喋った話はな。

ハリー・スウィーニーはまた首を振った。でたらめだ。

いいか、ハリー、頬笑みが言った。とにかく供述をしろ、そしたらここを出られる。俺たちがその供述を報告書にまとめる、それが上に提出される。で、ちょっとした《ラップ・オン・》お仕置き《ザ・ナックルズ》を受ける、それで終わりだ。

ああ、その時までに指の関節《ナックルズ》が治ってるといいな、チャンプ、と顰め面が言った。

ハリー・スウィーニーは自分の両手を、指の関節を、見下ろした、黒と紫に変色し、瘡蓋《かさぶた》ができ、腫れ上がっていた。

ああ、と顰め面がまた言った。指の関節をようく見てみろ、スウィーニー。頬っぺたを一発叩いただけという さっきの話を考え直したくなるかもしれないぞ。

ハリー・スウィーニーは両手の指の関節をじっと見つめながら首を振った。俺はそこまでやるつもりは……

分かってるって、と頬笑みは言い、ハリー・スウィーニーの脇にしゃがんだ。分かってるよ、ハリー。

留置場の中、簡易ベッドの上で、ハリー・スウィーニーは両手を持ち上げた、黒と紫に変色し、瘡蓋ができ、腫れ上がった両手の指の関節を持ち上げた。それを顔の前に、目の前に持ってきて、じっと見た、じっと見つめた、黒と紫、血と腫れ、手をひっくり返す、また戻す、それから両手に顔を埋《うず》める、両手に目を埋める、留置場の中、簡易ベッドの上で、体を前後に揺らす、目から手に涙が落ちる、紫と黒に変色し、瘡蓋ができ、腫れ上がった両手の指の関節の間から涙が落ちる、体を前後に揺らしながら言う、すまない、すまない、すまない……


夜が昼になり、昼が夜になり、夜が昼になり、いくつの夜が過ぎ、いくつの昼が過ぎたか、彼は知らなかった、彼には分からなかった。だが、自分の供述書の写しを一枚持ち、手に包帯を巻いて、日除けの下に入り、次いで玄関をくぐったハリー・スウィーニーは、八重洲ホテルの中に入り、ロビーを横切った。フロントに佐藤がいたが、彼を見て目を逸らした、ほかのホテルの従業員も、みな彼を見て目を逸らした。ハリー・スウィーニーはもう少しで足を止めて彼らに何か言いそうになった。だが、ハリー・スウィーニーは足を止めず、口も利かなかった。ハリー・スウィーニーはロビーを歩き続け、エレベーター乗り場に向かっていった。だが、ハリー・スウィーニーはエレベーターに乗らなかった、代わりに階段を使った。階段を昇り、自分の部屋がある四階に着くと、廊下に出て、エレベーター乗り場に足を向けた。四階のエレベーターの前で、ハリー・スウィーニーは立ち止まり、エレベーターの向かいの壁を見てハリー・スウィーニーは唾を飲み、瞬きをした。壁に穴が空き、血がつたい落ちた跡が残っているのを見て、また唾を飲み、瞬きをして、穴と染みに手を伸ばし、穴と染みに手を触れた。指を穴に入れ、指で染みをなぞった、指の関節には包帯が巻かれ、包帯は手首まで巻かれ、ハリー・スウィーニーは必死に息をし、涙を抑え、穴から目を逸らし、染みから離れ、廊下を歩き、自分の部屋の前まで来た。自分の部屋の前、そのドアの前で、ハリー・スウィーニーは鍵を取り出し、鍵を鍵穴に挿し、鍵穴の中で鍵を回し、部屋のドアを開けた。部屋に入り、床から二通の手紙を拾い上げた。ドアを閉め、手紙を机に置いた。部屋を横切り、ベッドに腰かけた。靴を脱ぎ、また立ち上がった。上着を脱ぎ、シャツを脱ぎ、ズボンを脱いだ。洗面台へ行き、水と湯の蛇口を開いた。文字盤のガラスが罅割れ、針が止まっている腕時計をはずし、二つの蛇口の間に置いた。左手の包帯をはずし、右手の包帯をはずした。その二本の包帯を床に落とした。左手首に巻いた包帯から安全ピンをはずし、右手首に巻いた包帯から安全ピンをはずした。二つの安全ピンを床に落とした。左手首から包帯をはずし、右手首から包帯をはずした。その二本の包帯を床に落とし、二つの蛇口を閉めた。両手の指の関節と手首を湯の中に入れ、湯に浸した。湯が血を洗い落とすのを見、湯が傷を清潔にするのを感じた。洗面台の栓を抜き、湯が洗面台から抜けていくのを、手首の周りと関節の間から退いていくのを見た。両手を洗面台から持ち上げ、床からタオルを拾い上げた。タオルで両手の指の関節を拭き、手首を拭った。タオルを折り、タオル掛けにかけた。机のところへ行って、その椅子に座った。机の上の二通の手紙を見下ろした。彼の名前とホテルの住所を記したアメリカからの手紙と、彼の名前と部屋番号だけを記して直接届けられた手紙。二つ目の手紙を手にとり、開封した。一枚の折り畳まれた紙片を取り出し、その紙片を広げた。一枚の紙片に書かれた一行の文を読んだ。〝終了時間《イッツ・クロージング・タイム》だが、Z機関はいかなる責任も負わない〟。その一行の文が書かれた一枚の便箋をくしゃくしゃに丸めた。それを床に捨て、第一の手紙を取り上げた。封筒を開き、何枚もの折り畳んだ便箋を取り出した。その何枚もの折り畳んだ便箋を広げ、目を走らせた。多くの文があり、多くの言葉があった。裏切り。欺瞞。ユダ。情欲。結婚。わたしの信仰。裏切者のあなた。絶対に諦めない。あなたと離婚する。あなたがどんな人間か、その正体をわたしは知っている。あなたを赦してあげます、ハリー。家に帰ってきて、ハリー。とにかく帰ってきて。何枚もある便箋、多くの文、多くの言葉が書かれた便箋を、彼は目の前の机に置いた。それからハリー・スウィーニーは前に背をかがめて机に両肘を突き、両腕を載せ、ハリー・スウィーニーは自分の手首と指の関節を見下ろした。手首の傷跡、関節の瘡蓋を見た。それからハリー・スウィーニーは両手を顔のほうへ持ち上げ、ハリー・スウィーニーは両の掌を合わせた。そして頭を垂れ、目を閉じ、言った、神の御子、主イエス・キリストよ、罪びとである我を憐れみ給え……

心が張り裂けそうだよ、ハリー、とプルマン大佐が言った。君がこんな滅茶苦茶をしでかして、わたしがどんなに辛いか、言葉では言い表わせない。君はうちの精鋭なんだからな。

また日本郵船ビル四階の、プルマン大佐のオフィスで、大佐の机の前に立ち、また頭を垂れて、ハリー・スウィーニーは、すみませんと言った。

君も残念だろうが、わたしも残念だよ、と大佐は言い、溜め息をついた。辞職願を置き、また始末書を取り上げた。また溜め息をつき、机越しに相手を見、こう言った、それじゃこれだけが理由じゃないんだな、ハリー。

ハリー・スウィーニーは顔を上げてプルマン大佐を見、大佐が両手で持っている始末書を見、首を振って、言った、この件が、そろそろ潮時だということの表われだと考えていただければと思います。

これは君が働きすぎだということの表われだと思うが

ね、とプルマン大佐は言いながら、始末書を机の反対側のハリー・スウィーニーに向かって突き出し、ひらひらさせた。エヴァンズ係長も、ビル・ベッツも、ここにいるトダも、みんな言ってるんだ、君が寝ないで二十四時間仕事をしていると……

ハリー・スウィーニーは自分の両手を、指の関節の瘡蓋を見て、首を振り、言った。あの……

今回の下山事件ではみんな参っている、それはわたしも分かってるんだ、なあ、覚えているだろうが、君がウィロビー少将に絞られた時にはわたしもその場にいたからな。あの時は君に同情したよ、ハリー、これは本当だ。何しろ君は良心的で勤勉な捜査官だからな、ハリー、だから君がむしゃくしゃして、悔しい思いをして、つい酒を飲み過ぎた気持ちは分かるんだ……

ハリー・スウィーニーはかぶりを振りながら言った。いや……

まあ待て、とプルマン大佐は言う。こんなことは何でもないことだなんて言っているんじゃない。何でもなくはないからな。何でもなくはないことは君も分かっている、そのことをわたしは知っている。ハリー、そのことはわたしには分かっているんだよ。しかし、厳しい叱責を受けたからといって、何も辞職することはないんだ。

すみません、わたしは思ったんですが……

まあ最後まで聞きたまえ、ハリー、とプルマン大佐は言い、また始末書を机に置く。こんな形で辞めて、自分のファイルに、記録に、こんな汚点を残して辞めて、君は今後どうするつもりだね、どこへ行《く》くつもりだね。故国《に》のどこの警察が君を採用すると思うかね。こんな記録があったんじゃどこも採《と》ってくれないぞ、それは分かるだろう、ハリー。いいかね、この占領はもうそう長くは続かない。せいぜいあと二、三年で、俺たちはみんな故国に帰る。ありがたいことにな。日本のことは日本人にやらしときゃいいんだ、なあハリー、ここは彼らの国なんだから。だから君は、でんと構えて、最後まで勤務を続けりゃいい、なあ、面倒を起こさず、酒には近づかず、いいかハリー、そうすりゃきれいな勤務記録を残して、俺がやるつもりでいる輝かしい推薦状を持って、退職できるんだ、君はそうやって退職するんだよ、ハリー。これなら故国のどんな警察にも入れる、どんな捜査機関でも選《よ》り取り見取りだ。のんびりした小さな町の保安官なんてのもいいよな、ハリー。想像してみろ、なあ、そういうのはいいぞ、そうだろう、ハリー。

ハリー・スウィーニーは指の関節の瘡蓋から目を上げ、机越しにプルマン大佐をじっと見つめ、また首を振りながら、すみません、と言った。

いいか、とプルマン大佐は言い、また辞職願を取り上げて、机の向こうのハリー・スウィーニーのほうへ突き出した。君は混乱してるんだ、ハリー、それは分かる、俺には分かる、なあ。しかし、君はまともに頭が働いてないのかもしれん、いや、まともに働いてるのかもしれんがね。どっちにしてもだ、このままあっさり辞めてもらうわけにはいかないんだ、今すぐ辞職ってわけにはな。そんな風にいかないのは分かるだろう、ハリー。少し前から言ってもらわないと、後任の手配ができないからな。だからこうしよう、ハリー。俺は君が言ったことと、それを言った日付を書き留めておく、君はこの辞職願を引っ込めてポケットに入れる。そうして今月の末にまたここへ来て、俺と会って、その時考えていることを言う、その考えが今と同じ、この辞職願に書いてあるのと同じなら、辞職を認めよう、分かったか、ハリー。

ハリー・スウィーニーはプルマン大佐を見、大佐が両手で持っている辞職願を見、うなずいた。

よし。もう行っていい。

ハリー・スウィーニーはドアを閉め、廊下を歩きだした。足を止め、回れ右をし、またドアの前まで戻る。プルマン大佐のオフィスのドアの前で立ち止まる、右手を拳に握ると、指の関節が痛む。その拳を持ち上げ、また関節を打ち当ててノックしようとしたが、それはやめ、関節を、拳を、手を、また下ろし、唾を飲み、また体の向きを変え、またドアから離れ、廊下を歩きだし、公安課の四三二号室のほうへ戻った。オフィスは静かだった、黒板はもうなかった、ベッツとトダもいなかった。ジョージとダンもおらず、ただソノコだけが、机につき、目を伏せて、両手の指を動かし、報告書を読みながら、それを翻訳してタイプしていた。ハリー・スウィーニーはオフィスを横切って、机や棚の間を歩き、ソノコの机へ行き、言った、やあ、みんなはどこだ、ソノコ。

ああ、びっくりした、ソノコはタイプのキーの上にかがめた背をさっと起こして、片手を心臓の上にあてた。

すみません――

いや、こっちこそすまない。驚かせてしまったな。すみません、ソノコはまたそう言い、両手をひらひらさせながら、息を整えようとした。いらっしゃるとは思わなかったから。お加減はどうですか。気分がよくなっているのだといいんですけど。

ハリー・スウィーニーは頬笑んだ。俺もそうだといいと思っている。ありがとう。

何か起きているみたいですね、とソノコは言った。ご存じかどうか、ミスター・トダも体の具合が悪かったんですよ。

ハリー・スウィーニーはうなずいた。まだ悪いのかい。いいえ、じきに戻ってらっしゃるはずです。今、購買へ行っているんだと思います。

エヴァンズ係長とミスター・ベッツは。エヴァンズ係長は検事と会ってらっしゃると思います。ミスター・ベッツのほうは、すみません、分かりません。どこにいらっしゃるか調べましょうか。

ハリー・スウィーニーはまた頬笑んだ。いや、いいんだ。そのうち来るだろう。

ソノコはハリー・スウィーニーを見てにっこり笑い、何かご用はありませんか、と訊く。飲み物はどうですか、お水とか、珈琲とか。

ありがとう、とハリー・スウィーニーは言った。珈琲をもらおうかな。

はい、とソノコは言い、大きく頬笑み、椅子からさっと立ち上がった。珈琲、ただ今お持ちします！

ありがとう、とハリー・スウィーニーはまた言い、頬笑みを返し、頬笑んだまま体の向きを変え、自分の机へ行き、なおも頬笑んだまま椅子に腰かけ、そこで頬笑みを消して、警察の報告書と新聞の山を見、名前と電話番号のリストを見たが、そのリストは、この机に戻ってきた時、自分が電話をかけ直すべき相手のリストだった。ハリー・スウィーニーは名前と電話番号のリストを脇へのけた。また立ち上がり、窓を開けに行き、また机に戻ってきた。上着を脱いで、椅子の背にかけ、また腰を下ろして机についた。新聞の束を持ち上げ、ひっくり返して底のほうを上にし、一頁ずつ、次々にめくり、見出しに目を走らせた。**警察、下山総裁死因の調査継続／警察、手がかりなし／警察、国鉄労組への怪電話を捜査／盗難**

車発見／下山総裁の死、依然として謎／国鉄総裁は他殺か自殺か　証拠不足で判定不能と主任検事談／下山総裁の死、未だ謎／日本探偵作家協会の会合で、黒田浪漫〝日本のリンドバーグ事件、私が解く〟と豪語／警察、未だ手がかりなし／千代田銀行私金庫より重要書類持ち出し／眼鏡、ネクタイ、ライター、未発見／解剖結果に疑問　死亡時刻確定できず／下山事件、捜査の地理的範囲を拡大／下山自殺説の証拠が次々／政府、下山事件で懸賞金百万円提供か／喜多刑事部長、靴の土は重要証拠と指摘　現場付近の土と同質／官房長官、喜多刑事部長に反論　靴の土と現場の土、同質の決定的証拠なし／下山事件主任検事、他殺説に基づく捜査を警察に要請／茶屋女将に脚光……

ハリー・スウィーニーは椅子の背にもたれ、ネクタイをゆるめ、襟元のボタンをはずしてから、また机の上に背をかがめた。新聞の束を片寄せ、警察の報告の束を取り上げ、ひっくり返し、底のほうから一つずつ、次々と、一文一文、検めていく。事件に特筆すべき進展なし／報告済みの手がかりにつき継続捜査中／〝怪電話〟の新聞報道は記者の勇み足と思われる／下山総裁は紙巻き煙草の〝光〟を吸い、ときどきブライヤーのパイプで喫煙したが、煙草もパイプもライターも現場で発見されていない／総裁は失踪前、結婚祝いの品を買わなければならないと国鉄職員に話していた／総裁が生命保険をかけていたか、かけていたとしてその額、受取人、最近かけたのかどうか、など調査継続中／本件につき現時点で目立った進展なし／下山総裁を轢いた列車にライター、シャープペンシル、ネクタイ留め、眼鏡など、総裁の所持品に関する手がかりが残っていないか確認中／一九四九年七月十日に警視庁の金原警部が受け取った手紙の英訳。封筒は無地、一九四九年七月七日に丸の内の東京中央郵便局にて発送。大日本帝国時代の官庁で使用されていた旧式の用箋に記載された文面は以下の通り。〝下山氏には天罰が下った。彼は従業員十五万人を解雇するにあたり慈悲のかけらも示さなかった。これは日本の再建のためと称してなされた暴虐である。解雇された者は民間の会社で雇用されると言われているが、まったくの嘘であり、単なるプロパガンダに過ぎない。東芝では半数以上の従業員がすでに解雇され、飢えと貧困に喘いでいる。無論かかる暴虐は下山氏唯一人が行なうのではない。次なる下山氏が現われ、さらなる犠牲者が出るであろう。だが覚えておくがよい。天は貧者の味方である。それ故に、人々を見棄て飢えと貧困に追いやる者は、マッカーサーであっても殺されるであろう。貴君も犠牲者になるかもしれない。だから捜査をやめるがよい。いや、それが義務だというなら続けることだ。しかし覚えておけ。金原氏の努力は無に帰するであろう〟／末広旅館の枕に下山総裁と思われる客の毛髪が発見され、現在調査中／七月五日午後十一時三十分、末広旅館前で一人の男が電柱に寄りかかっているのが目撃された／公安課からの問い合わせに応じて調べたところ、下山総裁のワイシャツとランニングシャツの上二つのボタンは布地についていたが、あとのボタンはとれていたことが判明。これにより警視庁は、総裁が轢断時にネクタイを締めておらず、上二つのボタンがはずされていたとの結論を得た／訂正。下山総裁は当初言われていたパイプではなく、シガレットホルダーを持っていた。ホルダーは木製で、色は茶色、柄の部分は黒。今までのところ発見されていない／深川近辺で発見された盗難車には指紋検査を実施。バックミラーから一つ検出。下山総裁他、車に触れたかもしれない人物の指紋との照合はまだ／轢断現場の捜索はその範囲を周辺の下水溝や畑にまで拡張／上野駅、浅草駅、北千住駅で下山総裁の遺留品捜査／警視庁に送られた手紙の筆跡鑑定の結果。田原《たはら》鑑識課技官の判定は、平均的な学校教育を受けた若い男の筆跡とのこと。一枚目で筆跡を隠そうとした痕跡が認められるも、後ろのほうではその作為は放棄されている。普通の墨で筆書き。封筒の文字も同じ／GHQからの捜査手順に関する提案に応じて、現場直近区域の全駐在所が同区域に居住する組合関係者をリストアップ。国労組合員十七名、元国鉄職員二名、共産党員ではないかと疑われる者五名、共産党員一名。調査範囲は捜査の進行状況に合わせて拡大する予定／他殺説を裏づける新事実の発見なし／森下《もりした》のぶのアリバイを再捜査中……

一件ずつ、ハリー・スウィーニーは報告書を読み、ソノコが珈琲を机に置いたのにも気づかなかった、次々に読み、珈琲が冷めたのにも気づかなかった、一件ずつ、ハリー・スウィーニーは、ススム・トダがオフィスに帰ってきたのにも気づかず、次々と、ススム・トダが話しかけるのも聞こえず、一件ずつ、次々と、何にも気づかず、何も聞こえず、が、やがてハリー・スウィーニーは全部の報告書を読み終え、ハリー・スウィーニーはススム・トダが指をはじき、こう叫ぶのを聞く、おい！　ハリー――

おう、とハリー・スウィーニーは言い、報告書から目を上げ、また椅子の背にもたれ、伸びをし、あくびをした。それから首を巡らしてススム・トダを見上げ、こう言った、元気か、ススム。気分はよくなったか。

俺は大丈夫だ、とススム・トダは言う。あんたこそ気分はどうなんだ。

悪くない。よくなったよ、ありがとう。

係長に会ったか。

まだだ。プルマン大佐には会った。

で、どうなった。大丈夫なのか。

ハリー・スウィーニーは頬笑んだ。俺はここにいる。

ああ、とススム・トダは言い、ちらりとハリー・スウィーニーの手を見て、すぐ目を逸らした。そうだな。

ハリー・スウィーニーはまた背を起こし、両手を机の下の、膝の上に置いて、訊いた、ビルはどこだ。

たぶん警視庁の捜査二課だ、とススム・トダは言った。係長から連絡役をやれと言われたんだ。

二課は捜査からはずれたんじゃなかったのか。

一日だけな、トダはそう言って笑った。少将が喜多に少しばかり圧力をかけたんだろう、それで喜多が戻して、現場付近の組合員やアカどもを洗わせてる。

ハリー・スウィーニーはうなずいた。ああ、それは報告書にあった。で、何か見つけたのか。具体的な手がかりを。

それがびっくり仰天、国鉄従業員を何人も見つけたんだが、全員労組員でね、何人かはおそらく共産党員だ、これも報告書で見たと思うがね。もっとも下山総裁との結びつきはなし、今のところは何もない、と聞いているよ。

でもビルは今、二課に行ってるんだな。

と思うよ、とトダは言い、うなずく。係長にそう言って出ていったよ。例の朝鮮人の件もあるしな。

ハリー・スウィーニーは椅子を回してススム・トダを見上げ、何だ朝鮮人の件って、と訊いた。

待ってろ、とススム・トダは言う。ソノコの机へ行き、ソノコに声をかけ、机上に積まれた書類の山から紙を一枚とり、ハリー・スウィーニーのところへ戻ってきて、ほらこれだ、と言った。

ハリー・スウィーニーはススム・トダの手から紙をとった。見ると、警察の最新の報告を翻訳したもので、内容はこうだった。一九四九年七月五日、午後十時頃、五人の朝鮮人が、常磐線綾瀬駅付近（下り線側、下山総裁の死体発見現場まで徒歩約十分）で日本人が出している焼き鳥屋の屋台にやってきて、焼酎（ジンに似た日本の酒）をグラスで都合十五杯飲んだ。入手した情報によると、朝鮮人たちは十一時四十五分までいて、その後十一時五十分発の最終電車に乗るのを目撃されている。朝鮮人たちが立ち去る前、そのうち二人が短時間どこかへ行き、また戻ってきた。その二人が屋台を離れた時刻や戻ってきた時刻に関しては目撃証言間に食い違いがあるので、さらに慎重な確認が必要である。

この情報が入ったのはゆうべだが、とススム・トダは言う。ビルはえらく入れ込んで、追跡調査をする気なんだ。係長も乗り気だよ。

ハリー・スウィーニーはうなずいた。だろうな。

あんたどう思う、とススム・トダは言いながら、ハリー・スウィーニーを見下ろし、机に積まれた新聞と警察の報告書の山を見下ろした。

ハリー・スウィーニーは五人の朝鮮人に関する報告書をほかの警察の報告書の山の上に載せ、全部の報告書を、報告書の山々を、警察発表の翻訳と新聞記事の翻訳を見下ろして、首を振り、それから溜め息をついて、言った、8の字か……

8の字、とススム・トダが鸚鵡《おうむ》返しに言う。それはどういう――

ハリー・スウィーニーは机の上で手を一振りして報告書の山々を示した。俺たちは数字の8の字の形に回っているだけだ、ススム。喜多刑事部長と捜査一課は自殺説を推す、東京地検と捜査二課は他殺説を推す、東大の法医学者は他殺だと言う、慶應の長岡教授は自殺だと言う、毎日新聞は自殺説、朝日新聞は他殺説、他殺説から自殺説へ、行っては戻る、どうどうめぐり、自殺説から他殺説へ、8の字を描いてぐるぐる……

ウィロビー少将は間違いなくそうは見ていないようだがな。エヴァンズ係長もだ。二人とも断固として他殺説だ。

ハリー・スウィーニーは自分の両手を、指の関節を、関節の瘡蓋を、見下ろした、そしてハリー・スウィーニーはうなずき、溜め息をつき、分かってる、と言った。

あんたが分かってるのは分かってる、とススム・トダは言い、ハリー・スウィーニーの指の関節を、関節の瘡蓋を、じっと見る。でも、どうする気だ。

俺か。

そう、とススム・トダ。あんただ。

ハリー・スウィーニーは指の関節から、関節の瘡蓋から目を上げ、ススム・トダを見上げ、その目を覗き込んで、こう言った、今はもう〝俺たち〟じゃなくて〝あんた〟なんだな。

すまん、俺はただ……

ハリー・スウィーニーは首を振った、おまえがすまながることはないよ、ススム、すまないのは俺だ、これは本心から言ってるんだ、すまん、ススム。俺はしくじった。今月一杯で俺はいなくなるから——

ハリー、そんなこと言うなよ……

ほかに何が言えるんだ。

誰にでも間違いはあるんだ、とススム・トダは言いながら首を振り、ハリー・スウィーニーに頬笑みかけた。あんたが自分でそう言ったじゃないか。

ハリー・スウィーニーはまたかぶりを振り、両手を持ち上げて言った、こんな間違いは誰でもやるわけじゃない。

すまん、とススム・トダは言った。俺はあんたの気分をもっと悪くさせたみたいだな、俺はただあんたの気分を悪くさせようとしてるだけみたいだ……

おまえには言いたいだけ文句を言う権利が——

いやいや、そんなことは何にもならない、あんたの役に——俺たちの役に立たない。だから、な、言ってくれ、ハリー、俺たちはこれからどうするんだ？

車はアヴェニューYを東進し、鍛冶橋を過ぎ、桜橋《さくらばし》を過ぎ、八丁堀《はっちょうぼり》を過ぎた。運転手はまた若いシンで、ハリー・スウィーニーとススム・トダは後部座席に乗っている。車は高橋《たかばし》を渡り、左折してアヴェニューYをはずれ、狭い直線道路を北上、左右を家と路地の入り口が流れていく——

この辺が新川《しんかわ》です、とシンが減速しながら言う。

もう少し行ってくれ、とススム・トダが言った。この先の、永代通《えいたいどお》りと交差するところまで。

はい、とシンは言い、車をもう少し先まで進め、大きな黒い車の後ろで停止させた——

ちぇっ、とススム・トダは前方に駐めてある車を見て言った。あれ、誰の車か知ってるか、ハリー。

ハリー・スウィーニーはうなずいた。ああ。

こんなことしていいのかなあ、とススム・トダは言う。係長がいい顔しないと思うが……

ハリー・スウィーニーは肩をすくめた。誰かが確かめなくちゃいけない。人から聞いたことを鵜呑《うの》みにしなくちゃいけないって法はないからな。

あの男嫌いなんだ、俺。

ハリー・スウィーニーは笑った。やつのお袋も嫌ってるんじゃないかな。さっさと済ましちまおう——

ハリー・スウィーニーとススム・トダは車を降り、ドアを閉める、右にも左にも路地の入り口と家が並び、頭上には分厚い湿った雲の毛布が垂れ、空気中には川から、隅田川から来る、潮と人糞の臭いの混じった濃厚な悪臭がこもっている——

やれやれ、とススム・トダが言う。世間を離れて、悩みを忘れたい時に来るような場所じゃないな。

どんな世間を離れて、どんな悩みを忘れたいかによるだろう、とハリー・スウィーニーは言い、小さな木造一階建ての、雨戸を閉ざした待合の、玄関の前に立つ、これもまた貧相で陰鬱な逢引の巣、男女密会の場所、成田《なりた》家《や》という待合だった。

お先にどうぞ、とススム・トダが言い、頑丈そうな木の引き戸を手で示す——

だが、頑丈そうな木の引き戸はすでに開き始め、待合成田家から服部刑事が出てくる、その後ろから年下の男が出てくる、服部刑事は大げさに飛び退《すさ》り、胸を押さえ、目を瞬かせて言う、ああ、びっくりした！

やあやあ、どうも刑事さん、とハリー・スウィーニーは言い、短い会釈と薄い笑みで挨拶した。

幽霊かと思ったぜ、と服部刑事はにやりとして言った。もう仕事から離れたって聞いたもんでなあ。

ハリー・スウィーニーはまた頰笑んだ。人から聞いたことを鵜呑みにしちゃいけないな。あんたには言う必要もないことだが。

違《ちげ》えねえ、と服部刑事は言う。しかし手の具合はどうなんだ。怪我したって聞いたぜ、両方とも。

ハリー・スウィーニーは両手を服部刑事の前に掲げ、ひっくり返し、またもとに戻して、それを拳に握り、上に突き上げて言った、ご覧のとおり、よくなってきているよ、刑事さん、ありがとう。

そりゃよかった、と服部刑事は言い、視線をハリー・スウィーニーの拳の指の関節から目に移した。でもその拳をどこへ飛ばすかはよく考えたほうがいいんじゃないか。だって分からんからね、次はどこかから拳が飛んでくることもあるだろうから。

ハリー・スウィーニーは服部刑事に頰笑みかけながらうなずいた。あんたの言うとおりだ――

ええっと、お話の邪魔をして申し訳ないけどさ、とススム・トダが言った。早く仕事を済まして帰らなくちゃいけないんでね……

ああ、そりゃそうだ、そりゃそうだ、と服部刑事はススム・トダのほうを向いて笑みを浮かべた。すまないね、ミスター・トダさん。少将を待たすのはまずいやねえ。でも中へ入って聞き込みをする前に、何分かあんた方の貴重なお時間をいただけないもんかね……？

成田家の外の路上で、分厚い湿った雲の毛布の下、隅田川から来る濃厚な悪臭の中、ハリー・スウィーニーはうなずき、言った、さあ話してくれ――

あんた方が来てくれたのは嬉しいんだ、金原警部も喜ぶと思うよ、それは分かってる。あんた方がこの手がかりを真剣に受け止めてくれてるってことだからな。でも俺が今から言うことを聞いたら、もっと真剣に受け止めることになると思うね、今からそう言っとくよ……

ハリー・スウィーニーは、文字盤のガラスが罅割れ針が止まっている腕時計をちらりと見て、溜め息をつき、また言った、さあ話してくれ――

すまんすまん、服部刑事はにやりとする。お忙しいんだよな、少将のところへ戻らなくちゃいけないし。でもまあこれを聞いてくれ。この森下のぶという女と下山総裁の乙な仲のことを聞き込んですぐ、俺たちは捜査員を二人ここへ来させて、聞き込みをさせたんだがね……

情報は讀賣の記者から聞いたのか、とススム・トダが訊いた。それとも別口でか。

ミスター・トダ、服部刑事はにんまりした。スウィーニー捜査官も賛成してくれると思うが、新聞記者ってやつは使えるんだよ。ま、使い方を知ってりゃだがね。だよな、捜査官？

ハリー・スウィーニーは溜め息をついた。いいから先を話してくれ——

ああ、話す話す、と服部刑事は言う。話をはしょって言うと、三年前、終戦直後、この下山総裁のなじみの女、森下のぶは、道端で南京豆《ナンキン》を売ってた、それで生計を立ててたんだ。それがどうだ、今じゃ自分の待合を持ってる、まあ中を見てみるといい。外から見たら大したことないだろ？　でも奥に離れがあってな、電話の回線を二本引いてるんだ——一本引くのだってべらぼうな金が要るじゃねえか。それが二本だ。えらい大金だよな。それを誰かが払ってるわけだ、な？　で、それは亭主じゃねえ、これは確かなんだ。それで俺たちはあちこち訊いて回った、讀賣の記者にも訊いてみたさ、そしたらいろんな話が耳に入ってきた、下山総裁が絡んでるようだ、とかね——総裁は毎日のように来たって、そんな話——まさにその頃から森下のぶの運は上向いてきた、この家を建てるわ、電話を二本引くわ……

ハリー・スウィーニーは首を振る。そんな話は新聞で読んだ。だからここへ来たんだ。

まあそう焦《じ》れなさんな、と服部刑事はにやつきながら言う。当然こんな疑問が出るだろ。誰が金を出してんだ、と。下山総裁は金を持ってるはずだ——間違いなく俺なんかよりな——でも、そこまで持ってるのか。それが俺の疑問なんだ、な？　それで総裁のゼニ関係の匂いを嗅ぎ始めた、最近俺がやってんのはそれだ。で、言うんだが、あんまりいい匂いはしねえのよ——

ハリー・スウィーニーはハンカチを出し、顔を拭い、首筋を拭い、言った、ちょっとこの界隈みたいな匂いなのか。

それだよ、と服部刑事は言う。まさにこの界隈みたいなんだ、それはこの界隈で何かやってるせいかもしれん、と俺は思ってるんだ。俺たちはこの辺の質屋《しちや》とかそういうのに訊いて回った、下山総裁と取り引きをしたことはないかと、そしたらどうだ、この近くのある質屋にしょっちゅう出入りしてたらしいんだ、塩田《しおだ》正二《しょうじ》って男の店だが、そこが総裁の日銀みたいなもんだった。古い壺、奥方の着物、ダイヤの指輪、サファイアの指輪、いろんなものを質入れして金を借りてたんだ。

　成田家の外の通り、分厚い雲の毛布が垂れている下、川の、隅田川の、まとわりついてくる濃厚な悪臭の中、ハリー・スウィーニーは服部刑事を見て、そうなのか、と訊いた。

　ああ、間違いない、と服部刑事は言い、なおもにやにや笑う。ただ一つ問題がある。物が売れないんだ。あんたは日本人じゃないから知らないかもしれんが、買い手市場だからな。たとえば奥方のダイヤの指輪で六、七万円借りたいと思っても、そうはいかねえ。それが何を意味するか分かるかい。下山総裁は困ってた、えらく困ってた、と、そういうことを意味するんだ。奥方と愛人、二つの所帯を持って、金がねえ。こんな場合、どんな男でも考えることは――

　今の話に証拠はあるのか、とススム・トダが訊く。しっかりした証拠は。

　ああ、あるんだよ、ミスター・トダ、と服部刑事は、トダを見ず、なおもハリー・スウィーニーに目を向けたまま、なおも笑みを浮かべ、にやつきながら、こう言った、塩田正二の質屋の帳簿を見ると、下山総裁が質入れしようとして断わられた時の記録が残っていて、日付や品目も分かるんだが、そういう文書の証拠だけじゃなく、下山総裁が店に来たのを店員が覚えてるんだよ、時には女連れでね――えらく色白で痩せた女で、いかにも芸者っぽい感じだったそうだよ。あんたは下山夫人に会ったことがあるだろう、俺も会ったことがあるんだ、下山夫人は良家の生まれの上品な奥様で、こう言っちゃなんだがえらく色白で痩せてるとは言えないし、芸者の雰囲気なんかはまるでない人だ、そうだろう、ハリーさん。あんたこれどう思う？

　この陰鬱な逢引の巣、男女密会の場所の外の通りで、ハリー・スウィーニーは服部刑事のほうへ一歩近づき、服部刑事の目を覗き込んで、ハリー・スウィーニーは言う、俺はこう思うよ、あんたらは何十人も動員して何時間もかけて醜聞を掘り出してくる、学界で評価の高い東京大学の法医学者が、列車に轢かれて顔を頭蓋骨から剝がされる三時間前に死んでいたと判定している人物について糞みたいな事実を探し出してくるんだなと、なあ刑事さん、俺はそう思っているよ。

　しかし学界で評価の高い慶應大学の長岡先生は違う判

断をなさってるんだ、と服部刑事は、笑みは浮かべず、ただ肩をすくめただけでそう言う。でもまああれだよ、俺はただ掘り出した事実を話してるだけだ、見つけたことを話してるだけだ、それだけなんだよ、捜査官どの。俺は命じられたことをやるだけ、行けと言われたところへ行くだけ。それが俺なんだ。

ハリー・スウィーニーは服部の頭の天辺から爪先まで見て、うなずき、こう言った、ああ、それがあんただ、刑事さん、それがあんただよ。ところで新しい靴を買ったらしいな。

あんた何様のつもりなんだ、と服部刑事は言い、ハリー・スウィーニーに一歩詰め寄り、ハリー・スウィーニーを睨み上げた。エレベーター・ボーイをぶちのめして、豚箱でお寝んねして、そんなやつが俺のところへ来て、上から見下ろして偉そうに物を言う、手にまだ包帯を巻いて、酒の臭いが残る息をしてな、その間俺は一生懸命事件を解決しようと駆けずり回ってたんだ。このくそったれの包帯野郎め――

まあまあ、とススム・トダは言いながら、服部刑事の若い連れとともに、ハリー・スウィーニーと服部刑事の間に割って入り、二人を分けた。俺たちは同じ側にいるんだ、そうだろ――

何が同じ側だ、服部刑事がそう吐き捨て、歩きだした。あんたらが女将と話そうが国へ帰ろうが、どっちだって構やしねえ。どうせあんたらは政治的な目的で動いてんだからな。

ほっとけ、ハリー、とススム・トダは言い、両手でハリー・スウィーニーの胸を押さえ、次いでハリー・スウィーニーの両腕をつかみ、ハリー・スウィーニーの両の拳をつかんだ。ほっとけって――

ハリー・スウィーニーは服部刑事が自分たちの車に戻っていくのを見、叫ぶのを聞いた――

総裁は自殺したんだよ、と服部刑事は車に乗り込みながら叫んだ。自殺者は総裁が最初じゃねえし、最後でもねえ――毎日出てるんだ、捜査官どの、毎日出てるんだよ。

市電の停留所でね、急に雨が降りだして、濡れた袖に優しく手をかけられ、傘を差し出されて、入りませんかと、寂しそうな頬笑みを浮かべながら優しい言葉をかけてくださいました、と、淡い色の薄地の浴衣を着た、色白の痩せた女が言う。そんな風に、初めてお会いしたのですわ、スウィーニーさん。

それじゃ道端で南京豆を売っていたんじゃないんですね、とススム・トダが訊く。南京豆だか御守りだか、そういうものを？

ご近所の人たちって噂話が好きですからねえ、と森下のぶは、畳の部屋で座布団に座り、蚊取り線香と煙草の煙に囲まれて、ススム・トダを見ず、なおもハリー・スウィーニーに目を据えたまま言う。そうして新聞はそういう噂話を、みんながつく嘘を、しつこく載せるんでございますよ。そういうのは罪になると思いませんか、スウィーニーさん？

ハリー・スウィーニーは頬笑み、それから言った、嘘をつくのは罪ですよ、ミセス・モリシタ。新聞の記事でも裁判での証言でも。

あなたはあれね、ふっとお笑いになる時、本当にあの方によく似てらっしゃるわね。

誰に似ているんです。

総裁ですよ、下山さん、と森下のぶは言い、目を伏せ、うつむいて、片手を頬にあてる。

じゃあ、でたらめなんですか、とススム・トダが訊く。近所の人たちが話したり、新聞が書いたりしている、あなたと下山総裁のことは。

彼女の一階建ての待合、この逢引の巣の、電話を二本引いている奥の小さな離れで、森下のぶは手を心臓の上にあて、ススム・トダではなく、ハリー・スウィーニーを見上げて、こう言った、あたし総裁の奥様がとってもお気の毒ですの、人が噂して、新聞にも書かれて、そういうおかしな仄めかしを聞いたり、読んだりなさってるとしたら、ほんとにお気の毒ですわ。どんなにお辛いでしょう、ねえ、スウィーニーさん。お気の毒で仕方がありませんわ、スウィーニーさん。

それならはっきりと話すべきでしょう、とハリー・スウィーニーは言った。あなた方の関係がどういうものだったかを。

色白の痩せた女は、淡い色の薄地の浴衣の襟元をつまみ、ハリー・スウィーニーに頬笑みかけて、言った、でもスウィーニーさん、どう話せばいいのかしら。そんなこと、誰にできるんでしょうか。あなたおできになります？　人と人との関係を言葉で言い表わすなんて、言葉を使って、今まで話したことのないことを説明するなんて。そういうことは、感じてはいても、言葉にしたことがないんですもの。そりゃあ、〝あたしたちはただのお友達でした〟、なんて言うことはできますよ。でもその〝お友達〟ってどういう意味なんでしょう、ねえスウィーニーさん。

事実を話せばいいでしょう、とススム・トダが言う。まずは〝お友達〟の総裁とあなたがどのくらいよく会っていたか、日付と時刻から話してみてくださいよ。

ハリー・スウィーニーはうなずき、森下のぶに頰笑みかけた。そうですね、そうしてもらえると助かります……

そりゃもう、と色白の瘦せた女は、ハリー・スウィーニーにうなずきかけ、頰笑みかけながら、言う。あたしはもう昔から、自分がこの世に生きている目的、あたしがここにいるただ一つの理由は、人様をお助けすることだと思っておりますのよ、スウィーニーさん。

ハリー・スウィーニーはまたうなずき、頰笑んだ。それじゃわたしたちを、わたしを助けてください、下山総裁にはどれくらい度々《たびたび》会っていたんですか。週に一回ですか、月に一回ですか。

それじゃお話ししますけど、と言う森下のぶはもう頰笑んでおらず、溜め息交じりに言う。もう警察にはお話ししましたけど、下山さんが運輸次官でいらした頃は、ほとんど毎日のようにお会いしていましたわ。お昼過ぎにお車でここへいらして、六時ぐらいまでいらっしゃって、六時より遅くまでということはなかったです。

いつも車で、そして一人で来たんですか。

ええ、と色白の瘦せた女は言う。いつもお車で、同じお車で、黒いビュイックで。番号もまだ覚えておりますわ、41173、運転手の大西さんのお顔も。

すると大西運転手は昼過ぎから夕方まで外に駐めた車の中で待ってたんですか。

日曜日は別ですわ、と森下のぶは声を潜め、ハリー・スウィーニーを見、瞬きで涙を堰《せ》き止める。日曜日は、下山さんは歩いていらっしゃいました。

小さな部屋、四角い座布団の上で、ハリー・スウィーニーはポケットに手を入れ、ハンカチを出し、色白の瘦せた女に差し出す。それはどうしてです。

ありがとうございます、と森下のぶはハンカチを受け取り、しっかり握り締める。でも、すみません、なぜかは分からないんです。

もしかして近所の人たちが噂しだすのを気にしたんじゃないですか、とススム・トダは言った。毎日来るとなるとね……

これはまだ運輸次官だった頃の話だ、とハリー・スウィーニーが割り込んだ。総裁になってからは――

変わりました、ええ、と森下のぶはうなずく。だいたいみなさん、そうですわねえ、スウィーニーさん。

ハリー・スウィーニーはうなずき、言った。でも、どう変わったんです。

それほど頻繁にはお見えにならなくなりました、月に一、二度でしたかしら、いらしても長くおられないで、ほんの五分か十分、お茶を飲んで、お菓子は手をつけずに残されることが多くて。

ハリー・スウィーニーはまたうなずいた。下山氏自身も変わりましたか。

ええ、と色白の痩せた女は言い、ハリー・スウィーニーをじっと見つめ、涙目を瞬《しばたた》き、ハンカチを一層強く握り締め、両手でねじりながら、ささやき声でこう言った、ああいう方はみなさんお変わりになります、そうですわね、スウィーニーさん。

ハリー・スウィーニーはうなずき、目を逸らし、よそへ逃がして、こう訊いた、総裁はどんな風に変わったんですか。

お仕事のせいで変わりましたわ、やらなくちゃならないと分かっているお仕事のせいで、と森下のぶは言う。そのせいでとても怖いとおっしゃっていました。

とても怖いと、あなたに話したんですね。

そうです、と森下のぶはハリー・スウィーニーを見つめながら言う。最後にあの方が……

ハリー・スウィーニーは森下のぶの目を見返して、訊いた、すみません、それはいつのことですか。

二週間前ですわ、と森下のぶは言った。六月の二十八日、あれから随分たったたような気がしますけど。でもねえ、スウィーニーさん、あたしには分かりましたの、あの時、これが最後になるって。

ハリー・スウィーニーはうなずき、待った――

あの方、お昼御飯に誘ってくださすったの、昔みたいに、昔よく行った店に、柴又《しばまた》の川甚《かわじん》という鰻《うなぎ》屋ですわ。それがあたしたちの〝行きつけの店〟というやつですけれど、それは以前のことで、もうかなり長く行っていなかったんです……

ハリー・スウィーニーはまたうなずいた。

その時、とても怖いとおっしゃったんです、自分は殺されると思うって……

あなたは何と言いました。

あたしは笑ったの。笑って、そんなことはもう起こらない、〝新生日本〟ではって、戦争前は政府の偉い役人や政治家が暗殺されたりしたけど、そういうのは〝古い日本〟じゃありませんかと、あたしは笑って、〝新生日本〟では起こりませんわと言いましたのよ、スウィーニーさん。

お気の毒に、とハリー・スウィーニーはささやくような声で言った。

ですからね、スウィーニーさん、あたしにはあれが最後になるって分かっていたわけなんです、あの方自身があたしにそうおっしゃったのだから。

お気の毒に、とハリー・スウィーニーはまた言った。

そう言ってくださるなんてお優しいわ、スウィーニーさん、と森下のぶは言った。この家にいらして、この部屋にお座りになって、あたしに気の毒ですって言ってくださるのはあなただけです、スウィーニーさん。でも、あの方が胸の内を話したのはあなたじゃない、あの方の胸の内を知っていたのはあなたじゃない。お友達を助けなかったのは、救わなかったのは、あなたじゃない。あたしですわ、スウィーニーさん、あたしなんです。

いや、とハリー・スウィーニーは言った。どうかそんな風に……

そんな風に、何ですの、スウィーニーさん。あの方が胸の内を話したのはあたし、あの方の胸の内を知っていたのはあたしです。お友達を助けなかったのは、救えなかったのは、あたしなんです……

いや、とハリー・スウィーニーはまた言った、頬笑みを浮かべようとし、こう言おうとした、あなたは彼を助けましたよ——

ほら、と淡い色の薄地の浴衣を着た色白の痩せた女は言った。またですわ、スウィーニーさん。

また、何です。

その頬笑み方、あの方もよくそんな風にふっと、ごく短く、頬笑みました、まるで忘れているみたいに。

何を忘れているみたいに。

自分が悲しい気持ちでいることをですわ、スウィーニーさん、それと自分が誰であるか、誰であるかを忘れているみたいでしたわ。


またエレベーターで日本郵船ビルの四階へ昇りながら、ススム・トダはなおも成田家の女将のことを話題にし、あの女の言うことを一言でも信じてるのか、と言った。年を食った芸者が芝居をして、手を揉んだり、目を拭いたり、下山総裁の奥様がお気の毒でとかなんとか言いやがって。お気の毒なら奥様の着物や指輪を質に入れるなってんだ、そうだろ。俺が誰を思い出したか分かるか。末広旅館の女将だよ、あの二人の女は台本を読んでたんだ。同じ台本をな。

ちょっとすまん、ススム、ハリー・スウィーニーはそう言って三階で降りた。すぐ追いつくから――

ハリー・スウィーニーはエレベーターの閉じていく扉から離れていく、ススム・トダの声が聞こえなくなる、日本郵船ビルの三階の廊下を進む、それは参謀第二部歴史課のある廊下、三階全体がこの課のためにある、そこを歩きながら、ドアの看板に記された番号と名前――アメリカ人の名前もあれば日本人の名前もある――を読んでいく、ドアはどれも閉ざされており、その内側の部屋はどれも静まり返っている、やがて目当ての看板を掲げた部屋の前に来る、その番号と名前はこうだ――３３０、図書室。ハリー・スウィーニーは木のドアを軽くノックし、ドアを開け、中に入った。

歴史課の図書室は天井の高い広い部屋で、三方の壁が本棚で埋まっていた。部屋の中央には丈の高い長机が三つ、U字形に置かれてカウンターになっており、その真ん中で貴族的な雰囲気のある中年の日本人の女が電話で静かに話していた。女は目を上げ、ハリー・スウィーニーがカウンターに近づいてくるのを見て、電話を切り、ハリー・スウィーニーを見て言った。ここは歴史課の図書室ですが。

そうじゃないかと思った、とハリー・スウィーニーは言って頬笑んだ。

女は笑みを返さない。それで……？

それで、ミス・ウィルソンと話したいんですが、ハリー・スウィーニーはなおも頬笑みを浮かべたまま言う。確かここで働いてますよね。

働いてましたけど、もういませんよ。

ああ、とハリー・スウィーニーは言った。そうですか。

女はこれで会話は終了とばかり、頭を一つ下げた。ではさようなら。

いや、どうもすみません、とハリー・スウィーニーは言った。ミス・ウィルソンはどこへ行ったか知りませんか。異動先は。

女はうなずいた。国に帰りましたよ。

国。アメリカに？

女はまたうなずく。でしょうね。

随分急だな。何日か前に会った時には、何も言っていなかったが……

女は溜め息をついた。家族のことで何かあったのでしょう。でもそれ以上のことは知りません、もう何も訊かないでください。

やあ、と声がして、黒っぽい仕立てのいい背広を着た長身の痩せた男が、両手で一冊の本を持ち、本棚と本棚の間から出てきた。スウィーニーじゃないか。

そうだが、とハリー・スウィーニー。

ディック・ガターマンだ、と男は言い、右手を差し出しながら、ハリー・スウィーニーのほうへ歩いてきた。

先週、ウィロビー少将のオフィスで会っただろう。

ああ、そう言えば、とハリー・スウィーニーは言い、男の手を握った。歴史課の人だとは知らなかった。

いや、違うんだ、と男は笑った。ときどき来て、ここにいるミス・アラキを煩《わずら》わせて、本を借りるだけだ。

台湾《たいわん》へ行くのか。ハリー・スウィーニーは男が左手で持っている地図帳を顎で示した。

男は本をちらりと見下ろし、また目を上げてハリー・スウィーニーを見、頬笑んだ。すごいね。日本語が読めるとは知らなかったよ、ミスター・スウィーニー。

知ってるはずがないだろう。

言ってる意味は分かるだろう……

ああ、言ってる意味は分かるよ。

すまない。気に障ることを言う気はなかったんだ。

いいんだ。

男はうなずき、また頬笑んだ。で、どんな調子だ。下山事件は。何か進展はあったかい。

それはこっちが訊きたいな。先週ウィロビー少将に、いくらか機密に属する情報を報告していただろう。

ああ、あの件のことならわたしに感謝してもらいたいね。あの話を出したから少将があんたをいたぶるのをやめたんだから。そうだろう。

じゃそれだけが目的だったのか。ハリー・スウィーニーはにやつく。俺を助けるのが。

なに、ある噂を本郷ハウスが小耳にはさんだんだ、俺は大した情報じゃないと思っていて——実際大したことなかったんだが——少将があんな風に誰かをどやしつけるのを見るのは嫌だったんだよ、相手が別の将軍なら別だがね。どこかの将軍がやられるところなら金を払っても見物するんだが、あんたは軍人じゃないからな。あんな目に遭わされる筋合いはないだろう。だから、ちょっと引き離してやるかなと思ったんだ。

それなら、どうもありがとう、とハリー・スウィーニーは言った。

いいんだ。あんただって同じことをしただろうさ。あんたがどういう男かは分かったから。

とにかくありがとう、とハリー・スウィーニーはまた礼を言った。そろそろ仕事に戻るよ、でも、ちゃんと話ができてよかった。

こっちもだ。ところで、ここへは何しにきたんだ。やっぱり下山事件か。

いや、ハリー・スウィーニーは笑った。人に会いにきた。ここで働いてると思ってたが、もう辞めたそうだ。

友達か。

さあ、ハリー・スウィーニーは相手に頬笑みかけてから、出入り口のほうを向いた。友達だったかもしれないし、友達になれたかもしれない、そんな人だ。このごろは〝友達《フレンド》〟（味方の意味もある）の意味がよく分からないが。

まあ、俺は味方《フレンド》だよ、と男はハリー・スウィーニーの背中に向かってそう言った。何かあったら本郷ハウスのディック・ガターマンに電話をくれ、ミスター・スウィーニー。いいな。

電話が来た、来ると分かっていた、いつも必ず来た、だから出かけた、出かけると分かっていた、いつも必ず出かけた、大型の車で、広い通りを走り、川を越え、隅田川を越え、今まで見たことのない、そして二度と見ることがないであろう倉庫まで行く、周囲は低い工場とバラックばかり、それはここであってもそこであってもどこであっても同じことである場所、今日《こんにち》どこでもない場所、今日も今後も未来永劫《えいごう》どこでもない場所であるであろう場所、そしてこのどこでもない場所にある、その倉庫の前で、彼は車の後部座席から降りた、降りると分かっていた、いつも必ず降りた、そしてその倉庫を見上げた、コンクリートと鉄と木でできた倉庫、色は灰色と錆色と茶色、その灰色と錆色と茶色を地に黒い染みができている倉庫、彼は潮の悪臭と糞の悪臭を息とともに吸い込む、怯懦《きょうだ》の悪臭と誇りの悪臭を息とともに吐き出す、それから倉庫の入り口へ歩いていき、倉庫の入り口をくぐる、そうすると分かっていた、いつもそうした、彼はドラム缶の間を、鉄の柱の間を、ぶら下がっている鎖の間を歩いた、石油の溜まりの間を、放置された何かの部品の間を、割れたガラスの間を歩いた、そして倉庫の奥にやってきた、そこでは男たちが半円形に並んでいる、シャツ姿あるいはランニングシャツ姿の男たちが、道具を手にあるいは拳を握り、その半円の真ん中に椅子があり、椅子に一人の男が座っているのが見えた、見えるのが分かっていた、それを見ることになるのが分かっていた、椅子に縛りつけられた男、素っ裸にされ、打たれ、打ち砕かれた男、男たちがそういうことをするのは分かっていた、この男たちはいつもそういうことをした、千住がこういうことをするのは分かっていた、千住はいつもこういうことをした、ハリー・スウィーニーはそこに立った、倉庫の奥に立った、どこでもない場所の真ん中、男たちの間に、椅子に座った男の前に、ハリー・スウィーニーは何も言わない、自分が何も言わないであろうことは分かっていた、ハリー・スウィーニーはいつも何も言わなかった、なぜならハリー・スウィーニーはいつも何も言わなかったから、ハリー・スウィーニーはいつも何もしなかったから――

　遅いじゃないか、と千住晃が言った。だが千住晃は、ハリー・スウィーニーのほうを見ない、千住晃は椅子に座った男に目を据えている。あと二、三時間遅かったら、こいつはもう生きてたかどうか分からない。そうなったら残念なことだよ、さっきから俺たちにいいことを喋ってくれてるのにな……

ハリー・スウィーニーは椅子に座った男を、椅子に縛りつけられている男をじっと見た、胸と腕と椅子の背もたれに鋼索が巻きつけられている、鋼索は胸と腕に、裸の胸と腕に、きつく食い込んでいる、服を脱がされて素っ裸の体は、青痣《あおあざ》や創傷の色に染まり、殴ったり切ったりの痕跡をつけ、頭を垂れ、顔は見えず、血が胸に滴っている、血の上に血が滴っている、ハリー・スウィーニーは唾を飲み、ささやいた。殺してもらっちゃ困るぞ。

俺もそう考えたよ、と千住晃は言った。そう考えて、うちの若い連中に言ったんだ、俺はこう言った、おまえら、殺したら何にもならないぞ、もうちょっと緩めにやれってな。でもこいつら、まるで戦争が終わってないみたいなんだ、戦争が終わったのを聞いてないみたいなんだよ。戦争に敗けちゃいないんだ、この連中は、うちの若い衆は、言ってる意味分かるか、ハリー。

ハリー・スウィーニーは半円の中に入った、椅子に縛りつけられた男に近づいた。ハリー・スウィーニーは椅子に縛り付られた男の横にしゃがんだ、ハリー・スウィーニーは椅子に縛りつけられた男のほうへ両手を伸ばした。ハリー・スウィーニーは椅子に縛りつけられた男の顔を持ち上げた、腫れ上がり、血に濡れ、涙に濡れ、汗に濡れた顔を、持ち上げた。ハリー・スウィーニーは椅子に縛りつけられた男の顔を覗き込んだ、砕けた鼻と頬、腫れてふさがった目、ねじり裂かれた耳を見た、唇がぐちゃぐちゃになり歯が折れた口を見た、ハリー・スウィーニーは血の泡と歯のかけらに満ちた口を見、その口がささやくのを聞いた――

助けて。

ハリー・スウィーニーは男の顔を離し、それがまた前に垂れるのを見た、それからハリー・スウィーニーはまた立ち上がり、体の向きを変え、千住晃を見、また唾を飲み、それから言った、この男をきれいにしてやって、表の車まで連れてきてくれ、頼む。

おまえら今の聞いたな、と千住晃が言う、ハリー・スウィーニーは半円形に並んだ男たちの前から歩きだし、千住晃のそばを通り抜け、石油の溜まり、放置された何かの部品、割れたガラス、ドラム缶、鉄柱、ぶら下がった鎖、中身が何なのか――銃や爆弾か、麻薬や酒か――知れたものではない荷箱の山、それらの間を歩き、出入り口をくぐり、灰色と錆色と茶色の倉庫の外に出て、潮の悪臭と糞の悪臭の漂う中、車のそばに立ち、煙草を一本、また一本、また一本と吸いながら待つ、いつもするように、いつもしてきたように、そのうち、長靴の足音が聞こえ、人の声が聞こえた――

連れてきたぞ、と千住晃が言った。こいつが李中煥だ。あんたにくれてやるよ、ハリーさん……

もう椅子に縛りつけられておらず、素っ裸でもない李中煥は、二人の男の腕にぶら下がり、血と石油に汚れたぼろぼろの服を着て、靴を今にも脱げそうにつっかけ、なおも頭を垂れ、顔を伏せていた。

ハリー・スウィーニーは煙草を地面に捨て、千住晃を見、うなずいて、ありがとうと言った。

どういたしまして、と千住晃は笑顔で応える。言っただろ、あんたらの手助けをするって。で、どうすりゃいいんだ、大将……?

ハリー・スウィーニーは車の後部ドアを開けた。ここへ乗せてくれ。話をしたい。二人だけで。

はいよ、大将、と千住晃は言い、指を弾いて、李中煥を支えている二人の男に手で合図をした。二人の男は李中煥をずるずる引きずり、半ば持ち上げ、半ば押しこむようにして、後部座席に入れ、座る姿勢をとらせた。

ハリー・スウィーニーはドアを閉め、車の後ろを回り込み、反対側のドアを開けて、後部座席の李中煥の隣に乗り込み、ドアを閉めた。

どこでもない場所の真ん中、駐めた車の後部座席で、ハリー・スウィーニーはフロントガラスの向こうを見、灰色と錆色と茶色を見、待った。

ありがとう、李中煥は頭を上げず、顔を見せず、そう言う、声は乾き、罅割れている。

ハリー・スウィーニーはまっすぐ前を見つめながら、まっすぐ前の灰色と錆色と茶色を見つめながら、こう言った、礼を言いたいのなら俺たちがここを出ていくまで待つんだな――

俺たちがここを出ていくまで……

その言葉は車内にこもった湿気の多い空気の中で、二人の間で、宙吊りになった――

俺の弟はどこだ、と、質問の声を喉に詰まらせながら、李中煥は訊いた。

ハリー・スウィーニーはフロントガラスから目を逸らし、灰色と錆色と茶色から目を逸らし、隣に座った男、痛めつけられて血まみれになった男、頭を垂れている打ち砕かれた男を見て、それは知らないと答えた。

生きてるのか。

生きてるんじゃないかと思うが、はっきり知りたいのなら、死んだ下山総裁について知ってることを全部俺に話すしかない。

話しても俺は助からない、と李中煥は言い、頭を上げ、顔を見せ、顔の残骸を見せ、ハリー・スウィーニーを見て、こう言った、あんたの役にも立たないぞ。

おまえの弟の役には立つかもしれない。

かもしれないいいか、李中煥はそうささやき、顔を背け、また頭を垂れた。

ハリー・スウィーニーも首を巡らし、またフロントガラスに目を戻し、灰色と錆色と茶色を見ながら、待った。

あんたは対敵諜報部隊《ＣＩＣ》か、と李中煥は、またしても頭を上げず、顔を見せずに言った。

公安課だ。なぜ訊く。

ＣＩＣは俺の話が気に入らないだろう。

ハリー・スウィーニーは灰色と錆色と茶色を見つめ、灰色と錆色と茶色に浸りきりながら、こう言った、ＣＩＣは大抵の話が気に入らないんだ。それが連中の仕事なんだ、人の話を疑うことが。

分かってる。でもその話をするのが俺の仕事だ。

おまえは共産主義者だろう。

俺はソ連の暗号要員だ、と李中煥は言い、また頭を上げ、顔を見せた。

どこでもない場所の真ん中、駐めた車の後部座席で、ハリー・スウィーニーはまたフロントガラスから目を逸らし、灰色と錆色と茶色から目を逸らして、また男の顔の残骸を見つめ、腫れてふさがった目、ねじり裂かれた耳、顔の残骸の黒と紫と赤を見つめながら、ハリー・スウィーニーは言った、おまえは自分の話が本当だと証明できるか。

今、ここでは無理だ、と李中煥は言い、血と石油に汚れたぼろぼろの服、その服のポケットを引っ張って見せる、ポケットは空だ、だからあんたのオフィスに連れてってくれ、あんたが何本か電話をして確かめれば、証明になるから。

その前に、俺がそうすべきだという理由を聞かせてくれ、下山総裁の死について知っていることを話してくれ。

今、ここでか。

そうだ。

分かった。李中煥は溜め息をつく。俺は暗号要員の仕事をする中で、下山事件に関してモスクワと東京の間で交わされた公式の通信文を見たんだ……

続けろ——

で、四月のことだったと思うが、国鉄合理化の計画が発表された、つまり大量解雇の計画だ、その時モスクワから指令が来たんだ。指令はデレヴィヤンコ中将（対日理事会のソ連代表）に出された。内容は、あらゆる手段で下山総裁の信頼を得よというものだ。モスクワが推奨したのは、下山に極秘情報を提供することだった、そうすることで信頼を勝ち取れというんだ……

駐めた車の後部座席、車内にこもった湿気の多い空気の中で、ハリー・スウィーニーは上着の内ポケットに手を入れ、手帳と鉛筆を出し、手帳を開き、質問をしながら手帳に書き込む、デレヴィヤンコがこの件の責任者だということだが、彼自身が直接指揮しているのか。

いや、彼自身がじゃない。ロゼノフという男が、東京での秘密工作全部の責任者だ。もちろんデレヴィヤンコ中将の指揮下にあるわけだが。

じゃそのロゼノフが秘密工作をやったんだな。

そうだ。ただ、その指令が出た直後に、アリヨシという男が、下山氏を担当する目的で派遣されてきた。この男が、ロゼノフの監督のもとで秘密工作の実際の指揮をとったんだ。

アリヨシに会ったことは。

ある、と李中煥は言った。

特徴を教えてくれ——

年は俺と同じくらい、三十代の前半だろう。雰囲気から中国人に間違われるかもしれないが、日本人だと思う。顔が長くて唇が厚い、体格がよくて、体重は九十キロはあるはずだ。背は百六十、七十、もうちょっとあるかもしれない。

ハリー・スウィーニーは手帳の頁をめくってメモをとりながら、続けろ、と言った——

アリヨシは国労内部に協力者を一人持っていた。この男は共産主義者だが、それを公言してはいない、アリヨシはこの男に下山と接触させた、下山にいろいろな秘密情報を流させたんだ、その中には本当の情報もあったが、大半がそうじゃなかった。そうして――ここからがあんたらのＣＩＣの気に入らない話になるが……

続けろ――

九段《くだん》のＣＩＣに、アメリカ共産党の男が一人入り込んでる。この男もアリヨシと同時に下山に近づいて、国労内部から手に入れた情報を流してくれるように下山に頼んだ――分かるかな。

ハリー・スウィーニーは書く手を止め、手帳の頁から目を上げ、またフロントガラスの外を見、灰色と錆色と茶色を見、灰色と錆色と茶色がぐるぐる回るのを見、それからハリー・スウィーニーはうなずいて、言った、分かる。

彼らは下山をあちこち駆けずり回らせた、と李中煥は言った。組合の行動計画や共産党の秘密情報をとるためだ、その情報はＣＩＣやあんたら公安課へ行く、ＣＩＣはその情報の裏付け調査をしただろう、あんたらは下山に感謝していたはずだ。とにかく毎日毎日、アリヨシとアメリカの共産党員は下山を罠にかけていったんだ。

駐めた車の湿気の多い空気の中、ハリー・スウィーニーは瞬きをし、目をこすり、目と目の間を強くつまみ、それから手帳に目を戻して、また書き始めながら、言った、七月五日の秘密工作のためにか――

そうだ、と李中煥は穏やかに、ゆっくりと言った。六月の終わり頃、モスクワから指令が来た、下山を始末しろという指令だ。最大限の混乱を引き起こし、日本政府とＧＨＱの両方が大問題を抱え込むことになる形でそれをやれというんだ。それをやれば日本共産党と国鉄労組への風当たりが猛烈に強まる、すると共産党と国労はようやく暴力闘争と革命が必要だと納得し、日本政府とＧＨＱに反撃して、日本のプロレタリアートの蜂起の魁《さきがけ》になろうとするだろうというわけだ。

ハリー・スウィーニーは書く手を止め、また手帳の頁から目を上げ、またフロントガラスの外の灰色と錆色と茶色を見、灰色と錆色と茶色を凝視しながら、こう言った、そのすべてが下山総裁の誘拐から始まるということか。

そうだ、と李中煥が言った。

どこでもない場所の真ん中、駐めた車の後部座席で、ハリー・スウィーニーは鋭く首を巡らし、灰色と錆色と茶色からこの男の顔の残骸の黒と紫と赤へ、この痛めつけられ、血まみれになり、頭を垂れ、ぼろぼろになった男へ目を向け、言った、つまりおまえは誘拐と暗殺に関わった――

いや、と李中煥は言った、違う違う！　俺は通信文を見ただけだ、暗号文を作ったり解読したりする時に。

おまえの弟はそれとは違うことを――

あいつは全然関係してないんだ、と李中煥は言う。このことには全然――

じゃなぜ弟を巻き込んだ。なぜ車を盗ませた。

盗ませちゃいない、あいつは盗んじゃいない、と李中煥は言い、ハリー・スウィーニーを見る、ハリー・スウィーニーに目で訴えかける、それから車の窓のほうを向き、外にいる千住晃とその部下たちを見た。あいつらが何の車のことを言ってるのか、あんたが何の車のことを言ってるのか、分からないんだ、頼む――

三越の外だ。

頼む、李中煥はハリー・スウィーニーのほうへ向き直り、ハリー・スウィーニーに向かって首を、痛めつけられ血まみれになった頭を、横に振った。それは間違いだ、弟は間違いをしたんだ。頼むからあいつに会わせてくれ、弟と話させてくれ……

分かった、落ち着け、とハリー・スウィーニーは言った。とにかく落ち着け。すぐ戻る――

ハリー・スウィーニーは後部座席から降り、車の後ろを回って、また倉庫のほうへ、倉庫の影のほうへ、千住晃の笑みのほうへ、歩いた――

すごい話だろ、ハリーさんよ、と千住晃が言う。すごい話を聞いただろ。あんた感激してるんじゃないか、ハリーさん。

弟をどこへやった。

感謝感激雨霰《あめあられ》ってやつだろう、ハリー……

倉庫の影の中、開いた扉の前で、ハリー・スウィーニーは千住晃を見据えて言う、弟はどこだと訊いてるんだ、話をしたい。

そいつはちょいと難しいかもな。

巫山戯《ふざけ》てるのか。

俺もまさにそう言ったよ。うちの若い連中から話を聞いた時は。おい巫山戯てんのか、おまえらって。両手を縛られてるのに走ってるトラックの荷台から隅田川へ飛びこむ莫迦がどこにいるよ。そんなトンチキ野郎がいるか。いくら朝鮮人でもよ。巫山戯てんのかよおまえらって。

倉庫の影の中、開いた扉の前、灰色と錆色と茶色、それを地とする黒い染みの間で、ハリー・スウィーニーは駐めた車を振り返り、駐めた車のサイドウィンドウの中の顔、顔の残骸を見る、その顔の残骸はハリー・スウィーニーのほうを見ている――

あんたがやつに話すか、ハリー、それとも俺が話そうか。

このどこでもない場所、どこでもない場所の真ん中で、潮の悪臭と糞の悪臭の漂う中、ハリー・スウィーニーは千住晃を振り返る、ハリー・スウィーニーは千住晃を見る、ハリー・スウィーニーは歯を噛み締め、その歯の隙間から、噛み締めた歯の隙間から、ハリー・スウィーニーは言う、あんたも俺も、あの男に何も話さない。俺はあの男を公安課へ連れていく、運転はあんたがやってくれ。

いいよ、ハリー。あんたがボスだ。

日本郵船ビル四階、四〇二号室、プルマン大佐のオフィスで、大佐が机につき、それと向き合う位置に、エヴァンズ係長、ビル・ベッツ、ススム・トダと並んで椅子に座ったハリー・スウィーニーは、うなずき、また供述書に目を落とし、声に出して読み始めた。五日の朝、下山総裁は車で三越百貨店南口に来て、徒歩で北口のほうへ回った。北口ではアリヨシ、オヤマ、キノシタ、チンが黒いセダン二台の車内で待っていた。たぶん九番と十番の車――黒のシヴォレーと黒のビュイックだと思うが――どちらもソ連大使館の車だ。プレートはこの時のために特別に作られたもので、一つは1A2637、もう一つは覚えていない。アリヨシとオヤマは総裁を片方の車まで連れていき、総裁を乗せ、自分たちが両側に座った。車は銀座、新橋を経て麻布《あざぶ》のとある建物まで来た。ソ連大使館の近くで、ソ連人が入居している。建物に近づく前に、オヤマが下山総裁の急所に空手の突きを入れ、失神させせた。建物に入ったあと、下山総裁は右腕への注射で殺害された。死亡が確認されるとすぐ死体は衣服を脱がされ、浴槽に入れられ、右腕の動脈を切られて、血を抜かれた。死体はゴム引きの袋に入れられ、建物の横のガレージ内に置かれた。捜査機関を混乱させるため、下山総裁に容姿の似た男を替え玉に使った。替え玉の名前はナカムラで、身長が下山総裁とだいたい同じだった。この男がどこに住んでいるのかは知らないが、関西だと思う。東京へは最低週一回来て、トクダとノサカという男と会う。麻布の建物で、男は下山総裁の着ていた服を渡され、あとで死体が発見される地区へ行くよう命じられた。午後九時ごろ、下山総裁の死体が総裁を連れてきた車のうちの一台のトランクに入れられ、車は死体発見現場に向かった。最初どこだか不明のある場所に寄り、それから午後十時三十分頃に問題の現場に着いた。車は常磐線ガード下あたり、小菅刑務所の近くで停止した。ここへナカムラという男が来た。自分の着ている服を下村総裁の死体に着せるためだ。それが終わると、ナカムラは車でその場を去った。死体はリヤカーに積まれ、あとで発見される場所まで運ばれた。死体を置く時、注射をされた腕をレールの上に載せた。この作業が終わるとすぐ、三人のメンバーはリヤカーを引いて現場を離れた。ほかの三人は付近に残り、列車が下山総裁の死体を轢くのを見届けた。現場にいたのはアリヨシ、オヤマ、キノシタ、チン、ロシア人、ウクライナ人。現場に残ったのはアリヨシ、ロシア人、ウクライナ人。途中で警察に邪魔されないよう、ロシア人以外はアメリカ軍の制服を着て、偽造したCICの身分証明書を所持していた。車は予《あらかじ》め決めておいた時刻と場所で残り三人も回収したが、その時刻と場所は知らない。名前を挙げた人物——**アリヨシ、オヤマ、キノシタ、チン**——の特徴は別紙に。私は知っていることをすべて証言した。署名、アンドルーシン、R・J・K・C　125（名前と数字はソ連大使館で使用されているもの）。本名、李中煥。

ハリー・スウィーニーは読むのを中断し、供述書から目を上げ、待った、壁の時計が時を刻む音、待った、一秒一秒が過ぎる音、とそのうち——

これは大変な供述だな、ハリー、とプルマン大佐は言った。大変な供述だ。君はどう思う、係長。

分かりませんね、とエヴァンズ係長は首を振りながら言う。ですから、これは少将のところへ上げたほうがいいような気がしますが。

そうか、と大佐は言う。ウィロビー少将のところへか。

わたしの意見ということなら、ええ、そうです、と係長は言う。これは公安課ではなく、CICの扱う問題ですから。

　そうか、とプルマン大佐はまた言って、机の上に身を乗り出し、机越しに視線をまずビル・ベッツに向け、それからススム・トダに向け、それからハリー・スウィーニーに向けて、こう訊いた、君たちはどうだ。そう考える者はいるかね。

　ビル・ベッツがうなずいた。かなり極端な話のようにも聞こえます――血を抜くだの、替え玉を使うだの――まるで映画みたいです、が、しかし、辻褄が合うのも確かです。

　そう思うかい、とススム・トダはビル・ベッツに顔を向けて言い、笑う。ほかの証言と全然嚙み合ってないけどな。

　おい、盗まれた車のことや、大型の黒い車が目撃されたことは、おまえらがつかんできたんだろう……

　目撃されたのは違う道路で、時刻も違ってるよ、とトダは言う。

　ビル・ベッツは首を振った。いくつか細かい点の辻褄が合わないとして、だからどうなんだ。目撃者が時刻を間違えたのかもしれない、違う通りの名前を覚えていたのかもしれない――そういうことは起こるもんだ、それはおまえも知ってるだろう。アカの工作員どもがモスクワに出す報告書に正確でないことを書いたとか、その暗号要員が正しく記憶していないということもあり得る。供述中に頭が混乱していたのかもしれない――だとしたらどうなんだ。

　だとしたら、とトダは言った。暗号要員は根っからの嘘つきか、空想家だってこともあり得るな。

　ビル・ベッツは首を振った。なら係長の言うとおり、証言の解釈はＣＩＣに任せたほうがいい。俺たちの問題じゃない。

　ハリー、とプルマン大佐は言った。あの男は君のものだ。君が掘り出してきた。君の考えはどうだ。

　ハリー・スウィーニーは肩をすくめた。すみません、わたしはみんなに賛成、みんなと同じ意見です。ススムの言うとおり、こっちには確かな証拠がない。しかし同時に、ビルの言うように、証拠は少しだけあって、辻褄が合っているのかもしれない。ということで、係長に賛成で、ウィロビー少将のＣＩＣに任せるのがいいかと思います。

そうか、プルマン大佐はそう言って椅子から立ち上がり、机の後ろから出てきて、ハリー・スウィーニーから李中煥の供述書を受け取り、それを見下ろし、首を振った。そうか……

エヴァンズ係長、ビル・ベッツ、ススム・トダ、ハリー・スウィーニーは大佐を見上げ、待った、壁の時計が時を刻む音、待った、一秒一秒が過ぎる音、数十秒がたち、そのうち――

君たちとわたしの違いは、と大佐は言った、君たちは文民だが、わたしは軍人だということだ。老兵だが、軍人には違いない。わたしにはこの話が本当かどうか判断がつかない。分からない、とにかく分からない。わたしに分かるのは、そして君たちに言えるのは、わたしがこの情報を上にあげたら、君たちが熱心に勧めるとおりにこれをウィロビー少将のところへ持っていったら、今日の夕方までに第三次世界大戦がおっぱじまってわれわれも戦うはめになりかねないってことだ。

エヴァンズ係長が腰を上げながら、言った、申し訳ありません、この件はとりあえず脇に置いておきましょう、どうかわたしたちの提案は忘れて……

まあ待て、係長、と大佐は言った。わたしが言っているのはそういうことじゃない。ただ確証が欲しいんだ、これを上にあげたら、ウィロビー少将はソ連の連中の首をとりたがる、アカどもの血を欲しがる、だから少将に食わせるのが馬の糞じゃないってことの確証が欲しいんだよ。

エヴァンズ係長はうなずいた。もちろんです。証拠が必要だというのは当然のことです。

証拠と慎重さ、と大佐は言った、わたしの望みはそれだ、係長。この供述書の線はまだ追い続ける、これから何本か電話を、慎重な電話をかけて、ここに出てくる名前についての記録がないか訊いてみる。その間、君たちはもう一度警察発表や目撃者の供述書を見直して、この供述書で触れられている人物や車と一致するものが見つからないか確かめてくれ。

エヴァンズ係長がまたうなずいた。見つかったらどうしますか。

決まってるだろう、その人物に話を聞きにいくんだ、係長。いいな。分かったな。

はい、とエヴァンズ係長、ビル・ベッツ、ススム・トダ、ハリー・スウィーニーは声を上げた。分かりました。
よし、と大佐は言う――

ハリー・スウィーニーが言った、あの……

何だね、と大佐。

ハリー・スウィーニーは訊いた、大佐のほうもわれわれのほうも収穫がなかったらどうしますか。李の供述の裏付けになる事実が出てこなかったら。その場合、李をどうすればいいですか。

その場合はもうその男に用はない。自由の身にしてやるか、日本の警察に引き渡してそいつに運試しをさせてやるかだ。どっちにしろわれわれには関係ない。いいな。分かったな。

はい、分かりました。

よし、と大佐は言った。以上だ！


さあ、と川田和子は言う、川田和子はもう客のいない、閉店後の喫茶香港の、入り口近くのテーブルについている、隣のテーブルには店長、ウェイター、コックがいて、もう帰っていいと言われるのを待っている、早く帰りたいと思いながら、ハリー・スウィーニーとカズちゃんを見る、カズちゃんがまた言う、違うと思うんです、ごめんなさい。

ハリー・スウィーニーは李中煥が供述した四人の男と替え玉の特徴が書かれた紙を見下ろしてから、またこの可愛らしい若い女、まだ黒いワンピースと白いエプロンという姿の若い女を見て、こう訊く、それでもあの朝に見た男は、下山総裁かもしれないと、まだそう思っているんだね。

ええ、そう思います、と川田和子は言った。ロイド眼鏡と、両端の下がった眉毛が似ていますから。そうかもしれないと思うんです。

ハリー・スウィーニーはうなずき、テーブルの上の紙を、李中煥の供述書の写しを指で叩いて、こう言った、でも君は、今話した男たちの特徴と、あの朝、下山総裁に似た人と同じテーブルについていた男や通路をはさんだ隣のテーブルにいた男たちの特徴は一致しないと、そう思うんだね。

ごめんなさい、と川田和子はまた言った。あなたの言う人たちって、わたしが見た人たちよりずっと若いんです。

ハリー・スウィーニーはまたうなずき、声を潜めて訊いた、あの朝ここから電話をかけた男のことは、まだ思い出さないかな——

ええ、川田和子はうなずき、瞬きをしながら、言う。ごめんなさい、ほんとにごめんなさい、思い出そうとしてるんですけど、駄目なんです。

ハリー・スウィーニーは手を伸ばして川田和子の手に触れ、軽く叩いた。いいんだ、いいんだ。

この前も言いましたけど、と川田和子は言いながら、手を引っ込め、エプロンのポケットからハンカチを取り出した。その人、こっちに背中を向けて、顔を向こうに向けていましたから……

外国人だったということは。

外国人って、あなたみたいな……？

朝鮮人とか。

朝鮮人は近頃この辺に大勢いますね、と店長の新出が通路をはさんだ隣のテーブルから言った。ここらは自分らの縄張りだみたいな感じでのさばってますよ。

ハリー・スウィーニーは新出を見て、言った、しかし電話を借りる時は彼らも金を払って、お宅はそれを受け取るんでしょう。

そりゃあ、と新出は言う、連中がお金を払う時は喜んでもらいますよ、お金はお金ですからね。

ハリー・スウィーニーは店長、ウェイター、コックと順に見て、また目をウェイトレスに戻した、それじゃ電話を使いたい客は、あなた方の誰かに頼むんだね。七月五日の朝、電話をかけた客も、あなた方の誰かに頼んだわけだ。

でしょうね、と店長はうなずきながら言い、ウェイターとコックを見た。そのはずです。

じゃ、誰がその応対をしたんですか。ハリー・スウィーニーはまた通路の反対側へ目を向け、ウェイターを見た——

ウェイターは——長身で痩せこけていて神経質な男は——シャツの襟をいじりながら言った、ああ、そりゃ僕ですよ。

君か、と店長は言う。そんならなぜ——

それは給料が安すぎるからだな、とハリー・スウィーニーは言った。受け取った電話代をポケットに入れてしまうんだ。

ウェイターの小島は蝶ネクタイをむしり取ってテーブルに放り出し、ポケットに手を入れて小銭を一つかみ取り出すと、テーブルに叩きつけた。返しますよ。これでいいんでしょ、もうどうでもいいよ、そう言って立ち上がる――

座れ、とハリー・スウィーニーはどなった。辞めるのはこの話が終わって、俺が帰ってからにしろ。

ウェイターはまた椅子に腰を落とし、ハリー・スウィーニーを睨んで、何も言わず、じっと待った。

それはどんな男だった。

誰がです。

日本の天皇が――そんなわけないだろう。

分かりませんよ。

ハリー・スウィーニーは相手を見据えて言った、七月五日の朝、九時半から十時の間に、おまえは厨房にいた、すると男が顔を中に突っ込んで、電話を貸してくれと言った。そのことはちゃんと分かってるんだ、なぜ分かるかというと、そいつは俺にかけてきたからだ、だからその客がどんな奴だったかをさっさと――

だから分からないって言ってんのに、とウェイターは言い、川田和子をちらりと見る、川田和子は泣きだすまいと必死に堪《こら》えている。悪いけど、ほんとに覚えてないんだ――

若いとか年寄りとか――何か思い出せないのか。

忙しかったんですよ。料理を作って、飲み物を注いで。ちらっとそっちを見て、電話代を受け取ったら、もう男は消えてたから……

でも声をかけてきたんだろう、どんな声だったんだ――

ほんの一言二言ですよ。落ち着いた丁寧な言い方だったように思うけど。それしか覚えてない……

もう遅い、と日本人の男の声がささやき、それぎり声は消えて、電話が切れ、つながりが絶たれた。

悪いけど、とウェイターが言う。

こっちも気分が悪いよ、とハリー・スウィーニーは言い、川田和子を見る、川田和子は頭を垂れ、両肩を震わせて、ワンピースの上に着けたエプロンに涙を零《こぼ》している。ハリー・スウィーニーは手帳を閉じ、鉛筆と一緒に上着の内ポケットに戻した。李中煥の供述書をテーブルから取り上げ、折り畳み、上着の別のポケットにしまった。隣の椅子から帽子をとり、立ち上がる。喫茶香港の面々を見回して、首を振り、店を出て、ドアを叩きつけるように閉めた。

ハリー・スウィーニーは地下道を進み、地下鉄の改札へ足を運んだ。バッジを見せて改札を通り、階段を降りてホームに出た。浅草行きは左側、渋谷行きは右側、トンネルから一陣の風が吹き出し、ホームを走り、新聞紙を舞わせ、煙草の吸殻を飛ばす。帽子をしっかりと押さえつけるハリー・スウィーニーの前に浅草行きの電車が雪崩《なだれ》込み、車輪とブレーキの叫びが耳を刺し貫く。ハリー・スウィーニーは扉が開くのを待つ、乗客が降りるのを待つ、乗客が乗り込むのを待つ、それからハリー・スウィーニーは照明の明るい車内に足を踏み入れる、背後で扉が閉まる、列車が動きだす、ハリー・スウィーニーは車内を歩き、隣の車両へ移り、さらに隣へ移り、さらに隣へ移り、先頭車両まで来る、その前のほうに空席を見つけて、腰を下ろし、帽子を脱ぐ。顔を拭い、次いで首筋を拭うために、ハンカチをとろうとするが、ハンカチがなくなっている、それで上着の袖で額を拭き、口を拭き、それからまた帽子をかぶって、車両の左右を見、次いで通路の反対側の乗客を見る。一人、二人、数人ずつ、帽子をかぶっている者あり、扇子を手にしている者あり、洋服の上着を着ている者あり、そこへさらにネクタイを締めている者あり、眠っている者、本を読んでいる者、新聞を読んでいる者。新聞の裏の頁、一面の頁、乗客が手にしている新聞、座席に放置された新聞。ハリー・スウィーニーは放置された新聞を手にとり、見出しとその下の記事を読み始める。**警察は犯罪捜査を開始へプラー労働課長、ソ連の批判に反論　労組が標的ではない／ソ連が日本の混乱を醸成と米主張、占領政策への批判に反論　ソ連は日本共産党に社会の不安と動揺を生ぜしめよと指示とマッコイ談／ソ連の占領参加拒否は日本の責務、と吉田首相／法相、下山総裁は殺害と言明怪死の陰に策謀**——

ハリー・スウィーニーは読むのを中断し、新聞の見出しと記事から目を上げた。電車が停まり、車両が空になっていた。終点の浅草に着いたのだ。ハリー・スウィーニーは新聞を座席の自分の横に戻し、立ち上がり、電車を降りて、ホームに出た。階段を昇って改札へ行き、バッジを見せ、改札をくぐる。傾斜のついた地下道を歩き、松屋の地階入り口の前を通り過ぎ、東武鉄道浅草駅への階段を昇る。一度折り返して、さらに昇り、ホームのある階に向かう。改札でバッジを見せ、ホームに出る。きびきび歩き、左側に停車中の電車に乗る、各駅停車の列車で、もうまもなく出発するが、空席は探さない。扉のそばに立ち、扉が閉まるのを見、列車が駅を出ていくのを見、昇り勾配の線路を走るのを見、列車が橋を渡り、川を、隅田川を渡っていくのを扉の窓から見、川を、隅田川を眺め、鉄橋を渡るこの黄色い電車から眺める、目の下、前方に延びる川は、隅田川は、大層穏やかで、大層黒く、大層柔らかで、大層温かく、こちらを誘い、歓迎し、誘惑する、それは強く誘惑する、いつも誘惑する、強く誘惑する、川、隅田川、人がいなくなる、人が姿を消す、誘惑する、強く誘惑する、いなくなれと、姿を消せと、空中に消えろ、夜の闇に消えろと、だが川はもう過ぎてしまった、隅田川は消えてしまった、誘惑は消えてしまった、今はもうなくなってしまった。ハリー・スウィーニーは瞬きをした、瞬きをして目をこすった、列車は線路をたどる、駅ごとに停まる、業平橋《なりひらばし》、曳舟《ひきふね》、目を閉じる、目を開ける、線路をたどる、いくつもの踏切を越える、次々に駅に停まる、玉ノ井《たまのい》、北千住、また橋を渡る、鉄橋を渡る、別の川を渡る、荒川《あらかわ》を渡る、目を閉じる、目を開ける、刑務所が近づいてくる、小菅刑務所が、影の中から出てくる、夜の闇の中で、黒地に黒く、線路がまた昇り勾配に転じる、また昇っていく、土手に上がり、ガードを渡る、ハリー・スウィーニーは扉の窓から外を見つめ、右側を走る別の線路を見下ろす、列車は常磐線と交差する、列車は常磐線をまたぎ越す、現場の近くで交差する、今、現場の近くにいる、死の近くにいる、下山総裁の死の近くにいる、下山定則が、この下の、下を走る線路の上にいた、この下で、下の線路の上で、この下で、線路は前に延びている、この下で、前に延びている、前に延びて、こちらを嘲笑する、ハリー・スウィーニーはまた瞬きをする、それは執拗にこちらを嘲笑する、ハリー・スウィーニーはまた目をこする、何度もこする、下山定則がこちらを嘲笑する——

もう遅い、と日本人の男の声がささやき、それきり声は消えて、電話が切れ、つながりが絶たれた。

ハリー・スウィーニーは五反野駅で電車を降りた。書類鞄を持った男たちやハンドバッグを持った女たちと一緒にホームを歩き、改札口へ行った。バッジを掲げて改札を通り抜ける。左に折れ、五反野町の本通りを南に下り、虫混じりの濃密な黒い夜に提灯を浮かせている安料理と強い酒を提供する木造の小店の並びの前を通り過ぎる、菓子屋、金物屋、煙草屋、食料品店、そのどれもがすでに店仕舞いをし、世界に対して自らを閉ざしている。十字路で左に折れ、東に進むと、やがて末広旅館の前に来た。道路の反対側に立ち、高い木塀を見る、闇の中に灰色の染みを浮かせている木々の梢を見る、灰色の染みとなった木々は貧相で陰鬱な二階建ての旅館を護り、この貧相で陰鬱な逢引と密通の場所、欺瞞と嘘に満ちた秘密の曖昧な場所を、隠している。ハリー・スウィーニーは咳をし、胸を拳で叩き、咳払いをし、地面に唾を吐き、それからまた道を歩いた、東武線の鉄橋の下をくぐり、やがて五反野南町の駐在所にやってきた。

駐在所の小さなカウンターの後ろに一人座って自分の手を見下ろしていた若い制服警官が、顔を上げ、軽い焦《あせ》りに瞬きをして、はい？　と訊いた。

公安課の者だ、とハリー・スウィーニーは言い、またバッジを出して、それを警官の前に掲げた。

あ、はい、失礼しました、若い警官は立ち上がり、お辞儀をして、うなずいた。あなたのことは覚えています。何かご用でしょうか。

ハリー・スウィーニーはバッジをしまい、手帳を取り出して、頁をめくり、目を上げて言った、山崎たけさんの家の住所を教えてくれないか。

はい、若い警官はうなずいた。しかしご案内したほうが早いと思いますが。

ハリー・スウィーニーは首を振り、頬笑んで言った、いや、それはいい、口で教えてくれればいいんだ。

はい、と若い警官は言い、またうなずいて、駐在所の戸口から右手を出し、方向を示した。この道を行って、ガードをくぐって、線路沿いの道を南へ折れてください。そしたら土手の脇に何軒か家が並んでるのが見えます。兎小屋みたいな家です。そこでもう一度お尋ねになると分かるでしょう。

ハリー・スウィーニーはうなずき、若い警官に礼を言うと、駐在所から離れて、また夜の闇の中に、虫混じりの濃密な黒い夜の中に戻った――

お待ちください、と若い警官が言い、駐在所の備品のカンテラを取り上げ、それに火を灯して、ハリー・スウィーニーに差し出した。これをお持ちになったほうがいいでしょう。溝《どぶ》にはまるといけませんから……

駐在所の明かりとカンテラの光を頼りに、濃密な、濡れた、虫に満ちた大気の中、ハリー・スウィーニーは若い警官を見て、頬笑みかけ、ありがとうと言った。

どうも参るんですが、と若い警官はハリー・スウィーニーにカンテラを渡しながら、静かに、柔らかく言い、それから空になった自分の両手を見、その空の両手を前に突き出して、それぞれの手の親指と残りの指をこすり合わせる。未だに手に感触が残っているんですよ。何遍《なんべん》手を洗っても、あの方のかけらの感触がまだここにあるんです……

あの方のかけら？　とハリー・スウィーニーは訊く。

皮と肉のかけらです、と若い警官は、我が手を、手の指先を、見つめながらささやく。あの朝、雨の中、線路沿いをずうっと歩いて、落ちている服の切れ端を拾って箱に入れる作業をやらされましてね、服はどれも泥だらけの血まみれで、皮の切れ端や肉のかけらがくっついているんですよね。で、未だにその感触が手にあるんですよ、指の間に、何遍手をごしごしこすり合わせて洗っても駄目です。感触が残っていて……

気の毒に、とハリー・スウィーニーは言って、若い警官の肩に手をかけ、そっと、優しく、ぽんぽん叩いた。大変だったね。

これは消えるんですかね、と若い警官は自分の手から目を上げてハリー・スウィーニーを見上げる。そのうち消えると思いますか。

消えるといいね、とハリー・スウィーニーは穏やかに優しく言い、体の向きを変え、若い警官から離れ、駐在所の前から歩きだす、手にさげたカンテラを持ち上げ、線路が走っているガードの下をくぐり、線路沿いの道を南に折れ、線路のある土手に沿って、夜の闇の中を歩いていく――闇の中に何か動いているものがある、影の中に何か這っているものがある、虫が刺し、犬が吠える――やがて家が何軒か並んだところへ来る、明かりがついている家もあれば、闇と沈黙に沈んだ真っ暗な家もある。

ハリー・スウィーニーはこれら風雨に傷み、苔に汚れ、かろうじて立っているあばら家の一軒の前で足を止める、それは明かりがつき、ラジオが鳴っている家で、哀しげな旋律がか細い音で夜の闇の中に漏れ出し、大気の中で薩摩芋《さつまいも》と人糞の臭いと混じり合っている、その家の入り口の木の引き戸を軽く叩き、それから戸を引き開けて、こんばんは、と声をかけた。

ああ、びっくりした、と声を上げたのは瘦せた老人だった、老人は下着姿で床に寝ていた、老人の体の半分は古ぼけた座卓の下に入っており、頭の下には枕代わりの座布団がある。外人さんか！

大変申し訳ないが、とハリー・スウィーニーは言い、一間だけの家の中を見回すと、影の中で女が一人布団の上で体を起こす、老人のほうは座卓の下から下半身を出して立ち上がろうとし、座卓に置かれた空の瓶とコップをひっくり返した。山崎さんの家はどれですかね。

遅すぎた、と瘦せた老人は言って咳き込み、ぜいぜい喘《あえ》いだ。あんた遅すぎたよ、そういうことだ。

どういう意味です。

もう行っちまったってことさ。老人は右手を振り回す。山崎さんと旦那は夜逃げしたんだろうよ。

夜逃げしてどこへ行ったんです。

そりゃ知らん、老人はそう言って笑った。でもきっといいところだろうな。だって金が入ったんだろ。

そんなこと言っちゃ駄目だよ、と女が影の中で声を潜めて言う。あんた知らないんだから。

おめえは黙ってろい、老人はそう言うとまた咳き込み、ぜいぜい喘いだ。おまえよりゃ知ってるんだ。山崎さんはどの新聞記者にも話してたよ、取材だってえと全部受けてた、連中の訊くことには全部答えてたよ、金さえもらえりゃね――

およしったら、と女が言う。そんなこと言うんじゃないよ。たけちゃんはお金なんて持ったことないよ、いつもきゅうきゅうだったから。

俺たちだってきゅうきゅうだ。みんな貧乏だったし、今も貧乏だ。けど山崎さんは今はそう悪くないご身分だよ……

あの人のことなんか何にも知らないじゃないかよ、と女は言う。話したこともない癖に。あたしはよく話したからね。あの人は怖かったんだよ。

怖かった？　とハリー・スウィーニーは訊き返す。

影の中の、布団の上から、女は言う、ええ、怖がってたんですよ。何も言わなきゃよかった、関わりになんなきゃよかったって、そう言ってました。なのにあの亭主が話せって無理矢理……

あの野郎うめえことやりやがったよ、と瘦せた老人は言って笑った。結構なことになったじゃねえか。ここから出ていけてよ。

戸口で、敷居の上で、カンテラを持ち上げ、影の中の、布団の上の女を見て、ハリー・スウィーニーは訊いた、何を怖がってたんですか、誰を——

それは知りません、女はそう言ってまた布団の上に寝て、顔を影のほうへ向けた。

何が知らねえだよ、と老人が言う。お巡りを怖がってたに決まってるじゃねえか、みんな知ってら、何で怖がってたかもみんな知ってるよ。闇米を売ってたからだろうが——

お黙りよ！　と女は叫び、さっとこちらに向き直って半身を起こした。お黙りったら、このくそ爺《じじい》！

何言ってやんでえ、老人はそう言って笑う。秘密でも何でもねえだろうが。みんな知ってら、お巡りもな。だからこう言えって言われりゃ何でも言ったんだ、そうだろが。闇市で闇米売ってたからよ。

よくまあそんなことをベラベラと、と女は声を潜め、首を振りながら言う、それからハリー・スウィーニーを見て、また首を振り、ハリー・スウィーニーを指さす。この人が誰だか分からないってのに、この耄碌《もうろく》爺。今のでたけちゃんの命がどうなるか分かんないよ……

もう遅い、と日本人の男の声がささやき、それきり声は消えて、電話が切れ、つながりが絶たれた。

それがどうしたよ、老人は笑う、それからまた咳き込み、またぜいぜい喘ぐ。どうせ人間みんな死ぬんじゃねえか。

敷居の上で、戸口で、ハリー・スウィーニーは身を翻して、風雨に傷み、苔に汚れ、かろうじて立っているあばら家を出、戸を閉める、するとか細い音の哀しげな旋律がどなり声と金切り声に飲み込まれ、薩摩芋の匂いは消え、人糞の臭いだけがなおも強く、前より一層強く臭い、虫は一層深く皮膚を刺し、犬は一層喧《やかま》しく吠え、そんな中、ハリー・スウィーニーはまた土手沿いの細い道をたどり、さらに南に向かって歩く、ハリー・スウィーニーはまた南に向かって歩いていく、やがてたどり着いたのは、土手が別の土手と出会う場所、東武線が常磐線をまたぎ越す地点だ――

濃密な、濡れた、虫に満ちた大気の中、駐在所のカンテラを片手に持ち、片手を地面について常磐線の土手を昇り、常磐線の線路脇に上がる。汗を滴らせながら、片手を上着で拭くと、ハリー・スウィーニーは西を向き、川の向こうの街の灯を見た、川は荒川、灯火は北千住のものだ。次いで東を向き、カンテラを高く掲げると、東武線の鉄橋が上方に見え、足元を走る常磐線のバラストと、枕木と、線路が、カーブしながら鉄橋の下に消えているのが見えた。二本のレールの間、枕木とバラストの上を、ハリー・スウィーニーは歩いていき、カーブを曲がり、東武線の線路が走る鉄橋の下をくぐり、さらにそのまま線路づたいに歩きながら、歩幅で距離をはかる。一ヤード（一ヤードは約九十一センチ）、二ヤード、三ヤード、四ヤード、やがてそこに来る、その地点に来る――

夜に、濃い、濡れた、虫の夜に、線路の上、二本のレールの間の、バラストの上、砕かれた、汚れた石のかけらの群れの上に、誰かが花束を置いている、黒いリボンで縛られた白い菊の花が、線路の上に、夜の闇の中、件《くだん》の地点が分かるよう、この場所に置かれている。そしてこの夜の闇の中、この線路の上、二本のレールの間の、バラストの上で、ハリー・スウィーニーはしゃがみ、カンテラを置く、この夜の闇の中、この線路の上で、ハリー・スウィーニーは、花弁に触れようと、花弁を下から支えようと、手を伸ばす、ハリー・スウィーニーは花弁に触れる、ハリー・スウィーニーは花弁を下から支える、花弁に触れ、花弁を下から支える、夜が震えだす、線路が震えだす、レールが鼻歌を歌いだし、バラストが跳ねる、だんだん速く、列車がやってくる、車輪が線路の上で回転している、カーブを曲がり、鉄橋の下をくぐり、近づいてくる――

もう遅い、と日本人の男の声がささやき、それきり声は消えて、電話が切れ、つながりが絶たれた。

ハリー、ハリー！　何やってるんだ――

花束を持ち、カンテラを取り上げ、ハリー・スウィーニーは線路から横へ足を踏み出す、線路から離れる、列車から離れる、その通り道から離れる、列車から顔を背け、列車に背を向け、線路から離れる、ハリー・スウィーニーは二つのカンテラを見た、二人の男が土手を昇ってくるのを見た、自分のほうへ昇ってくるのを見た、若い警官とススム・トダがずんずん昇ってくる、叫んでいる、どなっている、列車の音の隙間から、車輪の音の隙間から、声が聞こえる、若い警官とススム・トダが土手の上にたどり着く、列車は線路の上を走り、線路の先のほうへ消えていき、夜の闇の中に失せていく、若い警官とススム・トダがハリー・スウィーニーのほうへ駆けてきて、ハリー・スウィーニーのところにたどり着く、ススム・トダがハリー・スウィーニーの腕をつかむ、ハリー・スウィーニーの腕をつかみ、声を殺して言う、ハリー、大佐が、係長が……

うちの上の連中はおまえの話を信じない、とハリー・スウィーニーが言う。おまえについての記録が見つからないからだ——おまえは誰で、何者なのか——その記録がまったくない、そしてもちろん、ソ連大使館はおまえの存在を全否定している。

日本郵船ビルの、物が詰め込まれて窮屈な地下倉庫で、借り物の椅子に座り、借り物のテーブルにつき、損なわれ腫れ上がった顔を今は縫合され包帯に包まれている李中煥が、頬笑んで、言った、そりゃソ連大使館としては当然だろう、ほかにどう言えるというんだ。

証拠が一欠片《ひとかけら》もないんだ、とハリー・スウィーニーは言う、おまえの言葉を裏づける証拠が全然ない。

李中煥はまた頬笑み、首を振った。証言できるのは線路の上でばらばらになった男だけだからな。

警視庁には今、情報提供者が押し寄せている、とハリー・スウィーニーは言った。政府が賞金を出すと発表したせいだ。警察は情報提供者であふれ返っている。

李中煥はまた首を振り、自分の顔を、打撲傷と創傷に満ち縫合され包帯を巻かれた顔を、指さした。俺があんたのところへ来たんじゃない、あんたが俺のところへ来たんだ。これを見ろ、俺がどんな目に遭ったかを見ろ！

警察に言え、日本の警察に、とハリー・スウィーニーは言った。今日、もう少しあとで、そっちへ回されるから。

なぜ。何のために。

正式な供述をするんだ。

それはもうやっただろう——あんたらに！

この事件を担当しているのは公安課じゃない。日本の警視庁と検察庁だ。俺たちに話したこと、俺に話したことを、そっちで話せ。連中は信じるかもしれない。

信じるもんか！　そんなこと分かってるだろう……

俺は知らない。

李中煥は両手をテーブルに叩きつけた。いや、知ってるはずだ――

知らない、とハリー・スウィーニーはまた言う。警視庁の捜査二課か東京地検に相談してみるんだな。ただしその時は証拠を持っていけよ。自分の話の裏付けになる証拠をな。

李中煥は椅子に座ったままぐったり前にのめり、両腕をテーブルについて、ささやいた、そんなことに何の意味が……

意味は、そうしないと、とハリー・スウィーニーは言う、おまえが証拠を出さないと、警察や検察はおまえの言うことを信用しないで、たぶんおまえをとっとと小菅刑務所へ送り込むからだよ。

李中煥は顔を上げた。何の罪で？　東京一の大物ギャングに痛めつけられて死にそうになった罪でか。それで俺は刑務所行きか。

不法滞在している外国人だからだよ、とハリー・スウィーニーは言った。刑務所の次は強制送還だ。証拠を出さない限りな。

こんなことは何かの間違いだ、と李中煥はテーブル越しにハリー・スウィーニーを見て言う、ハリー・スウィーニーに向かって首を振る。こんなことになるのはおかしいんだ……

何にも間違っちゃいない、とハリー・スウィーニーは言い、椅子を後ろに押しながら立ち上がった。何も間違っちゃいないよ。

待ってくれ、と李中煥は言う。弟はどうした。連絡をつけてくれると言ったろう、会わせてくれると言ったろう……

気の毒に思うよ。

えっ。何だ、気の毒に思うって。

死んだよ。気の毒なことに。

どんな風に。いつ。

溺死らしい、とハリー・スウィーニーは言い、椅子の背をつかんだ、手の関節に激痛が起こった。たぶん逃げようとしたんだろう……

李中煥はまた前に身を倒し、テーブルの上に載せた両腕に顔をつけて、両肩を震わせ、体を震わせ、呻《うめ》き、啜《すす》り泣いた、それから、弾かれたように背を起こし、顔を天井に向けて、ああ、ああ、ああ、と叫んだ……

気の毒に思うよ、とハリー・スウィーニーはまた言った。

くそ、くそ、くそ。やつらが殺したんだ、あのくそ野郎どもが。あのくそ野郎ども、弟を殺して、俺を罠にかけやがった。

ハリー・スウィーニーは椅子をテーブルの下に押し込み、体の向きを変えてまた、気の毒にな、と言った。

待て、と李中煥は言った。待ってくれ……

だがハリー・スウィーニーは待たなかった、振り返らなかった。ドアのほうへ歩き、そして――

頼む、助けてくれ……

ドアの取っ手を回し――

頼む、話を聞いてくれ……

ドアを開け――

頼む、と李中煥はささやいた。俺はあんたらのために働いてるんだ、本郷ハウスのために。俺はZ機関の人間なんだ。

ご苦労さん、とハリー・スウィーニーは言い、後部座席で窓を巻き下ろし、座席にもたれて目を閉じ、曲名の分からないソナタに聞き入る、同時に車は朝の空気を貫き、街を走りだす、アヴェニューA、次いでアヴェニューW、鉄道のガード下をくぐり、呉服橋の交差点を渡り、八洲ホテルの前を過ぎ、白木屋を右に見ながら左折して、日本橋川を渡り、三越の前を通る、ガラスと金の入り口は今開いたばかりで、二頭のブロンズのライオンが座って通りを見ている、その銀座通りを車は走り続け、神田を通過し、万世橋《まんせいばし》を渡り、末広町《すえひろちょう》に進み、松坂屋《まつざかや》まで来ると、広小路《ひろこうじ》の交差点を左折し、アヴェニューNを進み、狭い裏通りに入り、緩やかな坂を昇っていく途中で車は速度をゆるめ、停止する、ハリー・スウィーニーは突然目を開き、突然、もう遅い！　と叫ぶ。

いや、あの、着きましたけど、とシンが言った。

ハリー・スウィーニーは口と顎を拭き、シャツを肌から引き離し、車の窓の外を見る、見えるのは高い塀、高い木立、赤いイギリス風煉瓦《れんが》、時を超越したような暗い色の木立、門が見え、看板が見える、門は閉ざされ、看板にはこうある、〝立入禁止〟。

ソナタの第二楽章が終わり、第三楽章が始まる、スケルツォからレントに移る、ハリー・スウィーニーは笑みを浮かべた、腕時計を見た、文字盤は相変わらず罅割れ、針は止まっている、それから瞬きをし、また笑みを浮かべ、車のドアを開けて、こう言った、五分で戻るからな。

II

第二部

涙の橋

THE BRIDGE OF TEARS

主な登場人物

室田秀樹……………………私立探偵　元警視庁捜査一課刑事
黒田浪漫……………………失踪した探偵小説作家　本名・堀川保
根室洋………………………室田に妻の浮気調査を依頼した男
根室和子……………………根室洋の妻
長谷川………………………室田に黒田浪漫の捜索を依頼した編集者
塩澤…………………………神秘書房社長
横川二郎……………………作家　日本探偵作家協会会長
服部勘助……………………警視庁捜査一課刑事　室田のかつての同僚
寺内紘治……………………黒田浪漫の身辺に現われた傷痍軍人風の男
富永徳子……………………室田の内縁の妻
野村…………………………黒田浪漫の元主治医
モーガン……………………アメリカ人医師

5　マイナス15からマイナス11

一九六四年六月二十日〜
六月二十四日

トントン。トントン。トントン。トントン……

室田《むろた》秀樹《ひでき》はびくりとし、跳ね起きて、目を開けた。心臓が早鐘《はやがね》を打つ、息が止まる、唾を飲み込む、噎《む》せる、ぶはっと息を吐き、咳き込む。口を拭き、顎を拭き、瞬きをし、また瞬きをし、机に目を落とす、茶色い輪染みだらけの、ねちっとした触感のある机に、汚れたコップと、半分空の酒瓶、目を上げて、事務所内を見回す、手狭な事務所、黄ばんだ壁、埃っぽい棚、空のキャビネット。机、事務所、どこも汚れだらけ、埃だらけ——

トントン。トントン。トントン……

両手を机につき、体を押し上げ、椅子を後ろへ押しやった。立ち上がって窓辺へ行く。窓を閉め、街を閉ざし、排気ガスと、川からの悪臭と、建設工事と鉄道の騒音を締め出す、常にこの悪臭、この騒音が、あたりに満ちている。過去の悪臭と、未来の騒音が。江戸の悪臭と、オリンピックの騒音が——

トントン。トントン……

また椅子に座り、机に向かった、襟が濡れている、シャツ全体が湿っている。室田は首筋を拭った。シャツをランニングシャツから引き離そうとし、それから薄くなってきた髪を手櫛《てぐし》で整える、服と髪の臭いが、隅の流しの臭い、ドアのそばのゴミ入れの臭い、机上の灰皿の臭い、彼の息のアルコールの臭いと戦う。あの味、あの味、いつもあの味。机の上から煙草の箱をとり、一本煙草を抜き取り、火をつける。鼻先をぎゅっと摘んで、くんくん臭いを嗅ぎ、煙草をはさんだ指で右のこめかみを揉んで、目を閉じる、夢が室田の上にまだ懸かっている、すべての汚れと埃、すべての悪臭と騒音、そしてあの味、あの味——

トントン……

こもり、饐《す》えた臭い——

目を開き、煙草を揉み消し、それから、はい？　と応える。

ドアが開き、光沢のある灰色の細身の背広を着た痩せた若い男が、事務所に入ってきた。乱雑な室内をさっと見回し、老酒《ラオチユウ》の空瓶数本にやや長く視線を留めたあと、室田秀樹にも同じようなまなざしを注ぎ、それから頬笑んでこう訊いた、ここは神田《かんだ》探偵事務所ですか。

入り口の看板にそう書いてあるがね、と室田秀樹は言った。

じゃあなたが室田さんですね、所長の。

兼、たった一人の調査員だ。次の質問は。

ちょっと失礼、若い男はそう言ってまだ新しい高価そうなアタッシェケースを置いた。上着の内側に手を入れた。金属製の名刺入れを出し、そこから名刺を一枚出す。名刺入れを上着の内ポケットに戻し、机に近づいた。両手で名刺を差し出し、ちょっと頭を下げて、長谷川《はせがわ》です、と言った。

室田秀樹は腹にぐっと力を入れ、腰を上げた。机の上から男の名刺を取り上げた。名刺の名前、肩書、会社名、地位を読んだ。室田は首を振り、名刺を返すべく差し出しながら、興味ないな、と言った。

若い男は眉をひそめた。しかし——

ああ、分かってるよ、と室田秀樹は言った。あんたは有名な出版社の有名な週刊誌で編集者をしている。でも俺は新聞や雑誌の取材には応じないんだ。商売によくないからな。

男はまた事務所内をざっと見回したが、今回は目つきに嘲笑が含まれていた。ご商売は繁盛していますか。

繁盛しようが往生しようが俺の商売だ、あんたには関係ない。室田秀樹は名刺を男に向けて弾き飛ばす。名刺は床に落ちた。年に一人か二人、細身の背広を着ておつな台詞を言う痩せっぽちの若造が来て、頼み事をしてくるんだよ。有名人の醜聞ネタはないかとか、探偵の仕事で出くわした色っぽい話はないかとか。そのどっちであれ、俺はこう言うんだ、あんたは頼む相手を間違えてる、とっとと失せろとな。

若い男は背をかがめて床の名刺を拾い上げた。それをまた、今度も両手で室田秀樹に差し出し、しかし今回はより長く深くお辞儀をして、申し訳ありません、お詫びしますと言った。でもありがとうございます、お陰であなたこそまさにお願いすべき方だと分かりました。ですのでお話を聞いていただければ、それだけでありがたく思います。どうかお願いします。

室田秀樹は名刺を差し出して頭を下げている男を見た。やれやれという顔で溜め息をつき、また椅子に腰を下ろして、じゃそこへ座ってくれ、と言った。

男は顔を上げて礼を言った。それから両手で名刺を持ったまま椅子に座り、頰笑み、こう訊いた、ところで黒《くろ》田浪漫《だろうまん》という名前を覚えていますか。

室田秀樹はうなずいた。作家だろう。

大したものですね。本は沢山読まれるんですか。

室田秀樹はかぶりを振る。読むのは新聞だけさ。

ではとても記憶がいいんですね。

不幸にもな、と言って室田秀樹は笑みを浮かべた。もっとも今のは推測だよ。出版社の編集者だというから。

では黒田浪漫を覚えてらっしゃらない？　彼の本は一冊も読んだことがないですか。

ないね。悪いけど。

別に悪くはありません。近頃では読む人がほとんどいないです。人気があったのは大正時代の短い間で、そのあと精神を病んだ時期があって、ずっと沈黙していました。戦前戦中には一冊も本が出ていません。翻訳が二つばかりあったようですが、それだけです。でも戦後、当時の言い方では〝アプレゲール〟ですが、何冊か出しました。探偵小説とか犯罪実話とか、その類《たぐい》のものです。それで、あなたはご職業柄、もしかしたらと……

俺が読みそうにない類の本だな。

そうですか、と若い男は言って室田秀樹を見つめ、頰笑んだ。しかしあなたは元は刑事をしてらしたんですよね。戦争中と、戦後に。刑事さんは犯罪実話をよく読むと聞いたことがあります。ですからひょっとしてお読みになったことが――

室田秀樹は相手と目を合わせ、しかし頰笑みは返すことなく、唾を飲み、訊いた。誰からそれを聞いた。

何をです。

俺が刑事だったこと。

彼からですよ。

誰だ。

黒田浪漫ですよ、と若い男は言い、視線ははずしたも

のの、なおも頰笑んでいた。直接聞いたのではないです
が、ある本に書いてあったんです。あなたは彼の本に出てくるんですよ。『東京の青髭《あおひげ》　悪魔の淫欲』という本に。これは――

　何の本かは想像がつくよ。

　でも読んではいないと、若い男はそう言いながら、一人合点《がてん》にうなずいた。まあ読まないのは惜しいという本でもないですがね。それにあなたの名前が出てくる箇所はごく短いです。あなたが――

　免職になった時のことだろう。

　ええ、不品行が理由でしたね。

　捜査で知り合ったパンパンと寝たからだ、室田秀樹はそう言い、なおも机越しに、光沢のある灰色の細身の背広を着た若い男を見つめた。

　はい、と男は言う。

　室田秀樹はまた机から煙草の箱をとり、煙草を一本抜き取り、火をつけた。煙を吸い込み、吐き出し、その煙を机の向こうの男に吹きかけながら、それは別に秘密じゃないと言った。何紙かの新聞にも載った、記者が事実だと考えた話がね。もう二十年近くたつ。それが俺の話だが、今度はあんたの話を聞かせてもらおうか、編集者どの、あんたが今そこに座っている理由をな。それとも、ただそこにじっと座って俺の時間を無駄にするつもりでいるのか。

　申し訳ありません、お詫びします、と若い男はまた言った。言い方が悪かったようです。わたしはただ、あなたが元刑事でいらっしゃることを知っていると言いたかっただけです。あなたが免職になったことも知っていますが、それはもう随分昔の話です。でもわたしはもう一つ、あなたが秘密を守れる人だということも知っています。あなたが人の秘密を漏らさないことを。

　室田秀樹は何も言わなかった。腕時計をちらりと見た、彼の腕時計はまた遅れていた、また時間を失いつつあった。

　若い男は咳をし、咳払いをし、それから言った、すみません、今、要点を言います。黒田浪漫が失踪したんです。行方不明なんです。彼を見つけて欲しいんです。

　正式な依頼人は誰なんだ。

　うちの出版社です。

　なぜ見つけたいんだ。あんたはさっき、近頃じゃその

作家の本を読む人はほとんどいないと言っただろう。

これは異例のことで、と若い男は声を低くして言った、いささか愚かしいことに、わたしの前の担当編集者がまとまったお金を黒田さんに貸したんです。当然社のほうでは返させろとうるさく言います。返させるか、原稿をとってこいと。

室田秀樹は煙草を揉み消し、若い男を見上げ、首を振って、また、興味ないな、と言った。

なぜです、と若い男はまた眉をひそめて訊く。

婚前調査、浮気調査、たまに保険調査、それが俺の仕事だ、と室田秀樹は言った。深刻な事件や借金の取り立ては守備範囲じゃない。

いやいや、と若い男は言う。お金の取り立てはいいんです。ただ見つけて欲しいだけです。

室田秀樹はまたかぶりを振った。しかしあんたらはその男自身のことはどうでもいいんだろう。無事かどうか心配してるわけじゃないだろう。金を取り戻したいだけなんだろう。違うのか。

そのとおりです。でも取り立てはやって頂かなくていいんです。うちの弁護士がやりますから。

見つかったらの話だろう。

あなたが見つけてくれたらの話です、と若い男は言い、また頰笑んだ。それをお願いするためにこうしてあなたのお時間を無駄遣いしているんです。

室田秀樹は頰笑むことなく相手をじっと見つめ、こう訊いた、その男の本に俺のことがちょこっと出てくるからか。だから俺に頼みにきたのか。

それだけじゃありません、と若い男はなおも頰笑みながら言う。実を言うと、あなたに依頼するというのはわたしの発案なんです。あなたが昔、黒田浪漫に会ったことがあるかもしれないと思ったもので。

なおも頰笑むことなく相手を見つめながら、室田秀樹は首を振り、こう言った。会ったことはない。会うどころか、名前を聞いたこともなかった。

それでも構いません、若い男はそう言って、床に置いたアタッシェケースを取り上げた。お会いになったことがあれば捜索に役立つかもしれないから一層都合がいいというだけのことで、重要な点ではないですから。重要な点は、あなたが彼を見つけるのに打ってつけの人だとわたしが思っている点なんです。

室田秀樹はまた煙草の箱から一本煙草をとって火をつけた。警察はどうなんだ。その男が行方不明だと知っているのか。家族か友人が警察に届けていないのか。

室田秀樹は煙を吸い、吐き出し、それから頬笑んで、その男は人気作家なんだろう、と訊いた。

昔はそうでした。短い間。

あんたが最後に彼に会ったのはいつだ。

わたしは、会ったことがありません、一度も。

室田秀樹はまた煙を吸い、吐き出し、それから溜め息をついて、何とね、と言った。で、行方不明になってどれくらいになるんだ……？

六ヶ月くらい、だと思いますが……

思います？

はっきりしないんです、と若い男は言い、アタッシェケースから大判の茶封筒を取り出した。

いいかい、ええと、長谷川さんだったかな。

はい、と若い男は言う。

これはお宅らの出す探偵小説じゃないし、映画でもない。東京は大都会で、毎日毎日でかくなっていく、日本だって随分広い。東京も日本も広すぎるし、六ヶ月は長すぎる、その男が見つかりたくないと思っていたら捜すのは特に難しい。俺の推測では、その男は行方不明になったというより、逃げてどこかに隠れたんだ。

室田さん、と若い男はアタッシェケースを膝に載せ、両手で茶封筒を持ったまま言った、これが小説でもなければ映画でもないのは分かっています。しかしその男を見つける必要があるんです、お金を取り戻したいんです、それも早急に。この仕事は要らないとおっしゃるのなら、ほかの人に頼みます。

室田秀樹は煙草を揉み消した。要らないとは言ってない。しかし行方不明者の捜索は難しいということを言っておかないと不誠実だからね。

あなたが正直でいらっしゃるのはありがたいことですが、見つけるのが難しいのはわれわれも充分承知しています。

室田秀樹はまた相手をじっと見て、今度は頬笑みかけた。経費も請求するというのは承知の上かな。

ええ、と若い男はうなずく。かかった費用は全部、あなたが請求しただけ払います。

なおも頬笑みながら、室田秀樹はこう言った、報酬は米ドルでもらうことにしている。一日五十ドル、それと経費だ。

経費のほうは円ですね。

室田秀樹はうなずいた。どちらも現金だ。

もちろんです、と若い男は言う。一つ申し上げておきますと、七月四日の午前零時までにこの件を解決して頂いたら、かなりの額のボーナスが出ます。

それはどれくらいの額だろう。

米ドルで五千ドル。現金で。

室田秀樹は机越しにこの男、この若い男、長谷川と名乗る男を見て、ひゅうと口笛を吹き、よっぽどその男を見つけたいようだねと言った。

社の偉い人たちは、そうです。ええ。

室田秀樹は机上のカレンダーを見、それから若い男を見た。なぜそう急ぐ？

前貸しの前提である原稿執筆の契約が、七月四日の午前零時に失効するからです。

室田秀樹はまたカレンダーを見、若い男を見た。それまでに解決しなかったら？

その時はもうあなたにお仕事をして頂く必要はなくなります。

室田秀樹はうなずき、それからまたうなずいて、こう言った。もちろんもう一つ可能性がある。お宅の偉いさんたちもきっと想定しているだろうが、黒田という男は死んでいるかもしれない。

もちろんです、と若い男は言った。しかし生きていようと死んでいようと、お金は取り戻さなければなりません、当人から受け取るか、もし死んでいるなら、遺産から回収するかして。ですから彼が死んでいるという証拠を見つけて頂いた場合も、ボーナスは支払われることになります。

それも七月四日までにだな？

ええ、七月四日の午前零時までに。

室田秀樹はまたカレンダーを見て、手帳と万年筆をとり、手帳を開いて、若い男を見上げ、こう言った、まずは基本的なことを――

申し訳ありませんが、立ち合いの仕切りに思っていたよりも時間がかかってしまいました、わたしはほかにも用が――

相撲に誘ったのはそっちだぜ……

本当に申し訳ありません、と若い男はまた謝り、大判の茶封筒を机の室田秀樹の目の前に置いた。それから再びアタッシェケースに手を入れ、別の茶封筒を取り出し、その茶封筒を開き、さまざまな額面の紙幣を取り交ぜて二百五十ドルを出した。それを一つの札束にまとめ、大判の茶封筒の横に置く。次いで小さいほうの茶封筒から、これまたさまざまな額面の紙幣で一万八千円を抜き取り、やはり一つの札束にまとめて、机の上の室田秀樹の目の前に置くと、こう言った、その大きい封筒の中に黒田浪漫についての目ぼしい情報が全部入っています。今日お渡しするのは五日分の調査料と、円でお支払いする経費の前渡し金です。

室田秀樹はうなずき、どうも、と言った。

何とぞよろしくお願いいたします。五日後、二十五日木曜日の午前十時にまた参上して、進捗状況を伺い、追加のお金をお渡ししますので。

室田秀樹はまたうなずいて、どうも、と言った。

若い男は頬笑み、またアタッシェケースの中に手を入れ、タイプ打ちした書類を取り出した。それを机上の、室田秀樹の目の前にある茶封筒と紙幣の上に置き、こう言った、この空いているところにお名前と住所を書いて印鑑を押して頂けますか。お渡ししたお金の領収書です。今度木曜日に来た時に写しをお渡しします。

室田秀樹は書類に名前と住所を書き、机の一番上の引き出しから判子を取り出して押印した。

ありがとうございます、と若い男は言い、書類を室田秀樹から受け取った。それをアタッシェケースにしまい、ケースを閉じ、鍵をかけて、にっこり笑い、では木曜日に、と言った。

室田秀樹は立ち上がらず、頬笑みを返してうなずいただけで、光沢のある灰色の細身の背広を着た若い男がドアのほうへ歩くのを見送った、若い男はドアを開け、戸口で振り返り、感謝を表わすためにお辞儀をした——

最後にもう一つ、と室田秀樹は言った。

はい、と若い男は言い、左の手首を見下ろして、上着とシャツの袖口から覗く腕時計を見た。何でしょう。

その原稿だけどね。前の担当者はそれを依頼した時、いいい、い、愚かしいことに金を貸したという話だが……

ええ、そうです。

どういう原稿なんだ。

下山事件についての原稿だったと思います、と男は言い、溜め息をつき、それからこう続けた、事件のことはあなたも覚えていらっしゃると思いますが……

ああ、覚えている。

でも正直言って、社の誰も彼が原稿を書き始めているとは信じていないし、まして完成させていることは絶対にないと考えています。われわれはそれでもいいんです。それよりお金を取り戻したいんですよ。

なるほど、と室田秀樹はうなずきながら言い、若い男がまたお辞儀をし、礼を言い、こちらに背を向け、事務所を出、ドアを閉めるのを見た――

こうして男は行ってしまった――

男が行ってしまうと、室田秀樹は立ち上がり、机の後ろから出て、入り口まで行き、ドアの窓に耳を近づけ、音に意識を澄ました。男が廊下を歩み去り、階段を降りる音がした。

室田秀樹はドアを開けた。廊下を進み、そのはずれまでくる、左は階段、右は便所。便所に入り、洗面台の脇を通り、個室の前を通り、小便器のそばを通り、窓のそばまで行った。窓はすでに開いている、いつも開いている、室田秀樹はそれをさらに大きく開き、首を出し、下の通りを見下ろした――

あの男を見下ろした――

長谷川と名乗った男は建物を出て、その前に駐めた古い灰色の車のほうへ歩いていく、車はトヨペット・マスターのようだが、タクシーでは絶対にない。男は後部のドアを開けたが、すぐには乗り込まない。上半身を車内に入れ、一、二分、何かしていた。それからドアを閉めると、車は走りだし、神社の前を通り、鉄道のガード下をくぐっていった。長谷川と名乗った男はそれを見送りながら、煙草を取り出し、一本くわえて火をつけ、通りを歩き、ガード下をくぐり、駅のある南のほうへ折れる、指に煙草をはさんでいるが、アタッシェケースは持っていない、男は姿が見えなくなった。

嘘つきめ、と室田秀樹はつぶやくと、首を引っ込め、小便器のほうを向いた。ズボンのチャックを下ろし、小便をする。チャックを閉め、洗面台へ行く。蛇口の栓をひねり、手の椀に水を溜める。顔を洗い、首を洗う。それから曇りの中に、洗面台の上の鏡の曇りの中に、自分の顔を見る。五十二歳、薄毛、肥満、落ちぶれた男。そこで苦笑いをする。落ちぶれたんじゃない、初めから底にいた。

　水を止め、ズボンで手を拭き、ハンカチを出し、その時潰れた煙草の箱に手が触れた。ハンカチで顔を拭い、ハンカチをポケットにしまい、潰れた煙草の箱を出して、最後の一本、曲がった一本を取り出した。その一本を口にくわえ、煙草の空箱を片手で握り潰し、洗面台の下の金網のゴミ入れに捨てたあと、手で叩きながら全身を検めた。ズボンの前ポケット、尻ポケット、シャツのポケット――何もない。もう一度、曇りの中の自分を見る、曲がった、火のついていない煙草をくわえている自分を見る。また苦笑いをし、煙草を口からとり、あの嘘つき野郎め、と言った。

　鏡に別れを告げ、便所に別れを告げ、廊下を引き返し、事務所に戻り、机に戻り、椅子に尻を戻した。金を手にとり、茶封筒を取り上げた。手帳を脇へどけ、万年筆を脇へよける。カレンダーの下を見、灰皿の下を見る。ほかの筆記具を掻き分け、紙切れを掻き分け、机上のそのほかのガラクタを掻き分ける。机の一番上の引き出しを開け、中を掻き回し、一束の名刺を出し、一枚一枚検めながら、首を振る。名刺の束を引き出しに戻し、引き出しを閉める。椅子を後ろに押して、椅子の下を覗き、机の下を覗く。また立ち上がり、机の周りを歩き、もう一つの椅子の下を覗き、机の反対側を見、床に目を走らせ、雑誌を一冊ずつ取り上げ、新聞を一部ずつ取り上げ、それぞれをまた戻す、床に戻す、埃だらけの汚れた床に戻す、その間ずっと、くそ、くそ、くそ、と言う。

　また首を振り、悪態をつき、それから棚の前へ行き、電話帳を取り出した。それを持って机に戻った。座って電話帳を開く。頁をめくる、出版社の名前が並んでいる箇所を見つける、出版社の電話番号が並んでいる。机上の電話機の受話器をとり、人差し指を最初の穴に突っ込み、番号をダイヤルし始める。回線の向こうで呼び出している音を聞く、交換台の若い女が出版社の名前を告げると、室田は、長谷川さんをお願いします、申し訳ないが、今どちらの部署におられるかは分からないんです、と言った。

　どちら様でしょうか。

　室田という者です。

　少々お待ちください――

室田秀樹は待った、受話器を耳と肩ではさみ、曲がった煙草を口に戻し、ライターに手を伸ばす——

お待たせしました、申し訳ありませんが、課長の長谷川は只今社におりませんで、今日は戻らないようです。お電話番号を教えて頂ければ伝えておきますが。

いや、いいんです、ありがとう。また月曜日にかけ直します、と室田秀樹は言い、受話器を置いた。煙草に火をつけ、煙を吸い込み、机の上、札束の上にふうっと吹き流す。札束を見つめ、それからドル紙幣の束のほうを取り上げる。札を数え、もう一度数える、一枚一枚、ドル紙幣を持ち上げ、光に、窓からの光に、川からの光にかざす。それから札束を机に戻し、煙草を揉み消し、手を下に伸ばして一番下の引き出しを開ける。そこから茶封筒を一枚出し、ドル紙幣の束を入れる。糊で封をし、茶封筒を一番下の引き出しに入れ、引き出しを閉めた。次に机の上の円の札束を取り上げ、札を数える。後ろに手を伸ばし、椅子の背にかけた上着のポケットから財布を出して、財布を開き、円のほとんどを中に入れた。財布を上着のポケットに戻したあとは、残った紙幣を半分に折って、ズボンのポケットに突っ込んだ。それから机の上に置いた煙草の箱からまた一本煙草をとり、火をつけ、机上の大判の茶封筒を見つめ、朝の長い影が、安物の老酒が半分入った瓶の朝の長い影が、大判の茶封筒の上に落ちているのを見つめる。窓から射しこむ光の中、川からの光の中、安物の老酒が半分入った瓶が机の上に置かれているのを見つめるうちに、彼は自分自身に頰笑みかけ、自分自身にうなずきかけ、それから自分自身にこう言った、ふん、別にいいじゃないか。

室田秀樹は瓶に手を伸ばし、それを取り上げ、螺子蓋《ねじぶた》をはずした。それをコップの上に、空のコップの上に持っていき、傾け、コップを満たす。瓶を置き、コップを手にとる。そのコップを光にかざす、窓からの光にかざす、川からの光にかざす、それから酒を見る、金茶色の酒を見る、酒に頰笑みかける、金茶色の酒に頰笑みかける、それからそのコップを口に運ぶ、酒を口に運ぶ、コップを傾け、酒を啜る、酒が唇を濡らす、口に入る、喉を流れ降りる、金茶色の円《まろ》やかな酒が、降りていく、降りていく、またコップを満たす、コップを傾ける、酒を啜る、酒を飲む、金茶色の円やかな酒を飲む、この部屋も、この事務所も、金茶色の円やかなものになる、この世界も、この人生も、金茶色の円やかなものになる、酒を飲み、煙草を吸い、自分自身に言う、彼女に言う、まあ、あの男は自称通りの、自分で言っているとおりの人間かもしれないし、そうでないかもしれないが、やつがくれる金、やつがくれるドルは、ちゃんと現実にあるものだし、君と俺にとっては、君と俺がお祝いをするためには、充分に現実的なものなんだ、徳《のり》ちゃん、なあ、今夜お祝いをしようじゃないか、俺の徳ちゃん……

それから独り頬笑み、独り笑い声を漏らしながら、室田秀樹は空のコップを空の瓶の隣に置き、机の上から大判の茶封筒を取り上げた。その茶封筒を開き、手を突っ込み、書類を引っ張り出す、分厚い紙の束を引っ張り出す。タイプ打ちした分厚い紙の束から、一枚ずつ紙をとり、片方の手からもう片方の手に持ち替える、文字に数字、日付に名前、来歴に経歴、参考文献の題のリストに新聞雑誌記事の複写写真、そういうものを一枚ずつめくって手にとり、片方の手からもう片方の手に持ち替え、あの紙からこの紙へ行ったり来たり、一枚ずつ、手から手に持ち替え、すべての紙、すべての資料を、行ったり来たり、すべての文字、すべての数字を、一つずつ、一人の男の過去、一人の男の幻影《ゴースト》を、手から手へ持ち替えながら、この男のすべての過去と幻影を、この男、この男、黒田浪漫の――

くそ、おまえはこのどこかにいるはずなんだ、と室田秀樹は言い、分厚い紙の束をどさりと机の上に放り出し、ぎゅっと目をつぶり、両のこめかみを揉み、それから目を開けて、また紙を見つめ、首を振りながら、でもどこにいるんだ、と言った。

室田秀樹はまたびくりとし、跳ね起きて、目を開けた。心臓が早鐘を打つ、息が止まる、唾を飲む、噎せる、ぶはっと息を吐き、咳き込む、それから電話に手を伸ばし、受話器をとり、言った、もしもし……徳子《のりこ》か？

硬貨の落ちる音がし、駅の構内のような音がし、声が言った、室田さんか。根室《ねむろ》だ。今、神田駅にいる。報告してもらえることがあるようなら、これからそちらへ行くが。

来てくれ、と室田秀樹は言い、口を拭き、顎を拭いた。ただ、会うのはうちの隣の神社にしよう。いつ。今から……？

　十分後に、と室田秀樹は言い、電話を切った。両目をこすり、両頬をこすり、両頬を叩き、溜め息をつく。前に身を乗り出し、机の上に開いている手帳を見、黒田浪漫について書いた短いメモを読む。室田は黒田が書いた作品のことは評論家に任せておくことにして、本人を見つける努力だけをした、そのために黒田本人についての事実を洗い出そうとしていた——いろいろな日付や場所、家族や友人知人、黒田が関心を持っている場所、関心を持っている人間——事実を集めて人物像を肉づけしていく、肉づけしてその上に皮膚を貼りつけていく。鉛筆をはさんで手帳を閉じ、それから黒田浪漫の資料の束を取り上げて大判の茶封筒に戻した。手を下に伸ばし、机の一番下の引き出しを開け、大判の茶封筒をドル紙幣の封筒の上にどさりと落とし、引き出しを閉めた。立ち上がり、椅子の背から上着をとり、それを着た。手帳をとり、煙草をとり、それぞれ上着の違うポケットに入れ、ドアのほうへ行く。ドアを開け、廊下に出、向き直って、ズボンのポケットから鍵を出し、ドアに鍵をかけた。廊下を進み、便所に入った。ズボンのチャックを下ろし、小便をした。チャックを上げ、洗面台の前へ行った。蛇口の栓をひねり、手の椀に水を溜めた。顔を洗い、首を洗った。さらに手の椀に水を溜め、口をゆすぎ、水を吐いた。栓を閉め、上着で両手を拭き、ハンカチを出して、顔を拭いた。鏡の汚れの中の自分自身を見、手櫛で髪を整え、仕方ない、とささやく……これがおまえだ……これがおまえの商売だ……

　鏡の前を離れ、便所を出て、階段を降り、ロビーを抜け、通りに出る。湿気でべとつく灰色の土曜日の午後——死にたくなるような土曜日の午後だな、とつぶやきながら、ひょっとしてもう死んでるんじゃないかと思う——右に折れて通りを歩き、また右に折れて、鳥居をくぐり、階段を降り、神社に入る、柳森《やなぎもり》神社に入る。

　根室洋《ひろし》はもう来ていた。不安と惧《おそ》れで老けて痩せた男は、小さな社殿の一つの前に立ち、頭《こうべ》を垂れていた。そして祈り終えると、深々とお辞儀をし、体の向きを変えたところで室田秀樹に気づいた。

　室田秀樹は会釈をし、木製の神楽殿《かぐらでん》の軒下の、二つの石の腰掛けのほうへ足を向けた。室田は片方の腰掛けの端に座り、根室がもう片方の腰掛けの端に座る、その背後に神楽殿が高く聳えて二人を見下ろしている。間隔は、室田は根室洋が尋ねるのを、いつものように尋ねるのを待つ、細かい事実を尋ねるのを待つ、その細かい事実を、本当は二人とも知りたくないし、知っても何の良いこともない、良いことなどまったくない、けれども二人はそれを知る必要があると思っているし、知りたいとずっと思っていたし、今また根室は是非とも知りたがった。頼む、話してくれ、知りたいんだ……

そこで、いつものように、室田秀樹は手帳を取り出し、頁を古いほうへめくり、メモを読み上げる、読み聞かせるのは、根室の妻がアパートを出た時刻、乗った市電の路線、外で待ち合わせた百貨店の名前、男がようやくやってきた時刻――

随分長く待ったんだな、と根室洋は言う。

いつものように、室田秀樹はそうだとも違うとも言わず、ただ手帳のメモを読み上げる、映画館の名前、その映画館に入った時刻と出た時刻――

映画の題は、と根室洋は訊く。

室田秀樹は答える、『白日夢《はくじつむ》』だ。

根室洋は鼻で笑い、あんたも楽しんだんだろうと言う。

室田秀樹はかぶりを振って言う、そうでもない、途中

二つの石の腰掛けの間隔、二人の男の間隔は、一メートルもない。神社の境内《けいだい》にはほかに誰もおらず、時折、右手上方の柳原《やなぎはら》通りを走る車の音が聞こえ、背後の上方からは鉄橋を渡る電車の、自動車よりも規則正しい音が聞こえ、二人の上、神楽殿の上、神社の上では、白い鷗が陰鬱な空から左手方向にある神田川に降りていき、この蒸し暑い午後の空気の中、神社に住む猫があちこちで夢遊病者のように歩いていた。

で、どうなんだ、と根室洋が訊く。

気の毒だ、と室田秀樹は言い、前に身を乗り出し、背をかがめ、一匹の猫を撫で始める、その猫は室田の脚の間に入り、ズボンに体を擦りつける。三度、四度と室田は猫の肩から尻尾までを撫でる、猫は身を震わせ、ごろごろ喉を鳴らす、それから室田が根室洋を見上げると、根室は口の内側を噛み、それぞれの手で膝をぎゅっとつかみ、石の腰掛けに座ったまま体をごく小さく前後に揺らしている。室田秀樹は猫を撫でるのをやめ、また背をまっすぐに起こし、背後の鉄橋を走る電車の音を聞き、頭上で舞い上がり舞い降りする鷗を見つめながら、じっと待つ――

で出て、珈琲を飲みに行って、また入った。

で、と根室洋は言う、昼過ぎにお色気映画を観たあとはたぶん……。

室田秀樹はうなずいた。そういうこと。

場所は。

代々木《よよぎ》の連れ込み宿。

どれくらいの時間。

五時に宿の外で別れた。ということは二時間弱だな。

二時間弱か、根室洋は笑う。それで家に帰って夕食を作れるわけだ、俺が帰ってきたら、お帰りなさい、お風呂が沸いてるから、ゆっくり寛《くつろ》いで、そのあと俺にビールを注いで、飯をよそって、今日一日どうだった？　大変じゃなかった？　とか言いながら、自分の一日のことは嘘を吐く、特に何もなかったと言う、それでいて、男の匂いをさせ、男の夢を見て、寝言を言ったり、淫《みだ》らに呻いたりする。

気の毒だ、と室田秀樹はまたいつものように言い、いつものように手帳を閉じ、いつものように次の質問を待つ、それはいつも必ず出る質問、早い段階で出ることも、遅い段階で出ることもあるが、遅かれ早かれ出る質問だ――

相手は誰だ。

それは言えない、と室田秀樹はいつものように言った、浮気調査でいつもする返事をした、過去に一度、ただ一度だけ、相手の名前を依頼人に教えたことがあるが、あの時を最後に、ずっと断わってきたのだ。

根室洋は首を巡らして室田秀樹を見る、不安と惧れは血のように出て、根室のなかから抜けきり、代わりにあの、ありがちな、屈辱と怒りの腐食性のカクテルが満ちている。言えないのか、言わないのか。

言わないんだ。

じゃ知ってるんだな。

知ってる。でもあんたは知る必要がない。

なぜだ。

知っても良いことは何もない。

根室は半ば言い、半ば叫ぶ、それは俺が判断することだ。

いや、と室田秀樹は能《あた》う限り穏やかに優しく言う。俺が判断することだ、そして俺は、あんたは知る必要がないと判断した。信じてくれ。ほんとにそうなんだ。

根室は石の腰掛けから立ち上がりそうになった、室田秀樹につかみかかりそうになった。じゃ俺の知っている人間だな。

いや、と室田秀樹はまた能う限り穏やかに優しく言う。あんたの知っている人間じゃない。

だったら教えてくれ、と根室洋は言い、上着の内ポケットに手を入れて、財布を取り出す。追加の料金を払うから——

室田秀樹はゆっくりと手を上げ、顔の前からゆっくりと財布を除けて、こう言った、問題は金じゃない、あんたなんだ、根室さん、俺が愚かにもその男の名前を言ったらあんたが何をするか、それが問題なんだ。

どういう意味だ。

つまり、あんたはその男のところへ行って、あんたにとっても、愚かにもその男の名前を教えてしまった俺にとっても、為にならないことをしでかすかもしれない。そういう意味だ。

なるほど。分かった。

室田秀樹はうなずいた。よし。

分かったよ、と根室洋は言い、また室田秀樹のほうを向き、顔を見上げ、室田秀樹に食ってかかる、二人が互いにしばしばするように、何度もしてきたように、相手の目を覗き込み、唾を飛ばしながら言う、要するにあんたは俺のことなんか考えてない、自分が大事なんだ、室田、自分を護ろうとしているんだ、そうだろう。そしたら俺はどうなる。どう自分を護ればいい。なあ室田さん、俺はどうやって自分を、自分の妻を、結婚生活を、その男から護ればいいんだ。俺はその男を知らない、でも妻は知っている、そう知っている、そしてあんたも、そう、あんたも知っている。そう、あんたは知っている、いろいろ知っている、だったら俺がどうすべきか教えてくれないか。さあ、さあ、この寝取られ男は何をしたらいいのか教えてくれ。

室田秀樹は両目をこすり、両頰をこすり、顔をこすり、溜め息をついた。終わったか。

根室洋は視線をはずし、自分の靴を見下ろし、砂利を見下ろす、猫が彼を見上げ、彼を見つめる。

室田秀樹は身を乗り出し、横で怒り、打ち拉《ひし》がれている男の膝に能う限りそっと優しく手を載せ、こう言った、いいかい、最初に話をした時に言ったとおり、男でも女でも、結婚相手が浮気をしていると思った時は、九分九厘そのとおりなんだ。でもほとんどの場合、浮気は短い間のことだ。五分ほど花火で遊んだらそれで永久にお終《しま》いだ。

ほとんどの場合はそうかもしれない、根室洋はそう言って片手に持った財布を握り締め、猫を見つめた。でもいつもそうというわけじゃない。

ああ、いつもというわけじゃない。しかし今回のはそうだ。

なぜ分かるんだ、根室洋はまた首を巡らして室田秀樹を見、顔を見つめ、目を見つめ、騙していないか、嘘をついていないか、確かめようとする。なぜそうはっきり言えるんだ。

室田秀樹は肩をすくめ、言った、男の名前は言わないが、これだけは言える、その男はあんたと同じようにちゃんとした仕事を持ち、ちゃんとした住まいを持っている、そして身重の妻と、まだ小さい息子がいる。あんたの奥さんのためにそういうものを棄てる気なんてないんだよ。

それじゃただじっと待てと言うのか。花火が終わるのを待てと、そう言っているのか。

室田秀樹はまたうなずいた。離婚する気がないなら、まだ奥さんが大事なら、まあ見たところそのようだが、それなら待つことだ。何ならおあいこにするって手もあるぞ。

おあいこにする。どういう意味だ。

室田秀樹は腕時計を、遅れがちの腕時計を、ちらりと見た。トルコにでも行くんだな。でも行くのなら急いだほうがいい。オリンピックを控えて取り締まりが厳しくなってきているから――

それはおあいこじゃない、と根室洋は鼻で笑う。金を出して、売春婦とやるなんて……

雨が降り始め、室田秀樹の上に雨粒が降りかかり始める、それとともに腹がぐうぐう鳴り始める。室田秀樹は立ち上がって言った、大人になれよ、向こうの男は代償を支払ってるんだ、あんたももう代償を支払い始めてるんだ、俺たちはもう代償を支払い始めてるんだ。

室田秀樹は歩きだした、階段を昇り、神社を出て、離れた、根室洋から、この情けない、恥を知らない小男から、その小男の大きな声から――

あんたならどうする、室田、女房が浮気して、ほかの男と寝ていたら。あんたならトルコへ行くのか。そうするのか、ええ……？

室田秀樹は足を止め、身を翻し、階段を降り、神社の境内に戻り、男のもとへ、男がいるところへ引き返し、男を見下ろす、この情けない、こちらを見上げている恥を知らない小男を見下ろす、この情けない、恥を知らない小男は、冷笑を、せせら笑いを、恥を知らない小さな顔に浮かべている、室田秀樹は言った、こう言った、俺の女房は死んだ。

根室洋は目を逸らさなかった。瞬きもしなかった。ただ室田秀樹を見上げ続け、じっと見上げ続け、見つめ続け、目に涙を溜め、それから瞬きをし、今や瞬きをしながら、頬に涙をつたわせながら言った、お願いだ、妻を失いたくないんだ……

室田秀樹は、あんたはもう失ってるよ、奥さんはもう行ってしまったよ、とは言わなかった、奥さんを責める気にはなれない、全然なれないよ、とは言わなかった。室田秀樹はただじっと立ったまま、根室を見下ろし、じっと立ったまま、根室に嘘を吐いた。失いやしないよ。

でも確かめることはできるだろう、と根室は言い、目を拭き、頬を拭き、財布を開けて、一万円札を三枚出した。三枚の紙幣を室田秀樹の前に突き出し、室田秀樹の顔の前に掲げる、雨が紙幣の上に落ちる、根室の手の上に落ちる、根室の上に落ち、室田秀樹の上に落ち、神社の上に、都市の上に落ちる――

古い都市、新しい都市、同じ都市――

確かめて欲しいんだ。

なおも雨が降り、まだ腹が減っている、そこで線路に沿って、線路に護られるようにして急ぎ足に歩き、靖国《やすくに》通りに出ると、ガードの下をくぐり、靖国通りを進み、交差点をいくつも越え、路面電車の線路の脇を歩き、神《かん》田《だ》須《す》田町《だちょう》、小川町《おがわちょう》と過ぎ、さらに靖国通りをたどり、神《じん》保町《ぼうちょう》に入る。なおも雨が降り、まだ腹が減っている、ひどく濡れ、ひどく空腹のまま、何軒もの本屋に入る、古本屋に入る、本の山から山へ、棚から棚へ、見て歩き、やがて靖国通りから横丁に折れると、さらに狭い路地に入り、幻影堂《げんえいどう》という古本屋に入る、その入り口近くに積まれた本の中に、目当ての本を見つけた。入り口近くの本の山から、その本とあと二冊の本をとり、店の奥へ行き、三冊の本を勘定台に置き、いくら？と訊く。

勘定台の老人が読んでいる本から目を上げ、眼鏡を鼻筋の上のほうへ押し上げ、それからまた勘定台の三冊の文庫本に目を戻し、『東京の青髭　悪魔の淫欲』を手にとり、『帝銀事件　悪魔の冬』を手にとり、『失踪』を手にとり、それぞれの本を開き、裏見返しを見、裏見返しに貼られた値札や鉛筆で書かれた値段を見る。老人は本から目を上げ、また眼鏡を鼻筋の上のほうへ押し上げ、それから頬笑んで、九十円です、と言う。

じゃこれ、と室田秀樹は言い、ぴったりの額を渡して、老人に頬笑みかけた。

老人は勘定台の下に手をやり、紙袋を一枚取り出し、三冊の本を紙袋に入れながら、こう言った、最近、黒田浪漫がまた流行ってるんですか。

どういう意味。

いえね、今月、黒田浪漫の本をお買いになったのはあなたでお二人目なもので、そう言って、袋に入れた本を室田秀樹に渡す。

室田秀樹はまた頬笑み、こう言った、当ててみようか、それは痩せた若い男で、てかてか光る新しい背広を着てただろう。

はずれです、ホームズさん、老人はそう言って笑った。外人さんですよ。

まさか。

いいえ、本当に。老人はまた眼鏡を押し上げる。わたしも驚きましたがね。

室田秀樹は狭苦しい店内を見回す、入り口から店の奥まで、天井までの本棚が並び、そのいくつもの棚に本がぎっしり詰まり、床にも本がいくつもの山を作っている、そんな中で、室田秀樹は訊く、お宅は外人さんがよく来るの。

以前はよくいらっしゃいましたよ。終戦後の、占領軍がいた時分はね。でも最近は見えません、今はまだ。

室田秀樹はまた頬笑んで訊く。今はまだ？

オリンピックが近づいたら、と老人は一人で納得するようにうなずきながら言う、増えるかもしれないと思うんですよ……

そうだね、室田秀樹もうなずきながら、そうかもしれないと言って、老人に背を向けて歩きだす。

外人さんがみんな黒田浪漫を買いに来てくれるといいですがね、老人はそう言って笑った。二階にまだ一箱ありますから。

室田秀樹は袋入りの本を左の小脇にはさみ、ドアを開けながら、人気作家だからねと言った。

ずっと昔、ほんの一時《いっとき》だけね。

そうだってね、と室田秀樹は言って、外に出、ドアを閉め、雨が降る中、路地を引き返した。

横丁を歩き、角を曲がり、すずらん通りに出た。通りを渡り、揚子江《ようすこう》菜館に入り、店先のラックから新聞をとり、奥のテーブルにつく。五色涼拌麵《ごもくひやしそば》、炒飯、餃子六個、グラス一杯のビール、老酒の小瓶を注文する。餃子を食べ、ビールを飲み、夕刊を読む、北海道でのタクシー運転手殺人事件逮捕の記事を読む、全学連のデモの記事、有吉佐和子《ありよしさわこ》離婚の記事を読む、だが、オリンピックを控えてあっちに道路を作ったこっちに新しい鉄道路線を引いたというくだらない記事は飛ばす。餃子とビールを腹におさめ、夕刊を読み終えたあとは、夕刊を畳み、腰を上げ、夕刊をラックに戻し、テーブルに戻って、また腰かけた。煙草を出し、一本くわえて火をつけ、紙袋を手にとって三冊の文庫本のうち一冊を取り出す、『東京の青髭　悪魔の淫欲』の傷みの激しい古本だ。炒飯を食べ、老酒を飲み、さらに煙草を吸い、老酒の小瓶をもう一つ注文し、頁をめくる、写真を見る、自分の名前を捜す、やがて見つけると、その頁を読み始める、問題の箇所はこんな風に始まる、**室田秀樹は山梨出身だった。しかし不品行で懲戒免職になった後は山梨の実家には戻らず、東京にとどまった。そういうわけで、室田は下北沢《しもきたざわ》駅からそう遠くない北沢の古い木造の長屋に今も住んでいた。室田の住所が記録にあるのを西《にし》が見つけ、われわれは同じ古い木造の長屋の前にいる——**

また一本煙草に火をつけ、また老酒をグラスに注ぐ、ずんずん読み進む、読んでいく、名前がいくつも出てくる、幽霊が幾人も出てくる——**西刑事、三波《みなみ》刑事、森《もり》警部、安達《あだち》警部、若い女たち、殺された若い女たち、阿部《あべ》よしこ、緑川柳子《みどりかわりゆうこ》、そして殺人者、彼女たちを殺した男、小平義雄《こだいらよしお》**——これらの名前の間に、幽霊たちの間に、彼女を捜す、彼女を捜す、やがて彼女を見つける、その頁に、やがて彼女を見つける、白黒の彼女を見つける、彼女は**また影の中から歩み出る、みすぼらしいカーテンの**

向こうから、黄と紺の縞のワンピースを着て、また彼女を見る、彼女の声を聞く、また彼女が言うのを聞く、またこう言うのを聞く、死んだふりなんかできないわ。幽霊じゃないのよ。

でもまたあなたに会いにくる……

室田秀樹はびくりとし、がくっと動き、頬から、耳から、髪から、本を入れていた紙袋を剝がした。椅子に座った室田は背を起こし、目を開け、片頰をこすり、両目をこすり、それから両頰をこすり、激しくこすり、それから平手で強く叩いた。机を見下ろし、本を入れていた紙袋を見、袋の横に転がっている電話の受話器を見る、受話器は音を立てている、机の上で音を立てている。その受話器を手にとり、耳にあて、発信音を聞く、行方不明者たちの立てる音、行方不明者たちと死者たちの音を聞く。唾を飲む、瞬きをする、くんくん臭いを嗅ぐ、そして言う、おいおい、よせよせ。またやつらが押し寄せてくるぞ。首を振る、首を振る、瞬きをし、唾を飲み、鼻をくんくんさせる、それから受話器を電話機に戻す、架台に戻す、寝台に戻す。体を引き上げるようにして椅子から立ち、机の向こう側へ回る。床からシャツと上着を取り上げる、皺だらけのシャツと湿った上着を取り上げる、そして身に着ける。上着のポケットを検める、手で叩いて手帳があることを確かめ、財布があることを確かめ、一人でにやりとし、独り言を言う、調子は悪くない、まあこんなもんだ。窓辺へ行く、光のほうへ行く、少しだけ窓を開く、ほんの少し朝を開く――

トントン、トントン。カチャン、カチャン……

日曜日もか、と独りごちながら、ドアのほうへ歩き、事務所を出る。ドアを閉めて施錠し、廊下を歩き、階段を降りる、三度折り返して、二階分の階段を降りる。狭い出入り口で、鉄製の集合郵便箱の、自分の事務所の郵便箱を見る。中身を手にとって広告郵便物や請求書であるのを確かめると、また郵便箱に突っ込み、金属の蓋をがちゃんと閉める。それから建物を出て、短い階段を降り、外の通りに出る、朝の中に、曇った朝の中に、騒々しく気怠《けだる》い街に出る――

カチャン、カチャン、ドンドン……

しかし右へは行かない、神社の前を通って線路の下をくぐる道は取らない。市電に乗るために万世橋へ行くことも、国電に乗るために神田駅へ行くこともしない。東へ進み、北に折れ、和泉橋《いずみばし》で神田川を渡る、川水はいつにも増して黒々としている、いつにも増して江戸の悪臭を放っている。北へ歩いて、秋葉原《あきはばら》を過ぎ、御徒町《おかちまち》を過ぎ、人込みと喧噪の中を抜け、日曜日にも拘わらず盛んなパチンコとオリンピックの騒音の中を抜ける、この国は金を採掘中だ、パチンコの黄金とオリンピックの黄金の対決――

ドンドン、カチャン……

上野を迂回する、上野を避ける――映画館に動物園、公園に博物館に美術館を避ける――横丁に入り、裏通りを行く、下谷《したや》稲荷町《いなりちょう》を抜け、北へ進み、なおも北へ進み、昭和通りを横断し、坂本町《さかもとちょう》を抜ける、街は薄黒くなる、木造家屋が多くなる、緑が多くなる、街はだんだん静かになる、しんと静まり返る、鶯谷《うぐいすだに》駅の下を歩き、影の場所へ来る、沈黙の場所へ来る、ずんずん近づく、影と沈黙の場所へ近づく――

彼らがまたおまえを捕まえに来る……

やがて影の場所に、沈黙の場所に来る、今、影の場所にいる、沈黙の場所にいる、室田秀樹は根岸《ねぎし》に来た。

ハンカチを出して首筋を拭い、上着をシャツから引き離し、シャツをランニングシャツから引き離し、ランニングシャツを肌から引き離し、それからまた首筋を拭う。ハンカチをしまい、手帳を出した。手帳を開き、頁をめくり、目当ての住所を見つける。その住所を声に出して二度唱える。手帳を閉じ、上着の内ポケットにしまい、広い通り、言問《こととい》通《どお》りを進みながら、この界隈の道案内となる地図看板を探す。とある寺の前に、地図看板を見つける、傷んだ古い木板に手描きされた地図は色褪せている、古びて腐りかけた板に黒い線で描かれた夥《おびただ》しい小さな四角が迷路を作り、それぞれの小さな黒い四角の中には番地が書き込まれている。そこに目当ての住所を、探していた黒い四角を見つけると、また手帳を出し、今度は万年筆を使って、その住所の、探していた黒い四角の周辺の略図を描く。手帳を開いたまま手に持ち、また広い通り、言問通りを歩き、右に折れて、脇の道路に、道路というよりは路地に、入る。その路地を進む、暗くて狭い路地を進む、路地の迷路に入っていく、影の中に線香の匂いが漂っている、沈黙の中に喪《も》の雰囲気がこもっている、路地は陰鬱に蛇行する、朽ちかけた墓を擁する寺の間を進む、庭に雑草を生やした家々の前を通る、孤絶した界隈、深く深く入っていく、迷路の中、陰気で曲がりくねった路地の迷路の中へ、入っていく、やがて、彼は足を止めた、近隣のほかの家々よりもさらに孤立した一軒の家の前で、足を止めた、そして佇んだ、このほかの家々よりもさらに隔絶した家の前に佇んだ、迷路の真ん中で、この迷路の中心で、なぜなら彼は見つけたからだ、隠され、隠れている黒田浪漫の家を見つけたからだ。

影に護られ、沈黙に庇《かば》われたこの場所、この隠遁の場所、隠遁と亡命の場所で、彼は低木に隠され、雑草に埋もれた低い塀を見る、塀と低木と雑草の後ろに設《しつら》えられた竹の垣根を見る、その垣根はその後ろにある庭と家を護っている、中の何かあるいは誰かを、路地から、外の世界から、外の世界の目から、室田秀樹の目から、護っている。手帳を上着の内ポケットに戻し、ハンカチを出し、首筋を拭い、それから竹垣に少し近づき、竹垣を透かして中を見ようとする、竹垣の破れ目や裂け目や崩れた箇所から中を垣間見ようとする、瓢簞《ひょうたん》や蔓草越しに、柘榴《ざくろ》や金梅花《きんばいか》や李《すもも》や松の枝や幹や藪や繁みの隙間から、庭を覗き込もうとする、色合いと影の濃淡を透かして、家があると思われる場所を見ようとする、この影の濃い庭の中、沈黙の庭の中に、家の黒い形を捉えようとする、その変化する色合いを通して、変化する濃淡を通して、目を凝らし、目を細める、その庭は初め薄白いのが灰色になり、薄暗いのが暗くなる、そこでは、影の中、沈黙の中を、蜥蜴《とかげ》が走り、百足《むかで》が這い、その沈黙の中で、今や蚊が羽音を立て、彼の耳の中で羽音を響かせ、彼の皮膚を刺し、血管の中の血を探し当て、血を吸う、彼の首から、耳から、頰から――

くそ、と言いながら、竹垣と塀から後ずさる、低木と雑草から離れる、舗装されていない路地で、ハンカチを顔の周りでぱたぱた振り、刺されたところをこすり、血が出ていないか確かめる、そしてまた、糞いまいましい蚊めと、悪態をつく。

ハンカチをしまい、また手帳と万年筆を出し、竹垣の端から反対側の端まで歩いて、敷地の形を捉えようとする、五歩、六歩、七歩と歩き、まもなく角を曲がり、なおも低い塀と竹垣に沿って歩きながら、敷地の形をスケッチしていく、輪郭を写していく、やがて塀の切れ目に来る、竹垣にも切れ目があり、切れ目にはやや丈の高い低木が植わり、雑草が嵩《かさ》高く濃密に生えている、低木と雑草に隠されているのは門、この家の門だ。その低木と雑草の繁みの中へ踏みこむ、枝や茎の中へ分け入る、枝や茎を、低木の枝や雑草の茎を、掻き分け掻き分け、二歩、三歩、四歩、やがて門に達する、門に手が触れる。門は木製、古い、厚みのある木材でできていて、彼の頭より高く、平均的な男の背丈より高く、屋根が、茅葺《かやぶき》屋根がある。この屋根の下、傾斜した庇《ひさし》の下、低木と雑草の繁みの中で、茎や枝、花や葉の間に手を伸ばして、木の門扉を何も見当もつけずに探る、門扉の木肌を探る、取っ手がないかと探る、門の取っ手を探す。だが取っ手はない、この門に取っ手はない。くそ、と悪態をつき、木の門扉を押すが、たわまない、木の板はたわまない、門扉はたわまない。また、くそ、とつぶやき、なおも押す、それから拳を固めて木の門扉を叩く、また叩く、叩き、また叩き、悪態をつき、また悪態をつく――

何なんだこれは、と吐き捨て、低木と雑草の間を後ずさりし、路地に戻る、その影と沈黙に戻る。また手帳と万年筆をしまい、またハンカチを出して、また蚊を振り払い、また首の汗を拭きながら、門を見、首を振りながら、門を見つめて、門を罵り、自分を罵る、この莫迦野郎、莫迦野郎、莫迦野郎。

咳をし、路地の地面に唾を吐く、それから元来たほうへ戻り、角を曲がり、竹垣沿いに歩き、もう一つ角を曲がり、その路地の、別の低い塀と竹垣沿いに歩く、こちらはよく手入れされ、雑草が抜かれており、敷地の中からは鳥の囀《さえず》りが聞こえ、口笛が聞こえる、鳥に向かって男が吹いている口笛が聞こえる。室田秀樹は立ち止まる、その家の門の前で足を止める、その門、その家は、隠されておらず、隠れてもいない。その門扉を引き開けた、敷居をまたいだ、そして言った、御免ください、御免くださいさい……

はい、と返事をしたのは、浴衣《ゆかた》姿で縁側に立っている頭の禿げた老人で、軒から鳥籠が四つ五つぶら下がっていた。

室田秀樹は庭の大きな飛び石の上を二、三歩進み、お邪魔してすみませんと言った。お隣の堀川《ほりかわ》さん、作家の黒田浪漫さんに用があるんですが。

ほう、そりゃ大変だね、と禿頭の老人は両眉を吊り上げ、頬笑みながら言い、鳥籠の一つの扉を閉めた。

　お家にいらっしゃらないようなんですよね。どちらにいらっしゃるかご存じでしたら……

　そりゃわたしも知りたいねえ、と老人は首を振りながら言う。もう何ヶ月か前から息子が話をしようとしてるんだが。

　そうですか。どうしてです。

　不動産会社がうちの土地を買いたいと言ってるんだ、と老人は言いながら、自分の家と庭を手で示す。駐車場付きのマンションを建てるとかでね。いい話なんだが、隣の堀川さんちの土地も欲しくて、あそこも一緒でないと買う気はないというんだ。

　不動産会社も堀川さんを見つけられないんですか。

　誰も居所を知らないらしいねえ、と禿頭の老人は言う。ここ一年くらいであの人を訪ねてきたのは、あなたで三、四人目ですよ。

　人気者ですね。

　あの人じゃなくて土地だよ、人気があるのは、と老人は笑う。あれはしかし頭がおかしいね。この前見た時は庭で花を食ってたからね。

　ほんとですか……？

　ああ、ほんとだよ、と老人は言って、自分の庭の奥のほうを指さす。あそこの垣根に穴が空いてたんだよ、隣の庭との境に。それで家内に言われて修繕したんだがね、家内が言うには、隣の庭には狐がいるっていうんだ。それで、隣にいるのは頭のおかしい狐憑きの主人だよと言ってやったんだがね。

　修繕した時に堀川さんを見たんですか。

　そうなんだよ。四つん這いになって、花びらを食って、池の水を飲んでいたよ、熊の縫いぐるみと話をしながらね……

　熊の縫いぐるみ？

　ほら、と言いながら禿頭の老人は籠の鳥に頬笑みかけ、手を振る。中に綿を詰めた動物の人形があるでしょう、子供の玩具で。

　室田秀樹はうなずく。ええ、それは分かりますが、その熊の縫いぐるみと話をしていたというのは。

　変だろう、と老人は言う。あれは忘れられないね、今でも声が聞こえるよ。さだちゃん、さだちゃんって。喉が渇いたでしょ、お水を上げましょ、さだちゃんってね。

それが熊の名前なんですか。一緒に住んでる人はいないんですか。

この頃はいないね。わたしは見てないな。でも結婚はしたんだよ。だいぶ前に。

わたしも聞いたことがあります。室田秀樹はうなずいた。奥さんはどうされてるかご存じないですか。

自殺したよ。老人は声を落とし、鳥籠のほうを向いて、一人で納得するようにうなずく。

影の中、沈黙の中、影と沈黙が再びあたりを支配する。室田秀樹は唾を飲み、瞬きをし、さらに瞬きをして、唾を飲んだ。お気の毒に。

ああ。

室田秀樹はまた瞬きをして、訊いた、奥さんにお会いになったことはありますか。

いや。でも声はときどき聞いたよ、三味線を復習《さら》ってる時に。芸者上がりだったからね。芸者と結婚したというんで、あの人は家族から縁を切られて、それ以後誰とも会ってないって話を聞きましたよ。

わたしも聞いたことがあります、と室田秀樹はまた言い、またうなずいた。それで、いつなんですか、最後にあの人を見たのは。

庭で、ということかね。

ええ、修繕の時。

一年前か、二年前か。

その後は見てませんか。

そう、と禿頭の老人は言い、鳥籠の一つを軽く叩いた。また連れて行かれたんだろうと思ったね。もう随分昔から精神病院に入ったり出たりしてたから。

どこの病院だかご存じですか。

いや、と老人は言い、鳥籠の中の鳥に頰笑みかける。知ってりゃ息子が行って、土地を売るように説得するんだがね。

売りたがらないかもしれませんよ、と室田秀樹は言いながら、老人の家を見、庭を見回した、古いけれども美しい家、古いけれども美しい庭を。

そうかもしれないね。でも先方が出すと言ってる金の額を聞いたら、ひょっとしたら売るかもしれないと思うんだな。

じゃ相当の高値なんですね。

そうなんだよ、と浴衣姿で縁側に立っている禿頭の老人は言い、室田秀樹を見て、お宅は堀川さんにどういう用がと訊く。

室田秀樹は上着の内ポケットから財布を出し、財布から名刺を出し、縁側へ近づき、名刺を差し出し、堀川さんは出版社にお金を借りているんですと言った。

ははあ、と言って、老人は名刺を受け取り、刷られた名前を見て、これは面白い、面白くなってきたねと言う。

どういうことです。

そうなると土地を売るかもしれんでしょう、お宅さんがあの人を見つけたら。

なるほど、室田秀樹は笑った。見つけたらの話ですがね……

ちょっと待ってて、と禿頭の老人は言い、家の中へ、彼の美しい家の中へ、入っていった。

室田秀樹はうなずき、影の中で、沈黙の中で待ちながら、首を巡らして庭の奥へ目をやり、奥の竹垣、この家の庭と隣の庭を分ける竹垣を見、黒田浪漫の家を見た。

これ息子の名刺、と縁側に戻ってきた老人は言って、名刺をよこし、縦長の薄い古びた手帳も室田秀樹に差し出した。よかったらこれもどうぞ……

室田秀樹はうなずいて、ああどうも、と手帳を受け取り、老人を見上げて、何ですかこれはと訊いた。

住所録ですよ、あの人の、と老人は言って、ふっと笑う。だと思うんですがね。

室田秀樹はまたうなずき、手帳を開き、頁をめくりながら訊いた。どうしてこれを……？

あの人は以前、よく垣根越しにうちの庭へ物を捨てたんですよ。老人は笑った。非常識でしょうが。まあ当然これは返そうとしたんですがね、死人を呼んでるような按配でね、門を開けないんですわ。

その感じ、よく分かります。

その時家にいたかどうかも分からないけどね。息子がその住所録を見て、そこに書いてある番号に電話してみたんだ、居所の手がかりがつかめないかと思って。

でも駄目だったと。

最初の二、三人だけでも、そんな人聞いたこともないって言うから、息子は諦めたの。でもお宅はプロだから、何とかなるかもしれない。そうでしょう。

ええ、と室田秀樹は一人で納得するようにうなずいた。そうですね。ありがとうございます。

見つけたらきっと知らせてくださいよ、と禿頭の老人は言う。
そうします、と室田秀樹は言い、もらった名刺を軽く持ち上げ、ありがとうございますとまた言いながら、老人に背を向けた。
鳥籠を吊るした縁側から、老人が声をかけてきた、次はどこを当たるんです。
病院へ行ってみます、と室田秀樹は答え、振り返って老人を見ることもなく、門をくぐり、路地に出た。
門扉を閉め、名刺を財布に入れ、財布を上着の内ポケットに収めると、もらった住所録をもう一度開き、頁をめくり、あ、か、さ、た、な、と見出しをたどり、ま行で手を止めると、そこに並んだ名前を、ま、み、む、と見ていく……

室田　291-3131

根岸のこの路地、迷路の真ん中、迷宮の中心で、黒田浪漫の縦長の薄い古びた手帳の中に、室田は自分の名前を読んだ、自分の電話番号を見た、それから前のほうの頁に戻り、た行の頁を開くと、その頁のリストを下へ読んでいく——た、ち、つ、て、と……

~~富永　291-3131~~

そして影の中、沈黙の中、この隠遁の場所、隠遁と亡命の場所で、室田は彼女の名前を読んだ、彼女の名前と電話番号を読んだ、その番号は室田の番号と同じだ、彼女の名前と電話番号は、棒線で消されている、沈黙の中、影の中で……

またあなたに会いに来るわ。

彼は京王線の八幡山《はちまんやま》駅で降りた。ホームにある便所に入る。小便をし、洗面台の前へ行く。上着のポケットからネクタイを出して締め、別のポケットから眼鏡を出してかけた。蛇口の栓をひねって手を洗い、上着とシャツで手を拭いた。便所を出て、駅を出た。駅前の洋菓子店で、陳列ケースにある一番安くて一番小さいケーキを買った。線路を渡り、閑静な狭い道路を南に下り、左に折れ、以前は松沢《まつざわ》精神病院と一般に呼ばれていた東京都立松沢病院の西門をくぐる、ケーキの箱を手に、守衛詰所の守衛に頬笑みかけ、会釈をすると、守衛も頬笑みと会釈を返してきて、こんにちはと言う。車が通る広い通路を歩き、本館診療棟の玄関に向かう。階段を上がって玄関を通り、ロビーに入り、足を止め、ケーキの箱を手に、反対側の手で頭を掻き、あたりをきょろきょろ見回しながら、眼鏡の奥で目を細くし、当惑して立ち尽くしている体《てい》を作る――

受付をお探しですか、と若い看護婦が訊いた。

彼はうなずき、笑顔になった。ええ、そうなんです。どこへ行けば――

こちらへどうぞ、と看護婦は言い、室田秀樹を先導して廊下を歩きだし、カウンターまで案内して立ち去ると、厳《いか》めしい顔の、もう少し年上の看護婦と向き合うことになった。

こんにちは、と室田秀樹は言い、ケーキの箱をカウンターの、自分と看護婦の間に置いた。

看護婦はケーキの箱を苛立たしげにちらりと見、また目を上げて、何でしょ、と突っ慳貪《けんどん》に訊《つ》く。

すいません、と室田秀樹は言う。わたし東京の者じゃなくて、山梨から来たんです。初めて来たんです。東京は初めてじゃないんだけんども、ここは、この病院は、初めてなんです。ここへは仕事で来たんです。いや、この病院へはってことじゃなくて、東京へはですね。でも仕事で東京へ行くんなら、ついでに伯父さんのお見舞いに行ってきてくれないかって言うんですよ、わたしの母親と伯母が。時間があればですけどね。仕事がどうなるか分からないんで、時間があるかどうかは分からなかったんだけど。うまい具合に――

お名前は、と看護婦が言う、その口の中に覗く歯は、だいぶ前についたらしい口紅で汚れていた。

室田秀樹といいます、と言って頭を下げる。

あなたじゃなくて、と刺々《とげとげ》しく言う。患者さんの。伯父さんの名前。

保《たもつ》です。保伯父。

苗字も言ってもらわないと、と溜め息交じりに言う。

あ、すいません、堀川といいます。堀川保。

厳めしい顔の看護婦は室田秀樹に目を向け、じっと見つめる、皺だらけの背広とワイシャツ、ネクタイ、眼鏡、髭を剃らない浮腫《むく》んだ顔。室田は頬笑みかけたが、看護婦は頬笑みを返してこない。ケーキの箱に手を触れると、看護婦もまたちらりと箱を見たが、すぐに目を上げて室田秀樹の顔を見た。また頬笑みかけたが、看護婦は頬笑み返さず、また溜め息をついて、言った、堀川保さんね、ちょっと待ってください……

看護婦がカウンターの向こうで立ち上がり、奥の事務室に消えると、残された室田秀樹はじっと立ったまま、ケーキの箱に触れ、指でとんとん叩いた。

やっぱりそうだった、と言いながら看護婦は戻ってきて、またカウンターの後ろの椅子に座り、ようやく頬をゆるめ、小気味よさそうな笑みを浮かべた、開いたファイルを両手で持っていた。あなたの伯父さんはここにはいませんよ。

そうなんですか、と室田秀樹は言い、頭を掻き、耳たぶを引っ張る。

ええ。そうなんです。

あの、確かですか。

ええ、確かです。とっても確かです。

ちょっと待ってください、と室田秀樹は言い、ポケットに手を入れ、別のポケットに手を入れ、また別のポケットに、と衣服のあちこちを捜し始めた。うちの母親も伯母も、ここの病院の名前を言ってたんだけど。それを紙に書いたんだけどなあ。確かにこの病院なんですよ、この病院で間違いないはずなんですよ……

いや前はいらしたんですけどね。もういないんです。病院はここで合ってるんです。でももうここにはいないの。

だけんども、先生の名前を聞いてきたんです、と室田秀樹はなおも全身のポケットを探り続ける。先生から話を聞いてきてくれって頼まれて……あの先生は……何てお名前でしたっけね？　手紙はどこへ行ったかなあ……？

伯父さんはもういないんです。あなた遅すぎたんです。そんな莫迦な、と室田秀樹は言う。だってここだって言われてきたんだから。だいたい伯父がどこへ行くってんです。普通じゃないのに、重い患いがあるってのに。保伯父さんは……

室田秀樹の後ろに何人もの人が並び始め、みな苛々して迷惑そうな顔をし、受付の看護婦を見ている、看護婦も並んでいる人たちを見て、また歯軋《はぎし》りするような口付きになって首を振る。

ほんとに確かなんですか。

いい加減にしてください、看護婦は吐き捨てるように言い、ファイルをカウンターのケーキの箱の隣にばしんと叩きつけた。それから室田秀樹の後ろに並んでいる人たちを見、列の先頭の人に頬笑みかけて言う、はい、お次の方はどういう……？

室田秀樹は瞬きをし、頭を掻き、ファイルを見下ろし、上下をひっくり返して頁に目を落とすと、そこに書かれている名前と日付を、唇を動かしながら読み始める、また瞬きをし、頭を掻き、首を振り、また首を振って、ファイルを閉じ、また反対向きにして、看護婦が並んだ人たちの応対を済ませるのを待つ、ただじっと立って、待つ、待っていると、やがて看護婦はファイルを取り上げ、勝ち誇るように、ね、そうでしょ、と言う。

はあ、と室田秀樹は穏やかに、哀しげに言い、またあちこちのポケットに手を突っ込んで、医者の名前を書いた紙を捜す。だけんど、担当の先生から話を聞けんでしょうか。野村《のむら》先生とちょっとお話しさせてくれませんか。

それは無理です、と受付係の看護婦は言い、また椅子から立ち上がり、ファイルを手にとって行きかける。

明日また来るってのはどうでしょうか。

看護婦はカウンターの後ろの事務室へのドアの前で足を止めた。そして振り返り、室田を見、溜め息をついた。もう三月にお辞めになりましたから。野村先生もここにはいないんです。

室田秀樹はうなずき、それからもう一度うなずいて、カウンターに背を向け、歩きだす――

ちょっと待って、と看護婦が声を上げる。

室田秀樹は振り返り、頬笑んで、はい？　と言う。

ケーキ忘れてるわよ。

室田秀樹はまた看護婦に頬笑みかけ、どうぞ召し上がってください。保伯父に買ってきたんで。つまんねえもんですけどどうぞ。

看護婦は箱を見下ろし、また室田秀樹を見て、首を振り、要りませんから、と言った。持って帰ってください、山梨に持って帰って、お母さんと伯母さんに上げるんですね。

室田秀樹はカウンターの前に戻り、ケーキの箱を取り上げ、看護婦にうなずきかけ、それからお辞儀をして言った、どうもありがとうございました、失礼します。

看護婦は、どういたしまして、さよなら、と言った。

室田秀樹はまたお辞儀をし、身を翻し、カウンターを離れ、廊下を歩き、ロビーを横切り、本館診療棟の玄関を出てその前の階段を降り、車が通る広い通路を歩き、門をくぐりながら詰所の守衛にまた会釈をして頬笑みかけると、守衛はうなずきと頬笑みを返して、お疲れ様です、と言う……

室田秀樹はまた会釈をし、それから左に折れて、狭い静かな通りを南へ下り、松沢病院の敷地を隠す塀と木立に沿って歩く、その高い塀と高い木々は病院の庭の芝生や池を遮蔽し、患者たちを見えなくしている。八幡山駐在所がある角をまた左に折れ、松沢病院の敷地南端の高い金網フェンスが設えられた未舗装の小径を進む、金網フェンス越しに見えるのは野球場で、その向こうに高い木立があり、さらにまた高い木立があり、さらなる遮蔽物になり、目隠しになっている。別の角でまた左に折れて、やがて公園へやってくる、それはごく小さな公園だ。公園のベンチに腰を下ろす、このごく小さな、何もない、人もいない公園で、ケーキの箱を開く。ケーキを一つ、手にとって口に詰め込み、嚥《の》みくだす、それからもう一つも、これが今日最初に口にした食べ物。口とその周りからクリームを指で拭い取り、その指を舐め、それから煙草を取り出した。一本くわえて火をつける、今日最初の一本に、そして煙を吸い込む、それを吐く。吸い終えると、足元の地面で揉み消し、眼鏡とネクタイをはずし、また上着のポケットに戻す。上着の内ポケットから手帳と万年筆を出す。手帳を開き、いくつかの名前と日付を書く、書きながら口を動かす、口を動かしてその名前と日付をささやき声で唱える。**森警部、一九四六年六月、公職追放になり発狂、松沢精神病院に入院……**

書くのをやめ、万年筆をはさんで手帳を閉じ、上着の内ポケットに戻した。また一本煙草に火をつけ、煙を吸い、吐き出し、空に向かって吹き上げ、室田秀樹は空を見上げ、東のほうの空を見た、北沢あたりの上空の、どんより曇った空を見た、北沢の上空の雲を見た、北沢の古い木造の長屋は雲に覆われて消え、とうの昔に消え、とうの昔に消えて、すべて今はもうなくなり、雲に覆われて消えていた。煙草を足元の地面に落とし、靴で踏み消し、それから目をこすり、拭った。立ち上がって、べンチの上からケーキの空箱を取り上げ、コンクリートのゴミ入れまで行って、箱を中に落とした。小さな公園を出て、左に折れ、また別の細い静かな道を北へ進みながら、また塀と木々を横目に見る、それは病院の敷地の東端に設えられた塀と木々。やがて別の公園、別の小さな公園にたどり着くと、右に折れて、京王線沿いに歩き、上北沢駅まで行く。切符を買い、ホームに出て、電車を待ち、電車が来るとそれに乗った。席に座り、目をつぶり、窓の外は見ない、民家が消え、マンションが増え、高い建物が増え、総合ビルが増え、電車は新宿《しんじゅく》駅に向かっていく――

ふりむかないで、お願い……

彼は駅を出、人込みの中を歩く、映画やパチンコの客、ミルクホールやジャズクラブの客の間を歩く。階段で二階の喫茶店に上がる。珈琲を飲み、分厚いトーストにバターを塗って食べ、そのあとビール一杯とナポリタン・スパゲティーを注文した。スパゲティーを食べ、ビールを飲み、ビールのお代わりを頼み、次いでハイボールを注文し、それを飲みながら煙草を吸い、腕時計を見る、腕時計は遅れ気味で、時間がゆっくり流れる、時間を潰すうちに時間は潰れて死ぬ、喫茶店の狭いじめじめした便所で鏡の前に立ち、自分を見、自分に言う、仕方ない、と……

彼は新宿の西の、別の郊外の、別の駅の、別の電車から降りた。だがネクタイは締めず、眼鏡もかけず、ケーキも買わなかった。手帳を出してもう一度住所を、住所とそこへの行き方を確認する。手帳を上着の内ポケットに戻し、歩きだす、一昨日の金曜日の夜に歩いたのと同じ道を歩く、金曜日の夜、彼はあの男を尾行した、自宅に、家族の住む家に、幸福な家庭に帰っていく男のあとをつけた。もしかしたら、あの日はたぶんもう少し時刻が遅く、もう少し暗かったから、あるいは日曜日ではなく金曜日だったから、この辺はもっとましな界隈のように見えた。夜のもっと暗い時ならもう少しましに見えるだろうが、今はただの殺風景な郊外の、粗末な柵に囲われ、枯れた雑草を庭に繁らせているちっぽけな家が立ち並ぶ町にすぎなかった。

室田秀樹はサングラスを出して、それをかけ、爪楊枝を一本取り出してくわえた。それからちんけな小さな門を開け、ちんけな小径を進んだ。居間に灯りがついて、テレビがついていて、野球をやっている、夕食の匂いがかすかにして、数人の人の声が小さく聞こえている、家族の匂いがし、家族の音がしている。ちんけなガラスドアの、ちんけな呼び鈴を押す、少し長めに押し続ける、ほんの少しだけ長く、その音が彼らのささやかな家庭の中で鳴り響くのに耳を傾ける、小さな足が玄関のほうへ駆けてくる音に耳を傾ける。小さな手がドアを開け、小さな顔が室田秀樹を見上げた。室田はボタンから指を離し、口から爪楊枝をとり、その小さな子供の小さな頭に大きな手を載せ、サングラスを通して見下ろすと、お父さんはいるかい、と訊く。

もちろんいるのだ、ちゃんと見えている、狭く短い廊下を今やってくる、不安げな顔をして。子供の母親も見える、廊下の先のドアの陰からやはり不安げな顔を覗かせているのが見える。二人とも不安げなのは、室田秀樹が見えるから、室田秀樹が、自分たちの家の玄関に、自分たちのささやかな家庭の玄関に、ささやかながら幸福な家庭の入り口に、立っているのが見えるから、サングラスをかけ、爪楊枝をくわえ、自分たちの長男の、大事な息子の頭に手を載せているのが見えるから、息子は首を巡らせて、父親を見ている、父親は自分たちの家の玄関にいる男から息子を引き離す、大事な息子を廊下の奥のほうへ押しやる、母親のほうへ、母親の腕の中へ押しやる、そして父親は室田秀樹のほうを向く、室田秀樹に訊く、一体何の用だ……？

室田秀樹は父親の顔の向こうに目をやり、肩越しに家の中を見、廊下の奥を見、男の妻をまっすぐ見据えながら、自分の名前を告げ、相手の勤め先の会社の名前を言い、にやりと笑って、こうつけ加えた。それで間違いないだろう。

あんた何者だ。何の用だ。

なおもサングラス越しに、男の妻をじっと見つめながら、室田秀樹は唇を舐め、またにやりと笑って言った。お宅の庭でちょっと話をしたいんだが。

男は振り返り、不安げな顔で長男を抱いている身重の妻を見、それから向き直り、室田秀樹のあとから小径を歩き、小さな門まで来ると、足を止めて、話って何だ、と訊いた。

お宅の奥さんの話だよ。

家内がどうした。

えらく奇麗な奥さんだよな、と室田秀樹は言いながら股間を掻く。すごい美人だ。

男は室田秀樹より少し背が高く、年はかなり若くて、不逞《ふてい》の輩《やから》ではなく、ただのサラリーマンにすぎない。それでも男はすでに両の拳を固め、身構え、考えないほうがいいことをすでに考え始めている――

根室和子《かずこ》より美人だよな、と室田秀樹は言い、視線を家から相手の男に移して、男に頬笑みかけた。これは俺の意見だが、もちろん俺よりあんたのほうが二人をよく見てるわけだ。二人をな。

男はもう拳を固めてはおらず、身構えてもいなかった。両足に均等に体重をかけ、心臓が口から飛び出しそうになりながら、必死に息をしようとし、しどろもどろに、また同じ問いを発した。何の用だ？

うん、それが問題だよな、と室田秀樹は爪楊枝を嚙みながら言う。俺は何の用で来たか。そりゃいろいろ考えられる。そうだろ。あんたの持っているもので欲しいものは沢山ある。たとえばあんたの会社についての情報だ、そういう情報は利益になる、俺や俺の友人たちの利益になる、俺たちが株に興味があるとしたら、それで儲けようという気があるならだ。あるいはただ金が欲しいだけかもしれない。そうだろ。

いくらだ、男はそう言って溜め息をつく。

何が。

金はいくら欲しいんだ。

室田秀樹はにやりと笑い、次いで声に出して笑って、男の肩に手をかけ、肩をぎゅっとつかみ、こう言った、あんたの金なんか欲しくない。

不安に満ちた顔、恐怖に染まった目で、男は室田秀樹を見て、言った、じゃ何が欲しいんだ。

室田秀樹はまた頬笑み、また男の肩をつかんだ手に力をこめ、顔を顔に近づけて、あんたに約束してもらいたいんだ、と言った。

約束って何を。

こういうことだ、あんたは今からあんたの居心地のいいささやかな家の中に戻る、そして奥さんに、おなかに赤ちゃんのいる美人の奥さんにこう言う、大丈夫だよ、何も心配いらない、あの男は僕が車を安く買いたいと言ってるのをある人から聞いた、それで近所に用事があったから立ち寄っただけだ。でも僕は車を買う話には興味がない、もう来ないでくれと言っておいた。どうだ、今のを言えるか、ちゃんと覚えていられるか。

ああ、でも――

で、ここからが大事なところだ、と室田秀樹は言い、肩にかけた手に力をこめて、しっかりとつかみ続ける。ここから先のことは奥さんに話しちゃいけない、話しちゃいけないが、これからずっと忘れちゃいけない、絶対に忘れちゃいけないぞ……

な、何を……?

今後二度と根室和子と会わないと俺に約束するんだ、分かったか。

男はうなずこうとした、うなずいて、ああ、分かった、もちろんだと言おうとした。が、こう考え始めた、そして言った、でも向こうから連絡してくるはずだ、きっとしてくる、いつもそうなんだ。いつも僕じゃなくて彼女から連絡してくるんだ。連絡してきたら何て言えばいい?

起きたことを話すんだ、ほんとのことを。日曜の夜に、サングラスをかけたでかい恐ろしげな男が家に来た、家族のいる家に来たと。そのサングラスをかけたでかい恐ろしげな男に、先週の金曜日の夜、代々木のいつもの連れ込み宿に入るところを見られた。このでかい恐ろしげな男は僕たちのことを知っている、僕たちの名前を知っている、僕たちを家まで尾行してどこに住んでいるかも突き止めている。この男はうちの家へ押しかけてきて、金を要求した、大金を要求した、とそう言うんだ。

でもそれを信じなかったら? 男は首を振りながら言う。僕を放っておかなかったら?

なら俺もあんたを放っておかない、根室和子のことも放っておかない、と室田秀樹は言った。俺はあんたの金と彼女の体をいただく、俺が欲しいのはそれだからだ、俺はそれをいただくつもりだ。おまえが拒んだら、あるいは彼女が拒んだら、俺はあんたの奥さんと彼女の亭主に全部話す。そうして欲しいのか、色男?

とんでもない、と男は言い、目を大きく見開いて首を振る。

室田秀樹は男の肩をぽんぽん叩き、頰笑みかけ、こう言った、根室和子は信じるさ、あんたが信じさせるからな。そうなったら彼女はあんたを放っておくよ、そして俺もあんたを放っておく、あんたとあんたの家族をね。分かったな。

　分かった、と男は言い、うなずいた。

　よし、と室田秀樹は言った。さあ最後にもう一遍俺を見ろ、それから向こうを向いて、この細い道を歩いて、あのドアのところへ行って、家に入って、奇麗な奥さんと可愛い息子のところへ、幸せな家庭へ帰るんだ。

　彼が北千住に帰り、アパートに着いて、古い木造の建物の横手の錆びた外階段を駆け上がり、湿っぽい廊下を歩き、自室のドアの鍵を開け、ドアを引きちぎるような勢いで開けて、玄関の幅の狭い下駄箱の上からプラスチックの洗面器と手拭いと古い剃刀をとり、靴と靴下を脱ぎ、下駄にはき替え、またドアを閉めて鍵をかけ、廊下を歩き、階段を降りて、走って角を曲がり、道路を駆け、銭湯ののれんをくぐり、戸を開けて頭を中に入れる、銭湯はもう終業時間が近い。だが番台の老婆は笑い、手を振って室田を招き入れ、早く入っといで、汗臭い汗臭い、と言った。

　室田秀樹も笑って老婆に礼を言い、下駄を下駄箱に入れ、脱衣場に入った。服を脱ぎ、それを籠に入れ、手拭いと剃刀を入れた洗面器を持って浴場に入る。片側の洗い場へ行き、蛇口から湯を出して腰掛けの座面を洗い、腰掛けに座り、手に石鹸をつけて、それを顔に塗り、髭を剃りはじめた。剃り終えると、顔を洗う。それから手拭いを濡らし、石鹸を擦り込み、体を洗い始める。体を手拭いでごしごし擦り、念入りに洗う。汗、埃、垢、街の汚れを落とす。それから洗面器に湯を溜め、体にかけて、石鹸と汗と埃と垢と汚れを洗い流し、それをさらに三回繰り返す。それから手拭いを洗って絞り、腰掛けの座面を洗い、湯船へ行く。ふちを跨《また》いで湯に入り、座り、まだ湯に漬かっている最後の一人の客に軽く会釈をする、それからさらに深く体を沈め、顎まで湯に漬かって、目を閉じる。

　さあもう出ておくれよ、と老婆の叫ぶ声が聞こえた。早く閉めたいんだよ。

　はいはい、と室田秀樹は応えて笑い、目を開くと、自分が最後の一人になっている、立ち上がり、ふちを跨ぎ越して湯船を出る。ぺたぺた歩いて蛇口のある洗い場に戻り、また洗面器に湯を溜め、もう一度体に湯をかけ、絞った手拭いで体を拭く。また手拭いを洗って絞り、剃刀を入れた洗面器を持ち、脱衣場に出た。からからに絞った手拭いで体を拭き、服を着、髪をとかす。手拭いと剃刀を入れた洗面器をとり、終業の準備をしている老婆に礼とおやすみを言い、外に出て、下駄をはき、のれんを掻き分けて、銭湯を出、通りに出た。

通りを引き返し、途中の店でビール一瓶と煙草三箱とするめを買い、また角を曲がり、アパートに帰る。また錆びた外階段を昇り、一階にだけある共用便所の鼻を刺すような悪臭が漂う、湿っぽい廊下を歩く。鍵を開け、ドアを開け、手拭いと剃刀を入れた洗面器を下駄箱の上に置き、ドアを閉め、下駄を脱ぎ、部屋に入ってただいまと言う。

紐を探りあて、それを引いて灯りをつけ、狭い部屋の真ん中の、薄暗い電球の下に置かれた卓袱台《ちゃぶだい》にビールと煙草とするめを置く。また玄関に引き返し、洗面器から手拭いをとり、床に脱ぎ捨てた上着と靴下を拾い上げる。部屋に一つだけあるガラス窓を開け、軒下に張った洗濯紐に湿った手拭いをかけ、上着を壁の掛け釘にかけた。ワイシャツを脱ぎ、ズボンを脱ぎ、下着を脱いだ。ズボンを別の掛け釘にかけ、清潔な下着を着ける。汚れた下着と靴下をワイシャツで雑に包み、隅に放置してある汚れた下着と靴下とワイシャツの山の上に載せた。卓袱台を回り込んで玄関の脇にある流しへ行き、水切りからコップを一つとり、卓袱台のそばにどさりと座り込む。瓶の栓を抜いて、ビールをコップに注ぎ、するめを嚙みながら飲む。上体と腕を伸ばし、汚れた畳の上に落ちている手拭いをとる。顔と首筋を拭ってから、手拭いを首に巻いて端を結ぶ。またコップにビールを注ぎ、ラジオや人の声に耳を澄ます、ラジオや人の声は同じ階の部屋や一階の部屋から聞こえてくる。またビールを一口飲む、ビールはすでにぬるく、くそ、と悪態をつく。また立ち上がり、掛け釘にかけた上着のところへ行く。ライターと、黒田浪漫の住所録、それに自分の手帳と万年筆を、上着のポケットから出す。それらを持ってまた卓袱台のそばに戻り、畳に座る。ビールを飲み、するめを嚙み、煙草を吸いながら、黒田浪漫の住所録を見、各ページに書かれた苗字と電話番号を検める。その名前と電話番号を自分の手帳に書き写し、ビールを飲み、するめを嚙み、煙草を吸い、ビールを飲み終えると流しの下から焼酎《しょうちゅう》の瓶と梅干しの瓶を出し、焼酎をコップに注ぎ、そこへ梅干しを入れ、水切りからとった箸で焼酎を掻き回し、それを飲みながら、黒田浪漫の住所録から名前と電話番号のリストをもう一つ作る、古いほうの名前と電話番号のリストを作る、それをしながら、梅干し入り焼酎を掻き回しながら、さらに飲む——

ねえ、何してるの、と彼女が訊く。

例の男を見つけたい。

ね、やめて。お願いだから。

だが室田はさらに焼酎を注ぎ、梅干しを箸で潰し、ぐびぐび飲んでから、いや、やめない、と言う。誰が俺たちのことをベラベラ喋ったのか、俺たちのことを漏らしたのか、知りたいんだ。

もう昔の話じゃないの。

室田はまた酒を注ぎ、梅干しを潰し、ぐいぐいあおってから言う、君にはそうかもしれないが、俺にとってはそうじゃないからな。

涙で終わるわよ。

だから何だ、と室田は言い、また瓶をとって焼酎を注ぐ。最初は涙で始まったんだ、いつだって涙を流すことになる——

わたしの涙よ、あなたのじゃない。

室田は箸を手にとり、コップの中に残っている梅干しの大きめの塊を力をこめて何度も突き刺して崩しながら、俺は知りたいんだ、知りたいんだ、**知りたいんだ**、と言った。

ねえ、お願い、そんなことしてもあなたに良いことは何もないわ。

室田はぐしゃぐしゃになった梅干し、折れた箸、罅割《ひび》れたコップから、卓袱台の上の焼酎の溜まり、折れた箸の破片と何滴かの血から、目を上げた、そして嫌な臭いのする汚い流しを見、流しの横の油にまみれたガスコンロを見、埃っぽい擦り切れた畳の上の汚れた衣類の山を見、垢じみて黄ばんだ壁の掛け釘にかけた汚れた上着とズボンを見、悪臭と湿気と虫を含んだねっとり濃い空気の中で染みだらけのたわんだ天井からぶら下がっている薄暗い裸電球を見上げ、そこに存在しないものたち、存在しない人たちを目で捜し、その存在しない人たちの影に向かって、その影の沈黙に向かって、室田はまた言った、だから何だ、だから何だ、今のこのありさまで何か良いことがあるのか。

　下山事件ですか、と御《お》茶《ちゃ》ノ水《みず》にある山《やま》の上《うえ》ホテルで、横川二《よこがわじ》郎《ろう》は言った。ロビーのラウンジで桜材に黒革張りの長椅子に座り、二枚の緋色のビロードの厚いカーテンを背にしているところは、玉座についた帝王のような風格を感じさせる。もっとも頭に頂いているのは宝石を飾った冠ではなく黒いベレー帽であり、上が眉のように見える黒縁で下が縁無しの眼鏡をかけ、厚地の濃緑色の着物を着ている姿は、日本探偵作家協会の創設者にして会長というよりは、売れっ子の漫画家のように見える。写真で見る以上に顔が丸くて唇が厚く、年はまさに実年齢通りの六十三歳といった風だ。横川二郎は太い葉巻をもう一度ふかし、ウィスキーをもう一口飲んでから、ごくりと唾を飲み、こう言った、そう、お気の毒なことに、あれで黒田先生は駄目になりましたね。

　探偵小説界の帝王に謁見《えっけん》中の室田秀樹はうなずき、自分もウィスキーを一口飲んで、続きを待つ。一九六四年六月二十二日月曜日、梅雨《つゆ》入り二日目の、ものうい、二日酔いの昼食時《どき》だった。

　もう随分昔の話ですがね、と横川二郎はまた葉巻を一吸いし、ウィスキーを一口飲んでから続ける。まるで昨日のことのようですよ。

　室田秀樹はまたうなずき、ウィスキーを一口飲み、待った。

　あの時のことは忘れられません、あの夏、下山事件、三《み》鷹《たか》事件、松川《まつかわ》事件があった夏のこと、あれは確か八月でした。日本探偵作家協会の会合を、京橋の、第一相互館の七階にある東洋軒《とうようけん》で開いたのです。当時はいつもあそこが会場でした。その時は下山事件について議論するのが目的で、新聞や雑誌の記者も招《よ》んで、何人かの作家に下山事件についての意見や考えを訊きましてね、最後にあれは自殺だったのか他殺だったのか、下山総裁は自分で命を絶ったのかそれとも殺されたのか、出席者全員で投票をしたんです。自殺か他殺か――それが世間の話題になっていましたからね――当時のことは覚えておられると思いますが……？

　室田秀樹はうなずき、ええ、覚えていますと言った。

　あの時のことは忘れられません、と横川二郎はまた言った。投票も済んで、これにて閉会という段になって、ドアがばあんと開いて、黒田浪漫が飛び込んできたのです。あの時の黒田さんの恰好ときたら！　着物の前がはだけて猿股《さるまた》が丸見えで、下駄を両手に持って、足は裸足で血だらけです。髪はくしゃくしゃで、大きく見開いた目は狂気じみていて、口から泡を吹かんばかりで、俺は事件の真相を突き止めた、下山事件の謎を解いたなどと、うわごとのようにまくし立てるのです。

室田秀樹は訊いた。具体的に何を言っていましたか。

わたしは部屋の反対側にいましたから、と横川二郎は首を振りながら言う。言葉はよく聞き取れなかったのですがね、後から聞いた話では、時間のことを言っていたようです、時間が〝解決の謎〟なのだと。

室田秀樹は訊き返した。〝謎の解決〟ということですか。

いいえ、と横川二郎はまた首を振る。順番が逆です、〝解決の謎〟と言ったのです。これを覚えているのは、あとでみんなが何度もそう言ったからです。黒田さんは帰り支度をしている作家や記者をなじり始めました、あんた方にはこんなのはただの遊びだろう、ただの謎々遊びだろう、どうせみんな真剣じゃないんだと。それはいい点を突いていたのですがね、ともかくあの人はそれからまもなく本当にのめり込むようになったのだと思います。ああいう発言をしたのはあの時が初めてではなかったし、最後でもなかったと聞きました。

先生はそれ以後も彼に会われましたか……？

すみませんがもう一杯ずつ作ってもらえますか、と横川二郎は言い、バーにキープしている瓶をグラスで指し示した。瓶は桜材のテーブルの二人の間にアイスペールと並べて置かれている。

はい、と室田秀樹は言い、うなずいた。手を伸ばしてウィスキーの瓶をとり、栓をはずし、二つのグラスに酒を注ぎ、トングでアイスペールの角氷を二つずつグラスに入れた。

横川二郎はまた太い葉巻を長々と吸い、グラスをとってぐびぐびあおり、飲み込んでから、うなずいて、二、三度会いましたかねと言った。しかし最後に会ってから随分たちます。だからあなたからお電話を頂いた時、びっくりしたのですよ。番号がよく分かったなと思って。黒田さんとはそう親しくありませんでしたからね。彼には親しい人など誰もいなかったのではないですか。

その二、三度のことを聞かせていただけませんか、いつ、どこでお会いになったのか。

ええと、あれは、と横川二郎は言いながら、シャンデリアの一つを見上げ、厚い濡れた唇を尖らせてから、ガラス板を載せた桜材のテーブルの向かいに座っている室田秀樹に目を戻し、一人で何か合点するようにうなずきながら、こう言った、そう、一度は彼が病院を退院したばかりの頃でした。彼に会ってびっくりしたので覚えているのです。退院したのを知らなかったのですよ。ですからあれは、一九五五年の年末ですかね。

室田秀樹は、場所はどこでしたかと訊く。

帝国ホテルで開かれた神秘《しんぴ》書房《しょぼう》の忘年会でです、と横川二郎は言い、含み笑いをした。宴会の出席をよくしたいなら帝国ホテルに限りますな。

黒田氏とお話しになりましたか。

ええ、話しました、となおも小さく笑い続けながら、今は首も振る。というより、向こうの話を拝聴したといいますか……

どんな話をしたか覚えてらっしゃいますか。

それはあなた、と横川二郎は、もう笑わずに言う。ほかにどんな話をするというのです。下山事件のことですよ。

下山事件のどういうことを……？

しきりに油のことを言っていましたね、下山総裁の衣服についていた油のことを、いろいろな種類の油のこと、製造元の可能性があるいくつかの工場のこと、それらの工場がある場所のこと、ただ、静かに話しましたよ、耳が追いつかないくらいの早口で。かりに身を入れて聞こうとしたとしても無理だったでしょうね。

梅雨入り二日目のものうい、二日酔いの昼食時、御茶ノ水にある山の上ホテルのラウンジで、室田秀樹は言った、でも身を入れて聞く気にはならなかったと……？

あの人のことは好きでしたよ、そういう人はあまり多くなかったですがね、と横川二郎は言い、太い葉巻の先を見、それから室田秀樹に目を戻して、また一人で合点するようにうなずいた。だからあなたに会って、今こうしてお話ししているのです。

お時間を割いていただいて本当に感謝しています、と室田秀樹は言った。先生を非難するつもりは毛頭ないんです……

いやいや、と横川二郎は首を振り、顔の前で葉巻を振りながら言った。非難されたとは思っていません。わたしが言おうとしているのは、そしてこれは黒田さんの名誉のためにも言わなくてはいけないのだが、アメリカのこと、ＧＨＱのことを、ＧＨＱのある機関が下山総裁の死に関与したということを最初に言い出したのは、彼だということです。もちろん今では多くの人がそう考えていますが、それを最初に公の場で言い、それから書いたのは黒田浪漫でした。

　室田秀樹はガラス板を載せた桜材のテーブルの向こうへ視線を向け、こう訊いた、先生もそのようにお考えですか……？

　わたしは、と横川二郎は首を振り、重厚なガラスの灰皿で葉巻を揉み消しながら言った。下山事件について考えることはとっくの昔に諦めました。

　室田秀樹はうなずいて、なるほどと言った。それで、その時以外に、あるいは最後に黒田氏に会われたのはいつのことですか。

　最後に会ったのは、たぶんわたしが下山事件について考えるのをやめた頃ですね、と言いながら、一人でうなずき、一人で頰笑んだ。下山事件の十周年の時、だから一九五九年の七月五日ですか。あの時、綾瀬の、いわゆる犯行現場で、一種の追悼式があったのです。そこに彼もいたのですよ。

　その時もお話しになりましたか。

　いや、あの時は話をしなかった、横川二郎はそう言ってまたウィスキーのグラスを取り上げ、一口飲んだ。

　室田秀樹はうなずいて続きを待つ。

　黒田さんは寺内紘治《てらうちこうじ》と一緒にいた。それはよろしくないことでした。この男のことを聞いたことは……？

　室田秀樹はまたうなずいて言った、何となくあるような気がします。新聞の記事か何かで名前を見たんじゃないかと……

　ああ、興味があるなら、新聞を調べれば見つかりますよ。わたしはあの男のことを話すつもりはありませんがね、そんなことは時間の無駄だから、ただ、あれはまったくの詐欺師《さぎし》で、途方もない夢物語を言いひろめる大法《おおぼ》螺《ら》吹きだとだけ言っておきましょう。でも黒田さんはあの男の魔法にかかってしまったようです――

　失礼します、先生、と灰色の背広を着た若い男がささやいた、この男が着ているのも光沢のある背広だ、若い男は横川二郎の脇にしゃがんだ。お部屋の用意ができました、先生。

ああ、分かった分かった、と横川二郎は手で若い男を追い払いながら言い、グラスを手にとって酒を飲み干しにかかった。

ここにご滞在なのですね、と室田秀樹が訊く。

横川二郎はグラスを置き、厚い濡れた唇を拭き、首を振って言った、これからここで原稿を書くのです。〝缶詰め〟というのをご存じないですか、室田さん。

室田秀樹はかぶりを振る。

出版社が作家をホテルの部屋という牢屋に閉じ込めて、外の世界から切り離すのですよ、気を散らすものや誘惑からね、そういう方法で原稿が締切に間に合うようにするのです。

かなり居心地のよさそうな牢屋じゃありませんか、と室田秀樹は言いながら、ロビーの豪華な内装や応対の丁寧なボーイたちを見た。

横川二郎は溜め息を一つついて、黒革張りの長椅子から重い腰を上げ、こう言った、もし本当に黒田浪漫を見つけたいのなら、下山事件を洗うことですね。

おっしゃることは分かります、と室田秀樹は言い、自分もグラスを置いて、腰を上げ、お辞儀をした。どうもありがとうございました。

横川二郎は室田秀樹の肩に手をかけた。室田秀樹は目を上げて横川二郎を見る――

あなたは元刑事だと言いましたね、と横川二郎は言い、室田秀樹を見つめた。そして今は私立探偵をしていると。それならあなたも、事件というものが人に歯を食い込ませることがあるのをご存じでしょう。でもこの事件はそれとは違います。歯を食い込ませるだけでなく、血を吸うのです、大局的な物の見方と良識と理性を奪うのです。〝下山病〟ということが言われるのはそのせいです、あの事件は人に感染して、その人を占領して、我が物にしてしまいます。

室田秀樹は唾を飲み、うなずいて、こう言った、黒田氏に起きたのはそういうことだとお考えなのですね。

そうだと知っているのです、と横川二郎は言い、室田秀樹の肩をぎゅっと握った。黒田浪漫はそもそもの初めから理性をほっぽり出してあの事件に取り組んだのです、言っている意味がお分かりでしょうか。

室田秀樹はうなずいて、分かります、と言った。

それならいいのですがね、と横川二郎は言って肩から手を離し、室田秀樹に背を向けて歩きだしながらこう言った、お気をつけなさい、室田さん、下山事件と関わり合いになる時はね、だって彼は気をつけなかったから。

それが黒田浪漫の悲劇でした。


霧雨の降る中、坂道をくだり、神保町に戻る、古本屋街に戻る、その本棚と本の山に戻る、店から店へ、新刊書店から古書店へ、その本棚と本の山を見歩き、下山事件について見つかる限りの本を探す、そうして下山事件に関する本を片っ端から買う——井上靖《いのうえやすし》『黯《くろ》い潮《しお》』（一九五〇）、堂場肇《どうばはじめ》『下山事件の謎を解く』（一九五二）、大野《おおの》達三《たつぞう》・岡崎万寿秀《おかざきますひで》『謀略　戦後の裏面史』（一九六〇）、夏堀正元《なつぼりまさもと》『罠』（一九六〇）、松本清張《まつもとせいちょう》『日本の黒い霧』（一九六〇）、宮城音弥《みやぎおとや》・宮城二三子《みやぎふみこ》『下山総裁怪死事件』（一九六三）——それから、紙袋に入れた本を持ち、また霧雨の中に出て、裏通りをたどり、白山通りに出て、三幸園《さんこうえん》に入り、餃子一皿と焼きそばとビール一本を注文し、飲み食いしながら新聞を読んだ。紙袋から本を出すのではなく、店のラックから新聞をとり、掏摸《すり》や自殺、暴力団の取り締まりや野球の記事を読む、巨人がスワローズに勝った、国鉄スワローズに、国鉄の子会社が所有するプロ野球団、国鉄のことから逃れられそうにない——

シュッシュッポッポ、シュッシュッポッポ……

餃子と焼きそばを平らげ、ビールを飲み終えると、本を入れた袋を持ち、新聞をラックに返して、代金を払い、中華料理店を出た。霧雨が本降りになってくる中、靖国通りを引き返し、小川町、神田須田町と、路面電車の走る道をたどり、鉄道のガード下をくぐり、柳原通りを進み、柳森神社の前を通り過ぎて、事務所のある柳ビルに向かう——

カチャン、カチャン、トントン……

本を入れた袋を持ち、ビルの入り口の前の短い階段を昇った。鉄製の集合郵便箱をあらためる。広告郵便物や公共料金の請求書以外には何もないのを確かめて、また郵便箱に押し込み、扉を叩きつけるように閉めた。本の入った袋を持ち、重い足取りで階段を昇り、折り返し、また折り返し、もう一度折り返した。階段を昇りきったところにある便所に入り、本の袋を洗面台のそばにどさりと置く。小便器へ行って、ズボンの前を開き、長々と用を足した。チャックを引き上げ、本をとり、便所を出る。廊下の外れまで歩き、鍵を出し、開錠してドアを開け、事務所に入る――

ドンドン、カチャン……

ドアを閉め、それから窓を閉めて、騒音と悪臭をさえぎる、建設の騒音と、川の悪臭を。紙袋に入れた本を机の上に置き、椅子に座って、煙草に火をつける。煙草を吸い終えると、溜め息をつき、紙袋を開けて、一冊ずつ本を出し、一冊ずつ、ぱらぱらと見、次いでゆっくりと頁をめくり、じっくりと頁に目を走らせる、自殺説を説く頁、他殺説を説く頁、他殺か自殺か、自殺か他殺か、記述は両者の間を行ったり来たり、彼も両者の間を行ったり来たり、これらの頁の上を行く、これらの頁をくぐり抜ける、他殺説を説く頁、自殺説を説く頁、現場の描写、犯罪の現場または自殺の現場の描写、死体の描写、自殺死体または他殺死体の描写、描写は行ったり来たり、彼も行ったり来たり、警察の報告書と検死報告書、他殺説に立つ報告書、自殺説に立つ報告書、行ったり来たり、行ったり来たり、報告書も彼も行ったり来たり、供述書の頁を見る、目撃証言の頁を見る、多くの目撃者による多くの供述書、自殺を窺わせる目撃証言、他殺を窺わせる目撃証言、陰謀説と仮説の間を行ったり来たりする、仮説と陰謀説、他殺を説く陰謀説、自殺を説く仮説、精神疲労による自殺、精神疲労または精神錯乱による自殺、あるいは共産主義者による殺害、共産主義者またはアメリカ人による殺害、他殺または自殺、自殺または他殺、行ったり来たり、彼は行ったり来たりする、やがて日が暮れ、部屋は暗くなり、聞こえるのは列車の音だけになる、列車は何度も何度も走る、線路の上を、人体の上を、列車、電車、汽車――

シュッシュッポッポ……

暗い事務所の中、椅子から立ち上がり、これらの本から離れ、壁へ行き、灯りのスイッチを入れた。電灯の光の中、部屋の真ん中で、事務所内を見回す、その黄ばんだ壁と汚れた床、埃だらけの棚と空の書類キャビネットを見る。また溜め息をつき、机に戻り、椅子にまたぐったり座り、煙草に火をつけた。また一冊ずつ本を手にとり、一冊ずつぱらぱらと見、次いでゆっくりと頁をめくり、じっくりと頁に目を走らせる、名前がいろいろ出てくる、名前が数多く出てくる、が、黒田浪漫への言及はない、黒田浪漫はかけらも現われない。もっとも、いくつかの名前は分かった、ああの人かと分かった、知っている名前だった、警察関係者の名前、刑事たちの名前、彼が知っていた人たち、個人的に知っていた人たち。机に置いた箱からまた煙草を一本とり、電話機をちらりと見た。煙草に火をつけ、煙を吸い込み、また電話機を見て、それから煙を吐きながら、電話機をじっと見つめた。煙草を吸い終え、それを揉み消し、溜め息をつき、自分の住所録を出す。頁をめくり、その名前と電話番号を見つける。その名前と電話番号をじっと見つめ、それからまた電話機を見た。唾を飲み込み、電話機に手を伸ばし、受話器をとり、番号をダイヤルし始め、胸中でこうつぶやく、仕方ない……

自分がこんなこと言うとは思ってもいなかったが、オリンピック様々ってとこだな、と服部勘助《かんすけ》は呂律《ろれつ》のあやしい舌で言った。

湿気でべとつく夕方、有楽町ガード下の小さな屋台店の、湿気でべとつくカウンターで、二人はかれこれ三、四時間酒を飲んでいた。最初の一時間ほどはまずビールから始めて、乾杯をし、背中を叩き合い、あれから何年になるかな、まったく久しぶりだよな、ご無沙汰しすぎだよ、おまえこんなにご無沙汰しちゃいけねえよ、水臭えよ、まあああいうことがあったにせよだ、もう昔の話なんだから、大昔の話なんだから、なあ、おい、あのこと覚えてるか、あいつ名前何ていったかな、俺らがまだ新米の巡査だった頃は、くそ生意気な巡査だったよな、でもよ、今は全然違うんだよ、ほんとに、昔とは全然違うよ、大学出の、ママに可愛がられた金持ちの坊ちゃんばっかでよ、箸より重いものを持ったことがねえって感じでな、言うこたあいつも教科書通りで、試験の点数のいい秀才ばっかり、それが今の警察だよ、あんたや俺みたいながさつな田舎者には出る幕はねえんだ、なあんにも知らない莫迦にはな、いやほんと、俺なんか、警察に入ったばっかの時は自分の名前を書くのがやっとだったよ、ほんとにもう、あんたは辞めちまってよかったよ、なあ、室田、辞めたのは正解だったよ、そりゃまあ、ああいう形でってのは、よくねえけどな、うん、ありゃあ、俺はおかしいと思うよ、そりゃあんた、誰だってちょいと摘まみ食いくらいするじゃねえか、ええ？　あんたは独り者《もん》で、女も独り者《もん》だったんだから、そうだろ？　何が悪いってんだよ、ほんとに、俺はそう言ったんだよ、あん時、俺はそう言ったんだよ、何が悪いんだって、うん、しっかしまあ、あの小平って野郎はほんとにとんでもねえ野郎だったなあ、あいつはあそこが勃《た》ってない時が十秒続かなかったんだろうなあ、色情狂ってやつだよな、俺は知りたかったね、あいつに訊いてみたかったね、何人の女と姦《や》ったんだよって、絶対、ウン百人だろ、え？　異常だよなあ、いっつも思うんだが、あいつの女房はその後どうなったかねえ、あんた見たことあったっけ？　ありゃ美人だったよ、えれえ別嬪《べっぴん》だったよ、あの女房は絶対あの野郎に、一日に五遍、六遍、七遍って姦られてたんだぜ、だから野郎がいなくなったあとは寂しかったろうと思うわけよ、ありゃあもったいねえことだよなあ、あんないい女がよ、姦りたくても姦れねえ後家《ごけ》になっちまったんだから、いや、しかしだ、あんたに会えて嬉しいよ、室田君！　なあ、いやほんと、俺はもう何て言っていいか……

　こっちもだよ、と室田秀樹は言い、うなずき、頬笑む、自分が飲む酒は、ピッチを抑えつつ、服部勘助にはどんどん飲ませる、どんどん酔わせる、にこにこ笑い、うなずきながら、ビールから焼酎に切り替えて、どんどん注ぐ、服部刑事のグラスに注ぐ——

　いやあ、ほんとにありがたいんだよ、室田君、こんな風に、あんたとね、あんたのような人とね、飲めるってのはさ、昔の誼《よしみ》でね、それにあんたは知ってるからね、この仕事をね、あんたのような人はさ、というのは、今やってる事件ってのが、もう気が変になりそうなんだ、どうかなっちまいそうなんだ、かれこれもう十四ヶ月、十四ヶ月やってんだがね、どうにもこうにも、埒《らち》が明かんのだ、有力な手がかりが一つもないんだ。もう吉展《よしのぶ》ちゃんが可哀想で……

　うん、ほんとだな、と室田秀樹は言い、さらに焼酎を注文して、うなずきながら、服部刑事がその事件について長々と話すのを聞く——それは前年の三月に、四歳の男児、村越《むらこし》吉展ちゃんが台東区の自宅に近い公園で誘拐された事件、全国民の耳目を釘づけにしている事件で、警察は総力を挙げて当たっている――捜査はなおも継続中で、いまだ解決に至らず、可哀想な吉展ちゃんは今も行方不明のままだ――

夢に見るんだよ、夢で声が聞こえるんだ、声が聞こえるんだよ、小さな声で、俺を呼ぶんだ、助けてって呼ぶんだ、でも声だけだ、声が聞こえるだけだ、ちっちゃな声だ、顔は見えねえ、いる場所も分からねえ、声だけ、声だけなんだ、ちっちゃな声が、俺を呼ぶんだよ、聞こえるのはそれだけだ、あの子の声だけだ、ちっちゃな声だけだ、俺を呼ぶんだ、分かるか。ときどき、夢の中で、そういう夢の中で、俺は近づくんだよ、声に近づくんだ、ちっちゃな声に、そこにいるって感じられるくらい、手で触れそうなくらい近くまで行くんだ、助けられそうなくらい近くまで、俺はそこまで行くんだ、ほとんどその場所まで、声がしてるすぐ近くまで、あの子がいるところまで、ほとんどそこまで行くんだ、でも、その時目が覚める、目が覚めるんだ、覚めちまうんだ、頭のおかしいやつみたいに汗をかいてはあはあ言いながら、目が覚める、ああ、目が覚めて新聞を読む、そしたら、俺たちの無能ぶりが分かるんだ、それじゃまるで今まで知らなかったみたいだけど、とっくに知ってたよ、頭のどこかで分かってたよ、感じてたよ、俺たちはあの子を見つけたいんだ、そのことばっかり考えてるんだ、いつもいつも考えてるんだ、毎日毎日ずっと考えてるんだ、それしか考えてない、話すのはそのことだけだ、夢にまで見るんだ、だから、俺は、自分がこんなことを言うなんて考えてもみなかったよ、オリンピックがなかったら、世間は俺たちを赦さねえ、ブン屋どもは俺たちを思いっきり……はな！　オリンピック様々だなんて言うとはな！

それじゃ帝銀事件や下山事件の時よりきついわけだ、と室田秀樹は、ここぞとばかりその話題に踏みこむ――七ヶ月だよ、と言って服部は笑う。帝銀事件はな。犯行から自白まで、ちょうど七ヶ月。今回の事件とは比べものにならんわな……

下山事件は。

俺はあんなの何とも思っちゃいない、と言って服部刑事は鼻で笑った。政治にひっかき回されたのよ、事件当時もそうだったし、今もそうだ、くだらねえ政治によ。ありゃ自殺だ、誰にでも分かる、それで一件落着よ。

それだけ自殺説に自信があると、いまだに他殺だと言う連中がいるのは腹立たしいだろうね、室田秀樹はまたうなずきながらそう言い、焼酎を自分のグラスに注ぎ、服部刑事のグラスにもたっぷり注いだ。

自信があるどころじゃないぜ、と服部刑事は笑いながら言い、グラスを取り上げた。俺はそれを証明したんだ。

へえ、と室田秀樹は言う。

服部刑事は丸椅子の上で体を回し、室田秀樹のほうを向くと、右手に持ったグラスを左手に移した。そして右の掌を室田秀樹の顔の前に持ち上げ、指を一本ずつ折りながら、根拠を挙げていく——

一つ。下山氏を一番よく知っていたのは家族だ。行方不明になった日、俺は総裁の自宅へ行った。そしたら奥さんが最初に、ひょっとしたら自殺じゃないかしらと言ったんだ。自殺していなければいいんですがって。俺はそんなこと言うもんじゃありませんと言った。まあ普通そう言うわな。でも俺はものすごく後悔してるんだ、あの事件で、奥さんが最初に言ったことをちゃんと聞かなかったことを。

二つ。総裁には愛人がいた、というか、元愛人か、まあどっちでもいいが。その女から干乾《ひから》びるほど血を吸われてたんだよ、金をせびられて、それを工面《くめん》するのに色んなものを質に入れてた。奥さんの指輪や着物まで質入れしてその女に貢いでたのよ、その芸者上がりの女とよろしくやって、口止めもして、それで終いにはすっからかんになったんだ。

三つ。奥さんと四人の息子がいて、愛人がいて、金がない、それからもちろん例の首切り問題がある、当然、心労が重なって、精神が不安定になる、頭がまともに働かない。俺は病院へ行ってみた、国鉄の病院ってのがあるんだ、そこで総裁を診ていた医者に会って、この目でカルテを見た、そしたらはっきり診断が書いてあったよ、一九四九年六月一日、神経衰弱症って。医者はブロバリンを処方した、眠れるようにするのと、精神を落ち着かせるためだ。ところが総裁はそれの中毒になっちまった。医者がそう言ってたが、一日置きに来て薬をくれと言ったそうだ。だからブロバリンの包みを何袋も持っていた、それで奥さんが自殺を疑ったんだ。奥さん自身が言ってたからな、薬を呑みすぎてたかもしれないって。だから自殺の惧れがあるのを知ってたんだよ。

四つ。目撃者が、確か二十三人いたんだ、三越で姿を消してから五反野でホトケになって見つかるまで。でも俺にはそのうちの二人で充分だった、誰でもそう思うはずだよ。一人は何とかいう婆さんで、線路のそばに立ってる男を見た、その少しあとで、男が線路のそばでしゃがんで草を毟ってるのを見た。俺は婆さんに案内してもらって、その場所を見たよ、そしたら確かに雑草の穂が毟り取られてた、それでだな、その草の穂が、それとまったく同じものが、ポケットの中にあったんだよ、死体の服のポケットの中に。俺に言わせりゃこれだけで捜査は終了だ。だってほかに何が要るってんだ、何が必要なんだ。もっと証拠が欲しいのなら、あるよ、ほかにもいろいろあるよ。別の目撃者で、地元に住んでる男がいた、ちゃんとした職のある、まっとうな男だ、その男も総裁に似た男を見てるんだ、洋服と靴がどんなだったかを証言したよ。総裁はチョコレート色の、値の張るゴム底靴をはいてた。俺たちはその目撃者に警視庁の本部まで来てもらって、靴と背広を見せたんだ、そしたら言ったよ、わたしが見たのはこの服です、靴はこの靴ですって。

五つ。検死の結果だ。科学的にどうだこうだで他殺の証明ができたと言う連中がいたが、やつらには何も分かっちゃいなかった。今ここで細かいことは言わねえが、そんなこたあどうでもいいんだ、簡単に言うと、慶應大学の長岡先生が自殺だと証明したんだよ、例の血痕の話、線路の上に血がずうっと長い距離あっちにもこっちにも点々と落ちてるのがルミノール反応で検出されたってやつ、あれなんか見当違いもいいとこなんだ、あの血痕は何かってえと、列車の便所から落ちた月経の血なんだ、それだけのことよ——

服部勘助刑事は指を全部折り、手が拳になっていた。室田秀樹の顔の前に掲げたその拳を、しばらくそのままにする、かなり長くそのままにする、長すぎるほど長く掲げている、それから、ゆっくりと五本の指を開き、掌を室田秀樹の顔の前に突き出したまま、ゆっくりと言う、この五本の指が意味してるのは、下山総裁は自殺、それで一件落着ってことだ。

そりゃすごい、と室田秀樹はグラスを持ち上げて乾杯の仕草をし、うなずいた。あんたはばしっと解決して手柄を上げたわけだ。

服部刑事は首を振りながら、またグラスを右手に戻して酒を飲んだ。別に手柄なんか上げちゃいねえさ。俺はしょせん馬の脚だ、誰もまともに話を聞いちゃくれなかった……

みんな共産主義者の仕業だと思ってたわけか。

そうであってくれと願ってたんだよ。特にアメ公どもはそうだったが、日本の政府の中にもそういう連中がいた。マッカーサーや首相の吉田《よしだ》にもそのほうが都合がよかった。アカどもがやった、それを俺たちが証明した、そういうことになったらえらく都合がよかった……

じゃあ上からの圧力はさぞかし……

そりゃもうすごいもんだった、と服部刑事はまた首を振りながら言った。俺もあんたとおんなじ運命をたどりそうになったんだ、俺を馘にするって話が出てたらしい。あんたも知ってのとおり、俺は上におべっか使ってヘイヘイ言うことを聞いてるタマじゃねえ。こりゃ自殺だ自殺だってそればっか上に言ってたから、飛ばされちまったよ、黙らせるための異動だ、何人もそんな目に遭ったよ――金原警部のことは覚えてるか。

室田秀樹はかぶりを振る。いや……？

当時の捜査一課長で、俺の上司、いい上司だったよ、すごい刑事だった。ちゃんと証拠を検討して、その意味を考えて、自殺だと判定した、ただの自殺だとな。で、あの人も異動だよ、山谷《さんや》署に飛ばされた、あの古いおんぼろ警察署に。あんな立派な、職務に忠実で優秀な人に、その扱いはねえよな。

室田秀樹はうなずいた。そうだな……

そうさ、と服部は言い、うなずきながら室田秀樹の腕をぽんぽんと叩く。あんたには言うも疎《おろ》かってやつだがね……

そのとおり、と言って室田秀樹は溜め息をつき、それからにやにや笑いながら、こう言った、しかしおかしなもんだな……

何がだい、と服部刑事は言い、酒の瓶をとって、中身を全部、二人のグラスに空けた。

何がって、今じゃ下山事件について書いてあるものはどれもＧＨＱ謀略説じゃないか……

服部刑事は丸椅子の上で体の向きを変え、グラスを手に室田秀樹の顔を見上げて言った、あんた下山事件の本をだいぶ読んでるみたいだな。

俺が？　本を読むって？　室田秀樹は笑った。俺は山梨の山猿だぜ。いや、俺が言うのは、左翼文化人どもがゴチャゴチャ言うのを聞いてるとってことだよ……

服部刑事はうんうんとうなずき、今は笑い声も漏らしながら、空の瓶を持ち上げ、屋台店の女主《おんなあるじ》におかわりを頼むと、声を低くして、しかしなおも笑いつつ、こう言った、いやここだけの話、あのアメリカの陰謀だって説がどこから出てきたか知ってるかい、ありゃ黒田浪漫って男が言い出したことなんだ、ほらあの作家だ――知ってるかな。

だから俺は山梨の山猿だからさ、と室田秀樹は言って首を振る。知ってるわけないだろ……

とにかくその黒田浪漫って男が言い出したのよ、GHQがどうした、Z機関がこうしたと。でもこいつは頭がおかしかった、正気じゃなかった、完全にイカレてた。頭のネジが緩んでるなんてもんじゃねえ、とっくの昔にどっかへ飛んじまってたんだ！

そうなのか。

ああ、と言って服部刑事は笑う。俺はちゃんと知ってるよ、会ったことがあるから。何遍か会ったんだ……

室田秀樹は丸椅子の上で体をひねり、服部刑事を見た、その顔、酒の酔いで赤茶色い顔を、開いて濡れている口を、莫迦でかい口を、大きく開いて濡れている口を見て、室田秀樹は言った、また言った、そうなのか……？

ああ、と服部刑事もまた言い、さらに酒を喉に流し込み、唇を、唇とその周りを、その莫迦でかい口を、拭いた。何遍かな……

おんなじ田舎者仲間と思ってたら、作家先生とお付き合いがあったとはな、と室田秀樹は首を振りながら笑い、煙草の箱をとって、一本くわえて火をつけたあと、グラスを取り上げ、一口飲んで、待った、あの大きな口が、莫迦でかい口が、また開くのを――

いやいや、付き合いじゃねえ、向こうが付き纏《まと》ってきたんだ、しょっちゅう本部の外に来て、刑事が出てくるとうるさく話しかける。そんである日、金原一課長が俺に、おまえ一遍あいつに話をしてやれ、ちゃんとした話を聞かせてやって、黙らせろと、こう言ったんだ。それで俺はある日、黒田と昼飯を食いに行った、向こうの奢りでな、やつは日比谷公園の中にある洒落た食堂へ俺を連れて行った、松本楼《まつもとろう》だ、知ってるかな……？

室田秀樹はまたかぶりを振る。

カレーライスを食ったんだ、家で母ちゃんが作ってくれるカレーライスとはモノが違うんだぜ。とにかく俺はやつに下山事件のほんとのところを話してやった、今日俺があんたに話したようなことをな。いろんな証拠の説明をして、自殺だと教えてやった、やつはうなずきながら聞いてたよ、ふむ、ふむ、なるほど、そりゃあ自殺ですな、自殺に間違いないですな、なんて言ってな、それで俺は、これでよしと、俺の仕事は終わったと、もうこいつに会うこともねえだろうと、そう思ったわけよ。

ところがどっこいか、と室田秀樹は笑った。

笑いごとじゃねえんだよ。やつは俺を友達だと思い込んだ、親友だと決め込んじまった、相棒か何かだと考えだしたんだ。そりゃもうしつこく付き纏ってきた。本部へ電話してくる、予告なしに訪ねてくる、でもって、新しい証拠が見つかった、こんな証拠も見つかった、もううるさくてかなわねえ。あれには参ったぜ……

それで、どうしたんだ……？

どうもできやしねえやな。でもそうしょっちゅう本部に来られたり電話をされたりじゃ困るからな。ときどき外で会うようになったんだよ、分かるだろ、向こうの気が済むように、会ってやることにしたんだ。あの男は頭がおかしいかもしれねえが、金は持ってた。だから、たいがい上等な店で会ったよ。食い物も酒も旨い店でな。でも誤解すんなよ、こっちはほんとに迷惑だったんだから、あいつの話を聞かされて、何しろくだらねえ陰謀の話なんだ……

室田秀樹は首を振り、また一本煙草に火をつけ、酒を一口飲み、笑って言った、で、それがどれくらい続いたんだい……？

俺がやつの家へ行った、その日までだ、と服部刑事は言い、首を振りながら溜め息をついた。

家へ行ったのか。

ああ、上野から鶯谷のほうへ行ったとこだ、服部刑事はそう言いながらまた首を振り、溜め息をついた。すげえ家だったよ、古ぼけた、気味の悪い家。外の庭だけでもそれなんだ。まったく、あの男がいかれてるのは分かってたが、中に入ったら、家ん中に入ったらもう――

何だ。

部屋の一つに入るとな、壁という壁に下山事件関連のものがびっしり貼ってあるんだ。写真、地図、時刻表――何だこりゃーって、目を疑ったよ。そんな部屋、見たこともなかった。見なきゃ信じられねえよ、あのもののすごさは。でも、それだって壁に貼ってあるものだけの話だ、で、それからやつが話しだしたのは……ああ、もうくそったれが！　何でこんなこと話してんだ。こんな大昔の話、どうでもいいじゃねえか。

　ああ、そうだな、と室田秀樹は言い、うなずきながらも、さらに訊く、でも、あんたはどうしたんだ、その家で……

　あのいかれた家でか、服部刑事はふんと鼻で笑う。俺がどうしたと思うんだ。すたこら逃げ出したよ。それから二度とあの野郎に会わないようにしたよ。

　その後彼はどうなった？

　そんなこと何で気にすんだよ。

　室田秀樹は笑いながら服部刑事の背中をぽんぽん叩き、まあそう言うなって、あんたなかなか話がうまいよ、こう目に見えるみたいでな、噺家《はなしか》みたいだよ、それを途中でぷつんと切られたんじゃ、続きが気になって仕方がない。俺はただ黒田がその後どうなったのか知りたいだけなんだ……

　どうなるべきだったか、どうなって欲しかったかなら話せるぜ――俺は墓場へ行ってもらいたかったね。

　おいおい、と室田秀樹はまた笑い、服部刑事の肩に腕を回して、遠いほうの肩をぎゅっとつかんだ。人の死を願うってのはよろしくないだろ……

　あんたはあの男に会ったことがないからだよ、と服部刑事は言う。もし会ったことがあったら、そしてあんたに人の心があるなら、おんなじことを言うかもしれねえぜ……

　そうかな。

　そうさ、と服部刑事は溜め息をつき、手にしたグラスを見下ろし、グラスの中の焼酎を丸く揺すった。いつだったか、松沢病院で毎日五百ボルトの電気を頭に流されてるって話を聞いたよ。

　そいつはまた……

　ああ、電気の無駄遣いさ。ほら、よく言うだろ、いかれたやつを治す方法は一つしかねえって。

　いや、知らないな……

　服部刑事はグラスの酒から目を上げ、首を回して室田秀樹を見た。顔はまだ赤茶色だが、酩酊のせいではない、自分の腰かけた丸椅子と同じくらい素面《しらふ》の服部は、室田秀樹をじっと見据え、両手を室田秀樹の顔へ伸ばし、室田秀樹の顔をつかみ、こう言い放つ、莫迦は死ななきゃ治らねえ！

彼は酔い、雨も酔っていた。最終電車を、その夜最後の電車を、逃した。金は持っていた、財布に充分入っていた、事務所まで、あるいはアパートまででも、タクシーで帰れるだけの金は持っていた。だが乗らなかった、タクシーには乗らなかった。彼は酔い、雨も酔っていた。彼と雨は溜まった水をはねながら歩道を進み、交差点を走って渡り、水をはねながら路面電車の線路を越え、鉄道のガード下をくぐり、線路に沿って走った。彼は酔い、雨も酔っていた。彼と雨は街を叩きながら進んだ、夜を突き抜けて進んだ、ずんずん進み、街を北上し、夜を突き抜けて北上し、ずんずん進み、彼と雨は、土砂降りの勢いで横丁に入り、しょぼしょぼと裏通りをたどって、街の谷地、夜の低地を行く。彼は酔い、雨も酔っていた。街はますます暗くなり、夜はいよいよ静かになる、ますます暗くなり、いよいよ静かになる、街と夜は、水浸しになり、水をはね散らかす、彼と雨、彼の頭は晴れ始め、雨の雲は流れ始めたが、それでもまだ酔い、なおも酔っている、彼と雨は酔っている、やがて二人はその家にやってくる、またしてもその家にやってくる、その影の家、その沈黙の家、またしてもその家に、またしても影の、またしても沈黙の、その家に、ずぶ濡れに濡れて。彼は酔い、雨も酔っていた。

迷路の真ん中で、ぐしょ濡れの服を絞り、迷宮の中心で、よろめき、つまずきながら、高い藪の中、巨大な雑草の群がりを抜けて、よろめき、つまずき、路地に戻り、ぬかるみを歩き、さらによろめき、つまずきながら、前に進む、また前に進む、低木の繁みを抜け、雑草の繁みを抜け、木の扉のほうへ、木の門扉のほうへ、よろめき、つまずきながら戻り、前に進む、また前に進む、木の扉のほうへ、木の門扉のほうへ、また戻っていき、また前に進む、肩に体重をかけ、肩に全体重をかけて、肩を木の扉に打ち当てる、木の門扉に打ち当てる、体重をかけて肩を木の扉に打ち当てる、木の門扉に打ち当てる——

あなた、あなた、何してるの……？

扉が鋭い音を立て、空が鋭い音を立て、木の破片を突き抜けて、雨のしぶきを突き抜けて、瓢簞を突き抜け、蔓を突き抜け、木や草の葉を突き抜け、木から落ちた葉の上へ、落ちていく葉の間で、落ちた葉の上へ、室田秀樹は門扉を突き抜けて倒れ込む、ある男の庭へ、その男の過去へ――

もう昔の話じゃないの……

ある男の庭の中、その男の過去の中、その影と沈黙の中、移りゆくその色調、移りゆくその濃淡、仄白くなり、それからまた濃い灰色になり、薄明るくなり、それからまた暗くなる中、彼は体を押し上げるように、そして引き上げるように、上体を起こし、服と手から土と葉を払い落とし、それから飛び石を、雑草に覆われた飛び石を手で探る、小径の飛び石を探り当てる、苔むした飛び石を探り当てる、家に通じる小径、あの男の家――

わたしの涙よ、あなたのじゃない……

葉を通り抜け、木々の葉を通り抜け、さらに多くの葉の上に、植物の葉、雨が降る、影を貫いて、沈黙を貫いて、ボタボタと、バラバラと、葉の上に落ちる、葉から落ちる、彼の右側の影の中に、古い石の水盤に、装飾的な池に、彼の左側の沈黙の中に、彼は小径を、雑草に覆われ、苔むした小径をたどっていく、一歩ずつ、不安定な、頼りない足取りで、小枝を編んだ拱門をくぐり、松の低い枝の下をくぐり、左右にくねり、時折低くかがみながら進むと、やがて――

それは涙で終わるわよ……

庭の影の中、庭の沈黙の中で、その影の中、沈黙の中から、家が、あの男の家が、おぼろに見えてきた――

涙で終わるわよ……

影より暗く、沈黙より深く、蔓草にからまれ、雑草に覆われて、その古い木造の家、その朽ちかけた濡れ縁が、彼の前でひざまずき、お辞儀をし、彼を待ち受け、歓迎する――

涙で終わるわよ……

小径の最後の飛び石から彼は上がる、濡れ縁に上がる、濡れ縁の床板はたわんでいる、そこを、そっと、忍び足で、覚束《おぼつか》ない、不安定な足取りで、歩く、濡れ縁を歩く、横切る、床の板はたわみ、ゆるんでいる、ゆるんでいて、足の下で動く、そっと、忍び足で踏むたびに動く、雨戸にたどり着く、家の雨戸にたどり着く、雨戸に手を伸ばす、雨戸の一枚一枚に触れる、一枚の雨戸の縁をしっかりつかむ、力をこめ、雨戸の一枚を、この家の雨戸の一枚を、あの男の家の雨戸の一枚を、はずす――

あなた、やめて、お願いだからやめて……

力をこめて、雨戸を敷居の溝から無理やりはずす、戸板がめりっと音を立てる、空もまた雷の音を立てる、雨戸をはずして、室田秀樹は家の中に入った――

あなた、お願い、そんなことしても何にもならないから……

あの男の家の中、その影の中で、彼は立ち、耳を澄ます、その沈黙に耳を澄ます、あの男の影、あの男の沈黙、立ち尽くし、耳を傾ける、屋根の上に落ちる雨、この家の屋根の上に落ちる雨の音、家のどこかでポタポタ滴っている雨の音、それから手探りをする、手探りして探し始める、影の中を通り、沈黙の中を通って、壁の表面、家具の上、手探りをし、探す、やがて蠟燭を一本見つける、蠟燭立てに立てた蠟燭を見つける。手をポケットに入れる、ポケットからライターを出す、そして蠟燭に火をともす、その蠟燭を手にとり、持ち上げると、炎が揺らめき、ちらつく、彼は部屋の中をぐるりと回る、蠟燭立てに立てた蠟燭を手に、部屋と壁を照らす、壁と家具を照らす、西洋風のテーブルが一つ、椅子が二脚、埃に覆われたワインの瓶が一つにグラスが一つ、テーブルの上には途中でやめた食事の跡、皿に載っている食べ物は、骨のように硬く、岩のように乾いて、今やゴキブリが食うにも適さない、そのゴキブリが、畳の上で百足と一緒に歩く、壁の上では家守《やもり》が体をひくつかせながら、自分自身の影から逃げる、自分自身の怪物じみた影から逃げる、壁の上を走る、戸のほうへ走る、彼は戸を引き開ける――

お願い、そんなことしても何にもならないから……

一つの部屋から別の部屋へ、一つの黴臭《かびくさ》い空き部屋を通り抜けて別の黴臭い空き部屋へ、反対側の手で蠟燭の炎を護り、部屋の四隅を見る、すべての押し入れの中を見る、部屋から部屋へ移る、雨が屋根の上に、この家の屋根の上に降る、雨がこの家の、あの男の家のどこかでポタポタ滴っている、ポタポタと、一つの戸の向こうで、木の戸の向こうで――

そんなことしても何にもならない……

廊下のはずれの木の戸、離れの部屋に入る戸、彼はこの最後の戸を引き開ける、樟脳《しょうのう》のきつい臭いが鼻を刺し、目に染みる、蠟燭を、蠟燭の炎を高く掲げ、目を瞬かせ、瞬かせたあと、大きく見開いて、部屋の中を見、部屋に足を踏み入れ、部屋の中を見回す、壁を埋めつくす写真、壁を埋めつくす地図、壁を埋めつくす時刻表、室内を見回し、見つめながら、彼は歩く、元来は広いのに、夥しい本の山、夥しい書類の山のせいで狭くされている、この部屋の中を歩く、積み上げられた書類の何本もの柱、本の柱、そして、ジオラマが一つ、本の山と書類の山を脚にして、その上に大きな木の板を載せて作ったジオラマには、川、土手、橋、トンネル、鉄橋、上下に交差した線路があり、線路は鉄橋を渡り、トンネルをくぐる、黒いD51蒸気機関車の模型が、貨物列車を牽引し、鉄橋を渡り、トンネルから出てきて、線路の先の、一人の男のほうへ走っていく、その男の小さな模型は線路の上に横たわっている、死んで横たわっている――

シュッシュッポッポ、シュッシュッポッポ、シュッシュッ……

蠟燭から立ち昇る煙の中、樟脳の臭いの中で、室田秀樹はジオラマから後ずさった、模型から、犯行現場の模型から離れた、そして机のほうを向いた、あの男の机、中国製の紫檀の机、質実簡素な机の上には、死んで乾いた花が挿してある、縁が欠けて罅の入った青磁の花瓶と、チーク材の書見台があり、その書見台には原稿用紙の束が置かれて、待っている、彼を待っている――

ポツポツ、ポツポツ……

雨がこの部屋の上の屋根から入り込み、この部屋の隅に滴り落ちる中、室田秀樹は蠟燭を書見台に近づける、原稿用紙に近づける、原稿用紙の上には角縁眼鏡が一つ、太い眉のような上縁を持つその眼鏡が、あの男を待っている、あの作家が帰ってくるのを待っている、机に帰ってきて、仕事を再開するのを待っている――

ザアザア、ザアザア、ザアザア……

雨がこの部屋の上の屋根から流れ込む、夏の雨が部屋の隅に流れ込む、隅に流れ落ちる、壁をつたい落ちる、室田秀樹は蠟燭を置く、机の上に置く、眼鏡を取り上げ、書見台の片側へ置く、蠟燭の炎が揺らめく、揺れて今にも消えそうになる、室田秀樹は原稿用紙の束を取り上げる、書見台から取り上げる、炎が揺らめく中、今にも消えそうに揺らめく中、室田秀樹は原稿用紙の束を両手で持ち、一枚ずつめくり、めくり、めくり、めくり、題を記した頁まで戻る、そして炎が消える直前、暗闇が室内を領する寸前に、室田秀樹はその作品の題を読む、題と著者名を読む――
『夏雨物語』、黒田浪漫、下山定則・共著。

6　マイナス10からマイナス6

一九六四年六月二十五日～
六月二十九日

『史記』の著者、司馬遷《しばせん》（紀元前一四〇年頃～紀元前八六年頃）は、恥辱にまみれながらも生き続けることを選んだ人である。高位にある人ならもはや生きることは望まなかったであろうが、この人物は生き延びた。完全に追い詰められ、世人に蔑みと嫌悪の目で見られていることを意識しつつも、宮刑《きゅうけい》に処せられたあとですら、紅塵《こうじん》の巷《ちまた》に生き続けるという務めをおめおめと果たし、日夜その身体に染み透る悲嘆を糧《かて》とし、『史記』を書き続けた。己が恥辱を消すために書き続けた。しかし書けば書くほど恥辱は大きくなった。さはさりながら、恥辱のうちに生き続けることは、吾人が想像するよりは容易《たやす》いことなのかもしれぬ。というのは、私もまた恥辱のうちに生きているからである……

　敗北、降伏、そして占領、日を重ね、週を重ね、月を重ね、年を重ね――平生《へいぜい》心已《すで》に折れ、行路日々に荒蕪《こうぶ》す――我が家の屋根の穴、月光と雨の入り込む巣、衣服は我が背中に貼りつき、皮膚は骨に貼りついて、寝床と朝食は蚤虱《のみしらみ》の餌食となる。それでも唐代の鬼才の助言に従おう。君に勧む終日酩酊して酔え、酒は到らず劉伶墳《りゅうれいふん》上《じょう》の土に。私は顔に白粉をはたき、唇に微笑みを塗り、一番ましな服を一着して、架空の龍笛を吹き、虚構の太鼓を打ちつつ、街に繰り出そう。

　今となっては信ずるはおろか想像するだに難《かた》きことであろうが、あの占領時代、占領都市東京は、書物への飢え、言葉への渇きに満ち、作家や翻訳家にとってはゴールドラッシュに沸く金鉱町さながらの活況を呈していた。ところが我が同胞である文筆家諸氏が次々に金鉱脈を掘り当てたのに比して、私が掘り出すものは砂利のみであり、我が散文は拒絶され、詩は無視されたのである。幸い、当時出版物はすべてＧＨＱの検閲を受ける決まりになっていたので、片っ端から英語に翻訳されねばならなかった。出版社は雑誌に私の書くものを載せようとしなかったが、ＧＨＱは――他に引き受ける者が見つからなかったせいであろう――私に同業者諸氏の書いたものを英訳する仕事をくれたのだ。私はこうして与えられる干乾びた骨をしゃぶり、堅い古麺麭《パン》の屑を食って糊口をしのぐことを余儀なくされた。私はそれをした。あの占領時代、占領都市東京は堕落し腐敗していた。どの石の下を見ればいいか、どの穴に降りて行けばいいかを知っていれば、そして何より、飲む酒の質と飲む相手の人品を選ばなければ、糊口の資にありつけた。乞食は選り好みできぬということである。出版社から翻訳の仕事を恵んでもらい、わずかな印税の前借り金を受け取ると、私は顔に白粉をはたき、唇に微笑みを描いて、いそいそと街に出、石の下を覗き、穴の中に入ってみた。そして骨と麺麭屑を煙草と酒に換え、酒を飲み、酒を飲み、酒を飲んで……

　しかしわれら酒道の徒は酒の流れに運ばれて時に奇妙でしばしば陰険なる川をくだることがあるのを知っている。というわけで、一九四九年初夏のある夜、酒を切らした私は居たことも見たこともない異質な暗い場所に打ち上げられてしまったのである……

　その日の始まりは穏やかで、かなり幸先よくすらあった。私は少し前に神秘書房という出版社の社長塩澤《しおざわ》氏の懇望により、〝犯罪実話〟を何冊か急いで書き上げる仕事を引き受けていた。最初の本はわりと売れたが、その日の午後には二冊目の本の原稿を出していた。塩澤氏はお祝いをしたい気分だったらしく、まずは原稿提出を祝して氏が執務室に置いてあったウィスキーを二杯飲み、そのあと、正直に申せば私が社長を煽ったのだが、われわれは銀座のバー、ボルドーに繰り出した。そこで酔うと同時に空腹を覚えたので、社長が太っ腹なところを見せて、はち巻岡田《まきおかだ》での食事となった。無論私はこの名のある割烹《かっぽう》料理屋の料理に舌鼓を打ち、上等の酒をたっぷり堪能して、やがて店仕舞いの時刻となった。とはいえ、夜はまだ、英語風に言えば、かなり若かったが、塩澤氏はもうかろうじて立っているという状態であった。そういう状態ではなく、また私がせがまなかったなら、氏は私を最後の一杯に誘うことはなかったであろう……

そういうわけで、私たちは人や自動車がゆきかう燈火燦爛《さんらん》たる銀座の街をふらつく足取りで通り抜け、日比谷公園のほうへ向かい、公園内の木々と影の間の曲がりくねった道を歩き、公園を抜けて通りに出、通りを渡って官庁街に足を向ける、大蔵省、建設省、法務府、そのあたりの一つの建物の横手に石の階段があり、地階に降りていて、降りたところにドアがあったが、ドアには取っ手も看板もない。その石段の下、そのドアの前で、塩澤氏はあちこちのポケットを探り、財布を出して開き、何やら金属片らしきものを取り出した。名刺大だが、色は黒く、剃刀のように薄い。塩澤氏はまずは石段の上を見上げ、次いで私に目配せをしてから、ドアに向き直り、背をかがめて金属片をドアの下に滑り込ませた。まもなくドアが内側に開き、小粋な背広姿の体格のいい男が二人――アジア人ではあるが日本人ではないようだった――われわれに挨拶をし、塩澤氏に金属片を返した。塩澤氏は先に立って何もないコンクリートの廊下を進む。また階段があり、それを降りるとまたしてもドア。今度のはよく磨かれた木のドアで、われわれが近づいて行くと独りでに開いた。今度も小粋な背広姿の体格のいい男が二人――一人は日本人でもう一人はユーラシア人――その二人が挨拶をしたが、同時に音楽と会話の声も聞こえ、煙草と酒の匂いがし、先ほどのよりはずっと短い廊下があって、その先に部屋があるのが見えた。またもや塩澤氏が先導してこの短い廊下を歩く。この廊下には柔らかな絨毯が敷かれ、燈りがともされている。私たちは音楽と会話と煙草と酒の部屋に向かっていく。部屋への入り口で、塩澤氏は足を止め、振り返って口を片手で囲い、こう言った。「黒田先生、紫禁城《しきんじょう》へようこそ……」

紫禁城――英語で禁断の都市《フォービドゥン・シティ》とは言い得て妙であり――そこは単なる社交倶楽部以上のものであった。部屋も一つだけでなく、数多くあり、多くの物があった。それは照明を絞った地下の迷宮で、あちこちに入り込み《アルコーヴ》や小部屋《ヌック》があり、部屋や廊下が複雑に枝分かれしている。中央の大きながらんどうの空間では、豊富な酒をそろえたバーが一つの壁から壁までを占めている。フロアにはテーブル席が所狭しと並べられ、バーとは反対側の端にはステージが設えてある。それは英国のホテルのバーとバイエルンのビヤホールが奇妙な衝突を起こしたところへ、禁酒法時代のシカゴのもぐり酒場《スピークイージー》と上海旧市街の酒場が加味されたという体《てい》のもので、魔都上海の雰囲気はステージで周璇《しゅうせん》に似た歌手が日本人の楽団の伴奏により『瘋狂《ふうきょう》世界』を歌っていることで一層強められている。しゃちほこばった白いお仕着せのウェイターがテーブルからテーブルへ、着物やイブニングドレス姿の接客係の女が客から客へと、渡り歩いている——

ああ、その客！　そう、客たちである——このクラブのメンバーとそのゲストの多彩ぶり——それがバーへ運びつつある足を止めてしまいそうになるのだ。というのも、この占領時代の占領都市では、東と西が出会うのは閨《ねや》で西が東を組み伏す時のみというのが通例であるのに……ここでは交じり合って、真正面から向き合い、顔と顔を寄せ、ひそひそ耳打ちをし合い、背中を叩き合い、握手をしている。その面々は……さよう、一言で申さば、ならず者どもである。日本人のほうは、元帝国陸軍将校、官僚、政治家、実業家、そしてヤクザ——こういう連中はみな追放《パージ》されるか、投獄されるか、死ぬかしただろうと思っていたが、さにあらず——アメリカの軍人や民間人と肩を寄せ合い、とっておきの逸話や名刺を取り交わし、小話《ジョーク》や縁故を共有する。グラスを掲げて新しき日本に乾杯し、同じく古き日本にも乾杯する。この地下の巣窟、その紫煙のこもった空気は帯電してプチプチ音を立てていた。そう、黒い電気に満ち満ちて……

「あんまりじろじろ見ないで下さい、先生」と塩澤氏はバーで上等のウィスキーのグラスを私に寄越しながらささやいたものである。「ここは考える場所ではなく飲む場所ですからね……」

「ごもっとも」と私は言った。「実にごもっとも」

かくてわれわれは飲んだ、飲んだ、生《き》のウィスキー、次にサゼラックなるコックテール、われわれは飲んだ、しこたま飲んだ、最初はライ・ウィスキー、次にこれにコニャックを混ぜたという次第、これすなわちサゼラック也、かくて酔い候《そうろう》。さても飲んだり、飲んだり、ウィスキーの波を浴び、コニャックの流れに棹さし、杯をいくつもの異なる流れに浸し、かくて、かくして、いつしか私はとある小部屋、壁の入り込みの中に、迷い込んでいた。そこでは男たちが、厳粛な顔つきの四人の男たちが、テーブルについていて、テーブルには骨牌《トランプ》があり、現金がある、何組もの骨牌があり、いくつもの山に積んだ現金があり、私はサゼラックを啜りながら、この男たちの対戦を見ていた——

「あなたもやりませんか」と誘ってきたのは、親をつめる人品骨柄卑《じんぴんこつがらいや》しからぬ日本人で、年頃は六十前後、一揃いの骨牌を差し出してきた。「ファロですよ。誰でもできます……」

「誰でもできるでしょうが、私のような文士は例外でしょう」と私。「何しろ教会の鼠《チャーチ・マウス》のごとく貧乏というやつで……」

「何が教会の鼠だ」と笑いながら言ったのは、このテーブル唯一の米国人で、米陸軍の制服に身を包み、大尉の徽章《きしょう》のついた軍帽をあみだにかぶっていた。自分がプレーをする番を待つ間、この男はホルスターから抜いた拳銃を手でくるくる回していた。新たに骨牌が配られると、椅子を後ろに傾けて二本の脚だけで立たせ、葉巻を口の中でもぐもぐ動かしながら自分の手を調べた。さながらハリウッドの西部劇から抜け出てきたようだが、一つだけ違うのは、この男は酒を飲まないのである。男は笑って、「君たち日本の作家はみんな鎌倉で由緒ある豪邸に住んでると思ったがね」と言う。

「残念ながら、私は違いますな」私は心底残念な、哀しい気持ちでそう答えた。

「それなら君は東京で最後に一人残った貧乏文士ということだな！」

「最後に一人残った文士ならいいんですがねえ……」

と、そう、その時である、ある邪悪な、凶々《まがまが》しい計画が、私の酒の酔いと毒に冒された脳の中で形をなし始めたのは。それはおそらく米国軍人が鎌倉に言及したせいであろう。そう、その通り、この〝鎌倉〟の一言が、私に同時代の作家たち、我が競争相手たちのことを想起せしめたのだ、鎌倉に素晴らしい邸宅を構えている、華麗な白鳥のごとき一流文士たちは、美しい羽を羽搏《はばた》かせて東京へやってきては、彼らのすでにして豪華で快適な邸宅をさらに豪華で快適なものにするために出版契約を結び、あるいは印税の前借りをして、鳥の種類を変えて喩《たと》えるならば、荒地を闊歩《かつぽ》する孔雀《くじやく》のごとくに美しい羽を広げ、気取ったポーズをとる、そのポケットははちきれんばかりに膨らみ、財布は口が閉じないくらい一杯になっている、彼らは飲み食いをし、胃袋と膀胱《ぼうこう》を風船のごとく膨らませると、最後の電車に乗る、横須賀線のその日の最終電車に乗って、鎌倉に帰る、みな一緒に、最後尾の車両に陣取る、そこで小さな社交団体を結成して、酒を飲み、笑い、不平を言い、噂話に興じつつ、祝儀や前借り金を数える、これが横須賀線の、最後の電車の最後の車両を本拠とする、ラスト・クラブと呼ばれる団体なのである——

「もしもその最後の電車の最後の車両が」と私は邪悪で凶々しいげっぷを漏らしながら、回らぬ舌で語った、「脱線転覆してですな、彼らが一人残らず死んでこの世から一掃されてしまったら、私はまさに最後の文士となって、悩みや哀しみはすべて消え……」

「みなまで言うな」米国人は一つうなずき、一つ目配せをして、自分の右側に座っている二人の日本人を親指で示した。「ここにいる私の友達は鉄道線路に爆薬を仕掛けて列車を脱線させることに経験が豊富だ。サツに尻尾をつかまれることは絶対にない」

「そうですか」私は小声で言い、目をみはって、米国人の右側の影の中にいる二人の日本人を見た——一人はアイパッチで片目をふたぎ、もう一人は片頰に傷跡を走らせている——生き返った大陸浪人か、化けて出た特務機関員か、二人とも胸の前で骨牌を持ち、煙草をふかしている、私は咳払いをしてから言った、「せっかくのお言葉なのに、こんなことを申し上げて何ですが、線路で爆薬を破裂させては世間の耳目《じもく》を惹きすぎるのではありますまいか」

「しかし世間は」と親を務める男が言う。「共産主義者の仕業だと思うでしょうね」

「試合はすでに二死満塁、この列車爆破は本塁打となって、アカどもは完全に粉砕されるだろうな——**ドカーン**と！」

私は咳き込み、それを咳払いで整えたあとで言った。「いや、みなさん、申し訳ない、つい酔った勢いで、つまらぬことを言い出して……」

「あるいは、もう少し隠微な方法をとるかね」と影の中の、頰に傷跡のある男が言う。「一人ずつ、とか」

「うむ、その手もある」とアイパッチの相棒が応じる。

「そう」と米国人は言ってうなずき、笑みを浮かべる。「不安の種をまき、恐怖と被害妄想を収穫する……」

「どうですかね」と親を務める男が私を見て言う。「同時代のあなたの競争相手のうち、いなくなればいいと思う作家を一人挙げろと言われたら、誰にします、誰の名前を挙げます？」

「な、何という質問を」私は思わず声を高め、この小部屋のテーブルの椅子から腰を浮かせた。この地獄の小部屋、この浅ましき地獄、それはかのファウスト博士の目の前でぽっかり開いたのと同じ地獄であった。しかしあの哀れな博士と同じく、心の汚れた私もその道に定められていた、というのも、もう遅すぎたのだ、実に、実に、遅すぎたのである――

「確かに難しい質問だが」米国人の悪魔は甲高く笑いながら、私の腕をつかみ、地獄の椅子に私を押し戻し、押さえつけた。「言ってみるがいい、さあ、思い切って――言うんだ！」

「横川二郎」私は蚊の鳴くような声を出した。

「実に素晴らしい人選です」と親を務める男は言い、米国人にうなずきかけた。「その作家は堕落しきった変態なんだ、ジャック。見せしめに打ってつけの男だよ」

ジャックと呼ばれた大尉はまた拳銃を手にし、銃身でテーブルの縁を叩きながら、考えごとを声に出すように言った。「しかし、どうやる？」

「自殺に見せかける」われわれの右側の影の中にいる頬傷の男が言った。「世間の耳目を集める自殺にだ」

「おびき寄せて誘拐するのはどうだ」とアイパッチの相棒が言う。「鎮静剤を注射しておとなしくさせる……」

「そして夜、横須賀線の最終電車が出る時刻を待つ」と影の中の頬傷が言う。「意識不明の作家を線路に横たえ、あとは電車に任せる……」

「それだ」大尉はうんうんとうなずき、銃身にもうなずかせながら、ほかの三人の男と、心の汚れた邪悪で凶々しい私に、さあグラスをとれ、乾杯しようと促す手ぶりをした。「線路の上の血に乾杯！」


トントン。トントン。トントン。トントン……

心臓が早鐘を打ち、息が詰まる、室田秀樹はびくりとし、跳ね起きて、唾を飲み込む、ぶはっと息を吐き、咳き込む。彼は目を開いた、机上の枕代わりにしていた原稿用紙の束から頭を持ち上げ、口を拭き、顎を拭き、それから原稿用紙の上に垂れた涎を拭くと、瞬きをし、目を上げる、そして――

おまえさん何だかすごい夢を見てたようだな。

室田秀樹はまた瞬きをして、事務所に立っている二人の男を見つめた。一人は室田より少しだけ痩せた男で、もう一人は室田より若くてうんと痩せた男だが、二人とも同じようなレインコートを着て、同じような髪型をして、同じような表情をまとっていた。室田秀樹は首を振り、煙草に手を伸ばし、にやりと笑った。ノックをしないで入ってくるのはお巡りだけだぜ……

ああ、そして机について酒の匂いをぷんぷんさせながら眠るのは、あんたみたいな何でも屋だけだな、と若いほうの男が言った。

今は夜の遅い時間だ、と室田秀樹は言いながら原稿用紙の束を裏返しにした。別に犯罪じゃないだろう。

年上のほうの男がにやりと笑って言う、そいつはあんたがこんな夜遅くにずっと起きていて何をしていたかによるかもしれんね。

バーで酒を飲んでたんだ。

どこのバー。

有楽町、兎の穴。

一人で飲んでたのか。

いや。

誰と一緒だった。

室田秀樹は前に身を傾けて煙草の火を揉み消し、二人の刑事を見上げて、交互に見、それからまたにやりと笑って言った、古い友達の服部勘助、捜査一課の服部勘助刑事とだよ。

若いほうの男は年嵩《としかさ》の男を見て眉を上げた。年嵩の男は室田秀樹に目を据えている。別れたのは何時だね。

それがだいぶ飲んだもんでね、と室田秀樹はなおも二人の刑事に笑みを向けたまま言う。正確な時刻は分からないんだ。服部刑事に訊いてみたらどうかな……

その気遣いはご無用、と年嵩の刑事。そっちはそっちで訊くから、今はあんたに時刻を訊いている——正確でなくていい、不正確でいい——何時頃別れたんだ。

室田秀樹は頬にためた息を吹き出し、肩をすくめて、こう言った、最終電車が出たあとだから、一時頃かな。

それからあんたは何をした。

歩いてここまで帰ってきた。室田秀樹は手で事務所内を示し、それから机を示した。で、書類を読んでるうちに寝ちまった。

一人でいたんだな。

ああ、と室田秀樹はにやりとしてまた肩をすくめた。

残念ながら、うちの女秘書は、実在しないんでね。

掃除婦も実在しないみたいだな、と若いほうの刑事が言い、自分の冗談に笑ったあとで、伝わっていないのを恐れて室内のあちこちを指さした。

年嵩の刑事はにこりともせず室田秀樹にじっと目を注ぐ。ゆうべの一時頃は土砂降りの雨だったがね。

知ってるよ、と室田秀樹は言い、濡れたシャツを指でつまんだ。ぐしょ濡れになった……

なぜタクシーを拾わなかった。

そりゃ分かるだろう。外の空気を吸って、頭をはっきりさせたかったんだ。あん時はそうしたかったんだよ。

年嵩の刑事は口の端に嘲笑を含ませる。で、そうしてよかったと今でも思っているのかね。

室田秀樹は溜め息をつき、両手を持ち上げて言う、お宅ら、用件を話す気はあるのか。それとも……

それとも、何だ、と年嵩の刑事。

室田秀樹はまた肩をすくめ、笑い声を立てて、こう言った、それとも、お宅らをずっとそこに立たせといて、俺はここに座って一体どんな身に覚えのない嫌疑をかけられてるのか考えていればいいのかね。それとも、お互いの時間を節約するために、俺が今ここで古い友達の服部刑事に電話をすればいいのか……

これはあんたの名刺かね、と年嵩の刑事がポケットから証拠品保管用のビニールの小袋に入れた名刺を取り出し、机越しに室田秀樹によこした。住所はこの事務所のだな。

室田秀樹はビニール袋入りの名刺を受け取り、折れ目がついて傷んだ名刺をひっくり返して検めると、年嵩刑事を見上げて言う、まあ、こうやってお宅らがこの事務所に突っ立って俺と話してるってことは、頭のいいお二人がこの名刺から俺を割り出したわけだよな。

頭のいい男を気取ってるのはあんただけだ、と年嵩刑事が言う。とにかく質問に答えてくれ。それはあんたの名刺かね。

ああ、と室田秀樹は言ってビニール袋入りの名刺を年嵩刑事に返し、にやにやしながらうなずいた。どうもそうらしい。

そうらしいか、うん、と年嵩刑事は言い、ビニール袋入りの名刺を見下ろし、名刺の角で反対側の掌をつつき、これまたにやにやしながらうなずいて、ビニール袋入りの名刺から目を上げ、室田秀樹を見て、言った、それじゃあ一つ説明してもらおうかな――この、あんたのものらしい名刺が――なぜ死んだ女の手に握られてたかってことを。

室田秀樹は唾を飲み、証拠品保管用のビニール袋の中の折り目がついて傷んだ名刺をじっと見つめて、首を振った。

正確に言うと、と年下の刑事がつけ足す、死んだ裸の女の手に握られてたんだよ……

室田秀樹はまた唾を飲み、年嵩刑事が手にしている証拠保管用のビニール袋に入った名刺をじっと見つめてから、また首を振った。

アパートの四階のベランダから落ちて下の地面に横たわってた、死んだ裸の女の手に握られてたんだ。

室田秀樹は年下刑事を見た――

ああ、と年嵩刑事が室田秀樹を見つめながらうなずいた。東中野のアパートの四階のベランダから落ちて下の地面に横たわっていた、死んだ裸の女の手に握られてたんだ……

根室和子が死んだのか、と室田秀樹。

ああ、結局はな、と年下刑事が答える。

どういう意味だ、〝結局は〟とは。

四階のベランダから下に駐めてあった車の屋根に落ちて、そこではね返って地面に落ちた、そのあとしばらくして死んだんだよ、意識を取り戻すことなく、たぶんあんたにとって幸いなことにな。

室田秀樹はまた唾を飲み、首を振り、それから訊いた、なぜ〝たぶん俺にとって幸い〟なんだ。

どうやらそうらしいからさ、もし生きてたら女は色んな質問に――特にある一つの質問に――答えられたかもしれない――あんたの名刺を握って四階のベランダから裸で落ちたのは、自分で飛び降りたのか突き落とされたのかどっちだって質問にな、そうだろ、室田さんよ。

亭主は何と言ってるんだ。

おう待て待て、と年嵩刑事が受ける。おまえさんはもう刑事じゃない、殺人の疑いがある事件の容疑者なんだ、だからおまえさんから質問するのは無しだ、いいか。

室田秀樹は首を振る。俺が容疑者じゃないのは百も承知のくせに。もし容疑者なら今頃俺は中野署かどこかの柔道場の畳の上であんたらに尋問されてるはずだよ。

　年下刑事が机に一歩近づいて言う、きさま一体何様のつもりなんだ——

　いいかね、口の減らない探偵さんよ、と年嵩刑事が言い、同僚の腕に手をかけながら、なおも室田秀樹を見下ろして言う。おまえさんを引っ張っていかないのはアリバイがあるかもしれんからだ、だから捜査一課のお友達がゆうべのことについておまえさんと同じ話をしてくれることを祈るこった、そうならなかったらおまえさんはとっととぶち込まれるからな。しかしおまえさんは死んだ女がこの名刺を手に握ってた理由をまだ説明していない、だからアリバイの有り無しはさて措《お》いて、今ここでそいつを話すほうが身のためだ——分かるな。

　室田秀樹はまた両手を持ち上げ、できるだけ柔らかな声で、穏やかに、ゆっくりと話した。分かった。さっき亭主のことを言ったのは、名刺を渡した相手が亭主だからだ、女房じゃなく。女房のほうは会ったことも、話したこともなかった。俺の名刺を持ってたのは亭主のほうなんだ、女房じゃなく、それだけのことだ。

　で、亭主は何でおまえさんの名刺を持ってたんだ。

　二週間ほど前に電話をかけてきて、面談の約束をとりつけて、ここへ来た、その時名刺を渡したんだ。

　じゃ依頼人だったんだな。

　室田秀樹は溜め息をつき、笑みを浮かべ、言った、そうだとも違うとも言えないのは知ってるだろう——〝秘密を護る権利〟ってやつだ。

　おまえの〝秘密を護る権利〟なんざ知ったことじゃないんだよ、室田。

　俺のじゃない、客のだ、と室田秀樹は言う。俺の一存で決められるなら、知ってることを全部話してもいい、俺には隠すことなんか何もない、でもそれをしたら俺は客から訴えられる、見ての通り裁判費用なんて出せる身分じゃないし、俺の評判も地に落ちる、もうこの商売をやっていけなくなるんだ。

　あんた働きすぎだからいいんじゃないの、と年下刑事が笑う。

　なあ、と室田秀樹は言って年嵩刑事を見る。あんたとあんたの小僧さんに仕事の仕方を教えようってんじゃないんだが、まずは亭主に話を聞いたらどうかな、なぜ俺のところへ来たか、なぜ奥さんが俺の名刺を持ってたか、話すかもしれないだろう。

ご忠告ありがたいが、と年下刑事が言う。俺たちがそれを考えてもみなかったとでも思ってるのか――

じゃ亭主は何て言った。

年嵩刑事が溜め息をつき、首を振って、言った、おまえさん耳が遠いのか、そっちからの質問は無しだと言ったはず――

そりゃ悪かったな、ただ亭主があんたらに俺のことを話していて、何を話したか今ここで教えてくれたら、俺も知ってることを全部話せるからね、ということを俺は言ってるんだ、協力したいから。

心配するな、と年嵩刑事は言い、ビニール袋入りの折れ目だらけの傷んだ名刺をレインコートの内ポケットに戻し、背広の上着の内ポケットから自分の名刺を出して、机上の原稿用紙の束の上に放り出した。協力する機会はいくらでもあるよ、なぜおまえさんの名刺が裸で死んだ主婦根室和子の手に握られていたのか、俺たちが突き止めるのを手助けする機会はたっぷりあるからな……

室田秀樹はうなずき、原稿用紙の束の上から名刺を取り上げた。

とりあえずは、と年嵩刑事は室田秀樹を見下ろしながら言う、根室和子のことを考えたらどうだ、住んでるアパートの四階のベランダから裸で落ちた根室和子のこと、駐めてある車の屋根からはね返って地面に落ちて、おまえの名刺を握り締めていた根室和子のこと、それから裸で地面に倒れておまえの名刺を握り締めていた彼女の〝秘密を護る権利〟のことを考えろ、そしてもし彼女の助けになることをしたくなったら、俺たちが彼女を助ける助けをする気になったら、その名刺を手にとってそこに刷ってある俺の電話番号にかけることを考えろ、俺たちがもう一度ここへ来る前にそれをすることを考えるんだ、なぜかというと、今度来る時は俺たちはおまえを〝秘密を護る権利〟ごとしょっぴいて、柔道場の畳の上で尋問するからだ……

室田秀樹はまたうなずき、名刺を電話機のそばに置いた。

考えることはうんとあるぞ、と年嵩刑事は言いながらドアのほうへ向かう。おまえさんは考えるのが得意じゃなさそうだ、だから慣れるのに時間がかかるだろう、しばらくそっとしといてやる、一人で考えるんだ、一人でようく根室和子のことを考えろ。

室田秀樹は二人の刑事が事務所を出て行くのを見ていた、二人はドアを開け放しにして行った、一人はショパンの葬送行進曲を口笛で奏でながら廊下を遠ざかって行き、階段を降りて行った――

室田秀樹は机の椅子から立ち上がった。ドアのほうへ行き、事務所を出た。できるだけすばやく廊下の端まで行った。便所に入り、個室に入り、便器のそばにしゃがみ、盛大に嘔吐した、それから、うっと喉を鳴らし、また吐いた、喉を鳴らしては吐き、吐いては喉を鳴らしして、ちり紙をとろうとしたが、ちり紙はない。手の甲で口と顎を拭く、咳き込んで唾を吐く、また手の甲で拭く、シャツの袖口でも拭く、それからまた咳をして、唾を吐く。個室の中で立ち上がり、鎖に手を伸ばし、鎖を引く。体の向きを変え、個室を出て、洗面台の前へ行き、水道の栓をひねる。両手を椀にして水を溜め、水を唇へ、口へ、持って行く。口をゆすいで水を吐き、またゆすいで吐き、もう一度ゆすいで水を吐くと、また両手に水を汲み、顔を洗い、手を洗った。蛇口の栓を閉め、シャツの前で手を拭き、湿った手で髪を梳《す》く、だいぶ薄くなってきた髪を梳く、だが目を上げて鏡を見ることはしない、汚れた鏡を見ることはしない、今日は、それをしなかった。

便所を出て、廊下を引き返し、廊下のはずれの自分の事務所のほうに向かった。机の上の電話が鳴っているのが聞こえるが、足取りは早めなかった。事務所に入り、ドアを強く閉める、机の上の電話はまだ鳴っている。棚へ行き、引き出しを開ける、電話はまだ鳴っている。安物の中国酒の瓶を出し、引き出しをぴしゃりと閉める、電話はまだ鳴っている。瓶を持って机に戻り、椅子に戻る、電話はなおも鳴り続ける。机の椅子にどさりと座り、酒の瓶を机上の原稿用紙の束の上に置く、電話はまだ鳴っている。酒の瓶を見る、じっと見つめる、それから電話機を見て、また酒の瓶に目を戻す、と、そこで電話が鳴りやんだ。酒の瓶を取り上げ、栓をはずした。栓を置き、机の上の汚れた空のコップをとる。瓶をコップの上に持っていき、瓶を傾け、コップに酒を満たす。瓶を置き、コップを灯りにかざす、窓から射し入る灯りにかざす、川からの灯りにかざす、窓から射し入る灰色の湿った光にかざす、川からの灰色の湿った光が窓の雨粒にともる、光が窓をつたい落ちる、彼は酒を見た、コップの酒を見た、コップの中の濁った茶色い酒を見た、そして瞬きをした、彼は瞬きをした。くんと一つ匂いを嗅いで、唾を飲んだ、それからコップを口につけ、酒を口につけ、コップを傾け、酒を味わい、唇を濡らし、口の中を満たし、喉に流す、濁った茶色のねっとりした酒が、喉を流れ落ちる、流れ落ちる、また一杯、また一杯、コップを傾け、口を満たす、飲みこむ、ぐびりと飲みこむ、流れ落ちる、流れ落ちる、また一杯、また一杯、この部屋、この事務所は茶色に濁ってねっとりしている、川の臭い、下水と便所の臭い、鼻をつく悪臭に、背中に貼りついた衣服、服の貼りついた肌、服の下の男の体、これも茶色に濁ってねっとりしている、この世界、この生、この男のこの世界と生が、茶色に濁ってねっとりしている、内側も外側も、血管の中の血が冷たい、両手に鮮血がついている、茶色に濁ってねっとりした血、血が両手についている、鮮血がついている、酒を飲み、煙草を吸う、瞬きをし、唾を飲む、一杯また一杯と酒を飲む、唾を飲み、瞬きをする、一本また一本と煙草を吸う、瞬きをし、唾を飲む、酒と涙、灰色の湿った雨粒にともる光の中で、涙が顔をつたい落ちる、両手に血がついている、鮮血がついている、またしても彼の両手に、彼の両手に血がついている、またしても彼の両手、またしても彼の両手に。

私は自分を責めた、私は自分を責める、あの時から今に至るまで、あの瞬間からこの瞬間まで、その引き裂かれた瞬間に、その声は波を渡ってやってくる、波を越えてやってくる、太鼓の連打とシンバルの一撃をともない、ざらつく雑音や甲高い雑音を通して、声が、あの声が、語りかけてくる、その声が言う、黒い電気を帯びて言う、国鉄総裁が行方不明になりました、そして私は知っていた、知っていた、そして今も知っている、今も知っているのだ、私はやった、やったのだ、恐ろしい、恐ろしい、恐ろしいことを、私は机の椅子からぱっと立ち上がり、帽子をつかみ、翼を引っ張り出して、自宅から飛び出した、通りに出た、通りを飛んでいった、通りから通りへ、黄昏時の光の中を、私は飛んだ、飛んだ、百貨店まで飛んでいった、けれども百貨店は閉まっていた、だから私は建物を回り込み、ライオン像のところまで走った、そして二頭のライオンに話しかけた、だがライオンは黙して語らない、私はお願いだ何か言ってくれと懇願したが、言葉をかけてくれなかった、どれだけ頼んでも、お願いしても駄目であった、だから私はライオンの背中から飛び降り、通りを走った、通りを飛んだ、足で走り、翼で飛んだ、通りを進んだ、通りから通りへ進み、公園まで行った、公園内の小径を、木々と影の間を、私は走り、飛んだ、石の階段を駆け降り、灰色の鉄製のドアの前へ来て、ドアを叩いた、強く叩いた、両の拳から出た血がドアにつくまで叩いた、だがドアは開かない、開く気配がない、私は石段を昇った、石段を昇った、私は走った、飛んだ、自分の足で、翼で、角を曲がり、通りを進む、警察に通報するために、警察に話を聞いてもらうために、お願いです、話を聞いてください、彼らは総裁をおびき寄せたんです、誘拐して、鎮静剤を注射して、おとなしくさせたんです、私は知っています、知っているんです、日本人が金を出し、アメリカ人が銃を出す、頬傷の男とアイパッチの男が、夜になるのを待ち、その夜の最終列車が来るのを待ち、私は知っている、知っているんです、彼の体を線路に寝かせて、列車に、最終列車に轢かせた、それが彼らの計画だ、私は彼らの計画を知っているんだ、でも時間はある、時間はある、まだある、私は知っているんです、だから列車を止めてください、途中で止めてください、お願いです、血が流れるのを、線路に血が流れるのを防いでください、お願いです、頼みます、頼みます、お願いです、列車を止めてあの人を助けてください、時間はあります、あるんです、私は知っているんです、だが警察は耳を傾けなかった、聞く耳を持たなかった、ただ笑うだけだった、彼らは大笑いした、そして私を追い出した、表の通りに追い出した、夜の中に戻した、みぞおちを一度殴り、尻を一度蹴飛ばして、通りに放り出した、夜の中へ突き戻した、だが私は諦めなかった、諦められなかった、だから体を起こし、また立ち上がって、衣服の砂埃を払い、翼の汚れを払って、また走った、また飛んだ、なぜなら時間はあるからだ、まだあるからだ、私はそれを知っていた、私は通りを走り、宮城《きゆうじよう》のそばを飛び、駅へ行った、東京駅へ行った、ホールを横切り、事務室へ行って、駅員に訴えた、止めてくれ、止めてくれ、頼むから列車を止めてくれ、そう叫び、わめいた、**頼むから列車を止めてくれ！** だがここでも聞いてもらえない、またしても彼らは耳を貸さない、駅員はそっぽを向くか私を脅すかした——私を、私を、この私を——警察を呼ぶと言って脅したのだ、逮捕させると、一体何の罪で、何の罪でだ、私はそう訊いた、すると騒ぎを起こすからだ、平穏を乱すからだ、そう彼らは言う、平穏？　平穏？　と私は言った、**今の情況が平穏だというのか、**私はそう訊いた、あの人はおびき寄せられ、誘拐された、鎮静剤を注射された、諸君らの総裁がだぞ、やつらは今待っている、列車が来るのを待っている、今夜の最終列車が来るのを待っている、総裁を線路の上に寝かせて、列車が来るのを待っているんだ、今夜の最終列車が来るのを、そして血が流れるのを、あの人の血が線路の上に流れるのを、頼む、頼む、**頼むから列車を止めてくれ！**それでも彼らは話を聞かなかった、聞こうとしなかった、聞こえなかったのだ、耳が聞こえないせいで、あるいは口がきけないせいか、私は知っているのだ、どちらなのかは知らないが、というのも、駅員はまだそっぽを向いたままま、私を脅すのだ、それで私はまた表の通りに出た、また夜の中に戻った、疲れていてもう走れなかった、もう飛べなかった、耳が聞こえない都市、口がきけない都市を、私はさまよった、あちこちさまよった、このどこかで、どこか近くで、この耳が聞こえず口がきけない者たちの都市のどこかで、彼らは今総裁の体を線路まで運んでいた、総裁の体を線路の上に寝かそうとしていた、私は知っていた、私は知っていた、私は時計を出した、もう時間がない、時計を見ると、もう時間がないのが分かった、汽笛が聞こえた、いくつもの列車の汽笛が聞こえた、その夜の最終列車すべての汽笛が聞こえた、北、南、東、西へと、その夜の最終列車は走る、都市の中、耳の聞こえない者たちの都市、口のきけない者たちの都市の中、線路の上、線路の上を、列車は走った、線路の上の体に向かって、どこか近いところを、この耳の聞こえない者たちの都市、口のきけない者たちの都市のどこかを、この都市のどこかを、この夜のどこかを、私はまた時計を見た、自分の時計を見た、時計は今止まった、時間が今消えた、時間が今失われた、**もう遅い、もう遅い、**雨、アメ、ぽつりぽつり、降ってくる、この都市に降ってくる、この耳の聞こえない者たちの都市、口のきけない者たちの都市に、ぽつりぽつり、ぽつりぽつり、夜に降ってくる、この涙の夜に、この血の夜に、涙の滴と血の滴が、私の上に降ってくる、私の頬をつたい落ちる、涙が私の頰をつたい落ちる、私の上に降ってくる、私の両手の上に降ってくる、私の両手の上に血が降ってくる、というのも私は橋まで来たからだ、涙の橋へ、涙と別れの、永遠の別れの橋へ、そしてここ、それはここだった、涙の橋の上でだった、私の頰を涙が流れ落ちる、処刑場のそばで、古い時代に人が殺されてきた場所のそばで、私の両手に血がついている、鮮血がついている、ここだ、私がサイレンを聞いたのはここだった、夜のサイレンの音、都市を渡ってくる、夜を通り抜けてくる、それは私のほうへやってきた、それから私の横を通り過ぎた、橋の上を通っていった、涙の橋の上を、地を横切って、殺しの地を横切って、遅すぎた、遅すぎた、北東に向かっていった、もちろんだ、当然そうだ、コンパスの指す方角、北東、丑寅《うしとら》、鬼どものいる方角を指す、鬼どもと死のほうを、死のほうを、死のほうを、**死のほうを**、私の頰を涙がつたい落ち、両手が血にまみれる、もう遅い、もう遅い、知っている、私は知っていた、私は走った、私は飛んだ、雨を貫いて、夜を貫いて、北東へ、私は走った、私は飛んだ、川を越えて、隅田川を越えて、サイレンの音を追って、サイレンのわめき声を追って、北東へ、死のほうへ、死のほうへ、私は走った、私は飛んだ、もう一つの川を、荒川を越え、夜が夜明けに変わり、東に光がにじみ始める中、ついに私はやってきた、遅すぎる、もう遅すぎるのだが、とうとう私はやってきた、私は見た、目に溜まった涙を通して、私の手の指を、血にまみれた手の血まみれの指を、私は見た、私は見た、ばらばらの断片を見た、あの人の断片を見た、線路の上、線路の上、線路の上の断片を、あの人の断片を、線路の上、線路の上、線路の上の断片を、あの人の断片を、線路の上、線路の上、断片は見えたが血は見えない、血が見えない、線路の上に血が見えない、血は私の手についている、私の両手、私の両手にあの人の血がついている、その時私は知ったし、今も知っているのだ、**あの人の血が私の両手についていることを。**

あなた、あなた、何してるの……

彼は手を洗った、洗った、洗った、洗った、何度も、何度も、何度も、彼は手を洗った、洗った、洗った、首を振った、振った、振った、両手でこめかみを押さえた、押さえた、押さえた。また椀にした両手に水を溜め、顔を濡らし、頭と髪を濡らし、それから水道の栓を閉め、両手で顔を撫で、髪を梳き、両手をシャツで拭き、また便所を出た。廊下を歩き、事務所に入り、机に戻った。机の上から原稿を取り上げ、机の一番下の引き出しを開け、そこにある札束を入れた封筒の下に原稿を突っ込み、引き出しを閉めた。時計を見る、時計はゆっくりと動いている、机の上の万年筆をとり、帳面から頁を一枚破りとった。そこへ例の長谷川という男へのメモを走り書きすると、椅子の背からまだ湿っている上着をとり、机の上から鍵と煙草をとった。上着を着ながらドアのほうへ歩き、事務所を出た。ドアを閉めて施錠し、長谷川への書き置きを折り畳んでドアの隙間にはさみ、廊下を歩き、一度、二度、三度折り返して階段を降り、建物を出た――

それは涙で終わるわよ、涙で……

低い雲が重く垂れ込めた灰色の朝空のもと、都会の湿った汚らしい空気を貫いて、彼は川を渡って駅へ行き、列に並んで切符を買うと、階段を昇ってホームに上がり、乗車するためにまた列に並んだ。黄色い金属製の客車は周囲の乗客に押し潰されそうな彼を西へ運ぶ、列車は川沿いを走っているが、彼には川が見えない、窓外をビルや邸宅が流れていくが、それも彼には見えない、彼は周囲の人間の体に押されて潰されそうになっている、ほかの人間たちの手や脚、肉、骨、それらはすべて衣服に包まれ、皮膚に包まれている、彼にはそれが触覚と嗅覚で感じ取れる、ぎゅう詰めになって互いを押し潰しそうになっている人間たちの秘密、彼らの嘘、彼らの衣服の下、皮膚の下の、これらの秘密と嘘、それらの秘密と嘘のすべてが悪臭を立てる、悪臭をはなつ、彼の衣服の下、皮膚の下で、彼もまた悪臭を立てる――

あなた、お願いだからやめて……

押し潰されそうになりながら、落ちるようにホームに降り、階段をくだり、改札口を出た。駅を出て、なおも人群れに運ばれていく、この白シャツに黒ズボンの、勤め人の隊列、蟻の軍団は、一塊《いっかい》をなして行進し、めいめいの会社へ、持ち場の部屋へ、机と椅子へ、向かっていく。彼は目当ての会社を見つけ、玄関から入り、受付へ足を運んだ。面会したい男の名前を若い受付嬢に告げた、美しい娘は怪しみ渋るそぶりを見せた。急用なんです、個人的な緊急の用があるんですと彼が言うと、受付嬢が名前を尋ねてきたので、自分の名前ではない名前、嘘の名前を答えた。美しい娘は怪しみ渋りながらも、ではおかけになってお待ちください、どうぞ、あちらにおかけになってお待ちくださいと言う。彼は礼を言い、応接セットのほうへ行くが、腰は下ろさない。煙草を一本くわえて火をつけながら、受付を窺うと、受付嬢が電話をする、煙草を吸いながら待っている、その間に、受付嬢に呼ばれた男は、机の椅子から飛び上がり、部屋からあっという間に駆けだして、エレベーターに乗り、猛烈な速さでエレベーターを降りて、肌に貼りつくシャツと同じくらい真っ白な血の気のない顔で受付に駆けつけ、受付嬢に不安げにうなずきかけると、室田秀樹のところへつかつかと歩いてきて、何かを懇願するように、ささやき声で、こう言った、一体何しに来たんだ。

あんた彼女に何を言った、と室田秀樹は訊いた。

男は首を振り、必死で息をつこうとしながら、ささやいた。何も言ってない。その後連絡がないんだ……

室田秀樹は男をじっと見つめた、この不安げな、怯《おび》えている男、白シャツに黒ズボンの、景気のいい会社の応接スペースに立っている男、可愛い息子は今学校で、美しい身重の妻は居心地のいいささやかな家にいる、この目の前でぶるぶる震えている男、その男に室田秀樹は笑いかけ、こう言った、それじゃいい知らせを聞かせてやるよ、色男、もう彼女からは二度と連絡が来ないよ。

なぜ分かるんだ、と男はもつれる舌で言い、また首を振った。なぜそうはっきり言いきれる……？

室田秀樹はまた笑みを浮かべ、男の肩に腕を回して、ぐいと引き寄せ、肩の肉をぎゅっとつかんで言った、根室和子は死んだんだよ。

そんな、莫迦な、と男の中の空気が言った、男の魂が言った、魂はこの男の体を出、殻を出、そこを逃れた。そんな、莫迦な……

いやいやいや、ほんとなんだよ、室田秀樹は男を、この男の抜殻を支え、男に、この男の抜殻に、こう言った、ゆうべ、ベランダから車の屋根の上に落ちて、はね返って、地面に落ちて、死んだんだ。

あの、と美しい受付嬢が、机の後ろを出て、二人のほうへ近づき、大丈夫ですか、と訊く。受付前ではほかにも何人かが足を止めて、室田と男を見ている。

室田秀樹は男の体を離し、男を椅子の上に、どさりと落とす、男は椅子の上でぐったりする、哀れな塊になる、室田秀樹は男から美しい娘に目を移す、美しい娘とほかの人たちに、見ているほかの人たちに視線を移す、室田秀樹は首を振りながら、こう言った、いや、大丈夫じゃない……

室田秀樹は体の向きを変え、そのぐったりした哀れな男、男の抜殻から離れ、まだじっと見ている美しい受付嬢や野次馬から離れて、出ていく、受付のスペースから、玄関を通って会社の建物から、この景気のいい会社から、表の通りに出た、繁栄している通りに出た、そして街に出た、この景気のいい、繁栄している、復興を遂げた都市のただなかに――

涙で、涙で……

駅へ戻りはしなかった、電車に乗りはしなかった、また金属の車両の中で、秘密を隠した体、嘘を抱えた体に、押し潰されそうになることはしなかった。路面電車にも、バスにも、タクシーにも乗らず、ただ歩いた、彼は歩いた、大きな会社が立ち並ぶ界隈から離れた、大会社や、商店や、百貨店や、映画館のある界隈を離れて、北へ歩いた、北へ、それから西へ歩いた、小さな民家が立ち並ぶ区域、小さな木造の家が何列にも並ぶ街、並んだ家々の前には、鉢植えの花が置かれ、花を飾るほかには風鈴が吊られ、といっても、今日は日が射さず、風もないのだが、じっと動かない低く重い灰色の空の下を歩き、じっと動かない湿った汚い空気の中を歩いていると、やはり建設の音が、相も変わらぬ建設の騒音が、空に昇り、空気に乗る、歩いていると、やがて高台に差しかかる、高台の麓《ふもと》に差しかかる、彼は歩きだした、坂道を昇りだした。目は上げず、下を見ていた、地面を見て歩いた、坂道を昇った、粗いコンクリートの坂道、細かい溝が入ったコンクリートの坂道を昇った。半分昇ったところで立ち止まり、顔を拭い、首筋を拭っていると、タクシー一台と霊柩車が一台、反対方向からやってきて、ゆっくりと彼の横を通り過ぎ、坂道を降りていった、坂道を降りていった――

あなた、お願い……

ハンカチをしまい、煙草を出し、一本くわえて火をつけた。低いガードレールに腰かけ、煙草を吸った。子供たちの声が聞こえた、何かの遊びをしている、その笑い声が、叫び声が、悲鳴が、絶叫が、坂道を降りてくるのか、昇ってくるのか、どちらなのかは分からない。烏《からす》の鳴き声も聞こえた、どこか近く、この近くだが、どこなのか、どこで鳴いているのか、これも分からなかった。煙草の吸殻を地面に落とし、表面の粗いコンクリート道の細い側溝に蹴り入れてから、また歩きだす、また坂道を上りだす、まもなく頂上に来た、坂の上に来た、そして彼は見上げた、その建物を見上げた――

お願い、やめて……

四階建てのコンクリートの建物、まったく同じ四階建てのコンクリートの建物が、コンクリートの都市のこの郊外の、コンクリートの坂道の上に、何棟も並んでいた、どの建物も同じ高さ、同じ色、すなわち同じ色合いの灰色と緑色の二色に塗られ、同じ階には同じ数字のついたドアがあり、ドアは各階に四つずつあった。彼はハンカチを出して、また顔を拭い、首筋を拭い、それから建物群のほうへ歩きだし、建物群の裏手に回った。自転車に乗った子供たち、ローラースケートをはいた子供たち、乳母車を押す女たち、乳母車のない女たちのそばを通った。建物の一つの裏手に回り、建物の裏側に沿って歩き、駐車場を通り抜けた、そこには車が一台もなく、子供たちも、その母親たちもいなかった。上を見ることも、下を見ることもなく、ただこの建物の裏側に沿って歩き、やがてその場所、その地点に着くと、視線を上に向け、四階のベランダを振りあおぎ、それから視線を下に降ろして、地面を見、地面の上、コンクリートの上の染みを見た――

あなた……

また顔を拭い、もう一度拭き、それから建物を回り込んで、入り口のほうへ、コンクリート壁に開いたドアのない穴のほうへ向かう、中に入って鉄製の郵便箱の前を通り、階段に向かう、郵便箱は階段の脇にあって、八世帯分が二列に並んでいる、それから階段を昇った、コンクリートの階段を昇った、一階から二階、三階、四階まで上がった。階段を昇りきったところで、また顔を拭い、ハンカチをポケットにしまい、廊下を歩いた、コンクリートの外廊下を歩いた。廊下のはずれの、緑の枠に囲まれた白い鉄のドアの前で足を止めた。彼は唾を飲み、もう一度唾を飲み、それから、白いプラスチックのブザーのボタンを押して、待った。鍵が回る音がし、ドアが開き始める、彼のほうへ開いてくる、中から線香の匂いが漂ってくる、そして今、男の顔が見えた、男がこう言うのが聞こえた。はい……？

　室田秀樹は戸口の男から一歩後ろに下がった、男は黒い背広に黒いネクタイを締め、顔は髭を剃らず、目は血走っていた。室田秀樹は軽くお辞儀をして、言った、すみません、根室洋さんはおられますか。

　ああ、と黒い背広と黒いネクタイの男、顔は髭を剃らず、目が血走っている男、室田秀樹が今日初めて見、初めて会った男が言った。わたしが根室ですが。

　このコンクリートの建物の四階の、コンクリートの外廊下の、中から線香の匂いが漂ってくる、開いた鉄のドアの前で、今日初めて見、初めて会った男と向き合った室田秀樹は、瞬きをし、もう一度瞬きをし、唾を飲み、それから口ごもりながら言った、すみません、間違えました……

　どういう意味だ、と男は言った。

　すみません、と室田秀樹は言って、また短く、すばやくお辞儀をし、それから体の向きを変えて行きかけた、立ち去りかけた……

　待て、と男は言い、戸口から手を伸ばして、室田秀樹をつかみ、引き留めようとする――

　室田秀樹はすばやく動いてつかまらない、男の要求に応じて立ち止まることもしない、どんどん男から離れていく……

　だが男は靴をはき、あとを追いかけながら、叫んだ、おまえが誰だか知ってるぞ、おまえが例の男だ、例の男なんだ！　警察が言ってた男だ、名刺の男だ――

　室田秀樹は駆けだし、階段を降りる、四階から三階、二階、一階へ……

　止まれ、止まれ、と男が叫んだ、追いかけながら叫んだ、おまえだ、おまえが例の男だ、おまえが――

　階段を降り、郵便箱の前を通り、建物を出て、坂道を駆け降りた……

　家内を殺した男だ――

　全速力で、必死に走った、顔が両手についた血のように真っ赤になった……

　人殺し！

　闇が東京を覆っていた、またしても東京を覆っていた、古い隠れた闇は、一度も立ち去ったことがなかった、それは黙って角の向こうに留まっていた、部屋の中で、床の下で、階段の下で、待っていた、黙って待っていた、障子の背後で、ドアの背後で、神社の森で、制服のポケットの中で、日射しの反対側で、握手の湿り気の中で、言葉と言葉の隙間に、約束と祝杯の空白部分に、微笑みの陰に、歯列の裏に、笑い声の窪みに、目の冷たい黒い瞳の中に、目が瞬くうちに、あれがまた戻ってきた、真っ黒なあれがまた戻ってきた、あの闇がまた戻ってきた、闇は東京の上空を流れ、東京の上に降り注ぎ、雲となり、波となり、闇は大層濃く、高くなり、その雷鳴が轟き、その列車の汽笛が響き渡り、それが夜を震わせ、夜を刺し貫き、そのせいで、一説によれば、ベッドで寝ているマッカーサー元帥が目を覚まし、夜中に恐怖に捉《とら》われ、死人のように顔を青ざめさせて、叫んだという、老兵は死なず、断じて死なずと、元帥の飼い犬、ブラッキー、ウキ、ブラウニー、ココが、主人の声に、その声に満ちている恐怖に反応して、唸り声を上げ、彼のもう一匹の飼い犬、天皇も、生ける死者も、一説によれば、一説によれば、その夜、恐怖に駆られて起き上がり、赤いローブ姿で、死者のための提灯、盆提灯に、灯をともしたと、そう言われている、言われている、成仏できぬ死者たちの霊は、提灯の灯を頼りにやってきて、ささやき声で、歌うように、死者たちはこう言った、われらは影の中に消え去った、だが決して、決して、いなくなったのではない、黙って待っているのである、われらはまた来るのである、また来るのである、大層濃く、高く、雲となり、波となり、東京の上空を流れ、東京の上に降り注ぐ、闇の奔流となって、雨の奔流となって、線路の上に、警官たちの上に、闇と雨は、猛烈な勢いで降り、線路の上からあの人の体の部分を拾い集め、線路の上から肉の切れ端を拾い集めていた警官たちを転倒させた、警官たちは泥の上で足を滑らせ、体の部分や肉の切れ端を落とし、土手を転げ落ちて、警官たちと死体は、あちこちに散らばった、そして両手を腰にあてて両肘を張った姿勢で、その姿勢で、警官たちと死体は、その姿勢で踊る、両手を腰にあてて両肘を張り、両肘を張り、警官たちと死体は、腰に両手をあて両肘を張って踊った、ばらばらになり、警官たちと死体は、両手を腰にあて両肘を張り、暗黒舞踏の体《てい》で、闇の中で踊り、闇が東京を覆い、またしても東京を覆い、東京とまたしても私を覆い、そう、またしても私を覆う、何となれば、私はそこにいたからだ、そう、私はそこにいた、闇の奔流の中に、雨の奔流の中に、犯罪の現場に、その犯罪の張本人《オーサー》として、その犯罪物語の著者《オーサー》として、ずぶ濡れに濡れて、両手に血をつけて、骨まで闇に浸透され、影の中で身をすくませ、草むらですすり泣き、涙の粒と血の滴をこぼしながら、私は声を張り上げて言った、私に死者を生き返らせることができればいいのに、あの人をこの線路から蘇らせることができればいいのに、体のばらばらの部分を、肉の切れ端を蘇生させることができればいいのに、この現場からあの人の体を盗み出し、この犯罪からあの人の肉を救い出すことができればいいのに。そう、あの時あそこで、あの時あそこで、闇の奔流の中で、雨の奔流の中で、そう、あの時あそこで、あの時あそこで、影と草むらの中で、私は誓ったのだ、私はあの人の体のばらばらになった部分を回収しよう、肉の切れ端を回収しよう、それらをまた組み立て、縫い合わせて元通りにする、一語一語、一文一文、あの人をまた元に戻す、あの人をまた完全な形に復元する、一行一行、一頁一頁、私は死者を蘇らせよう、あの人を復活させよう、一節一節、一章一章、私はこの犯罪《ライト・ディス・クライム》を書こう――

この不正《ライト・ディス・ロング》を正そう！

くそ、くそ、くそ、と彼は叫び、死んだ発信音を立てる受話器を架台に叩きつけ、根室洋のものだと思っていた番号への接続を断ち切った。この莫迦野郎、莫迦野郎、莫迦野郎、くそ、くそ、くそ莫迦野郎――

あなた、お願い、やめてと、彼女は言う……

やめろなんて言うな、と彼は言い、また酒の瓶を取り上げ、コップに注いだ。頼むから、今日は言わないでくれ――

でも、そんなことをしても何にもならない……

それがどうした、と彼はまた言って、手にしたコップを振り、机に酒をこぼす。どうせ俺は何をしても何にもならないんだ！

あなた、とにかく手を引いて……

手を引けってか、彼は笑う。どう手を引けっていうんだ、向こうが俺から手を引かないのに、俺を放っておかないのに――

あの男はあなたを利用したのよ、あなたはいつも利用される……

あいつが俺を利用したのは分かってる、と彼は言ってコップ酒を飲み干し、瓶をとってコップに酒を注ぎ、首を振りながら言った、それは言われなくても分かってる、やつが俺を利用したのは知ってるし、俺がいつも利用されるのも知ってる、まるで俺が得意なのはそのことだけ、利用されることだけだって具合にな、俺は利用されるためにだけ生きてる、俺みたいな人間はそうなんだ、利用されるための人間だ、俺みたいな人間は――

あの人たちはあなたを待ち構えていたのよ……

俺を待ち構えていた、ああ、ああ、その通りだ、と彼は言ってうなずく、酒を一口飲んで、机を見下ろし、机の上の原稿用紙の束を見下ろし、また目を上げて彼を見、また彼を見つめ、こうささやいた、その通りだ、やつらは俺を待ち構えていた――

あなたを罠にかけたのよ、と彼女は言った……

コップを置き、原稿用紙を取り上げ、またうなずいて、室田秀樹は言った、あの人を罠にかけたようにな。

私は田園調布《でんえんちょうふ》にある彼の家のドアを思いきり叩いた、思いきり叩くうちに、拳の関節は赤くなり赤剝けになって血を出した、ようやく塩澤氏がドアを細く開け、その細い隙間からこう言った。「おや、先生――どうしました。そんな音を立てたら死人《しびと》が目を覚ましますよ」

「エグザクトマン《まさにそれだよ》」と私は言い、私の原稿と私自身をドアの隙間に押し込んで、玄関に入り、下駄を脱いで家に上がった。「そのために来たんだ！」

「それじゃまあ、どうぞ奥へ」塩澤氏は私を促し、自分もあとから幅広の廊下を歩いて、広い書斎に入る。「しかし、今何時かはご存じなんでしょうな、先生」

「やつらが何時だと言ってるかは知ってるよ」私はそう言ってふんと鼻で笑い、美しいビロード張りの寝椅子に体を預けた。「でも私はこう言ってやる。騙されんぞ！　もう遅いんだ、遅すぎるんだ！　とね」

「あるいは、少々早すぎるとも言えますがね」塩澤氏は眠そうに目をこすりながら小さく微笑み、それからガウンの乱れを整えた。

「とにかくこれを読んでくれ」私は寝椅子からぱっと上体を起こし、原稿を氏のほうへ放り出す、紙の束は私たちの間の低いテーブルの上にばらばらと降った。「そして答えてくれ、本当に少々早すぎるのか、それとも**遅す**

ぎるのか！」

「承知しました」塩澤氏はなおも笑みを浮かべながら原稿用紙を集めた。「先生の御作を拝読できるのは光栄至極、欣快《きんかい》の至りです。この夜明け前という、いささか意表をつく時間にあってもですね。しかし、先生、どうかお座りになって、落ち着いてください――どうも先生は露西亜《ロシア》人みたようなところがおありですな」

「露西亜人か、はは！」私は笑った。「露西亜人、大いに結構！　露西亜人か、さもなくば支那人か。アカなら何でもいいぞ！」

「まあまあ、先生」と塩澤氏は優柔温和な声音で言うと、われわれの間の机に一旦原稿を置き、酒を豊富にそろえた棚へ足を運んだ。「よろしかったら、いかがです、朝のブランデー、神経を鎮めていただいて、その間に私は玉稿《ぎょっこう》を読ませていただくという」

「私は酒を辞退しない。ご存じの通りね」

「作家の先生方はみなさんそうですなあ、私ら出版屋はいつも賛嘆しておりますよ」塩澤氏はブランデーを注いだ大ぶりのグラスをよこしてから、私と向かい合わせに座り、間にはさんだテーブルから原稿の束を取り上げた。

「あんたも飲まずにはいられなくなるよ」私は感謝をこめてブランデーのグラスを掲げた。「それを読んだあとはね――」

「『暗殺クラブ』」塩澤氏は最初の一枚に書かれた題を読み上げてうなずいた。「秀逸な題ですな、先生……」

「秀逸な題を持つ穢《けが》らわしい悪事の話だよ。われらが新旧の神の顔、我が国の指導者たちと侵入者たちの顔、有罪であるわれわれ自身の顔に吐きかける唾のごとき真実の物語だ！」

「ええ、ですから先生」塩澤氏は原稿に目を戻して言った。「ブランデーを飲んで寛いでいてください、よろしかったらお代わりもどうぞ、私はこの真実の物語を黙読しますから……」

「もう何も言わんぞ」私は唇に人差し指をあて、その唇にグラスを運んでから、寝椅子に体を横たえたが、すぐに起き上がってグラスを酒で満たしに行き、そのまま広い書斎を歩き回って、塩澤氏が原稿を読むあいだ、感嘆の目で氏の蔵書を眺め、壁の掛け物を見、ブランデーの質を賞美し、その量を喜びつつ、何となく考えたのは、一体どうしてこんな出版屋が、自分のも含めて屑のような本ばかり出版する男が、このように美しい屋敷を構え、広い書斎を持ち、見事な蔵書を蓄えたり、上質な掛け物を所有したりできるのかということであり、ブランデーの味をもう一度吟味して欠けたところのないことを改めて確かめつつ、不思議に思ったのは、われらが侵入者、占領軍が、この豪邸を接収しなかったという事実であり、答えの出ない思案を巡らせてみたのは、一体この男は何をし、または何を言い、あるいはいくら払って、侵入者、占領軍、いやさ異国の狼どもを、この屋敷に近づけなかったのかという——

「いやいやいや」と塩澤氏が原稿をテーブルに置き、椅子に座ったまま私を見上げて言った。「これは大したものです、先生、まさに感嘆措く能わずというところですな」

「私は感嘆など求めてはおらん。そんなことのために書いているのではない」私は呂律怪しくそう言うと、軽く頭がくらくらするのを覚え、また寝椅子に体を落としながら、足元もふらついてきたのを意識した。「貴殿にこれが出版できるか、これを本にして世に出せるかと、挑みに来たんだ……」

「ええ、分かります、分かります。しかしですな、先生、大変失礼ながら、先生の御本を出す版元としましては、証拠のことをお訊きせんといかんです——ここに書かれていることにはどういう証拠があるのですかな」

私は一息吸い、一息吐いて、抗議した。「証拠。証拠を出せと。証拠はわれわれが呼吸しているこの空気の中にあるではないか——君にはその味が、臭いが、感触が、感じ取れんのか。今は一九四九年だそうだが、瓦斯《ガス》が、睡眠瓦斯が、濃く立ちこめているようだな——目を覚ますのだ、君、目を覚ましたまえ！」

「そこは御安心ください、先生のおかげでね、先ほど目を覚ましたんですから。しかし、先生もよく御存知の通り、本を出すにはまずＧＨＱにもろもろ提出して検閲を受けねばなりませんからな。もっとも——」

「出す度胸がないわけだ」私は嘲《あざけ》った。「分かってたよ。分かってたんだ！」

「まあまあ、先生、最後までお聞きください」塩澤氏は前に身を乗り出し、私の原稿をまた手にとった。「方法はあるんです。ですから私の話を最後まで聞いてくださ い……」

「聞こうじゃないか」私は両耳を引っ張った。「全身を耳にして……」

「つまりですな、実在する人間の名前をみな変えてですな、小説に書き換えたらどうでしょうかな、虚構の作品として発表するんです」

「虚構か」私は痛くなってきた耳を離し、寝椅子の上で背筋をまっすぐ伸ばして、熟考した。「虚構……」

「そうすれば検閲をすり抜けて」塩澤氏はうなずきながら言う。「出版できるかもしれません……」

「悪くない、悪くない」と私は言い、それから口調を強めてこう続けた。「曹雪芹《そうせつきん》いわく、〝仮《うそ》の真《まこと》となるとき真もまた仮〟」

「〝無《む》の有《う》たるところ有もまた無〟（『紅楼夢』松枝茂夫訳、岩波文庫）」塩澤氏がそう受けて、またうなずきながら、私の原稿を手で軽く叩いた。

「エグザクトマン《まさにそれだよ》」私は笑った。

「しかし、『紅楼夢《こうろうむ》』もそういう目に遭いましたが、用心してください、先生、意地の悪い読者は作品のモデル探しをやりますからね……」

「心配するな」私はまた笑った。「私は心配しておらんぞ！」

「私は先生のことを心配しているんですよ。くれぐれも気をつけてください、物言えば唇寒し秋の風、うっかり物を言うのは災いの元ですからな……」

「はは」私はまた笑い、声高に言った。「唇が寒いなど何でもない、血と一緒に歯を飲み込むのに比べれば！」

「素晴らしい言い回しですな、先生」塩澤氏は私の原稿をぽんぽん叩いた。「先生の作品と同じく、言葉の表現が華麗で見事です。でも先生、唇が寒くなるのであれ、血と一緒に歯を飲み込むのであれ、先生のために医者を呼ぶはめになる事態は避けましょう……」

　彼はその人物の家をすでに見つけていた、それは病院の北、品のいい区域で、高台にあった、そこへの坂道を、今彼は昇っていた——

止まって！　止まって、と彼女はささやく。引き返して……

　引き返すわけにはいかない、と彼はつぶやき、ずんずん昇っていく、ここも広い高台だが、コンクリートずくめではなく、樹木の多い美しい住宅街で、裕福な人たちが住む大邸宅が並んでいる。これは生きて帰れぬ片道の旅、引き返すことはできないんだ。

お願い、これは過ちの道よ……

だが彼はすでに高台の一番高いところにある、一番の金持ちの一番の大邸宅にたどり着いていた。高い木の塀の切れ目にある伝統的な門の前で、彼はハンカチを出した。顔を拭い、首筋を拭った。ハンカチをしまい、上着のポケットからネクタイを出して、それを締めた――

首縊《くびくく》りの輪縄になるわ……

どうなるかはすぐに分かるさ、彼は一人笑い、ポケットから眼鏡を出してかけた。門を開け、その軒下に入り、庭に入り、飛び石をつたい、別の飛び石をたどって、樹木の立ち並ぶ別の庭を通り抜けると、美しい日本家屋がそこにあった。玄関の引き戸を開け、薄暗い中に入って、声をかけた、すみません、こんにちは……

厳めしい感じの着物を着た中年の女が、薄暗い廊下の奥から摺り足で出てきた。はい？

野村先生は御在宅ですか、と室田秀樹は訊き、眼鏡の位置を整えて、女に頬笑みかけた。

女の顔は青白く痩せていて、真っ黒で冷たい瞳で室田秀樹を見つめた。あなたはどなたです。

堀川という者です、と室田秀樹は答えた。

金壺眼《かなつぼまなこ》にほんの一瞬、火打石を打ったような火花が飛んだ。何のご用です。

野村先生とお話ししたいんです、と室田秀樹は言ってまた頬笑む。伯父の、堀川保のことで。

女は黒い目を伏せ、青白い顔を軽くうつむかせた。申し訳ありませんが、父はもう引退しました。

それは存じています。突然お邪魔して、しかももうご隠退なさっているのに、本当に申し訳ないことです。ただ、伯父が行く方知れずなもので。

女は目を上げ、口元にぞっとするような侮蔑を浮かべた。あなたの伯父様はここにはいませんよ。

ええ、いるとは思っていません、室田秀樹はそう言って、なおも笑みを浮かべ、じっとそこに立ち、女の背後、廊下の奥に視線を差し入れ、小卓に置かれた木彫の鷲だか鷹だかを見、さらにその奥の別の小卓に載っている電話機を見て、依然頬笑みながら、なおもこう言う、ですが、先生とお話ししたいんです。

野村医師の娘はまた目を伏せ、顔を伏せて、もう一度謝絶を試みた。父はもう引退しております。あなたの伯父様がどこにおられるか知らないはずです。では、これで。

なおもじっと立ち続けながら、しかしもう頬笑みは浮かべず、室田秀樹は眼鏡をはずして、上着のポケットに戻し、それから女を見据えて言った、ご存じかどうか、直接訊きたいんです。

それは無理です、と女はごくかすかに声を震わせながら言った。父は健康ではありません。

わたしの伯父もです。

父は面会をお断わりしています。

それなら門に閂《かんぬき》をかけて、玄関に鍵をかけるべきでしょう、と室田秀樹は言い、女のほうへ体を傾けた。でないと、わたしみたいな人間が間違った印象を受け取ってしまう。

古い富家の薄暗い玄関で、指に指輪がなく、夫や息子がこの家にもその人生にもいない、この孝心一途《こうしんいちず》な娘は、小さな小さな一歩の後ずさりをし、身を翻そうかと考える、が、そうしてどこへ行くというのか、誰のほうを向くというのか、どこにも行くところはない、体を向けられる人はいないのが分かっている、いられる場所はここしかない、向き合うべき相手はこの男しかいない、彼女は口が乾く、声が割れる。あなた誰ですか。

さっき言ったじゃありませんか、と彼はまた言った、あなたのお父様、野村先生と話したがっている男です、それだけですよ。

わたしもさっき申し上げたはずです、と女はまた言うが、今度はきっぱり告げるのではなく、歎願になっていた。それは無理です。

一日中この押し問答をやってもいいが、と室田秀樹は言って、一歩女のほうへ踏み出し、次の一歩を踏み出そうと構える、次の一歩は家に上がる一歩だ。わたしは先生と話すつもりですからね。

女は意を決して、息を緩慢にし、声を落ち着け、最後にもう一度試みる、お帰りにならないのなら、警察を呼びますよ……

いや、呼ばせない、と室田秀樹は言い、次の一歩を踏み出し、家に上がる、同時に女は身を翻すが、そうするのが遅すぎて、慌てて足を滑らせ、顔から木の床に落ちて、びたんという音を響かせた——

やめて！　やめて……

声が家の中を、家の中の沈黙を貫いて谺《こだま》する中、彼は手を下に伸ばし、女の着物の後ろ衿をつかんで、女を仰向けにし、後ろ衿をしっかり握ったまま、女を引きずって廊下を歩く、女は手で衿と彼の指をつかみ、喉を絞められないよう、彼がつかんでいる衿を必死に喉から引き離そうとする、白い足袋、白い脚が、着物の裾を蹴り乱す、彼は女を引きずって廊下を進み、電話機のほうに向かう、空いたほうの手で電話機をつかみ、コードを壁から引きちぎる——

や、やめて、ください、女は息を詰まらせながら叫ぼうとするも、室田秀樹はやめようとしない、彼はやめなかった、女を引っ張った、引きずって、部屋から部屋へ移った、ふすまを開け、次のふすまを開け、最後のふすまを開けると、そこにその部屋が、探していた部屋があった、探していた医者がいた、医者はその部屋の畳に布団を敷いて寝ていた、枕の上の顔、その目が入り口のほうを向いていた、入り口のほうを見ていた、入り口には室田秀樹が立っている、室田秀樹は女を突き飛ばす、布団のほう、医者のほう、父親のほうへ、突き飛ばす、女は布団の上に投げ出され、布団の上に倒れ、布団をかぶっている父親のほうへ這い寄る、咳き込み、唾を飛ばしながら、叫び、わめく、わたしたちに構わないで、構わないで頂戴。

室田秀樹はハンカチを出して、顔を拭い、首筋を拭った。ハンカチをしまい、煙草を出す。一本くわえて火をつけ、箱をポケットに戻した。煙草を吸いながら、部屋の中を見回す、大きな部屋には大きな窓があり、大きな木の立ち並ぶ大きな庭が見えた。煙草を吸い終えると、床の間の花瓶のところへ行った。背をかがめて、花瓶から花を全部出し、床《とこ》の間《ま》の木の床に置くと、花瓶に吸殻を落とした。それから体を起こし、布団に寝ている男のほうに向き直る、娘が父親をかき抱き、二人とも室田秀樹を見上げて、じっと見つめている、その二人に、室田秀樹は言う、こっちが知りたいことを話してくれたら、すぐに帰る。でも話さないと言うのなら、色んなことをやってあんたら二人に喋らせるからな。

でも、言ったでしょう、父は病気なんです、もう引退しているんです、そう女は訴え、父親を一層強く抱く。父は何も知らないんです。

室田秀樹は畳の上を横切り、布団の脇、男とその娘のそばにしゃがんで、老人の目を覗き込み、こう言った、それは違うだろう、野村先生、あなたはいろいろ知ってるはずだ。

目を瞬かせ、涙で潤ませて、老人は室田秀樹を見上げ、老齢と癌《がん》にしゃがれた声でささやいた、何を知りたいんだね。

黒田浪漫について本当のことを知りたいんだ、室田秀樹は小さな声で穏やかに言った。彼の身に何が起きたか、今どこにいるのかを。

病院に戻ってないなら、家にもいないなら、と医者は咳をしながら言った、それならどこにいるのか、わたしは知らない。

室田秀樹は水差しとコップに手を伸ばした。コップに水を注いだ。そのコップを娘に渡し、それから老人の頭を枕から持ち上げて、娘が手にしたコップから水を飲めるようにした。

ありがとう、と礼を言う老人の頭を、室田秀樹はまた枕に降ろした。

室田秀樹は娘の手からコップをとり、それからまた父親のほうを向き、また小さな声で穏やかに言った、堀川保が最後に退院した時、退院を許可したのはあなただった。最後に入院した時に受け入れたのもあなただった。彼が入退院した時に責任者として書類に判子を押したのは、野村先生、いつもあなただった。

その回数はあまりにも多かった、と老人はささやく声で言い、目を閉じて、目尻に涙をにじませた。よく覚えていない。

本当なんです、と女は室田秀樹の腕に手を触れて言う。父は本当に覚えていないんです……

室田秀樹は女の手を何度か軽く叩いてから、老人の目尻の涙を拭いて、こう言った、覚えているかどうかはどうでもいいんだ、先生が自分の手で記録に残してるんだから、そうだろう、先生。

でも今どこにいるかは知らない、と老人はまた言った、また目を開いて、天井を見つめた。

でも誰が病院へ連れてきたかは知ってるだろう、と室田秀樹は言った。誰が迎えに来たかも。

老人は枕の上で頭を巡らし、死にかけているような目で室田秀樹を見上げ、首を振り、瞬きをしながら、ささやいた、これは君が考えているようなこととは違う……

　じゃ教えてくれ、どう考えればいいのか。

　お父さん、お父さん、娘がまた父親にとりすがろうとする、話すのをやめさせようとする――

　室田秀樹は女の体をつかまえ、老人から離して突き飛ばした。

　今さら何だというのかね、と老人は言い、また目を閉じた。わたしはもう死ぬんだ……

　お父さん、お父さん、駄目よ……

　教えてくれ。

　わたしは主治医じゃなかった、彼を診たことはなかった。

　お父さん、お願いだから、ね……

　誰が主治医だったんだ。

　アメリカ人だ……

　お父さん、駄目……

　誰だ。

　モーガンという男だ、と老人は言ってまた目を開き、室田秀樹を見上げた。モーガンという医者だ。

　あなた、ただじゃすみませんよ、と娘が、コップを手にした女が叫んだ――

　分かってる、と室田秀樹は言った、そして女の持っているコップが自分の額に打ち当たるのを待った。ただじゃ済まないのは分かってるよ。

　賃貸《ちんが》しの部屋で電話が鳴る、賃貸しの部屋には賃貸しの男らがいて、賃貸しの男らは賃貸しの手と目と舌を持つ、そう、藪をつついて蛇を出す、その私の目論見《もくろみ》が、功を奏したのだ、かなり上首尾に、まあこれは私が言っている、自分で言っているのではあるが。私は新聞や雑誌の記者に、これは犯罪である、悪辣きわまる殺人であると述べた。私は知っている、それが犯罪であると知っているのだと言明した。私はこの犯罪、この世紀の犯罪の真相を解明するつもりだと公に誓った。私は『暗殺クラブ』を発表した。小説と謳ったが、実際は実話である。それから私は待った、草むらから蛇が出るのを待った、すると、はたして蛇は出てきた、草むらから、高草の繁みから、這い出てきた――

「ちょっと待て……そう、君だ」

　時刻は遅く、暗かった、まだ暑くてじめじめしていた、ある夏のことであった、それは、あの犯罪が起きてから一ヶ月足らずの頃、この冷たい声が、私の背筋をつたい降り、私の足を凍らせ、私をぴたりと立ち止まらせた。高台の麓で、最前私は彼らが谷中《やなか》から坂道をそっと降りてくるのを見ていた、彼らは一旦見えなくなり、それからまた姿を現わした、湿った靄《もや》の滞《なず》みを通して、浮かび上がり、それからまた沈み込んだが、彼らの足音は聞こえなかった、そしてその時、彼らがそばを通った時初めて、あの声が、命令する声が、聞こえた――

「ちょっと待て……」

闇の中の烏《からす》の鳴き声のように、夜の鷺《さぎ》の叫びのように、列車に乗っているその見知らぬ人物は、侮蔑と憎悪のこもった、荒々しいが凜とした目で、こちらをじっと見つめる――

「そう、君だ……」

あの声は私に話しかけていた、あの命令は私に向けられていた、それは私の足を凍らせ、私をぴたりと立ち止まらせた。黒い夏の靄の中から、高台の墓地から、一人、二人、三人、四人、四人の墓標のごとき男が、一列縦《じゅう》隊《たい》で、私のそばを通り過ぎていった。一人目は長身痩軀、この夜と同色の、闇に漂う靄から紡《つむ》ぎ織られた外套《がいとう》を着た男。二人目は短軀に太鼓腹、両手で口を被い、含み笑いつつささやき声で独《ひと》り言《ご》つ男。三人目は尊大な物腰の中年男で、髪はすでに白く、手足は古い着物の長い袖と裾の下に隠れ、裾を地面に引きずっており、私から顔を背けている。四人目にして最後の男は、筋骨逞《たくま》しい軍人風で、三人目の男の帯を後ろからつかみ、三人目の男の影に隠れていて、四人のうち最も朧《おぼろ》だが、私の足を凍らせ、私をぴたりと立ち止まらせたのは、この男の声だと分かる、四人の男が通り過ぎていく時、私はそちらを振り返って訊いた――

「あんたは私に言ってるのか」

一人、二人、三人、四人、四人の男が、一列縦隊で、私から二歩、三歩、四歩、坂を下ったところで足を止め、しかし体をこちらに向けて私を見ることをせず、顔だけ振り向いて私を見ることもせず、ただ、しんがりの男、四人目にして最後の男が、三人目の男の帯を離し、気をつけの姿勢になる――

「そう、君に話しかけているんだ」

吠える犬に浴びせる罵声のような、その返答は、私を叱りつけ、脅しつけた、それは地獄の吐く息であり、私を嘲り、恐怖させ、夜を止め、空気を冷やしたが、それでも私は注意を惹かれ、こう問いたい気持ちに誘い込まれたのである——

「何の用だ」

男はなおも振り返らない、振り返って私を見ることをしない、まっすぐ前を見、坂の下のほうを見つつ、こう言う——

「君と話がしたい」

「何の話を」

坂の下、線路の上を、上野から列車がやってくる、夜の最後の列車が、日暮里《にっぽり》に向かって走る、車輪から火と蒸気を上げて、夜を貫き、汽笛の金切り声を放ち、盲《めし》いたまま夜の中へ驀進する——

「終了時間だ」と男は言った、蒸気を通して、金切り声を通して、電話のベルが鳴る、ささやき声が回線を伝ってくる。「だがZ機関はいかなる責任も負わない」

あとをつけられなかったか。

ああ。

夕空のもと、日比谷公園の、木立に隠れたベンチで、二人の男が並んで座っていた。一人の男は傷痍《しょうい》軍人の白い衣を着て、杖を持ち、頭にまびさし付きの帽子をかぶり、濃い琥珀色の眼鏡で目を隠している。もう一人は汚れた包帯を頭に巻き、乾いた血がついている上着とシャツを着ている。寺内紘治は室田秀樹を見て、すぐに目をそらし、こう言った、その頭はどうしたんだ。

俺の質問を嫌がる連中がいてな。

それでも質問は続けるんだろ。

ああ、と室田秀樹は言った。

だから俺を捜し出して呼び出したわけだ。俺の嫌がる質問をするために。

あんたの名前と電話番号は黒田浪漫の住所録に載っていた、と室田秀樹は言った。あんたのことは新聞や雑誌に載っていた。あんたは話すのが好きそうだ。

寺内紘治は杖の握りを手の中で回しながら笑い、それから言った、俺は誰にでも見えるところに隠れるという道を選んだんだ、室田さん。そうすればやつらは多少ともやりにくくなるからね。その代わりこの十五年間、しじゅう後ろを振り返りながら生きてきた、駅の混雑したプラットホームとか、急な階段の天辺とか、車の多い通りの歩道では、きっと今に背中を押されると待ち受けるような気分でいるよ。十五年間だ、室田さん、十五年間、俺はそんな悪夢の中で生きてきた、誰にでも見えるところに隠れて、〝話すのが好きそう〟な顔をしてね。でもそんな顔に見えるのは、ただあんたがそう考えてるだけかもしれないぜ。

俺は何も考えないようにしている、と室田秀樹は言った。俺はただ黒田浪漫を見つけて、質問を一つして、その答えを聞いて、それでこういうこと全部とおさらばして、この都市《まち》から出ていきたいだけだ。

空気が濃密で動かず、刻々と暗くなり一層息苦しくなる中、寺内紘治はまた笑い、またふさぎ込み、それから言った、あんたは正直だな、室田さん。だから俺も正直に言うが、黒田先生のことは忘れたほうがいいよ、その質問とやらのことも忘れて、今すぐ出ていったほうがいい、まだ間に合ううちに。

室田秀樹は首を回してベンチの隣に座っている男を見た、暗い公園のこの青白い人影を見た、そして言った、それは脅しに聞こえるな――あんた俺を脅してるのか、寺内さん。

いや、と寺内紘治は言い、帽子のまびさしと琥珀色の眼鏡を室田秀樹のほうに向けた。そんな気は毛頭ない。

室田秀樹はベンチの隣に座った青白い人影の膝をぽんぽん叩きながら、笑みを浮かべ、それから言った、それはよかった。俺は黒田浪漫を見つけて、俺の質問をするまではどこにも行く気はないからな、それにあんたもだ、寺内さん、俺の質問に答えるまではどこへも行かせないよ。

そのために俺はここにいる、そのために来たんだ、と寺内紘治は言う。なのにまだ質問を一つもしてもらってないんだよな、能書きばっかり聞かされて――

どこにいるんだ――黒田は。

寺内紘治は帽子のまびさしと琥珀色の眼鏡をまた暗闇のほう、木立の影のほうへ向けて、また笑みを浮かべ、それから言った、それは知らない、ありがたいことにな。

そうなのか。なぜだ。

ひょっとしたら彼は、あんたや俺の――俺たちみんなの――手の届かないところに、ということは、やつらの手の届かないところに、やつらから遠く離れたところにいるかもしれない、だからだよ。

やつら、やつら、室田秀樹はそう言って相手の膝をつかみ、手に力をこめた。あんたもやつらだろう。

青白い男はびくりともしなかった、また闇に向けて笑い声を上げただけで、こう言った、あんたはそう考えてるのか。

言っただろう、と室田秀樹は言った。俺は考えないと。でも俺には見える、あんたが見えるんだよ、あんたはやつらの一人で、やつらのために働いてるか、それとも、詐欺師で、夢想家で、大ぼら吹きかの、どっちかだ。

空気はなおも濃密に、ますます動かなくなり、真っ黒で、息が詰まる、寺内紘治は言った、俺はやつらの一人じゃない、やつらのために働いたこともない、詐欺師でも、夢想家でも、大ぼら吹きでもない。でも運が悪いことに、やつらの何人かを知っていて、そのうち一人が俺に、あの夜、一九四九年七月のあの恐ろしい夜、歴史の流れを変えたあの夜に、自分らが何をしたかを話したんだ。俺は共産主義者じゃないし、共産主義には何の共感も覚えないんだ、室田さん、でも、やつらは命令に背いて、罪のない一人の人間を殺した、社会的地位のある立派な日本人を。だから俺はある選択をした、それは俺が自分一人でした選択だ、俺は自分が聞いた話を、聞かされた真実を、誰かに話すことにしたんだ。

でもなぜ黒田浪漫を選んだ、と室田秀樹は低く押し殺した声で訊く。なぜほかの人間じゃなく彼を引っ張り込んだんだ。

俺は彼に選択の余地を与えた、警告をした。その上で彼は自分の選択をしたんだ。もっとも彼はもう駄目な人間になっていて、腐り始めていたよ――ちょうどあんたがもう駄目な人間になっていて、腐り始めているようにね、室田さん、かく言う俺も、もう駄目な人間になっていて、腐り始めているんだがね――でもとにかく、十五年前、十五年近く前のある日、ある夜、俺たちはこのベンチに、この公園の、まさにこのベンチに座っていた、そして俺は彼に警告したんだ――

「もう遅い、遅すぎる……」

「いやいや」と言って私はベンチからぱっと立ち上がり、木立の影の中を思いきり速く走り、公園の門に向かいながら、厳粛に宣言するように、こうつぶやいた。「遅くはない、遅すぎはしない……」

だが遅れそうだった、私は遅れそうだった、それは分かっていた、懐中時計を浴衣の袂《たもと》に入れ、巻いた紙の束、すなわち件の犯罪についてのメモを、あの男が話したことを、彼が話した真実を、手に持って、私は門から歩道に駆け出し、左右を見たが、バスもタクシーも来ない、行き交うのは乗用車とトラックだけだ。「私はついてない！」

交差点の信号がもうすぐ変わるが、私は通りを横断しようと走りだす、道路の半ばで反対側の信号が青になり、車が動きだすとともに、片方の下駄の鼻緒が板からはずれた――

下駄を両方とも脱ぎ、背をかがめて拾い上げ、裸足で必死に、死に物狂いで走った、通りの反対側へ走った、そして皮肉なことに、一台のタクシーにもう少しではねられそうになり、歩道で転倒すると、自動車の警笛が合唱する中、警官が笛を吹いて叫んだ――

「おい、そこの君――そう、歩道にいる君だ、**じっとしてなさい！**」

いや、冗談じゃない、今は駄目だ、と私は思い、ぱっと飛び起きて、通りの反対側の交番に向かって深々とお辞儀をすると、片手で二つの下駄を持ち、反対側の手で浴衣の裾をたくし上げ、体の向きを変えて駆けだす、裸足でまた全速力で走り、横丁に飛び込んで、狭い通りを次から次へたどる、そしてまずは銀座へ行き、百貨店や路上店舗の脇を通り過ぎる、それから京橋へ進む間、気力を保つために『ウィリアム・テル』序曲のフィナーレを口遊《くちずさ》む、〝もう遅い、遅すぎる〟などと考えないように。

遂に、遂に、息が切れ、口遊みがとぎれる頃、私は傷だらけ血だらけの足で正面玄関前の階段を昇り、回転扉をくぐって、第一相互館のロビーに入ると、まっすぐ一つの案内板に向かって突進し、それにとりついた、それは七階の料理店、東洋軒で日本探偵作家協会の月例会が開催されることを案内する板で、私は有難やと板にとりすがった、まだ案内板がはずされておらず、会がまだ終わっていないことに、安心した。とはいえ時間がない、休んでいる暇はない、一刻も愚図愚図していられない、私は案内板から身を引き剝がし、足を引き引きエレベーターが並ぶ壁へ行ったが、エレベーターは全基故障中であった。「これだ、いつもこうだ」

私はぐうううううっと目を上げて、吹き抜けの天井のステンドグラスを見、溜め息をつき、それからよたよたと階段まで行って、また浴衣の裾を持ち上げ、『熊蜂の飛行』を口遊みながら、ずんずんずんずんずんずん昇り、一階、二階、三階、四階、五階、六階、七階と、七階までの階段を上がり、東洋軒の大きな堂々たる閉ざされた両開きのドアをめざして、ずんずんずんずんずんずん昇り、七階に着くと、残った最後の力を振り絞って、重いドアを開け、転げこむように中に入り、「じゃじゃーん！」と叫んだ。

ところが、会場の奥から、煙草の煙の濃霧を通して、日本探偵作家協会の創設者にして会長である文名高きベストセラー作家のこの宣言が届いてきた、「ではこれをもちまして初代日本国有鉄道総裁、故下山定則氏の死に関する討論会を閉会致します……」

「駄目だ！」私は入り口から叫んだ。「駄目だ！」

「本日は多数のご出席をたまわり、活発な議論をしていただきましたこと、まことに……」

「待たれい！」私は声を張り上げた。「待たれい！」

「次の例会は来月の……」

「私は犯人を知っているのだ！」

「みなさんお疲れ様でした」

「誰が下山総裁を殺したか、知っているのだ！」私はどなりながら二つの下駄を打ち合わせた。「ぜひ話を聞いてもらわなくてはならんのだ――」

だが日本探偵作家協会の面々は聞かなかった、私の言葉に耳を貸さなかった――

「なぜなら彼らはまた殺人を計画しているからだ、近いうちにまた殺すからだ、でも時間はある、まだ時間はある、まだ遅くはない、遅すぎはしない、時間があるから、まだ時間があるからだ、なぜなら私は解決の――」

だが日本探偵作家協会の面々は関心を持たなかった、関心を示さなかった――

「〝解決の謎〟だからだ！」

日本探偵作家協会の面々はおのおの帰り支度をしてドアのほうへ向かい始めていた――

「止まれ、止まれ！」私は絶叫した。「諸君は何とも思わんのか。全部ただのお遊びか――」

これから食事と酒を楽しむため、大いに飲むため、みんなは私のそばをすり抜けていく――

「ただのパズルか。謎々遊びなのか」

私のそばをすり抜けていく、いや私の中を突き抜けていく、まるで私など存在しないかのように、そこにいないかのように――

「しかし、あんたらに私が見えているのは知っているぞ、私の声が聞こえているのは知っているぞ、あんたらが何を考えているかは知っているぞ――」

こんな風に私を嗤《わら》い茶化し噂し腐しているのだ。あれは盛《さか》りを過ぎた文士さ、盛りなどなかった文士さ、また酔っ払っているよ、酔っ払って異常なことを口走っているよ、あれは探偵作家じゃないね、作家ですらないね、ああいうのは著作とは言えないな、われわれが著作とみなすものとは違っているよ、そんなことを彼らは考え、言っているのだ――

「知っているのだ、知っているのだ、知らないなどと思うなよ――」

私は一人取り残された、あの大広間に一人取り残された、浴衣は前がはだけて恥ずかしい状態になり、鼻緒の切れた古下駄を血にまみれインクに汚れた手で持っている、そうして一人、一人、また一人になり――

「勝手にしろ、私を無視するがいい」私はささやき、涙を懸命にこらえた、怒りと哀しみの涙、罪悪感と悲嘆の涙をこらえた。「だが今に見せてやる、あんたらみんなに見せてやる、今に分かるぞ――

私は本を出して、その結果、呪われるだろう。私は呪われる、しかしあんたらも同じだ、みんな同じだぞ――われわれはみんな呪われるのだ――

くそ呪われろ……」

まったくもって不運なことに、私が目と頬の涙を拭き、気を取り直し、浴衣の乱れも直し、足を引き引き、七階、六階、五階、四階、三階、二階、一階と、階段を降りてみると、第一相互館のロビーはステンドグラスから射し入る月光に照らされているばかりで、正面玄関のガラスの回転扉も、横手の二つの入り口も、夜間の用心に南京錠と鎖で閉ざされていた。「私はついてない……」

鎖を引いたり、ドアを押したり叩いたり、それでも禁固刑の宣告の揺るがぬことを知ると、私は回転扉のガラスに額を押しつけ、今や廃市のごとく見える首都の人一人いない夜の街路に目を走らせ、誰か通りかかるのを待つが、誰も来なかった。「これだ、いつもこうだ」

それからどの位たったか、都市《まち》は早目に寝てしまったのに違いないと腹を括《くく》ったが、なおもおのが運の拙《つたな》さと不運の繰り返しに悪態をつきながら、私は外の荒涼たる街を見つめるのをやめ、脱出するのに別の方法を試すことにした。

フロントに電話があった。運の好転を祈念しつつ、私は受話器を取り上げた——

「番号をどうぞ」女の交換手が言う。

「すまない」私はささやいた。「どこかにかけたいわけじゃないんだ。実は京橋の第一相互館に閉じ込められてしまってね、ここを管理しているところにこの情況を知らせて欲しいんだ」

「もしもし？　どうぞお話しください」

「ああ、すまない」私はできるだけ普通の声を出そうとした。「ええとだね、私は京橋の第一相互館に閉じ込められてしまったんだ、それで、本当に申し訳ないんだが、私が困ってるってことを、しかるべき人たちに知らせて欲しいんだ——ほんとに往生してるんだ」

「もしもし？　もしもし？　そこにいらっしゃいますか」

「いるよ！」私は叫んだ。「私はここにいる！」

回線が切れた。

私は受話器を架台に戻し、すぐにまた上げた——

「番号をどうぞ」同じ女の声が言った。

「私の名は黒田浪漫」私は声を張り上げた。「京橋の第一相互館に閉じ込められてしまったんだ！　どうか、どうか、**どうか**お願いだから、しかるべき筋に連絡してくれ。今すぐに！」

「この悪戯《いたずら》は笑えませんよ」

「笑えない情況なんだ」

だがまた電話は切れた。

そこで私は一階にある通路や廊下を片っ端から走った、すべての廊下を走り、すべてのドアの取っ手をつかんでドアを開けようとしたが、どれもみな施錠されていた。

「私はついてない、私はついてない……」

フロントに戻って、電話を見たが、かけるのはやめた。下駄を取り上げたついでに両足を、傷ができて血が出てひどく汚れた両足を見下ろし、溜め息をついた。「ごめんよ、私の足、ごめん……」

それから、今度はゆっくりと階段を昇って、中二階に上がり、廊下を歩いて、閉店している料理店のドアを一つずつ試していく、ひょっとしたら一つくらい――

「ユレーカ《見つけた》！」

――婦人用洗面所のドアの取っ手が動き、開けることができた。中は灯りがついておらず、静かだったが、常に用心するのが一番なので、用心をして、声をかけた、「すまないが……？　ちょっと困ってるんだ……」

返事はない。

壁にスイッチがあるので、灯りをつけ、中に入ると、まっすぐ前の壁が外壁で、窓があり、大きな窓があり、その大きな窓を開けることができた。窓から顔を出し、下を見ると、四メートルほど下に狭い通りがあり、私は言った、「これなら何とかなるかもしれない」

窓の左を見ると、あったあった、厚みのある頑丈そうな縦樋が壁伝いに地上までずっと降りている。「これなら何とかなりそうだ、何とかなりそうだ」

私は洗面台まで戻った。水を出して手を洗い、顔を洗い、髪を撫でつけた。次いで履けなくなったほうの下駄とまだ履けるほうの下駄の両方から鼻緒をはずし、浴衣の袂に入れたものが落ちないよう、鼻緒で袖口を縛る。次いで浴衣の裾を引き上げて左右を結び、帯の内側にたくし込んだ。窓敷居に上がり、窓を出て、窓下の幅の狭い出っ張りに降りると、塗装した鉄の窓枠をしっかりつかんだまま体の向きを変えて洗面所のほうへ向き直り、じりじりと出っ張りの上を横に移動して、樋に近づいた。それから、左手で窓枠をつかんだまま、右手を樋のほうへ伸ばした。右手で樋をつかむと、背中をほんの少し後ろへ傾けて、窓枠を離し、心臓が止まりそうになるその一瞬、両手で樋をつかむことに成功した。「神は誉《ほ》むべきかな！　ハレルヤ！」

窓下の出っ張りのすぐ下に横樋が走っていて、それが縦樋とつながっているので、私は縦樋を両手でつかんだまましゃがみ、右足を出っ張りからはずして、二つの樋の継ぎ目を探った。うまく探り当てて右足を継ぎ目にかけると、今度は左足も同じようにし、今や私は窓下の出っ張りを離れて、両手両足で縦樋にとりついている恰好になった。それから私は傷ついた哀れな右足と同じように傷ついた哀れな左足で縦樋をはさみつけて、またしてもじりじりと、用心しながら、樋を伝い降り始めながら、ああよかった、よかった、うちの庭の銀梅花《ぎんばいか》にしょっちゅう登ったり降りたりしたことが今になって役に立ったと思った、あれは時間の空費どころか、すこぶるいい練習になっていたのだ――

「先生……」

「な、何だ――」上のほうで声がするので、目を上げると、洗面所の窓から、真ん丸な、茶色い毛のみっしり生えた、奇妙きてれつの顔が出て、毛むくじゃらの両手に持つ何枚かの紙を振っていた――

「これをお忘れですよ」と窓から覗く顔が言う。「先生の〝解決の謎〟」

「な、何だ――」私はまたそう言ったが、まさにその時、樋が動き、壁からはずれ、落下して……


くそ、と室田秀樹は悪態をつく。電話の受話器を置き、腕時計を、遅れがちの腕時計を見た。机の上のコップを手にとり、酒の残りを飲みきる。コップを置き、原稿を取り上げ、また引き出しに突っ込んだ。足で引き出しを閉め、立ち上がる。

トントン。トントン。トントン。トントン……

また腕時計を、相変わらず遅れがちの腕時計を見た。椅子の背にかけた上着をとり、それを着て、机の上から鍵と煙草をとった。それから事務所の入り口まで行き、振り向く――

カチャン、カチャン、トントン……

室内を見回す、この手狭な事務所の、黄ばんだ壁、埃っぽい棚、空のキャビネット、茶色い輪染みだらけの、ねちっとした触感のある机、どちらも空っぽの酒の瓶とコップを。彼は瞬きをし、もう一度瞬きをして、頬笑もうとした、笑おうとした、が、そうはせずドアのほうに向き直った。ドアを開け、廊下に出て、ドアを閉めたが、鍵はかけなかった――

トントン、ドンドン、トントン……

廊下のはずれまで歩き、便所に入り、洗面台を通り過ぎ、個室と小便器を通り過ぎた。少し開いている窓をさらに大きく開き、外を覗き、視線を下げて、通りを見下ろした。頭を引っ込め、腕時計を見る、腕時計は遅れぎみだ。小便器の前に立ち、ズボンの前を開き、排尿を、長い排尿をする。チャックを上げ、洗面台へ行く。水を出し、手の椀に水を溜める。そして手を洗う、ごしごしごしごし洗い、それから目を上げて汚れを見る、洗面台の上の鏡の汚れを見た。五十二歳、禿げ上がりつつある頭、その頭に巻いた包帯、肥満した落ちぶれ者、今までも、これからも、落ちぶれ者――

ドンドン、カチャン……

また両手に水を汲み、顔を洗い、首を洗った。蛇口の栓を閉め、両手をズボンとシャツで拭いた。片手をポケットに入れ、ハンカチを、乾いた自分の血で汚れているハンカチを出した。乾いた自分の血で汚れたハンカチで顔を拭い、そのハンカチをポケットに戻して、煙草を出す。煙草を一本くわえ、火をつけて、煙を吸い、それを吐き出し、鏡に吹きつけ、煙は鏡いちめんに広がり、鏡の汚れを覆い、汚れの中の顔は覆われ、鏡の中に隠れ、煙の中に失われた。彼は頬笑もうとした、また笑おうとした、が、またしても失敗して、瞬きをした、それからもう一度瞬きをして、言った、嘘つきどもめ――

でもあなた、知っていたじゃない、あの人たちが……

外道《げどう》どもめ、彼は煙を通し、鏡に向かって毒を吐きつけ、それから鏡に背を向け、煙から離れて、腕時計を見る、いつも遅れぎみの腕時計を見る、それから煙草の吸殻を洗面台の、排水口の中に落とし、便所を出て、廊下を歩き、階段を降り、二階分の階段を降り、建物を出、通りに出、通りを横切り、狭い路地の影の中に入り、通りの向こうの自分の事務所のある建物を見張る――

やめて、あなた、お願い、お願い……

路地の影の中から、朝の影の中から、毛皮に覆われて歯をむき出した齧歯類《げっしるい》のような湿った空のもと、川からの悪臭と、排気ガスの臭いと、建設工事と鉄道の騒音の中――

シュッシュッポッポ、シュッシュッ――

彼は見張った、待ち受けた、車が来ないか見ていた、車が来るのを待った、古い灰色の車がやってきた、ゆっくりゆっくり通りをやってきた。彼は車が彼の事務所のある建物の前で停まるのを見た、助手席のドアが開き、一人の男が降りてくるのを見た、光沢のある細身の背広を着た、痩せた若い男だ。若い男が助手席のドアを閉め、入り口前の階段を昇り、建物に入るのを見た――

やめて、あなた……

室田秀樹は影の中から出て、車の助手席のドアまで走った。ドアを開け、後部座席に乗り込み、白いダブルの背広を着た、大層年をとった男のほうへ身を乗り出し、叫んだ、おまえが誰だか知ってるぞ――

白いダブルの背広を着て、丸い色眼鏡をかけ、パナマ帽をかぶっている、その大層年をとった男は、室田秀樹にうなずきかけ、頬笑みかける、と同時に運転手が後部ドアの中に手を伸ばしてきて、室田秀樹の体をつかみ、引っ張った――

おまえは俺を罠にはめたんだ、室田秀樹は大層年をとった男の顔に向かって叫んだ。黒田を罠にはめて、そして――

長谷川と名乗った例の男が建物から出てきて、入り口前の階段を降りて駆けつけ、運転手と一緒になって室田秀樹を年寄りの男から引き離し、車から通りへ引きずり出し、叩きつけられるように落ちた室田秀樹を、仰向けにして歩道に押さえつけ、釘づけにし、シャツの襟元を引きむしるように開く、すると大層年をとった男が車から降り、歩道へやってきて、歩道に押さえつけられ、釘づけにされた室田秀樹の脇に、大層年をとった男がしゃがみ、白いダブルの背広の内ポケットに手を入れ、細いビロード張りの容器を取り出し、容器を開き、中から注射器を取り出した――

分かってる、分かってるんだ、と、歩道に押さえつけられ、釘づけにされた室田秀樹は叫ぶ、運転手と若い男の手が室田秀樹の顔をつかんで、首をひねらせ、動脈がぴくぴく脈打つ首をむき出しにさせる、そのむき出しになった首、無防備な首に、注射器の針が近づいていく。おまえが下山を罠にはめたんだ。おまえが下山を殺したんだ。

7 マイナス5からマイナス1

一九六四年六月三十日～
七月四日

そう、私は落ちていった、そう、落ちていった、真っ逆様《さかさま》に、長い距離を、長い距離を、闇の中へ、落ちていった、ゆっくりと落ちていった、雨樋から落ち、壁から落ち、窓とその下の張り出しの前を過ぎ、落ちていく、なおも落ちていく、落ちていく、ゆっくりと落ちていく、壁の前を落ちていく、さらに壁の前を落ちていく、本棚や食器棚の前を過ぎ、かけた地図や絵の前を過ぎ、都市の、占領都市の地図の前を過ぎ、犯罪の写真の前を過ぎ、犯罪の情景を描いた絵の前を過ぎ、落ちていく、ゆっくりと落ちていく、棚に置かれている瓶が見える、ラベルに〝手がかり〟と書かれた瓶、〝目撃者〟と書かれた瓶、〝虚構〟と書かれた瓶、〝真実〟と書かれた瓶、私は闇の中を落ちていく途中、ゆっくりと落ちていく途中、棚の前を通り過ぎた時、瓶に手を伸ばした、ラベルに〝真実〟と書かれた瓶に手を伸ばした、私はその瓶を棚からとった、棚からとったその瓶、ラベルに〝真実〟と書かれたその瓶は、私が今まで見た中で、あるいは見るか持つかした中で、一番大きくて重い瓶だった、その瓶を両手で持った、だが落ちていきながら、ゆっくりと落ちていきながら、蓋を開けると、瓶の蓋を開けると、大いに失望したことに、たちまち後悔したことに、すべての真実は吹き飛んでしまった、上のほうへ飛び上がってしまった、私が落ちてきた上のほうへ、上のほうの夜の中へ、蝶や羽や花弁からなる虹となって、そして私がこの瓶と蓋を何とか落とさぬようにうまい具合に持ち、真実を、一つの真実を、一匹の蝶、一つの羽、一枚の花弁を、ただの一つでもいいから真実を、捉まえようとするうちに、このラベルに〝真実〟と書かれた瓶が、この今や空っぽの瓶が、指の間を滑り、手から落ちて、くるくる回りながら、螺旋を描きながら、ゆっくりと下へ落ちていった、下へ、下へ、闇の中へ、下の闇の中へ――「気をつけろ！」と私は叫んだ。「下にいる者は気をつけろよ！」

下の闇からの応答はなかった、ただ、私の声の谺だけが、闇の中の私の声だけが、こう言った、「気をつけろよ……」

だがもう遅い、私の声の谺が、闇の中の警告が返ってきたが、遅すぎた、というのも、グシャン！　グシャン！　グシャン！　ガツン！　ガツン！　と私は割れた瓶の山に落ち、それから、ガツン！　ガツン！　ガツン！　と何かが頭の上に落ちてきたからだ、そして私は思い出した――

それから何も起きなかったが、やがて私はもう落ちてはおらず、闇の中にもいず、割れた瓶の山の上に寝ているのでもなければ、路地のゴミの山の上に身を横たえているのでもなかった。私は持ち上げられ、運ばれていた――

　私は目を開けた。私は大型の自動車の後部座席に、頭の痛み、全身の骨の痛みを覚えながら、ぐったり座っていて、その自動車は夜と都市を貫いて猛烈な速度で走っていた――

「よく来てくださいました、先生」と前に座っている運転手の声が言ったので、私は身を起こそうとした。「横になっとられたほうがよござんすよ。大変な転落をなすったようですからね」

　私はうなずいたが、その仕草だけでも痛みが走った。それでも何とか数回瞬きをし、運転手に目の焦点を合わせようとした、前の席で背を丸めている運転手、これだけ大きな自動車に乗っているのに窮屈そうに見える大柄な運転手、着込んでいる軍用外套は、かりに三月下旬であっても暑すぎるだろうが、七月初旬ともなれば論外の代物――と言っても、それは今がまだ七月初旬であることを前提にしていて――ハンドルを握る手は冬物の手袋をはめていた。だが今は冬ではない、まだ夏に違いない、というのも、私は汗をかき、それがたらたら流れ、浴衣に染み、浴衣がぐっしょり濡れているからだ――

「どうも申し訳ありません、先生」と運転手が言う。「しかし私が小用を催してこの路地に入ってこなかったら、そして私の小用が先生をお起こししなかったら、先生を見つけることはできませんでした。してみると、大変運がよろしかったようで……」

「ありがとう」私はそう言って顔を、とりわけ鼻を、悪臭芬々《ふんぷん》たる浴衣から背け、窓のほうへ向けたが、生憎《あいにく》窓は閉まっていた。

「どういたしまして」と運転手は言う。「相手が誰でも同じようにしたでしょう。しかし先生の場合は、私には名誉です。私は先生を大変崇拝しております」

「本当に？」

「本当ですとも。私は先生の本を読んで育ちましたから。先生の本に出てくる人はみんな私には家族のようなものです、あの人たちに育ててもらったようなものです」

「ありがとう」私はまた言った。「ありがとう」

「いえいえ、お礼を言うのは私のほうです。しかし今夜先生をお乗せしたのは奇遇ですよ、というのは私、つい先だって、そう言えば黒田浪漫先生はどうしただろうと考えたんですからね。だって先生はこのところ鳴りを潜めていらしたでしょう。でもこれで分かりましたよ。というのは、いや怒らないでくださいね、先生、どうも先生は何かお困りになってるようですからね。ですから、こうむきつけに言うのを赦していただきたいんですが、あの路地で何か莫迦なことをなさろうとしたんじゃないかと、その、窓を開けてね……」

「いやいや、そういうことじゃない。落ちただけだ」

「ははあ。まあそういうこともあるのかなあ」

「いや本当なんだ。あのビルの中に閉じ込められたんだ。日本探偵作家協会の会合に出ていたんだが……」

「おやそうですか。それは羨ましい。わたしも蠅になって壁にとまって会合の様子を見聞きしたかったですよ、先生。議題は下山事件のことでしたか」

「そうなんだ」

「やっぱり。いろいろ陰謀説が飛び交ったでしょう」

「まあ、少しばかり」

「私、気に入らないことが一つあるんですよ」

「ほう。何だね」

「〝**容疑者の車が手がかり**〟というような見出しが新聞に出たりですね、運転手が怪しいということを書く記者や作家がいたりするでしょう。あなたのこっちゃありませんよ、先生。あなたは運転手を疑ってなんかおられない、そうですよね、先生……？」

「うむ、疑ってない」

「だと思った。先生は頭のいい方だ、それは分かってるんです。でも先生のご同業の方で——名前は出てこないんだけど、人気のある作家の方がね——新聞に書いたでしょう、下山総裁の死は他殺である、新聞で報道された総裁専属運転手の証言は非常に疑わしいって。あの運転手は脅迫されるか何かして片棒を担いだので、容疑者の一人であると。何という莫迦な説だ！」

「まったくだ」と私は同意した。

「何も私が運転手だからこう言うんじゃありませんよ。別に世の中の運転手がみんなで秘密結社を作っているなんてことはないんですからね。ただ私はこの稼業を知ってますからね。三越百貨店の外に駐めた車で五、六時間寝ていたというなら、それは信じていいんですよ。この仕事はそういうものですから」

「無論そうだろう」

「先生もうちょっと早く目がお覚めになってたらよかっ

たんですけどね。三越の前を通りましたからね、ほら、犯行現場の一つですよ、さっきその前を走りました、先生がまだ気を失ってる間に」

「そうか」私は窓外に目を凝らしたが、どこを走っているのか分からない、車はあまりにも速く走り、さらに加速すらしている、車内は何となく縮んでいくように感じられ、運転手の体が膨らんでいくようだ。

「でも、こう言ってよければですが」と運転手は言い、私が言っていいか悪いかを答えるのを待たずに続ける。

「小説家というのは、先生のような偉い方であっても、虚構に徹するべきで、事実と掛り合っちゃいけませんね。だって、先生は特にそうですが、現実の殺人事件に巻き込まれないほうがいいわけで——」

「これからどこへ行くんだ」

「ああ、すみません、先生は気を失っておられたから覚えていないでしょうが、お乗せした時、お家までお送りしますと言ったんですよ……」

「家って君、私の家を知ってるのか」

「今でも根岸ですよね。確かそうだったと覚えていますが」

「その通りだ。ありがとう」

「どういたしまして。私は嬉しいんです、先生。おや、何だろう……？」

不意に運転手が思いきりブレーキを踏み、自動車は軋り音をたてて急停止、私は前に飛び出して、助手席の背もたれに頭をぶつけた。「あいたっ！」

「すみません、先生」運転手は言った。「たぶんただの形式的なものだと思いますよ、ご心配なく」

私は座席に座り直し、両手で首を押さえながら右を見ると、松坂屋が見えたので、もう上野か、ならば家は遠からじ、もうすぐ我が家で寛げると——

「ほんとにすみませんね、先生……」

車の左側の後部ドアが開き、カーキ色の軍服を着た、おそらくは朝鮮人であろう粗暴そうな若い男が乗り込んできて、私の隣に座り、ドアを音高く閉める——

「失礼ですが」と私は丁寧な口調で言った。「私が先客なんです。そうだね、運転手さん」

若い男はこちらを向き、左手で私の喉をつかみ、右手を拳にして下腹を二度殴り、私の額を窓に叩きつけて、言った。「車を出せ！」

私は背中を丸め、両手で腹を押さえ、顔をガラスに押しつけて、窓の外を、涙に濡れた窓の外を見た、すぐに自動車はまた走りだし、左折して、不忍池《しのばずのいけ》の、蓮の花がつぼんですでに夜の眠りについている不忍池の脇を通り過ぎ、そこから左折、左折、また左折して、坂道を昇り、坂道をくだり、やがて見えるものは高い塀と高い木々とその影と夜の闇だけになり、聞こえるものは若い男が口笛で奏でる葬送行進曲だけとなる中、自動車は速度をゆるめ、〝立入禁止区域〟の看板を掲げた両開きの門の前で一旦停まり、それから門を通過すると、背後で門が閉まる、自動車は長い砂利道を昇り、砂利道は曲がって大きな屋敷の前に至る、それは元は岩崎邸《いわさきてい》だった屋敷だと私には分かった――

「これは私の家ではないんだがね」と私はささやく。

「今からそうなるんだ」若い男は笑った。

運転手はエンジンを切り、運転席から降りて、後部のドアを開けた。

私は運転手を見上げて言った。「何かとんでもない間違いが起きているようだ」

「そうでなけりゃいいがね」と運転手。

「無駄口利いてないで降りろ」若い男が私の体を持ち上げて車から出し、砂利道に置くと、砂利の鋭角的な感触が体に伝わる。

「立て！」

「立ちたくないな」私は俯せに寝て、砂利道に穴を掘ろうとする、逃げ道のトンネルを穿《うが》とうとする。

「こいつを中へ入れるのを手伝ってくれ」若い男が運転手に命じ、二人は私を仰向けにひっくり返して、一人が片腕、もう一人が片脚を持ち、のたくり身悶えする私を旧岩崎邸、今は本郷ハウスとして知られる建物に運び込んだ。

「私が行方不明になると騒ぎになるぞ」私は泣くような声で言う。

「それはないな」若い男はまた笑った。

「捜査が始まるぞ！」

「ああ、そうだろうよ！」と聞き覚えのあるアメリカ人の声が響き渡ったと思うと、その一瞬後――

拳が彼の上に雨のごとく降り注ぐ、石畳の路上で、男たちは彼を、昼日中、殴り、突く、そして自動車の後部座席に放り込む、拳と注射針が彼をへたり込ませ、気絶させ、戦闘不能にし、カウントを待つだけの状態にした――

逆らっちゃ駄目よ、あなた、逆らわないで……

走る自動車の中、彼の意識は漂う、ただ漂う、漂うだけ、昼の都市で、昼の都市から外へ、翳《かげ》りゆく日の中、通り過ぎてゆく都市の中、ここにあるものがまた無くなる、また無くなる、また――

やらせておくのよ、やりたいようにやらせるのよ……

車から降ろす、車の後部座席から降ろす、彼らは彼を引きずり、運んでゆく、階段を昇り、廊下を進む、彼らは彼を足蹴にし、膝で蹴り上げ、階段に突き倒し、壁に打ち当てる――

あたしたちは幸せになれる……

彼らは彼をどさりと落とし、何度も、何度も、投げる、柔道場の畳の上で、磨かれた木の床の上で、どさりと落とし、投げる、それから布団で巻く、布団の中にきつく巻き込む、彼を押さえ込み、息を詰まらせる、何度も、何度も――

あたしたちは幸せになれる……

押さえ込み、息を詰まらせる――

死ねば幸せになれる……

屋敷の地下、本郷ハウスの地下、地下の一室で、この狭い部屋で、本郷ハウスの地下の、この監房のような部屋で、彼らは私を椅子に縛りつけ、机にも縛りつけ、指に万年筆を縛りつけ――

そして言った。「あんたに全部書いてもらいたい」

「彼はあんたに全部書いてもらいたがっている」

この屋敷の地下、本郷ハウスの地下の、この部屋、この狭い部屋に、二人の人間がいて、一人は黒いレインコート、もう一人は白いレインコートを着込み、どちらも仮面を被っている、仮面で顔を隠している、黒いレインコートは笑っている仮面、白いレインコートは笑っていない仮面――

「誰が、何を、いつ、どこで」

「どんな風に、なぜ」

「何を、どこで」

「誰が、いつ」

光が暗くなって消え、光が灯って明るくなる、ここではそんな風に時間が過ぎる、この屋敷の地下、本郷ハウスの地下では、天候はいつも同じ、天候はいつも悪い、ここではそんな風に時間が過ぎる——

「誰が、いつ、どんな風に、なぜ」

「誰が——いつ——どんな風に——なぜ」

「誰が、いつ、どんな風に、なぜ」

「誰がいつどんな風になぜ」

　光が暗くなって消え、光が灯って明るくなる、天候はいつも悪い、さらに一層悪くなっていく、ここでは季節《フォール》の変転なしに時間が過ぎる、あるのは秋《フォール》だけ、私の転落だけ——

「どうだ」

「駄目ですね」

「何も書かないか」

「ええ」

「あの時も書かなかったか」

「ええ」

「われわれの読みたいものは何も書かないのか」

「われわれの読みたいものは何も書きません」

「何も言わないのか」

「ええ」

「あの時も何も言わなかったのか」

「ええ」

「われわれの聞きたいことは何も言わないのか」

「われわれの聞きたいことは何も言いません」

「でも泣いたか」

「そりゃ泣きました」

「わめいたか」

「わめきました」

「慈悲を乞うたか」

「ええ、乞いました」

「どんな風に。何と言った」

「その通りに言うと、『私が何を言っても充分じゃないんだろう』と」

「本当にそう言ったのか」

「そのように記録されてます」

「君はその場にいなかったのか」

「いませんでした」

「なら確信はないのだな」

「確信はないです」

「ならたとえば、『あんた方の言うことはどれも充分じゃない』と言ったのかもしれないわけだ」

「そう言ったかもしれません」

「何と言ったかもしれないって？」

「あんた方の言うことはどれも充分じゃない」

「本当か。あの野郎がそう言ったのか」

「あの野郎がそう言いました」

「そうか。ならお仕置きをせねばな」


昨日おまえさんは神秘書房の塩澤社長に暴行を働いた。二日前には寺内紘治という傷痍軍人が日比谷公園で刺殺体となって発見された。使われた刃物は神田のおまえさんの事務所にある机の引き出しに入っていた。その前の日、野村という医者の自宅に押し入って、娘に乱暴をし、医者を脅しつけた。服部刑事はおまえさんには会ってない、もう十五年以上顔を見てないと言ってるし、有楽町の兎の穴のマダムは問題の夜は店を閉めてたと言ってるんだ、だから根室和子がおまえさんの名刺を握り締めて落ちた夜のアリバイは、おまえさんにはないってことなんだよ。もう一つおまけに言えば、おまえさんの内縁の妻の富永徳子《とみながのりこ》は行く方知れずだ。

室田秀樹は両手の手錠から目を上げた。その視線は向かいに座った男たちを越え、後ろに立つ男たちを越えて、壁にあたり、壁を天井のほうへ這い上がり、壁と天井の境目の、戸外に開くよう切られた細長い長方形の換気口、黒い鉄格子のはまった換気口に、向けられた。


何とか言え、と男たちの一人が言う。

だが室田秀樹は何も言わず、天井際の換気口を見つめ、鉄格子から滴り落ちる水を見つめるだけだった。ポタリ、ポタリ――


さあ話せ、と別の男がどなる。

換気口の鉄格子からは、一滴ずつ、黒い液体が落ちる、黒真珠が滴り落ちる、それは墨の色、あるいは石油の色をして、壁をつたい落ち、裸電球のむきつけの光を受け、赤に変わり、暗いルビー色に変わり、たらりたらりと滴り、ちょろちょろ流れ、それが細い川となり――

白状しろ、と男たちは叫ぶ。

真紅色、深紅色、それは血、血だ、それは川となり、奔流となる、室田秀樹は血が壁を流れ落ちるのを見る、血が床に溜まるのを見る、壁を流れる速さは速くなり、床に溜まった血の嵩が増してくる、室田秀樹は血が自分の靴を舐めるのを、部屋にいる全員の靴を濡らすのを見た、血が自分の靴を浸し、全員の靴を浸すのを——

白状しろ。白状しろ……

だが室田秀樹は足を床に叩きつける、血に濡れた足を、血の溜まった床に叩きつける、足で潮流を、潮流をなす血を掻き回し、はね散らかす、血の潮流は、今や踝《くるぶし》まで来ている、部屋にいる全員の踝まで来ている、室田秀樹は椅子からぱっと立ち上がった、血の潮流の中で飛び跳ねた、血の潮流は今や脛《すね》に達している、全員の脛に達している、それから膝まで、全員の膝まで、それから腿まで、全員の腿まで上がってくる、室田秀樹は顔を天井に向けた、部屋の低い天井に向けた、手錠をかけられた両手を灯りのほうへ、裸電球のむきつけの光のほうへ持ち上げた、潮流をなす血は、血の潮流は、今や彼の腰まで来て、全員の腰まで来て、それから彼の胸まで、全員の胸まで——

白状しろ！

今や首まで血に浸かり、それから顎、唇と進む、室田秀樹は唇の血を味わう、口に入ってくる血を味わう、血を舐め、血を啜る、血が喉を流れ落ち、胃に流れ落ち、血を飲み、血を飲み込む、暗いルビー色の血、真紅の血、深紅の血、この部屋が、この警察署が、すっかり暗いルビー色になる、世界が、この生が、すべて真紅と深紅になる、その中で溺れる、溺れる、この生、彼の命が血に浸かる、血に浸かる、室田秀樹は今、血で溺れる。

拷問、拷問、ああ私は拷問を受けている。鎮静剤を注射をされ、水に浸けられ、頬をはたかれて目を覚まされる、脇腹を殴られる、脛を蹴られる、喉を絞められる、それからまた鎮静剤を注射され、縛られて、引き回される、柱から杭へ、部屋から部屋へ、自動車から自動車へ、家から家へ、本郷ハウスから横浜の邸宅へ、横浜から川崎へ、川崎からまた東京へ戻され、田園調布の郊外風大邸宅へ、いつも椅子に縛りつけられるかベッドに革帯で縛《いまし》められ、もう無理、もう無理となるまで、もう耐えられない、もう耐えられないとなるまで責められた。

初め私は、シャンデリアにズボンの帯革をかけて首を吊ろうとしたが、シャンデリアが壊れてしまった。次には便所で縊《くび》れようとしたが、帯革が切れてしまった。最後に、同情した料理人から鋏《はさみ》を借りて、浴室に閉じこもった。壁の鏡を叩き割り、鋏と鏡の破片で作業にとりかかった。しかるに人間とは弱い生き物で、実に実に弱い生き物で、作業が終わらぬうちに私は失神し、床に倒れて、その時には、嗚呼《ああ》、死ぬるに足る状態には至っていなかったのである。

お節介《せっかい》焼き、慈善家、サディスト、拷問者、何と呼んでもよいが、とにかくそこには誰かいた、私が自殺するのを止めようとする者がいた、浴室のドアをぶち破ったり、私に包帯をぐるぐる巻いたり、錠剤を口に詰め込んだり、私を医療用の簡易寝台に寝かせて縛りつけ、頭に電線をとりつけ、スイッチを入れて電気を流したり。

スイッチを入れては切り、切っては入れ、何度も何度も、来る日も来る日も、繰り返し繰り返し、来る夜も来る夜も、彼らはスイッチを入れ、私が痙攣するのを見た、痙攣して身悶え、身悶えてのたうつのを見た、衝撃が、電気の衝撃が加えられるたびに、頭皮にとりつけた電極を通して、電気の衝撃が次々と加えられるたびに、私の頭蓋の中に、脳の中に、黒い電気が、私の脳に、私の意識に、流れこむ、スイッチが入っては切れ、切れては入りして、黒い電気が私の意識に、意識に、入り込む。

「解放してくれ！」と私は叫ぶ。「解放してくれ！」

「お望みならば」と彼らはときどき言い、実行さえした、私を車で家まで送り、家に戻し、私の書斎の机と、万年筆と、原稿用紙のもとへ帰した。だが私が万年筆をとり、ペン先を紙につけると、部屋のドアを叩く音が聞こえ、耳元で彼らのささやく声が聞こえるのだ――

「どうしているか見にきただけだ……」

彼らは暴れわめく私を連れていくのであった、私は縛られ、猿轡《さるぐつわ》をはめられて、松沢病院の病棟へ、連れ戻されるのだった――

「君を君自身から救うためだ……」

汚れた下穿《したば》き一枚の姿で、革の戒具に体を拘束され、私はその病室にいた、それが私であった、俯せになり、自分の涎に息を詰まらせ、来る日も来る日も、来る夜も来る夜も、雨と時計の音だけを聞き――**ポツリ・チク、ポタリ・タク**――何とか前向きの気分を保ち、希望を持ち続けようと苦闘した――

ポツリ・チク、ポタリ・タク……

雨が降り、時間が過ぎた――**ポツリ・チク、ポタリ・**

タク――やがてある曇った午後遅く、今日とは似ていない日、ベッドにつながれて横たわり、個人的な回想と夢想の港でぷかぷか上下に揺られながら、失われた時を想起し、古い夢を夢見ていると、雨の音と時計の音の間から、病院の壁を密かに伝い、病室の窓の鉄格子をくぐって、誓って言うが、聞こえてくるのだ――

シュッシュッポッポ……

内心の港という聖域を出て、あえて目を開き、天井の染みと隅の壁土を見上げると、染みの色が変わり、場所を変え、汚れとなり、汚れが流れ始めた――

そのすぐあと、一瞬未満ののち、青白い光が不意にひらめき、次いで大きな雷鳴が轟いて私のベッドと骨を揺るがし、雨を黙らせ、時計を止め、今や聞こえるのは汽車の音だけとなった――

シュッシュッポッポ、シュッシュッポッポ、シュッシシュッポッポ、シュッシュッポッポ……

より喧《かまびす》しく、さらに喧しく、より速く、さらに速く、より近く、さらに近く、壁を震わせ、天井を震わせ、床を震わせて、汽車の騒音、汽車の臭いがやってくる、窓から煙が入り込む、鉄格子から蒸気が侵入する、拘束された手足を振り動かし、猿轡を噛みながら、確信する、強く確信する、これで終わりだと、目に見えない脂、目に見えない石油、目に見えない石炭、目に見えない光、光が部屋に溢れる、汽車からの光、それが路線をやってくる、線路をやってくる、窓というトンネルをくぐり、窓の鉄格子を通り抜け、路線と線路、私のベッドへ乗ってきて、私の体の上を走る、路線と線路、終わりまで、終わりまで、私という終点まで、路線の終点まで――

シュッシュッポッポ、シュッシュッ、シュー……

だが、その時、そこで、そう、その時、そこで、路線の終点で、私を救ってくれる神聖な月が目の前に昇ってきて、私の血だらけの口からぐしょ濡れの布切れをとり、その冷たい指を私の罅割れた唇にあて、その甘い唇を包帯を巻かれた私の耳に寄せて、ささやく、そっとささやく、「しーっ……」

だがしーっと言われても私は黙れない――南瓜《かぼちゃ》ほどの大きさの涙が私の頬を転がり落ちる、私は詰まってしまった息を取り戻そうとする、忘れてしまった言葉を必死に求める――彼の舌と私の舌を見つけて、私は泣いた、懇願した、「接吻《きす》させてください、我が親愛なる、親愛なる定則さん……」

それというのも、この路線の終点で、私を縛っている縄の端をつかみ、私の縛めを解いて、私の両の足首と手首をさすりながら、今、下山定則が――

「君を解放しにきたんだ」と彼はささやいた。「さあ早く、説明をしている暇はない、われわれは急がなくてはいけない」

下山定則は私をベッドから助け起こし、私が両足を床につけて、しっかりと立つのを手伝い、私を清潔な下穿きのあるところへ案内し、次いで白いガウンのあるところへ案内して、それからドアのほうへ導く――

「ちょっと待って。私の原稿」

「どこにある」と下山定則は訊き、我が監房の中を見回す。

「あそこ」私は指さす。「あの放置された磔刑像《たっけいぞう》の下、枯れ花を挿した花瓶の下に」

「これかね」下山定則は二つの花瓶を片寄せ、私の分厚い冊子を取り上げる。

「それです」私は自分のこめかみを人差し指でつつきながら、得たり顔で目配せをする。「巧妙にも電話帳に偽装してあるのです」

「みなまで言うな」と下山定則は言い、冊子を小脇に掻い込み、開錠し、それからドアを開け、私の手をとり、私を先導する。「ついてきなさい……」

こうして廊下を歩いた――くぐもった叫び、押し殺した悲鳴、がたがた揺れるベッド、乱れるシーツ、そんなものに満ちた廊下で、雷が拍手のように轟き、稲妻が閃光電球のように光る。看護婦も、雑役夫もいない、人っ子一人目に入らぬ、みな寝静まっている――私たちは部屋から部屋へと巡り歩いた、私たちの言葉からなる紙の世界から足を踏み出し、頁という紙の壁を通り抜けて、本から外に出、すべての虚構から外に出て、ドアを次々にノックした――


トントン。トントン。トントン。トントン……

室田秀樹はびくりと痙攣し、もう一度痙攣し、目を開いた、心臓が激しく打っていた。唾を飲んで噎せ、唾を飛ばしながら咳き込む、唾を飲んで噎せ、唾を飛ばしながら咳き込む、何度も何度も、それを繰り返す、なぜなら体を起こせないからだ、起き上がれないからだ。胴体をベッドに縛りつけられ、両の手首と足首をベッドの支柱に縛りつけられていた。できるのは、唾を飛ばしながら咳をすること、舌を喉に巻き込まないよう、自分の舌で窒息しないよう、苦闘すること、そしてこの状況が過ぎ去るのを待つこと、それからまた目を閉じて、こういうことすべてがまた過ぎ去るのを待つ――

トントン。トントン。トントン……

くぐもった叫び、押し殺した悲鳴、がたがた揺れるベッド、乱れるシーツ、廊下に並ぶドアの、それぞれの背後で、この狂気の場所で、狂気の時に――

トントン。トントン……

鍵穴の中で鍵が回る音は聞かなかった、かりに本当に回ったのだとして、ただ一度だけ回ったその音は。ドアが開く音は聞かなかった、かりに本当に開いたのだとして、ただ一度だけ開いたその音は。だが胸を縛った革帯がゆるむのは感じた、両の手首と手足の縛めがはずれるのは感じた、彼は目を開いた、目を開くと、月光の中に人の姿が一つ見えた――

トントン……

監房に射す月光の中で、彼はベッドから起き上がった。ゆっくりと両脚を横に回し、ゆっくりと両足を床に降ろした。体を震わせ、ふらつかせながら、室田秀樹は立ち、その人の姿が影の中から出て、自分のほうへ近づいてくるのを見た、その人物は年をとり、骸骨のようで、裸足で、病院の患者衣を着ている、その幽霊のような人は、左の脇に一冊の分厚い本を抱え、両手で熊の縫いぐるみを持っていた。

黒田先生とお見受けしますが、と室田秀樹は声をかけた。

うむ、その通りだ、とその人物は言い、哀しげな笑みを浮かべた。残念ながらね。さあさあ急ぎたまえ、この部屋はまた鍵をかけられてしまう、われわれは、ある会に招かれているんだよ……

会ですか、と室田秀樹は言う。

本を左の脇にはさんだまま、黒田浪漫は両手で持った熊の縫いぐるみを少しだけ持ち上げた。熊の縫いぐるみは室田秀樹を見上げ、哀しげに頬笑み、哀しげに言った、十五年前の明日に起きた、わたしの死を偲ぶ会だよ、それと解決の謎のね……

二人は部屋を出て、廊下を進んだ、手に手をとって、患者衣姿の二人の男は、熊の縫いぐるみと一冊の本に導かれ、雷光の明滅をくぐり、雷鳴の轟きに囲まれて――これは歴史の嵐だよ、と黒田浪漫はささやき、室田秀樹を肘で軽くつつき、哀しげな目配せをする――それから石の階段を降りる、一続きの階段、また一続きの階段と降りる、次いで厨房を通り抜け、地下室に降り、ボイラーの脇を通り、種々の管《くだ》に沿って進み、やがて〝心霊科学課〟と記されたドアの前に来た。

どうぞお先に、と黒田浪漫が言い、室田秀樹のためにドアを開ける。足元に気をつけて……

部屋の中は薄暗く窮屈な感じがしたが、黒田浪漫に手を引かれて、室田秀樹は大きな丸テーブルに空いた椅子を一つ見つける、西洋人らしい患者と日本人らしい患者にはさまれた格好で、何となく見覚えのある人たちのようにも見えたが、どちらも室田に目を向けず、室田が座ったことに気づいた素振りも見せないばかりか、周囲のことを意識している様子もない、と、その時――

紳士淑女のみなさま、と別の外国人が沈黙を破り、丸テーブルの中央の蠟燭に火を灯した。わたしはこの課に所属するペック教授です、今宵みなさまに謹《つつし》んでご紹介いたしますのは、ここにおられるホップ夫人です……

顎の下に垂れた肉がやや緑色がかっているペック教授は、首を巡らして、隣に座った丸顔の赤い髪をした女に会釈をして頰笑みかけてから、こう続けた、ご存知かもしれませんが、ホップ夫人は当代随一の霊媒師であります……

彼らは露西亜人の亡命者です、と黒田浪漫が、厚地の黒いクロスをかけたテーブルに身を乗り出し、西洋人越しに室田秀樹にささやく。ハルビン経由でドイツに渡り、それからまた東洋へ来たんだ。縁起だの呪いだの、数秘術だの悪魔学だの、魔所だの邪視だの、文字や数字や記号の持つ魔力だのを信じる人たちでね。実に――

どうかご静粛に、とペック教授。ホップ夫人は始める前にまず霊気を感知せねばなりません、ということでみなさん、手をつないで、全身全霊を注ぎ、集中いたしましょう……

蠟燭のひろげる微かな青白い光の環《わ》の中、室田秀樹はテーブルを囲む八人の面々――黒田浪漫の膝にいる熊を入れれば九人だが――を見た、室田も含めて全員が手をつないでいる、右隣の白人、左隣のアジア人、どの人物の手も、室田の手も、指も掌も、熱く、じっとり湿っている。だが手をつなぎ合い、薄暗い、黄色い環の中にいて、室田秀樹は集中するのに、目をつぶっているのに、困難を覚え、そっと視線を走らせる、ビロードのカーテンで覆われた暗い壁に、テーブルの上の骨牌や万年筆や地図に、目に見えない天井からテーブルの上へ吊り下げられているスピーカーとマイクロホンを盗み見る、と、そこで――

　一つのことに集中してください、とペック教授はささやく、一つのことに集中して、それ以外のことは頭の中から締め出すのです、そしてただ一つのことを……

　室田秀樹がなおもちらちらこの場の諸々を盗み見をしていると、ペック教授は立ち上がり、古い蓄音機のところへ足を運んで、ハンドルを何度も何度も回し始め、席に戻ると、アルトゥール・ルービンシュタインの演奏するリストの『愛の夢』第三番の、いくらか雑音の混じるレコードの楽音が、掩蔽壕《えんぺいごう》めいた薄暗い部屋の中を、爪先立ちで歩きだす――

　わたしたちはあなた方に呼びかけます、とホップ夫人が言った。どなたが応えてくださいますか……？

『愛の夢』が沈黙の中に消え、その沈黙の中、待機の中に、やわらかい、規則的なノックの音が、テーブルを叩く音が、響いた――

トントン、トントン……

　その者たちは病棟から病棟へ、廊下から廊下へ、病室から病室へと巡り歩き、ドアを開け閉《た》てし、こちらでシーツを持ち上げ、こちらで枕を持ち上げ、顔を灯りのほうへ、自分たちの持つ灯りのほうへ向けさせる、それからまた先に進む、ゆっくりと進む、一つの階から別の階へ、階段を降り、厨房を通り抜け、地下室に降り、ボイラーの脇を通り、種々の管に沿って進み、やがて――

トントン……

　やってきたわ、とホップ夫人が叫ぶと同時に、テーブルが揺れ、傾き、持ち上がり始めた。使者たちはここにいるわ。

　部屋は暑くなり、次いで寒くなり、また暑くなり、それからまた寒くなり、それが波となり、潮に乗り、流れに乗り、電気の流れとなり、黒い電流となり、ぶうん、ぶうんと、黒い電流が低く唸り、低く唸り、その音が大きくなり、なおも大きくなり、何かがやってきた、やってきた、何かがやってきた――

誰かいるか、と声が訊いた、人間のようで人間でないものの声が、テーブルとそれを囲む面々の上に吊り下がったスピーカーのうち最も大きく最も黒いものから流れ出て、そこにほかの複数の同じく人間のようで人間でないものの声がほかのすべてのスピーカーから流れ出て加わり、斉唱するように、**誰かいるかと訊いているのだ**と言った。

は、はい、とホップ夫人は答えた。わたしたちがいます。

何者だ、と声たちは低く鋭い声音で言う、**その〝わたしたち〟というのは……?**

ホップ夫人はペック教授を見、ペック教授は自分の左側にいる西洋人の医者に目を向けて、モーガン先生? と促す。

モーガン医師は万年筆とノートから目を上げ、眼鏡のすわりを整え、蝶ネクタイに指を触れ、一度咳払いをすると、うむ、分かった、と言った。では反時計回りに行きましょう、まずはわたし、モーガンは、当松沢病院の客員顧問で、専門は慢性精神病の病理と治療。次にわたしの右にいるのは、ペック教授とホップ夫人、どちらもグルジェフとウスペンスキーの元のお弟子さんですが、グルジェフとウスペンスキーは斯界《しかい》で著名であるし、あなた方もすでにご存じでしょう。その右隣は、当院に最も古くからいる入院者の一人で、元警視庁警部補だった三波氏だが、一九四六年に入院して以来一言も話してはおりません。その隣は、最近入ってきた室田秀樹氏で、複数件の殺人容疑をかけられていますが、目下、訴訟能力の有無について鑑定を実施しておるところです。室田氏の隣は、身元が今もって不明の外国人で、十年以上前に入院して以来、やはり一言も発しておらない患者です。その次が堀川保氏、黒田浪漫の筆名で知られる作家で、当院へは何度も入退院を繰り返しております。そして最後に、わたしの左隣にいるのが、平沢貞通《ひらさわさだみち》氏、一九四八年に起きた悪名高い毒物殺人事件、帝銀事件で有罪判決を受けた人物です。現在、当院で精神鑑定を実施していますのは、死刑判決に対する再審請求と関係しております……

黒い医学か……と、声たちはささやいた。

モーガン医師はまた蝶ネクタイに指を触れ、スピーカーを見上げて、咳払いをし、こう言った、以上がこちら側の紹介ですが、あなた方はどなたですかな。

われわれはレギオンだ、とスピーカーの声たちは含み笑いとともに答え、次いで高笑いを響かせて、**大勢だからな！**　と続けた。

　面白いご冗談で、とモーガン医師は言う。

面白いかね、と声たちは笑う。**今のが面白いのかね。面白いというのはこうだ！――**

　いきなりテーブルが持ち上がり、ホップ夫人、ペック教授、モーガン医師のほうへぐっと動いて、三人の胸に打ち当たり、三人とも椅子に座ったまま後ろに倒され、骨牌や万年筆や地図が全部テーブルから落ちたが、蠟燭だけは中央にしっかりと残り、点いていた炎が一瞬消えたと思うと、テーブルが床に着地するやまた灯った。

　医師と教授が無言のまま霊媒師を助け起こす、それからまた椅子に座らせ、三人ともまたテーブルについたが、その間にまた部屋は暑くなり、次いで寒くなり、また暑くなり、それからまた寒くなり、それが波となり、潮に乗り、流れに乗り、電気の流れとなり、黒い電流となり、またぶうん、ぶうんと低く唸り、その音が大きくなり、また何かがやってきた――

われわれが来たのはあなたが理由だ、と声たちがこもった声でつぶやく、それは相変わらずスピーカーから流れ出るが、違った調子の声、かなり違った調子の声になっている、哀しげな、大層哀しげな、息を詰まらせ、唾を飲み込みながら、啜り泣くように話す声になっている。

あなたが理由だ……

　ありがとうございます、とモーガン医師は言った。わたしたちは――

黙れ！と、最も大きな、最も黒いスピーカーから出る一つの声が叫んだ。**あなた方のうちの一人ないし数人は敵だ……**

　どこか近く、あるいは遠くで、別の部屋で、別の世界で、年が零《れい》であるところ、常に、すでに、零であるところで、蓄音機がまた鳴りだした、歌いだした――

　勝ってくるぞと勇ましく……

ちかって故郷《くに》を出たからは、と蓄音機はがなり立てる。

手柄立てずに死なりょうか、進軍ラッパ聴くたびに、まぶたに浮かぶ旗の波……

　土も草木も火と燃える、果てなき曠野《こうや》踏みわけて、進

む日の丸、鉄かぶと、鉄かぶと、鉄かぶと、鉄かぶと、鉄かぶと……

　針が飛んで、同じところを繰り返す、空気がまた熱くなり、前よりもっと、もっと熱くなり、大蒜《にんにく》の強い臭いに満ち、その臭いがあまりに強くて、部屋にいる人間たちの目と舌を刺激する、三波と呼ばれた男の手が、室田秀樹の手を一層強く握り、握り締め、左手の指の骨を折りそうになる、と、不意に蓄音機の音がやみ、気温が下がり、大蒜の臭いが消散し、空気は冷え、凍るほど冷え、歯ががちがち鳴り、女たちが泣き叫び、啜り泣く――

　戦後、アプレゲール、あなたはそう言う――彼が言う、彼らが言う、すべての人が言う――でもずっと戦後だったし、すでにアプレゲールだったのだ。

　生まれた時から征服され、終生、植民地化されていたわたしは、ずっと、すでに、敗北していた。ずっと、すでに、占領されていた――

　あなたに占領されていた、あなたに、あなたに――

　わたしから生まれる、わたしの死は。わたしの血、わたしの死は。わたしの中に来る、わたしの死は。わたしの名前を盗む、わたしの死は。あなたから生まれる、わたしの死は――

　雪の中で。泥の中で。枝葉の舌で。社《やしろ》の前で。玄関で。銀行で。中国の街路で。東京の衣装箪笥で。あなたの毒で。あなたのペンで。

　哀しみの中で、と黒田浪漫はささやいた。

　他には何も残らない、と、平沢という男が泣きながら言った。哀しみだけだ。他には何も残らない……

それはあなただ、と女たちの声が叫び、なおも泣き叫び、啜り泣きながら。あなただけだ……

あなた、あなた……

　だが今や室温はふたたび上がり始め、女たちの声は、その泣き叫び、啜り泣く声は、弱まり始め、その代わりに、音が、摩擦する感じの音がして、次いでそれが大きく響く――サラサラ、サラサラ――空気の中で、彼女らの血の中で、雑音の驟雨《しゅうう》が――サラサラ、サラサラ――じっとりまつわりつき、内側を外に出す――

　寒いよ、濡れてきもちわるいよ、と子供たちの声が言い、こう問うてくる、ぼくたちが見えないの。ぼくたちは橋の上に立って、鉄の欄干の狭いすきまに小さな顔をはめこんで、目の前にひろがる駅の操車場を見ているんだ、汽車を見て、その音を聞いて、うっとりして、動けなくなっているんだよ。シュッシュッポッポ、シュッシュッポッポ。あたしたちは転轍機《てんてつき》でレールをきりかえたり、車両をいれかえたりするのを見るのが好き、小さな機関車が貨車を押していったり、こっちの車両とあっちの車両をつないだり、あの車両をこの機関車につないだりして、車両を組み合わせる、列車を組み立てる、長い長い列車をつくりあげる、それから、機関車があたたまるのを待つ、石炭がたかれて、蒸気があがって、汽笛が鳴りひびいて、車輪が動きだす、動きだして、回りだして、列車は橋のほうへ向かってくる、ぼくたちのほうへやってくる、列車は今あたしたちの下を通っていく、ぼくたちの下を走っていく、あたしたちは真っ黒な煙にまかれる、ぼくたちは体をくるっとまわして橋の反対側へ走る、煙と蒸気のもくもくのなか、黒くなった顔を鉄の欄干のすきまにはめこんで、列車が走り流れていくのを見るんだ、列車は遠くへ流れていく、線路のうえを、どこか知らないところへ、とっても、とっても遠いところへ。シュッシュッポッポ、シュッシュッポッポ。あたしたち、ぼくたちは、三歳。この橋のうえに立っていることにちっとも飽きない、この眺めに飽きない、列車を見ていることに飽きない。シュッシュッポッポ、シュッシュッポッポ。毎日、一日じゅうでも見ているよ、もしそうさせてくれるなら、そうさせてもらえるなら。でもそうさせてはもらえない——シュッシュッポッポ、シュッシュッポッポ——だってぼくたちは、あたしたちは、殺されるから……

　車輪と汽笛の音と叫び、それに煙と蒸気の濃い黒雲が、地下室を包み込み、テーブルを囲む面々の耳を聾《ろう》し、顔を黒くしたが、同じくらい突然に、音と叫び、それに煙と蒸気が、影の中に、部屋の隅に退き、今やその代わりに、雨の音と感触が、夏雨が、空気の中に、虫に満ちた空気の中に、そして彼らの血の中に、またしても血の中に、まつわりつき、しがみつき、内側を外に、内側を外に出した——

　見よ、夏の風景を、とスピーカーから流れる声が、そっと、そっと、ささやく、声音は少しずつ、少しずつ、高調子になる。国境の長いトンネルを抜けると、白い夜《眠れぬ夜》の奥底に、またしても敗北し占領された都市が現われる、またしても一九四九年の、夏の夜の風景が現われる。川。

土手。鉄橋。踏切。レール。線路。道路。道。畑に池。刑務所の塀にロープ小屋。ここに。彼らが。来る。夏に、夜に、川のそばの、線路伝いに、雨が降る前、列車が来る前に。今やってきた。三人、いや四人の男が、線路をやってきた、黒い服、茶色い服を着て、長靴をはき、かつて中国の土を踏み、満州の大地を踏み、アメリカの土と、インディアンの土地を踏みつけた長靴をはき、それらの長靴は歴史の平原を横断し、ウンデッド・ニーから南京まで、その前と、その間と、それ以後の、すべての地点を通り、さらにこれからもやってくる、やってくる。今彼らはやってきた、川のそばの、線路伝いに、一人の子供の手を引いて、男たちは彼を連れてくる、〝鉄道を愛する少年〟を……

いとも容易《たやす》く連れてこられる、と他のスピーカーから流れ出る声たちが響き渡る、まずは騙され、次いで縛られ、連れてこられる……

路線をたどり、線路に沿って、あなたを捜す、あなたに呼びかける……

けれどもまた信号が変わった、列車はすでに駅を出ている、と最も大きな、最も黒いスピーカーから流れる金属を擦るような声が告げ、こう繰り返す、信号が変わり、列車は駅を出た……

テーブルがまたわななき、震え始め、それから揺れ始めて、その揺れが徐々に速まり、医師や教授や霊媒師も患者たちも、互いの手を離し、テーブルの縁をしっかりつかもうとした——

またしても石炭は火になり、水は蒸気になる、またしても車輪は回り始め、何度も何度も回転を続ける……

そしてまたしても、車輪と汽笛の音と叫び、それに煙と蒸気の濃い黒雲が、地下室を包み込み、テーブルにつかまっていようとする者たちの耳を聾し、顔を黒くするが、テーブルは激しく揺れ、ますます速く揺れ、猛烈な速さで動く——

汽車の車輪が川を渡り、橋の下をくぐると、地面が揺れ、レールが低く唸る、唸る……

騙され、縛られ、連れてこられた、と別の声がまた哀しげに、哀しげに、咽《むせ》び泣く。あの人は線路の上に置かれ、レールの上に寝かされ、わななき、震えて、でも起き上がらない、起き上がらない、なぜならあの人は待っているから、待っているから……

われわれはあなたを待っている、と、揺れて激しく動くテーブルの上の、最も大きな、最も黒いスピーカーから、恐ろしい、悲痛な叫び声が流れ出る——

あなたを、あなたを……

あなた方のうちの誰が、とあの別の声が、哀しげに、大層哀しげに、訴えかける、**あなた方のうちの誰が、鎧を脱いで、制服を脱いで、歴史の機関車に乗ってくれますか——例の列車に乗るのでなく、あれを停めるために——あなた方のうちの誰がブレーキを、非常ブレーキをかけてくれますか**

もう遅い、遅すぎる、と逝《ゆ》きし者らの声が嘆き叫ぶと、テーブルが飛び上がり、生ける者らの手から離れてしまう、それから、回転しながらまっすぐ下に降り、会の出席者の輪の中に落ちて、回りながら床に激突し、出席者たちは投げ出されて、壊れたテーブルと椅子の破片の山と、潰れた肉と折れた骨の山の中に突っ込む、すべては灰と油にまみれ、雨と血に濡れて、煙と沈黙、無感動と停滞の渦の中に巻き込まれる、と、その時、どこか近くてしかも遠いところで、すぐそばにありながらしかも遠くにある時計が、一九六四年七月四日午前零時の時を打つ、それによって、十五年の時効が成立し、下山定則の死という事件の捜査が公式に終了し封印されると、壊れた木の破片に埋もれ、肉に傷を負った室田秀樹が、瞬きをし、さらに瞬きをして、喉を詰まらせ、噎せ返り——もがきながら、今や息ができない状態で、熊の縫いぐるみのボタンの目から涙が一粒落ちるのを見る、それから、声を聞く、右隣にいる外国人の声を聞く——

もう遅い、とハリー・スウィーニーはささやく。

III

第三部

肉の門

THE GATE OF FLESH

主な登場人物

ドナルド・ライケンバック……翻訳家　一九四八年に対日工作のため来日

マイルズ・モーガン……ライケンバックの主治医　かつて黒田浪漫の治療にあたる

グレーテ……ライケンバックの愛猫

兼原義孝……ライケンバックの恋人

ジュリア・リーヴ……ライケンバックを訪ねてきた女

イリヤ……ロシア正教の神父

メアリー……ライケンバックの妻　工作員

寺内紘治……元国鉄職員

ハリー・スウィーニー……ＧＨＱ捜査官　下山事件捜査中に消息を絶つ

グロリア・ウィルソン……同歴史課職員　スウィーニーの友人

チャールズ・ウィロビー……同参謀第二部（Ｇ２）部長　対敵諜報部隊《CIC》を指揮

ディック・ガターマン……ウィロビーの部下　〈本郷ハウス〉所属

フランク……情報機関〈鼠の宮殿《ラット・パレス》〉の男

ジャック・ステットソン……下山事件の新聞記事を傍らに死んだテキサスの男

8　昭和の最後の季節

一九八八年、秋

天皇は死に瀕していた。日ごと日ごと、時々刻々、天皇のミッキーマウスの腕時計の針はしだいに動きを遅くし、停止に向かっていた。テレビやラジオや号外を含めた新聞が伝える日に三度の侍医団《じいだん》による容態報告は詳細をきわめた——体温、脈拍、血圧、呼吸——便の質や硬さに至るまで、すべてが明るみに出され、公表され、話題にされた。すべてが知られ、何一つ私事として秘匿されることはなかった。日本の真ん中、首都の中心の、堀の内側、壁の向こう、門や中庭に護られた、宮殿の中の宮殿の、二階の寝室で、八十七歳の老人が、衰弱しつつもなお持ち堪えて、逝くことを拒み、この世に留まり続けようと戦い、時々刻々、日ごと日ごと、生命に強くしがみつき、史上最長の在位期間をさらに長く延ばしていた——

来たるべきものに怯え、恐怖していると、光が射す前の、闇の中で、ある声が聞こえてきた、夜明け前の、夜の彼の声が、鐘に、消防車の鐘の音に、起こされて、雨のせいでずっと目が覚めていた、長く大量に降る雨、光が射すずっと前、夜明け前、すでに目覚め、まだ目覚めている。彼はつねに、すでに、まだ目覚めていた、まだ目覚めていた。この黒い時間に、彼の目は天井、あるいはベッド脇に置いた腕時計に向けられる、その夜光塗料の光る針は、最初はあまりにも遅く、次いであまりにも速く進み、彼の夜を盗み、眠りをかすめとり、誤ってアラームを鳴らし、彼の睡眠の黄金の接吻を強奪する。天井を見、時計を見ながら、この黒い、恨めしい時間、うろ覚えの漢詩の詩句に、浸り込み、沈潜しようとする。大絃《たいげん》は嘈々《そうそう》として急雨の如く／小絃《しょうげん》は切々として私語の如し／嘈々切々鬼の声の如し／雨中に鬼哭《きこく》の声 啾啾《しゅうしゅう》たり——**サアサア、レイレイ**——

ほら、彼らが戻ってくる、一人、また一人、怯えつつ、半ば目覚めて。カーテンの隙間が見え始め、隙間が灰色になり、それが白みを増し、ついには透明な光になる、ひっかく、のびをして細くなる、それから身をこわばらせる、彼の意識は漂う、もう日が出ている、光がここにある、それから、微睡《まどろ》み、夢を見て、もう遅いのだが、夢を見た。貧しげな通り、裏通り、半分はここに、半分はそこに、金網フェンス、雨戸を閉ざした家、この家の主婦、追放され、物思いにふけっている、彼女は立ちこめる煙に暗くされた灯りで手紙を書く、彼女の周りで女たちが泣いている、影の中、彼女の周りで、泣いている、レイレイ……

体が引っかかれ、顔が濡れて、恐怖にかられ、ぎょっとして、ドナルド・ライケンバックはまた目覚め、目を覚まし、起きた。グレーテがすでにドアを押し開け、ベッドに飛び乗っていて、彼の顔を舐めながら、朝食をねだっているのだ。ああ、ああ、分かってる、ごめんよ、と彼は言った。ものぐさパパももう起きないとね、分かってる、分かってる。

そっと体を片側に傾けると、猫は胸からベッドに滑りおり、片方の前肢《まえあし》の爪がパジャマにひっかかった。その爪を注意深く布地からはずす。名残惜しい掛け布団をはぐり、身を起こして、ベッドを出る。ベッド脇の小卓から眼鏡をとってかけ、同じ小卓の上の本に載せた腕時計を取り上げて、文字盤の針を見、時計を腕にはめ、こう言った、ものぐさパパはもっと早く起きなくちゃいけなかったねえ、おまえは腹ぺこ、わたしも腹ぺこなんだから。

グレーテが踊り歌いながら先導するそのあとから、畳を敷いた寝室をスリッパばきで歩き、木の床の居間兼食堂兼台所に出た。床から空の皿とボウルを拾い上げ、流し台へ行く。皿とボウルに熱い湯をかけ、洗い、拭く。湯が充分ぬるい水になるのを待ち、その水をボウルに入れ、流し台の上の戸棚に手をのばして扉を開けた。缶詰のキャットフードはグレーテが許容する三種類を規則正しく積んであり、順番にとっていけば同じ味が続かないようになっている。今朝開けた〝本日の缶詰《カネット・デュ・ジュール》〟はツナ缶で、それを盛った皿と水のボウルを床に置くと、当家の主婦はミャオシーと猫訛りのフランス語でごく短い礼を言っただけだった。ああ、怒ってるんだね、と彼は言う。

でも、ものぐさパパはさっき謝ったじゃないか、もう赦しておくれよ。

　彼は肩をすくめ、流し台の前に戻り、空き缶を洗い、ポリ袋に入れ、それをプラスチックのゴミ入れの隣に置いた。そのビニール袋にはキャットフードの缶とビールの缶だけを入れることになっている。大きな袋で、いつも一杯だ。それから流しとレンジの間にある小さな四角い調理台の前に戻り、すでに挽いてある珈琲豆を入れた瓶を開け、朝の一杯を飲む用意を始めた。珈琲メーカーを仕掛け、腕時計を見ると、寝室に戻り、カーテンを開き、ベランダに出る引き戸を少しだけ開けた。鬱陶《うっとう》しい灰色の日で、道路の向こうの木立に霧雨が降っていた。机の上のまだ終わらない仕事と未読の本の山に、憮然たる視線をちらりと投げたあと、居間兼食堂兼台所に戻り、食卓に置いた銀色のラジオカセットのところへ行って、ラジオのスイッチを入れた。今日のＮＨＫ・ＦＭ『あさの音楽散歩』は、モーツァルトの弦楽四重奏曲第一番で、すでに第四楽章のアレグロまで来ていた。また腕時計を見、急いで冷蔵庫へ行ってクロワッサンを一つ出し、冷蔵庫の上のオーブントースターに入れた。調理台の下の食器棚から皿を一枚出し、引き出しからナイフを出す。また冷蔵庫の前へ行き、扉を開けて、取り出したのはウィーンのメーカー、シュタウトの杏《あんず》ジャムで、毎月必ず京橋の明治屋《めいじや》で二つずつ買うのである。冷蔵庫から出す時はいつも、明日もジャム、昨日もジャム、そして今日もジャム、と唱えるのが好きだが、今日は言わなかった。オーブントースターがチンと音を立てる。ジャムの瓶を調理台に置き、皿を手にとり、オーブントースターの扉を開けて、熱いクロワッサンをすばやく皿の上に落とした。また皿を置き、ジャムの蓋をとり、スプーン一杯分たっぷりすくって、皿の上でクロワッサンと仲良く並べた。ジャムを冷蔵庫にしまう時には、いつもこの時点でするように、バターが今も忘れえぬ禁断の喜びとなったことを嘆ずる言葉を短くつぶやいた。皿とナイフを運んで食卓に置くと、調理台へ戻って珈琲メーカーのスイッチを切り、珈琲を淹《い》れた。そして最初のだが最後のではない珈琲を注いだマグカップを手に食卓についたちょうどその時、弦楽四重奏曲が終わり、我ながらみごとなタイミングだと独りごちる。

　グレーテはと見ると、すでに朝食を終えて、寝室のベッドに戻ってしまっていた。

おまえはわたしが外出する時いつも文句を言って、帰ってきた時に拗《す》ねるね、と彼は言い、ちょうど始まった七時のニュースを聞きながら、クロワッサンを三つにちぎった。おまえがそんなにわたしを無視するなら、わたしは今日外食してくるけど、それでもいいのかな。

ラジオカセットの脇に置いた箱からティッシュを一枚とり、指を拭いた。ナイフを手にとり、三切れのクロワッサンにジャムを塗りながら、侍医長の朝の報告を聞く。天皇は白血球を除去した血液二百ccの輸血を受けていた。体内出血が続くためとされていたが、宮内庁総務課長は、輸血の主たる目的は失血を補うことではなく天皇の貧血症への対処であると発表した。

彼はジャムを塗ったクロワッサンの最初の一切れを嚥《の》み込み、珈琲の最初の一口を飲んでから、言った、次はわたしの番かもしれないよ、もしそうなったらどうする。兼原《かねはら》君のマンションではペットが飼えないらしいんだ。

クロワッサンの二切れ目を取り上げ、口に入れて、また一枚ティッシュをとった。輸血は成功したらしく、天皇の体温は火曜日以来初めて、三十六度台に下がったとのことだった。天皇はテレビでオリンピックのマラソンの最後の三十分と閉会式を見られる程度には体調がよかったという。それは結構なことだ、と彼はいくらか苦々しい口調でつぶやいた。閉会式を兼原と一緒に見るつもりだったのだが、土曜の夜にソウル・オリンピックでのアメリカの選手たちとメディアのとった態度をめぐって酒に酔った上での論争をしてしまい、喧嘩別れしてしまった。彼は溜め息をつき、珈琲をもう一口飲んでから、クロワッサンの最後の一切れを食べた。三枚目のティッシュを箱から引き抜き、珈琲を飲み終えた時、ＮＨＫ‐ＦＭのアナウンサーがニュースを読み始めたが、それは十月三十一日に韓国と北朝鮮の対話が再開するという話題で、北朝鮮がオリンピックをボイコットした経緯を踏まえて、関係改善が期待されるとまとめられた。

期待だけなら猫の子でもするぞ、と声を高めて悪態をついたが、寝室のドアをちらりと見た途端、目が潤んできた。またティッシュを一枚箱からとり、目を拭く。丸めたティッシュを全部皿に載せ、食卓から立って、皿とティッシュとナイフとマグカップを流し台へ運んだ。ティッシュとクロワッサンの屑をプラスチックのゴミ入れに捨て、皿とナイフとマグカップを洗ううちにも、涙が頬をつうつうと流れ落ちた。濡れた手で濡れた頬をこすり、それから手をタオルで拭き、皿とナイフとマグカップを布巾で拭いた。ぐすんと鼻を鳴らし、溜め息をついてから、皿を流し台の下に、ナイフを引き出しにしまったが、マグカップは調理台の珈琲メーカーの横に置いておいた。

ごめんね、と言いながら寝室に入り、グレーテを見ると、猫は乱れた寝具の上で無心に眠っている。パパはご機嫌斜めなんだよ、なぜだか分からないけど。彼はクロゼットを開け、ハンガーからシャツとズボンをとり、引き出しから下着と靴下を出した。おまえは全然気にしないようだが、パパはひどい気分なんだ。なぜだか分かればいいんだけどね。

リヒャルト・シュトラウスがニュースに取って代わった――ありがたい――彼は衣服を持って、居間兼食堂兼台所を通り抜け、バスルームに入った、もっとも、流れているのは他ならぬお気に入りの曲『チェロソナタ・ヘ長調』作品6だ、最近は陽気な曲はとんと聞かない。パジャマの上着を脱いで洗い始め、下着のシャツを着、パジャマのズボンを脱いで、パンツをはく、そして、彼の好きな、大好きな作曲家であるリヒャルト・シュトラウスの曲を聞く時はいつもそうするように、トスカニーニのあの忌々しい言葉を思い出さずに済めばいいのにと思った、その言葉とはこうだ。**作曲家リヒャルト・シュトラウスには帽子を脱ぐ、だが、人としてのリヒャルト・シュトラウスにはまた帽子をかぶる……**

その時、不意に息が苦しくなり、心臓が激しく打ちだし、目にまた涙が湧いてきた。洗面台の縁をつかみ、息を整えようとし、動悸が静まるのを待つ。瞬きをし、両手の指先で目をこすり、また瞬きをして、洗面台の上の鏡に映った自分を見た。そこに映っているのは七十四歳のアメリカ人の男、東京は湯島《ゆしま》のマンションの、四階のバスルームの鏡の中に一人いる男、その男と目が合った、男の唇が動くのを見た、その男がこう言うのを聞いた、理由は分かっているだろう、ええ？　ようく分かっているだろう――

レイレイ、と幽霊たちの声が言う、幽霊たちがまた喋りだす、君の周りの影たちが、また喋りだす。**レイレイ**……

どこかへ行ってくれ、と彼は言い、目を閉じる。頼む。でもどこへ行けばいいんだ、わたしたちはどうすればいいんだ、あなたがいた場所にはわたしたちもいた、あなたがしたことはわたしたちもした、あなたがどこへ行こうとわたしたちもそこへ行く……

目を閉じたまま、彼は言った、お願いだ、やめてくれ。ほら、と彼らは言った、鳴っているよ、電話が鳴っているよ。

おまえに電話がかかる、ずっと電話に気をつけていたのだ。そしておまえは走った、そう、駆けつけた、宮殿にいるフランクのところへ、〈鼠の宮殿《ラット・パレス》〉の敏腕家、われらが白く塗りたる墓の黒い心臓、アメリカの世紀のただなかで暗躍する男のもとへ。リンカーン記念堂とワシントン記念塔の間、二つの記念建築物を水面に映す人工池の脇に戦争省の臨時の建物が並んでいる中に、朽ちて崩れかけたトタン屋根のみすぼらしい建物があり、それが〈鼠の宮殿〉で、当時は仮のオフィスだった。案内されて、じめじめした廊下を進むと、配管から水が漏れてぽたりぽたりと滴り、鼠が走り回って、闇の中でガサゴソ音を立て、影の中でかりかりと何かをひっかく。案内の男たちはおまえを待合室に残して立ち去り、おまえはぽたりぽたりやかりかりの音を聞きながら、女たちのいるその部屋で待つ。二つのテーブルに二つの椅子、二人の女、一人は太っていて、一人は痩せている、どちらも黒い服を着て、黒い傘の下に座っている、一人の傘は帽子スタンドに、もう一人の傘はランプ・スタンドに、テープで留めてあり、二人は黒い毛糸で編み物をしている、伏せた目を決して上げることなく。二人の女は入り口を護っている、門の番をしている、課長の、フランクの、オフィスへのドアを護っている。

一分一分がぽたりぽたりと滴り、それが数時間になり、と、そこで痩せた女が椅子から立って、まっすぐおまえの前まで歩いてくる、目はなおも伏せたまま、手はなおも黒い毛糸を編み続けたまま、女が、課長がお待ちです、とささやく。一度だけノックして、お待ちなさい。

おまえは椅子から立ち上がる、ドアの前へ行く、一度だけノックして、待つ――

入れ、と声がどなる、彼の声が響いてくる、ドアの向こうから、木の板を通して。入れ、と声が言い、おまえは入る、中に入る。

入りたまえ、ドン、入りたまえ、とフランクが言い、机の向こうで立ち上がり、机を回り込んで出てきて、おまえの手を握り、ドアを閉め、おまえの肘をつかみ、おまえを座らせる、机の前に一つだけ置かれた椅子に。フランクは机の後ろに戻り、玉座にふんぞり返る、目の前の机上には書類が山と積まれ、背後の壁には世界地図が画鋲で留めてある。台紙に貼られて画鋲で留められた地図は、汚らしい感じで色を塗られている、ほとんどは青で、部分的に赤、黒が少々、黄色の染みが一つ。

フランクは机の上のジョニー・ウォーカー赤ラベルを手にとり、螺子蓋をはずし、スコッチはどうだ、ドン、と訊く。

ありがとうございます、いただきます、とおまえは言う。

フランクはうなずき、頬笑み、スコッチを注ぎ、グラスをおまえに渡す。アレンが君をえらく高く買っているんだ、ドン。是非君を選ぶべきだ、問題の仕事にぴったりだと言っている。

ありがとうございます、とまたおまえは言う。

フランクは煙草を勧める、一本火をつけてよこし、自分も一本くわえて、アレンとジムは賛成しているんだ、と言う。君は日本語と中国語が話せるし、イギリスのケンブリッジでも学んだ。君はヨーロッパでもいい働きをしたと二人は言っている。

お二人のお言葉はありがたいです、とおまえは言う。

フランクは煙草を揉み消して椅子から立ち、地図のほうを向き、極東の上に掌をかざして、言う、われわれは温情主義のせいで朝鮮の半分を失った、今は中国を失いつつある。だが日本は絶対に失うわけにはいかんのだ、ドン。日本との戦争でわれわれがどれだけの血を流したか、どれだけの命を失ったかを考えるとな。日本は断じて失ってはならん。共産主義に温情をかける時期は終わった――聞いているか、ドン、わたしの話を聞いているか。

ええ、聞いています。

フランクはおまえを凝視し、うなずきかけてくる。彼は酒のグラスを置く、おまえも置く。彼はおまえのグラスにお代わりを注ぎ、それから自分のグラスも満たして、首を横に振り、言う、あの国は火口《ほくち》箱だ、ドン。火花が散れば、火花が一つ飛べば、あの国はなくなるんだ、ドン、失われるんだ。

　おまえは酒を飲み、うなずき、言う、しかし連合国軍《SC》最高司令官《AP》がいますが。

　あの男こそが問題なんだ、ドン、だから君をここへ呼んだんだよ。マックは原住民の神を演じることに感《かま》けている、その神の高位の僧侶たちはそれぞれ自分の小さな戦争をやって私腹を肥やしたり原住民をいじめたりしている。わたしは別にいいんだ、ドン、全然構わない、ただ、マックはわれわれを現場に近づけない、われわれを断固として排除する、彼とその忠実な番犬ウィロビーはな。彼らは占領の第一日目からわれわれの妨害をした、われわれの鼻先でドアをぴしゃりと閉めた、われわれを閉め出して、暗がりに追いやって、何も教えようとしない、何もしない、その間にあの国はわれわれの鼻先でどんどん赤化していくんだ、ドン。

　分かります、とおまえは言い、うなずいて、また酒を飲む。

　フランクはまたおまえのグラスに酒を注ぎ、それから自分のグラスも満たし、おまえをまた凝視して、言う、分かるのか、ドン、本当に分かるのか。なぜそう訊くかというと、わたしには分かるからだ、ドン、ちゃんと見えるからだ、なぜなら前にも見たことがあるからだ、ドン、そういうことを前にも見たことがあるんだよ――フランクは壁の地図のほうを向き、地図を掌でぴしゃぴしゃ叩く――フランス、イタリア、ギリシャ、東ヨーロッパの全部でだ、ドン。わたしの両手はこの三年間そういう糞にまみれてきた、わたしの両手は糞にまみれ血にまみれているんだ、ドン。アルゴー船の英雄たちは裏切られ、小夜《さよ》鳴き鳥たちは皆殺しにされたんだ――

　ここでも上海《シャンハイ》でも、われわれはギャングに富を盗まれ、アカどもに騙されてきたが、そういうのはもう終わりにすべきだ、ドン、日本では駄目だ、ドン、わたしが見ている限りそれは許さないんだ、ドン、日本ではな。

　ええ、そうですね、もちろんです、とおまえは言う。

　フランクは腰を下ろし、酒を飲み干し、うなずいて言う、われわれは日本の情勢について目が見えず、口がきけず、耳が聞こえない状態だ、ドン。見えず、言えず、聞こえずだ。君はわれわれの目となり耳となるんだ、ドン、真実を語る口になるんだ、ドン、何が起きているかわれわれに教えるんだ。

はい、分かりました、で、偽装身分は。

フランクは酒の瓶をどける、フランクは一冊のファイルを開く、視線を落とし、読み上げる、国務省外交局の経済課に空きポストが一つ。

分かりました、とおまえは言う、が、こうも言う、しかしウィロビー少将は大丈夫でしょうか。彼には分かるんじゃないでしょうか。

フランクはファイルを閉じ、口を開き、笑う、それから言う、君のお祖父さんはバイエルン人だったんだろう、ドン。君はイギリスのケンブリッジ大学に留学した、そうだな。フォン・ウィロビー男爵は君のあそこをしゃぶろうと躍起になるのに忙しくて、誰がなぜ君を送り込んできたのかなぞ気にする暇もないだろうよ、そう思わないか、ドン。

なるほど、そうですね、ありがとうございます。

フランクはまた笑う、フランクはまたうなずく、それからフランクはまた立ち上がり、言う、廊下の先の医務室へ行って、身体検査を受けてこい、それからアーリントンへ行って、一番早い便で西海岸へ飛ぶんだ、ドン。

一分一秒も無駄にしてはいかんぞ、ドン、分かったな。

分かりました、とおまえはまた言い、立ち上がる。ありがとうございました。

よし、ドン。しっかりやってくれ、ドン。

おまえはドアを開け、ドアを閉める、鼠がかりかり何かをひっかく待合室を通り抜け、じめじめした廊下を歩く、ぽたりぽたり、別のドアの前へ行き、ノックをし、また待つ――

どうぞ、と溜め息のような声が言う、疲れた声が応える、この別のドアの向こうから、木の板越しに。さあさあ入りたまえ。

この半年で三十六ヵ所の新しい拠点を作ったんだよ、と高齢の医者は、机上の書類を見ながら言った。体温と脈拍のある人間なら誰でも合格だ――君の名前は何だね、どこへ送られるんだ。

ドナルド・ライケンバック、勤務地は東京です。

医者は書類から顔を上げる、顔は無精髭を剃っておらず、シャツの袖はインクと血で汚れている。医者はおまえをじっと見て、言う、まあ君がこの前送り出した男よりうまくやることを期待しているよ。

その人はどうしたんですか。

医者はにやりとして、首を吊ったと聞いているよ、と言う。

それはまた、とおまえは言う。そうですか。

医者はまた笑みを浮かべ、立ち上がり、言う、君は幻聴とか幻覚の症状はないだろうね。

最近はありません、とおまえは答えて笑う。

医者は笑わず、頬笑みすらしない。キャリパスと聴診器を手にとり、スリッパばきの足でおまえに近づいてくると、うなずいて、言う、服を脱いでパンツと靴下だけになりなさい、君がどういう人間なのか、目と耳で確かめるから、今度はどういう人間を送り出すのかを、目で見、音を聞いて確かめるから。


息を吸って、とモーガン医師は言った。止めて……

インターナショナル・メディカル・クリニックの小さな診察室で、ベッドの端にタオルを敷いて座ったドナルド・ライケンバックは、パンツと靴下だけの姿だが、垂らした靴下ばきの足は床についていなかった。息を吸い、その息を止めて、自分の大きく突き出た腹を見下ろした。染みやぽつぽつ、古い傷跡がある。

はい息を吐いて。

ライケンバックは背筋を伸ばし、胸を張って、息を吐きながら腹を引っ込めたが、それをするうちにまた目に涙が湧いてきた。

モーガン医師は聴診器のイヤーチップを耳からはずした。幅の狭い机の椅子にまた腰を下ろして、言った、もう煙草は吸ってないだろうね。

いや、どうも面目《めんぼく》ない、とドナルド・ライケンバックは情けなさそうに答えた。

酒はどれくらい。

だいぶ少なくなった。

モーガン医師は眉をひそめ、首を振りながら言った、〝だいぶ少なくなった〟とはどれくらいなんだ、正確に言うと……?

ウィスキーはもうやらない、金曜日に焼酎をグラスに少しだけ、それくらいはいいだろう、先生。

ビールはどうだね。

いいね、いただこう、とドナルド・ライケンバックは言って、自分のジョークににやりとした。今日びビールは酒じゃないものな。

モーガン医師は溜め息をついた。体重が増えてるし、血圧もまた上がってる。体重のせいで心臓と肺に負担がかかっているんだよ。

もう年なんだ、年なんだ、とドナルド・ライケンバックは言い、モーガン医師に笑いかけた。ズボンの裾を折り返してるんだ。

モーガン医師はパンツと靴下の姿でベッドの端に腰かけている老人に頰笑みを返し、言った、そうだな、しかし、その気になれば退場の時期を遅らせることもできるよ。

二人とも同じくらいの年齢だった。どちらもこの国での滞在期間は同じくらいだった。

でもあまり長居すると歓迎されなくなるからな、とドナルド・ライケンバックは言った。長居は無作法だ。

モーガン医師は笑った。そう大袈裟に考えなさんな。君はまだ七十五じゃないか。天皇を見るがいい――九十近くだ。君は何でも大袈裟に考えすぎるんだよ。

あんな瘦せた小柄な男がこんなに長生きするとは誰も思っていなかったろうね、とドナルド・ライケンバックは言い、ベッド脇の衣服を入れたプラスチックの籠に手を伸ばした。

モーガン医師はまた笑った。おいおい。敗戦の時に腹を切らなかったんだ、今になって急いだりはすまいよ。

とにかく長生きする人だ、天皇は。

ドナルド・ライケンバックはTシャツを籠から取り上げて頭からかぶりながら言った、彼はあとどれくらいだと思う？　医者の目から見て。

必要とされる限り生きるだろうな、いろいろなことの準備ができて、すべてが整って、収まるところに収まるまでは。

ドナルド・ライケンバックはズボンに脚を入れ、ズボンを引き上げた。もう充分長い期間があっただろう。

おいおい、とモーガン医師はまた言った。彼らは先のことを計画する能力が全然ないんだ、それは君も知っているだろう。いつも最悪のことは起きないはずだと期待して、起きた時には仕方がないと言う。できることは何もないとか何とかね。

ドナルド・ライケンバックはズボンのチャックを閉め、ボタンを留め、ベルトを締めた。シカタガナイ、か、と日本語で言う。

あれは伝染するんだね、とモーガン医師は、ドナルド・ライケンバックの顔を見て言う。伝染力が強いんだ。ドナルド・ライケンバックはシャツに袖を通し、ボタンを留め始めた。彼は年を越すと思うかい、と訊く。

しぶとい人だからね。われわれはみなそうだ、あの時代を生き延びた人間は。そうである必要があった、そうだろう。

生き延びた人間ばかりじゃなかったよ、先生。

その通り。しかしわれわれは生き延びたし、これからも生き延びるんだ。

ドナルド・ライケンバックはシャツの襟を立て、ネクタイを首に回して、結び始めた。よく思うんだ、われわれはどうやって生き延びたんだろう、どうして生き延びたいと思ったんだろうと。

そうかね、とモーガン医師は言う、そんなことを考えるかね。

ドナルド・ライケンバックは籠の底から腕時計を取り上げて手首につけた。あんたは考えないの。

毎日この病院で働いていると、人間の本性の大いなる矛盾のことをいつも意識させられるんだよ、ドナルド。

というと……?

人間は自己破壊の衝動を抱えつつ自己保存に躍起になる動物だということをね。これは永遠にそうだろうね。

幅の狭い机の上で内線電話が一度だけブザー音を鳴らし、赤いランプを灯した。診察開始後十五分たつといつもこれが起きるようだった。

ドナルド・ライケンバックは腕時計をちらりと見てから、モーガン医師を見、声を低くして言った、この頃またひどい悪夢を見るんだ。

夢は眠りの代償だよ、残念ながらね。

アメリカから手紙が来たんだ、女から。

君には残念なことだな、とモーガン医師は言い、今度は彼が自分で自分のジョークににやりとした。

その女はもう東京にいて、今朝うちの玄関のチャイムを鳴らした、とドナルド・ライケンバックはささやき声で言い、また目を潤ませた。会いたいと、話があると、そう言うんだ。

何の話があるんだね。

話があるとしか言わない。

モーガン医師は立ち上がって言った、ドナルド、君は有名人だ、東京の名士だ、一目見てみたい人間だ。もちろんその女性は名翻訳家に会いたいんだよ。

わたしが扱うのは所詮他人の言葉だ、ドナルド・ライケンバックは鼻で笑った。十年後か二十年後にはコンピューターがやっているだろう。

モーガン医師は腕時計を一瞥して言った、それなら読む価値はないし、そのことで心配する必要もないわけだ。

わたしが自分で書いた詩や散文も同じだがね、とドナルド・ライケンバックは溜め息をつく。邪険に突っ返されたから。

モーガン医師がもうドアを開いていた。ドナルド、君は母上と同じようになりかけているよ――前に言ってなかったかね、わたしの母親は自分のことで心が一杯で愚痴ばかり言う人だと。

分かってくれないんだな、とドナルド・ライケンバックは言い、ハンカチを出して目に押し当てた。ものすごくひどい気分なんだ、ひどい、ひどい気分なんだ……

モーガン医師はドナルド・ライケンバックの肩をぽんぽんと叩いた。手を貸してライケンバックを立たせ、背中を押してドアのほうへ歩かせた、出口のほうへ行かせた、そしてまた笑いながら言った、ドナルド、君は知り合った頃から、初めて会った日から、いつものすごくひどい気分を味わっていたよ。

飛行機に乗っているおまえは恐れ慄《おのの》き、不安と緊張に苛《さいな》まれていて、しかもこれはまだ始まり、旅の序章、プロセスの第一段階にすぎない。ワシントンからロサンゼルスへ飛ぶのは定期運航便を利用するだけのことだが、ロサンゼルスから東京へ飛ぶのは日常のありふれたできごとではない。飛行機は夜の只中、アメリカの夜の只中に、世紀の半ば、アメリカの世紀の半ばに飛び立つ。二十三人の乗客が旅行鞄をさげて飛行場のほうへ歩いていき、鉄条網に囲まれ警備兵に護られている小さな建物に近づく。建物は暗く、鉄条網の切れ目のゲートは施錠されている。おまえは旅行鞄と書類鞄を地面に置き、腕時計を見る、指の爪を噛む。

心配いらない、と警備兵はおまえたちに言う。乗組員は用意ができしだい来るから。荷物の上にでも座って待っているといい。

おまえは帽子を脱ぎ、旅行鞄の上にぽいと投げ、レインコートのポケットから煙草の箱を出して、一本抜き、コートのポケット、次いで上着のポケットを探ってマッチを捜す。マッチを見つけると、煙草に火をつけ、それから夜空を見上げて、星めがけて煙を吹き上げ、煙が月の面《おもて》を、夏の月の面を横切るのを眺めながら待つ。

煙草を十本煙にした一時間後、大尉と曹長、そしてほかの二人の乗組員が、小さな建物のゲートにやってくる。大尉は警備兵と冗談を言い合う、ゲートのそばで荷物の上に腰かけている乗客たちについての冗談だ、それから、三人は建物に入り、電灯をつけ、その十分か二十分後、警備兵に乗客を中へ入れろという指示を与える。

おまえは煙草の火を土でにじり消し、帽子を手にとってかぶり、旅行鞄と書類鞄を取り上げて、ゲートをくぐり、建物に入った。おまえは幅の狭いベンチに座り、大尉が告げるお決まりの、飛行中の安全に関する注意事項を聞く。

ようしおまえらよく聞け、C‐54は抜群にいい飛行機だ。しかし世界一の飛行機でも不時着水ってのをやるはめになることがある、で、これからおまえらが飛ぶのはほとんど海の上だ。C‐54が不時着水したなんて話は、俺は聞いたことがないが、かりにそうなった場合、おまえらがやるべきことは、とにかく黄色いものをつかむってことだ、なぜかと言うと、救命器具ってものは何でも黄色く塗られてるからだ、黄色いものは全部浮くと覚えておけ。おまえらが知っておくべきこと、覚えておくべきことはそれだけだ――

黄色いものは全部浮く。

おまえは旅行鞄と書類鞄を持ち、大尉と三人の乗組員のあとについて、ほかの乗客たちと一緒に建物を出、ゲートを通り抜け、飛行場の外周に沿って歩きながら滑走路に向かう、その滑走路ではダグラスC‐54スカイマスターが待機している。

おまえたちは荷物を機体の下に置き、タラップを昇って、飛行機の入り口に向かう。タラップを昇りきると足を止め、帽子のつばに手をやり、つばをしっかりつかんで、振り返り、地上を見ようとする、だが地上は暗く、夜の闇の中に消えている、おまえは星を見ようとする、が、星は消え、夜の闇の中に隠れてしまっている。おまえは飛行機の入り口に向き直り、帽子を脱ぎ、機内に足を踏み入れる。このC‐54は兵員輸送用で、普通の座席はなく、ベンチしかない。一方の壁沿いに取りつけられたベンチの一つに腰かけると、背後にストラップが二本下がっている。左を向いて、左隣の男に会釈をし、左側のストラップを肩にかけてしっかり留め、次に右を向いて、右側の男に会釈をし、もう一本のストラップを右肩にかけて、しっかり留める。帽子を書類鞄の上に載せる、書類鞄は膝の上に載っている、それから左側のストラップと右側のストラップを引き寄せて、しっかり締める、しかるのち、飛行機の金属製の壁にもたれて、おまえは待つ。

曹長が操縦室から出てきて、中央通路をやってくる。歩きながら乗客たちに向かって何かを叫び、そうしながら親指を立てて乗客たちのほうに向ける、乗客たちは通り過ぎていく曹長に親指の合図を返す。通り過ぎていく曹長は何か叫ぶが、おまえたちには聞き取れない、通り過ぎていく曹長は親指を立て、通り過ぎていく曹長におまえたちは親指の合図を返す。

さてダグラスC‐54の機体が震えだし、それが徐々に激しくなる、今やがたがたと音を立て始め、その音が徐々に大きくなる、今や機体は動き始め、より速く、より速く、滑走路を走り始める、より速く、さらに速く、今や機体が宙に浮き始め、より高く、より高く、上昇する、夜の闇の中へ、より高く、より高く、空の高みに、高みに、高みに、そして陸を離れ、ずんずん離れ、アメリカを離れ、陸地は眼下に、そして後方に退く、今やアメリカはずっと下に、後ろに、遠ざかる、眼下、後方の大地の上、闇の中で、平伏する、地面に空いた穴になる、開いた墓穴になる。

おまえは帽子と書類鞄を握る手をゆるめ、機体の壁にさらに深くもたれかかり、頭を金属につけ、飛行機の振動、脈拍を感じ、エンジンの低い音、唸りを聞く。頭をのけぞらせ、目を閉じた状態で、今やおまえは放心する、低い唸りに身をゆだねる、水の上、海の上、ロサンゼルスからホノルルへ、ぶうんという音、低い唸りを聞きながら、暗い水、沈黙した海の上、唸りが高まり、低まり、潮の流れとともに、ぶうんという音、低い唸りが、水の上、海を渡り、ホノルルからミッドウェー島へ、ぶうんという音、低い唸り、膨れ上がった水、盛り上がった海の上、その流れ、潮の流れ、あのぶうんという音、低い唸り、ミッドウェー島からウェーク島へ、死者たちの上、沈んだ死者たちの上を、あのぶうんという音、あの低い唸りが、高まり、低まり、その深みで、その頂上で、破られ、引き裂かれ、骨がきれいに拾われる、死者たちはぶうんという音を立てる、低く唸る、流れとともに、潮の流れとともに、彼らの船の中で、飛行機の機内で、海岸から海岸へ、彼らの船の残骸に乗って、飛行機の残骸に乗って、アメリカ人の死者たちと、日本人の死者たちが、水の下、海の底で、彼らはぶうんと音を立て、低く唸る——

サアサア、レイレイ……

目を開き、頭を前に戻す。飛行機が激しく揺れる。グリスの臭い、ガソリンの臭い、飛行機が震える、おまえの掌は汗でじっとり濡れ、顎は涎に濡れる、飛行機ががくんと降下する、唇に革の味、口中に塩の味、機体が降下する、おまえは顎を拭く、両掌を拭く。

曹長がまた操縦室から出てくる、右へ左へ傾きながら、また機体胴部の中央を歩いてくる、また乗客たちに何か言う、また親指を立てて乗客たちに示す。彼はおまえの帽子を床から拾い上げ、おまえの耳元で叫ぶ、さあしっかり持ってろよ。これから大尉殿が俺たちをグアムに降ろしてくれるからな。

おまえは親指を立てる、彼は彼のを立てる。おまえは書類鞄を持つ手に力をこめ、帽子を持つ手にも力をこめ、背筋を伸ばし、目をつぶり、じっと待つうちに、ダグラスC-54スカイマスターの車輪が滑走路を打ち、激しく跳ね返り、ノース・グアム空軍基地に着陸する。

この島には戦争が終わったこと、自分らが負けたことを知らない頭のおかしなジャップがまだいるからな、と大尉は言う。だからおまえらは基地にいろ、宿舎を出るな、ふらふらジャングルへ入っていくんじゃないぞ。俺たちは捜しに行かないからな、帰ってくるのを待ってないからな。この飛行機は午前零時に飛び立つ、おまえらがいようといまいとだ……

おまえと乗客仲間はむっと暑い空気の中で降る雨に濡れながら、ぬかるんだ道を歩き、宿舎に向かう。宿舎の屋根や壁にはまだ銃弾の穴が残っていて、おまえに割り当てられた部屋がある二階へ上がる石の階段にはところどころ大きく欠けた部分がある。戦闘服を完全に着込んだ警備兵が、カービン銃を肩にかけ、ゆっくりと廊下を往復していた。廊下の端に来るごとに火をつけた葉巻を一吹かしして、その葉巻を窓敷居に置く。婦人用の区画に忍び込もうとしたら撃ち殺すぞ、分かってるな、とおまえに言う。

おまえは自分に割り当てられた部屋のドアを閉め、折り畳み式簡易ベッドの脇の床に書類鞄を置き、上着を脱いで、それをドアの掛け釘にかけ、その上に帽子をかけると、低くて硬い簡易ベッドの端に腰かけて、書類鞄を開き、二冊のファイルを取り出してから、アーサー・ウエイリー訳の『源氏物語』を書類鞄から出す。本をベッドの片側に置き、一冊目のファイルを開いて読む。その〝首を吊った男〟と彼が残した報告と彼の接触相手についてのファイルを一通り読むと、それを閉じ、二冊目のファイルを開く。そこに書かれているのは数字だけで、それらの数字は、本の何頁の、何行目の、何番目の単語かを表わしている。ベッドに置いた本をとり、ベッドの上で開いて、数字の示す頁、行、単語を見つけ、またファイルに戻って、本にあたる、ファイルから『源氏』、『源氏』からファイルと往復し、ファイルを解読し、数字を文字に翻訳していくが、やがてもういい、今はここまでだ、となって、おまえはファイルを閉じ、本を閉じ、ファイルと本を書類鞄の中に戻し、鞄を閉め、それを簡易ベッドの脇の床に置く。おまえは長靴を脱ぎ、書類鞄の横に置き、ベッドから立ち上がって、シャツのボタンをはずし、ズボンのベルトをゆるめて、低くて硬い簡易ベッドに横たわり、待つ。おまえは蒸し暑い灰色の午後の光の中で待ちながら、自分の台詞を唱える、自分の演じる役のリハーサルをする、自分の台詞を覚え、嘘を暗記する、自分の作られた素性を、すべての嘘を記憶に刻む。低くて硬い簡易ベッドに寝て、眠らず、ただ待っている、蒸し暑い灰色の夕方の光の中で、東京行きの飛行機が飛ぶ刻限を待っている、初日の夜が来て芝居が始まるのを待っている――

警備兵は二階の廊下にあるドアを端からノックしていく。さあ起きた起きた、ぐうたらども……

おまえと旅の仲間は、このねばつく夜、ぬかるみ道をまた引き返して狭く息苦しい小屋へ行く。そこでおまえたちはダグラスC-54が海に不時着する様子を描いた短い映画を観る。大尉は電灯をつけて言う、こういうことは起こらんが、とにかくおまえらが覚えておくべきなのは、黄色いものは全部浮くってことだ……

ふたたびスカイマスターの機内でストラップに身をゆだね、おまえは非常口の前の床に固定された航空機用ガソリンの黄色い予備タンクをじっと見る。曹長がおまえの肩を叩き、耳元で叫ぶ、今日は大丈夫か。

おまえがうなずき、親指を立てると、曹長もうなずいて、おまえの顔の前で親指を立て、歩み去る。ベンチに座ったおまえは書類鞄と帽子をしっかりと抱え、後ろにもたれて、またしても機体の震えを感じ取る、その震えが徐々に激しくなり、がたがた鳴る音が徐々に大きくなり、機体の振動とおまえの鼓動がますます速くなり、ぶうんと唸る音がどんどん高くなる。おまえは書類鞄と帽子を持つ手の力をゆるめ、頭を左側にある小窓の横にもたせかけ、目を閉じる、おまえは目を閉じる、耳の中で歌が聞こえる、おまえの耳の中で彼らが歌っている、彼らはぶうんと唸るような声で鼻歌を歌う――

死者たちが、死者たちが――

サアサア、レイレイ……

目がふたたび開く。飛行機の中に朝のまぶしい光があふれている。頭がまた前にのめる。飛行機ががくんと揺れたのだ。掌がまた汗で湿り、顎が涎に濡れる。飛行機が振動する。おまえはまた顎を拭く、また掌を拭く。機体がぐんと沈む、機体が降下する。首をひねって左肩越しに小窓の外を見る。機体は方向を転じる。富士山が見える。飛行機は旋回する。富士山が見えなくなる。曹長に右肩を叩かれ、おまえは振り向く。曹長がまた帽子をおまえに手渡して叫ぶ、あんたこれ紐をつけといたほうがいいな!

おまえは曹長に向かって親指を立て、曹長は首を振りながらおまえを見、また操縦室のほうへ戻っていく。機内の照明が暗くなり始める。おまえはまた書類鞄と帽子を持つ手に力をこめ、また背筋を伸ばす。外の雲が濃くなり始め、機体がまた細かく震えだし、その震えが大きくなり、揺れ始める。おまえはまた目を閉じる、ずっと目を閉じておく、するとまもなくダグラスC‐54スカイマスターの車輪がまた滑走路を打ち、激しく跳ね返り、東京の羽田《はねだ》空軍基地に着陸する――

日本へようこそ、ミスター・ライケンバック、と、羽田空軍基地の入国手続きデスクで若いアメリカ人の係官が言い、おまえにパスポート、入国許可書、予防接種証明書、宿舎指定書を渡す。

ありがとう、とおまえは言う。

どういたしまして。東京の市街中心部へはノースウェスト航空のバスで行ってください。バスはこの建物を出てすぐ左に駐まっています。銀座まで直行します。銀座のど真ん中で降りたらまずいの一番に、停留所の通りをはさんだ向かいにある憲兵司令部へ行ってください。本人が直接出頭する必要があるんです。それが第一にやるべきことです。この手続きが済むまでは合法的な滞在者ではありませんからね。だから何はさておきこのことをやってくださいね、ミスター・ライケンバック。以上のこと、大丈夫ですか。分かりました？

よく分かった、ありがとう、とおまえは言う。

どういたしまして、と係官。

おまえはパスポート、入国許可書、予防接種証明書、宿舎指定書を書類鞄に入れ、書類鞄を閉じ、書類鞄を小脇に抱え、レインコートを腕にかけて、机の上から帽子をとり、それをかぶり、旅行鞄を手にさげ、羽田空軍基地を出る。左を見ると、ノースウェスト航空のバスがある。おまえはまた旅行鞄を置き、書類鞄を置いて、また帽子を脱ぎ、ハンカチを出し、顔を拭い、次いで首筋を拭って、またハンカチをしまい、書類鞄を取り上げ、旅行鞄を手にさげて、ノースウェスト航空のバスのほうへ歩く。車掌に旅行鞄を預け、レインコートを脱ぎ、帽子をとり、またハンカチを出す。バスに乗り、通路を進み、最後部の頭上の棚に書類鞄を上げて、レインコートを畳んでその上に載せると、座席に腰を下ろし、バスの窓に頭をもたせかけ、目を閉じる。バスのエンジンがかかる音がし、窓が震えだす。おまえはまた目を開き、窓の外を見、頭上の黒い電線を見る。おまえは目を閉じ、バスが路面の穴ぼこを一つ踏むのを感じる。また目を開け、赤錆びた屋根の海を見、また目を閉じて、バスがカーブを切るのを感じる。また目を開けて、また窓の外を見て、街の角々に少年たちが群れているのを見、また目を閉じる。バスが停止し、また目が開く。車掌が、銀座！　と叫ぶ。

おまえは憲兵司令部の受付で、メイン・デスクの後ろにいる若いアメリカ人係官に、パスポート、入国許可書、予防接種証明書、宿舎指定書を渡す。係官はそれぞれの書類をめくり、目を通し、パスポート、入国許可書、予防接種証明書、宿舎指定書にスタンプを押し、それから言う、では次のデスクへ行ってください。

おまえは次のデスクの、次の若いアメリカ人係官の前へ行く。係官はおまえの指紋を採る、左手の、そして右手の指紋を採る。おまえは黒い指を拭き、また別のデスクの、別の若いアメリカ人係官の前へ行く。彼はおまえの身長を計り、体重を計り、チョークで〝ドナルド・ライケンバック／２７６５２２〟と書いた小さな黒板をおまえによこす。係官が白い壁の前に立てと言うので、おまえは白い壁の前に立ち、係官が黒板を胸の前に掲げるように言うので、それを胸の前に掲げた。係官は写真を撮り、おまえの写真を撮り、これで終わりですとおまえに言う。最初のデスクへどうぞ。

おまえは最初のデスクに戻る。若いアメリカ人係官がおまえにパスポート、入国許可書、予防接種証明書、宿舎指定書を返して、頬笑み、言う、東京へようこそ、ミスター・ライケンバック。

ありがとう、とおまえは言う。

どういたしまして、と係官が言う。では宿舎指定書を持って宿舎課へ行ってください。宿舎の住所が今もそのとおりかを確認しますから。たいてい記載通りですが、ときどき違っていることもあります。もし違っていたら、またここへ来てもらわないといけません、書類を修正しますからね。まあそうならなければいいですね。そこに書いてある宿泊先は東京で指折りのところですよ。もっとひどいところを割り当てられる人もいます。

ありがとう、とおまえはまた言う。

どういたしまして。係官はそう言って、おまえがパスポート、入国許可書、予防接種証明書、宿舎指定書を書類鞄にしまうのを見る。おまえが書類鞄を閉じ、書類鞄を小脇に抱え、レインコートを腕にかけ、それから旅行鞄を手にさげるのを見る。おまえが憲兵司令部の両開きのドアから外に出るのを見たあと、視線をはずし、デスクに戻す。係官はもうおまえを見ないが、おまえは振り返り、係官がデスクの電話の受話器を取り上げて、四つの数字をダイヤルするのを見る、おまえは係官がしばらく待ってから話すのを、次のように言うのを聞く、例の人物が来ました、はいそうです、第一ホテルです……

ああ、わたしは来たよ、と、その夏、**一九四八年の夏**、おまえはつぶやく、わたしは君たちがみな帰ったあとも、ずっとここにいるつもりだよ。

彼は地下鉄の霞《かすみ》ケ関駅《せき》で降り、急な階段をゆっくり昇って昼の小雨の中へ戻っていった。日比谷公園を、とりわけ雨の日に散歩するのが好きだった。だが今日の彼は傘をさして官庁街を歩き、東京高等裁判所の前を通り、警視庁の前を通って、大勢の人に交じって堀にかかる橋を渡り、桜田門をくぐり、皇居外苑へやってきた。前方には色とりどりの傘をさした人の長い列が見えたが、それらの行列が向かう先は坂下門《さかしたもん》前に設営されたテントであり、そこで人々は天皇の平癒祈願の記帳をしているのだった。だが彼は列には加わらなかった。黒い外国製の傘は明るい色の希望に満ちた傘の海の中では野暮ったく見えた。彼は体の向きを変えて二重橋《にじゆうばし》のほうへ歩きだし、そこでひざまずく人たち、あるいは立っている人たち、みな皇居のほうを向き、瀕死の天皇に向かって、両手を合わせ、頭《こうべ》を垂れている人たちのそばを通り抜けた。その傘を地面に置き、その傘のことなど忘れたかのように、それからまた堀を渡り、日比谷通りに出ると、どれだけぶりか分からないが——何のためだか分からないままに——第一生命館、かつて〝青い目の将軍〟、連合国軍最高司令官が根城としていたビルの前を通った。もっとも足を止めて追憶に浸りながら佇むといったことは、この日はしなかった。左に折れて、有楽町に向かう裏通りをたどり、有楽町電気ビルヂングに入った。

北側のエレベーターの一つに乗り、日本外国特派員協会のある二十階で降り、まずはトイレで用を済ませてから、短い廊下の先にある受付に出向いた。彼は頰笑みながらレインコートと傘を、最近この部署に来たが名前を思い出せない若い女性の係員に預けて、メインのバーに入った。まだ時刻が早いので昼食時の混雑は始まっておらず、好きな席を選べるので、カウンターの端の窓際のスツールに腰かけ、テーブル席の並ぶフロアに背を向けた。二十階の窓から外に目をやると、見えるのは雲と霧で、雲は低く濃密に垂れ込めて高層ビルを隠し、現代的な景観を消して、東京をふたたび低くし、汚し、消し去っている、それはちょうどあの頃の——

彼は立ち上がった、とそこへやってきたウェイターのハニフとまともにぶつかりそうになり、持っている水を注いだグラスとメニューを危うく弾き飛ばすところだった。すまない、すまない、ハニフ、急に用を思い出してね、と彼は言った。

いえ、いいんです、いいんです、とハニフは頰笑む。またおいでになるなら、お席をとっておきましょうか。

本当にすまない、と彼はまた謝った。でも席はいいよ、ありがとう、ハニフ、ありがとう。

いえ、いいんです、とまたハニフは言った。

彼は急ぎ足にバーを出て、受付に戻った。新任の女性係員にプラスチックの札を渡した。係員がレインコートと傘を出してきた。気まずい思いでぼそぼそ詫びを言いながら、レインコートを着て、じゃどうもと言った。短い廊下を歩いてエレベーター乗り場に来ると、ボタンを押し、しばらくしてまた押した——

やあ、ドナルドじゃないか、と肩の後ろでよく知っている声が、イギリスのパブリックスクール出身者の英語で鳴り響いた。どこか火事なのかい。

ジェリー、元気かね、彼は溜め息をつき、気乗りしない手を差し出した。

君こそ元気かね、と訊きたいね、とジェリー・ヘイドン＝ジョーンズはにやりと笑い、手を離そうとしなかった。もう死んで埋められて、蛆虫の食糧になってるんじゃないかと思っていたんだぞ。

彼はおのが手を解放した。いや、それはまだだな、ジェリー。

からかっただけだよ、君、ジェリーは笑い、彼の二の腕にぽんと拳をあてた。そう暗い顔をしたもうな。つい先週も、バーでみんなに君が消息不明になっていることの謎をあえて話題にした時、確かバーニーだったと思うが、ドナルドのことは心配しないでいいさ、ジェリー、とこう言うんだね、きっとあちこちで美味しい仕事にありついているよ、企業の顧問をやったり、講演会をやったりね、だから心配いらないんだ、ジェリー、米政府《アンクル・サム》はちゃんと面倒をみてくれる、君たちの親方の英政府《ブライティー》と違ってね、と。さあさあ、ジェリー神父に告白したまえ、どこにいたんだ、ニューヨークか、ワシントンか……ヴァージニアか。

エレベーターが来て、行ってしまった、扉はあんぐり口を開けたが、空っぽのまま、腹をすかせたまま、また閉じてしまった。彼はまたボタンを押して、言った、ずっとこっちにいたよ、ジェリー、死んじゃいないが、金持ちにもなっていないよ、哀しいことにね。

おいおい、そんな浮かない顔をするな、ぼくの目の前でそれは無しだ、とジェリー・ヘイドン＝ジョーンズは言い、彼の腕を強くつかんで、エレベーターの前から引き戻そうとした。さあ、二、三杯きゅうっとやりながら、ジェリーおじさんに近況を話したまえよ。

腕をもぎ離そうとして、肘をジェリーに打ち当ててしまったが、ともかくジェリーに言った、そうしたいのは山々なんだが、もう行かなくちゃいけないんだ、ジェリー。

なんだ、つれないな、ジェリーは、そのふりだけかもしれないが、傷つき憤慨した口調で言い、それから彼の腕をまたつかんで、強く握り締めた。でもまた近いうちに会ってくれよ、きっとだぞ——約束してくれるか。

もちろんだ、ジェリー。

誓うかい。

ほんとに、今すぐ戻らないといけないんだ、ジェリー。

よし、じゃ赦そう、とジェリー・ヘイドン＝ジョーンズは言って、また腕を離した。とりあえず今はな。

ありがとう、と彼は言い、エレベーターの口の中へ飛び込むようにして入ると、扉が閉まっていく——

でももうぼくに捜させるなよ……

エレベーターが安全圏へ降ろしてくれている間、腕をさすっていると、また息が苦しくなり、心臓が激しく打ちだした。莫迦め、莫迦な老いぼれめ。おまえはこんなところが好きじゃない。今までも、これからもだ。エレベーターを降り、建物を出て、雨の降る有楽町の街路に戻った。また傘をさし、ひしめき合って右へ左へ西へ東へ慌ただしく歩道を行く何百人もの群れに加わった。夥しい傘が、夥しい人が、ほとんど彼にぶつかりそうになり、彼を突き転がしそうになるが、すんでのところでそうはならない。何とか縁石までたどり着くと、息を整えようとした。信号待ちしていると、タクシーがズボンに水をはねかけていった。歩道を降りると水溜まりの水が靴の中に満ちた。横断中の彼に一人の男が正面衝突しそうになり、別の男の傘が彼の眼鏡を鼻から落としそうになって、どちらの男もすれ違いざま罵声を浴びせてきた。この連中はこの道路を少し向こうへ行ったところで天皇が死にかけているのを、一つの時代が終わりかけているのを知らないのか。目がまた潤んでくるのを感じながら、ガードをくぐり、銀座に向かって歩き続けた、ありがたいことに、この通りは歩道の幅が広かった。だができることなら葉を繁らせた木々の下を歩きたい、傘や罵声に襲われることなく、濡れた花びらを宝石のように輝かせる花々を眺めたい、こんな人込みと顔の群れなど見たくない、この幽霊どもなど消えてくれ、ああ、どうか頼むから消え失せてくれ。雨と汗にだんだん濡れてくるうちに、数寄屋橋《すきやばし》交差点に到達し、地下鉄の入り口の前に来た。傘を閉じて、畳み、ネームバンドを巻いてボタンを留め、それから階段を降り始めると、足を滑らせそうになったが、手すりをつかんだおかげで間一髪助かった。動きを止めて、また息が整うのを待ち、また鼓動が平常に戻るのを待ってから、慎重に、注意深く、残りの階段を降りきり、なおも慎重に、注意深く、日比谷線の改札まで行って、切符を買い、改札を通り、エスカレーターで下に降り、プラットホームに立つと、この地下で電車を待ちながら、銀座でやりたいと思っていることを頭に浮かべた。教文館《きょうぶんかん》とイエナで本を見、木村屋で酒種桜のあんパンとバターロールを買う、三越か松屋でフランスのワインを一瓶調達し、ライオンでボックヴルストとヴァイスビールの昼食をとる。やれやれ、と、列車が入ってきた時声に出して言った、そしてこう嘆かないよう必死でこらえた。別の時代というものはないのか、別の時間はないのか。

それらの時間、最初の時間、セロファンの中で、それは過ぎていく、それが日の単位になる、それらの日々、最初の日々が週の単位になる、セロファンに包まれて、それらの週の、最初の数週、おまえはセロファンに包まれている。それが過程の一部、セロファンが、待つことが、すべてが過程の一部なのだ、セロファンの中で待つことが。ホテルの部屋は盗聴されている、オフィスも盗聴されている、そのことは知っている、おまえは知っている。おまえはただ仕事をするだけ、昼間の仕事をするだけ。外交局、経済連絡課、そこでおまえは報告書や図表を整理し、保存し、そのファイルをワシントンの国務省に送るのだが、その前にまずはマッカーサーの参謀たちからチェックを受けなければならない。マックとその部下たちは元々おまえたちのような、戦争中は安全な内地の国務省で勤務していた軟弱な文民に不信と軽蔑の念を抱いている。だがおまえが着任した一九四八年の夏には、外交局の人員の大半は国務省のキャリア官僚で、その中には狂信的なまでの反共主義者も交じっていて、マッカーサーたちの外交局に対する敵意と不信感と強固な偏見は弱まり始めている。誰もが、現在の職を保持するために、少なくとも表向きは、レッド・パージや逆コースという題の同じ讃美歌を歌うようになっている。ということで、おまえは新聞を読む、経済記事を読む、財務諸表の読み方を勉強する、企業の財務諸表を大量に大量に読む、GHQが行なっている財閥解体を始めとする経済力集中排除政策の実施状況について報告書を書く。蒸し暑い季節から始めて、何時間も何時間も、何日も何日も、何週間も何週間も、この暑い月、その次の暑い月も。セロファンの中で、セロファンに包まれたあの夏、辛抱強くじっと待つ、すべてが過程の一部なのだ――

サアサア、レイレイ……

ほとんどの日の暮れ方、おまえは新橋の第一ホテルの狭い部屋に帰る。初めのうちは占領軍の職員が利用できるバスに乗ったが、そのうちときどき歩くようになった。この当時の東京はまだ戦災の傷跡生々しい闇市、売春婦、貧困の都市だ、それで夕方、多くの夕方、おまえは自分の部屋に帰り、ベッドの端に腰かけて、泣く。PXの外でおまえに煙草やチョコレートをねだってくる大人の男や少年に同情して泣く、ガード下や公園の暗がりで体を売って心を蝕まれる大人の女や若い娘の身の上を思って泣く、この都市の破壊と人心の荒廃を哀しんで泣く。そう、おまえは哀しむ、しかし、勉強もする。もはやそれほど狭苦しいとも感じない部屋で、おまえは日本語と、日本文化と、日本人と、日本の歴史の勉強をする、神田の神保町《じんぼうちょう》で買った古本を読んで、あるいは仕事が休みの日に東京のあちこちへ街歩きの冒険に出かけることで。築地《つきじ》や池袋《いけぶくろ》にも行くが、それより多く訪れるのは上野、その公園、その近くにある寺町と墓地だ。雑草が繁るままに放置され、柵が壊れている墓地で、墓石の群れと幽霊たちとともに何時間も過ごす、石からそっと苔を取り除いて文字を読もうとする、幽霊たちの憂鬱な証言を理解しようとする、またしても涙に濡れながら、おまえ自身と幽霊たちの涙に、幽霊たちの占領された涙に、濡れながら――

サアサア、レイレイ……

彼らは泣いている、おまえも泣いている、泣きながら、待っている、待っている、そして見ている、見ている、そして試す。そうした街歩きの冒険で、おまえは様子を窺う、監視者を見つけようとする。駅で、プラットホームで、おまえはしばしば最初に来た電車に乗らないでおく、しゃがんで靴紐を結び直し、それからほかの乗客がみな次の電車に乗ってしまうのを待ち、扉が閉まり始めた時にするりと乗り込む。二駅目で、おまえは降り、反対方向の電車に乗る、山手線をぐるりと回って、上野まで行く、山手線のいいところは環状線であることで、ぐるぐる何度も回って、どこかの駅で降り、また乗って、どこかの駅で降りるということをしながら、様子を窺い、監視者を探せること——

サアサア、レイレイ……

自分が見張られていないと、あるいは今はもう見張られていないと確信できるまで、それ以上ないほど確信できるまで、それを続ける。そして夏が初秋に変わるころ、ホテルの部屋のベッドに横たわったおまえは、もう充分待ったと、充分辛抱したと、辛抱強く用心したと判断する。おまえはベッドから起き上がり、机の下の書類鞄をとり、書類鞄を開き、書類鞄から二冊のファイルを慎重に取り出し、机の前に座る。卓上電燈のスイッチを入れ、煙草に火をつけ、油断なく最初のファイルを開いて、はさんでおいた一本の自分の頭から抜いた髪の毛がまだあるかどうか注意深く捜す。髪の毛はある、まだそこにある、ファイルの頁の間にちゃんとある。おまえは煙草を吹かしながらその髪の毛を見つめる、髪の毛の下の文字を読む、それから煙草を揉み消し、最初のファイルを閉じ、二冊目のファイルを開いて、はさんでおいた二本目の髪の毛を見つける、髪の毛はまだある、まだそこにある。おまえは机に並べて立てた本の中からウェイリー訳『源氏物語』を抜きとり、それを開き、夕顔の巻を捜し、問題の頁、段落、貧しい路地裏のめだたない家を描写している行、その単語群を見つける。おまえはファイルを参照し、また本に戻る、ファイルから『源氏』に行く、それからまたファイルに戻り、ファイルの暗号文を解読し、テクストを翻訳する、これで充分だというまでそれをやる。おまえはファイルを閉じ、本を閉じ、二冊のファイルに髪の毛をはさんで書類鞄にしまい、書類鞄を机の下に戻す、それからウェイリーの『源氏』を机の上に並べて立ててある本の間に戻す。おまえは立ち上がって机を離れ、ベッドに戻り、ベッドに横になり、待つ。煙った薄暗い光の中、自分の台詞を言ってみる、自分が演じる役のリハーサルをする、台詞を入れる、それらの嘘を覚える、おまえのストーリーを、まったくの嘘を覚え込む。ホテルの短くて幅の狭いベッドに横たわり、眠ることなく、ただ待っている、カーテンの隙間が見え始め、隙間が灰色になり、それが白みを増し、一日の始まりとなり、明日の朝になるのを待つ。明日はショーが本当に始まる日、おまえが〈死の家〉を訪れる日だ。

昨日、天皇の体温は九月十九日以来初めて三十八度を超え、体内出血の兆候がまた見られたために白血球を除去した血液二百ccの輸血を受けた。だが今日夕方の記者会見では、容態はその後安定して、病状は改善したように見えると発表された。体温は三十七度四分に下がり、脈拍は毎分八十四回、血圧は上が百三十四、下が五十六、呼吸数は毎分十八回。宮内庁《くないちょう》の前田《まえだ》健治《けんじ》総務課長は、陛下の御発熱は上部消化器官の炎症と輸血による拒絶反応が原因であると述べた。九月十九日以来、天皇の出血量は合計で五千七百十五ccに上った。

聞いたかい、とドナルド・ライケンバックはティッシュで指を拭きながら、寝室のドアを見て言った。五千七百十五ccの血液だとさ——つまり天皇のやんごとなき血が一滴残らず普通の血と置き換わってしまったということだろうね！

重病の天皇が寝ている部屋の外で、酸素ボンベが爆発したが、八十七歳の天皇はその音に反応しなかった。宮内庁の幹部によれば、宮内庁病院の外で施設の改修を行なっていた配管工が一人、敷地内で点検作業中に重傷を負った。それでも陛下には爆発の音が聞こえなかったと宮内庁幹部は言った。

全然意識にとめなかったそうだよ、と言いながら、ドナルド・ライケンバックは皿とティッシュとナイフとマグカップを流し台に運んだ。皿とナイフとマグカップを洗って、拭いて、片づけながら、朝のニュースの続きを聞いた。ピノチェト政権敗北のニュース、次いでアメリカのベンツェン上院議員とクエール上院議員によるアメリカ副大統領候補討論会のニュースが流れた。

クエールは、自分には副大統領の資質が充分にあると主張するため、自分には大統領選に臨んだ時のジョン・F・ケネディと同じくらいの政治的経験があると言った。それに対してベンツェンはこう切り返した。上院議員、わたしはジャック・ケネディのもとで仕事をした。ジャック・ケネディを知っていた。ジャック・ケネディはわたしの友人だった。上院議員、あなたはジャック・ケネディには及びもつかない――

　ラジオを消して寝室に入っていきながら、スタンフォードのこと、スタンフォードの朝のことを考えた、なぜならケネディが暗殺された時、西海岸は朝だったからだ。当時はスタンフォード大学に招聘されて日本古典文学の講義をしていたが、ケネディ暗殺の報を聞いたその朝も、講義は予定通りに行なった。そうしなければ礼を失するとその時思ったし、今も思っている。だが学生たちの意見は違った、あの健康的で容姿の優れたカリフォルニアの子女は、目に不服と哀しみをたたえて、休講にしないのは上分別ではないとの考えを表明した。彼は頬笑み、緋色のネクタイをクロゼットのラックからとって、くすくす笑いながらベッドの上で眠っているグレーテに言った、さあさあ、グレちゃん、やきもちを焼いちゃいけないよ、パパはある人とお昼を一緒に食べる約束をしているんだ、だからランチを食べるのにふさわしいお洒落をしなくちゃいけないんだよ。

　だが彼は頬笑みと含み笑いをやめ、着る服を持って居間兼食堂兼台所に戻り、食卓に置いたラジオカセットの前で足を止めた。すでにまたしてもリヒャルト・シュトラウスが朝のニュースに取って代わっていたが、しかし、今回の曲は、何と何と、**ほかでもない**、『四つの最後の歌』だ。またもや息が苦しくなり、心臓が激しく打ちだし、涙が湧いてきて、彼はまた座る、またテーブルにつく、衣服を両腕でしっかり抱き締めた彼を虜《とりこ》にして、エリーザベト・シュヴァルツコップがジョージ・セル指揮ベルリン放送交響楽団とともに「春」「九月」「眠りにつく時」と歌い進め、最後に「夕映えの中で」にたどり着く。〝わたしたちは苦しみと喜びの中、手に手をとって歩いてきた。今はふたりとも放浪をやめ、静かな土地で休んでいる。／両側から山がせまる谷間で、空はもう暮れかけている。ただ二羽の雲雀《ひばり》だけが、夢見心地に靄の中へ翔け昇る。／さあおいで雲雀たちは羽搏かせておこう、じきに眠りの時がくる。この孤独の中で、わたしたちが迷子にならぬよう。／おお残照の中に深く浸った、大いなる静かな安らぎよ！　わたしたちはいかに放浪に疲れていることか――〃

　彼は衣服を両腕から落とし、両手の指で顔を拭い、頬を拭き、目を拭き、それからラジオカセットに手を伸ばしたが、もう歌は終わろうとしていた……

　もしかしてこれが死なのだろうか。

　ホテルの部屋の隅にある小さな洗面台の上にある小さな鏡を見ながら、おまえは髭を剃る、おまえの目は鏡に映った首を、頬を、顎を、鼻の下を見る。おまえは顔を洗い、拭き、それから櫛を手にとり、髪を梳かす、おまえの目は鏡に映った櫛の歯を、頭の髪を、見る。おまえは服を着替える、それから鏡を見ながらネクタイを直す、おまえの目は鏡に映ったネクタイの結び目を見る、首に巻いた部分を見る。おまえは自分の目を、鏡に映った目を見ないようにしていることを自覚している、自分の目を覗き込みたくないと思っている、自分の目の中に不安を、怯えを、見たくないと思っている。おまえは鏡から目を逸らし、上着をとって袖を通し、壁の掛け釘から帽子をとり、机の下から書類鞄をとり、それからホテルの部屋を出て、一度向き直ってドアに施錠する。廊下を歩いてそのはずれの階段まで行く、階段を降りてロビーに出る、第一ホテルから新橋の街に出る。九月下旬の朝は、まだ蒸し暑い。日射しの質はすでに違っている、昼間の色はすでに変わっている、だが手順はそのままだ、そのままでなければならない、それは過程の一部だ。過程は手順、手順は過程。おまえは新橋駅に入り、山手線のプラットホームに上がり、最初に来た電車には乗らないでおく、しゃがんで靴紐を結び直し、それからほかの乗客がみな次の電車に乗ってしまうのを待ち、扉が閉まり始めた時にするりと乗り込む。二駅目の、東京駅で、おまえは降り、反対方向の電車に乗る、元の方向へ引き返し、有楽町、新橋、浜松町《はままつちょう》、田町《たまち》、品川とたどる。品川で、おまえは電車を降り、プラットホームの反対側へ行き、また最初の電車をやりすごし、しゃがんで靴紐を結び直し、それからほかの乗客がみな次の電車に乗ってしまうのを待ち、扉が閉まり始めた時にするりと乗り込む。二駅目の、浜松町で、おまえはまた電車を降り、駅を出る、自分は見張られていない、尾行されていないと確信する。

おまえは大門《だいもん》をくぐり、増上寺《ぞうじょうじ》に入る、ここにはもともと徳川将軍家の墓所があり、二代将軍秀忠の台徳院殿《たいとくいんでん》を始め六人の将軍が埋葬された六つの霊廟《れいびょう》があったが、上野の徳川家墓所とは違い、一九四五年の空襲で焼き払われ破壊されてしまった。それから三年たった今も、増上寺とその数々の国宝は灰と残骸のままで、焼けて倒れた巨木は根を宙に張り、葉を失った黒焦げの枝をさらして、今もじっと横たわっている。むっつり黙り込んだ空気の中、垂れ込めた灰色の雲の下で、おまえは灰と瓦礫の間を通り抜け、寺院と霊廟の残骸を回り込んで、竹と種々の草が生い繁り放置されているほかの墓の間も抜ける。だが今日はこの寺で長居はしない、これらの墓、その幽霊、その石、その苔のもとには留まらない、今日はそれをしない。今日のおまえは先へ押し進む、涙に濡れ、涙の中をくぐりながら、おまえの涙と彼らの涙の中をくぐりながら——

サアサア、レイレイ……

おまえは反対側に抜ける、これらの幽霊とその墓の反対側に抜けて、アヴェニューBに出る。おまえは道端で立ち止まる、目を拭く、そして待つ、そして目を配る、自分が見張られていないこと、尾行されていないことを、また確認する。占領軍関係者用のバスが通りをやってくる、おまえは顔を背け、それから元に戻す。目の前を自転車や輪タクが走り、下肥《しもごえ》を運ぶ二頭立ての牛車が反対方向へ進んでいくが、おまえの背後の影の中、死者たちの土地から出てくる者はいない。おまえは自転車や時おりやってくるトラックを縫いながら通りを渡り、それから反対側でまた待ち、また周りに目を配る。この時も通りの反対側の影の中、死者たちの居場所から出てくる者はいない。おまえは体の向きを変え、本通りからはずれて横道に折れ、森元町《もりもとちょう》に入る。路地と民家の集まっている地、家は大きいものあり、小さいものあり、焼けたものあり、焼けていないものあり、建て直されたものあり、建て直されていないものあり。かつて家や店が建っていた荒れた土地があちこちにある。この破壊と再建のパッチワークの中をおまえは歩いていく。ときどき家庭の炊事の匂いがする、朝食の支度をする家々がある、不意に布団がぱんぱん叩かれる、もんぺ姿の婦人が畳の上を掃いている、彼女らはおまえの姿を見ると、身を翻して家の奥に引っ込み、おまえが行ってしまうまで戻ってこない。角を曲がるたびに、おまえは角で立ち止まる、体の向きを変えて待つ、目を配る。見張られていないか、尾行されていないか、何度も何度も確かめる、やがておまえはその場所に来る、その家にやってくる。でもおまえは立ち止まらない、歩き続ける。その家の前を過ぎる、人目につかないその家の前を通り過ぎて、その通りのはずれまで、みすぼらしい通りのはずれまで行き、角を曲がる。それからおまえは足を止める、そして待つ、そして目を配る、それからまた歩きだす。その一郭をぐるりと回って、二度目の確認をし、それから三度目の確認をする。誰もおまえを見張っていない、尾行してはいない。またみすぼらしい通りに戻り、高い湿った石塀の向こうにある、その目立たない家の、板のたわんだ木の門の前に戻る。おまえは門を開き、中に足を踏み入れ、庭に入る、手入れのされていない、草茫々《ぼうぼう》の庭に入り、その小径に、半ば隠れ、半ば埋もれた小径に足を置き、門を閉め、庭のほうへ向き直り、その家を見る。それは二階建ての家で、かつては黄色く塗られていたが、今は風雨と戦争に色褪せて、火事の名残で部分的に煤で黒く汚れ、雨戸は壊れて破れ目ができていて、二階の窓にはガラスがなく、青白い髑髏《どくろ》の黒い二つの眼窩《がんか》のようだ。それがおまえを見つめている、おまえを待っている。その元々は黄色かった家、

〈死の家〉が——

サアサア、レイレイ……

おまえは半ば隠れ、半ば埋もれた小径をたどり、家に近づき、その前面の窓に、おまえを見ている、おまえを待っている窓に近づく。おまえが目の上に手をあて、ガラス越しに中を覗くと、床には分厚いマットレスが敷かれ、テーブルが一つと、椅子が三脚、戸棚が一つ見える。おまえは窓から顔を離し、手入れをされていない、草茫々の庭を見る。積み重ねられた、大小さまざまな、どれも欠けたり割れたりしている植木鉢を見る。おまえは植木鉢の積み重ねの集まりに近づき、背をかがめ、探し始める。そして壊れた植木鉢が上下逆さに重ねられたものの一つの下に、土と灰の小さな山があるのを見つける。この山の中におまえは鍵を見つける。おまえは鍵を手にとり、立ち上がり、家の玄関へ行く。鍵を鍵穴に挿し、鍵を回し、それから取っ手を回す。おまえはドアを開けて、中に入る、おまえは中に入る。黄色い家の中、〈死

の家〉の中に入り、唾を飲む、が、声は出さない、声をかけることはしない。戸口に立って、耳を澄ます。家が息をしているのが聞こえる、つぶやいているのが聞こえる、ささやいているのが聞こえる――

サアサア、レイレイ……

おまえは玄関ホールに足を踏み入れ、ドアを閉める。目の前には壊れた階段と廊下がある。廊下の右側には、小さな空き部屋が一つと、台所と、便所が並んでいて、台所と便所は、今でもまだ使える。左側には広い部屋がある。おまえはその広い部屋に入り、電灯のスイッチを入れ、すぐに切る、電気は通じている。大きなテーブルに電話機と、ラジオが置いてある。おまえは電話の受話器をとる、電話は通じている。ラジオのスイッチを入れ、すぐに切る、ラジオはつく。すべてがまだ使える、すべてが機能する、まだ通じている――

サアサア、レイレイ……

テーブルの下から椅子を引き出し、椅子を窓のほうに向けて、座る。黄色い家で、この〈死の家〉で、おまえは座り、待つ、彼らが来るのを待つ、戻ってくるのを待つ、帰ってくるのを――

サアサア、レイレイ……

おまえのところへまた帰ってくるのを待つ。椅子に座って待つ、テーブルのそばに置いた椅子に座り、玄関を見る、家の玄関を見張る、ときどき、間を置いて何度も、腕時計を見る、腕時計の針を見る、黄色い家の、この〈死の家〉の、影の中で夜光塗料の光る針を見る、待ち、見張る、玄関を見張る、腕時計の針を見る。おまえは時間を間違えているのかもしれない。早すぎるか、遅すぎるか、またしても時間を間違えているのかもしれない。

彼は早く着いた、それはいつもの習慣で、そうしたくない時でも同じだった。何でも早い彼に母親は、早く熟すと早く腐る、あなたはそれよ、とよく言ったものだ。しかし待ち合わせた相手も早かった、このジュリア・リーヴという、一度も会ったことのない女は、池の見える窓のほうを向いて座っていたが、今彼が入っていくと、店の入り口のほうへ、影が斜めに落ちた顔を向けてきて、青白い手を上げて振った。あなたはノーと言えない子ね、それで苦労するのよ、と母親はよく言ったし、ほかに何人もが同じことを言った、それは同情してそう言うこともあったが、多くの場合、彼が後悔してぼやくのを聞いて、腹立たしげに指摘したのである。とはいえ、彼は何につけ後悔しがちなのだが。

あなたはアンソニーのお友達だとおっしゃいましたね、握手をし、挨拶の続きのような言葉を交わす気楽な段階が過ぎたあとで、彼はそう切り出した。

彼女は頬笑んで、言った、日本へ行くって話した時、あなたとは手紙で接触するように彼から言われたんです。でもこうして直接会ってくださったから、時間の節約になりました。ありがとうございます。

ああ、時間の節約、彼はそう言って、笑みを浮かべた。まあこちらへいらっしゃる方は努めて歓迎させていただくようにしていますよ。

彼女はうなずいた。今まで何百人もの人を歓迎なさったんでしょうね。こちらにはもう随分長くいらっしゃるから。

歓迎して、さよならをする、と彼は言い、また頬笑んだ。ええ、何百人にもなるでしょうね。随分長いですから。

彼女は頬笑み、言った、たぶんそれが性に合ってらっしゃるんでしょう、出会って、そして別れる、いつもそれきり永遠のお別れというのが。

人はそれに慣れるんですよ、と彼は言い、それから頬笑んだ。でも、どうですかね、あなたの言うとおりかもしれない。もう随分長いので、虫歯になってしまいました。

彼女はまた頬笑み、虫歯？　と訊き返す。

別れの哀しみは甘いですからね、と彼は得意顔で言い、それから、まあ甘くあって欲しいといつも思っていますと締めた。

彼女はうなずき、言った、わたし、もし知らなかったら、あなたはペンシルヴェニア出身じゃないかなんて思わなかったと思います。全然その訛りがないんですもの。むしろイギリス風のアクセントですよね。

イギリス人よりイギリス風に喋る、と言いながら、彼は口の両端に笑み皺を作るよう気をつけた、ケンブリッジでは友人たちによくそう言われたものです。

彼女は頬笑んで、言った、随分長くたったけれど、ケンブリッジの流儀は抜けないようですね。

ただの気取りです、わたしにはそういう気取りがいくつもあります。当世流行りの言葉で、何と言いましたかね――過剰補償ですか。そう、それですね。欠点を意識して過剰に埋め合わせようとする。

彼女はうなずいて、言った、欠点って何が欠点なんですか。

祖父がバイエルン出身で、苗字もいかにもドイツ風です。だから疑いの目で見られたんですよ、随分ひどい扱いを受けたこともありました。

彼女は頬笑んで、言った、でもまだその苗字を使ってらっしゃいますよね、ご家族は名前を変えなかったわけでしょう。アングロサクソン風に変える家族は多いのに。

祖父も父も、それを不誠実だと考えたのだろうと思います。

彼女はうなずいて言った、裏切りだと。

いや、と彼は言ったが、妙に強い調子になりすぎた――まるで抗議しているような感じになった――そこで頬笑んで、こう言った、それは少し大袈裟ですね。

彼女は頬笑んで訊いた、その必要を感じたことはないんですか。

やれやれ妙にしつこく掘り下げるじゃないか、と彼は言いたかったが、それは控え、頬笑んで、訊き返した、何をする必要を？

苗字を変える必要を。

ないですね、と彼はまた笑みを浮かべた。〝随分長くたったあとでも〟、それでは過剰補償の度が過ぎるように思います。

彼女はまた頬笑んで言った、ごめんなさい、お気を悪くされたようですね。それにしてもお元気そうですわ、こんなことを言うと失礼かもしれませんけど、お年よりずっとお若く見えます。

お世辞はいつでも大歓迎です、と彼は言って笑い声を上げ、含み笑いさえした。でもわたしが無縁坂《むえんざか》を息切れしながら昇るところを見たら、今のようには言わないでしょうね――無縁とは死者を弔う人がないという意味ですが、わたしはまさに死者のように見えるでしょう。

彼女はうなずいて、言った、それは『雁《がん》』に出てくる坂ですよね。その坂の上に住んでいらっしゃるなんて――素晴らしいわ。

鷗外《おうがい》をご存じとは、それこそ素晴らしい、と彼は言って、にっこり笑った。日本の文学者に比べて、外国人研究者はあまり取り上げませんからね。

　彼女は頬笑んで言った、無縁仏のように、思い出してくれる人がいないわけですね。

　実際のことを言うと、無縁坂はどうやら坂の近くにあった無縁寺というお寺にちなんでいるようですね、そのお寺は、江戸で死んだ旅人で、身元不明のために郷里の身内に知らせることができない人を葬ったと言われている、それで無縁仏の寺なのです。

　彼女はうなずいて、また言った、素晴らしいですわ。

　ええ、そうですね、と彼はうなずく。まあ坂を昇るのは大変ですが、わたしは恵まれていますよ。通りをはさんでその向こうが旧岩崎邸でね、わたしの部屋の窓からも見えるんです、とくに冬の間は、木の葉に邪魔されませんからね。窓から重要文化財が見えるというのはあまりないことですよ。

　彼女は頬笑んで、言った、本郷ハウスですね。

　あんたは何者なんだ、と訊きたいのを堪えながら、彼は女を見た、この時初めて、まともに見た、この女が何者であるかを見抜くために。ちんまりした顔のわりには口が大きく、唇が厚く、鼻と目も大きい、その目が、彼を見ていた、じっと見つめていた。一体わたしに何の用があるんだ、と訊くことはせず、代わりにメニューを取り上げて、注文しましょうかと言った。

　彼女は頬笑んで、お勧めは何ですかと訊いた。

　お勧め、お勧め、と繰り返しながら、彼は精養軒のラミネート加工をしたメニューをめくった、もう何度もしたことのある動作であり、この店に来るたびにしている動作なのだが、これが最後かもしれないという感じがし、なぜこれが最後かもしれないと感じるのだろうと考えながら、瞬きをしつつ、これまた以前に何度もしたことがあるとおりに、ハッシュトビーフ・ウィズ・ライスは嫌いだという人がまずいませんよ、と答えた。

　彼女はうなずき、よさそうですね、と応じた。

　この店の自慢の料理です、と彼は言ってメニューを閉じ、ウェイトレスに手で合図をした。で、わたしは大抵ビールを飲むんです。ほんとはいけないんですが、まあいいことにします。あなたはどうします？

　彼女は頬笑んで、言った、いいですね。

　ハヤシライス二つ、と彼はにっこりして日本語で注文した。それとビールを二杯お願いします。

ジュリア・リーヴはウェイトレスのほうを向き、頬笑んで、やはり日本語で言った、すみません、やっぱりわたしは鯛のワイン蒸しをください。

お飲み物は、とウェイトレス。

ジュリアはまた頬笑んで言う、結構です、ありがとう。

少々お待ちください、とウェイトレスは言い、メニューを受け取り、同情する目でドナルド・ライケンバックに頬笑みかけた。

ジュリア・リーヴは前に身を乗り出し、テーブルに両手をついて、にっこり笑って言った、そんな顔をしないで。今日は金曜日ですよ。

少なくともあなたは菜食主義者ではないようですね、と彼は言った。

彼女はうなずき、言った、もちろん違います。以前テキサスに住んでいたこともありますし。

そうですか。で、今はテキサス在住ではない?

彼女はまたうなずいて、違います、と答えた。

じゃ、どちらからいらしたんですか、と彼は訊いた、攻守交替だ。

彼女は頬笑んで、あちこちから、と答えた。

そのアチコチという町は地図のどの辺に載っていますか、と彼はにこやかに、遠慮なく押していく。

彼女はうなずいて、父が軍人だったんです、と言う。

そうですか。日本にもいらしたことがあるんですか。

彼女は頬笑んで言った、短い間、保養休暇《R&R》で。

ヴェトナム戦争ですね。

彼女はまた頬笑み、言った、戦闘中行方不明兵《MIA》です。

お気の毒に、と彼は言い、本当にお気の毒に、と重ねた。

彼女はうなずいて、言った、あなたも戦争に行かれましたね。

ええ、でも全然別の戦争です。

ウェイトレスがメインの料理二皿と、サラダ二つ、それに彼のビールを持って戻ってきた。

ジュリア・リーヴはナイフとフォークをとり、ドナルド・ライケンバックに頬笑みかけて、イタダキマスと言った。

乾杯、と彼は言ってビールのグラスを持ち上げた。

彼女はナイフとフォークを置いて、自分の水の入ったグラスをとり、彼のグラスと触れ合わせ、うなずいて、乾杯と言った。

　水杯は縁起が悪いですよ、と彼は言った。

　彼女は頰笑んだ。知っています。

　縁起かつぎはしないと。

　彼女はうなずいた。ええ。あなたはします？

　いや、最近はしない、と彼は言い、ビールを一口飲んで、グラスを置き、スプーンを取り上げた。

　二人はときどき笑みを交わし合うほかは黙々と食べたが、彼女があと少しで食べ終えるという時、すでに食べ終わった彼は、先手を打つ恰好で、こう質問を投げかけた、で、どうして日本へいらしたんです。

　彼女はワイン蒸しの鯛の最後の一切れを食べ終え、ナイフとフォークを置き、ナプキンで口元を拭いた。そして水を一口飲んでから、うなずいて、母のことでちょっと、と言った。

　ああ、と彼は言い、安堵の吐息を漏らすまい、嬉しさのあまり飛び上がるまいと、気を張った。早くそうおっしゃってくれればよかったのに。一緒にいらっしゃれなかったんですか。

　彼女は笑みを浮かべた。来ても楽しいお喋りはできませんでしたわ。癌で、もう死にかけていますから。

　ああ、と彼はまた言い、お気の毒に、とまた言った。

　彼女はうなずいた。もう長くありません。

　でも、こちらにいらっしゃるんですか。

　彼女はまたうなずき、それから言った、いえ、インディアナに。

　それなのにあなたは日本に来たのか、と彼は訊きたかったが、その時ウェイトレスが食器を下げにきて、デザートはいかがしましょうと訊くので、彼は首を横に振り、わたしはよしたほうがよさそうだと答えた。

　ジュリア・リーヴはうなずき、それから言った、でもビールをもう一杯召し上がりません？　わたしが珈琲をいただく間に。

　そうですか、それなら、と彼はにんまりした。

　彼女は笑みを返して、ええ是非、と言う。

　彼はビールと珈琲を注文し、今度は訂正も入らなかったので、ジュリア・リーヴのほうへ向き直り、頰笑み、それからまた言った、お母さんのことは本当にお気の毒です。

　彼女はうなずき、母もこちらにいましたと言った。

日本に、と彼は無駄な念押しを、高調子の声でした。

彼女は頬笑み、占領軍の職員として、と言った。

なるほど、と彼は言った――これで話が見えてきた――ウェイトレスが珈琲とビールを運んできた、彼はビールのグラスを、ウェイトレスがテーブルにきちんと置ききらないうちに、ほとんどその手から受け取るようにして手にとった。

彼女はうなずいて、母はあなたを知っていました、と言った。

あなたのお母さんは、と、彼はグラスを置かずに尋ねた。

彼女は頬笑んで、グロリア・ウィルソンですと答えた。それは随分、と彼は言った。耳の中で、心臓の中で、いくつもの鐘が鳴りだした。随分と昔の話だ。申し訳ないけど。

彼女はうなずいた、母はあなたの奥様も存じ上げていました。

わたしの妻、と彼はまた声を高めて言った。

彼女は頬笑んで、ええと言った。

メアリーを。

彼女はまた頬笑み、言った、ええ、メアリーさんを。

妻は、と彼は言いかけて、グラスを口に運んだが、もうビールはなくなっていた。

彼女はうなずき、言った、また頼みます？

何を？　と彼は言い、グラスを置いた。

彼女は頬笑んだ、ビールですわ。

いや、いい、彼は腕時計に目をやった、腕時計は袖の中に隠れていた。よそう。医者の命令だ。

彼女はうなずいて言った、いいじゃありませんか、思いきって。

まああなたがそう言うなら、と彼はつぶやき、瞬きをし、それからハンカチを出して、眼鏡をはずし、目を拭いている間に、彼女がビールを注文した。ありがとう。

彼女は彼がハンカチをしまい、眼鏡を鼻に戻し、ビールを待つのをじっと見つめ、彼がビールを一口飲むのを待ってから頬笑み、言った、二人は連絡を取り合っていたんです。

あなたも知っていたのかな、わたしの妻を。

彼女はうなずきながら、いいえと言った。

なるほど、と彼はまた言った、それから、申し訳ない、とまた言った。もう随分昔の話だ。わたしは年寄りで、道に迷ってしまった。

彼女は頰笑み、言った、そんなことおっしゃらないでください。

でもそうなってしまったんだ、彼はささやき声で言い、ビールのグラスを両手で握った。完全に道に迷ってしまった。助けて欲しい。

彼女はまた頰笑み、言った、だから来たんです。それなら助けてくれ。お願いだ。

彼女はうなずいた。母が、あなたなら知っていると言いました。

何を、と彼は言った——でも君はもう知っているんだろう——すると彼女が手を伸ばしてきて、彼の手から濡れたグラスをとり、彼の湿った両手を自分の両手で包み、力をこめた。

彼女は頰笑んだ。ハリーの身に何が起きたかを。

ハリーって誰だ、彼は口の中で不明瞭に言う。

とぼけないで。ハリー・スウィーニーよ。

彼は手を引っ込めたが、彼女はすでに手を離しており、彼の手は飛ぶように戻って、ビールのグラスをテーブルから叩き落とし、グラスは床で砕けた。

母が知りたがっているから、教えてあげたいんです。

周囲の客がこちらを見た。ウェイトレスが駆けつけてくる、彼は立ち上がって周囲の人とウェイトレスに詫び、財布を出して開いた——

母は知っています、あなたが知っているって……

一万円札をテーブルに放り出し、椅子を後ろに押して、手振りでウェイトレスを押しとどめながら、あたふたとドアに向かった、出入り口まで行って、外に出た——

あなたは支局長だったんでしょう。

ここではみんな狂っているの、と彼女は言う。わたしは狂っている。あなたも狂っている。

黄色い家で、〈死の家〉で、とっつきの広い部屋の影の中、テーブルのそばの椅子に座って、おまえは庭の門が開く音を聞いた、小径をやってくる足音を聞いた。それから玄関のドアの鍵が回り、ドアが開き、また閉じる音を聞いた。おまえは彼女がとっつきの部屋に入ってくるのを見た。彼女は背が高い、おまえより高い。髪は金髪だ、おまえのより鮮やかな金髪だ。彼女の左手はコートのポケットの中、おまえは彼女が影の中を歩くのを見た、彼女がテーブルの椅子に座るのを見た、それから言葉を聞いた、彼女の口から出る言葉を聞いた、そして今、おまえは彼女に頬笑みかけ、彼女に言う、わたしが狂っているとなぜ分かる？

狂っているに違いないわ、でなければここへ来るはずがないから。

君自身が狂っているというのはなぜ分かる？

あなたがここへ来るのを待っていたからよ、と彼女は言う。左手をまだテーブルの下で、ポケットの中に入れたまま、右手をテーブル越しに差し出してきた。薄暗い光の中に手を青白く浮かび上がらせて、今彼女はおまえに頬笑みかける、そしておまえに言う、なぜならわたしはメアリーだから。

影の中、テーブルの向かいで、おまえは彼女の手をとり、その手を握り、握手をし、言う、そしてわたしはドナルドだ。

彼女はおまえの手を離さず、一層強く握って言う、わたしたちは結婚すべきだとフランクは考えているわ。

でもまだ知り合ったばかりだ、とおまえは言う。二人とも故郷を遠く離れて暮らしている。君のお母さんは何と言うだろう。

彼女はさらに手に力をこめておまえの手を握る。もう片方の手はテーブルの下にあり、まだポケットの中にある。彼女はおまえの目を覗き込み、言う、もう訊いてみたわ、ドナルド。

返事は、とおまえはささやく。

どういう返事だといいと思う？

黄色い家で、〈死の家〉で、テーブルの椅子に座り、左手をテーブルの上に置き、テーブルの上にぺたりと掌をつけ、おまえは唾を飲む、そして言う、賛成してくれたのならいいと思うよ。

してくれたわ、ドナルド、賛成してくれたわ、わたしも賛成なのよ、と彼女は言い、おまえの手を一度ぎゅっと握り締めてから離し、左手を出す、コートのポケットから拳銃を出す、拳銃をテーブルに置き、また頬笑み、言う、仕事のためになるから。

ああ、とおまえは言う、心臓がなおも激しく打ち、汗が背中を流れる、おまえは拳銃を見ず、もうすぐ妻になる女に笑いかけながら、仕事のためにね、メアリー、と言う。

　彼女は拳銃を置いたテーブルを立ち、戸棚へ行き、その扉を開け、瓶を一つとグラスを二つ出し、テーブルに戻り、拳銃の横に瓶とグラスを置く。瓶のコルク栓を抜き、二つのグラスに中身を注ぎ、一つをおまえに手渡すと、自分のグラスを掲げる。幸福な結婚に乾杯！

　おまえは銃を置いたテーブルを立ち、グラスを持ち上げ、彼女のグラスと触れ合わせ、言う、幸福な結婚に乾杯！

　彼女はグラスを唇につけ、おまえもグラスを唇につけ、だがおまえは飲まず、彼女も飲まない。おまえは待つ、おまえは見つめる。彼女も待つ、彼女も見つめる。今、彼女は頰笑む、哀しい笑みを浮かべる、それから一口飲む、大きくごくりと飲む、それからまた頰笑む、幸福そうな頰笑みを浮かべる、そして言う、幸福な結婚は信頼の上に築かれるのよ、ドナルド。

　では信頼に乾杯、とおまえは言う、そして一気に酒を飲み干す、それから彼女が一気に飲み干すのを見つめる。おまえは瓶に手を伸ばす、彼女がおまえの腕に手をかける――

　わたしたちは仕事をする必要があるわ、と彼女は言い、おまえの頭に手を触れる、髪の中に指を入れる。彼女はおまえの顔を引き寄せ、おまえの唇を自分の唇に引き寄せる。二人の口が合わさり、舌がからみ合う。黄色い家で、〈死の家〉で、今おまえは仕事をしに行く、おまえは仕事をしに行く。

　〝**夕映えの中**《イム・アーベントロート》、**夕映えの中**《イム・アーベントロート》〟、彼はベンチに座っていた、**我が故郷**《マイナー・ハイマート》、不忍池のほとりの、自分のベンチに座り、**我が故郷**《マイナー・ハイマート》、ポリ袋に入れた缶ビールを飲んでいた。〝**わたしたちは朝と昼に飲む**《ヴィア・トリンケン・ディッヒ・モルゲンス・ウント・ミッタークス》、**わたしたちは君を晩に飲む**《ヴィア・トリンケン・ディッヒ・アーベンツ》〟。手をまた袋に入れ、缶を口へ運び、一口また一口と飲んだ。〝**わたしたちは飲みに飲む**《ヴィア・トリンケン・ウント・トリンケン》〟。ビールをちびりと飲み、池の蓮を眺める、蓮は萎び、縮み、立ったまま死に、皺み、茶色くなり、もろくなり、衰滅の相にある、それを見つめながら、ビールをちびりと飲んだ。

〝**わたしたちは飲みに飲む**《ヴィア・トリンケン・ウント・トリンケン》〟。最後の缶を飲み干し、空の缶をつぶし、袋に戻し、袋の持ち手を結び合わせ、ポリ袋の包みをつくる。**夕映えの中**《イム・アーベントロート》、**夕映えの中**《イム・アーベントロート》、彼はベンチから腰を上げ、反時計回りに歩き、もと来たほうへ引き返し、池の周りを回ってゴミ入れのところまで来ると、ポリ袋の包みを捨て、それから池を含む公園を出、不忍通りと都道四五二号線の交差点で立ち止まり、信号が変わるのを、青に変わるのを待った。

彼は通りを渡り、左に進んでコンクリートとネオンの街に入り、食べ物屋や酒場の並ぶ裏通りを縫い、肉を焼き魚を揚げる匂いの中を歩き、肉を握ったり吸ったりする奉仕の勧誘を受けながら、路地の迷路を抜け、春日《かすが》通りに出ると、その春日通りを横断し、別の裏通りに入り、とある居酒屋に、行きつけの居酒屋に、希望をかけ、最後の希望をかけて、入っていった。

店の主に挨拶をし、常連客に会釈をしてから、長いL字形カウンターの、テレビにあまり近すぎず、しかし、そこそこ近い席に腰かけた。まずはいつも食前酒として飲む酒と、鰺《あじ》フライを注文した。主《あるじ》は彼がキープしている焼酎と、角氷を二つ入れたグラスを彼の前に置いた。彼はありがとうと言い、手酌《てじやく》でたっぷり酒を注ぎ、ちびちび飲みながらテレビを見た。天皇の容態は思わしくなく、血圧は下がり続けていた。輸血を何度も繰り返しているため、もはや適切な血管がなかなか見つからない状態になっていた。だが容態は悪化していても、天皇は意識を失っていなかった。可哀想な人だ、可哀想な人だ、と彼は思ったが、声に出しては言わない、もちろん、ここで言うのは適切ではなかった。それでも小さな笑みを口元に浮かべて魚を食べ、焼酎を飲みながら、テレビを見て、天皇報道やその他のニュースに耳を傾けた。ブッシュが圧倒的な勝利をおさめ、竹下《たけした》首相が打電をして、現副大統領の次期大統領当選を日本人は〝大変めでたく思い希望を感じている〟とする心のこもった祝意を表した。元CIA長官が大統領か、と独りごち、また腕時計を見て、こう考えた、待ち人は来るだろうか、もし来なかったらどうしよう、どう対応しよう。

また煙草を吸っているんだね、と兼原《かねはら》は舌打ちを一つしてから言い、カウンターの、ドナルド・ライケンバックの隣の空席に腰を下ろした。やめたと言ってたじゃないか。誓ってやめたって。

ドナルド・ライケンバックは溜め息をつき、煙草を揉み消し、言った、すまない。やめたのを忘れていた。

ぼくはいいけどね、と兼原は言った。そしてビールを注文し、自分も煙草に火をつけ、一吸いし、言った、何でもしたいことをしたらいいんだ。

ドナルド・ライケンバックは少しだけ兼原のほうを向き、腕にそっと手を触れて、言った、そういうのはやめておくれ。

そういうのって何だい。兼原は笑って身を遠ざけた。

分かるだろう、とドナルド・ライケンバックは言い、瞬きをし、ハンカチをとろうとポケットに手を入れた。そんなに冷たくしないでおくれ。

よせよ、と兼原は小声で低く、鋭く言い、煙草をはさんだ手をドナルドの口にあてた。また騒ぐんならぼくは帰るよ。

ドナルド・ライケンバックは唾を飲み、眼鏡をはずし、目を拭いて、眼鏡を拭いて、それからまた眼鏡をかけた。顔を上げ、カウンターの中の少し離れたところへ目をやって、空のグラスを持ち上げ、店主に、氷をもう少し、と頼んだ。

それと、またぐでんぐでんに酔っ払う気ならぼくは帰るからね、と兼原は声を潜めて言う。もう嫌でたまらないんだ。

酔っ払う気はないよ、ぐでんぐでんにも、どんな風にも、とドナルド・ライケンバックは言い、頰笑もうと努めながら、焼酎の瓶に手を伸ばした。ただ、嬉しいんだ、感謝しているんだ、君が来てくれて。正直言って、来てくれないかもしれないと思っていた。ありがとう。

もう酔ってるじゃないか、その顔、その匂い、と兼原は言い、ドナルド・ライケンバックの手から瓶をとり、新しい氷を入れたグラスに少しだけ焼酎を注いで、言った、この前あんなことになったから、来ないつもりだったんだ。ほんとに来たくなかったから来ないつもりだったんだけど——急な用があると言うからさ。

そうなんだ、とドナルド・ライケンバックは言い、両手でグラスを持ったが、持ち上げはしなかった。ほんとにありがとう、来てくれてありがとう、それと、悪かった、この間はほんとに悪かったと思っているよ。

兼原は生ビールを飲み干し、腕時計を見、二杯目のビールを注文して、言った、で、急な用って？

グレーテのことなんだ、とドナルド・ライケンバックは言った。

兼原はまた一本煙草に火をつけ、煙を天井に吹き上げて、首を横に振り、嫌だ、と言った。

何が。

あんたの郵便物を取り込んで、鉢植えに水をやって、猫に餌をやって、猫のトイレの掃除をして、その間あたはまぶしい太陽の下で海水浴なんていうのは嫌なんだよ。

ドナルド・ライケンバックはまた瞬きをして、涙を涙腺にとどめたまま、目をしっかり開けていようと努め、それからまた唾を飲み込んで、込み上げる嗚咽を押し戻す努力をしたあと、一生懸命訴えた、お願いだ、グレちゃんだけが心配なんだ、わたしに何かあった時、グレちゃんはどうなるだろうと思うと——

そんなに心配なら、と兼原は声を低く抑えながらもまた語気を鋭くして言った、お酒をやめて、煙草を吸い過ぎないようにすりゃいいじゃないか。ぼくはくそ猫の世話なんてしないからね。あんたの世話だって御免だ。

ドナルド・ライケンバックは自分がぶるぶる震えているのを知っていた。カウンターの縁を両手でしっかりつかみ、その両手を見下ろしながら、ささやき声で言った、頼むよ、ヨシ、お願いだ。

嫌だからね、と兼原は言い、ビールのグラスをカウンターに叩きつけるように置いて、席を立ち、店を出ていった——

ほかの客たちがまた顔をこちらに向け、ドナルドを見た。店主が首を横に振り、ドナルド・ライケンバックに、もういい加減にしてくださいよ、二度と来ないでくださいね、あの人と一緒なんだったら、と言うと、ドナルドは立ち上がり、顔を涙で濡らし、恥辱で赤くしながら、何度も何度も謝り、代金を払い、それから長いカウンター沿いに進んで、沈黙した長いカウンター沿いに歩いて、ビーズの暖簾《のれん》をくぐり、引き戸を開け、居酒屋から外の路地に出た——

これ以上ぼくを脅迫するのは許さないからね、と外で待っていた兼原が食ってかかった。もうたくさんなんだ。

脅迫なんかしていないよ！

じゃあ何。

君を愛しているんだ。

嘘だ。あんたは人を愛したことなんてないし、これからだってない——愛してるのはあの猫だけだ。

そんなことを言わないでおくれ……

じゃ何を言えばいいんだい。

何をって……

ありがとうか。そう言って欲しいのか。

いや。そんなことは。ただ、ただ……

何。何なのさ。

広い通りから一本中に入った路地で、ドナルド・ライケンバックは両腕を前に伸ばし、両手を差し出し、両掌を兼原義孝《よしたか》のほうへ向けて、言った、わたしはただ、ただ、君に愛して欲しいだけだ、わたしが君を愛しているように。

うるさい、黙れ！　何が愛だよ、どこが愛だよ――兼原は路地の先に見えている広い通りのほうを指さした――向こうの公園で、暗がりの中へぼくを引っ張り込んで、ズボンのチャックを開けて、ズボンとパンツをずりさげて、あれをしゃぶる、ぼくの顔なんか見やしない、あれしか見ない――誰でもいいんだ。相手は誰でもいいんだ。

そんな風に思っていたのか。それは……

ほかにどう思うっていうんだ。そうなんだから。

いやそうじゃないよ……

そうだったよ。暗がりでしゃぶる、公園でやる――相手は誰だってよかったんだ。

最初はそうだったけど……

だったけど、何。何なの。ぼくはあんたの娼婦で、看護婦で、コックで、掃除婦で、猫の世話係。ぼくは莫迦だから、何遍もあんたに会っちまった、あんたの泣き落としにひっかかってさ――

違うんだよ、とドナルド・ライケンバックはささやき、体を震わせ、それから兼原義孝の脇をすり抜け、ふらつく足取りで広い通りのほうへ歩きだした――

ああ、もう行け行け、と兼原はドナルドの背中に声を浴びせた。行っちまえ、ザザへ行け、若い子に慰めてもらったらいいよ、涙なんかすぐ乾くさ――ぼくが知らないなんて思うなよ、二度と電話してくるなよな。

彼は交差点で待った、信号が変わるのをではなく、手を待った、手が腕にかかるのを待った、が、手は来なかった。信号が変わり、彼は通りを渡った、まだ震えていた、ぶるぶる震えていた。ほとんど目が見えず、物が考えられないまま、通りを横断した。慌ただしく押し合い、ぶつかり合いながら、バブル景気の泡《バブル》にまみれて、死にゆく者、死に瀕している者、ほとんど死んでいる者への敬意もなく。彼は転びそうになった、ほとんど転びかけた、ほとんど、しかし、結局転ぶことはなく、通りの反対側にたどり着き、体勢を立て直し、それからまたよろよろ歩きだした。本通りを離れ、また横丁に入り、水溜まりにネオンの映る、煙の漂う、提灯のぶらさがった横丁を通り抜け、また不忍通りに出、不忍通りを渡り、また池のほとりへ――

池は暗かった、公園は暗かった、なじみの池、なじみの公園は、暗くて静かで、静かで、静まり返っていて、彼は遠回りをした、遠回りに池の周りを回った、反時計回りに歩いた、時計の知恵に反して歩いた、時間に逆らい、この時代に逆行して歩いた。左手に池、右手に街、ピンク映画館へ上がる階段の前を通り、安ホテルの裏を通り、木々の下を通り、木々の影の中を通る、ブランコや滑り台はまだ影の中に沈んでいる、まだ木々の下が続く、ホームレスが段ボールの囲いの中の、防水シートの上に寝ている、日ごと、夜ごと、徐々に数多く、彼らは戻ってくる、戻ってきた。動物園の前、動物園の出口の前で、彼は向きを変え、ふたたび左に曲がり、弁天島《べんてんじま》に渡り、弁天堂の境内を通り抜け、照明で金色と赤が映え、夜の闇に暖かな光をひろげ、空気の中にはまだ香の匂いが漂い、茎が、枯れた蓮の茎が、空気の中で、夜気の中で、さらさら、かさかさと音を立てる。**夜の、夜の中で**《イン・デア・ナハト・デア・ナハト》、弁天堂を回り込み、弁天堂の反対側に出、それからまた左へ行く。**暗闇から暗闇へ**《フォン・ドゥンケル・ツー・ドゥンケル》、ボート池のほとり、紫陽花の散歩道を通って、ベンチに、彼のベンチに戻る。また、さらさら、かさかさと、茎が鳴る、枯れた蓮の茎が鳴り、またしても誘惑が、酒の誘惑が襲ってくる。〝**わたしたちは朝と昼に飲む**《ヴィア・トリンケン・ディッヒ・モルゲンス・ウント・ミッタークス》、**わたしたちは君を晩に飲む**《ヴィア・トリンケン・ディッヒ・アーベンツ》〟、考えずに飲めという誘惑が、**夜の、夜の中で**《イン・デア・ナハト・デア・ナハト》、でも、駄目だ、今夜は駄目だ。この夜、彼は歩き続けた、ずんずん歩いた、彼のベンチをやり過ごし、誘惑をやり過ごした。**暗闇から暗闇へ**《フォン・ドゥンケル・ツー・ドゥンケル》、池から離れ、公園を出て、彼の池から離れ、彼の公園を出て、通りに出て、待って、横断して、不忍通りを横断して、坂道に戻った、いつもの坂道に――

無縁坂を彼は昇った、思い出されず、悼まれない、引き取り手のなかった死人たちの坂を、ゆっくりと、ゆっくりと歩いて上り、また影の中を抜け、木々の下を通った、旧岩崎邸庭園の木々の枝の間を吹き抜ける風がまた高まる、また影の中を行く、塀の脇を上る、煉瓦と石の塀の脇を昇っていく、ゆっくりと、ゆっくりと歩いていく、影の中を抜け、塀の脇を通り過ぎ、考えないようにした、自分の思考に耳を傾けないようにした、煉瓦と石の塀、闇を自分の中に取り込まないようにした。**暗闇から暗闇へ**《フォン・ドゥンケル・ツー・ドゥンケル》、彼女は頰笑んだ、彼女は――

違う、と口から声を漏らす、坂の上でそうつぶやく、それからまた、違う、と独りごちて、足を止め、乱れた息を整え、高鳴る心臓を鎮めた。違う、違う、そうつぶやき、左に折れ、もう一度左に折れた、それから今度は右に曲がり、狭い通りを横切り、住んでいるマンションへまっすぐ足を向ける、マンションは夜目にも白く浮き上がり、風に今は雨も加わった。玄関を通り、ロビーに入る、ロビーは柔らかな黄色に塗られた暖かな空間で、暖かで安全で、その郵便受けの前を通り、郵便物の有無を確かめもせず通り過ぎ、早足に歩いた、今や早足になっていた。エレベーターに乗り、自室のある階まで上がり、廊下を歩いて部屋の前まで来た。すでに手にしている鍵を、鍵穴に挿し、鍵を回し、ドアノブを回し、ドアを開け、中に入った、ドアを閉め、施錠した。ドアに背を向け、玄関ホールの闇の中に立ち、彼はまた息を整えた、それから電灯のスイッチを入れ、瞬きをし、また涙声で、呼びかけた、タダイマ、ぐれチャン。タダイマ、パパだよ、今帰ったよ、タダイマ……

オカエリナサイ、とグレーテは喉を鳴らしながら言い、彼の脛に、ふくらはぎに、頭をすりつけ、彼の脚の間に、ズボンをはいた脚の間に入ってきた。彼は猫を抱き上げ、腕に抱き、靴を脱ぎ、廊下に上がった。抱いた猫を撫でながら、短い廊下を歩き、木の床が滑らかな、電灯のついていない居間兼食堂兼台所を通り抜け、寝室に入り、ベッドの上に乗って、また猫を撫で、さらに撫で続けて、こう言った、よしよし、おなかが空いているだろうねえ、でも、ちょっと話があるんだよ、考えなくちゃいけないんだよ、グレちゃんとパパと、二人でね……

雨が、風が、窓を打つ、ガラスを打つ、夜の微かな光が、夜が、部屋をよぎっている、その部屋の中、彼はベッドの上で、仰向けに上体をぐったり倒した、猫は両腕の中、胸の上で、まだしっかり抱いて、その猫は、頭を、背中を、撫でられて、喉を鳴らしている、彼は猫の毛並みと肉と骨の感触を両手に感じながら、体を震わせ、溜め息をつき、言った、心配しなくていいよ、心配しなくていいからね。パパが何か考えるから、何とか解決するから……

より激しく、より強く、風が、雨が、窓ガラスを叩く中、グレーテは喉を鳴らすのをやめ、彼の目を覗き込んでいた。猫の目が、彼の目を覗き込む、彼の中を覗き込む、彼の奥深くを覗き込む、彼に問いかけてくる……

グレートヒエンの問い《アイネ・グレートヒエンフラーゲ》を、その目は問いかけてきた、闇の中で、夜の中、風と雨の中で。グレートヒエンの問い、難問、風の中、雨の中で、彼の心の中で、魂の中で。信仰についての問い、神を信じるかどうかという問いを、彼の心の中、魂の中で、今や嵐となった風と雨の中で。

またしても嵐《ヴィーダー・アイン・シュトルム》。

つむじ風の中、ドンとメアリーはつむじ風のようなロマンスを経て、一ヶ月足らずで結婚する。メアリーはおまえに第一ホテルを出て、あの家へ、黄色い家、〈死の家〉へ、移ることを望む。メアリーは極東放送網に勤務している。二人はその家に住むことで合意する。外交局もそれを認め、おまえたちがその家に住むことを許可する。GHQは渋ったが、結局同意し、おまえたちがその家に引っ越すことを承認する。黄色い家はペンキを塗り直し、階段を修理し、きれいに掃除をして空気を入れ替えた。もうそれは〈新婚夫婦の家〉ではない、今は〈死の家〉だ。メアリーはコックを見つけて雇い、家政婦を雇い、庭師まで雇う。メアリーには金がある、遺産なのか自分で稼いだのか、奇麗な金なのか汚い金なのか、本人は言わないし、おまえも尋ねない。豊富な金と人脈を持っている、そう、人脈も豊富だ。メアリーは多くの人を知り、多くの人がメアリーを知っている。彼女は家の門戸を開放する、黄色い家を開放する、ほぼ毎日の夕方と、週末は一日中。つむじ風、社交のつむじ風が吹く。これも仕事のうちなの、仕事のうちなのよ、ドン、と彼女は言う。飲み物、食事、接待、パーティー。ドンとメアリー、主にメアリー、メアリーは占領者と被占領者から警戒心を取り除き、占領者と被占領者を魅了する。にこにこ頬笑み、笑い声を上げながら、聞き耳を立て、人がうっかり口を滑らせて何かの秘密を漏らすよう仕向ける。これが仕事なの、仕事なのよ、ドン。それから夜遅くまで客たちとの会話を思い出し、記録し、ファイルにまとめ、報告する。それが仕事、日常業務、日常の過程。これが毎日の生活、夫婦生活、メアリーとの生活、一緒につむじ風の中で生きる。夜ごと、日ごと、来る日も来る日も、来る夜も来る夜も、秋から冬、冬から春と、つむじ風は吹き続ける。世界が回る、風が吹く、変えていく風が、変わりゆく世界を吹き渡る。ホイッテカー・チェンバーズが下院非米活動委員会で、ハリー・デクスター・ホワイト、アルジャー・ヒスらが共産主義者であることを証言する。大韓民国が、次いで朝鮮民主主義人民共和国が、建国される。ニューヨークのフォリー・スクエアにある連邦裁判所ではアメリカ共産党の指導者十二人の裁判が始まる。アメリカ大統領選挙では現職大統領ハリー・S・トルーマンが、あらゆる世論調査の予想を裏切ってトマス・E・デューイに勝利する。極東国際軍事法廷は七人の日本人指導者に死刑判決を言い渡す。一九四八年十二月二十三日、七人全員が東京の巣鴨プリズンで絞首刑に処せられる。〝目に物見せてやれ《ギヴ・エム・ヘル》、ハリー！〟が選挙スローガンだったトルーマンは、死刑囚たちが吊るされている写真が新聞に掲載されることを望む

が、マッカーサー、別名〝穴ごもりのダグ〟、別名〝アメリカのシーザー〟は、ローマからの指令に逆らう。これ以上日本人に屈辱を与えてその敵意を煽ることをしたくないマックは、東京裁判に反対で、東条英機の〝最後の言葉〟に賛成していた。その言葉は概略次のとおり。米国と英国は取り返しのつかぬ間違いを犯した。第一に共産主義への防壁である日本を破壊した。第二に満州を共産主義の基地としてしまった。第三に朝鮮を南北二分して東亜に争いの基を作ってしまった。従って米英はこれらの問題を解決する責任を負っている。それ故私はトルーマン大統領の再選を喜ぶ。今述べた間違いが正され、問題が解決されねばならぬからである。日本は米国の指導のもとに戦争を放棄した。これが賢明な決定となるためには、他の諸国も同じことをやらねば駄目である。そうでなければ警察が仕事を放棄して犯罪者の天国を作るだけのことだ。戦争をなくすためには人間に欲心を捨てさせねばならぬ。しかし遺憾ながら欲心と戦争を放棄した国はこれまで一つもない。これは人間が欲心を捨て諸国家が戦争を放棄することの不可能を証《あか》し立てているであろう。故に第三次世界大戦は避け得ないのであり、そ

の立役者は米ソ両国となるであろう。この二大国は哲学と価値観が完全に異なり、衝突は不可避である。第三次世界大戦の戦場は極東、すなわち中国、朝鮮、日本であるだろう。このことに鑑み、私は米国に武力のない日本を防衛する計画を立ててもらいたいと思う。疑いもなくこれはアメリカ合衆国の責務である。日本人八千万人の生存して行ける方途を講じなければならない。変えていく風が、変わりゆく世界を吹き渡る、冷たい風、冷たい世界、白と赤、赤と白のつむじ風。夜ごと、日ごと、来る日も来る日も、来る夜も来る夜も、風が吹き、やがてある夜、ある夜、彼女がおまえのドアをノックする、おまえの部屋に入ってくる、おまえのベッドに腰かける、おまえに一冊のファイルをよこす、その開いたファイルには、一枚の写真、彼女は言う、メアリーは言う、これがその男よ、ドン、これがその男——

９　路線の終点

一九四九年夏、一九八八年冬

〝鉄道を愛する男〟は、毎朝八時十五分から八時三十分の間に、大田区上池上の英国風の邸宅を出る。毎朝、四一年型の黒いビュイック、プレート番号４１１７３番に乗り込む、自動車は国鉄の所有、専属の運転手は大西。ほとんどの朝、彼は大西に、丸の内にある国鉄本社へ直行するよう命じる。彼は最近、新たに発足した日本国有鉄道公社の初代総裁に任命されたところだ。〝鉄道を愛する男〟、鉄道を愛し続けてきた男にとって、この職は夢の実現、〝鉄道を愛する少年〟だった頃からの夢の実現と人は思うだろう。

　学校時代の渾名《あだな》は〝鉄道先生〟だった、北は北海道稚内《わっかない》から南は九州鹿児島《かごしま》までのすべての駅名を——記憶で、そらで——唱えることができたからだ。駅名ばかりか、時刻表や、車両の形式称号や車両番号、各列車の連結車両数なども暗記していた。その後、東京帝国大学工学部を卒業し、鉄道省運輸局に就職。この当時〝フクロウ〟と渾名されたのは、一つにはロイド眼鏡のせいだが、話しかけられるとゆっくりそちらに顔を向ける癖があるのも理由だった。彼はどの部署にいても同僚の受けがよかった。胃腸が弱いので酒は飲まなかったが、その代わりに手品をして人付き合いを円滑にすることを覚えた。母親孝行は有名で、鉄道省の面接で一番尊敬する人は誰かと訊かれた時には母ですと答えた。良き夫であり、四人の息子の良き父親でもあった。一九三六年二月から一九三七年十二月までの約二年間、世界の鉄道を視察する旅行に出ていた間、六百五十通近くの手紙や葉書を日本で待つ妻子に送ったものだ。兵役法改正や国家総動員法制定により、総力戦の体制が整えられた時代。一九三九年、下山は陸軍参謀本部第三部（運輸および通信）に出向した。〝任務〟で樺太《からふと》、満州、中国、朝鮮、仏印《ふついん》に出かけ、その後、香港、タイ、シンガポール、とくにマレーシアなど東インド諸島には二度派遣された。一九四一年七月には内閣企画院の技師として輸送の責任者となっていたが、その彼には構想があった。戦争に勝利するためには輸送を効率化しなければならない。効率化するためには近代化と規格化が不可欠だ。近代化と規格化には技術の急速な進歩が必要になる。技術を急速に進歩させる方法は専門の独立した機関の創設以外にない。官僚と政治家と軍人への根回しが成功して、一九四二年一月に技術院が設置され、下山は第一部門第一課の課長として総務を統括した。上司や同僚や部下はみな、下山が技術者の仕事と官僚の仕事を巧みに両立させる稀有な才能の持ち主であると認めていた。科学技術の問題を非専門家に分かりやすく説明することができたのだが、この能力はとりわけ軍部に対する関係で有益だった。人に会う時は必ず事前に念入りな予習をする——どこで生まれ、どこの高校大学を出たか——一説によれば、この政治的才能は裁判官だった父親譲りだということだ。だが家族はそうした政界や軍部への働きかけが彼の健康を蝕んでいることを知っていた。過労や胃潰瘍《いかいよう》で何度も入院したことがあった。家族は知っていたが、下山は早く戦争が終わって鉄道省に戻れるようになればいいとだけ願っていた。鉄道の世界を恋しがっていて、その世界から離れていることで鉄道への熱い愛が一層深まるのだった。一九四四年に望みがかない、鉄道省の本省勤務に復帰して、鉄道総局業務局長になったが、かなったのは望みの一部にすぎなかった。戦争は敗色の濃い中でもまだ続いていたからだ。夜ごと夜ごと、空から降る破壊の雨は激しさを増すばかり、日ごと日ごと、鉄道の運行を続けることがますます難しくなってくる。鉄道の運行は続けなければならない、鉄道はこの国の生命線だ、そして下山はこう書いた、もしわたしが死ぬとしたら、死ななければならないとしたら、わたしは自分の最も愛するもののため、鉄道のために死にたいと思うし、また死ぬつもりでいる。

しかし彼は死ななかったし、鉄道のほうも、かなりの部分彼のおかげで、死なずにすんだ。敗北し降伏したあと、たちまち混乱が起き、次いで占領軍の統治が始まった時、鉄道施設の修復と業務の維持は死活問題となり、この時がおそらく下山にとって最良の時、最大の功績を上げた時であっただろう。鉄道の施設と車両が受けた被害は甚大で、壊滅的な状態とも言えたが、下山は独自の〝平行ダイヤグラム〟を考案して導入し、同じ線路で旅客列車と貨物列車を代わる代わる同じ速度で運行することを可能にした。単純な仕組みだが、思いつけたのは彼だけであり、鉄道大臣に採用を説得するのも彼にしかできないことだった。彼が考案した〝平行ダイヤグラム〟は、施設を修復し、輸送能力を改善しながら、信頼できる輸送業務を維持するのに不可欠であることが証明された。下山は日本の鉄道を救い、そのおかげで日本と日本人は生き延びることができたのである。この功績を評価され、下山は一九四六年三月に東京鉄道局長となり、一九四八年四月には運輸次官となって、ついに一九四九年六月、新生なった日本国有鉄道公社の初代総裁に就任し、専属の運転手がつく身分になったのだった。

だが〝鉄道を愛する男〟はさほど自動車が好きではなかった。だから八時十五分から八時三十分の間に、四一年型の黒いビュイック、ライセンス番号４１１７３番に乗り込んだ下山は、大西運転手に品川駅で降ろすよう指示することがあった。毎日でも汽車や電車に乗りたいのだった。国鉄に勤める者は幹部であっても毎日鉄道で通勤するのが望ましいというのが彼の考えだった。しかし自分が毎日鉄道を使うと自動車の運転手が失職してしまう。今はGHQの命令によって多くの職員が職を失おうとしている時期である。出勤するために品川駅の構内に入り、階段を上り、プラットホームに立ち、客車に乗り込む、すると新聞各紙の一面に躍っている見出しが嫌でも目に入る——

日本は米国援助依存を減ずべき時期、とドッジ警告／日本は収入以上の生活が長すぎた　日本政府は断固支出を削減すべし、とドッジ／労組は対決姿勢を鮮明に　闘争強化を計画／政府、五〇万人人員整理を予定　定員法案は来週国会提出／GHQ外出禁止令発令の意向　日本共産党と労組、戦後四回目のメーデーを計画／二六万七千人の人員整理決定　定員法により官公庁職員の上限八七万一千人に／法案可決により大量解雇が現実化　四一万九千人が首切り／鉄道新体制発足　日本国有鉄道公社が昨日より業務開始、総裁は〝幸運児〟下山定則元運輸次官……

下山の異名はもはや〝鉄道先生〟でも〝フクロウ〟でもなく、〝幸運児〟だ。だが登庁のために電車に乗り、新聞の見出しを読みながら、政府の命により、GHQの命により、自分が果たさなければならない任務のこと、国鉄職員十万人を解雇しなければならないこと、職員十万人とその家族が支払う代償のこと、自分と自分の家族が支払う代償のことを考えると、とても自分が〝幸運児〟だなどとは思えない。呪われている気分、不運を負わされた気分、数ヶ月前から命運が尽きている気分だ。

五月にはある友人に、どうなるかまだ分からないが、総裁に任命されるかもしれないと話していた。任命されたら、大量首切りという大変な仕事が待っている、もしかしたら殺されるかもしれない、と。総裁に就任し、国鉄労働組合の委員長から祝福の言葉を受けた時、どうも戸惑いますねと彼は言った。わたしはいつもポケットに辞表を入れてあります。提出するのにちょうどいい時機を待っているのです。下山は妻のいるところで自分の妹にこう言った、大量解雇は避けられないが、大勢の人間を首にして、自分は職に留まるというのはおかしなことだ、だからわたしは六月に辞職する。もう役人の世界からは足を洗う、と別の友人に言った。故郷《くに》に帰って二年ほど休養するよ。しかし彼は辞任できず、休養もできず、満足に睡眠もとれなかった。〝ストライキ問題〟のせいで眠れないし、食事も喉を通らないし、まともに物を考えることもできないんです、と東京鉄道病院の医師に話した。医師は〝軽度の神経衰弱症と胃炎〟と診断し、ビタミン剤を加えた葡萄糖《ぶどうとう》液の注射をし、睡眠剤にブロバリンを処方した。それでも眠れず、休養もとれず、辞職もできなかった。辞職させてもらえなかった。政府はスケープゴートを必要としていたのだ。下山は旧友の一人にこう言っていた、わたしは俎板《まないた》の鯉だ、あるいは、犠牲の山羊だ……

呪われ、不運を背負わされた気分の下山は、尾行され、監視されているように感じるが、その感覚は正しい。事実、尾行され、監視されている。国鉄本庁に向かう自動車の中、あるいは電車の中、あるいは執務室で、人と会っている場で、同僚たちや組合幹部との会議の席で、政治家やGHQの人間に面会している場で、誰に会っていても、どこへ行っても、彼はつねに見張られている。組合の人間に、GHQの人間に、メアリーとおまえに雇われた者たちに、見張られている、そのほかの者たちにも見張られている、おまえたちが雇ったのではない、おまえたちの知らない者たちに見張られている。一九四九年の夏、誰もが〝鉄道を愛する男〟を、〝幸運児〟下山定則を見張っている。

君はとても幸運だよ、ドナルド、とモーガン医師は言った。

全然幸運な気がしないがね。

気がするべきだよ、それだけ煙草や酒をやって、不摂生をしていることを考えると。どこも悪いところはないからね、少なくとも肉体的には、深刻な問題は何もない。精神的な面が問題なんだ。

でも薬は出してくれるんだろうね。

ああ、出すよ、モーガン医師は溜め息をつき、幅の狭い机に向き直って、万年筆を手にとった。

ドナルド・ライケンバックは唾を飲んで言った、少し多めに出してもらえないかな、頻繁に来なくていいように。

いいよ、モーガン医師は笑った。書く手を止めて、紙を一枚はぎとり、処方箋の綴りを置いた机に背を向けてこちらを向いた。ただし愚かしい劇的なことをしないと約束してもらうがね。

ドナルド・ライケンバックは処方箋を受け取り、首を横に振り、頬笑んで言った、もちろん約束するよ、ありがとう、先生。

乃木将軍の顰《ひそみ》に倣《なら》うなどというのはいかんよ、とモーガン医師はまた笑った。ヒロヒト崩御《ほうぎょ》の報を聞いて、湯島で『こころ』を再現というのはね。

ドナルド・ライケンバックはまた頬笑んで言った、その報を聞くのも時間の問題だね。

誰の場合もつねに時間の問題だ、モーガン医師は立ち上がり、ドアを開けに行った。

ドナルド・ライケンバックはまた唾を飲んで言った、前に話した女だが、会ったんだよ。

それはいい、と言うモーガン医師はもうドアを開けていた。外に出かけて人に会う。若さを保つ秘訣だ。

ドナルド・ライケンバックは言った、この場合は違うね。

ほう、モーガン医師はこれ見よがしに腕時計を見、それから廊下を見た。がっかりするような女だったか。

グロリア・ウィルソンの娘なんだ――覚えているかな。彼女はハリー・スウィーニーのことを知りたがった、彼がその後どうなったのかを。彼女は以前のわたしが何をしていたか知っていてね。メアリーの名前まで出したんだ……

モーガン医師はまたドアを閉めた。まだベッドの端に腰かけているドナルド・ライケンバックの前まで行った。ドナルド、グロリア・ウィルソンは子供を持たないまま癌で死んだんだよ、十五年前だか二十年前だかのことだ。その女は何という名前なんだ。

ジュリア・リーヴと名乗ったよ、ドナルド・ライケンバックはハンカチを出した。どうして死んだことを知っているんだ。

モーガン医師は首を振り、溜め息をつき、言った、めそめそしなさんな、君はあの女をほとんど知らなかったじゃないか。

別に彼女のことで泣いているわけじゃない、ドナルド・ライケンバックは眼鏡をはずし、目にハンカチをあてた。とにかく、どうして知っているんだ。

どうしても知りたいなら言うが、メアリーから聞いたんだ。

連絡をとりあっていたのか。

モーガン医師は笑った。妬《や》いてるのかね。

妬いてなんかいない、ただ訊いただけだ……

モーガン医師はまた首を振り、言った、クリスマス・カードとか、たまの手紙とか、その手の便りだよ――親愛なるマイルズ、グロリア・ウィルソンが死にました。メリー・クリスマス、そしてハッピー・ニュー・イヤー。愛をこめて、メアリー――その手の便りか。

いや、よく覚えてはいないんだが、とモーガン医師。とにかくメアリーが、グロリアは亡くなったらしいと言ったんだ。それだけだよ。最後のほうの手紙だな。最後の手紙じゃないだろうが。

ドナルド・ライケンバックはまた眼鏡をかけ、ハンカチをしまって言った、そんな話、今初めて聞くぞ。

なあ、ドナルド、モーガン医師は溜め息をついた、いい加減大人になってくれ、まだ間に合うから。

ドナルド・ライケンバックはモーガン医師をじっと見つめた。間に合うかな。そうだといいんだがね。ハリーのほうはどうなんだ。

スウィーニーか。彼がどうした。

メアリーは彼のことも書いてきたのか。

いや。書いてくる理由があるかね。

彼がどうなったか知っているんだろう。

メアリーは知っていた、君も知っているはずだ。

ドナルド・ライケンバックは、なおもモーガン医師に目を据えたまま、言った、いや、彼がどうなったかは、あんたから聞いたことしか知らないんだがね……

ドナルド、とモーガン医師は声を低くして言った。わたしが話したことが、真実彼の身に起きたことなんだ。体がよくなるとすぐ国に送り帰されたんだよ。

それからどうなったんだ。

わたしは知らない。

まだ生きているのか。

知らないんだ、ドナルド、本当に。

全然気にしていないんだな。

君も気にしないことだ。

ドナルド・ライケンバックはうなずき、ベッドの端から立ち上がって、言った、でも彼女は気にしていたよ。

誰が。

ドナルド・ライケンバックは視線を上げてモーガン医師の顔を見、頰笑み、言った、そのジュリア・リーヴという女がね。でも心配御無用だ、先生、彼女にはそう話しておくよ。

どう話すんだ、とモーガン医師は、行く手を阻んで言った。

あんたがわたしに言ったとおりにだよ。

わたしなら、とモーガン医師はなおも声を低めたまま言う、何も言わないな、いや、もうその女には会わないな。しょっちゅう電話が来るんだ。わたしの住所も知っているしね。

だとしたら、わたしなら、彼女にこう言うよ、今度電話なり何なりで煩《わずら》わせてきたら大使館に連絡をとるし、警察にも通報する、とね。

なぜそんなことを。

脅迫のように聞こえるからね。

ドナルド・ライケンバックはまた医師を見つめて言った、あれがなぜ脅迫なのかな。あなたの言っていることが実際の事の次第なら、わたしには何も隠す必要はないだろう。

いや莫迦なことをしてはいけないよ、ドナルド、とモーガン医師は言う。脅迫者でなければ、おそらくジャーナリストか作家の類だ。いずれにしても、君にも分かっているだろうが、この問題は今でも機密に属することなんだよ。

ドナルド・ライケンバックは笑みを浮かべて言った、国家の安全に関わる問題だということだね。

幅の狭い机の上で内線電話が一度だけブザー音を立て、赤いランプを灯した——

そのとおりだ、モーガン医師は電話をちらりと見てから、またドアを開けた。今度その女と会ったら化けの皮を剝がしてやるといい。訊きたいことがあるなら国務省の偉いさんが直接訊きにくればいいとね。

ドナルド・ライケンバックは手にした処方箋に目を落とし、それからまたモーガン医師に戻して、言った、古英語の〝リーヴ〟がどういう意味か知っているかね、マイルズ。

いや、知らないな。

ドナルド・ライケンバックはまた頰笑み、それから瞬きをし、ふたたび瞬きをして、言った、役人とか代官という意味だよ。

これが排除したい人間のリストだ、次回の人員整理の対象に必ず含めたい者の名前が挙げてある、おまえはそう言って喫茶店の、カップ二つと灰皿が一つ載ったテーブル越しに、封筒を寺内紘治に渡す——

寺内紘治は徴兵されて出征する前、国有鉄道の職員だった。満州で捕虜となり、ソ連の捕虜収容所に入れられた。復員後は何千人もの元鉄道職員と同様、もとの職場に再雇用された。そして何千人もの職員と同様、国鉄労働組合に入り、日本共産党に入党した、と、少なくとも本人の話す表向きの話はそうなっていた——

寺内紘治はメアリーが見出して雇った人間の一人で、フランクの提供した資金で雇えた十八人の日本人の一人だったが、予算の上限はワシントンからフランク率いる〈鼠の宮殿〉に指示されていた。

寺内紘治は封筒を受け取り、うなずき、それから頬笑んで、訊く、俺が渡したリストと同じか。

何人か足してある。

俺はまだ載ってるかい。

ああ、でも心配しないでいい、君は今までのところよくやっている。それに君の仕事はまだ終わっていない。大丈夫だよ。

寺内はうなずく。すまんね。

おまえはまた煙草に火をつけ、煙を吐き、それから声を低めて訊く、で、次はいつ、どこで会うんだ。

大将だいぶ神経がまいってるみたいだ——**下山を殺せ**のポスターが街中に貼ってあるだろう。手紙や電話でも殺すと脅迫されてるからね——だから人の目のあるところにしてくれと言ってるんだ、白木屋か三越の百貨店がいいと。

おまえはうなずき、尋ねる、いつだ？

第一次人員整理の翌朝だ、と寺内紘治は答える。早朝、彼が勤務を始める前だ。

おまえはうなずく、煙草を揉み消し、箱をポケットに戻し、帽子をとり、立ち上がる。正確な時刻と場所が分かり次第、黄色い家に電話をくれ、いいな。

おいおい、俺の金は。

おまえは彼のほうへ背をかがめ、頬笑み、言う、金を持っているのはメアリーだ、わたしじゃない、それは知っているだろう。

頼むよ、と彼はささやく。俺は一文無し、空《から》っけつなんだ。

おまえはズボンのポケットから日本の紙幣を何枚か出して、テーブルに置く。今はこれだけしかない、これで勘定を払って、残りをとっておくといい。

恩に着る、と彼は言い、テーブルの上の紙幣に目を落とし、笑う。あんたらはアカを打ち負かす方法を知ってるよな。

おまえはまたポケットから煙草の箱を出し、紙幣の上に置いて、言う、無駄遣いしなさんな、いいね。われわれは今戦争中だ、わたしはまた前線に戻らなければならない――

おまえは帽子をかぶり、体の向きを変え、喫茶香港から地下道に出る。でもおまえは階段を昇って地上の通りに出ることはしない、三井本館の狭苦しいオフィスに戻ることはしない。そうはせず、おまえは腕時計を見、それから地下道を、通行人や百貨店の客や地下鉄利用者の、いくつもの顔を、目を、耳を、見る。おまえは喫茶店の前から歩きだして地下鉄乗り場へ行き、切符を買い、改札を通り、階段を降り、プラットホームに出る――

おまえはプラットホームに立つ、乗客が東行きの電車や西行きの電車から降り、あるいはそれに乗るのを見る。でもおまえはそのどちらにも乗らない。おまえは次の電車を待つ、次の西に向かう渋谷行きの電車に乗客がみな乗り込んでしまうのを待ち、扉が閉まり始めた時にするりと乗り込む。おまえは座席に座らず、立ったままでいる。電車は日本橋、京橋、銀座、新橋とたどり、その新橋で、また降りる。おまえは階段を上がる、が、駅からは出ない。便所に入り、小用を足す。便所を出て、行き交う人に、その顔、目、耳に警戒の目を走らせ、それから別の階段を降りて、プラットホームに、東に向かう列車が発着するプラットホームに出る。そのプラットホームに立つ、しゃがんで靴の紐を結び直すが、最初に来た電車には乗らない。次の電車にほかの乗客がみな乗り込むのを待ち、扉が閉まり始めた時にするりと乗り込む。座席に座り、帽子を脱ぎ、ハンカチを出して、顔を拭い、首筋を拭う。ハンカチをしまい、また帽子をかぶり、車両の左右に目を走らせ、向かいの座席に坐っている男女を左右に見る、空の買い物袋を持った女たち、新聞を読んでいる男たち、その新聞の見出しを読む――

東北、共産党扇動の群衆暴動　平、郡山で警察署占拠／国鉄労組の〝実力行使〟に警告　下山総裁、組合の

〝実力行使〟指令は違法と注意／列車妨害増加　東京で四件　常磐線で客車に投石も／政府、非常事態宣言を準備　人員整理後の混乱は収拾できると国務相／赤化教育共産主義教育を受けた引揚者、真実を語らず／共産主義運動は調査が必要　日本共産党に日本動乱を策謀との批判　八月か九月に暴力革命を計画か――

――おまえを乗せた電車は銀座、京橋、日本橋、最前乗った三越前とたどり、神田に着く、おまえは突然立ち上がり、扉が閉まる寸前に急いで電車を降り、プラットホームに立ち、またしゃがんで靴の紐を結び直す。おまえは立ち上がり、プラットホームを歩き、改札を通り、通路を進み、階段を昇って、地上に出る。そこでまた足を止め、またハンカチを出し、顔を拭い、首筋を拭い、それからまたハンカチをしまう。また腕時計を見、煙草を買う、街角の売店で煙草を二箱買う。おまえは煙草に火をつけ、歩きだすが、ぽつりと来た雨を感じ取る、ぽつりぽつり雨が降り始め、さらに降り続け、今、本降りになる。おまえは煙草を捨て、身を翻し、駅へ戻り、切符を買い、改札を通り、階段を昇って中央線のプラットホームに上がる。おまえはプラットホームに立ち、また顔を拭い、首筋を拭い、電車が発着するのを眺める、東京駅へ向かう電車を見送り、立川《たちかわ》行きの電車を見送る。おまえはまた何本かの列車を見送り、それから列車にほかの乗客がみな乗り込んでしまうのを待ち、扉が閉まり始めた時にするりと乗り込む。おまえは立川行きの電車の中に立ち、座席には座らず、ほかの乗客の新聞の見出しを読むこともしない。窓の外を見て、雨が降るのを、夏の雨が降るのを眺める、そして電車が停まるのを待つ、次の駅、御茶ノ水で停まるのを待つ。

電車が新御茶ノ水駅で停まるころ、彼はすでに立ち上がり、ジャパンタイムズ紙を折り畳んで、英字新聞を読む気がある人がいたら読んでもらおうと網棚に上げていたが、そこに載っていた記事の一つは前の日に有楽町で開かれた天皇制に反対する集会を取り上げていて、何でも集会には七百五十人が参加したとのことだった。しかし天皇は意識もなく、ただひたすら持ちこたえている、と彼はまた考え、電車を降り、プラットホームを歩き、急傾斜のエスカレーターに乗り、赤い合成樹脂の手すりをつかんで、上昇しながら下を振り返らないようにし、山の上ホテルとそのいろいろなレストランの広告の脇を通り過ぎた。もうどれくらいになるだろう、と彼は考えた。三ヶ月くらいか。天皇は命をしっかりつなぎ留めており、侍医団は驚異の念、畏怖《いふ》の念に打たれていた。ああ息を引き取られたと、無論口には出さないがそう思った時、また死者の世界からこちらに戻ってきて、血に渇き、さらなる血に渇き、なおも命をつなぎ留め、しっかりと命をつなぎ留める。われわれみんなが鼓舞されるというものだ、と彼はまたつぶやきながらエスカレーターを降り、改札を通り抜け、左に曲がり、短い階段を上り、地下の商店街に入り、短い通路を進み、コージーコーナーの前を過ぎ、薬局の前を過ぎ、自動ドアを通って外に出た。あるいは来るべきものが怖いだけかもしれない、と今、彼は思った、街と大気と光のある地上に上がる幅の広い階段の上り口に立って思った、これから直面することになるものが怖いだけかもしれない、と。彼は溜め息をつき、それから、ゆっくりと、ゆっくりと、外の通りに出るための階段を上り始め、ときどき、時折、足を止めて息をつき、ゆっくりと、ゆっくりと、二十二段の階段の頂きに上がった。こんなことをしているとクリスマスと新年が台無しになるぞ、と思いながら、また立ち止まり、息を整えつつ、眼鏡店のショーウィンドウの高価な外国製の眼鏡フレームを眺めるふりをし、それから声に出してこう言った、それじゃ困るよね、グレちゃん？

唾を飲み、瞬きをし、また唾を飲み、瞬きをしたが、駄目だ、どうにもならない。コートのポケットに手を入れ、ハンカチを引っつかんで出し、眼鏡をはずし、ハンカチを目にあて、涙にあて、泣き声を出し、そうだ、モーガンの言うとおりだ、と泣き声を出し、ほかに言いようがない、でも、最後にもう一度だけクリスマスを一緒に過ごしたいというのは、そんなに贅沢な望みだろうか、と思う。

深く息を吸い、吐いた、目を拭き、眼鏡を拭いて、また眼鏡をかけ、ハンカチをしまい、言った、また声に出して言った、もちろんそんなことはない！　パパは約束するよ。

彼は目を上げ、ウィンドウを見た、何人かの人が見えた――店内の客と店員が――こちらを見ていた、彼を見ていた。見ればいいさ、見世物を楽しむがいいさ。この国の人間は何かというと人のことをじろじろ見る、これまでずっとそうだったし、これからもそうだろう。やつらに舌を出してやりたくなる、そうすればやつらも自分たちのおかしな習性に気づくに違いない。だが舌を構えて、いざ突き出そうとした時、ガラスに映った自分を見てしまった――眼鏡フレームを並べたショーウィンドウのガラスに――自分の姿が映っている、映っている、映った自分がこちらを見ている、見返している、視線でこちらを射通している。わたしたちを見ないほうがいいよ、見ないほうがいいよ、と店内の連中がささやく、でもあんたは見るんだね、わたしたちを見るんだね、彼らは笑う、でもわたしたちもあんたを見ているんだよ、そう、見ているんだ、わたしたちもね――

急いで体の向きを変え、ウィンドウから、ディスプレイから、目と視線から逃れた、目と視線が彼を見つめ続け、あとを追ってくる中、彼は階段の残りを上りきって、地上の通りに出た。そこでまた足を止めて、息を整えながら、人や車が――トラックやタクシー、乗用車やバス、自転車や歩行者が――聖橋《ひじりばし》、聖なる橋を、流れているのを見、息が鎮まると、右へ進み、短い緩やかな坂を下り、紅梅坂《こうばいざか》との角まで来た。ここでまた立ち止まったが、それは息をつくためではなく、ドーム屋根と鐘を見上げるためで、薄緑色のドーム屋根は二つあり、黒ずんだ鐘は、今はその時刻ではないので沈黙していた。また唾を飲み、瞬きをし、深く息をする、それからまた歩きだし、角を曲がり、紅梅坂を昇って、ニコライ堂、すなわち東京復活大聖堂の、黒い門の前まで来た。ここでまた足を止め、また息を整え、緩やかにし、心臓を鎮めて、また唾を飲み、瞬きをし、それから門をくぐり、庭を横切り、大半がコンクリート敷きの庭を横切り、ベンチや神学校のそばを通り、大聖堂の入り口の階段のほうへ、信徒のほか一般市民や観光客にも開かれている大聖堂の入り口にある五段の階段のほうへ、歩いた。さあどっちなんだ、と彼は哀しげな、哀しげな笑みを浮かべた、今日のおまえはどっちなんだ。

大聖堂の白い壁を見上げ、扉の上のアーチを見上げ、金属製の正教会の十字架と、聖書を手にしたキリストの絵を見上げてから、溜め息をつき、ゆっくりと、ゆっくりと、大きな石を積んだ五段の階段を上り、入り口に向かった。今日は階段を何段昇っただろう、と彼は考え、それから、〝天国への階梯〟、天国に至る梯子には段がいくつあるのだろうと考えた。それから、そう、三十段だ、三十段ある、と思い出し、階段を上りきったところで、また足を止めて、また息をつき、ギリシャ正教式に十字を切り、それはキリストが現世で過ごした三十年を意味しているんだと考えた。現世を諦めることが、〝天国への階梯〟のうちで最初の、そして一番難しい一段だ、と考えながら、彼はまた十字を切り、それから聖堂内への敷居をまたいだ。

拝廊と身廊の間に置かれた細長いテーブルの向こうに、錆色の着物を着た初老の日本人の女が座っていた。テーブルには本やカレンダーや絵葉書や蠟燭が並べられていた。女はドナルド・ライケンバックを見上げて頰笑み、こんにちはと挨拶し、大聖堂の解説をしたパンフレットと蠟燭をよこした。見学料は百円でございます。

彼は百円を渡したが、パンフレットと蠟燭は断わり、こう言った、実はイリヤ神父に会いにきたんですが――今日はいらっしゃいますか……？

女は頰笑み、うなずいて、少々お待ちくださいと言い置き、立ち上がって持ち場を離れ、洞窟のような身廊の影の中へ入っていった。

ドナルド・ライケンバックは女が行ってしまうのを、暗がりの中に消えるのを見送り、それから目を上に、ドーム屋根のほうに彷徨《さまよ》わせ、のけぞらせた頭を巡らしたあと、視線を下ろし、壁に這わせ、ステンドグラス、イコン、蠟燭台と見ていったが、蠟燭台に立てられた何本もの蠟製の祈りは溶けて、冷えて、さまざまな長さで残っており、炎は全部消え、光はすべて消えて、すでに一つも灯っていなかった。それなら自分が一本灯すべきかもしれない、一本灯すべきかもしれないと考えた、せめてグレちゃんのため、可愛いグレちゃんのために。彼はテーブルに目を戻し、片手をポケットに入れて、小銭を探っていると、パンフレットと蠟燭の横に、小さな木箱が一つ置かれているのに気づいたが、その箱には最近アルメニアで起きた地震の被災者への募金を呼びかける紙が貼られていた。死者は何人だと言っていただろう。三万、四万、五万、そんな数字だったろうか。一方では、東京の中心にある美麗な宮殿で一人の老人が自然死を遂げようとしていることが重大事となっているのだが。彼はズボンのポケットから手を出し、コートの内ポケットから財布を出した。その財布を開き、一万円札を一枚抜き取り、それからもう一枚抜いて、二枚の紙幣を一度折り、もう一度折って、箱の上部の細い隙間から中に入れた――

どうもありがとう、とイリヤ神父が影の中から現われて言い、薄暗がりの中で青白い両手を差し出してきた。よく来てくれたね。

やあ久しぶり、ドナルド・ライケンバックは頬笑み、神父の両手をとって、そこにキスをした。会えて嬉しいよ。

わたしもだ、イリヤ神父は軽く笑ってドナルド・ライケンバックの両手を握り、持ち場に戻って椅子に腰かけた初老の女のほうを向いた。佐藤さん、今日は嬉しい日です。こちらはわたしの古い友人のライケンバック教授です、有名な翻訳家で、コロンビア大学やスタンフォード大学で教えて、日本でも東大や慶應で先生をしていたんです。

初老の女はまた立ち上がり、お辞儀をして、どうも存じませんで、大変失礼をいたしました、とても立派な方でいらっしゃるのですねと言うので、彼もお辞儀を返しながら顔を赤くし、もごもご不明瞭に応えた、いやわたしなどは大した業績もないし、経歴も取るに足りません、今はもう引退しているし……

何年ぶりだろう、とイリヤ神父は言いながら、ドナルド・ライケンバックを誘い、初老の女とそのテーブルから離れて、大聖堂の外に出た。五年くらい？　いやもっとだろうか……

どうだったかな、とドナルド・ライケンバックは言い、アーチ型の玄関をくぐり、金属製の十字架の下を通りながら、首を横に振った。近頃は時間の感覚がおかしくなってきた……

イリヤ神父はにやりとした。いや、みんなそうなるね――ところでお茶にするかい、それとももっと強いものがいいかな。わたしは今でも仕事部屋に常時ボトルをキープしているんだ。

いや、ありがとう、しかし飲み物は結構だ。それより外で話さないか。近頃ずっと家にこもりきりでね。

イリヤ神父はうなずき、また頬笑んだ、いいとも、そのほうがよければそうしよう。お先にどうぞ……

この二人――一人は日本人、もう一人はアメリカ人の、二人の老人は――ゆっくりと、ゆっくりと、石の階段を下り、コンクリートの庭を横切り、神学校の前を通り過ぎて、黒い鉄門のほど近く、幹の曲がった葉のまばらな棕櫚《しゅろ》の木の下の、冷たいコンクリートのベンチに、膝と膝、肘と肘がくっつくほど間近に並んで座った。

　ああ、ちょっと失礼、と腕時計をちらりと見たイリヤ神父は、また腰を上げた。そろそろ拝観終了時間《クロージング・タイム》だから、門を閉めてくるよ。そのほうが佐藤さんの手が省けるし、わたしたちも邪魔が入らなくていい。

　十二月の午後の暮れゆく光の中、ドナルド・ライケンバックは首を横に振りながら、門を閉めにいく古い友人の――少なくとも日本での付き合いが一番長い友人の――後ろ姿を見送った。神父は髪も髭も相変わらず長くてふさふさしているが、今は灰色、ほとんど白、雪のような白に近かった。背中も丸まり、法衣は裾を地面に引きずっている。それでも体はよく動き、自分やそのほかの同年輩の老人よりも身のこなしが軽いようだと思いながら閉門の作業を見ていると、まもなく神父はベンチに戻ってきた――

　前もって電話をくれれば、とイリヤ神父はにこやかな顔でまた腰を下ろしながら言った、昔みたいにロゴスキーか神谷バーで会えたのに……

　ドナルド・ライケンバックはうなずいて言った、そうだな、悪かった、どうもわたしは賢くない、ただ、グレーテをあまり長く一人にしておきたくないんだ、特に夕方以降はね。

　ああなるほど、とイリヤ神父。グレちゃんは元気かい。

　ドナルド・ライケンバックはまたうなずき、今度は笑った。ああ、お陰様で。むしろわたしのほうが愚かな老人に成り下がっているよ。

　イリヤ神父はドナルド・ライケンバックに顔を向け、彼がコートのポケットに手を入れてハンカチを出し、眼鏡をはずし、目の涙を拭き、眼鏡を拭くのを見、それから彼がハンカチをまた畳み、コートの内ポケットに戻すのを待って、穏やかに、優しい声で、こう訊いた、どうしたんだ、何かあったのか、どうかしたのか……？

　ドナルド・ライケンバックはかぶりを振った。よく分からない。

　いや、分かっていると思うよ、とイリヤ神父はうなずきながら言う。君はそれをわたしに話したいんだと思う

――だから訪ねてきた、違うかな。

ドナルド・ライケンバックはまた首を横に振り、それから言った、すまない、なぜ訪ねてきたのかは分からない、申し訳ないことだ。

いや分かっていると思うね、とイリヤ神父はまた言って、ドナルド・ライケンバックのほうへ手を伸ばし、相手の手をそっと、そっと握った。君には分かっているよ、この前来た時からこんなに長い時がたった理由も。

ドナルド・ライケンバックは溜め息をつき、うなずいて、ああ、と言った。

過去のせいだ、と神父は言う。わたしたちの過去の。

ドナルド・ライケンバックは唾を飲み、瞬きをし、自分の手を、手に包まれた自分の手を、神父の手に包まれた自分の手を見下ろして、また唾を飲み、また瞬きをし、またうなずいてから、言った、始終思い出すんだ、何度も何度も、繰り返し繰り返し。

分かるよ。でもいずれ過ぎ去る、過ぎ去るよ……

天皇のせいにすぎないのならいいんだがね、あの老人ときたらいつまでも死の床で生き延びて――なぜさっさと死なないんだろう！

そうだね、とイリヤ神父は言った。彼はとうの昔に死んでいてもよかった、彼が降伏した日。でもこれもじきに終わるんだよ。

そうだろうか。本当に終わるだろうか。

終わる。間違いない。

でもそのあとどうなるのだろう……？

時間が過ぎていく、とイリヤ神父。わたしたちも過ぎていく。物事は変わるんだ、ここだけではなく……

どういう意味。どこの話だ。

分かっているだろう。あそこだよ。

ドナルド・ライケンバックは首を横に振り、手を取り合ったまま、神父のほうを向き、また首を横に振って、言った、いや、それは言わないでくれ、お願いだから、言わないでくれ。

物事はもう変わりつつある、君にも分かっているはずだ、ただしそれらが望んでいる以上に、君が思っている以上に、速く変わりつつあるんだよ。

でも、さすがにすべてがじゃないだろう。

いや、すべてがだよ、とささやく声でイリヤ神父は言った。雪解け水が洪水となり、洪水がすべてを押し流すんだ……

コンクリートの庭で、十二月の黄昏時、ドナルド・ライケンバックは唾を飲み、神父の手から自分の手を解放して、目を閉じ、また首を横に振り、それから溜め息をついて、言った、何という無駄だろう、何という無意味な無駄だろう。

われわれには知るすべがなかったんだ。

ドナルド・ライケンバックは目を開き、横に座っている神父に、この黒い法衣を着た、白髪の、首に銀鎖をかけた男に顔を向けた。もし君が知っていたら、何か違いがあったというのか。

わたしはあの当時正しいと思ったことをした、とロシア風の身形《みなり》をした日本人は言った。わたしたちみんながそうだ、あの当時正しいと思ったことをしたんだ。

でも君は間違っていたよ、カズ、わたしたちはみんな間違っていた。

わたしたちは知らなかったんだ、あの頃は。

でもわたしたちのしたことは全部間違っていた、起きたことはすべて間違っていた。わたしたちは頭が狂っていたに違いない……


『不思議の国のアリス』の、君が好きだったあの詩句はこうだったかな、とイリヤ神父は言った。〝遠い国でつまれた／巡礼のしおれた花輪のように……〟。

ドナルド・ライケンバックはまた首を横に振り、また溜め息をつき、笑って、言った、君はそう自分に言い聞かせているのか、そうやって自分自身と折り合いをつけようとしているのか……？

われわれは亡命しているのではない《ムイ・ニ・ヴ・イズグナーニエ》、とイリヤ神父は言い、銀鎖につけた十字架を、法衣の布と一緒に握り締めた。使命を果たしているのだ《ムイ・ヴ・パスラーニエ》。

ところがその使命はあとで嘘だと分かった、そうドナルド・ライケンバックは言って立ち上がった。亡命のほうが本当だった、現実だった。

イリヤ神父はドナルド・ライケンバックを見上げ、両手を差し出し、両掌をドナルド・ライケンバックのほうへ向けて、穏やかに、言った、優しく、言った、亡命などする必要はない、お願いだ、ここにいてくれ、わたしと一緒にいてくれたまえ、お願いだ、キリストと神のもとに……

別の使命、別の嘘か、ふん、とドナルド・ライケンバックは言い、体の向きを変え、歩きだした……

洪水が来るよ、と、ドナルド・ライケンバックが門を開けるのを見ながら、イリヤ神父は言った。お願いだ、ドナルド、わたしには君が持ちこたえるのを手助けできる、一緒に持ちこたえるのを……

ドナルド・ライケンバックは黒い門を出て、門をまた閉めようと向き直った……

お願いだ、ドナルド、君は足をすくわれて、流されてしまうよ。

ドナルド・ライケンバックは、門の鉄棒の隙間から、首に銀鎖をかけた法衣姿の男を見た、避難所であり隠れ蓑である大聖堂、その敷地内の影の中、コンクリートの庭の、コンクリートのベンチに座っている男を見て、頬笑み、それから体の向きを変え、ゆっくりと、ゆっくりと歩きだし、坂道をくだり、亡命生活に戻っていった。


濡れた、黒い夜、湿った、黄色い家、時は一九四九年、七月四日、アメリカ独立記念日に、おまえは一人でいる、しかし一人ではない、ここにいる、しかしここにはいない。ベッドに寝て、シングルベッドに寝て、そばに自分の本を置き、自分の本を全部置き、日本語の本を置き、ひたすら読む、勉強をする、翻訳の練習をする、『源氏物語』で、いつも『源氏物語』で、夜に、夜中に、おまえは与謝野《よさの》源氏と谷崎《たにざき》源氏を読むのが好きだ、二つの現代語訳を読み比べるのが好きだ——なるたけ緻密に——原文と照らし合わせ、それからウェイリー訳に戻るのが好きだ、そして夜に、夜中に、その言葉に、登場人物たちに、彼らの世界に、没入するのが、埋没するのが好きだ、好きだ、夜に、夜中に、違う世界を、違うおまえを、愛する、愛する。おまえは本から目を上げる、日本語の本から目を上げる、その世界から戻る、現実の世界に戻る。外の通りで自動車が一台停止する音が聞こえ、それから沈黙が、沈黙が流れ、長い沈黙が流れ、おまえは待つ、耳を澄ます。自動車のドアが閉まる音、それから庭の門が閉まる音、小径を来る彼女のハイヒールの靴音、彼女が鍵を挿す音。ドアが閉まる音、彼女がハイヒールを蹴り出すように脱ぐ音、ストッキングをはいた足が階段を上る音が今聞こえ、彼女がおまえの部屋のドアを開けて入ってくるのを見る、彼女はおまえのベッドにどさりと寝る、おまえの本や脚の上に、仰向けに寝る、目を大きく開き、口を大きく開け、メアリーはくすくす笑う、それからもう少し大きな笑い声を立てる。独立記念日おめでとう、ドニー──わたしがいなくて寂しかった、ダッキー？　とってもとっても寂しかった？

おまえはおまえの本を閉じる、日本語の本を閉じる、上体を起こして、立てた枕に背をもたせる。おまえは彼女の髪を撫で、湿った髪を撫で、頬笑んで言う、慰めよ《アンコン》うもないほど《ソラーブルマン》ね、当然のことだけど《ナチュレルマン》。

ありがと《メルシ》、彼女はまたくすくす笑う、わたしの旦那様《モン・シエール・マリ》。口紅がべたべたに乱れ、ドレスの裾がまくれ上がった彼女の、髪を一つまみ弄びながら、おまえは訊く、メアリーちゃんは楽しんできたかい？

うん、メアリーは笑う、とっても楽しかった！

確かにとってもいい匂いがするね……

ほらほら、と彼女は言う、体を転がして横向きになり、おまえを見上げ、頬笑みかける。手を差し上げて、おまえの頬に触れ、頬をつねり、頬の肉を引っ張る。そんなピューリタン・ダッキーにならないで、ドニー君。

おまえは笑う。じゃ、いいから話してごらんよ……

ええっとね、また転がって今度は腹這いになるが、まだおまえの脚の上に体を載せたままで、まだおまえを見上げ、おまえに頬笑みかけている。パレードがあって、スピーチがあって、花火が上がって、歌を歌ったの、お決まりの歌を全部。『星条旗』、『神よアメリカに祝福を』、『美しきアメリカ』、『我が祖国よ、これは貴方の歌』──そして彼女は鼻歌を歌いだす、次いで歌いだす──美《うま》し自由の国／我は汝を歌う／我が父たちの死んだ地／巡礼たちの誇りの地／すべての──

しーっ、とおまえは言う、背を起こして、指を彼女の唇にあて、頭を、耳を、窓のほうへ、外の通りのほうへ向ける──

また自動車のドアの閉まる音が聞こえる、また庭の門が閉まる音、ブーツが小径をやってくる音、ドアで拳の関節で叩かれる音。おまえのドアが、最初は軽く叩かれて、それが普通のノックになり、今は拳が叩きつけられる──

わたしが行く、とおまえは言い、彼女の脚を押しのけ、本をどさどさ落としながらベッドをおり、ガウンをつかみ、着て、部屋を出て、階段をおりる──

階段をおりきって、おまえは立ち止まり、唾を飲み、ガウンの紐をきつく締め直し、それからドアのところへ行き、木のドアに耳を寄せ、口を寄せて、低く鋭く、誰？　と問う。

　俺、寺内、と声が返ってくる。

　おまえはドアを、彼女が鍵をかけておかなかったドアを開け、濡れた、黒い夜闇の中、青白い姿で、寺内が立っているのを見る。おまえも相手も不安と恐怖で青ざめている、おまえは言う、一体何時だと――

　すまん、でも、ちょっと話が――

　入れてあげなさいよ、ドン、背後からメアリーが言う、おまえのあとから階段を降りてきて、今は玄関でおまえの横に並んだ彼女は、コートを着て、左手をポケットに入れている――

　おまえはドアをさらに大きく開けて、寺内紘治を中に入れ、とっつきの部屋に連れてきて、テーブルにつかせる、その間にメアリーは戸棚を開けて、酒の瓶を一本とグラスを三つ出し、テーブルに置いて、瓶のコルク栓を抜き、三つのグラスに酒を注いで、頬笑む。さあ話して、コウジ……

　寺内紘治はうなずき、グラスの酒を一口啜り、次いで一口ごくりと飲み、それから、つっかえながら、話し始める、やつらは殺す気だ、下山を殺す気なんだ、そう言ってるんだよ、明日の朝だって、そう言ってるのを聞いたんだ。だから警告しなくちゃいけない――

　それは誰のこと、とメアリーが訊く。

　寺内は目を上げ、おまえたち二人を見る、メアリーの顔からおまえの顔へ、視線を移し、また戻して、言う、下山だよ、下山総裁。

　それは分かるけど、誰が殺そうとしているの。

　寺内はまた酒を一口啜り、一口ごくりと飲み、酒をこぼし、口から涎のように垂らし、それから言おうとする、つかえながら答えようとする、誰なのかはよく分からないんだが……

　おまえは彼の手からグラスを、酒を注いだグラスをとり、それを置き、テーブルに置き、それから彼の両の腕先をつかんで、彼の両目を覗き込み、腕の動きを封じ、相手と目を合わせて、言う、落ち着け、コウジ、落ち着いて、一から話すんだ、最初から、そして全部話してくれ、何一つ漏らさずだ――

　寺内はまたうなずき、視線をおまえからメアリーに移し、またおまえに戻す。おまえは頬笑む、彼の視線と両の腕を解放して、待つ、彼が話し始めるのを待つ——

今夜、有楽町の東京レイルウェイ・クラブにいたんだが、と寺内は言う、そこで満州の関東軍にいた時の上官の一人を見かけたんだ、満州以来会ったことはなかったが、帰国したのは知っていた、帰国して結構な暮らしをしていると聞いていたんだ……

名前は何というの、とメアリーが訊く。

寺内はまた視線をメアリーからおまえに移し、それをメアリーに戻してから、ささやく、塩澤だ、今は出版社を経営している。

話を続けて、とメアリーは言って頬笑み、うなずく。

それで、あれだ、俺たちは、話をした、酒を飲みながら、あれやこれや、戦争のことや、共通の知り合いのこと、死んだ連中のこと、生きて帰ってきた連中のこと、誰それは今あれをやってるとか、これをやってるとか、いろんなことを話した、お互いが今やってることや、考えてること、中国のこと、ロシア人のこと、アメリカと日本のこと、それから、もちろん、今世の中で起きてることもだ、吉田首相のこと、政府のこと、国鉄のこと、ストのこと、アカのこと、今は糞みたいなことばかり起きるとか、本当はこうでなくちゃいけないとか、あれはこうすべきだとか、こういうことができるはずだとか、こうする必要があるとか、そのうち二人ともかなり酔っ払ってきたが、特に塩澤のほうがひどくて、急にぬっと顔を近づけてきて、ぼそぼそっとこう言うんだ、おまえさんみたいな人間が必要だ、寺内、一働きしてもらいたいんだ、陛下のため、お国のために尽くした人間に、今でも陛下をお慕いして、祖国のためを思っていて、陛下とこの国が力を取り戻すのを見たがっている人間に……

あなたはどう答えたの、とメアリー。

あんたらに言われてたとおりにだよ、今みたいなことを持ちかけられたらこう答えろと、言われてたとおりに答えたよ、できることは何でもしますよ、今でもお国のために働きたいと思ってるんですと、そしたら塩澤は、うなずいて、ものすごく小さな、ほとんど聞こえない声で、こう言うんだ、中国を覚えてるな、満州を覚えてるな、俺たちは、ときどき悪いことをした、好きでやったんじゃない、やりたくはなかった、でも、やらなくちゃならなかった、やらなくちゃならなかった、ああいう悪いことは、良いことだった、あとで良い結果が出た、良いことが起きた、陛下のため、お国のために良いことが、覚えてるだろう。

おまえはこの男、寺内紘治と自称する男を見下ろす、寺内はおまえの家、黄色い家の、おまえのテーブルについている、おまえは訊く、で、覚えているのか。

しーっ、とメアリーが言う。最後まで話を聞きましょ。

寺内紘治は、この寺内紘治と自称する男は、またメアリーからおまえに視線を移し、それからまたメアリーに戻して、うなずき、ああ、覚えてる、俺たちはみんな覚えてる、俺は塩澤にもそう答えた、ええ、覚えてますよと、すると塩澤はうなずいて、うなずいて、言った、よし、偉いぞ、寺内、というのは、同じだからだ、いつだって同じなんだ、あの時の満州も、今の東京も、戦いは同じだ、戦争は同じだ、だから悪いこともしなくちゃならないんだ、好きでやるんじゃないことを、戦いに勝ちたければ、戦争に勝ちたければ、どうだ、陛下のため、日本のために、承知するか、寺内、承知するか。

もちろん承知したんだろうな、とおまえは訊く。

寺内はおまえを見、メアリーを見、それからうなずいて言う、もちろん承知した、やると言った、あんたらに言われたとおり……

最後まで話を聞きましょ、ね、とメアリーが言う。

ありがとう、と寺内は言う、ありがとう、というのは、ここからの話を、あんたらはぜひ聞く必要があるんだ、塩澤は言った、こう言った、アカに勝つには、共産主義者どもを潰すには、そして戦いに勝ち、この戦争に勝つためには、日本人を、世界中の人間を、共産主義の敵にしないといけない、そのために必要なのは、みんなに衝撃を与えることだ、恐ろしい、おぞましいと思わせることだ、その方法はただ一つ、ただ一つ、善良な人間をひどい目に遭わせることだ、犠牲にすることだ……

下山定則をか、とおまえはささやく――

そうだ、と寺内は言う、俺は下山に会ったことがある、満州で会ったんだ、随分昔の話だが、彼は俺を覚えていた、電話をかけたら、話を聞いてくれた、俺の情報に、共産主義者と国鉄労組の話に、耳を傾けて、会いたいと言った、俺を信じていたからだ、総裁は明日会おうと言った、明日の朝、三越で、日本橋の三越で……

おまえは寺内紘治の胸ぐらをつかむ、自称寺内紘治の胸ぐらをつかんで、どなる、でたらめだ、おまえは騙されてるか、わたしたちを騙そうとしているか、どっちかだ——

じゃ、なぜ俺はここへ来たんだ、と寺内はどなり返す。なぜこんなことを喋ってるんだ、なぜ下山総裁のことで警告するんだ。

手を離して、ドン、とメアリーが言い、おまえの腕を引っ張る、寺内の胸ぐらから引き離そうとする——

そんなことは知るか、とにかくおまえの話はでたらめだ、嘘っぱちだ。おまえはただ戦争の終わり頃から会っていなかった男に出くわしただけだ、その男はたまたま下山を知っていて——

ちょっと黙って、ドン、とメアリーは声を高め、それから小声で言う、ね、最後まで話させるのよ、その塩澤という男が何を望んでいるのか、なぜこの人に話を持ちかけたのか……

それは俺がまた鉄道勤務に戻ったのを知ってるからだ、と寺内紘治は言う。そして俺が組合員だと知ってるから、やつが下山総裁と会う場に同席させたいんだ、総裁を安心させて一緒に来るよう説得するのを、俺に手伝わせたいんだよ——

どこへだ、とおまえは尋ねる。どこへ来るよう説得するんだ。

それは言わなかった。

コウジ、とメアリーはまた言う、今は穏やかな、優しい口調で。その塩澤という男は、あなたがわたしたちのために働いているのを知っているの。

いや、と寺内紘治。

確かなの。

確かだよ。知ってたらそう言うはずだ。あの男なら間違いなく。

メアリーはうなずき、もう一度うなずいて、尋ねる、塩澤と下山は明日の朝の何時にどこで落ち合うの。

九時四十五分に、日本橋三越の一階、中央階段の下で。

メアリーはおまえの顔を見、それからまた寺内を見て、訊く、あなたは下山と何時にどこで会う約束をした？

寺内はおまえの顔を見、次いでメアリーに目を戻して、言う、九時半頃、場所は三越じゃなくて白木屋だ。

それでいい、とメアリー。それでいいのよ。つまり下山はまずあなたと会って、それから塩澤に会いに三越へ行くという心づもりなのね。

ちょっと待て、とおまえは言い、また寺内のほう、この寺内紘治と自称する男のほうを向く。おまえは塩澤に何と言った。あんたの計画に乗ると、そう言ったのか。

ああ、そうだよ、ほかにどう言えばいいんだ。

それでいい、とメアリーはまた言った。それでいいのよ。あなたは正しいことをしたの。わたしたちは計画通り——

そうすると、とおまえは言う、われわれがやらなくちゃいけないのは——

俺たちは総裁に警告しなくちゃいけない、と寺内はうなずきながら言う。

こうするのよ、とメアリーは言って、おまえと寺内の両方を見る。わたしたちは下山に例のリストを渡す、それからコウジが彼に警告する。

でも塩澤はどうする、とおまえと寺内は訊く。

黒い濡れた夜、湿った黄色い家で、まだコートを着たままのメアリーは、手をポケットに戻し、おまえたちを見る、おまえたち二人を見て、笑みを浮かべる、おまえたち二人に笑みを向ける、そして言う、塩澤はわたしが何とかする、わたしを信用して——

何と言っても、と言って、メアリーは笑い、おまえに顔を向け、おまえをじっと見つめながら言う、わたしたちはここではみんな同じ側なのだから——そうでしょ、ドン？


ああ何たることだ、彼は哀しげに首を振り、哀しげに笑みを漏らしながら、そう独りごちた。今日もジャム抜き、明日もジャム抜きか、一旦手にとったジャムの瓶を棚に戻し、瞬きをし、もう一度瞬きをし、棚を離れ、通路を歩き、その通路から、別の通路に入った。この店、彼のお気に入りの店、明治屋さえも、制約され、抑圧され、喪に服していると、すでに喪に服しているとすらいえる空気だった。クリスマスの飾りも、有線放送で流れるクリスマスの歌も、今年はなし、そう、今年はなしだ。どこもみな同じこと、街中が、国中が、この〝菊の不景気〟のもと、頭を垂れ、ひれ伏している。お歳暮商品と年賀状はすべて売り場から消え、客たちは、天皇が病気である今、伝統にしたがって例年通り年始の挨拶の葉書を送ることは適切なのかどうなのか自信が持てずに惑っている。いや病気じゃない死にかけているのだ、と彼はほかの誰も敢えて口にしない言葉をつぶやき、それから、もう死んでいるのならよかったのに、とささやいたあと、心の中でもう一度そうささやいた。新聞に出ていた日本交通公社の職員の話では、年末年始を海外で過ごすために飛行機を予約している人が――主に若い人たちの間に――大勢いるというが、無理もない。誰にも非難できないだろう。しかしまあ少なくとも、とショッピング用バスケットを見下ろしながら、彼は思う、明治屋はシュトレンの入荷を取りやめないでくれた。彼の母親は、人間はいつも小さな恵みに感謝しなくちゃいけないのよ、ドナルド、と、実際にそういう感謝を示すことは稀だったとはいえ、よく言っていたものだ。レジのカウンターでは、愛想のいい店員が二人、ワインとソーセージと赤キャベツとシュトレンを奇麗に包装してくれ、お金を受け取る時には、大層安心したような、大喜びさえしている様子を示し、自粛が求められる折柄《おりから》何という自制心のない人間かと憤慨する気配は微塵も感じられなかった。二人は頬笑みさえ、優しい頬笑みさえ浮かべ、どうもありがとうございましたと言って買い物袋をよこし、重いですからお気をつけください、どうぞお気をつけください、と気遣った。彼は言われたとおり気をつけて、ゆっくりと歩いて店を出て、この店に、お気に入りの店に、それじゃ、と挨拶をし、ゆっくりと向きを、体の向きを変え、地下鉄に乗るための階段のほうへ足を運び、まずは降り口で、階段の降り口で足を止めて、息をつき、それから慎重に、よく気をつけながら、手すりにつかまり、降りていき、ゆっくりと階段を降りていき、通路を進み、地下の通路を進んで切符の自動販売機が並んでいるところへ行った。そこで切符を買い、ゆっくりと改札を通り抜け、降りていく、次の階段を降りていく、手すりにつかまり、京橋駅のプラットホームに降りていった。

地下で、プラットホームで、鞄を置いた、重い鞄を置いた、息をつきながら、電車を待った、銀座線の、上野に戻る電車、グレーテの待つ家に戻るための電車。瞬きをし、もう一度瞬きをした、それから、プラットホームの向こうから吹いてくる風を感じた、トンネルから出てくる風、それが彼のコートの裾に吹きつけ、薄い髪に吹きつけた。体の向きを変え、背をかがめ、鞄を取り上げ、重い鞄を取り上げ、入ってくる電車を見た、扉が開き、乗客が降り、急いで降り、彼はそれからゆっくりと、足を引きずるようにして、出入り口をくぐり、車内に足を踏み入れる、わりと混雑している車内に乗り込む、右を見、左を見て、体を休められる空席を探した。若い女が腰を上げて、彼に席を譲ると、彼は顔を赤らめ、お辞儀をして、礼を言い、厚意を無にせず、顔を赤くしたまま席に座った、自分の顔が真っ赤なのは分かっていた。トマトお爺さんだ、いや、違うか、いつもガイジンのがつくのだ、ガイジンのトマトお爺さん。みんながこちらを見て、おや、という顔をするのも無理はない、あの人はなぜこんなところにいるのだろう、あのおかしな外国人の年寄り、真っ赤な顔をし、見慣れない外国の食べ物や酒を入れた買い物袋を足元に置いているあの老人、あの老人は何だってまだこの国にいるんだろう。みんなの目、そのまなざしが、言っている、こう言っている、あの老人は自分で分からないのかな、自分がもう歓迎されてはいないこと、国に帰る潮時であること、この国から出ていく時だということが？　扉がまた開く、ここは日本橋駅、親切な若い女が降りていく。彼は軽く頭を下げて挨拶する、もう一度感謝の気持ちを表わす、女には見えていないし、彼がそんな仕草をしたことは知らず仕舞いになるのだが、それでも気分がよくなった、そうすることで気分が少しよくなった。だが長続きはしない、そう、その気分は長続きしなかった、さらに多くの乗客が乗ってきた、大勢が乗り込んできて、またこちらを見た、じろじろと眺めた、彼はまた息苦しくなった、また胸が締めつけられた、懸命に息をしようとした、車内の空気が湿っぽくて甘ったるい、ひどく湿っぽくて甘ったるかった。彼は降りようと立ち上がった、降りなければならなかった、が、扉が閉まりかけて、今はもう閉まってしまい、電車が動きだす、すでに動きだしていた。彼はなるべく人を押さないようにしながら乗客の間をそろそろ進んだが、それでも顔をしかめている人がいるのは分かった、何人かが顔をしかめていた、だが気にしなかった、彼は気にしなかった、今ようやく頭が扉についた、扉のガラス窓についた、トンネルの闇が、地下鉄のトンネルの闇が、光を待っていた、空気を待っていた、彼はプラットホームの、次の駅のプラットホームの光を待った、空気を待った、早く次の駅に着いてくれ、また扉が開いてくれと祈った——

ぎゅう詰めの電車から降りる時、ほかの乗客が左右をぐいぐい流れていき、彼はプラットホームで足を滑らせかけ、転びかけたが、足を滑らせることも、転ぶこともなく、プラットホームで立ち止まると、身を翻し、ぱっと身を翻し、扉のほうへ戻ろうとしたが、すでに閉まり始めていた扉は、今ぴしゃりと閉まり、電車が動き始め、今やすでに走り始めて、彼のワインと、ソーセージと、赤キャベツと、シュトレンを、買ったものすべてを、運び去ってしまった。

くそ、くそ、くそ、彼は悪態をつき、両手の指を眼鏡の下に差し入れて、目を拭き、涙を拭き、なおも声に出して、今度は日本語で、バカ、バカ、バカと叫び、この莫迦め、間抜けめと自分を罵った。

手で、手の指で、目を拭い、涙を拭い、それから唾を飲み、溜め息をつくと、体の向きを変え、電車が、彼の買い物袋が、あった空間から離れて、ゆっくりと歩き、プラットホームをゆっくりと歩いて、階段まで行き、階段を上り始めた、階段をゆっくりと上り始めた、一段ずつ、一段ずつ、ときどき足を止め、そのたびに、息をつき、息をついては悪態をつき、自分を罵り、やがて一番上まで、階段の頂上までたどり着くと、改札を通り抜け、ゆっくりと通り抜け、事務所を、忘れ物を届けるための事務所を探した――心配いらないよ、グレちゃん、心配いらない。ほんとに莫迦なパパだけど、電話をかけてもらうから、路線の全部の駅に電話をかけてもらうからね。買い物袋はきっと見つけてくれるよ、係の人がわたしたちの買い物袋を見つけて、保管しておいてくれるよ、グレちゃん、だから心配いらない。ここは日本だから――しかし、事務所はどこだろう、忘れ物の受付はどこだろう、そう考えながら、なおもあちらこちらと――

ここは三越前だ、と彼は今気がついた、通路の先を見ているうちに突然気がついた、天井の低い通路を進んでいくと、店に着く、大理石の柱にタイル貼りの床を持つ、三越百貨店に着く。ぞっとし、ぎくりとし、顔を背けた、目を背けた、通路から目を背け、隅に、影に、視線を飛ばした、彼は見た、気づいた、知った、自分が今いる場所を知った、この場所がどこなのかを知った、この隅、その影の中、この場所は、ここにはないが、今もここにある、この隅に、影の中に、その場所はささやき声で言う、君にはわれわれが見えないだろうが、われわれには見えているのだよ、君が見えているのだよ、そう、見えている、君が見えている、ここではないこの場所で、ここではないあそこで、いまもあそこで、君が見えている、そう、われわれには君が見えている、見えている――

サアサア、レイレイ……

莫迦な、そんな莫迦な、と彼はつぶやいたが、感触がきた、今、地面の震えを感じた、それから、足の下が揺れた、足の下で、岩盤《プレート》が動き、足の下から、移動するのを、感じた、彼は後ろに倒れそうになった、後ろに引き下ろされそうになった、が、そのあと、今、ここに戻され、今に戻され、手を感じた、背中と腕に、手があてられるのを感じた、手は彼を支え、倒れるのを防いでくれた、彼は体の向きを変えた、ゆっくりと変えた、すると彼女が頬笑むのが見えた、彼女がこう言うのが聞こえた、これは個人的な世界終末《アポカリプス》？　それとも、ほかの人も参加できるの。

あとをつけてきたな――

彼女はうなずき、言った、いいえ、わたしはつけてこなかった。わたしは通りすがりに、ここで、この隅で、あなたを見かけただけ、あなたは初め頬笑んでいたけれど、そのうち啜り泣き始めて、独りでささやき始めて、それから、自分をどなりつけ始めた。だからあなたを助けてあげようと思って。

あるものを失くしたんだ、置き忘れてきたんだ、それだけだ。

彼女はまたうなずき、言った、あるものをじゃなくて、ある人をでしょう。

彼は一体どこにいるんだ、おまえは白木屋の日陰から、影の中から歩み出て、寺内に近づき、低く鋭く絞った声で問う。

寺内は腕時計を見、首を横に振って言う、分からない。彼らしくない。遅れることはめったにないんだ。

くそ、くそ。ついて来い――

おまえは歩きだす、次いで走りだす、おまえたち二人は走りだす。朝の銀座通り、日本橋で川を渡り、それから通りを横断し、三越百貨店へ、その南口へ行く。その横丁には自動車が一列に駐めてある。おまえたちがその列に沿って歩いていくと、黒いビュイックのセダン、ナンバー４１１７３の脇に来る、運転手は居眠りをしている、後部座席は空――

くそ、とおまえは小声で悪態をつく。

この横丁、この百貨店の、日陰で、影の中で、寺内は自分の顔を拭い、首筋を拭い、また腕時計を見、首を横に振り、言う、どうする？

ついて来い、とおまえはまたそう言い、すでに通りを渡り始めている、百貨店の出入り口に向かって歩いていく――

寺内が言う、でもメアリーが言うには――

メアリーはどうでもいい、とおまえは言い、出入り口をくぐり、店内に入り、帽子を低く引き下ろし、あちらに、こちらに、視線を投げながら、ささやく声で言う、一体どこにいるんだ。

一階中央の柱の足元で、寺内はまた顔を拭い、首筋を拭い、腕時計を見て、言う、俺たちをすっぽかしたのかな。

それじゃなぜ外に運転手がいるんだ、とおまえは言い、同じく腕時計を見る。われわれは遅すぎたんだ……

それともメアリーが彼に警告したとか。

それじゃ二人はどこにいるんだ、とおまえは言う、上着の内ポケットに手を入れ、手帳と万年筆を出し、頁を一枚破り、名前を一つ、数字を一連なり走り書きして、その紙を、走り書きのメモを、寺内に渡す。地下へ降りて、喫茶香港へ行け、われわれがいつも会う場所だ、そこに電話がある。この番号にかけて、この男を呼び出すんだ――

スウィーニー。寺内は走り書きを判読して、そう訊く。

そうだ、おまえはうなずく。公安課の捜査官だ。闇市のギャングを取り締まる、有名な男だ。

何て言えばいい。

下山総裁が誘拐された、日本橋の三越で攫《さら》われたと言え。

でもそれはまだ……

いや分かっている、とおまえは言う。わたしには分かっている、いいから電話しに行け、そして店でわたしを待っていろ、おまえは低く鋭く言い、体の向きを変えて、また店内の捜索にとりかかる、店の一階を見て回る、帽子を低く引き下ろし、あちらに、こちらに、視線を投げながら、化粧品売り場、雑貨売り場、それから履物売り場と見ていく。陳列ケース、ガラス板を敷いたカウンター、無限の反射、光のトリック。二度、おまえは二度、彼を見たと考える、前方を歩いている彼を見つけたと考える。間違いない、絶対だ、そう思って、足を速め、脇をすり抜けて追い越し、くるりと向き直ると、人違い、二度とも人違い。何度も何度も、まずいことになった、まずいことになったとささやき、繰り返し繰り返し、彼はどこへ行った、どこへ行ったとささやきながら、便所を探す、誰もいない便所を探す、それから階段を降りて、H階段を降りて、地階へ行く、そこでも、あちらに、こちらに、視線を投げ、こちらに、あちらに、視線を投げる。案内所の前を通り、出入り口から、地階の出入り口から外に出る、通路に出る、地下道に出る、ここにいるはずだ、この辺にいるはずだ、まだこの辺にいるはずなんだ――

いた、彼がいた、と言いながら、寺内が、通路をおまえのほうへやってくる――

見つけたか、どこにいる。

例の喫茶店に……

誰と一緒だ。

塩澤と……

何だと、向こうに見られたか。

寺内はかぶりを振る、いや、見られてないと思う。向こうが入ってきた時、俺は電話をかけてた……

じゃスウィーニーと話したんだな。

寺内はまたかぶりを振る、いや、俺は先方が出るのを待ってて、もう少しで話すところだったんだが、総裁と塩澤が入ってきたから、電話を切ったんだ。ほかにどうしていいか分からないし、向こうに見られたくなかったから、だから、切っちまった……

でも二人はまだ店にいるんだな。

寺内はうなずき、たぶん、と言う――注文をして、腰を据えて話しだす感じで、すぐ店を出るような様子はなかった……

ほかに誰か見なかったか、とおまえは訊き、周囲を見回し、地下道の左右の方向を見る。誰か見覚えのある人間は。

寺内は首を横に振り、いや二人だけだ、と答える。

よし、とおまえは言い、また周りを見回し、地下道の左右の方向を見ながら、考え、迷う――

どうする、と寺内が訊く。

待つ、見張る。

メアリーは。

メアリーを見たのか。

寺内はまたかぶりを振り、いや、と言う。

よし、それじゃこうしろ、とおまえは言う。おまえはあそこに立つ、あの柱の陰だ、香港の入り口を見張るんだ、わたしはここで見張る。

出てきたらどうする。

とにかく今言ったことをやれ。いいな。

ちっとつぶやき、首を振り振り、寺内は円柱のほうへ歩いていき、円柱の陰に立って、喫茶香港の入り口を見張りながら待つ、見張りながら待つ――

見張り、待ち、見張る。おまえは腕時計を何度も見ながら、喫茶店の入り口を見張る、じっと待ちながら見張る。そして必死に考える、出てきたらどうする、どうする――

喫茶店の入り口のドアが開く。下山総裁と、塩澤とおぼしき男が出てきて、握手をし、別れる。下山は地下鉄の乗り場のほうへ、塩澤は通りに上がる階段のほうへ歩きだす――

おまえはくそ、と悪態をつき、寺内のところへ駆け寄り、寺内の腕をつかみ、低く鋭く言う、リストをよこせ、早く！

寺内は上着の内ポケットから封筒を出し、おまえに渡して言う、で、どうするんだ。

おまえは塩澤を追え！

あんたは――

おまえは地下鉄の乗り場のほうへ走り、改札を通り、階段を駆け降り、つまずいて転びそうになりながら、プラットホームに出る。東に向かう浅草行きの電車と、西に向かう渋谷行きの電車が、同時に入線する、プラットホームにはすでに大勢の人間がひしめいている。おまえは降りてきた人やこれから乗ろうとする人を、押しのけ、掻きのけながら、プラットホームを強引に進む、おまえは人群れに目を走らせる、顔、髪、衣服に目当てのものを探す。おまえは白っぽい夏の背広を見つける、無帽の頭、横顔、眼鏡のつる、ロイド眼鏡のつる。電車に乗り込むその男の背中を見る、東に向かう電車、浅草行きの電車だ。おまえは電車に飛び乗る、その同じ電車に乗る、一両おいて隣の車両に乗る、扉にはさまれそうになる、腕をとられそうになる。上着の裾を引き抜き、車内を、おまえが乗った車両の中を歩きだす、隣の車両に移る、その車両の端まで行く。おまえは連結部の扉の前、次の車両とおまえの車両の間の扉の前に立ち、男を注視する。この〝鉄道を愛する男〟、〝幸運児〟の下山定則は、車内で立ち、吊革につかまり、揺られている、電車の動きに合わせて前後に揺られている、頭を垂れ、顔は影に包まれ、影の中で何か考え込んでいる様子。おまえは封筒を、リストを、上着の内ポケットに入れ、ハンカチを出して、顔を拭い、首筋を拭う。ハンカチをズボンのポケットに戻し、また扉のガラス窓越しに、隣の車両を見る、隣の車両の男、〝鉄道を愛する男〟を見る、電車は神田、末《すえ》広町《ひろちょう》、上野広小路《ひろこうじ》、上野と、各駅停車だが、男は降りない。稲荷町《いなりちょう》、田原町《たわらまち》、浅草、終点だ。おまえはまた顔を拭く、首筋を拭う、急いで拭き、急いでまたハンカチをしまう、封筒を、リストの入った封筒を取り出し、この男を追う、下山を追う、男は電車を降り、プラットホームに出て、プラットホームを歩き、階段を昇る。昇りきると、改札を通り抜ける、おまえは改札係に詫びの言葉を言い、硬貨を一つ渡し、さらに男を追い続ける、この男、下山は上り勾配のついた通路を歩いていく。おまえは男の頭に、頭の後ろに目を注ぐ、男の背広に、白っぽい背広に目を注ぐ、それから後ろを振り返る、自分の背後を振り返る、ときどき、時折、背後を確認する、何度も確認する、誰かが自分を見ていないか、誰かの目が自分の頭の後ろに、背広の背中に、注がれていないか確かめる、おまえはその男のあとを追う、その男、下山のあとを追う、下山は地下の出入り口から、別の百貨店、松屋に入る、おまえは封筒を、リストを手にあとを追う。おまえは時機を待つ、格好の時を待つ、その男、下山の肩を叩き、リストを手渡すのにちょうどいい時を待つ。だが下山は人の群れから、大勢の人の群れから離れず、東武線の駅への階段を昇っていく、それから切符を、またしても切符を買い、さらに階段を、二つ目の階段を昇り、プラットホームに、東武線のプラットホームに出る。くそ、とおまえは心中で悪態をつく、もう一度くそ、と悪態をつく、一体どこへ行く気だと考え、おまえも切符を買う、そして彼のあとを追う、急ぎ足で、急ぎ足で、階段を昇り、一段飛ばしで階段を昇り、改札を通り抜け、プラットホームに出る。おまえは男が人込みの中にいるのを、大勢の人の中にいるのを見る、男が電車に乗ろうとしているのを見、次いで乗るのを見る。くそ、とおまえは心中で悪態をつく、もう一度くそ、と悪態をつく、おまえは後ろを見る、また自分の背後を見る、目を探す、電車に乗り込もうとしている自分を見ている目がないか探す、また電車に乗る、今度も一両置いて隣の車両に乗る、また扉が閉まる。おまえはまた自分の乗った車両の中を歩く、隣の車両に移る、その車両の端まで行く。おまえはまた連結部の扉の前、次の車両とおまえの車両の間の扉の前に立ち、隣の車両にいる男を注視する、この〝鉄道を愛する男〟、〝幸運児〟の下山定則をじっと見つめる、下山は今回は座席に座るが、またしても顔を向こうへ向けている、窓の外を見ている、扉が閉まり、電車が動きだす、駅を、浅草駅を出発する、下山は影の中で、何か考え込んでいる。おまえはまた封筒を、リストを、とりあえず上着の内ポケットに戻す。いつ渡そうか、いつ渡せばいいのか、と考えながら、またハンカチを出し、顔を拭い、首筋を拭う。おまえはまたハンカチをズボンのポケットに戻し、それから扉の窓越しに、隣の車両を見る、隣の車両にいる男を見る、この〝鉄道を愛する男〟は、まだ窓に顔を向け、窓の外を見ている、そのうち電車は川を、隅田川を渡り、ずんずん先へ進む、業平《なりひら》橋《ばし》、曳舟、玉《たま》ノ井《い》、鐘《かね》ヶ淵《ふち》、堀切《ほりきり》、牛田《うしだ》、そして北千住、この列車も各駅停車だが、この男、〝鉄道を愛する男〟は降りない、電車は、この電車は、別の橋を渡って別の川、浅草川を渡る、電車は走り続け、男は乗り続ける、小菅駅のあとは、小菅刑務所の脇を走り、常磐線を、常磐線の線路を高架でまたぎ、五反野駅に着く。そこで突然、急いで、男は立ち上がり、降車する――

くそ、くそ、とおまえは考える、おまえは男のあとを追い、電車を降り、プラットホームに立ち、プラットホームを歩く。ここで何をする気だ、なぜここなんだ、おまえはぶらぶら歩く男を見ながら、いぶかしむ。男は人の群れと一緒に歩き、改札を抜ける、抜けてすぐ足を止め、しばし足を止め、改札係に何か言う。おまえは距離をとったまま、後ろを振り返る、背後を見る、誰も自分を見ていないか確認する、また確認する。おまえが彼を見張りながら彼のあとをついていくのは誰も見ていない、おまえは今改札を通り抜け、駅を出る、五反野駅の駅舎を出る。彼は左を向き、歩き始める、通りを南へ歩いていく、それは広い目抜き通りで、閉店している酒場、閉店している食べ物屋があり、菓子屋があり、金物屋があり、煙草屋があり、食料雑貨店があり、やがて十字路に来る、十字路で彼は足を止める——

くそ、とおまえは心中で悪態をつき、もう一度悪態をついて、立ち止まり、振り返り、後ろを見る。通りはがらんとして誰もいない、人っ子一人いない。今だ、とおまえは思う、今がチャンスだ、おまえは前に向き直り、封筒を、リストを取り出す。歩調を速め、この男に追いつく、左に曲がって東に歩き始めた下山に追いつく。おまえは手を伸ばし、男の袖に触れる、背広の、白っぽい夏物の背広の、袖に触れて、息を切らしながら言う、下山総裁……？

何です、と男は日本語で言い、おまえを見る、ロイド眼鏡越しにおまえをまじまじと見つめる、それからまた、何です、と繰り返す。

失礼、とおまえも日本語で言う、彼を見ながら、このロイド眼鏡をかけた男、白っぽい背広を着た男を見つめながら、それから、ほかの人と間違えた、と言う。

男はふんと笑って言う、どうせ日本人はみな同じに見えるんだろう。

同じに見せる努力をしていればね、とおまえは言う。

ロイド眼鏡越しに、なおもおまえを見ながら、見つめながら、今、彼は頬笑み、それから言う、もちろん、その努力をしていればね。しかし思い出して欲しい。わたしたちはみんな、今はもう同じ側だ——そうだろう。

あんたは一体誰だ、とおまえは訊く。

あんたが知っていると思っていた人間だよ、と男は言い、体の向きを変え、東のほうに向かって歩きだし、通りを渡り、細い溝《どぶ》を越え、二階建ての陰気で貧しげな旅館の木の門の中に消える——

くそ、とおまえはその十字路に向かって声に出して悪態をつく、くそ、くそ、くそ、この何もないうらぶれた場所のただなかで、午後の燃える太陽のもと、おまえは封筒を、リストを上着の内ポケットに戻し、それから上着を脱ぎ、ハンカチを出して、顔を拭い、首筋を拭い、それから腕時計を見る。

くそ、くそ、とおまえはまたそう悪態をつきながら、踵《きびす》を返し、引き返す、十字路から引き返す、何もないうらぶれた場所のただなかで、太陽のもと、燃える太陽のもと、駅のほうへ戻る、すべての忌々しい駅のほうへ、そして列車のほうへ、忌々しい列車のほうへ、路線をもとの方向へ引き返す、二つの路線の両方を引き返す。まずは浅草へ、それから銀座線に乗り換えて、出発点の三越前へ。考え、いぶかる、一体何が起きているのかと、何か手が打たれていることを希《のぞ》み、祈る、何もまずいことになっていないことを祈り、願いながら、おまえは階段を昇り、改札を通り抜け、喫茶店の前、喫茶香港の前を通り過ぎ、通路を、地下道を進み、また階段まで行き、階段を昇り、通りにあがる、外の通り、銀座通りに出る。おまえはまた腕時計を見、また、くそ、くそ、と心中で悪態をつく、そして左を向き、通りを、銀座通りを進む。三井ビルに、おまえの狭い窮屈な仕事部屋に向かいながら、考える、迷う、御茶ノ水へ行って、またカズに会うべきだろうか、また腕時計をちらりと見て、考える、そして気づく、まだ時間はあるかもしれない、ぎりぎりあるかもしれない、そして、そうだ、そうだ、行くべきだ、と断をくだし、歩き続ける、歩き続ける。おまえのビルを、仕事部屋のあるビルを通り過ぎ、ずんずん歩いてそこから離れていく、と、その時、手の感触を、腕をつかんでくる手の感触があって、振り向く、ぱっと振り向く。

何だ——

　おい、ドン・ライケンバック、と、きつい顔立ちの、粗暴そうな若い朝鮮人の男が言う、いかにもやくざらしいシャツとサングラスの姿だ。

何の用だ。

メアリーが俺と一緒に来るように言ってるぜ。

嫌だと言ったら。

なおもおまえの腕を強くつかみながら、男は反対側の手でシャツの裾を持ち上げ、軍服のズボンに挿した拳銃を見せて言う、それは愚かだよ、ドン、メアリーも言ってるよ、いくらあなたでも、ドン、とても愚かよ、ドン、とな。

　おまえはうなずき、頬笑み、言う、じゃ前を歩いてくれ、ついていくから……

　駄目だ、と男が言う。あなたが前を歩くのよ、ドン、絶対に——

　男はおまえに縁石のほうを向かせる、そこには大型の黒い自動車が駐めてあり、後部ドアがすでに開き、開いた状態で待っている、男がおまえを追い立てて後部に、自動車の後部座席に乗り込ませる、そしておまえのあとから、後部座席のおまえの隣に乗り、ドアを閉め、音高くドアを閉める――

車を出せ、飛ばすんだ、と男は運転席の大柄な男に、大きな冬物のコートを着た大男に命じる。もう遅れてるんだ……

行先を訊いてもいいかな、とおまえは言いながら、窓のほうを向く、三井ビルが、おまえの仕事部屋が、日本橋が消えていくのを見る、自動車は銀座通りを疾駆する。

そう遠いところじゃない、と男は言う。

なるほど、おまえはそう言って瞬きをし、もう一度瞬きをして、飛ぶように走る自動車の窓の外を見る。神田を過ぎ、上野に来ると、広小路を左に折れ、アヴェニューNを走り、右折して横丁に入り、裏通りを走り、緩い坂を昇り、やがて自動車は速度を落として、門の前に着く、門は開いていて、自動車はそこを通っていく、看板の脇を通り過ぎていく、看板にはこうある。**立入禁止いかなる者の立入も厳禁。**

二人は並んで、黙々と歩き、旧岩崎邸庭園の門をくぐり、砂利敷きの曲がった坂道をゆっくりと昇ったが、その坂道は、無縁坂、死人たちの坂と平行に走る道で、ぐるりと回って古い旧岩崎邸に至る、その道を、並んで、なおも黙々と、二人は歩き、ゆっくりと歩き、やがて曲がり目で、坂道が曲がるところで、彼は足を止め、息を整え、それから言った、以前はね、といってもそう昔のことじゃないが、この庭園を見たいと思ったら、法務省に申し込んで予約しないといけなかったんだ、というのは、ここは法務省の所有地で、確か最高裁判事の研修に使われていたんだよ。

彼女は頰笑んで言った、それ以前には占領軍に接収されていたんですよね、ここは塀が高いし、高い木がたくさんあるから、外から覗かれて具合の悪い質問をされることがなくて、秘密を、本郷ハウスの黒い秘密を、守るのに都合がよかったから。

その名前を言うのはやめてもらえないかな、と彼は溜め息交じりに言った。今そう呼ぶ人はいないんだからね、仮に以前は呼ばれていたとしても。

彼女はまた笑みを浮かべ、それから言った、仮にって、呼ばれていたでしょう、あなたはそれを知っているし、あなた自身そう呼んでいたでしょう。

　彼はまた溜め息をつき、坂の上を、その薄闇を、初冬の、午後遅くの薄闇を見つめた、坂の上には切符売り場の黄色い淡い灯りが見えており、運悪く旧岩崎邸はまだ開いているようだった。彼はまたしても溜め息をつき、それから唾を飲み、それから言った、君は旧岩崎邸に案内して欲しいと言った、それでわたしは、本当にしぶしぶだが、承知した。もし本当に見たいのなら、中を見たいのなら、急いだほうがいい——もうすぐ閉園時間《クロージング・タイム》だからね。

　彼女は頬笑んで言った、だからこうしてここに来ているんですよね。

　いいだろう、彼はそう言って、またゆっくりと坂を昇り始めた。でももう本郷ハウスは禁句にしてくれないか。ここは、今は旧岩崎邸、つまり以前は岩崎家のものだった邸宅、三菱財閥《ざいばつ》の創業者が建てさせた家だ、設計者はジョサイア・コンドル……

　あなたの大好きな復活大聖堂、ニコライ堂を設計したのもコンドルですよね。

　彼はまた足を止め、息を整え、それから言った、すべてがコンドルの設計とは言えないが、ある意味ではそのとおりだ。最初に図面を引いたのはミハイル・シチュールポフという、ロシアの工学博士でもある建築家だ。しかしそれをもとにコンドルが設計をして建設されたというのは本当だ。

　あなたが復活大聖堂が大好きで、あそこで長い時間過ごしたことがあるというのも本当でしょう。

　まあ若い頃はそうだったかな、と彼は言い、また歩きだしたが、坂の頂上はもうすぐだった。しかし、まだ遅すぎなければ、まだ時間があるなら、見て分かるとおり、岩崎邸は基本的にジャコビアン様式だが、西洋、東洋、日本のいろいろな様式も交じっていて、折衷《せっちゅう》主義建築の記念碑的作品だし、明治という時代がよく表われている建物なんだ……

　だが彼は屋敷を見ていなかった、見ようとしなかった。彼が見ているのは、見つめているのは、木立の上、冬枯れた木の枝の上の、彼の住んでいるマンションの白い壁、木々の向こう、枝の隙間から見える彼の部屋のバルコニーと窓だった。彼は瞬きをし、唾を飲み、もう遅くなってきた、と言った。きっとグレーテが待ちくたびれている、心配している、おなかを空《す》かしている。ちょっと、もう帰ろうかな、君には悪いが、もう帰りたくなってきたよ。

　彼女は頰笑んで言った、これはあなたに関して不思議に思えることの一つですけど、あなたはなぜ今のところに住んでいるのかしら、このすぐ近く、ここが、犯罪の現場が見下ろせる場所に……

　何の犯罪だ、と彼は言い、次いでこうどなった、犯罪なんてなかった、ここでは起きなかった、ここでは何も起きなかったんだ。

　彼女はうなずき、言った、だって、あなたはどこにでも住めたわけでしょう、東京のどこにでも、日本のどこにでも、世界のどこにでも。なのにあなたはここに住むことを選んだ、マンションの目当ての部屋に空き室が出るまで待つことさえした、その部屋には眺めのいいバルコニーがあって、よく見えるんですよね、ここの庭園が、この屋敷が、犯罪の現場が……

　何の犯罪だ、とまた彼は言った。犯罪なんて何も——

　彼女は頰笑み、言った、いいえ、わたしにはあなたが見える、ええ、見えるわ、あなたが見える。小さなバルコニーで、あなたの小さな窓の内側で、いつも外を見張っている、いつも外を眺めている、警戒している、そう、そうよ。見張りをしている、それがあなたなの、そうでしょう。〝監視者〟、〝見張り〟、彼が帰ってこないのを、彼らが帰ってこないのを、ああいうことすべてが帰ってこないのを、確かめている、そう、そうなの。それがあなたなのよ、あなたの贖罪《しょくざい》、あなたの受けている刑罰なの。

　違う、と彼は言った、なおも屋敷を見ることなく、違う、と言った。

　彼女は頰笑んで言った、でも彼は帰ってきた、彼らは帰ってきた、ああいうものすべてが帰ってきた、帰ってきている、帰ってくる、いつだって、いつだって、帰ってきた……

　頼む、彼は懇願した。頼む、今はやめてくれ、今はまだ。

　彼女はうなずいて、言った、もう遅いわ、もう時間よ。ほら、お聞きなさい、もう閉園時間《イッツ・クロージング・タイム》よ——


一体どこへ行ってたの、とメアリーが訊く、大きな古い英国風の屋敷の円柱の並ぶ玄関から走り出てきて、大型の黒い自動車の後部座席から降りてきたおまえにそう訊く――

彼の忌々しいドッペルゲンガーを何もないうらぶれた場所まで尾行してきたんだ、とおまえは言い、それから、ここにいるのか、と訊く。

誰が？　とメアリーが訊き返す。

下山だ！

なぜここにいるの。

じゃ一体どこに……？

メアリーがおまえに近づく。おまえの両肩をつかみ、おまえのほうへ身をかがめ、おまえの頬にキスをして、ささやく、お願い、ドン、もうよして、ドン、あなたは背の立たない深みで溺れようとしているわ。

君はそうじゃないということだな、とおまえは言い、彼女を押しのけ、自分は後ろにさがる。君はすいすい泳いでいるわけだ、何もかもうまくやって。

やあお熱いお二人さん、とテキサス訛りの男の声がとどろき、大笑いを放つ。われわれはみんな同じ側にいるんだから。

ドン、とメアリーは言い、目に懇願の色を浮かべて、おまえの目を覗き込み、おまえの体をくるりと回し、声の主と向き合わせる――

それは背が高く、肩幅の広い男で、軍服に、陸軍の制服に身を包み、大尉の徽章《きしょう》のついた軍帽をあみだにかぶって、腰のホルスターに挿した拳銃をずしりと低く垂らしている――

ドン、と彼女はまた呼びかける、この人はジャック、ジャック・ステットソン大尉よ。

君のことはよく聞いとるよ、ドン、とステットソン大尉は言い、おまえの肩をつかみ、腕をつかみ、肩の肉を揉みながら握手をする。ここにいるメアリーと、フランクからな。

フランクを知っているのか、とおまえは言い、後ろにさがって肩と手をもぎ離す。

ボス、と、やくざ風のシャツを着てサングラスをかけた朝鮮人の男が割り込む。俺たちはどうすればいいんですか。

ステットソンはおまえとメアリーからその男のほうへ顔を向け、にやりと笑い、言う、飯を食って、少し寝てこい。今度また夜通し働いてもらうからな。はい、と朝鮮人は言って笑い、おざなりな敬礼をして、冬物のコートを着た大男と一緒にのしのしと歩きだし、わざとおまえに軽くぶつかって、脇を通り過ぎ、屋敷に入っていく。

性の悪いごろつきどもだ、とステットソンは言って笑い、二人を見送る。あいつらがわれわれの側だというのはありがたいことだが、それでも用心して、手綱を締めておかねばなるまいよ。

おまえはうなずく、それからまた言う、で、フランクを知っているのか。

誰でもみんなフランクを知っておるさ、そうだろう、ドン？

メアリーがおまえの腕に触れ、肉をつかんで、言う、ジャックは今わたしたちと一緒に働いているのよ、ドン。いつから。

君らが上海を失った時からだよ、ドン、あの時からだ、とステットソンは言い、にやりと笑う。君らの頭の上に屋根が落ちてきた時からさ。

なおもおまえの腕に触れ、その肉をぎゅっとつかみ、おまえの背中に手をあてながら、メアリーは言う、今は何もかも変わってしまっているのよ、ドン。

この夏、この夕暮れ、おまえは首を巡らしてメアリーを見ることをしない、ステットソンを見ることをしない。この夏、この夕暮れ、おまえはこの広壮な、古い、英国風の屋敷を見る、見つめる。ここに、塀の後ろに、木立の後ろに隠れて、暗がりの中に隠れて、おまえは見つめ、唾を飲む、唾を飲んで、下山は？と言う。

ドン、彼女はささやく、お願い、やめて……

おい、お熱いお二人さん、ステットソンはそう言って笑い、自分の顔をぴしゃりと叩く、蚊を叩く。中に入ろう、喋《しゃべ》くるのは中でやろう、でないと生きたまま蚊に食われちまうぞ、なあ。

そうね、ジャック、メアリーはうなずいて、おまえのそばを離れ、屋敷のほうに向かう、屋敷の柱の並ぶ玄関のほうへ——

ちょっと待った、カウガール、とステットソンは呼び止め、牧場で牛を柵の中へ追い込むように、おまえたち二人を屋敷の左側へ連れていく。ここにはいいビリヤード室があるんだ、ぜひ見てくれ……

彼は案内する、おまえたちの背中を押して、横手の塀に開いた門から中に入らせ、木立の間を通る曲がった短い小径を進ませ、本館とは別の木製の小屋に導く、東京の真ん中の、この庭園の中に、スイス風の山小屋があるのだ。それは丸太小屋で、窓と戸口には木の鎧戸《よろいど》があり、小屋の側面の端から端までの長さのベランダがあり、ベランダは庭に面していて、その庭は夕闇に浸されている――

まあ、とメアリーは言いながらベランダに上がり、それから入り口から中に入る。おとぎ話みたい、まるで『白雪姫』ね！

ハイホー、ハイホー、とステットソンは歌う。ハイホー、ハイホー、ハイホー――ほら、一緒に歌わんか、ドン……

おまえは歌わない、が、頰笑みを浮かべる、違う歌を口遊《くちずさ》みながら、夕闇の中、庭からベランダに上がって、灯りの点った小屋に入る。壁が羽目板張りの広い部屋の真ん中に、裸電球が一つぶらさがっている。本棚が何本かあるのに本は少ししかなく、代わりに地図がある、二つの大きなビリヤード台の上に何枚もの地図がひろげてある――

突然、一人の男が床から迫《せ》り上がってくる、床の左のほうに穴が空いていて、地下から上がってくる。それは瘦せた男で、仕立てのいい背広を着て、地下から階段を昇ってくるのだ。男はメアリーに頰笑みかけるが、おまえを見ると、ぴたりと動きを止め、頰笑むのをやめ、ステットソンに顔を向け、ステットソンを見て訊く、誰がこの男を――

おい、ドン・ライケンバック、こんばんは《グーテン・アーベント》とか何とか、ドイツ野郎らしい挨拶をこのディック・ガターマンにしてやれよ、とステットソンは言い、メアリーのほうを向いて、笑って言う、なあ、メアリーよ、くそったれGHQでドイツ系じゃないのは俺とおまえさんだけだろうぜ！

わたしはGHQの人間じゃない、と言いながら、おまえはディック・ガターマンと握手をする。外交局経済課の者だ。

ガターマンはうなずき、頰笑む。知っているよ。ディックはどんな人間のどんなことでも知ってるんだ、そうだろ、ディック？　とステットソンは言って笑い、それからこう続ける、ほとんどどんなことでもな……

電話だ、ジャック、とガターマンが言う。

今出なきゃいけないのか。

ガターマンはうなずく。ああ今だ、ジャック。

じゃ、お熱いお二人さんは寛いでいな、とステットソンは言う。なるたけ早く戻ってくるから、そしたら晩飯を誂えて、食いながらもう少し話そう、いいな。

分かった、とメアリー。

おまえはうなずき、ステットソンがガターマンのあとから穴に降りていくのを、地下に消えていくのを見、それから体の向きを変えて、部屋を出て、ベランダに立ち、また夕闇の中で、静かな闇の中で、すでにほとんど完全に沈黙している闇の中で、庭を眺める——

サアサア、レイレイ……

ドン、とメアリーがおまえの背中に両手をあて、背中に触れて、穏やかに、優しい声で言う。フランクはわたしたちみんなにうまくやってもらいたがっているわ。

おまえは振り向かない、振り向いて彼女を見ることをしない。おまえは夕闇を見つめながら言う、そうなのか。フランクは君にそう言ったのか。しかしあの連中は何なんだ、一体何者なんだ。

Z機関、と彼女はささやく。こっちでも本国でも非公式の組織よ。主な任務は対中工作で、台湾を拠点に活動しているけど、旧日本陸軍の人材も活用しているわ。

マックやウィロビーは知っているのか。

マックはもちろん知っているわ。彼は中国を奪還して、共産主義勢力をモスクワまで押し返したがっている、そのためには原爆投下も辞さずという考えよ。

おまえは首を横に振り、瞬きをし、それからまた瞬きをし、なおも外を見続ける、夕闇を見つめ続ける、そして唾を飲み、それから言う、わたしたちはここで何をしているんだ。

メアリーは両手と、今は頬も、おまえの背中につけ、ささやき声で、こう言う、今はわたしたちみんなが同じ側なのよ、ドン。

おまえは体の向きを変え、両手を持ち上げ、彼女の肩をつかみ、しっかりつかみ、彼女を見つめ、言う、で、下山は。

悪い知らせだぞ、君たち、とステットソンが言う、言いながら階段を上がってくる、地下から、穴の中から、上がってくる。電話は医者からだった……

　おまえはメアリーの肩を離し、ステットソンのほうを向く。医者って何だ。

　俺が下山を助けに行かせた医者だよ……

　何の話をしているんだ、ステットソン。

　まあ落ち着くんだ、カウボーイ、ステットソンはそう言いながら、おまえのほうへ歩いてくる、ホルスターに挿した拳銃の握りに片手をかけて。今、その拳銃を手にとり、にやりと笑う。俺はただの雇われガンマンなんだよ。

　おまえはステットソンから離れ、メアリーを見るが、彼女の目はステットソンのほうを向き、ステットソンを見つめている。彼女は首を横に振り、ステットソンに向かって首を振りながら、つぶやく、そんな、まさか、まさか——

　おまえはまたステットソンを見る、ステットソンを見つめて、言う、おまえは言う、叫ぶ、一体何が起きているんだ。

　駄目だったんだ、とステットソンは言う。医者はベストを尽くしたと言っているが、彼は逝ってしまった。総裁殿は目を覚まさなかった。

　天皇は死んだ。日ごと日ごと、夜ごと夜ごと、彼はさらに多くの血を受容し、さらにさらに多くの血を受容したが、血圧は低迷し、呼吸は緩慢で、やがて木曜日には、昏睡に陥り、昏睡状態になり、それから今朝、一九八九年一月七日土曜日、午前四時、危篤となり、昭和の六十四回目の年の、午前六時三十三分、天皇は死に、彼の時間は停止した。

　音楽がやみ、死が告げられた時、ドナルド・ライケンバックはただ一言、ああ、とだけ言った。瞬きをし、もう一度瞬きをし、それから腕時計を、自分の腕時計の夜光塗料の光る針を見たが、その針も止まっていた、六時三十三分で止まっていた。彼は溜め息をつき、もう一度溜め息をつき、それから言った、また、ああ、と言った。

　無頓着に、グレーテは彼の周りで踊り歌う、彼はグレーテの皿と水の容器を床から取り上げて、流しのほうへ歩いた、ゆっくりと歩いた。皿と器に湯をかけ、洗い、拭いた。水になるまで湯を出し続け、器を水で満たし、それから流しの上の棚を開けた。ツナの缶詰を一つとり、蓋を開け、皿にツナを出し、手をガウンのポケットに入れた。封筒を取り出し、声を殺して泣き、できる限り静かに泣きながら、封筒に入っている錠剤を砕いた粉を皿のツナに混ぜた。皿と水の器を床に戻したが、グレーテには話しかけなかった、話しかけることができなかった、グレーテを見ることすらできなかった。涙を拭き、目を乾かそうとしたが、できなかった、涙は止まらなかった。冷蔵庫を開けて、杏《あんず》のジャムを出した、瓶にはほとんど中身が残っていなかった。引き出しからスプーンを出し、瓶の蓋を開け、スプーンを瓶の中に入れ、次いで口に入れた。封筒を取り上げ、口を開き、自分の口も開け、粉の残りを注ぎ込んで、ジャムと一緒に食べた。封筒をくしゃくしゃにして、プラスチック製のゴミ入れに捨て、ツナの空き缶を洗い、ジャムの空き瓶を洗い、ゴミ入れのそばのビニール袋に入れた。

　みゃお、とグレーテは言い、彼の脛に、ふくらはぎに、頭をすりつけ、パジャマのズボンの脚の間に入ってきた。そのグレーテを持ち上げ、両腕で抱き、撫でながら寝室へ運び、途中、ラジオを消し、新しい時代の名前の紹介を消した。平成、すなわち、世界平和の達成。

王は死せり《ル・ロワ・エ・モール》、新王万歳《ヴィーヴ・ル・ロワ》、と彼はささやき、抱いたグレーテを撫でながら、彼女を畳敷きの寝室へ、ベッドへ連れていく、彼女を何度も何度も撫でながら、泣きながら、ささやく、ごめんよ、ごめんよ、ごめんよ、グレちゃん、グレちゃん、ごめんよ、ごめんよ、死者は生者をとらえる《ル・モール・セジ・ル・ヴィフ》（〝相続は死とともに効力を生じる〟という意味の法格言の直訳）。

サアサア、レイレイ……

雨が、風が、窓を、窓ガラスを打ち、カーテンの向こうの窓ガラスを打ち、カーテンはまだ閉まったままだが、隙間があり、そこから灰色の光が漏れていて、彼はベッドにぐったり身を横たえ、猫を抱いたまま、両腕で胸にしっかり抱いたまま、彼女の頭を撫で、背中を撫で、彼女の温《ぬく》みが毛衣から、肉から、骨から、だんだん退いていくのを感じた、彼女がゆっくりと、ゆっくりと息づく、その間、彼は待った、待ちながら泣いた、口遊もうとした、歌おうとした、泣きながら歌おうとした、子守唄を、デッカーの子守唄を。おもりはほねだ、ねんねしな、だいじなお子だ、おもりしよ……

誰も大事に思っちゃいない、とおまえは言う。彼らは気にしない、われわれも気にしない、日本人も……ドーム屋根を頂き十字架を掲げる大聖堂の、その影の中に建つ神学校、そこの彼の寝室、彼のベッドで、カズはおまえの髪を撫で、頰を拭き、言う、わたしは気にしているよ、ドン、君もそうだろう。

充分じゃない、とおまえはささやく。全然足りない。カズはまたおまえの頰を拭き、おまえの頰にキスをし、それから唾を飲んで、言う、わたしたちはできる限りのことをしたんだ、ドン。

そうなのか、とおまえは言い、カズを押しのけ、ベッドで半身を起こして、また問い詰める、そうなのか。わたしたちは何をした。何もしちゃいない！　手をこまねいて、みすみす罪もない人間を死なせてしまったんだ。

カズも体を起こし、首を横に振って、こう言う、そうじゃないよ、ドン、それは本当じゃない。まず彼は罪もない人間じゃなかった、罪がまったくないとは言えなかった。彼はみずからの指示で十万人の労働者の首を切ろうとしていた、十万人の労働者とその家族を路頭に迷わせようとしていたんだ。だから何の罪もないとは言えないんだよ——

でも彼を死なせたからといって労働者の首がつながるわけじゃなかった、家族が路頭に迷わずに済むわけじゃなかった、そうおまえは叫び、ベッドを出て、服に手を伸ばす。何も変わらなかったんだ。

カズはベッドの端に座り、おまえを見上げて、うなずきながら、確かにまだ変わってはいないよ、ドン、今はまだね——でもこの計画、戦略がどういうものかは知っているはずだ。これはやる必要のあることなんだよ。

なるほど、とおまえは言い、ズボンをはき、シャツのボタンを留める。でも街頭にバリケードが築かれて革命が起きる気配はないじゃないか。現実に起きたのは、一人の人間が、罪のない人間が、綾瀬駅の近くの線路で死体となって発見されたということだけだ——

十万人の労働者が彼のせいで職を失ったというのも現実に起きたことだよ、とカズは言い、腰を上げる。彼とヤンキーのボスたちのせいでね。そのヤンキーのボスたちは君のボスたちでもあるんだ、それを忘れないでくれ、君のボスたちだよ、わたしのじゃなく。

おまえは上着を着、彼を見つめる、そして言う、なあ、わたしは君に言ったはずだ、警告したはずだ。すると君は党に知らせると言った、間違いなくモスクワに知らせると言った——そして実際知らせたと君は言ったな。

ああ、知らせたとも、とカズは言う。

おまえは帽子を取り上げ、首を横に振る。それじゃモスクワは知っていたんだな、なのに何もせずに傍観していた、ほかの誰かが〝やる必要のあること〟をやるのを待っていたわけだ。

われわれは戦争をしているんだ、ドン。戦争を——

もう戦争はしていない、とおまえは言い、カズの部屋のドアを開ける。わたしはもうしていない——彼らに言っておいてくれ、もう終わりだ、わたしは抜けると。

そんな単純な話じゃないんだ、とカズは言い、じっと立ったまま、おまえを凝視する。いち抜けた、とはいかない——

そうか。じゃ見ていろ、とおまえは言い、部屋を出て、廊下を進む、神学校の廊下を歩いていく……

彼らから離れることはできないぞ、ドン、わたしからもだ。

でもおまえはもう耳を貸さない、カズの言葉にも、彼らの言葉にも、誰の言葉にも、もはや一切。ただそのままずんずん歩き、神学校を出、庭を通り、門をくぐり、後ろを振り返らない、ドーム屋根を頂き十字架を掲げた大聖堂を振り返らない。坂をくだり、坂を昇り、駅に入る。プラットホームに立ち、電車を待つ、最初に来る電車を待つ。しゃがんで靴の紐を結び直すことはしない。それはせず、最初に来た東京行きの電車に乗り込む。東京で降り、階段をくだり、改札を出て、できる限りの早足で八重洲ホテルに向かう。ホテルの日除けの下をくぐり、ロビーに入り、フロントへ行く。フロント係に封筒を一枚と言い、それを受け取る。上着の内ポケットから手帳と万年筆を出し、手帳の頁を一枚破り取り、〝終了時間《イッツ・クロージング・タイム》だが、Ｚ機関はいかなる責任も負わない〟と走り書きをする。その紙を折り、封筒に入れ、封をする。それからまたフロント係のほうを向き、公安課のミスター・ハロルド・スウィーニーの部屋の番号を訊く。そして告げられた番号を、封筒に書いたスウィーニーの名前の下に書き添える。その封筒をフロント係に渡し、オ願イシマスと日本語で言う。うなずくフロント係に、おまえは背を向けて歩きだし、ロビーを出、八重洲ホテルを出て、さらに歩き続ける。昼前から、昼過ぎにかけて、街の中を、ずんずん歩き、歩き続けて、帰っていく。家に、黄色い家に帰り、門をくぐり、庭を通り、小径をたどり、ドアの錠の前に来る。おまえは鍵を出し、鍵穴に挿す——

ドアを開けると、玄関に転がった彼女のハイヒールが目に入る。おまえは自分の靴を脱ぎ、家に上がる、そして声をかける、ただいま、今帰ったよ——

彼女はテーブルについている、テーブルには酒瓶が一つ、グラスが一つ、拳銃が一挺。彼女は顔を上げておまえを見る、おまえに頰笑みかける、そして言う、彼女は言う、知ってるわよ、ドン、あなたが何をしてきたか、全部知っているわよ。でもなぜなの、ドン、なぜ？　お願いだから理由を教えて——

彼女は頰笑み、訊いた、あなたは祖国が嫌いだったの。いや、と彼は答え、また缶ビールを一口飲んだ、それは足元に置いたポリ袋の中の最後の一缶だった。わたしは祖国を持たない。

彼女はまた頰笑んで訊いた、それじゃなぜ。

無関心のせいだ。彼はまた缶ビールを一口飲み、蓮池を眺めやった、蓮は萎び、枯れ、立ったまま死んでいた。わたしは無関心が大嫌いだった。

彼女はうなずいて、言った、臆病さじゃなくて？

戦争の前は臆病さを嫌っていたかな。でも戦争のあとは、無関心が一番の罪だと思うようになったし、今もそう思っている。

国家が許可した殺人じゃなく。

君がどう言おうと、どう思っていようと、わたしは名目上の支局長にすぎなかったんだ。

彼女は頰笑み、言った、それじゃあなたは何だったの、ドン——名目ではなくて実質を言うなら。

偽の旗、それと、愚か者。

そして売国奴。

わたしは知らなかった、本当には知っていなかった、と彼はささやく。それを知ってすぐ、わたしは辞めた。辞めて、彼らから離れた。

彼女は頰笑み、言った、彼らはあなたがこそこそ逃げ出すのを許してくれたんですね——あなたは大学で教えたり、翻訳をしたり、好きなことができた……

一旦抜けたら、わたしには使い道がなかった、よく言うように、ワシントンにもモスクワにも。

　身軽で気軽になったんですね。

　わたしならそんな風に言わない。

　彼女はうなずき、言った、どう言いますか。

　わたしはもちろん悔いている、苦い悔いが残っている。わたしがしたこと、言ったこと、態度で示したこと、すべて間違っていた。どの日の、どんなことも、間違っていた――間違って生きた一生だった。

　彼女は頰笑み、言った、下山総裁の追悼碑がありますよね、彼が発見された現場の近くに。

　知っている。知っている。

　彼女は立ち上がり、言った、行きましょう。

　また次の機会にしよう。

　彼女はうなずき、言った、今が次の機会なんです、ドナルド。

　彼は淀んだ池の枯れ蓮から目を離し、最後の缶ビールの残りを飲み干し、空き缶を潰し、ポリ袋に入れて、言った、知っている、とまた言った。

　彼女は頰笑み、言った、お先にどうぞ……

　彼はポリ袋の持ち手を結び、堅い結び目をつくり、ベンチから、もはや彼のではないベンチから立ち上がり、歩き始めた、足早にベンチから離れていく、今度は時計回りに進み、池を離れ、公園を離れ、二人並んで、今は沈黙して、時計回りに歩く、駅へ行き、プラットホームに出、電車を待ち、乗り込み、車内に立ち、並んで立ち、なおも沈黙して、路線をたどった、電車は路線をたどった、犯罪を、犯罪の現場を通過した、終点を、その電車の終点をめざした。

　電車は綾瀬駅に滑り込んだ、この列車はこの駅止まりだ、扉が開き、彼は言った、お先にどうぞ。

　彼女はうなずいた、そして言った、いいえ、あなたからどうぞ。

　彼は頰笑み、電車からプラットホームに降りた、高架線なので、プラットホームは商店やパチンコ店より上にあった。彼はプラットホームの右手のほうを見た、冬の太陽が、地平線と川と街の上にあり、これから沈んでいこうとしていた、彼は彼女に顔を向けて、言った、あっちだ、西口……

　彼女は笑みを浮かべ、また言った、お先にどうぞ。

　彼はまた頰笑んだ、今度は哀しげな笑みだった、それから歩きだした、ゆっくりと、ゆっくりと、プラットホームを歩いた、ほかの乗客が彼をよけ、脇を通り過ぎ、あるいは追い越していく、二人は階段に向かう、その階段をくだり、地上に降り、出口を出るために――

　階段の降り口で、彼は足を止め、下を見下ろした、急な、狭い階段を見下ろした。瞬きをし、また頬笑み、それから手すりに手を伸ばした、そこで背中に手の感触があった、体が前にのめり、足が段を、最初の段を踏みはずし、前のめりの体が宙に浮き、落ちていった――

　階段を下へ、三十六段の階段を落ちて、

　出口へ

　そして――

終了の時《イッツ・クロージング・タイム》

アメリカの世紀の、アメリカの季節の、その黄昏に、彼らはペンシルヴェニア・アヴェニューを車で走り、低所得者層の荒廃した街を抜け、ガスタンクの並ぶ地区を過ぎ、ポトマック川の支流の一つを越えて、ワシントンDC南東部の荒野に入り、灰色の長屋型住宅、空き地、恐竜の骨、インディアンの墓などがある土地を走ったが、やがて塀の上に楡《にれ》の木立が覗く敷地が見えて、赤煉瓦の門までたどり着くと、彼らは、ここだ、と言った。

　門の中に入り、アスファルトの長い通路をたどって、両側の薄闇の中にぼんやり沈んでいる広い敷地内を走り、主要な建物群の外に車を駐めた。車を降りて、中央棟に入り、管理課におもむき、白衣を着た受付係に名前と肩書を告げ、用件を話して、あることを頼んだ。受付係はカードファイルを調べて、どこへ行けばいいかを指さしながら教えた。

　中央棟を出て、アスファルトの通路を横切り、芝生に入った、広々とした芝生だった、そこでは何人かの人がぶらぶら歩いたり、高い柘植《つげ》の木の間のベンチに座ってぼんやり宙を見つめていたりしたが、中に一人、楡の木立の下で、折り畳み式の寝椅子に寝ている男が小さく見えていて、右側には無人の椅子、左側には別の椅子が横倒しになっている、その男は肩幅が広く、灰色の髭をもじゃもじゃ生やし、頭髪を剃り上げ、顔は皺だらけで黄色く、高い頬骨の下で肉が削げ落ち、肌は年齢と風雨に荒れ、世界の年齢と時代の風雨に荒れ、風景の中でただ一つ鉛の色あるいは煙の色をして異質なこの人影、この年をとってかさかさに乾いた男は、縞柄のパジャマの上にガウンを着て、毛布を体にかけ、その古い軍用の毛布の下で、熊の縫いぐるみを胸にしっかり抱えている、その老人は、彼らが近づいてくるのを察知し、感じ取り、顔をそちらに向け、彼らがやってくるのを待つ、老人は待つ。

日が暮れゆく中、この最後の紫色の刻《とき》に、彼女は頰笑んだ、そして言う、スウィーニー捜査官ですか。

そうだ、と彼は言う、昔と同じようにまたそう言った。

彼女はうなずいた、そして言う、終わりました、やりました。

後付

END MATTERS

著者の覚え書き

この小説は、米国主導の日本占領に関わった、あるいはその時代を生きた、多くの日本人とアメリカ人の伝記的事実や回想や著書に材を取っている。その主な人物は、永井荷風、宇野浩二、吉田健一、ポール・ブラム、ドナルド・キーン、ドナルド・リチー、エドワード・サイデンステッカー、ハリー・シュパック。ただし無用の疑いを避けるために言い添えるなら、この小説はその人たちが下山定則の死に何らかの形で関わったと仄めかしているのではない。

参考文献

一九四九年七月五日に起きた下山定則の死は、事件後七十年を経た現在も、公式の解明がなされることなく謎のままになっている。日本ではこの謎を解こうとしておびただしい書物や記事が書かれてきた。下山事件を扱った小説、漫画、ドキュメンタリー番組、演劇、映画も数多く創られた。ある時期には、日本における事件の政治的・文化的意味合いはケネディ暗殺事件に比肩しうる重要性を持っていたと言っても過言ではないほどで、一般の関心は高く、書物や記事の数は膨大で、仮説や陰謀説が花盛りとなった。しかしながら、私の知る限り、事件を扱った英語の書物は、チャルマーズ・ジョンソンの *Conspiracy at Matsukawa* と、Mark Schreiber の *Shocking Crimes of Postwar Japan* があるのみである。ほかには、事件を虚構化して取り入れている手塚治虫の漫画『奇子《あやこ》』の英訳がある。

事件は日本の英字新聞 The Mainichi や The Japan Times、米軍の準機関紙 Pacific Stars and Stripes などにより、英語での報道も広く行なわれた。これらの新聞と、朝日、毎日、讀賣、東京などの日本語の新聞は、貴重な情報源（および誤情報源）である。

事件に関してGHQが作成した記録——そこには現場写真、手描きの地図、部内者のメモ、公安課の作成したノートの写しなどを含む——は、東京の国立国会図書館にあり（the GHQ/

SCAP Records (RG 331, National Archives and Records Service), Box 292, Shimoyama Case - Crime, July 1949 - January 1950)、デジタル資料で閲覧できる。

日本の戦争犯罪人や国粋主義団体や戦後の犯罪組織に関する情報は、米中央情報局（ＣＩＡ）のウェブサイトのLibraryのセクションで閲覧できる。ただし、the Office of Reports and Estimates, CIA Far East/Pacific Branchが提供する週次情報概要は、下山定則の死の前後の分が編集中となっている。そのようになっているのはこの部分だけである。

以下の参考文献リストでは、『ＴＯＫＹＯ　ＹＥＡＲ　ＺＥＲＯ』と『占領都市』で掲げたものは省略した。

『奇子』手塚治虫（雑誌連載、1972-1973／単行本・大都社、講談社、角川書店）
『黒い吹雪』辰巳ヨシヒロ（日の丸文庫、1956／青林工藝舎）
Blum-san! by Robert S. Greene (Jupitor/RSG, 1998)
『謀殺　下山事件』矢田喜美雄（講談社、1973／祥伝社文庫）およびその映画化作品『日本の熱い日々　謀殺・下山事件』熊井啓監督（1981）
『私と20世紀のクロニクル』ドナルド・キーン、角地幸男訳（中央公論新社、2007／『ドナルド・キーン自伝』と改題、中公文庫）
Conspiracy at Matsukawa by Chalmers Johnson (University of California Press, 1972)
『源氏日記』Ｅ・Ｇ・サイデンステッカー、安西徹雄訳（講談社、1980）
『秘密のファイル　ＣＩＡの対日工作』春名幹男（共同通信社、2000／新潮文庫）
『葬られた夏　追跡下山事件』諸永裕司（朝日新聞社、2002）

『天皇の逝く国で』ノーマ・フィールド、大島かおり訳（みすず書房、1994）
Inside GHQ: The Allied Occupation of Japan and Its Legacy by Takemae Eiji, translated and adapted from the Japanese by Robert Ricketts and Sebastian Swann (Continuum, 2002)
『まろやかな日本』吉田健一（新潮社、1978）
Japan Journals 1947 - 2004 by Donald Richie, ed. Leza Lowitz (Stone Bridge Press, 2005)
Jungle and Other Tales: True Stories of Historic Counterintelligence Operations by Duval A. Edwards (Wheatmark, 2007)
『刑事一代　平塚八兵衛聞き書き』佐々木嘉信（日新報道、1975）
『黯い潮』井上靖（文藝春秋新社、1950）
『ＣＩＡ秘録　その誕生から今日まで』ティム・ワイナー、藤田博司・山田侑平・佐藤信行訳（文藝春秋、2008／文春文庫）
『マッカーサーの日本』週刊新潮編集部（新潮社、1970）
『マッカーサーの二千日』袖井林二郎（中央公論社、1974）
『もう一つの太平洋戦争　米陸軍日系二世の語学兵と情報員』Ｊ・Ｃ・マクノートン、森田幸夫訳（彩流社、2018）
『日本占領革命　ＧＨＱからの証言』セオドア・コーエン、大前正臣訳（ＴＢＳブリタニカ、1984）
『宰相御曹司貧窮す』吉田健一（文藝春秋新社、1954）
『桜木町日記　国鉄をめぐる占領秘話』山川三平（駿河台書房、1952）
『占領下日本』半藤一利、竹内修司、保阪正康、松本健一（筑摩書房、2009）

『占領戦後史　対日管理政策の全容』竹前栄治（双柿舎、1980）

『島秀雄の世界旅行　1936-1937』島隆・監修、高橋団吉・文（技術評論社、2009）

『下山事件』森達也（新潮社、2004／新潮文庫）

『下山事件　最後の証言』柴田哲孝（祥伝社、2005／『［完全版］下山事件　最後の証言』祥伝社文庫）

『下山事件前後』鈴木市蔵（五月書房、2003）

「下山総裁謀殺論」、『日本の黒い霧』松本清張（文藝春秋新社、1960／文春文庫）所収

『下山総裁の追憶』下山定則氏記念事業会編（下山定則氏記念事業会、1951）

『新版・下山事件全研究』佐藤一（インパクト出版会、2009）

『資料・下山事件』下山事件研究会編（みすず書房、1969）

『コミック昭和史』水木しげる（講談社、1988-1989）

『春雨物語』上田秋成

『アジアにおける冷戦の起源　アメリカの対日占領』マイケル・シャラー（木鐸社、1996）

The Clandestine Cold War in Asia, 1945-65, ed. Richard J. Aldrich, Gary D. Rawnsley, and Ming-Yeh T. Rawnsley (Frank Cass, 2000)

The Human Face of Industrial Conflict in Post-War Japan, ed. Hirosuke Kawanishi (Kegan Paul International, 1999)

『回想十年』吉田茂（新潮社、1957-1958／中公文庫）

This Country, Japan by Edward Seidensticker (Kodansha International, 1979)

This Outcast Generation and Luminous Moss by Taijun Takeda, translated by Yusaburo

Shibuya and Sanford Goldstein (Charles E. Tuttle, 1967)（武田泰淳「蝮のすゑ」「ひかりごけ」の英訳）
『流れゆく日々　サイデンステッカー自伝』Ｅ・Ｇ・サイデンステッカー、安西徹雄訳（時事通信出版局、2004）
『罠』夏堀正元（光文社、1960／徳間文庫）
『谷中、花と墓地』Ｅ・Ｇ・サイデンステッカー（みすず書房、2008）
『世にも不思議な物語』宇野浩二（大日本雄弁会講談社、1953）
『夢追い人よ　斎藤茂男取材ノート』（築地書館、1989）

謝辞

先に掲げた日本語の文献は、そのほとんどが私には読めないものである。ということで、新聞記事を含む文献の何百頁もの翻訳を提供してくださった永嶋俊一郎ととりわけ澤潤蔵に、大変感謝している。お二人はまた下山事件についての詳細な議論につきあってくださった。この小説はお二人の事件に関する考えを反映したものではなく、お二人への充分な恩返しとはなり得ていないが、ともかくありがとうございました。三宅暁子は、特に一九六四年から一九八八年にかけての東京について多くの情報と翻訳を提供してくださった。暁子とスティーヴン・バーバーと私は何時間もかけてこの小説に出てくるさまざまな場所を歩き、事件のこと、その時代のこと、日本に滞在する外国人や日本人作家の生活のことを議論した。暁子とスティーヴンには大いに感謝している。どうもありがとう。

原稿完成が十年遅れたのは、一つには事件に関する資料が膨大だからだった。イギリス、アメリカ、日本、フランス、ドイツ、イタリア、オランダ、スペインの出版社が忍耐強く支援してくれたことを大変ありがたいと思っている。遅れの弁解をし謝罪をするという喜びのない仕事を引き受けてくださったのは、イングリッシュ・エージェンシー・ジャパンのヘイミッシュ・マカスキルの仕事だった。私のために骨を折ってくださったこと、そしてとりわけかくも長きにわたって、この本に対して熱意と信念を持ち続けてくださったことに感謝する。カサロット・ラムゼイのロブ・クライトのご尽力にもお礼を申し上げる。

本書を執筆する間に次の方々からご助力をいただいたことにも感謝したい。イアン・バーラミ、マッテオ・バッターラ、アンドリュー・ベンボウ、フィリップ・ブリーン、マーティン・コルソープ、イアン・キューザック、ウォルター・ドノヒュー、ポール・フレンチ、マイク・ハンドフォード、クリストファー・ハーディング、長谷川典子、ベン・ハーヴィー、堀篤志、辛島デイヴィッド、クリス・ロイド、ジャスティン・マッカリー、デイヴィッド・ミッチェル、室園直子、中島京子、岡ノ谷一夫、リチャード・ロイド・パリー、ロジャー・パルヴァース、アン・スキャンロン、マーク・シュライバー、ケイティ・ショー、柴田元幸、ピーター・トンプソン、ポール・ティッケル、レイチェル・トゥーグッド、デイヴィッド・ターナー、キャシー・アンスワース。

草稿の段階でコメントと提案をくださったアンガス・カーギル、ソニー・メータ、ヘイミッシュ・マカスキル、三宅暁子、ジョン・ライリーにも感謝の意を表したい。

最後に、ウィリアム・ミラーの信念と助言と熱意がなければ、私は《東京三部作》を書き始め、書き続け、書き終える自信が持てなかっただろう――

ありがとう、親愛なるウィリアム、本当にありがとう。

訳者あとがき

東京在住のイギリス人作家デイヴィッド・ピースの長編小説 *Tokyo Redux*（2021, Faber & Faber）の全訳をお届けする。終戦直後、アメリカ占領期（一九四五年～五二年）の東京で実際に起きた三つの怪事件を描く《東京三部作》、その掉尾を飾る待望の完結編だ。

redux は名詞を後ろから修飾する形容詞で、「帰ってきた～」の意味。タイトルはデイヴィッド・ピースのあの魔都TOKYOがふたたび読者のもとに帰ってきた、ということをまずは意味するが、redux にはさらに深い意味があるようだ。それにはまたあとで触れるとしよう。

第一作『TOKYO YEAR ZERO』は一九四五年から四六年にかけて少なくとも七人が殺された連続婦女暴行殺人事件の「小平事件」、第二作『占領都市』は一九四八年一月二十六日に白昼堂々銀行を訪れた男が女性子供を含む十二人を一挙に毒殺した「帝銀事件」を描いた作品。そして本作がとりあげるのは、「戦後最大の謎」と呼ばれた「下山事件」である。

一九四九年七月五日、初代国鉄総裁下山定則が国鉄本庁に出勤途中、日本橋三越の南口で総裁専用車を降り、五分ほどで戻るから待つようにと運転手に告げて百貨店に入ったきり消息を絶った。そして翌六日の午前零時二十分頃、足立区五反野の、国鉄常磐線の北千住駅 - 綾瀬駅間の線路上、立体交差する東武伊勢崎線のガード下付近で轢断死体となって発見された。

その死因をめぐり、総裁は殺害されてから列車に轢かれたとする他殺説と、みずから線路に飛びこんだとする自殺説が対立した。双方に有力な証拠があり、東京大学の古畑種基教授、警視庁捜査二課、東京地検、朝日、讀賣新聞は他殺説（ただし古畑は死後轢断とするが他殺とは言っていない）、慶應義塾大学の中舘久平教授（本作では長岡教授）、捜査一課、毎日新聞は自殺説と、真っ二つに割れてしまう。

　当時国鉄は下山総裁が指揮をとって十万人の職員解雇を計画、労組は明確に対決姿勢をとり、何者かによる総裁殺害予告も出ていた。そのため他殺説では左翼謀殺説が有力だった。

　本作の第一部では、ＧＨＱ民間諜報局公安課の捜査官ハリー・スウィーニーが総裁の死の謎を追う。まずは公安課その他について若干解説をしておこう。それらはわりとよく知られている事柄なので、小説を読む前に予備知識として入れておいてもさしつかえないと思う。そのあと読後にお読み頂くほうがいい解説が始まるときには警告を入れることにする。

　さて連合国最高司令官総司令部（ＧＨＱ／ＳＣＡＰ）の組織図を見ると、幕僚部に民間諜報局（ＣＩＳ）がある。図ではカッコに入れて示したが、公安課（Public Safety Division、ＰＳＤ）はこのＣＩＳに属している。

　公安課の任務は警察や消防など日本の治安機関の管理監督で、ＧＨＱ内のＦＢＩという位置づけだ。ハリー・スウィーニーはアル・カポネを仕留めた犯罪捜査官の名にちなんで「日本のエリオット・ネス」と呼ばれ、組織暴力の取り締まりに辣腕《らつわん》をふるっている。

　その彼が本務から外れる下山事件の捜査にあたるのは参謀第二部（Ｇ２）部長ウィロビー少将の意向だが、なぜＧ２部長が指図してくるかというと、彼が民間諜報局の局長を兼任しているからだ。つまり公安課は、形式的には幕僚部の組織だが、実質的には参謀部Ｇ２の支配下という位置づけになる。ＣＩＳは時期によっては名実ともにＧ２所属だったので、「Ｇ２のＣＩＳ」と書

連合国最高司令官総司令部（GHQ/SCAP）組織図

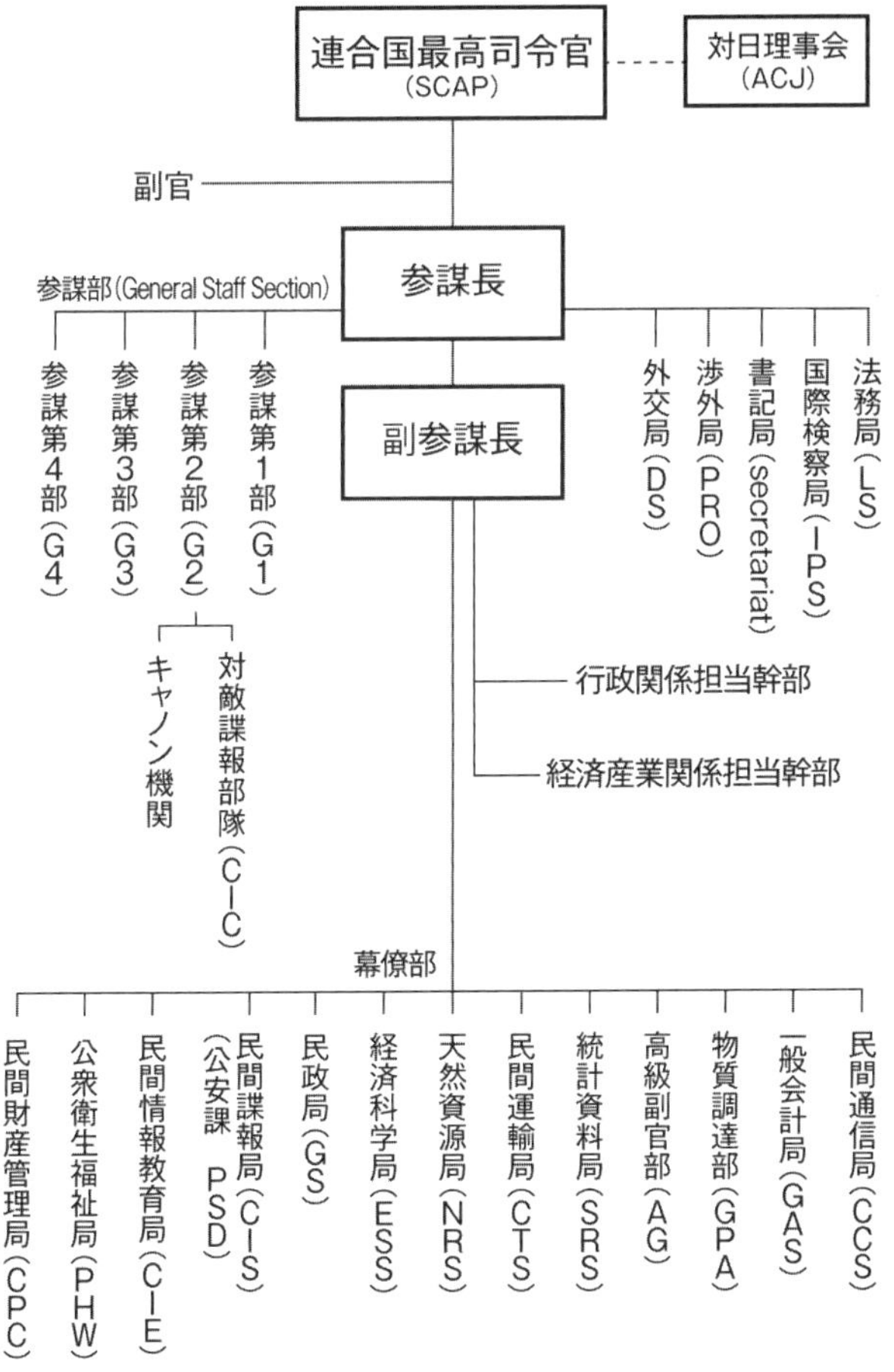

かれていることもある。ついでに言うと、対敵諜報部隊は前頁の組織図でＧ２の下にあるが、これも形の上ではＣＩＳの所属だ。ハリー・スウィーニーはそういう微妙な立場にいるのである。

　Ｇ２部長のウィロビー少将は、日本の民主化をめざす左翼的な民政局と対立し、日本を反共の防護壁にしようとしたいわゆる「逆コース」の主導者の一人として有名である。この民政局とＧ２の対立に着目し、下山事件は左翼謀殺説を広めるためにＧ２が仕掛けた謀略だとする説を提示したのが、松本清張が一九六二年に発表した『日本の黒い霧』（文春文庫）だ。以後、他殺説の主流はアメリカ謀略説であり、矢田喜美雄『謀殺 下山事件』や柴田哲孝『下山事件 最後の証言』（ともに祥伝社文庫）もその延長線上にある。

　Ｇ２が謀略のために活用したのがＺ機関（キャノン機関、本郷機関）で、本拠地は「本郷ハウス」と呼ばれた不忍池に近い旧岩崎邸（現在は東京都立の旧岩崎邸庭園）だった。Ｚ機関のことはまたあとで触れたい。

　あとがきの後半に移る前に一つ注記しておきたいのは、本書に登場する実在の人物は実名の場合と仮名の場合があるということだ。実名のほうは下山定則、ウィロビー、川田和子、山崎たけなどで、仮名組は国鉄副総裁片山之雄（実名は加賀山之雄）、ＧＨＱ民間運輸局長シャノン中佐（同、シャグノン中佐）、長岡教授（同、中舘教授）などだ。振り分けの基準は必ずしも明らかではないが、虚実の境を混乱させるためにあえて若干恣意《しい》的にしているのかもしれない。では次の段落から、第二部以降について、ネタバレぎみに背景的情報を提供していこう。多くは本書の参考文献を読めばわかるのだが、それもなかなか大変なので、重要な点を選んで簡略ながら紹介しようというわけである。

　第二部の主役である私立探偵、室田秀樹は、『TOKYO　YEAR　ZERO』に出てきた元刑事だ。内縁の妻、富永徳子も第一作に登場した。本作で徳子はなぜか行方不明になっていて、しかし不思議なことに、いつも室田に話しかける。その事情は読者が想像するしかないが、本作では（というか本作でも）「行方不明・失踪」が重要なモチーフの一つである。室田は根室洋という男から浮気調査を依頼される。この「根室洋」は安部公房の『燃えつきた地図』で失踪する男の名前だ。

　室田はこれまた失踪した作家の黒田浪漫を捜す。黒田は本書を怪奇幻想の世界に引きこんで異様な魅力を放つが、作者デイヴィッド・ピースの分身的な役割を担う重要な人物だ。彼は小平事件と帝銀事件を扱った小説を書き、下山事件についての小説『夏雨物語』も執筆する（黒田が「私」で語るパートはおそらく『夏雨物語』の原稿だ）。つまり黒田は元祖《東京三部作》の作者であり、『夏雨物語』は『TOKYO　REDUX』の分身なのだ。

『夏雨物語』というタイトルは、まずは下山総裁の死体が夏の深夜に雨の降る線路上で発見されたことから来ているのに加え、もう一つ、上田秋成の『春雨物語』のもじりでもある。上田秋成といえば、『TOKYO　YEAR　ZERO』と密接に関係する『雨月物語』が有名だが、晩年の作品『春雨物語』の十巻本（全十編を収録した本）が紹介され始めたのは一九四九年だった。つまり下山事件の年で、この符合もすごいが、注目したいのはその序文だ。

　秋成はこう書いている。〝昔近頃の出来事など、まことと読んで人に欺《あざむ》かれてきたものを、己《おのれ》また、こうして偽りと知らずに人を欺いている。それもよい。絵そらごと語り続けて、正史であるとありがたく読ませる人もあるのだから……〟（『新編日本古典文学全集78』小学館、中村博保による現代語訳）。

『雨月物語』の序文では、物語で人を惑わすのは罪深いとされるが、『雨月物語』は怪異譚で、誰も現実の話とは思わないから罪はないと自己弁明していた。それに対して『春雨物語』は史実に基づく歴史小説を含み、意図せず人を欺く可能性があるが、少なくとも自分には「絵そらごと」を「正史」と言いくるめるつもりはなく、事実の部分も含めて虚構なのだと言っているように受け取れる。下山事件という史実に基づく小説を書くにあたって、デイヴィッド・ピースは何も事件についての新説を提唱しようとしているわけではなく、あくまで虚構として意味のある世界を創っている。その方法論的意識がこの『春雨物語』への参照に現われている。

下山事件やケネディ暗殺事件は、作り話を事実として言い広める陰謀説を生みやすい。いろいろなことを無理やり結びつけるのは陰謀説の特徴だが、面白いことに、デイヴィッド・ピースの小説技法の重要な部分は、本来無関係と思われるいろいろなことを結びつけたり連想させたりするところにある。早い話、小平事件と帝銀事件と下山事件を結びつけて三部作にし、そこに通底するものを探るというのは、下手をすると、ほら、あれもこれもアメリカの陰謀なんだよ、といった立派な陰謀説になるわけだ。

まさにそれをしているのが黒田浪漫で、下山事件を解けばあらゆる事件が解けるなどと陰謀説の詩をうたっている。しかし、もちろんデイヴィッド・ピースがやろうとしているのは陰謀説の流布ではない。絵そらごとを絵そらごととして膨らませ、より高いレベルでの真実を探ろうとしている。そして、その意味でなら、「下山事件を解く者は／凡る事件を解く者也」と言えるのかもしれない。本書巻頭の黒田の詩は両義的なのだ。

事実と虚構の関係では、黒田と塩澤が引用する『紅楼夢』の有名な一節も重要だ。本書では松枝茂夫訳を使ったが（本書二七三頁）、原書英文の直訳も理解の一助となる。〝Truth becomes fiction when the fiction is true. And the real becomes not-real when the unreal is real.（「虚構が真実であるとき真実もまた虚構となる。非現実が現実であるところ現実もまた非現実となる」）〟。この言葉も両義的で、ドナルド・トランプがこううそぶくとおぞましいが、虚構によって一次元高い現実を提示しようとする文学的志向のマニフェストにもなるわけだ。

黒田浪漫は「ラスト・クラブ」爆殺計画をきっかけに下山事件の「真相」に気づく。この元ネタは吉田健一『宰相御曹司貧窮す』所収の「貧乏物語」だ。吉田が、この方法で売れっ子作家連を爆殺してしまえば自分に仕事が回ってくるのにと冗談で考えたのだ。黒田浪漫が死を願った大物探偵作家、横川二郎のモデルは江戸川乱歩か。地味な名前は乱歩の本名、平井太郎が元だからだろう。乱歩は「日本推理作家協会」の前身である「日本探偵作家クラブ」の初代会長だが、原書の団体名を直訳して「日本探偵作家協会」とした。

黒田浪漫の拉致監禁は、鹿地亘事件がモデルだろう。一九五一年にプロレタリア作家鹿地亘がZ機関に拉致され、本郷ハウスに監禁されてアメリカのスパイになるよう強要された事件だ。Z機関の長ジャック・キャノン中佐は、本書ではジャック・スタントン中佐。プロローグで他殺か自殺か不明の死体で発見される。これは一九八一年にキャノン中佐の身に実際に起きたことだった。

ここで冒頭で予告した redux の含意の話をすると、この言葉はもともと「（戦争や追放から）帰ってきた」という意味のラテン語で、戦争の影を感じさせる言葉だ。《東京三部作》では復員兵や七三一部隊や旧日本帝国軍人など、「戦争から帰ってきた」者たちが重要な役割を担っている。本書で描かれる「逆コース」も古い日本の復活だ。G2は戦前の特高や日本軍の特務機関、高級参謀など、追放されたはずの軍国主義者たちを大勢雇い入れた。黒田浪漫が秘密パーティーで出会う二人の日本人もそのような「戦争や追放から帰ってきた」男たちらしい。あの場面で列車爆破が語られるとき、読者の耳に張作霖《ちょうさくりん》爆殺事件の汽車の音が響き、下山総裁を轢いた汽車の音と谺し合うように、デイヴィッド・ピースは企んでいる気がする。

第三部で主役をつとめる、アメリカ人の日本文学翻訳家で愛猫家のドナルド・ライケンバック（Donald Reichenbach）は、英語式発音の「ライケンバック」をドイツ語に戻すと「ライヘンバッハ」で、シャーロック・ホームズ・ネタの遊びとわかる。またその名前は、アメリカ人の映画監督で、日本映画を紹介した映画評論家、ドナルド・リチー（Donald Richie）から一部を借りているだろう。

しかしライケンバックの主なモデルは、アメリカ人の日本文学者で翻訳家のエドワード・G・サイデンステッカーだと思われる。

サイデンステッカーは一九四五年に海兵隊員として佐世保に来た。その後母国の大学で本格的に日本語を学んだあと、一九四八年に国務省職員として来日した。配属先はGHQに置かれた国務省の出先機関である外交局。一九五〇年に国務省を退職し、日本文学の研究と翻訳の道に入った。谷崎潤一郎、川端康成、三島由紀夫らの小説や『源氏物語』を翻訳し、川端康成のノーベル賞受賞に貢献した。サイデンステッカーが愛猫家で、晩年は窓から旧岩崎邸が見える湯島のマンションに住んでいたことなども記しておきたい。

サイデンステッカーはCIA局員だと噂されたことがある。もっともこれは、彼が日本の進歩的文化人の容共主義と反米主義と非現実的平和主義をきびしく批判したため、あれはCIAの手先だと悪口を言われただけのようだ。しかしライケンバックのほうは、国務省職員でありながら同時にCIA局員にもなった。ここでCIAとG2の関係が問題になる。

ＣＩＡは一九四七年に創設されたが、当時ＧＨＱの諜報活動はＧ２が仕切っていて、ＣＩＡはそこへ食いこもうとした。Ｇ２とはある種のライバル関係にあったのだ。ＣＩＡが日本でまともに活動できるようになったのは一九五〇年からだという。ただし両組織は反共という方向性が同じで、Ｇ２と民政局のような対立関係にはなく、それがライケンバックを翻弄するのだ。このライケンバックはワシントンの〈鼠の宮殿《ラット・パレス》〉に出向いてフランクから指令を受ける。このフランクは、ＣＩＡ秘密工作部門の責任者フランク・ウィズナーで、その根城は実際〈ラット・パレス〉と呼ばれていた。

その場面に出てくる「白く塗りたる墓」という言葉や、オフィスの入り口を護る二人の黒衣の女や、医者が持っているキャリパス（ノギス）は、ジョゼフ・コンラッドの『闇の奥』が元ネタだ（光文社古典新訳文庫の拙訳では二五頁〜三一頁）。『闇の奥』はヨーロッパの貿易会社の天才的社員クルツがコンゴの奥地で原住民を支配して残忍非道な帝国を築いており、それを船乗りマーロウが連れ戻しにいく話で、フランシス・コッポラ監督『地獄の黙示録』の原作だが、本書でマッカーサーが「原住民の神」になっているというのは卓抜な見立てだ。クルツは野蛮人文明化の理想を掲げた先に、文明化できないなら「獣は皆殺しにせよ！」と狂気の道に突き進む。占領下の日本人が神のごとく崇《あが》めたマッカーサーは、やがて朝鮮戦争が始まると、共産主義を打倒して民主主義を勝利させるために数十発の原爆を使用することを提案する。まさに理性を突きつめた果てに狂気が到来する「闇の奥」が占領下日本にあったという認識が示されるのだ。

本書ではライケンバックの終戦直後の行動が「おまえ」という二人称で語られるが、著者によれば、これは一九八八年のライケンバックが自分を「おまえ」と呼んで過去を回想しているとのことだ。この語り方はサミュエル・ベケットの晩年の短い小説『伴侶』がヒントだという。

このライケンバックの回想から、小説は下山事件の謎の解明に入っていく。本書も含めて《東京三部作》は大胆な文学的冒険を行ないながらも、ミステリー的に律儀で、本書も曖昧なオープンエンドにせず、クローズドエンドにしている。まさに「クロージング・タイム」という言葉とともに、物語はきちんと閉じられ《クローズド》るのだ。

ここでプロローグの「西洋の庭園」というタイトルと「クロージング・タイム」という言葉の由来を明らかにしておこう。

この二つはイギリスの文芸批評家シリル・コノリー（Cyril Connolly, 1903～1974）の次の言葉から来ている。

〝it is closing time in the gardens of the West and from now on an artist will be judged only by the resonance of his solitude or the quality of his despair.（西洋の庭園はすでに閉園時間《クロージング・タイム》となっており、これからの芸術家は自身の孤独の共鳴力や絶望の質によってのみ判断されることになる）〟

これはコノリーが創刊し編集長をつとめた前衛的文芸批評雑誌《ホライズン》の、一九四九年に出た最終号の編集長コラムにある言葉だ。「西洋の庭園」とはヨーロッパ近代合理主義のことであり、それはもう終わったというのである。単純にひとくくりにはできないが、第一次大戦中にドイツのシュペングラーが説いた「西洋の没落」という考え方の第二次大戦後版だ。芸術家の「孤独の共鳴力や絶望の質」の意味は、たとえばコノリーが一九四六年に出たカミュ『異邦人』（原著は一九四二年刊）の英訳に序文を寄せたことなどからおおよその見当がつくだろう。ついでにいえば、『闇の奥』も、単なる植民地主義批判ではなく、十九世紀が終わるときにコンラッドが持ったヨーロッパ近代合理主義の終焉《しゅうえん》の感覚を表現した小説だった。

「クロージング・タイム」という言葉は本書で九か所に出てくる。訳は「終了の時」、「終了時間」、「終業時間」、「拝観終了時間」、「閉園時間」に分かれた。できれば統一したかったが無理だった。ルビなしの箇所があるのは、そこは英語ではないからだ。

ということで、本書は下山事件を描く歴史ノワール小説として、ミステリー的興味に応えつつ、通常のミステリーの枠を大きく越え、心の闇、社会の闇、国家の闇、歴史の闇、文明の闇と、闇に闇を重ね、黒に黒を塗り重ね、あえて陰謀説とのニアミスを冒しながら本来無関係と見えるものを結びつける万物照応《コレスポンダンス》の秘法を駆使し、さまざま文学的記憶を引き寄せ、生者たちと死者たちの声を幾重にも谺させる、そんな唯一無二の文学的時空を創りあげているのである。

本書をもって、《東京三部作》自体もきれいに閉じられた。本書の章立てが第一作のそれとちょうど逆であることにもうお気づきだろうか。第二作の解説にあったとおり、〝三部作は三連の絵画のようなもので、中央に置かれた『占領都市』を挟んで、第一作と第三作が鏡像関係をなす〟。しかし三部作は狭く閉じているのではない。その外の実在世界や虚構世界とさまざまな形で響き合っている。読者諸氏も私と同じように、何か大変なものを体験してしまったという圧倒的な感覚にしばし茫然とされるのではないだろうか。

二〇二一年七月

著者紹介

デイヴィッド・ピース David Peace

1967年、イギリス生まれ。作家、東京大学講師。1994年に日本に移り住み、仕事のかたわら執筆した『1974　ジョーカー』でデビュー。同作にはじまる〈ヨークシャー四部作〉はイギリスでＴＶドラマ化された。本書『TOKYO REDUX　下山迷宮』は第二次世界大戦直後の東京で起きた現実の犯罪をモチーフとする〈東京三部作〉の完結編。三部作第一作『TOKYO YEAR ZERO』（2007）では「小平事件」、第二作『占領都市』（2009）では「帝銀事件」を描いている。他の作品に、『Ｘと云う患者　龍之介幻想』、GB84、The Damned Utd、Red Or Deadがある。『TOKYO YEAR ZERO』はドイツ・ミステリ大賞を受賞、また「このミステリーがすごい！」第３位。『占領都市』は「このミステリーがすごい！」第２位。GB84はジェイムズ・テイト・ブラック記念賞を受賞するなど、世界各国で高く評価されている。東京在住。

訳者紹介

黒原敏行（くろはら・としゆき）

1957（昭和32）年、和歌山県生まれ。東京大学法学部卒。英米文学翻訳家。訳書に、デイヴィッド・ピース『Ｘと云う患者　龍之介幻想』、コーマック・マッカーシー『すべての美しい馬』『ブラッド・メリディアン』、リチャード・パワーズ『エコー・メイカー』、ジョゼフ・コンラッド『闇の奥』、ウィリアム・ゴールディング『蠅の王』、ウィリアム・フォークナー『八月の光』などがある。

PRINTED IN JAPAN

TOKYO REDUX《トーキョー・リダックス》　下山迷宮《しもやまめいきゅう》

二〇二一年八月二十五日　第一刷

著　者　デイヴィッド・ピース
訳　者　黒原敏行《くろはらとしゆき》
発行者　花田朋子
発行所　株式会社文藝春秋
〒102-8008　東京都千代田区紀尾井町三-二三
電話　〇三-三二六五-一二一一
印刷所　精興社
製本所　加藤製本

万一、落丁乱丁があれば送料当社負担でお取替えいたします。小社製作部宛お送りください。
定価はカバーに表示してあります。

ISBN 978-4-16-391423-7